KB1206S2

리스본행 야간열차

리스본행 야간열차

Nachtzug nach
Lissabon

PASCAL
MERCIER

파스칼 메르시어
장편소설

전은경 옮김

비채

우리의 삶은
죽음이라는 저 바다로 흘러드는
강과 같다.

호르헤 만리케

우린 모두 여러 가지 색깔로 이루어진 누더기. 느슨하게 연결되어 언제든지 각자 원하는 대로 펄럭인다. 그러므로 우리와 우리 자신 사이에도, 우리와 다른 사람들 사이만큼이나 많은 다양성이 존재한다.

미셸 에켐 드 몽테뉴,《수상록》제2권 I

우린 모두 여럿, 자기 자신의 과잉. 그러므로 주변을 경멸할 때의 어떤 사람은 주변과 친근한 관계를 맺고 있거나 주변 때문에 괴로워할 때의 그와 동일한 인물이 아니다. 우리 존재라는 넓은 식민지 안에는 다른 방식으로 생각하고 느끼는 다양한 사람들이 있다.

페르난두 페소아,《불안의 책》, 1932년 12월 30일

차례

출발 11

만남 141

시도 317

귀로 567

Nachtzug nach
Lissabon

출발

1

　라이문트 그레고리우스의 삶을 바꾸어놓은 그날은 여느 날과
다름없이 시작됐다. 8시 십오 분 전, 그는 분데스테라세에서 시
내를 가로질러 김나지움과 연결되는 키르헨펠트 다리로 들어섰
다. 학기 중에는, 그리고 주중에는 언제나 똑같았다. 늘 8시 십오
분 전이었다. 언젠가 한번 다리가 막혀 돌아가야 했던 날, 그는
그리스어 수업 시간에 실수를 했다. 그가 실수한 것은 그때가 처
음이자 마지막이었다. 학교 전체가 며칠 동안 그의 실수 이야기
로 떠들썩했다. 그러나 이야기가 길어질수록 학생들이 잘못 들었
을 거라는 의견이 득세했고, 나중에는 그 수업을 들었던 학생들
조차도 그렇게 생각하게 됐다. 문두스*―그레고리우스를 모두
이렇게 불렀다―가 그리스어나 라틴어 또는 히브리어에서 실수

---

*　　Mundus. 세계, 우주, 하늘 등의 뜻을 지닌 라틴어.

를 한다는 건 도저히 상상할 수 없는 일이었기 때문이다.

그레고리우스는 고개를 들어 베른 시 역사박물관의 뾰족탑을 쳐다보고, 위쪽 구르텐 산과 아래쪽 아레 강의 푸른 빙하수를 바라보았다. 세차게 불어온 돌풍이 낮게 떠 있던 구름을 밀어내고, 우산을 뒤집어버렸다. 비가 그의 얼굴을 때렸다. 그레고리우스는 그제야 다리 중간에 어떤 여자가 서 있는 것을 보았다. 폭풍우 속에서 여자는 난간에 팔꿈치를 대고 서서 편지처럼 보이는 종이를 양손으로 꽉 붙들고 읽고 있었다. 그레고리우스가 가까이 다가가자 그녀는 갑자기 종이를 구기더니 허공으로 던졌다. 그는 자기도 모르게 발걸음을 재촉하여 그녀에게서 몇 발자국 떨어지지 않은 곳까지 갔다. 비에 젖은 창백한 여자의 얼굴에 분노가 일었다. 소리를 질러 가라앉힐 수 있는 그런 감정이 아니었다. 오랫동안 꾹 누르며 견디어온 분노, 내면을 향한 분노였다. 그녀가 난간 위로 팔을 뻗치는 순간 발뒤꿈치가 신에서 미끄러져 나왔다. 뛰어내리겠구나! 그레고리우스가 내던진 우산이 다리 난간 너머로 날아가고, 책이 가득 든 가방이 땅바닥으로 미끄러졌다. 그레고리우스는 욕설을 내뱉었다. 그답지 않은 행동이었다. 가방이 열리면서 비에 젖은 아스팔트에 책들이 쏟아졌다. 여자가 뒤를 돌아보았다. 그녀는 몇 초 동안 무표정한 얼굴로 책에 빗물이 배어드는 것을 지켜보았다. 그러다 두어 걸음 다가와 그레고리우스 쪽으로 몸을 굽히고, 외투 주머니에서 사인펜을 꺼내 그의 이마에 숫자를 몇 개 적었다.

"죄송해요."

여자가 프랑스어로 말했다. 그리고 외국어 억양으로 숨 가쁘게 덧붙였다.

"이 전화번호를 잊어버리면 안 되는데, 종이가 없어요."

마치 처음 본다는 듯 그녀가 자기 손을 내려다보았다.

"아…… 그렇군요."

그녀는 그레고리우스의 이마와 자기 손을 번갈아 보며 손바닥에 전화번호를 적었다.

"전…… 저는 이 번호를 기억하지 않으려고 했어요. 잊어버리려고 했는데, 날아가는 편지를 본 순간…… 적어두어야겠다는 생각이 들었어요."

두꺼운 안경알이 빗물로 얼룩졌다. 눈앞이 뿌예서 잘 보이지 않았다. 그레고리우스는 더듬거리며 젖은 책을 찾았다. 사인펜 끝이 다시 이마를 스치는 느낌이 들었다. 그러나 그것은 손수건으로 숫자를 지우려는 그녀의 손가락이었다.

"말도 안 되는 행동이었어요. 저도 알아요……."

그녀는 흩어진 책을 모으며 말했다. 그의 손이 여자의 손에 닿고 무릎을 스쳤다. 두 사람이 동시에 마지막 남은 책에 손을 뻗쳤다. 둘은 머리를 부딪히고 말았다.

"감사합니다."

함께 일어난 다음, 그레고리우스가 여자에게 말했다.

"많이 아픈가요?"

그녀의 머리를 가리키며 그가 물었다.

시선을 떨어뜨린 채 그녀는 멍하니 고개를 저었다. 머리에서 떨어진 빗방울이 얼굴을 타고 흘러내렸다.

"조금만 함께 걸어도 될까요?"

"아…… 그러세요."

그레고리우스가 더듬거리며 대답했다.

둘은 아무 말 없이 다리 끝까지 가서 학교 쪽으로 발길을 옮겼다. 그레고리우스의 시간 감각은 그에게 이미 8시가 지났다는 것, 1교시가 시작됐다는 사실을 말해주고 있었다. '조금만'은 얼마나 되는 거리인가? 여자는 그의 속도에 맞추어 천천히 걸었다. 마치 하루 종일 그렇게 걸어도 된다는 듯이. 옷깃을 높이 세운 탓에 옆에서는 그녀의 이마밖에 보이지 않았다.

"저기 보이는 학교로 가야 합니다."

그레고리우스가 걸음을 멈추고 말했다.

"선생이거든요."

"저도 같이 가면 안 될까요?"

그녀가 나지막이 물었다.

그레고리우스는 망설이며 젖은 안경을 소매에 닦았다.

"어쨌든 비를 피할 수는 있겠지요."

잠깐 망설이다 그가 대답했다.

둘은 함께 계단을 올라갔다. 그는 문을 열고 여자를 강당 안으로 들여보냈다. 수업이 시작되면 강당은 늘 조용하고 적막했다. 그녀의 외투에서 물방울이 떨어졌다.

"여기서 잠깐 기다리세요."

그레고리우스는 수건을 가지러 화장실로 갔다.

거울 앞에 서서 안경의 물기를 닦고, 얼굴도 닦았다. 이마에 적힌 숫자는 아직 남아 있었다. 그는 따뜻한 물에 수건 끝을 적셔 이마를 문지르려다 멈칫했다. 몇 시간 후 그날 일어난 일을 다시 떠올렸을 때, 거울 앞에 서 있던 바로 그 순간 모든 것이 결정되었음을 깨달았다. 수수께끼 같은 여자와 만난 흔적을 지우고 싶지 않다는 생각이 갑자기, 그 찰나에 들었던 것이다.

그레고리우스는 이마에 전화번호가 적힌 채 교실로 들어서는 자신의 모습을 상상해보았다. 그는 이 건물, 아니 이 학교가 세워진 이래 가장 믿을 만하고 한 치의 어긋남도 없는 사람이었다. 30년 이상 일을 해오는 동안 실수한 적도, 비난받을 일을 한 적도 없다. 약간 지루한 선생일지는 몰라도 학교 제도의 기둥으로 존경받았고, 고전어에 대한 해박한 지식 때문에 대학에서조차 두려움의 대상이었다. 새 학년이 시작되면 학생들로부터 사랑이 담긴 놀림을 받았다. 학생들은 그를 시험하려고 한밤중에 전화를 걸어 고문헌 중에서도 거의 읽지 않는 부분만 골라 해석을 묻곤 했다. 하지만 그는 짜증 한 번 내지 않고 다른 주석까지 곁들여 차분하게 설명해주었다. 학생들은 건조하면서도 창조적인 그의 대답을 들을 수 있었다. 그의 이름은 짧게 줄여서 불러야 할 만큼 엄청나게 고루하고 고전적이었다. 그는 고전문헌학으로 세계 전체를 짊어지고 다니는 것 같았다. '문두스'는 이 같은 그의 본질을 강조하는 데 가장 적절한 단어였다. 그는 라틴어와 그리스어뿐 아니라 히브리어에도 조예가 깊었다. 구약학 교수들이 혀를 내두를 정도였다. 그러니 여러 개의 세계를 지고 다녔다고 표현하는 게 옳았다. "진짜 학자를 보고 싶다면, 바로 여기 있는 이분입니다."
교장은 새로운 학급에 그레고리우스를 소개할 때마다 이렇게 말
하곤 했다.

이런 학자, 죽은 단어 몇 가지로 만들어진 듯한 건조한 사람,
학생들 사이에서 인기가 높은 것을 부러워하는 동료 교사들이 파
피루스라고 조롱하는 이 학자가 이마에 전화번호를 적은 채 교실
에 들어선다. 그레고리우스는 생각에 잠겼다. 붉은 가죽 외투를
입은 여자, 절망에 빠져 분노와 사랑 사이를 오가는 듯이 보이는
여자가 쓴 번호, 동화 속에서처럼 부드럽고 한없이 길게 늘어지
며 속삭이는 듯한 남쪽 나라의 억양, 듣는 것만으로도 누군가를
공범으로 만들어버리는 목소리.

그레고리우스는 여자에게 수건을 가져다주었다. 그녀는 빗을
입에 물고, 마치 그릇에 담긴 듯 외투 깃에 놓여 있는 길고 검은
머리카락을 수건으로 문질렀다.

경비원이 강당으로 들어오다가 그레고리우스를 보았다. 그는
놀란 눈으로 문 위에 걸린 시계를 쳐다보고 시각을 확인하고는
자기 손목시계도 내려다보았다. 그레고리우스는 다른 때와 마찬
가지로 가볍게 고개를 숙여 인사했다. 여학생 한 명이 이들 옆을
급하게 지나다가 두 번이나 뒤를 돌아보았다.

"저기 위에서 수업을 합니다."

그레고리우스는 창문으로 보이는 다른 건물 위층을 가리키며
말했다. 몇 초가 흘렀다. 그는 자기 심장이 뛰는 것을 느낄 수 있
었다.

"같이 가시겠어요?"

그레고리우스는 자신이 정말 이렇게 말했다는 것을 믿을 수 없었다. 하지만 정신을 차렸을 때 둘은 이미 나란히 교실로 걸어가고 있었다. 그러니 상황은 분명 그랬을 터였다. 그는 리놀륨 바닥에 자기 신발의 고무굽이 닿는 소리와 또각거리는 여자의 구둣발 소리를 들었다.

"모국어가 뭐지요?"

그는 조금 전에 이렇게 물었다.

"포르투게스Português."

'오'는 '우'처럼 들렸고, 올리면서 기묘하게 누른 '에'는 밝은 소리를 냈다. 끝의 무성음 '스'는 실제보다 더 길게 울려 멜로디처럼 들렸다. 하루 종일이라도 이 소리를 들을 수 있을 것만 같았다.

"잠깐 기다리세요." 그가 재킷 주머니에서 수첩을 꺼내 한 장을 찢어 그녀에게 건넸다. "전화번호를 적으세요."

그는 교실 문 손잡이에 손을 올려놓고, 조금 전의 그 단어를 한 번 더 발음해달라고 부탁했다. 그녀는 다시 말을 하며, 처음으로 미소를 지었다.

그들이 교실에 들어서자 학생들이 웅성대던 소리가 순식간에 멎었다. 정적—그 고요함은 순전히 놀라움 때문이었다—이 교실에 가득 찼다. 그레고리우스는 나중에 자신이 이 순간의 적막을, 말문이 막혀버린 듯한 학생들의 표정을 즐겼다고 기억했다. 자신이 이런 상황에서 기쁨을 느꼈다는 것, 예전에는 생각할 수도 없던 감정을 즐겼다는 것도.

'무슨 일인가요?' 스무 개가 넘는 시선이 문에 서 있는 이상한 한 쌍을 보며 그렇게 묻고 있었다. 비에 젖은 대머리에 축축한 외투를 입은 문두스와 창백한 얼굴에 머리를 대충 빗질한 여자.

"저기 앉으시겠어요?"

그레고리우스는 여자에게 뒤쪽 구석에 있는 빈자리를 가리켰다. 그런 다음 앞으로 가서 늘 하듯이 학생들에게 인사를 하고 교탁 앞에 앉았다. 그는 무슨 해명을 해야 할지 몰라 진도대로 번역을 시작했다. 학생들은 호기심에 가득 차서 그를 바라보았다. 잠을 자다가도 틀린 부분을 찾아낼 그가, 그 문두스가 완전히 틀린 부분 또는 정확하지 않은 문장, 서툰 해석을 그냥 지나쳐 당황하는 눈빛들도 보였다.

그레고리우스는 여자를 보지 않는 듯 행동했지만 그녀가 젖은 머리카락을 얼굴에서 쓸어내는 모습, 하얀 두 손을 꽉 쥐고 있는 모습, 시선을 멍하니 창밖으로 던지는 모습을 계속 보고 있었다. 사인펜을 꺼내 쪽지에 전화번호를 적는 것도 지켜보았다. 번호를 적은 그녀는 몸을 다시 의자 등에 기댔다. 자기가 지금 어디에 있는지 모르는 표정이었다.

그레고리우스는 이 상황을 참을 수 없어 곁눈질로 시계를 흘끗 보았다. 쉬는 시간까지는 아직 십 분이 남아 있었다. 그때 그녀가 일어나더니 조용히 문으로 갔다. 그러고는 문을 열고 그를 돌아보며 손가락을 입술에 가져다 댔다. 그가 고개를 끄덕이자 미소를 지으며 다시 한번 손가락을 입술에 댔다. 문이 조용히 닫혔다.

그 순간부터 그레고리우스에게는 학생들이 말하는 소리가 들리지 않았다. 마치 감각을 마비시키는 적막에 씌여 홀로 있는 것 같았다. 어느 순간 그는 자기도 모르게 일어나 창가로 가서, 붉은 옷을 입은 그 여자가 건물 모퉁이로 사라질 때까지 눈으로 좇았다. 따라 나가지 않기 위해 힘겹게 참아야 했다. 입술에 손가락을 댄 그녀의 모습이 계속 눈앞에 어른거렸다. 그 몸짓에는 여러 가지 의미가 있었다. "방해하고 싶지 않아요" 또는 "우리끼리의 비밀이에요"라는 의미일 수도, "갈게요. 이제 우리 사이를 이어줄 건 없어요"라는 뜻일 수도 있었다.

쉬는 시간을 알리는 종소리가 울렸지만, 그는 계속 창가에 서 있었다. 학생들은 그의 등 뒤에서 다른 때와는 달리 조용하게 교실을 빠져나갔다. 잠시 후 그도 교실에서 나왔다. 그런 다음 뒷문으로 학교를 벗어나 주립도서관의 맞은편 길가에 앉았다. 이곳이라면 누구의 눈에도 띄지 않을 터였다.

그는 두 시간짜리 수업 후반부에 여느 때처럼 정확하게 돌아왔다. 수업에 앞서 이마의 숫자를 문질러 지우고, 약간 망설이다가 수첩에 그 숫자를 적어 넣었다. 그런 다음 몇 가닥 남지 않은 잿빛 머리카락을 말렸다. 이제 뭔가 심상치 않은 일이 벌어졌음을 말해주는 흔적이라고는 재킷과 바지에 묻은 얼룩뿐이었다. 그는 가방에서 젖은 노트들을 꺼내며 짧게 말했다.

"운이 나쁜 날이었다. 넘어지면서 노트가 쏟아져 비에 젖었어. 그래도 채점한 걸 읽을 수는 있을 거다. 읽을 수 없다면 해독을 해가며 읽어라."

그가 평소와 다름없이 행동하자 학생들은 한숨을 돌리며 안심했다는 표정을 지었다. 호기심 어린 시선도 눈에 띄었고 쑥스러운 기색도 약간 남아 있었지만, 교실 안의 분위기는 여느 때와 다를 바 없었다. 그레고리우스는 학생들이 가장 많이 틀린 부분을 칠판에 적고, 각자 공부하게 했다.

십오 분 뒤 그가 한 행동을 '결심'이라고 부를 수 있을까? 그레고리우스는 나중에 가끔 이렇게 자문해보았지만, 확실하게 알 수는 없었다. 하지만 그게 결심이 아니라면 대체 무엇이었을까?

그 결심은, 몸을 앞으로 숙이고 노트를 들여다보며 공부하는 학생들을 마치 처음 본다는 듯이 관찰하면서 시작됐다.

루치엔 폰 그라펜리트는 대강당에서 매년 열리는 체스 대회에서, 동시에 학생 열두 명을 상대하는 그레고리우스 몰래 말을 하나 움직였다. 다른 판에서 체스를 두고 루치엔에게 돌아온 그레고리우스는 말이 움직인 것을 금방 알아챘다. 그가 조용히 바라보자 루치엔의 얼굴이 벌겋게 달아올랐다. "그럴 것 없다." 그레고리우스는 이렇게 말하고, 그 판이 비기도록 손을 썼다.

사라 빈터는 임신했다는 걸 알고 어쩔 줄 몰라 그의 집을 찾아왔다. 새벽 2시였다. 그는 차를 끓여주고 나서 사라가 하는 말을 묵묵히 듣기만 했다. "제가 선생님 충고를 따른 게 정말 다행이에요." 일주일 후에 사라가 그에게 말했다. "아이를 갖기에는 아무래도 전 너무 어려요."

일정한 간격으로 또박또박 글씨를 쓰며 언제나 완벽한 성적을 유지했던 베아트리체 뤼셔는 강박관념 때문에 깜짝 놀랄 만큼 빨리 늙어갔다. 레네 칭은 항상 가장 낮은 점수를 받는 학생이었다.

그리고 나탈리 루빈. 나탈리는 그의 관심을 독차지하고 싶어하는 소녀였다. 옛 궁녀 같은 분위기에다 신랄한 말투 때문에 접근하기 어려운 상대였지만, 인기도 좋았다. 지난주 어느 날, 쉬는 시간 종소리가 울리자 나탈리는 자리에서 일어나 아주 몸이 가뿐하다는 듯 기분 좋게 기지개를 켜더니 치마 주머니에서 사탕을 하나 꺼냈다. 그리고 문 쪽으로 걸어가면서 껍질을 벗겼다. 나탈리는 빨간 사탕을 입에 넣으려다 말고 그레고리우스에게 물었다. "드시겠어요?" 나탈리는 평소와 달리 환히 웃으며, 놀라서 처다보는 그의 반응이 재미있다는 듯 자기 손을 그의 손에 살짝 가져다 댔다.

그레고리우스는 학생들을 한 명 한 명 살펴보았다. 그는 지금 학생들을 향한 자기감정이 어떤지 중간 점검을 하고 있다는 느낌이 들었다. 그러다가 교실의 가운데쯤 왔을 때, 자기가 얼마나 자주 아이들의 미래에 대해 생각했는지 알게 됐다. 이 아이들에게는 아직 남아 있는 날들이 얼마나 많은가. 창창한 미래, 얼마나 많은 일이 생길 것인가. 무수히 많은 일을 경험하게 될 이 아이들!

포르투게스. 그의 귀에 멜로디가 들렸다. 수건으로 살짝 가린 하얀 얼굴, 눈을 감은 그녀의 설화석고같이 하얀 얼굴이 떠올랐다. 그레고리우스는 마지막으로 한 번 더 학생들의 머리 위로 시선을 옮겼다. 그리고 천천히 일어나 문 쪽으로 걸어가 옷걸이에서 젖은 외투를 벗겨 든 다음 뒤도 한 번 돌아보지 않고 교실에서 나왔다.

그가 평생 책을 넣어 들고 다니던 가방이 교탁에 남아 있었다. 그는 계단에 잠시 멈춰 서서, 몇 년에 한 번씩 언제나 똑같은 제본소에 가서 묶어오던 책들을 떠올렸다. 제본소에서 일하는 사람들은 휴지처럼 얇아진 책장을 보며 웃곤 했다. 가방이 교탁에 있는 한 학생들은 그가 다시 돌아오리라 생각할 것이다. 하지만 그가 책을 교탁에 남겨둔 이유는, 지금 다시 가서 책을 가지고 오고픈 욕망을 누른 이유는 다른 데 있었다. 지금 떠난다면 책과도 작별해야 했다. 교문으로 향하는 순간에도 떠난다는 게 무슨 뜻인지 정확히 알 수 없었지만, 책과도 헤어져야 한다는 사실만큼은 확실하게 느꼈다.

강당 출입문 아래쪽에 물이 고여 있었다. 화장실에 간 그레고리우스를 기다리는 동안 여자의 외투에서 물방울이 떨어져 고인 모양이었다. 그는 작은 웅덩이에서 멈췄다. 그 웅덩이는 다른 세상, 아주 먼 세상에서 온 방문객이 만들어놓은 흔적이었다. 그레고리우스는 고고학 유물을 볼 때처럼 경건하게 그 웅덩이를 바라보았다. 그러다 경비원의 질질 끄는 발소리를 듣고서야 정신을 차리고 얼른 학교에서 나왔다.

그는 뒤를 돌아보지 않은 채, 남의 이목을 끌지 않고 학교를 관찰할 수 있는 어떤 건물의 모퉁이까지 갔다. 그곳에서 학교를 바라보며 그는 자신이 학교와 관련된 모든 것을 얼마나 사랑하는지, 앞으로 얼마나 그리워할 것인지를 절절하게 느꼈다. 상상하지 못했던 격렬한 감정이었다. 42년 전, 기쁨과 두려움 사이를 오가며 이 학교에 처음으로 발을 들여놓았다. 그때 그는 열다섯 살짜리 학생이었다. 4년 후에는 대학입학 자격시험 합격증을 손에 쥐고 떠났고, 다시 4년 후에는 사고를 당한 그리스어 교사를 대신하여 교단에 섰다. 그는 그레고리우스를 고전 세계로 인도했던 스승이었다. 학생 신분의 단기 기간제 교사였던 그레고리우스는 공부를 병행하며 장기 기간제 교사가 되었다. 대학 졸업시험을 마쳤을 때는 이미 서른세 살이었다.

그레고리우스가 졸업시험을 치른 이유는 오로지 아내 플로렌스의 강요 때문이었다. 박사 학위를 딸 생각은 꿈에도 없었다. 누군가 박사 학위를 딸 생각이 없냐고 물으면 그는 그저 웃을 뿐이었다. 그런 것은 중요하지 않았다. 중요한 것은 아주 단순했다. 문법이든 표현 양식이든 고전의 외진 구석까지 모두 알고 표현 하나하나에 담긴 역사를 아는 것, 다른 말로 하면 자신의 일을 잘하는 것이었다. 이것은 겸손이 아니었다. 그는 자신에게 요구가 많은 사람이었다. 변덕이나 뒤틀린 허영심도 아니었다. 나중에 그는 가끔, 자신의 이런 태도는 잘난 척하는 세상을 향한 조용한 분노, 허풍선이들을 향한 꺾이지 않는 고집이라고 생각했다. 박물관 경비원이었던 그의 아버지는 이런 세상 때문에 평생 괴로워했다. 그레고리우스보다 훨씬 능력이 없던—정말 말도 안 되게 공부를 못하던—사람들도 졸업시험을 치르고 확실한 직장을 얻었다. 그러나 그에게 이런 사람들은 다른 세상, 견딜 수 없이 천박한 세상, 그가 경멸하는 기준을 지닌 세상에 속해 있었다. 그를 내보내고 대신 졸업장이 있는 교사를 채용할 생각을 하는 사람은 학교에 아무도 없었다. 교장도 고전문헌학을 전공했지만, 그레고리우스가 자기보다 실력이 월등하다는 사실을 잘 알고 있었다. 또 그를 내보내면 학생들이 폭동을 일으키리라는 것도 알고 있었다. 그레고리우스는 결국 졸업시험을 치렀다. 시험 문제는 너무 쉬웠다. 시간을 반이나 남겨두고 답안지를 제출했을 정도였다. 그는 자신의 고집을 꺾은 아내를 가끔 원망했다.

그레고리우스는 몸을 돌려 천천히 키르헨펠트 다리 쪽으로 향했다. 다리가 눈에 들어왔다. 그는 57년이 지나 처음으로 자기 인생을 이제 완전히 장악하려고 한다는, 불안과 해방감이 섞인 기묘한 기분을 느꼈다.

2

그레고리우스는 퍼붓듯 쏟아지는 빗속에서 그 여자가 편지를 읽던 자리에 서서 난간 너머를 내려다보았다. 그제야 그는 다리가 얼마나 높은지 알 수 있었다. 그녀는 정말 뛰어내리려고 했던 걸까? 아니면 플로렌스의 남동생이 다리에서 뛰어내렸다는 기억 때문에 그가 속단을 한 걸까? 모국어가 포르투갈어라는 것 말고는 그 여자에 대해 아는 게 없었다. 이름조차 알지 못했다. 다리에 서서 아까 그녀가 구겨서 던져버린 편지를 찾으려는 건 말도되지 않는 시도였지만, 그는 눈이 너무 피로해져 눈물이 날 때까지 내려다보았다. 저기 보이는 까만 점이 아까 날아가버린 우산인가? 그는 재킷 주머니를 확인해보았다. 이름도 모르는 포르투갈 여자가 자기 이마에 썼던 전화번호가 들어 있었다. 그레고리우스는 다리 끝까지 걸어갔다. 어디로 가야 할까. 그는 이제 지금까지의 인생에서 도망가려는 참이었다. 그런데 그런 생각을 하는 사람이, 마치 아무 일도 없다는 듯이 집으로 갈 수 있을까?

그의 시선은 이 도시에서 가장 오래되고 우아한 호텔인 벨뷰에 가닿았다. 그 앞을 수도 없이 지나쳤지만 들어간 적은 없었다. 물론 거기에 호텔이 있다는 것 정도는 알고 있었다. 그리고 지금에야 든 생각이지만, 벨뷰가 거기 있다는 사실이 어떤 식으로든 그에게 중요하긴 했다. 이 건물이 철거된다든가 이제 더는 호텔이 아니라는 소식을 들었다면 마음이 아팠을 것이다. 그러나 자기가 직접 호텔에 발을 들여놓게 되리라고는 한 번도 생각해보지 못했다. 그는 망설이면서 호텔 입구 쪽으로 발을 옮겼다. 벤틀리한 대가 멈춰 서고 운전사가 내리더니 호텔로 들어갔다. 그를 따라가면서 그레고리우스는 자신이 지금 아주 획기적인 행동, 뭔가금지된 일을 하고 있다고 느꼈다.

로비는 텅 비어 있었다. 채색 유리로 된 천장은 궁형이었다. 양탄자는 작은 소음까지 모두 삼켜버렸다. 그레고리우스는 비가 그쳐 외투에서 물방울이 떨어지지 않아 다행이라고 생각했다. 볼품없이 무겁기만 한 구두를 내려다보며 식당으로 들어섰다. 아침 식사를 차려놓은 식탁엔 두 군데만 손님이 앉아 있었다. 낮게 흘러나오는 모차르트의 디베르티멘토는 시끄럽고 흉하며 경박한 모든 것에서 멀리 떨어진 듯한 느낌을 주었다. 그레고리우스는 외투를 벗고 창가 식탁에 앉았다. 그는 얇은 베이지색 재킷을 입은 종업원에게 자기는 투숙객이 아니라고 말했다. 아래위를 훑어보는 종업원의 시선이 느껴졌다. 팔꿈치에 가죽을 댄 낡은 재킷, 그 안에 받쳐 입은 터틀넥 스웨터, 무릎이 나온 코듀로이 바지, 가장자리에만 머리카락이 몇 가닥 남아 있는 대머리, 흰색이 드문드문 섞여 약간 지저분해 보이는 잿빛 수염. 주문을 받은 종업원이 자리를 뜨자 그레고리우스는 돈이 충분한지 얼른 지갑을 열고 확인했다. 그러고는 빳빳하게 풀을 먹인 식탁보에 팔꿈치를 대고 창밖의 다리로 눈을 돌렸다.

그 여자가 다시 그 자리에 나타나길 기다리는 것은 바보 같은 짓이다. 그녀는 다리를 건너 시내의 한 골목으로 사라졌다. 교실 뒤에 앉아 멍하니 창밖을 바라보던 그녀의 모습이 떠올랐다. 굳게 깍지 낀 흰 손, 수건에 가려진 설화석고같이 하얀 얼굴. 지치고 쉽게 상처받을 것 같은 얼굴이었다. 그레고리우스는 망설이다가 주머니에서 천천히 수첩을 꺼내 전화번호를 들여다보았다. 종업원이 아침 식사를 가져왔다. 그레고리우스는 은주전자에 든 커피가 식어가는데도 손을 대지 않았다. 그러다가 자리에서 일어나 전화기가 있는 곳으로 걸어갔다. 그러나 가다 말고 다시 식탁으로 돌아와 손도 대지 않은 식사 값을 지불하고는 호텔에서 나왔다.

그레고리우스는 건너편 히르센그라벤에 있는 에스파냐 책방으로 갔다. 몇 년 만이었다. 그는 산 후안 데 라 크루스*에 대해

---

* San Juan de la Cruz. 1542~1591. 에스파냐 가톨릭교회의 이론가이자 카르멜 수도회의 종교 개혁자.

박사 학위 논문을 쓰던 플로렌스의 부탁으로 가끔 그곳에 들러 책을 샀다. 집으로 돌아오는 버스에서 책을 들춰본 적은 몇 번 있지만, 집에서는 단 한 번도 책에 손을 대지 않았다. 에스파냐어, 그 언어는 아내의 영역이었다. 라틴어와 비슷하면서도 아주 다르다는 사실이 그를 혼란스럽게 했다. 라틴어와 너무나 비슷한 단어들이 골목에서, 카페에서, 슈퍼마켓에서, 지금 이 시대를 사는 사람들의 입에서 쏟아지는 것, 코카콜라를 주문할 때나 물건을 사고팔 때, 욕을 퍼부을 때 사용되는 것이 마음에 들지 않았다. 그런 생각을 할 때마다 그레고리우스는 견디기가 힘들었다. 물론 로마인들도 물건을 사고팔았으며 욕도 했다. 하지만 그건 다르다. 그가 라틴어 문장을 좋아하는 이유는 이 문장들이 과거의 모든 침묵을 자기 안에 품고 있기 때문이었고, 뭔가 대답하라고 강요하지 않기 때문이었다. 그 언어는 온갖 소란스러움에서 떨어져 있었고, 확고부동하며 아름다웠다. 그레고리우스는 라틴어를 죽은 언어라고 말하는 사람들을 경멸했다. 그들은 정말 아무것도 알지 못하는 위인들이다. 플로렌스가 누군가와 에스파냐어로 통화를 하면 그는 문을 닫았다. 이런 행동은 아내의 마음을 아프게 했다. 하지만 그레고리우스는 그 이유를 설명할 수가 없었다.

책방 안에서는 오래된 가죽 냄새와 먼지 냄새가 기분 좋게 풍겼다. 중년의 책방 주인이 가게 뒤쪽에서 바쁘게 일하고 있었다. 그는 로망어에 관한 한 거의 전설적인 지식을 자랑하는 사람이었다. 앞쪽에는 학생으로 보이는 여자 손님 한 명밖에 없었다. 그녀는 구석에 있는 책상 앞에 앉아 표지가 누렇게 변한 얇은 책을 읽고 있었다. 사실 그레고리우스는 가게에 아무도 없기를 바랐다. 포르투갈어의 멜로디가 머릿속에서 지워지지 않는다는 오직 한 가지 이유로 여기 이 자리에 있다는 것, 어쩌면 어디로 가야 할지 몰라서 여기 있는 게 아닐까라는 생각을 견디기엔 혼자인 편이 나았다. 그는 아무것도 읽지 않고 책장 사이를 지나갔다. 책장 위쪽에 꽂혀 있는 책들의 제목을 읽으려고 안경을 비스듬히 올려보았지만, 읽자마자 바로 잊어버렸다. 살면서 자주 그랬듯이, 지금도 그는 외부세계를 향해 빗장을 지른 채 생각에 잠겨 홀로 있었다.

문이 열리자 그레고리우스는 얼른 뒤를 돌아보았다. 들어오는 집배원을 보고 실망하는 자신의 모습에서, 생각하지 않기로 결심을 했음에도 지금 자기가 포르투갈 여자를 기다리고 있다는 것을 깨달았다. 이성과 거리가 먼 행동이었다. 학생이 책을 덮고 자리에서 일어났다. 그녀는 그 책을 책상에 있는 다른 책들 위에 올려놓지 않고, 색깔이 변한 표지를 쓰다듬으며 책에서 눈을 떼지 않고 서 있었다. 몇 초가 지난 다음에야 그녀는 책을 내려놓았다. 잘못 부딪히면 책이 먼지로 변해버리기라도 할까 걱정하는 것 같았다. 그녀는 한동안 책상 앞에 그대로 서 있었다. 책을 살까 말까 망설이는 듯했다. 그러다가 손을 외투 주머니에 넣고 고개를 숙인 채 책방에서 나갔다. 그레고리우스는 그 책을 집어 들었다. 아마데우 이나시우 드 알메이다 프라두, 《웅 오리베스 다스 팔라브라스Um Ourives das Palavras》, 리스보아Lisboa, 1975.

책방 주인이 다가와서 책을 보더니, 제목을 소리 내어 읽었다.

그레고리우스의 귀에는 쉿쉿 소리만 들렸다. 안으로 삼키는 듯 거의 들리지 않는 모음은 마지막에 오는 시옷 발음을 계속 반복할 수 있게 해주는 방패처럼 보였다.

"포르투갈어를 할 줄 아세요?"

그레고리우스는 고개를 저었다.

"《언어의 연금술사》. 참 아름다운 제목 아닌가요?"

"조용하고 우아하군요. 지나치게 번쩍이지 않는 은처럼. 다시 한번 포르투갈어로 읽어주시겠어요?"

주인이 다시 읽었다. 부드러운 울림을 즐기는 그의 감정도 함께 들렸다. 그레고리우스는 글이 시작되는 곳을 펴서 주인에게 넘겨주었다. 주인은 잠시 어리둥절한 표정을 짓다가 이내 즐거운 눈길로 책을 읽기 시작했다. 그레고리우스는 눈을 감았다. 몇 문장을 읽고 나서 주인이 물었다.

"번역을 해드릴까요?"

그레고리우스는 고개를 끄덕였다. 귀에 들리는 소리가 온몸을 마비시키는 것 같았다. 그 글은 오직 자신만을 위해, 그것도 모든 것이 달라진 이날 오전을 위해 쓰였다는 생각이 들었다.

우리는 많은 경험 가운데 기껏해야 하나만 이야기한다. 그 것조차도 우연히 이야기할 뿐, 그 경험이 지닌 세심함에는 신경 쓰지 않는다. 침묵하고 있는 경험 가운데, 알지 못하는 사이에 우리의 삶에 형태와 색채, 멜로디를 주는 경험은 숨 어 있어 눈에 띄지 않는다. 그러다가 우리가 영혼의 고고학자가 되어 이 보물로 눈을 돌리면, 이들이 얼마나 혼란스러 운지 알게 된다. 관찰의 대상은 그 자리에 서 있지 않고, 말은 경험한 것에서 미끄러져 결국 종이 위에는 모순만 가득하게 남는다. 나는 이것을 극복해야 할 단점이라고 오랫동안 믿어 왔다. 그러나 지금은, 이런 혼란스러움을 인정하는 것이야말 로 익숙하면서도 수수께끼 같은 경험들을 이해하기 위한 왕 도라고 생각한다. 이 말이 이상하고 묘하게 들린다는 것은 나도 잘 알고 있다. 하지만 이렇게 생각을 하고 나서야 깨어 있다는 느낌, 정말 살아 있다는 느낌이 든다.

"이건 서문입니다."
주인은 이렇게 말하고 책장을 넘기기 시작했다.
"저자는 장마다 비밀스러운 경험들을 파헤치는 것 같군요. 스 스로의 고고학자가 되는 거지요. 몇 쪽이나 되는 장도 있고, 아주 짧은 장도 있어요. 여기 이건 단 한 문장이네요."

우리가 우리 안에 있는 것들 가운데 아주 작은 부분만을 경험할 수 있다면, 나머지는 어떻게 되는 걸까?

"사겠습니다."
그레고리우스가 말했다.
주인은 책을 덮고는, 아까 여자 손님이 그랬던 것처럼 손으로 부드럽게 표지를 쓰다듬었다.

"이 책은 작년에 리스본의 한 헌책방에 들렀다가 사 온 겁니다. 잡동사니를 모아둔 상자에서 찾았지요. 서문이 마음에 들어샀던 것 같군요. 그런데 그 후 한동안 잊고 있었네요."

그는 지갑을 찾느라 분주한 그레고리우스를 바라보았다.

"선물로 드리지요."

"그건……."

그레고리우스는 쉰 목소리로 헛기침을 했다.

"저도 어차피 거저 얻은 거나 마찬가지였어요."

주인이 그에게 책을 내밀며 말했다.

"아, 이제 기억이 나네요. 산 후안 데 라 크루스. 맞죠?"

"제 아내에게 필요한 책이었어요."

그레고리우스가 대답했다.

"그럼 선생님이 키르헨펠트의 고전문헌학자시군요. 부인이 말씀하셨어요. 나중에 다른 사람이 하는 말도 들었는데, 걸어 다니는 사전이라는 인상을 받았습니다."

그가 웃으며 덧붙였다.

"그것도 무척이나 인기가 좋은 사전요."

그레고리우스는 책을 외투 주머니에 넣고, 고맙다며 악수를 청했다.

책방 주인이 문까지 따라왔다.

"제가 혹시 뭔가 실수를 한 건 아닌지……."

"별말씀을요."

그레고리우스가 이렇게 말하며 그의 팔을 가볍게 쳐주었다.

그레고리우스는 부벤베르크 광장에 멈춰 서서 주위를 둘러보았다. 그는 평생을 살아온 이곳을 속속들이 알고 있었다. 여기가 집이었다. 심한 근시인 그에게 이런 낯익음은 중요했다. 그와 같은 사람에게 자신이 사는 도시는 비닐하우스나 동굴, 안전한 건축물이었다. 그 외의 것들은 위험했다. 그의 안경만큼 두꺼운 안경을 쓴 사람만이 이런 느낌을 이해할 수 있다. 플로렌스는 그 느낌을 알지 못했다. 그가 왜 비행기 여행을 싫어하는지 이해하지 못하는 이유도 이와 비슷했을 것이다. 비행기에 올라타고 몇 시간 지나지 않아 완전히 다른 세상에 도착한다는 사실—그 중간에 놓인 개별적인 모습들을 받아들일 시간도 없이—은 그레고리우스를 혼란스럽게 했다. 그래서 좋아하지 않았을 따름이다. 그건 옳지 않아. 그의 말에 플로렌스가 "옳지 않다니, 그게 무슨 뜻이야?"라고 짜증스러운 목소리로 물었다. 하지만 설명할 도리가 없었다. 그래서 그녀는 점점 더 자주 혼자 비행기 여행을 하거나 다른 사람들과 함께 여행을 떠났는데, 목적지는 대개 남아메리카였다.

그레고리우스는 부벤베르크 극장의 광고판 앞에 섰다. 야간상영 프로그램은 조르주 심농의 소설《지나가는 기차를 보는 남자 L'homme qui regardait passer les trains》가 원작인 흑백영화였다. 영화 제목이 마음을 끌었다. 그는 사진을 오랫동안 들여다보았다. 누구나 할 것 없이 컬러텔레비전을 사던 1970년대 말, 그레고리우스는 며칠이나 흑백텔레비전을 사려고 돌아다녔지만 허사였다. 결국 고철 쓰레기 더미에서 한 대를 찾아내 겨우 집에 가지고 올 수 있었다. 결혼한 후에도 그는 서재에 흑백텔레비전을 가져다 두었다. 집에 혼자 있을 때면 거실에 있는 컬러텔레비전은 끄고, 화면이 어릿어릿하고 영상이 가끔 말려 올라가는 낡은 텔레비전을 켰다. "문두스, 당신 정말 이상한 사람이야." 언젠가 보기 흉한 텔레비전 앞에 앉아 있는 그를 보고 플로렌스가 말했다. 그녀는 이방인을 대하듯 그에게 말을 했고, 마치 시청이 고용한 막일꾼처럼 그를 취급하기 시작했다. 파국의 시작이었다. 이혼을 하고 집에서 컬러텔레비전이 사라지자 그는 마음껏 숨을 내쉴 수 있었다. 그로부터 몇 년 뒤 브라운관이 완전히 고장 난 뒤에야 그는 컬러텔레비전을 샀다.

극장 광고판의 사진들은 크고 선명했다. 그중 한 장은 이마의 젖은 머리카락을 쓸어 올리는, 창백하고 설화석고같이 하얀 잔모로의 얼굴이었다. 그레고리우스는 포르투갈의 한 귀족이 침묵하고 있는 자기 경험을 글로 표현한 책을 더 자세히 보기 위해 근처에 있는 카페로 발걸음을 옮겼다.

그레고리우스는 옛날 책을 사랑하는 사람들이 으레 그러듯 천천히 조심스럽게 책을 넘기다가, 저자의 사진을 발견했다. 사진은 책이 인쇄될 무렵 이미 누렇게 변한 상태였던 듯 원래 검은색이었을 바탕이 갈색으로 탈색되어 있었다. 입자가 굵고 그림자가 진 어두운 배경과 환한 얼굴이 대조를 이루었다. 그레고리우스는 안경을 닦아 다시 썼다. 얼마 지나지 않아 그는 사진에 완전히 빠져들었다.

그 남자는 삼십 대 초반 정도로 보였다. 지적인 외모였다. 자신감과 자의식으로 빛나는 인상에 그레고리우스는 넋을 잃었다. 얼굴은 환하고 이마는 넓었다. 뒤로 차분하게 빗질하여 넘긴 숱이 많은 머리카락은 빛나는 헬멧처럼 보였다. 양옆의 머리카락이 부드럽게 물결치듯 귀를 덮고 있었다. 가늘고 긴 매부리코와 단단한 대들보 같은 눈썹이 얼굴 윤곽을 뚜렷하게 살려주었다. 눈썹은 두꺼운 붓으로 그리다가 끝마무리를 덜한 모습처럼 보여, 생각이 담겨 있는 듯한 미간과 두드러지게 대조되었다. 여자 얼굴에 어울릴 법한 도톰한 입술은 숱이 적은 콧수염과 짧게 깎은 턱수염에 둘러싸여 있었다. 가느다란 목에 드리워진 턱수염 그림자 때문에 그는 얼핏 약간 거칠고 고집이 센 것처럼 보였다. 가장 중요한 것은 그늘이 진 검은 눈이었다. 피곤함이나 질병 때문이 아니라 진지함과 멜랑콜리에서 오는 그늘. 무거운 눈빛에는 부드러움과 대담함, 고집이 섞여 있었다. 이 사람은 꿈꾸는 시인이었구나. 그레고리우스가 생각했다. 그러면서도 결단력 있게 무기나 외과용 메스를 휘두를 수 있는 사람, 눈에 불길이 일면 피해야 할 사람으로 보였다. 그의 눈은 전투태세를 갖춘 거인이라도 막아낼 것처럼 보였지만, 일면 평범함도 엿보였다. 남자는 흰 셔츠에 넥타이를 매고 재킷을 걸친 차림새였다. 프록코트 같았다.

사진에 깊이 빠져 있던 그레고리우스가 정신을 차렸을 때는 벌써 1시 무렵이었다. 앞에 놓인 커피는 싸늘하게 식어 있었다. 그는 이 포르투갈 사람의 목소리를 듣고 싶었고, 움직이는 모습도 보고 싶었다. 사진으로 짐작하듯이 1975년에 삼십 대 초반이었다면 지금은 예순이 넘었을 터였다. 포르투게스. 그레고리우스는 이름 없는 포르투갈 여자의 목소리를 책방 주인의 목소리와 뒤섞이지 않게 조심하면서 더 낮은 목소리로 바꾸어 발음해보았다. 아마데우 드 프라두의 시선에 적합하도록, 멜랑콜리를 뚜렷하게 드러내는 목소리여야 했다. 그는 책에 적힌 문장들을 그 목소리로 읽어보려고 했다. 그러나 단어를 어떻게 발음해야 하는지 몰랐으므로 전혀 읽을 수 없었다.

　카페 앞으로 루치엔 폰 그라펜리트가 지나갔다. 그레고리우스는 놀라긴 했지만, 자신이 몸을 움칠하지 않았다는 것을 알고 마음이 놓였다. 루치엔이 멀어져가는 모습을 보며 그는 교탁에 두고 온 책을 떠올렸다. 책방에 가서 포르투갈어 교재를 사려면 수업이 다시 시작되는 2시까지 기다려야 했다.

3

　그레고리우스가 집에 돌아온 지 얼마 지나지 않아 전화벨이 울렸다. 학교로군. 벨 소리는 그칠 줄 몰랐다. 그는 전화 옆에 서서 무슨 말을 해야 할지 생각했다. 오늘 오전부터 제 인생을 조금 다르게 살고 싶다는 생각이 들었습니다. 이제 더는 문두스 노릇을 하고 싶지 않습니다. 새로운 삶이 어떤 모습일지 저도 모릅니다다만, 미룰 생각은 조금도 없습니다. 저에게 주어진 시간은 흘러가버릴 것이고, 그러면 새로운 삶에서 남는 건 별로 없을 테니까요. 그레고리우스는 크게 소리 내어 이렇게 말해보았다. 이 말은 옳았다. 그는 자기 인생에서 이렇듯 옳고 의미 있는 말을 한 적이 별로 없었다. 그러나 전화기에 대고 이런 말을 하는 것은 도저히 불가능하다는 생각이 들었다. 공허하면서도 장엄한 문장이었기 때문이다.

전화벨 소리가 멈췄다. 그러나 곧 다시 울리리라는 걸 그레고리우스는 알고 있었다. 사람들은 그에게 무슨 일이 벌어졌다고 걱정하고 있었고, 그래서 그를 찾을 때까지 가만히 앉아 있지 않을 테니까. 얼마 안 있으면 현관 초인종도 울리겠지. 2월, 날은 여전히 일찍 저물었다. 전등을 켤 수 없었다. 그는 자기 인생의 뼈대를 만든 도시에서 도망 중이었고, 15년 동안 살았던 집에서 몸을 숨겨야 했다. 기괴하고 우스꽝스러우며 서툰 희극 같은 사실이었지만, 그가 지금까지 경험하고 행동했던 일들보다 더 진지했다. 그럼에도 그를 찾는 사람들에게 이 진지함의 근거를 설명할 수는 없었다. 그레고리우스는 문을 열고 사람들에게 들어오라고 말하는 자신의 모습을 상상해보았다. 불가능했다. 절대로…….

어학 교재의 첫 번째 CD를 세 번 연거푸 듣고 나자 쓰여 있는 포르투갈어와 직접 발음할 때의 차이, 특히 어떤 철자를 묵음으로 처리해야 할지 어느 정도 알 수 있었다. 힘을 별로 들이지 않아도 빠르게 이해하는 그의 탁월한 어학 실력이 진가를 발휘했다.

전화벨은 점점 자주 울렸다. 그가 여기로 이사 왔을 때 먼저 살던 세입자에게서 넘겨받은 아주 오래된 전화기에는, 이런 경우에 빼버릴 수 있는 선이 없었다. 그레고리우스는 모든 것이 옛날 모습 그대로 유지되기를 고집했다. 그는 벨 소리가 들리지 않게 전화기를 덮으려고 양털 담요를 꺼냈다.

어학 CD에서 단어와 짧은 문장을 따라 하라는 소리가 들렸다. 포르투갈어를 발음하는 그의 입술과 혀는 무겁고 뻣뻣했다. 고전어들은 베른식 억양으로 말하는 그의 입에 적절하게 맞았다. 시간을 초월한 그 세계에서는 서둘러야 한다는 생각을 해본 적이 한 번도 없었다. 그러나 포르투갈어는 그레고리우스의 기를 꺾어놓았던 프랑스어처럼 빠른 속도를 자랑했다. 플로렌스는 프랑스어의 질주하는 듯한 우아함을 사랑했다. 그녀가 프랑스어로 말할 때의 가벼움이 귀에 들려오면 그레고리우스는 침묵하곤 했다.

그러나 지금은 모든 상황이 갑자기 달라졌다. 그레고리우스는 CD에서 들리는 남자의 엄청나게 빠른 목소리와 피콜로 연주를 연상하게 하는 여자의 춤추는 듯 맑은 음색을 흉내 내려고 했다. 자신의 뻣뻣한 발음과 미끄러지는 표준 발음 사이의 거리를 좁히기 위해 그는 같은 문장을 계속해서 다시 들었다. 그리고 얼마 지나지 않아 자신이 해방감을 느끼고 있음을 깨달았다. 스스로 정한 한계, 자기 이름을 발음할 때의 느림과 무거움, 생각에 잠겨 박물관의 한 전시실에서 다른 전시실로 더디게 움직이던 아버지의 발걸음과 같은 느림과 무거움에서의 해방, 계획한 것은 아니지만 자신도 모르는 사이에 천천히 만들어진 자화상—자화상 안에서 그는 시력이 나쁜 사람들이 그러하듯, 책을 읽지 않을 때에도 먼지가 쌓인 책으로 몸을 굽히고 있다—에서의 해방. 문두스의 자화상에는 그의 서명만 있는 것이 아니라 박물관 분위기를 풍기는 이 조용한 인물이 주는 휴식을 편안하게 생각하던 모든 사람의 서명이 있었다. 그레고리우스는 사람들의 발길이 닿지 않는 박물관의 측면 벽에 걸려 있던, 먼지가 많이 낀 이 자화상에서 자기가 걸어 나온다는 느낌을 받았다. 불을 켜지 않은 어둑한 집에서 그는 이리저리 오가며 포르투갈어로 커피를 주문하고, 리스본에서 길을 묻고, 가상의 인물에게 직업과 이름을 묻고, 자기 직업을 말해주고 날씨에 대한 짧은 대화도 나누어보았다.

그러다가 갑자기 오전에 만난 포르투갈 여자와 이야기를 하기 시작했다. 그는 그녀에게 물었다. 편지를 쓴 사람에게 왜 화가 났는지. 정말 뛰어내리려고 했나요? 새 단어와 문법을 눈앞에 떠올리며 모르는 표현과 동사 형태를 찾아보았다. 포르투게스. 벌써 얼마나 다르게 울리는가! 지금까지 이 단어는 갈 수 없는 나라에 있는, 마법에 걸린 보물 같았다. 하지만 이제 그것은 그가 문을 막 열어젖힌 궁전에 장식된 수많은 보석 가운데 하나였다.

초인종이 울렸다. 그레고리우스는 발뒤꿈치를 들고 조용히 걸어가서 플레이어를 껐다. 바깥에서 두런두런 뭔가 의논하는 학생들의 목소리가 들렸다. 시끄러운 벨 소리가 어두운 적막을 깨며 두 번 더 울리는데도 그는 움직이지 않고 기다렸다. 학생들의 발소리가 복도에서 멀어져갔다.

건물 안쪽으로 창문이 난 유일한 공간은 부엌이었다. 그레고리우스는 블라인드를 내리고 전등을 켰다. 그런 다음 포르투갈 귀족의 책과 어학 교재를 식탁에 펼쳐놓고 서문의 첫 문장을 번역하기 시작했다. 문장은 라틴어처럼 보이면서도 라틴어와 아주 달랐다. 그러나 지금은 다르다는 사실이 혼란스럽지는 않았다. 문장은 어려웠고, 번역하는 데 시간이 오래 걸렸다. 그는 체계적으로 단어를 찾았다. 도무지 수수께끼 같기만 한 동사의 형태들이 풀릴 때까지 변화형을 샅샅이 훑었다. 마라톤 주자와 같은 끈기가 필요했다. 몇 문장을 번역하고 나서 그는 흥분에 휩싸여 번역한 것을 종이에 쓰기 시작했다. 만족할 만한 결과가 나왔을 때는 거의 9시 무렵이었다.

_뚜렷하지 않은 심연

인간 행위의 표면 아래에 우리가 알지 못하는 어떤 비밀이 있을까? 아니면 인간은 자신이 만천하에 드러내는 행동과 완벽하게 일치할까?

아주 이상하게 들리지만, 이 질문에 대한 대답은 이 도시와 테주 강을 비추는 햇빛처럼 내 마음속에서 늘 변한다. 뚜렷하고 예리한 그림자를 만드는, 반짝이는 8월의 매력적인 햇빛은 인간에게 숨겨진 심연이 있다는 나의 생각을 터무니없는 것으로 느끼게 한다. 신기루와 비슷한, 햇빛에 반짝이는 물결을 너무 오랫동안 바라보면 나타나는 진기하면서도 약간은 감동적인 환상처럼. 그러나 흐린 1월에 도시와 강이 그림자도 없는 희미한 빛과 지루한 잿빛 지붕에 덮이면 인간의 모든 행위는 알 수 없는 심연에 숨겨진 내적인 삶이 겉으로 드러내는 표현, 그것도 심연에는 전혀 가깝지 않으며 아주 불완전하고 거의 우스꽝스러우리만큼 약한 표현일 뿐이라는 것이 확실해진다.

이렇듯 기이하고 걱정스러운 내 판단의 불확실성에 더하여 내 삶을 계속 당혹스럽고 뒤숭숭하게 하는 경험도 존재한다. 나 자신에 관한 일인 경우에도, 그러니까 우리 인간에게 가장 중요한, 자기 자신의 일에서도 다른 일에서와 마찬가지로 똑같이 흔들린다는 것이다. 즐겨 찾는 카페에 앉아 햇빛을 쬐면서 지나가는 여성들의 방울 소리 같은 웃음을 듣고 있노라면 내 모든 내면세계의 가장 깊숙한 곳까지 충만하게 차오른다는 생각이 든다. 이 내면세계는 이렇듯 편안한 느낌에 푹 젖어 점점 더 뚜렷해진다. 그러나 마법과 꿈을 깨뜨리는 구름이 햇빛을 가리면, 내가 모르는 일들을 불러일으키고 나를 휩쓸어갈 수 있는 감추어진 심연과 나락이 내 안에 있음을 갑자기 확연하게 느끼게 된다. 그러면 나는 해가 얼른 다시 나와서 표면화된 안온함에 타당성을 부여해주길 기대하면서, 급하게 계산을 하고 기분을 전환해줄 소일거리를 찾아 허겁지겁 나선다.

그레고리우스는 아마데우 드 프라두의 사진이 나온 쪽을 펴서 전구에 비스듬히 비추어보았다. 그런 다음 형형하면서도 우수에 젖은 그의 눈빛을 보며 번역한 글을 한 문장씩 읽어나갔다. 그레고리우스가 이런 행동을 한 적은 단 한 번, 대학 시절 마르쿠스 아우렐리우스의《명상록》을 읽을 때밖에 없었다. 책상에 있던 황제의 흉상이 글을 읽는 그를 조용히 지켜주는 듯했다. 밤이 깊어갈수록 그레고리우스는 그때와 지금의 차이를 점점 더 뚜렷하게 느꼈지만, 이것을 뭐라고 표현해야 할지는 알지 못했다. 하지만 2시가 지날 무렵, 한 가지 사실이 확실해졌다. 학생 시절 그레고리우스가 황제의 명상록이 마치 자신에게 직접 쓴 글인 양 생각하며 읽을 때조차 알지 못했던 감각의 각성과 명료함을 이 포르투갈 사람은 인식의 예리함을 통해 그에게 일깨워주었다. 그러는 사이 또 다른 한 장의 번역도 끝났다.

_황금 같은 침묵 속의 언어

신문을 읽거나 라디오를 듣거나 카페에 앉아 사람들이 하는 이야기를 주의 깊게 듣다 보면 쓰인 글과 하는 말에서 보고 듣는 늘 똑같은 언어 때문에—어법이든 말장난이든 은유든—혐오감과 구역질을 자주 느끼게 된다. 그중에서도 가장 끔찍한 것은, 내 말에 귀를 기울이면 나 역시 끊임없이 똑같은 말을 한다는 사실이다. 이 말들은 소름이 끼치도록 낡았고 평범하며, 수백만 번 사용하여 닳고 닳은 것들이다. 이런 말에도 과연 의미가 있을까? 물론 말은 소통의 기능을 한다. 사람들은 이 말에 따라 행동하고 울고 웃으며, 왼쪽이나 오른쪽으로 가고, 종업원은 커피나 차를 가지고 온다. 하지만 내가 묻고 싶은 것은 그것이 아니다. 문제는 "그 말이 생각을 표현하고 있는가?"라는 점이다. 이런 말이란 쓸데없는 수다가 새겨진 흔적처럼 계속 반짝거려 사람들을 이리저리 끌고 다니는 강력한 효과음에 불과한 것은 아닌지?

그럴 때면 나는 해변으로 가서 목을 길게 늘여 바람에 머리를 맡기고, 우리에게 익숙한 것보다 훨씬 더 차가운 바람이 불기를 바란다. 낡은 단어들과 진부한 언어 습관을 내 머릿속에서 날아가게 하고, 늘 똑같은 잡담의 찌꺼기를 묻히고 사는 나를 씻겨 깨끗한 정신으로 돌아오게 해줄 바람. 그러나 그런 다음에도 뭔가 할 말이 생기면, 예전과 조금도 달라진 바 없는 나를 보게 된다. 내가 원하는 정화는 저절로 이루어지지 않는다. 난 이를 위해 무엇인가를, 언어로 무엇인가를 해야 한다. 하지만 무엇을? 내가 나의 언어에서 탈출하여 다른 언어로 가고 싶다는 뜻은 아니다. 문제는 언어에서 도피하는 게 아니다. 언어를 새로 발명할 수는 없다. 그렇다면 내가 원하는 건 도대체 무엇인가?

난 아마 포르투갈어 단어들을 새로 만들고 싶은 모양이다. 새로운 문장들은 낡고 진부하다거나 흥분하여 기교를 부린다거나 의도적이지 않을 것이다. 이들은 포르투갈어로 된 문장의 중심을 이루는 원형原形이라서, 에움길이나 오염 없이 다이아몬드와 같은 투명한 본질에서 바로 나온다는 느낌을 사람들에게 주어야 한다. 단어들은 윤을 낸 대리석처럼 흠이 없고, 자기 자신이 아닌 것은 모두 완벽한 침묵으로 변화시키는 바흐의 변주곡 음색처럼 맑아야 한다. 가끔 언어의 진흙 구덩이와 타협하려는 마음이 내 안에 약간 남아 있다면, 그 마음은 화기애애한 거실의 부드러운 고요함이나 사랑하는 사람들 사이에 존재하는 느긋한 평온함 정도일 것이다. 그러나 끈적거리는 언어 습관에 대한 분노가 나를 에워싸면,

그 분노는 빛이 없는 우주의 맑고 서늘한 적막 이상이어야한다. 내가 포르투갈어로 말하는 유일한 사람이 되어, 소리없는 열차를 끌고 가는 우주……. 종업원이나 이발사나 승무원은 새로운 조어를 들으면서 그 문장의 빛나는 간결함, 그아름다움에 놀랄 것이다. 내 생각에 이런 문장들은 이론의여지가 없을 것 같다. 어쩌면 엄격하다고까지 말할 수 있을것이다. 청렴하고 확고부동하게 서 있다는 점에서 이들은 신의 말과 비슷하고, 또한 과장이나 격정이 없이 정확하고 간결하여 단 하나의 단어나 쉼표도 뺄 수 없다는 점에서 언어의 연금술사가 엮은 시에 비견할 수 있을 것이다.

그레고리우스는 속이 비어 위가 쓰렸다. 억지로 뭔가 먹은 다음 찻잔을 들고 어두운 거실에 앉았다. 이제 어떻게 해야 하나? 아까 학생들이 찾아온 뒤에도 초인종이 두 번 더 울렸다. 담요로 덮어놓아 웅웅 소리를 내는 전화벨이 마지막으로 울린 때는 자정 직전이었다. 학교에서는 아마도 내일 실종신고를 할 것이다. 그러면 언젠가는 경찰이 문을 두드리게 되겠지. 아직 늦지 않았다. 돌아갈 수 있다. 8시 십오 분 전에 키르헨펠트 다리를 지나 학교에 들어가, 수수께끼같이 사라졌던 이유가 무엇이었는지 이야기를 하나 지어내면 그만이다. 사람들이 그를 조금 이상하다는 듯이 바라보겠지만 상관없었다. 이 각본은 그레고리우스의 마음에도 들었다. 그들은 그가 하루 동안 지나온 엄청난 거리距離를 절대 이해할 수 없을 터였다.

하지만 바로 그게 문제였다. 그는 이미 그 거리를 지나왔고, 자신이 감행한 이 조용한 여행을 다른 사람들이 무위로 돌려버리는 것을 원치 않았다. 그레고리우스는 유럽 지도를 꺼내 펴놓고, 기차를 타고 어떻게 리스본으로 갈지 생각했다. 전화로 알아보니 역의 안내 데스크는 6시나 되어야 문을 열었다. 그는 짐을 싸기 시작했다.

짐을 다 싸고 소파에 앉았을 때는 시곗바늘이 4시를 가리키고 있었다. 눈이 내리기 시작했다. 갑자기 온몸에서 기운이 빠졌다. 정신 나간 생각이었다. 감정이 오락가락하는 이름 없는 포르투갈 여자, 빛바랜 포르투갈 귀족의 사진, 초보자를 위한 어학 교재, 흘러가는 시간에 대한 생각……. 이런 것들 때문에 한겨울에 리스본으로 도망치는 사람은 없다.

5시 무렵, 그는 안과 의사인 콘스탄틴 독시아데스에게 전화를 걸었다. 두 사람 다 불면증에 시달리는 처지였기 때문에 자주 밤에 전화를 주고받곤 했다. 무언의 연대감이 잠을 쉽게 이루지 못하는 두 사람을 묶어주었다. 그레고리우스는 그럴 때면 가끔 이 그리스 의사와 체스 판 없이 전화로 빠르게 체스를 한 판 두었다. 그러면 학교에 가기 전까지 잠깐 눈을 붙일 수 있었다.

"아무런 의미도 없는 행동입니다. 그렇죠?"

그는 더듬거리며 이야기를 한 다음, 마지막에 이렇게 덧붙였다. 의사는 아무런 대답도 하지 않았다. 그레고리우스는 그를 잘 알고 있었다. 그는 아마 지금 눈을 감고, 엄지와 집게손가락으로 미간을 누르고 있을 것이다.

"의미가 있어요."

의사가 대답했다.

"있고말고요."

"제가 길을 떠난 뒤 더는 어떻게 해야 할지 모르겠다고 한다면 절 도와주시겠지요?"

"아무 때나 전화하세요. 낮이든 밤이든. 그리고 보조안경 가져가는 것 잊지 마시고요."

의사의 목소리에서 평소와 같은 침착함이 묻어 나왔다. 그것은 직업적인 침착함을 넘어, 지속적인 효력을 발휘할 판단을 내리기 위해 시간을 들여 생각하는 것이었다. 그레고리우스는 20년 전부터 이 의사에게 치료를 받아왔다. 그는 시력을 완전히 잃게 될지도 모른다는 그레고리우스의 불안감을 종식시켜준 유일한 의사였다. 그레고리우스는 그를 가끔 아버지와 비교해보았다. 어머니가 일찍 돌아가신 뒤, 어디서 무엇을 하든 박물관의 먼지 쌓인 침착함 속에서 부유하는 것처럼 보였던 아버지…… 그레고리우스는 이 침착함이 아주 깨지기 쉽다는 사실을 일찌감치 알았다. 그는 아버지를 좋아했다. 단순히 좋아하는 것 이상으로 더 강하고 깊은 느낌이 들었던 순간도 있었다. 하지만 아버지는 확고한 판단을 내려 앞으로 나아갈 수 있게 하는 그리스 의사처럼 그가 기대고 의지할 수 있는 사람이 아니었기 때문에 힘들었다. 나중에 그는 이런 생각 때문에 가끔 양심의 가책도 느꼈다. 그가 바랐던 침착함은 손에 쥘 수 있는 것이 아니었으므로 부재 자체를 비난할 수는 없었다. 안정적인 사람이 되려면 스스로 행복해야 했다. 아버지는 스스로든 다른 사람과의 관계에서든 별로 행복하지 않았다.

그레고리우스는 식탁에 앉아 교장에게 편지를 쓰기 시작했다. 너무 무뚝뚝해지거나 죄송하다며 이해를 구하는 문장이 되어 몇 번이나 다시 써야 했다. 6시 정각에 그는 역 안내 데스크에 전화를 걸었다. 제네바에서부터 스물여섯 시간 동안 기차를 타야 했다. 파리를 거쳐 바스크 지방의 이룬에서 야간열차로 갈아타야 하며 리스본에는 아침 11시 무렵에 도착한다고 했다. 그는 기차표를 예약했다. 제네바로 가는 기차는 7시 반에 있었다.

기차를 예약한 다음, 그는 편지 쓰기를 마쳤다.

존경하는 교장 선생님이자 사랑하는 동료 케기에게

제가 어제 수업 도중 아무런 설명 없이 교실을 나와, 다시 돌아오지 않았다는 소식은 이미 들으셨을 줄 압니다. 그리고 사람들이 저를 찾을 수 없었다는 것도 아실 겁니다. 저는 잘 있습니다. 사고가 난 것이 아닙니다. 하지만 저는 어제, 많은 것을 변하게 한 일을 겪었습니다. 그 일은 지극히 개인적인데다 너무 복잡해서 글로 표현하기 어렵군요. 그러니 돌발적이고 설명할 수 없는 제 행동을 그냥 이해해주셨으면 합니다. 저를 잘 아실 테니, 제가 경솔하거나 책임감이 부족하거나 일에 무관심해서 이런 행동을 한다고는 생각하지 않으실 겁니다. 저는 이제 긴 여행을 떠납니다. 언제 돌아올지, 돌아온다는 것이 어떤 의미가 될지 저도 아직 모릅니다. 제 자리를 비워두라고 말씀드리지 않겠습니다. 제 인생에서 가장 많은 부분을 차지했던 이 학교를 많이 그리워하게 될 겁니다. 하지만 지금 무엇인가가 저를 학교에서 멀어지게 합니다. 이런 멀어짐이 어쩌면 최종적인 결정이 될지도 모르겠습니다. 우리 둘 모두 마르쿠스 아우렐리우스를 존경하지요. 그의 《명상록》 가운데 한 부분을 기억하실 겁니다. "내 영혼아 죄를 범하라. 스스로에게 죄를 범하고 폭력을 가하라. 그러나 네가 그렇게 행동한다면 나중에 너 자신을 존중하고 존경할 시간은 없을 것이다. 누구에게나 인생은 한 번, 단 한 번뿐이므로. 네 인생은 이제 거의 끝나가는데 너는 살면서 스스로를 돌아보지 않았고, 행복할 때도 마치 다른 사람의 영혼인 듯 취급했다……. 자기 영혼의 떨림을 따르지 않는 사람은 불행할 수밖에 없다."

저에게 늘 보내주신 신뢰, 그리고 함께 일했던 좋은 시간에 감사드립니다. 제가 학생들과 있으면서 얼마나 즐거웠는지 아이들이 알 수 있게 잘 말씀해주십시오. 교장 선생님이라면 분명 적합한 말을 생각해내실 수 있을 겁니다. 어제 교실을 떠나기 전, 학생들을 한 명씩 바라보며 생각했습니다. 이 아이들은 앞으로 얼마나 시간이 많은가!

이해를 바라며, 그리고 교장 선생님과 선생님께서 하시는 일에 행운이 깃들길 빌며.

라이문트 그레고리우스 드림

(추신. 교탁에 책을 두고 그냥 왔습니다. 잃어버리지 않게
보관해주시겠습니까?)

그레고리우스는 역에서 편지를 우체통에 넣었다. 현금지급기
에서 돈을 꺼내는 그의 손이 떨렸다. 그는 안경을 닦은 다음 여권
과 차표와 주소록을 다시 확인하고 창가에 앉았다. 기차가 제네
바를 향해 떠날 때 굵은 눈송이가 천천히 떨어지기 시작했다.

4

그레고리우스는 멀어져가는 집들을 바라보았다. 베른의 마지
막 집이 시야에서 완전히 사라지자 그는 수첩을 꺼내 자기가 그
동안 가르친 학생들의 이름을 적기 시작했다. 작년에 가르쳤던
학생들의 이름부터 시작해서 옛날로 거슬러 올라갔다. 이름 하나
하나마다 얼굴과 특징, 특별한 일화들이 떠올랐다. 3년 전까지의
일을 기억하는 데는 별문제가 없었다. 그러나 거슬러 올라갈수록
누군가의 이름이 빠졌다는 생각을 지울 수가 없었다. 1990년대
중반에 가르친 학급은 몇몇 얼굴과 이름밖에 떠오르지 않았다.
그 이상은 연도마저 혼미했다. 특별한 일이 있었던 학생들만 기
억에 남았다.

그레고리우스는 수첩을 덮었다. 가끔 시내에서 몇 년 전에 가
르친 학생들을 만날 때가 있었다. 그들은 이제 청소년이 아니었

다. 이미 배우자와 직업과 자녀가 있는 성인이었다. 학생들의 얼굴에서 변화를 감지할 때마다 그는 소스라치게 놀랐다. 변화가 가져온 결과 때문에 놀란 적도 가끔 있었다. 너무 일찍 찾아온 인생의 비참함, 쫓기는 눈빛, 심각한 질병의 징후들. 그러나 다른 무엇보다도 변한 얼굴이 증명하는, 잡을 수 없이 흘러가는 시간과 살아 있는 모든 것을 황폐하게 하는 잔인함이 그를 움찔하게 했다. 그러면 그는 검버섯이 막 피기 시작한 자기 손을 내려다보았다. 가끔은 학창 시절 사진을 꺼내 들고 지금까지 지내온 긴 여정이 매일, 매년 어떤 모습이었는지 눈앞에 그려보기도 했다. 그런 날이면 다른 날보다 더 심하게 놀랐고, 예약도 없이 독시아데스의 병원으로 가서 시력을 잃을 것 같다는 불안감을 토로했다. 오랫동안 외국—다른 대륙, 다른 기후, 다른 언어 환경—에 살다가 돌아온 학생들을 만날 때면 마음의 평정을 더 많이 잃었다. "선생님은 어떻게 지내셨어요? 아직 키르헨펠트에 계세요?" 그들은 이렇게 묻고는 가던 발걸음을 재촉했다. 그런 날 밤이면 그레고리우스는 이 질문에 대한 변명거리를 생각했다. 그러나 나중에는 변명을 해야 한다는 느낌조차 견디기 힘들어졌다.

그랬던 그가 24시간 이상 잠도 자지 않은 채 기차에 앉아, 온갖 생각을 떠올리며 확실하지 않은 미래를 향해 가고 있었다. 결코 짐작조차 못 해봤던 미래였다.

기차가 로잔에서 잠깐 멎자 돌아가고 싶다는 유혹이 밀려왔다. 플랫폼 맞은편에 베른으로 가는 기차가 들어왔다. 그레고리우스는 베른 역에 내리는 자신의 모습을 상상하며 시계를 들여다보았다. 택시를 타고 키르헨펠트로 가면 4교시 수업에는 들어갈 수 있는 시간이었다. 그리고 편지……. 내일 아침 집배원을 꼭 만나든가, 아니면 케기에게 봉투를 열지 말고 돌려달라고 부탁해야 한다. 불편하긴 해도, 불가능한 일은 아니었다. 그의 시선이 탁자에 놓인 수첩에 닿았다. 그는 수첩을 펴지 않은 채, 그 안에 적힌 학생들의 이름을 떠올렸다. 갑자기 모든 것이 명확해졌다. 베른에서 마지막으로 본 집이 멀어진 이후 익숙한 것을 붙잡아보려고 시작한 이 일은, 시간이 지나면서 차츰 '작별하기'로 변했다. 기차가 서서히 다시 움직이기 시작하자 그는 생각에 잠겼다. 무엇인가와 작별을 할 수 있으려면 내적인 거리두기가 선행되어야 했다. 자신을 둘러싸고 있던 정체불명의 '당연함'은, 그것이 그에게 어떤 의미가 있는지 확실하게 알려주는 '명료함'으로 바뀌어야 했다. 전체적인 윤곽을 지닌 그 무엇인가로 응집되어야 한다는 뜻이었다. 그의 인생에 다른 그 어떤 것보다도 더 많은 영향을 주었던 학생들의 목록처럼. 이제 막 역을 출발하는 기차가 뒤에 남겨놓은 것은 그레고리우스 자신의 한 부분이었다. 그는 자기가 지금 약한 지진 때문에 떨어져 나온 빙산 조각에 서서, 차고 넓은 바다를 부유하는 중이라고 생각했다.

그레고리우스는 기차가 속력을 내자 잠이 들었다가 제네바에서 깨어났다. 기차가 멈추는 느낌 때문이었다. 프랑스의 초고속 열차를 타러 가면서 그는 묘한 흥분을 느꼈다. 몇 주일이나 걸리는 시베리아 횡단열차를 타러 가는 기분이었다. 막 자리를 잡고 앉았을 때 단체여행을 하는 프랑스 사람들이 기차 안으로 우르르 들어왔다. 기차는 '신경질적인' 우아한 소음으로 가득 찼다. 누군가 짐을 선반에 올리느라 그레고리우스 위로 몸을 뻗다가 열린 외투 자락으로 그의 안경을 건드려 떨어뜨렸다. 그러자 그레고리우스는 이제껏 한 번도 자의로 그래본 적이 없는 행동을 했다. 짐을 챙겨 들고 일등칸으로 자리를 옮긴 것이다.

지금까지 일등칸을 타고 여행한 경우는 몇 번 되지 않았다. 그나마 자그마치 20년 전의 일이었다. 그때 플로렌스가 일등칸을 타자고 우겨 그녀의 말을 따르긴 했지만, 그는 사기를 당하는 기분으로 비싼 쿠션에 몸을 기댔다. 당신 내가 지루한 사람이라고 생각해? 언젠가 이런 식의 여행이 끝난 다음 그가 플로렌스에게 물었다. "응? 문두스, 그런 건 묻는 게 아니야!" 그녀는 이렇게 말하며 대답하기 곤란하면 늘 그러듯이 손가락으로 머리를 쓸어 넘겼다. 기차가 움직이기 시작하자 그레고리우스는 두 손으로 우아한 쿠션을 쓰다듬었다. 지금 자신의 행동이 플로렌스를 향한 때늦고 유치한 보복이라는 생각이 들었다. 그러나 이런 보복에 과연 무슨 의미가 있을까. 옆 좌석은 비어 있었다. 자신도 이해할 수 없는 이러한 기분을 들킬 염려가 없다는 것이 다행스러웠다.

그는 승무원에게 내야 할 추가 요금이 너무 많아 깜짝 놀랐다. 승무원이 돌아간 뒤 그는 가진 돈을 두 번이나 세어보았고, 신용카드의 비밀번호를 소리 내어 말해보고는 이를 수첩에 적어두었다. 그러나 얼마 지나지 않아 적어둔 면을 뜯어버렸다. 제네바에 도착하자 눈이 멎었다. 몇 주 만에 다시 해가 보였다. 창문으로 들어오는 따뜻한 햇빛이 차츰 그의 마음을 가라앉혔다. 계좌에는 돈이 무척 많이 쌓여 있고, 그도 그 사실을 알고 있다. "아무것도 하지 않으세요?" 계좌에 돈이 얼마나 있는지 확인할 때마다 은행 여직원이 그에게 물었다. "가지고 계신 돈을 쓰셔야지요!" 그 직원은 그를 위해 대신 투자해주었다. 이렇게 시간이 지나면서 부자가 되었지만, 그는 정작 자신이 부자라는 것조차 느끼지 못했다.

그레고리우스는 어제 이 시간에 교탁에 남겨두고 온 라틴어 책 두 권을 떠올렸다. 책 면지에는 잉크로 쓴 '안넬리 바이스'라는 이름이 어린아이의 글씨체로 적혀 있었다. 어린 시절, 새 책을 살 돈이 없던 그는 온 시내를 돌아다니다가 어느 헌책방에서 그 책을 찾아냈다. 그가 책을 내보이자 아버지의 목울대가 빠르게 움직였다. 아버지의 울대뼈는 뭔가 근심이 있을 때면 늘 빨리 움직였다. 처음에는 책에 쓰인 낯선 이름이 싫었다. 그러나 그레고리우스는 곧 이 책의 먼젓번 주인이 무릎까지 오는 하얀 양말을 신은 소녀일 거라 상상했고, 얼마 지나지 않아 새 책을 준다고 해도 절대 이 책과 바꾸지 않으리라 생각하게 되었다. 하지만 나중에 기간제 교사로 일해 번 돈으로는 아름답고 값비싼 고전 판본을 샀다. 30년도 훨씬 지난 일이지만, 지금 돌이켜보아도 약간 비현실적이었다. 얼마 전까지만 해도 그는 책장 앞에 서서 '이런 장서를 소유할 수 있다니 난 얼마나 행복한가!'라고 생각했다.

그의 기억은 천천히 꿈에 나타나는 얇은 노트로 옮겨 갔다. 어머니가 청소를 해서 번 돈이 얼마인지 적어두던 그 노트는, 고문을 가하는 도깨비불처럼 늘 새롭게 떠올랐다. 다행스럽게도 누군가 탁자에서 컵을 떨어뜨리는 바람에 그는 힘든 기억에서 벗어났다.

파리까지는 아직 한 시간이 남아 있었다. 그레고리우스는 식당차에 앉아 창밖으로 펼쳐지는 환한 초봄을 내다보았다. 그때 갑자기, 자신이 진짜로 여행하고 있다는 사실이 명확해졌다. 잠들지 못하는 밤에 생각해낸, 있을 법한 가능성이 아니라 실제 상황이었다. 이 자각이 커질수록 가능성과 실제와의 관계가 자꾸만 거꾸로 느껴졌다. 케기와 학교, 수첩에 적힌 학생들은 현실이기는 했지만 원래 가능성에 불과한 것이 아니었을까. 우연히 현실로 나타났을 뿐……. 그런 반면 그가 지금 이 순간 경험하는 것들, 즉 기차가 움직이는 소리, 약한 기적 소리, 옆의 식탁에서 컵들이 열차의 진동에 따라 떨리는 소리, 부엌에서 나는 오래된 기름 냄새, 요리사가 이따금 뿜어내는 담배 냄새, 이것들은 모호한 가능성이라거나 현실화된 가능성이 아니라 실제였다. 그것도 밀도가 높고 강력한 필연으로 가득 찬 실제, 단순하면서도 순수한 실제, 온전히 현실적인 무엇인가를 드러내는 실제가 아닐까?

그레고리우스는 빈 접시와 김이 올라오는 커피 잔을 앞에 두고 앉아 지금이 자기 인생에서 가장 확실하게 깨어 있는 순간임을 절감했다. 천천히 잠을 떨치고 의식이 완전히 들 때까지 조금씩 잠에서 깨어나는 그런 명료함이 아니었다. 지금 이 느낌은 아주 달랐다. 이제껏 몰랐던 세상에 있다는 각성, 전혀 이질적인 눈뜸이었다. 리옹 역이 시야에 들어오자 그는 자리로 돌아왔다. 잠시 후 플랫폼에 발을 내딛면서, 온전한 의식으로 기차에서 내리기는 이번이 처음이라고 생각했다.

5

기억의 무게는 그가 생각한 것 이상이었다. 그레고리우스는 이 곳이 플로렌스와 낯선 도시로 여행하며 도착했던 첫 번째 역이라는 것을 기억하고 있었다. 그러나 여기 다시 섰을 때 세월의 흐름을 전혀 느끼지 못할 거라는 생각은 미처 하지 못했다. 녹색으로 칠한 철제 대들보와 붉은 관들, 원형 아치, 빛이 들어오는 투명한 지붕.

"우리 파리로 여행 가자!"

그의 부엌에서 처음으로 아침을 먹던 날, 무릎을 세워 팔로 감싸고 있던 플로렌스가 불쑥 말했다.

"그게……."

"지금 바로, 당장 가자고!"

플로렌스는 그의 옛날 제자였다. 머리를 잘 빗지 않았지만 매력적이었고, 도발적인 변덕스러움 때문에 인기도 많았다. 그녀는 반 학기 만에 라틴어와 그리스어에서 최고 점수를 받았다. 같은 해, 선택 과목이었던 히브리어 수업 시간에 그레고리우스가 들어간 첫날, 그녀는 첫째 줄에 앉아 있었다. 하지만 그레고리우스는 그게 자신과 관련이 있으리라고는 꿈에도 생각하지 못했다.

졸업시험 계절이 돌아왔고, 또 1년이라는 시간이 흘러갔다. 두 사람은 대학의 카페테리아에서 우연히 재회했고, 문 닫을 시간이 되어 쫓겨날 때까지 내내 함께 앉아 있었다.

"눈이 그렇게 나쁘다니!"

그녀가 그의 안경을 벗기며 말했다.

"그때 전혀 눈치를 채지 못하더군요. 다른 사람들은 모두 알았는데, 모두!"

그레고리우스는 몽파르나스 역으로 가는 택시에 앉아 자신은 그런 상황을 눈치채는 데 서툰 사람임이 틀림없다고 생각했다. 스스로 생각해도 눈에 띄는 유형이 아니었으므로, 누군가 자기에게 특별한 감정을 가지게 되리라고는 상상도 하지 않았다. 그러나 플로렌스의 경우엔 예감이 적중했다.

"당신은 절대 날 원했던 게 아니야."

5년간의 결혼생활을 끝내며 그레고리우스가 말했다.

그가 플로렌스에게 쏟아낸 유일한 불평이었다. 둘은 불꽃처럼 타올랐지만, 그것으로 끝이었다. 모든 것이 재로 변했다.

플로렌스는 땅바닥을 내려다보았다. 그는 말해놓고서도 그녀가 부인해주기를 바랐다. 그러나 그녀는 아무 말도 하지 않았다.

라 쿠폴 레스토랑. 그레고리우스는 몽파르나스 가로수 길을 따라 차를 달렸다. 두 사람의 이별이 결정된—둘이 그런 말을 한 적은 전혀 없지만—이 레스토랑에 다시 가보게 되리라고는 전혀 생각지 못했다. 그는 운전사에게 차를 세우라 하고, 노란색 글씨와 좌우에 별이 세 개씩 그려져 있는 붉은 차양을 한동안 말없이 건너다보았다. 로망 문학자들의 회의에 박사과정 학생인 플로렌스가 초대받은 것은 명예로운 일이었다. 전화를 건 그녀의 목소리는 그레고리우스의 귀에 날카롭고 거의 신경질적으로 들려서, 약속한 대로 주말에 그녀를 데리러 가야 할지 약간 망설여졌다.

하지만 그는 결국 데리러 갔고, 이 유명한 레스토랑에서 플로렌스와 그녀의 새 친구들을 만났다. 발을 들여놓는 순간 최고급 음식과 값비싼 와인 냄새가 이곳은 그와 어울리지 않는다는 사실을 일러주었다.

"잠깐만 기다려주세요."

그레고리우스는 운전사에게 말하고 길을 건너갔다.

아무것도 변하지 않았다. 그는 오래전 이런 장소에 전혀 어울리지 않는 옷차림을 하고, 문예학 떠벌이들에게 얼굴을 들이밀었던 그 식탁을 한눈에 알아보았다. 호라티우스와 사포에 관한 이야기를 하고 있었지……. 급해서 신경이 날카로워진 종업원의 길을 가로막고 선 그가 그때 기억을 떠올렸다. 그레고리우스는 한 줄씩 차례로 시를 인용하며 주까지 확실하게 달았다. 잘 차려입은 소르본 신사들을 한 명 한 명 베른식 억양으로 짓뭉개버려 식탁이 완전히 조용해질 때까지.

돌아오는 기차 안에서 그레고리우스가 천천히 화를 삭이는 동안 플로렌스는 혼자 식당차에 앉아 있었다. 분노가 잦아들자 슬픔이 밀려왔다. 아내에게 이런 식으로 자기주장을 했다는 사실 때문이었다. 문제는 고전에 관한 지식이 아니라, 바로 거기에 있었다.

오래전 일에 생각을 빼앗긴 그레고리우스는 시간 감각을 잃어버렸고, 택시 운전사는 제시간에 몽파르나스 역에 도착하기 위해 온갖 위험한 기교를 부려야 했다. 그레고리우스는 숨이 턱에 차서 자리에 앉았다. 기차가 이룬을 향해 출발하자 제네바에서 그를 엄습했던 생각이 다시 떠올랐다. 무척이나 명료하며 매우 현실적인 이 여행, 시간이 흐르고 역을 하나씩 지날 때마다 그를 지금까지의 삶으로부터 더 멀어지게 하는 이 여행이 계속될지를 결정하는 것은 그 자신이 아니라 기차라는 생각이 들었다. 보르도까지 가는 세 시간 동안 기차는 정차하지 않을 터였다. 중간에 돌아갈 가능성이라곤 없었다.

그는 시계를 들여다보았다. 수업이 끝날 시간이었다. 히브리어 강의를 듣는 학생 여섯 명이 지금 그를 기다리고 있을 것이다. 두 시간짜리 수업이 끝나 6시가 되면 그는 가끔 학생들과 카페로 가서 성서의 역사적 사실이나 우연성에 대하여 이야기를 나누었다. 나중에 신학을 공부할 예정인 루트 가우치와 다비트 레만은 가장 열심히 공부하는 학생들이었다. 이 둘은 다른 일이 생겨 카페에 함께 가지 못하겠다고 말할 때가 점차 잦아졌다. 한 달 전, 그레고리우스가 둘에게 그 이유를 물었다. 두 학생은 확실한 대답을 피하며, 그가 자기들에게서 뭔가 빼앗는 느낌이 든다고 말했다. 물론 성서도 문학적으로 다룰 수는 있겠지만, 성서는 그야말로 성스러운 책이라면서.

그는 눈을 감은 채 교장에게 히브리어 수업을 할 교사로 자기 제자였던 신학생 한 명을 추천하는 모습을 상상했다. 구릿빛 머리카락의 그녀는, 예전에 플로렌스가 그랬듯이 첫째 줄에 앉아 있던 학생이었다. 그는 그녀가 일부러 그 자리에 앉았기를 바랐지만, 그건 아니었다.

몇 분 동안 그의 머릿속은 완벽하게 텅 비어 있었다. 그러다가 닦고 있는 수건 뒤에 숨은, 거의 투명하게 비칠 만큼 하얀 얼굴이 눈앞에 다시 나타났다. 그는 또 한 번 화장실 거울 앞에 서 있었고, 수수께끼 같은 여자가 이마에 적은 전화번호를 지우고 싶지 않던 그때의 감정을 다시 느꼈으며, 또 한 번 교탁 앞에 서 있었고, 옷걸이에서 젖은 외투를 벗겨 교실에서 다시 나왔다.

포르투게스. 그레고리우스는 움찔 놀라며 눈을 뜨고, 창밖에 펼쳐진 편평한 프랑스 풍경을 내다보았다. 해가 지평선으로 기울고 있었다. 꿈속에서 퍼지는 멜로디처럼 들렸던 그 단어는 이제 힘을 잃었다. 그는 그 목소리가 지녔던 마법 같은 울림을 다시 기억해내려고 애썼지만, 떠올릴 수 있는 것이라곤 빠르게 음색이 바래가는 메아리뿐이었다. 여자의 목소리를 떠올리려고 노력할수록 그 소중한 단어가 사라져간다는 느낌이 들었다. 그를 터무니없는 여행으로 이끈 단어의 울림. 어학 교재 CD에서 이 단어의 발음을 정확하게 들었다. 하지만 그런 건 이제 전혀 도움이 되지 않았다.

그레고리우스는 화장실로 가서 물을 틀어놓고 한참 동안 물줄기에 얼굴을 대고 있었다. 물에서 소독약 냄새가 났다. 그런 다음 자리로 돌아와, 가방에서 포르투갈 귀족의 책을 꺼내 다음 장을 번역하기 시작했다. 힘들긴 하지만 이 여행을 계속하려는 몸부림에서, 도망치듯 시작한 번역이었다. 그러나 첫 문장을 번역한 다음 지난밤 부엌에서 느꼈던 것과 같은 열정에 사로잡혀버렸다.

_소리 없는 우아함

익숙한 방향을 완전히 바꾸는 인생의 결정적인 순간이 격렬한 내적 동요를 동반하는 요란하고 시끄러운 드라마일 것이라는 생각은 오류다. 이런 생각은 술 취한 저널리스트와 요란하게 눈길을 끌려는 영화제작자 혹은 머리에 황색 기사 정도만 들어 있는 작가들이 만들어낸 유치한 동화일 뿐이다. 인생을 결정하는 경험의 드라마는 사실 믿을 수 없을 만큼 조용할 때가 많다. 이런 경험은 폭음이나 불꽃이나 화산 폭발과는 아주 거리가 멀어서 경험을 하는 당시에는 느끼지 못하는 경우가 더 많다. 엄청난 영향력을 발휘하고, 인생에 완전히 새로운 빛과 멜로디를 부여하는 경험은 소리 없이 이루어진다. 이 아름다운 무음無音에 특별한 우아함이 있다.

그레고리우스는 이따금 책에서 눈을 떼고 창밖으로 서쪽을 바라보았다. 어두워지는 저녁, 얼마 남지 않은 어스름 속에서 벌써 바다가 보이는 듯했다. 그는 사전을 치우고 눈을 감았다.

"한 번만 더 바다를 보면 좋겠구나. 하지만 우리 형편에 그건 안 되겠지." 돌아가시기 6개월 전, 죽음을 예감한 그의 어머니가 말했다.

"세상에 어느 은행이 우리에게 대출을 해주겠소." 아버지의 목소리가 귀에 들려왔다. "더구나 그런 일에."

그레고리우스는 싸워보지도 않고 항복하는 아버지가 못마땅했다. 당시 학생이었던 그는 스스로 생각하기에도 깜짝 놀랄 짓을 했다. 너무 이상한 행동이어서 어쩌면 그 일이 실제로는 일어나지 않았을지도 모른다는 생각까지 들었다.

그때는 3월 말, 봄이 시작되는 시기였다. 사람들은 외투를 팔에 걸치고 다녔고, 열어놓은 가건물의 창문으로 따뜻한 공기가 들어왔다. 이 가건물은 학교의 주 건물에 공간이 모자라는 바람에 지은 것으로, 몇 년째 졸업반 학생들이 수업받는 곳으로 자리를 잡았다. 그래서 이 가건물로 옮겨 가는 일은 학생들에게 졸업 시험을 향한 첫 발걸음처럼 생각됐다. 해방감과 불안감이 똑같은 무게로 저울의 양편에 달려 있었다. 한 해만 더, 그러면 이제 끝난다……. 한 해만 더, 그러면 또 새로운……. 이렇게 흔들리는 감정은 학생들이 가건물로 걸어가는 모습에서도 드러났다. 방자한 듯하면서도 불안한 걸음걸이. 그레고리우스는 40년이 지난 지금, 이룬으로 가는 기차에서도 그때의 감정을 고스란히 느낄 수 있었다.

그날 오후 첫 수업은 그리스어였다. 지금 교장인 케기의 전임자였던 교장이 수업을 했다. 그의 그리스어 필체는 인간의 상상력이 미치는 한에서 가장 아름다웠다. 그는 문자 그대로 철자를 그렸는데, 특히 둥근 부분인 오메가ω나 세타θ, 그리고 아래로 길게 내린 에타η는 한 폭의 그림처럼 완벽한 서예였다. 교장은 그리스어를 사랑했다. 하지만 잘못된 방식으로 사랑하지. 교실 뒷자리에 앉아 있던 그레고리우스는 이렇게 생각하곤 했다. 교장이 그리스어를 사랑한 것은 허영심의 발로였다. 그는 단어 자체를 사랑하는 것이 아니었다. 만일 그랬더라면 그레고리우스도 좋아했을 것이다. 쓰이는 경우가 지극히 드물거나 어려운 동사 형태를 노련하게 쓰면서 교장이 사랑한 것은 '단어'가 아니라 그렇게 할 능력이 있는 그 '자신'이었다. 단어는 그를 꾸미는 장신구였고, 그가 늘 매고 다니는 나비넥타이와 비슷한 존재였다. 그가 글씨를 쓸 때마다 단어들은 인장반지를 낀 손가락 사이로 흘러내렸다. 단어들도 반지로 변해버리는 듯했다. 허영심이 가득한, 그래서 필요 없는 보석……. 그러면 그 단어들은 더는 그리스어가 아니었다. 인장반지에서 떨어지는 금가루는 단어가 지닌 그리스적인 본질, 단어 자체를 사랑하는 사람만이 알 수 있는 본질을 해체했다. 교장에게 시詩는 값비싼 가구나 고급 와인, 멋진 만찬용 양복과 마찬가지였다. 그레고리우스는 교장이 자기만족 때문에 아이스킬로스나 소포클레스의 시구절들을 훔친다고 생각했다. 교장은 그리스 연극에 대해서도 잘 모르는 듯했다. 아니, 알고는 있었다. 그는 자주 연극을 보러 갔고, 학생들을 이끌고 떠났다가 갈색으로 그을려 돌아오곤 했다. 그레고리우스는 자기 말의 의미를 정확하게 설명할 수 없었다. 하지만 그가 판단하기에 교장은 연극을 제대로 이해하지 못했다.

그는 열린 가건물 창문으로 바깥을 내다보며 어머니의 말을 생각했다. 그 말이 교장의 허영심에 대한 분노를 증폭시켰지만, 어머니의 말과 교장의 허영심 사이에 어떤 관련이 있는지는 그 스스로도 알지 못했다. 가슴이 세차게 뛰어 목까지 울렸다. 그는 칠판을 힐끗 쳐다보았다. 그리고 교장이 이제 막 시작한 문장을 끝까지 쓴 다음 설명하기 위해 몸을 돌리려면 아직 시간이 한참 남았다는 것을 확인했다. 학생들이 허리를 숙이고 글씨를 쓰는 동안 그레고리우스는 소리를 내지 않고 의자를 뒤로 밀었다. 책은 펼쳐진 그대로 책상에 두었다. 그러고는 기습 공격을 준비하는 매복병처럼 긴장된 걸음으로 열린 창문을 향해 두어 발자국 천천히 내딛었다. 그런 다음 창틀에 걸터앉아 다리를 한 번 흔들고는 바로 뛰어내렸다.

그가 교실에서 마지막으로 본 것은, 놀람과 즐거움을 동시에 드러낸 에바의 얼굴이었다. 에바는 얼굴에 주근깨가 가득한 빨간 머리 소녀였다. 두꺼운 안경알에 의료보험으로 지불한 값싼 안경테를 낀 그레고리우스를 노골적으로 경멸했고, 그래서 그를 절망하게 했다. 그녀가 옆 짝에게 몸을 돌리고 귓속말로 뭔가 속삭였다. 아마 "세상에나!"라고 말했을 것이다. 에바는 기회가 있을 때마다 그 말을 했으므로 별명도 '세상에나'였다. 자기 별명이 그렇다는 것을 알고 난 뒤에 그녀가 한 말도 "세상에나!"였다.

그레고리우스는 장이 선 베렌 광장으로 걸음을 재촉했다. 판매대가 줄지어 늘어서 있었다. 사람이 어찌나 많은지 발걸음을 옮기기 힘들 정도였다. 그는 어떤 판매대 앞에 멈춰 섰다가 우연히 돈 상자가 열려 있는 것을 보았다. 단순한 모양의 그 금속 상자에는 동전과 지폐를 넣는 칸이 하나씩 있었고, 지폐를 넣는 칸에는 두꺼운 지폐다발이 들어 있었다. 질감이 거친 체크무늬 치마를 입은 주인 여자는 커다란 엉덩이를 공중으로 치켜든 채 진열대 아래에서 분주하게 움직였다. 그레고리우스는 사람들을 둘러보며 천천히 돈 상자로 다가가 순식간에 지폐다발을 거머쥐고는 인파 사이로 몸을 숨겼다. 숨을 헐떡이며 역으로 가는 골목까지 뛰어갔다. 그러곤 잠시 발걸음을 늦춘 채 이제 곧 누군가 나타나 억센 손아귀로 자기를 움켜잡을 거라고 생각했다. 하지만 아무 일도 일어나지 않았다.

당시 그레고리우스의 식구는 렝가세에서 세를 살고 있었다. 석회 반죽이 더러워진 낡은 집이었다. 그는 아침부터 밤까지 삶은 양배추 냄새가 진동하는 건물 안으로 들어섰다. 병든 어머니에게 이제 곧 바다를 볼 수 있을 거라고 말하는 자기 모습을 상상하면서. 하지만 현관문 바로 앞까지 왔을 때 이 일은 불가능하다는 생각, 말도 안 된다는 생각이 들었다. 이 많은 돈이 어디서 생겼는지 어머니나 아버지에게 어떻게 설명할 것인가? 거짓말이라고는 해본 적이 없는 그가 도대체 어떻게?

베렌 광장으로 돌아가면서 그는 봉투를 하나 사서 그 속에 지폐다발을 넣었다. 그런 다음 체크무늬 치마를 입은 주인 여자의 판매대로 갔다. 그녀의 얼굴에 많이 운 흔적이 보였다. 그는 과일을 골라 주인에게 주고는 그 여자가 다른 쪽 끝에서 저울에 과일을 다는 틈을 타 얼른 봉투를 채소 아래로 집어넣었다. 쉬는 시간이 끝나기 조금 전에 그는 다시 학교로 돌아갔다. 그러곤 열린 창문을 타 넘고 자리에 앉았다.

"세상에나!"

에바가 말했다. 그녀는 그 뒤로 존경스러운 눈빛으로 그를 보기 시작했다. 하지만 에바의 이런 태도는 그에게 별로 중요하지 않았다. 더 중요한 것은 방금 한 경험에 자신이 경악하지 않고 그저 무척 놀랐을 뿐이라는, 스스로에 대한 새로운 발견이었다. 이 놀라움은 몇 주일이나 지속되었다.

기차가 보르도 역을 떠나 비아리츠를 향했다. 바깥은 이제 거의 어두워졌다. 그레고리우스는 유리창에 비친 자기 모습을 바라보았다. 조용한 고어古語를 그 무엇보다도 더 숭배하며 사랑하는 소년이 아니라, 그때 돈 상자에서 돈을 꺼냈던 그 소년이 자기 인생을 결정했더라면 그는 지금 어떤 모습일까. 그때와 지금의 일탈에는 어떤 공통점이 있을까. 공통점이 있기는 한 것일까.

그레고리우스는 프라두의 책을 집어 들고, 히르셴그라벤에 있는 에스파냐 책방 주인이 그에게 번역해준 간결한 문장을 찾았다.

우리가 우리 안에 있는 것들 가운데 아주 작은 부분만을 경험할 수 있다면, 나머지는 어떻게 되는 걸까?

비아리츠 역에서 남자와 여자가 기차를 타더니 그가 앉아 있는 자리 앞에 와서 섰다. 예약한 좌석에 대해 이야기하는 모양이었다. "빈트 이 오이투Vinte e oito." 반복되는 그 소리가 포르투갈어라는 것을 알아듣기까지는 어느 정도 시간이 걸렸다. 그의 추측이 옳았다. '28'이라는 뜻이었다. 그레고리우스는 이후 삼십 분 동안 두 사람이 하는 말에 온 신경을 집중했다. 가끔 단어를 알아들을 때도 있었지만, 몇 개 되지 않았다. 다음 날 오전이 되면 다른 사람이 하는 말을 거의 알아듣지 못하는 도시에 내리게 될 터였다. 그는 부벤베르크 광장과 베렌 광장, 분데스테라세와 키르헨펠트 다리를 생각했다. 창밖은 이제 암흑 속에 잠겼다. 그레고리우스는 돈과 신용카드와 보조안경을 확인했다. 두려웠다.

기차가 프랑스 국경 지역인 앙다이 역에 들어서자 사람들이 많이 내렸다. 기차가 비어가는 것을 알게 된 포르투갈 사람들이 깜짝 놀라 선반에서 짐을 내렸다.

"이스투 아인다 낭 에 이룬Isto ainda náo é Irún."

그레고리우스가 말했다. 아직 이룬이 아니에요. 지명만 다를 뿐, 어학 교재 CD에 들어 있던 문장 가운데 하나였다. 포르투갈 사람들은 그의 서툰 발음과 하나씩 천천히 늘어놓는 단어 때문에 잠시 머뭇거리다가 바깥을 내다보고 역 표시를 읽었다.

"무이투 오브리가다Muito obrigada: 고맙습니다."

여자가 말했고, 그레고리우스가 대답했다.

"드 나다De nada: 뭘요."

포르투갈 사람들이 다시 자리에 앉자 기차가 출발했다.

그레고리우스는 이 일을 그 후에도 잊을 수 없었다. 이 문장은 그가 실제 상황에서 입 밖에 낸 첫 번째 포르투갈어였고, 효력이 있었다. 그는 말이 어떻게 사람들을 움직이거나 멈추게 하는지, 어떻게 울거나 웃게 할 수 있는지 어릴 때부터 늘 궁금했다. 이런 의문은 어른이 된 뒤에도 쉽게 풀리지 않았다. 말이 어떻게 그런 일을 할 수 있을까? 마치 요술 같지 않은가? 그러나 지금 이 순간, 말의 위력에 대한 신기함은 다른 그 어느 때보다도 컸다. 어제 아침까지만 해도 그가 전혀 모르던 언어가 아닌가. 몇 분 후 이룬의 플랫폼에 발을 내딛을 때 불안감은 모두 사라지고 없었다. 그레고리우스는 자신에 찬 발걸음으로 침대차로 향했다.

6

다음 날 아침까지 이베리아 반도를 횡단할 기차가 10시에 움직이기 시작했다. 흐릿한 가로등을 하나씩 뒤로 남기며 기차는 어둠 속으로 미끄러졌다. 그레고리우스의 양쪽 옆 칸은 비어 있었다. 식당차 방향으로 두 칸 앞쪽에, 몸이 가늘고 큰 키에 머리가 반백인 남자가 문에 기대어 서 있었다. 눈길이 마주치자 그는 "보아 노이트Boa noite"라고 인사했고, 그레고리우스도 똑같이 대답했다.

그레고리우스의 서툰 발음을 듣고 낯선 사람은 미소를 지었다. 귀족적이며 가까이하기 어려운 분위기를 풍기는, 윤곽이 뚜렷한 얼굴이었다. 그레고리우스는 눈에 띄게 우아한 그의 짙은 양복을 보고 오페라하우스의 로비를 떠올렸다. 그곳과 어울리지 않는 것은 느슨하게 맨 넥타이뿐이었다. 그 남자는 조끼 위로 팔짱을 끼고 문에 머리를 기대고 눈을 감았다. 그러자 얼굴이 더욱 하얗게 보였다. 피로가 묻어나는 얼굴이었다. 지금이 늦은 시간이라는 것 말고도 다른 이유가 있음직해 보였다. 몇 분 뒤 기차가 제 속도를 내기 시작하자 남자는 그레고리우스에게 고개를 끄덕하고 자기 칸으로 들어갔다.

잠만 들 수 있다면 그레고리우스는 억만금이라도 내고 싶었다. 침대로 전해지는 단조로운 바퀴 소리도 잠드는 데 도움이 되지 못했다. 그는 자리에서 일어나 유리창에 이마를 댔다. 텅 빈 작은 역들, 흐릿한 우윳빛 전등, 화살처럼 빠르게 지나가 읽을 수 없는 역 이름들, 서 있는 화물차, 승무원 관사 안으로 보이는 모자를 쓴 어떤 사람의 머리, 주인 없는 개, 기둥에 기대 놓은 배낭, 그 위로 스치고 지나가는 금발 머리. 성공한 포르투갈어 문장이 가져다준 자신감이 무너지기 시작했다. "아무 때나 전화하세요. 낮이든 밤이든." 독시아데스의 목소리가 들렸다. 그는 둘이 처음 만났던 20년 전을 떠올렸다. 그때까지만 해도 그 의사는 외국인임을 단번에 알아챌 수 있는 독특한 억양으로 말했다.

"눈이 먼다고요? 아닙니다. 그냥 운이 나빴던 거예요. 정기적으로 망막을 검사하기만 하면 됩니다. 그리고 지금은 레이저도 있는 걸요. 걱정할 필요가 전혀 없습니다."

그는 그레고리우스를 문까지 배웅하다가 멈춰 서더니 눈을 깊게 들여다보며 물었다.

"무슨 다른 걱정거리라도?"

그레고리우스는 아무 말도 하지 않고 고개를 가로저었다. 그때 플로렌스와의 이혼을 예감하고 있었다는 말은 몇 달이 지난 후에야 할 수 있었다. 그리스 의사는 별로 놀라지 않은 듯 그저 고개를 끄덕였다. "사람들은 가끔 정말 두려워하는 어떤 것 때문에 다른 무엇인가에 두려움을 갖기도 하지요." 그때 그가 한 말이었다.

그레고리우스는 자정이 되기 조금 전에 식당차로 갔다. 거기엔 머리가 반백인 아까 그 남자만 빼고는 손님이 없었다. 종업원이 그와 체스를 두면서 그레고리우스에게 식당이 이미 문을 닫았다는 신호를 보냈다. 대신 물을 한 잔 가져다주고는 자기들이 있는 탁자로 오라고 손짓했다. 그레고리우스는 금테 안경을 쓰고 있는 아까 그 남자가 종업원의 능란한 속임수에 빠지기 직전이라는 것을 금방 알아챘다. 그 남자는 이미 말에 손을 얹고 있었지만, 옮기기 전에 그레고리우스를 쳐다보았다. 그레고리우스가 고개를 가로젓자 남자는 말에서 손을 뗐다. 굳은살이 박인 손과 거친 얼굴 윤곽 때문에 체스를 잘 둘 것 같지 않던 종업원이 놀라면서 그레고리우스를 올려다보았다. 그러자 금테 안경을 쓴 남자가 체스판을 그레고리우스 쪽으로 돌려놓고 계속하라는 시늉을 했다. 시간이 많이 걸린 끈질긴 한 판이었다. 종업원이 드디어 항복했을 때, 시곗바늘은 거의 새벽 2시를 가리키고 있었다.

남자의 침대칸 앞에 왔을 때, 그가 그레고리우스더러 어디서 왔느냐고 물었다. 그때부터 두 사람은 프랑스어로 이야기를 나누었다. 남자가 자기는 이 주에 한 번씩 이 기차를 탄다고 했다. 체스를 두면 다른 사람은 대부분 이길 수 있지만 아까 그 종업원을 이긴 적은 단 한 번밖에 없었다고 말했다. 그리고 자기 이름은 주제 안토니우 다 실베이라이며 비아리츠에 도자기를 파는 사업가라고 소개했다. 비행공포증이 있어 기차를 이용한다는 말도 했다.

"자기가 지닌 공포의 진짜 이유를 알 사람이 어디 있겠습니까."

잠깐 말을 멈추었던 그가 덧붙여 말했다. 좀 전에 그레고리우스가 눈치챘던 피곤한 기색이 또다시 그의 얼굴에 나타났다.

그는 아버지의 작은 기업을 물려받아 대기업으로 만들었다는 이야기를 했다. 남의 이야기 하듯 무심한 어조였다. 충분히 이해할 만하지만 넓게 보면 잘못된 결정을 내린 타인에 대해 말하는 듯이 들렸다. 이혼을 했으며, 두 아이를 거의 못 본다고 이야기할 때도 마찬가지였다. 실망과 슬픔이 깔려 있지만, 자기 연민이 배어 있지 않은 목소리에 그레고리우스는 깊은 인상을 받았다.

"문제는……."

기차가 에스파냐 바야돌리드에 멈췄을 때 실베이라가 말했다.

"우리가 인생을 조망할 수 없다는 것이지요. 앞으로든 뒤로든. 뭔가 일이 잘 풀렸다면 그건 그냥 운이 좋았던 것이겠지요."

어디선가 브레이크를 검사하는 망치질 소리가 났다.

"그런데 어쩌다 이 기차를 타게 됐나요?"

그레고리우스는 실베이라의 침대에 걸터앉아 자기 이야기를 했다. 하지만 키르헨펠트 다리에서 만난 포르투갈 여자에 대한 이야기는 빼놓았다. 그런 이야기는 독시아데스에게는 할 수 있었지만, 낯선 사람에게는 아니었다. 실베이라가 프라두의 책을 봐도 되겠냐고 묻지 않아서 다행이었다. 그레고리우스는 다른 사람이 그 책을 읽고 뭔가 말하는 것을 원치 않았다.

이야기를 마쳤는데도, 실베이라는 아무런 대꾸도 없이 앉아 있었다. 지금 내가 한 말을 곱씹어보는 중이구나. 인장반지를 돌리며 조심스럽게 자기를 쳐다보는 실베이라를 보며 그레고리우스가 생각했다.

"그러니까 그냥 자리에서 일어나 학교를 나왔다는 말씀인가요? 그냥 그렇게?"

그레고리우스는 고개를 끄덕였다. 이야기를 한 게 갑자기 후회스러웠다. 소중한 그 무엇인가가 사라져버린 듯했다. 그는 이제 잠을 청해봐야겠다고 말했다. 실베이라가 수첩을 꺼내더니 마르쿠스 아우렐리우스가 영혼의 떨림에 대해 말한 그 부분을 다시 한번 말해줄 수 있냐고 물었다. 그레고리우스가 객실 칸을 나올 때 실베이라는 수첩 위로 몸을 숙이고 펜으로 글씨를 따라가며 읽고 있었다.

그레고리우스는 꿈에서 붉은 삼나무를 보았다. 뒤숭숭한 꿈속에서 세드루스 베르멜류스cedros vermelhos: 붉은 삼나무라는 글자가 계속 반짝거렸다. 프라두의 책이 출간된 출판사 이름이었다. 그레고리우스는 이 이름에 별 의미를 두지 않았다. 그러다가 실베이라가 그에게 저자를 어떻게 찾을 생각이냐고 물었을 때, 일단 출판사부터 찾아야 한다는 데 생각이 미쳤다. 잠들기 전에 그 책이 어쩌면 자비 출판일지도 모른다는 생각을 했다. 그렇다면 붉은 삼나무에는 아마데우 드 프라두만 알고 있는 의미가 담겨 있지 않을까. 꿈속에서 그레고리우스는 겨드랑이에 전화번호부를 끼고 비밀스러운 이름을 입속으로 되뇌며 계속 오르막길이 이어지는 리스본의 거리를 힘겹게 올라가고 있었다. 언덕 위에 자리한다는 사실 외에는 그가 아는 게 없는, 얼굴 없는 이 도시에서 길을 잃은 채.

다음 날 아침 6시 무렵 잠에서 깨어 유리창 밖으로 살라망카라는 지명을 보았을 때, 40년 동안 닫혀 있던 기억의 수문이 그 어떤 전조도 없이 갑자기 열렸다. 그 문에서 가장 먼저 나온 것은 이스파한이라는 도시 이름이었다. 중등학교를 졸업한 뒤 가려고 했던 페르시아의 도시. 비밀스러운 생소함을 가득 품고 있던 이 이름이 그가 용기를 내지 못했던 또 다른 삶의 암호처럼 지금 그에게 와 닿았다. 기차가 살라망카 역을 출발하자 그는 열렸다가 닫힌 다른 세상에 대해 가졌던 당시의 감정을 오랜 시간이 지난 뒤에 다시 한번 느꼈다.

히브리어를 담당했던 교사가 1년 동안 학생들을 가르친 다음, 바로 욥기를 읽게 한 것이 일의 발단이었다. 글을 이해할 수 있게 되자 그레고리우스는 동양으로 향하는 길이 열리는, 무아지경과도 같은 경험을 하게 됐다. 카를 마이*의 글은 동양을 너무 독일인의 관점으로 바라보았다. 언어만의 문제가 아니었다. 그러나 뒤에서부터 앞으로 읽어간 이 책에서의 동양은 동양다웠다. 욥의 세 친구인 데만 사람 엘리바스와 수아 사람 빌닷과 나아마 사람 소발. 몽롱하도록 이국적인 이름부터 벌써 먼 바다 건너편에서 온 듯했다. 이 얼마나 아름답고 꿈같은 세상인가!

그 뒤 얼마 동안 그레고리우스는 동양학자가 되려고 했다. 아침의 나라―그는 렝가세에서 자신을 이끌어내어 밝은 빛으로 인도하는 이 단어를 사랑했다―를 속속들이 아는 전문가. 졸업시험 직전, 그는 어느 스위스 사업가가 자녀들을 위해 이스파한에서 일할 가정교사를 구한다는 것을 알고 그 자리에 지원했다. 아들에 대한 걱정, 그리고 그가 없는 빈자리에 대한 걱정 때문에 그의 아버지는 마지못해 페르시아어 문법책을 살 수 있는 13프랑 30을 주었고, 그레고리우스는 암호처럼 보이는 동양의 글씨를

---

*　Karl May. 1842~1912. 독일 작가. 《비네토우Winnetou》 《바그다드에서 이스탄불로Von Bagdad nach Stambul》 등의 작품이 있음.

자기 방 작은 칠판에 적었다.

그러나 이때부터 그는 이상한 꿈에 시달렸다. 밤새도록 그 꿈을 꾸는 듯했다. 아주 단순한 꿈이었다. 고통의 원인에 단순함도 어느 정도 영향을 주었다. 꿈이 반복될수록 고통도 심해졌다. 꿈에는 단 하나의 장면밖에 없었다. 찌는 듯한 페르시아의 바람이 몰고 온 동양의 뜨거운 모래, 하얗게 타는 사막의 모래가 그의 안경에 부딪혀 끓는 덩어리로 변하면서 시야를 완전히 가렸고, 안경알이 녹아 눈을 파고들기 시작했다.

그는 놀라서 꿈에서 깼다. 꿈의 기억 때문에 힘겨운 날이 이삼 주 동안 계속되자 그는 페르시아 문법책을 책방에 도로 가져다주었고, 돌려받은 돈을 아버지에게 드렸다. 아버지는 3프랑 30을 그에게 주었는데, 그는 이 돈을 작은 통에 보관하고는 마치 페르시아 돈을 소유한 듯한 착각에 빠졌다.

그때 동양의 뜨거운 모래에 대한 공포를 이겨내고 그곳으로 떠났더라면 지금 그는 무엇이 되어 있을까? 그레고리우스는 베렌 광장에서 돈 상자로 손을 뻗치던 자신의 냉혹한 모습을 떠올렸다. 이스파한에서 무슨 일을 당했더라도, 그 순간의 냉정만 유지할 수 있었다면 충분히 이겨내지 않았을까? 그가 수십 년 동안 농담이라고 여겨왔고, 그래서 들어도 아무렇지도 않았던 '파피루스'라는 별명이 왜 갑자기 이렇게 아프게 느껴지는가.

그레고리우스가 식당차에 들어섰을 때 실베이라의 접시는 이미 비어 있었다. 전날 저녁, 그가 처음으로 포르투갈어로 대화를 나누었던 두 사람도 벌써 커피를 두 잔째 마시는 중이었다.

그레고리우스는 한 시간 전 잠이 깼으면서도 침대에 누워, 매일 9시 무렵이면 학교로 와서 경비원에게 우편물을 건네는 집배원을 생각했다. 오늘은 그가 쓴 편지도 우편물에 들어 있을 것이다. 케기는 자기 눈을 의심하겠지. 문두스가 지금껏 살아왔던 삶으로부터 도망치다니, 다른 사람들이야 모두 그럴 수 있다고 해도 문두스가 그럴 리가······. 이 소식은 계단을 오르내리며 금방 퍼질 것이다. 입구 계단에 모여 앉은 학생들 사이에 이 주제 말고 다른 이야기는 없을 터였다.

그는 머릿속으로 동료 교사들을 한 명씩 떠올리며 그들이 무슨 생각을 하고 어떤 느낌을 받을지, 무슨 말을 할지 상상해보았다. 그러다가 온몸에 전류가 흐르는 듯한 느낌을 받았다. 처음 예상과는 달리 단 한 명도 확신할 수 없었다. 예를 들어 육군 소령 출신에 교회를 열심히 다니는 부리는 그를 전혀 이해하지 못하고 아주 괴상하다고 생각할 것이며 수업은 이제 어떻게 되는 거냐고 비난할 것이다. 이혼한 지 얼마 되지 않는 아니타 뮐레탈러는 머리를 갸우뚱하면서 자기는 아마 그런 일을 하지 못하겠지만, 있을 수도 있는 일이라고 생각할 테다. 여자 꽁무니를 쫓아다니는 사스페 출신의 은근한 무정부주의자 칼베르마텐은 교무실에서 "안 될 게 뭐 있어요?"라고 말할 것이다. 구질구질한 차림과는 어울리지 않게 빛나는 이름을 지닌 프랑스어 교사 비에르지니 르도엔은 그의 소식을 듣고 사형집행인과 같은 눈빛을 할 테고······. 처음에 그레고리우스는 이런 모습을 명확하게 상상할 수 있었다. 그러다가 몇 달 전, 경건한 가장인 부리가 단순히 지인이라고 하

74

기엔 너무도 다정해 보이는, 미니스커트를 입은 금발 여자와 함께 있는 모습을 본 일이 생각났다. 아니타 뮐레탈러는 학생들이 뭔가 규정에 어긋나는 일을 하면 얼마나 속 좁게 구는가. 케기에게 반대 의견을 말해야 할 때 칼베르마텐은 또 얼마나 겁이 많은지. 비에르지니 르도엔은 아부를 잘하는 몇몇 학생들에게 아주 쉽게 넘어가서 심한 벌을 주려다가도 쉽게 포기한다.

여기서 얻는 결론이 뭘까? 그와 그의 갑작스런 행동에 이 사람들은 어떻게 반응할까? 속으로 그의 행동에 동의하거나 한 걸음 더 나아가 그를 부러워할까? 그레고리우스는 몸을 일으키고 앉아 은빛으로 동이 터오는 올리브 숲을 내다보았다. 그가 지난 세월 내내 동료들을 잘 안다고 생각했던 이 익숙함은 착각에 가득한 습관이요, 틈이 생긴 무지임이 드러났다. 그리고 그들이 자기에 대해 뭐라고 생각하는지 아는 것이 중요한, 정말 중요한 일인가? 이 문제에 대답할 수 없는 이유가 잠을 못 자서 머리가 복잡하기 때문일까? 아니면 늘 존재했지만, 사회적인 의식 뒤에 숨어 있어 깨닫지 못했던 낯설음을 지금 막 깨닫고 있는 중일까?

어젯밤, 침대차의 흐린 불빛 아래서 투명해 보였던―안에서 바깥으로 향하는 감정을 흘려보내고, 이 감정을 알기 위해 바깥에서 안으로 향하는 시선을 들여보내는―실베이라의 얼굴 윤곽은 오늘 아침에는 닫혀 있었다. 처음에는 그가 어젯밤 양모 이불과 소독약 냄새가 나는 침대차에서 느껴지는 친근한 분위기 때문에 생전 처음 보는 낯선 사람에게 마음을 연 것을 후회하는 듯이 보였다. 그레고리우스는 망설이며 그가 있는 식탁에 가서 앉았다. 그러나 그는 딱딱하고 절제하는 실베이라의 표정이 어제 보여준 친근한 태도에 대한 취소나 거부가 아니라 진지하게 생각에 잠긴 모습임을 곧 알아챘다. 실베이라는 그레고리우스와 만나고 나서 복잡하고도 놀라운 감정을 느꼈고, 지금 이 감정을 스스로 이해하려고 애쓰는 중이었다.

실베이라가 커피 잔 옆에 있는 전화를 가리키며 말했다.

"제 사업 파트너들이 묵는 호텔에 방을 하나 잡아두었습니다. 이게 호텔 주소예요."

그는 자기 명함 뒷면에 호텔 주소를 적어 내밀고는 도착하기 전에 봐야 할 몇 가지 서류가 있다면서 몸을 일으키려 했다. 그러다가 다시 의자에 등을 기대고 뭔가 생각하는 눈길로 그레고리우스를 건너다보더니 고전어에 평생을 바친 것을 한 번도 후회하지 않았냐고 물었다. 아주 조용한 은둔 생활이었을 것 같다며.

당신 내가 지루한 사람이라고 생각해? 그레고리우스는 예전에 플로렌스에게 했던 질문, 어제 기차에서 했던 생각을 다시 떠올렸다. 그의 얼굴 표정이 변한 모양이었다. 실베이라는 놀라며 자기 말을 오해하지 말라고, 자기 삶과는 완전히 다른 인생을 사는 것이 어떤 모습일지 상상하려고 했을 뿐이라고 얼른 덧붙였다.

그레고리우스는 그게 자기가 원하던 삶이었노라고 대답했다. 그러나 말하는 중간에 이미 자기 말이 고집스럽고 완강하게 들린다는 것을 깨닫고는 깜짝 놀랐다. 이틀 전, 키르헨펠트 다리에서 편지를 읽던 포르투갈 여자를 만났을 때만 해도 이런 고집은 필요하지 않았다. 그때도 똑같은 대답을 했겠지만, 고집은 전혀 묻어나지 않았을 테고 눈에 띄지 않는 조용한 호흡처럼 자연스럽게 나왔을 것이다.

그런데 지금 왜 여기 앉아 있는 겁니까? 그레고리우스는 다음에 올 질문이 겁이 났고, 잠시 이 우아한 포르투갈 사람이 마치 종교 재판관처럼 생각됐다.

그러나 실베이라는 그리스어를 배우려면 얼마나 걸리는지 물었다. 그레고리우스는 안도의 숨을 내쉬고 쓸데없이 길게 대답했다. 실베이라는 냅킨에 히브리어를 몇 자 적어달라고 부탁했다.

그레고리우스는 '하나님이 가라사대 빛이 있으라 하시매 빛이 있었고'라 쓰고, 그에게 번역을 해주었다.

실베이라의 전화가 울렸다. 통화가 끝나자 그는 이제 가봐야 한다며 냅킨을 주머니에 넣었다. 일어서면서 "어떤 단어가 빛인가요?"라고 물었고, 문으로 걸어가면서 이 단어를 되풀이했다.

바깥으로 보이는 넓은 강이 벌써 테주 강인 모양이었다. 그레고리우스는 몸을 움찔했다. 얼마 안 있으면 도착하겠구나. 그는 그사이에 승무원이 좌석을 푹신한 일반 의자로 바꾸어놓은 자기 칸으로 돌아가 창가에 앉았다. 그는 기차가 멈추지 않기를 바랐다. 리스본에서 도대체 무엇을 할 건가? 호텔은 정해졌다. 호텔 종업원에게 팁을 주고 문을 닫은 다음 휴식을 취하겠지. 그러고 그다음에는?

그는 망설이다가 프라두의 책을 집어 들고 책장을 넘겼다.

_모순적인 갈망

난 사람들의 표현을 빌리자면 전국에서 가장 엄격하다는 중등학교 땅을 1922일 동안 밟았다. 아버지가 보냈으므로. "학자가 될 필요는 없다." 아버지는 이렇게 말하며 미소를 지으려고 했지만, 언제나 그랬듯이 실패했다. 이곳 사람들의 손에 부스러지지 않으려면 날짜를 세고 있어야 한다는 사실은 3일째 되던 날 이미 깨달았다.

그레고리우스가 사전에서 '부스러지다'를 찾는 동안 기차는 리스본의 산타 아폴로니아 역에 들어섰다.

몇 줄 안 되는 문장이 그레고리우스의 마음을 사로잡았다. 이 포르투갈 사람의 외적인 환경을 짐작하게 하는 첫 정보였다. 남은 날을 세고 있는 엄격한 학교의 학생, 미소를 짓지 못하는 아버지의 아들. 다른 장에서 읽은 억제된 분노의 원인이 여기에 있었을까? 이유를 설명할 수는 없었지만, 그레고리우스는 프라두의 분노에 대해 전부 자세히 알고 싶었다. 이 도시에 살았으며 그레고리우스로 하여금 더 자세히 알고 싶은 마음이 들게 하는 어떤 사람. 그레고리우스는 그 초상화의 첫 획을 지금 보고 있었다. 프라두의 글이 이 도시를 그레고리우스의 마음속에 자라게 하고, 완전히 낯선 도시라는 생각을 사라지게 하는 듯했다.

그레고리우스는 여행가방을 챙겨 들고 플랫폼으로 나섰다. 실베이라가 그를 기다리고 있다가 택시로 바래다주고, 운전사에게 호텔 주소를 말했다.

"제 명함을 가지고 계시지요?"

그러고는 가벼운 작별의 몸짓을 해 보였다.

7

그레고리우스는 늦은 오후에 잠에서 깨어났다. 구름 낀 도시 위로 노을이 드리워져 있었다. 도착하자마자 그는 옷을 입은 채로 이불 위에 누웠다. 그러나 수많은 일을 처리해야 하니 잠이 들어서는 안 된다는 느낌이 목을 조였고, 납처럼 무거운 잠에 시달렸다. 이 수많은 일은 이름이 없음에도 느긋한 느낌을 주지 않았다. 오히려 이름이 없어서 더 급박하다는 생각이 들었다. 뭐라고 불러야 할지 알 수는 없지만, 뭔가 끔찍한 일이 생기는 것을 막기 위해 서둘러야 한다는 생각. 그레고리우스는 욕실로 가서 세수를 했다. 혼미하던 정신이 돌아오자, 무엇인가 놓치고 있고 그 일에 책임을 져야 한다는 불안감도 가벼워졌다.

그 후 몇 시간 동안 그레고리우스는 창가에 앉아 생각을 정리하려고 애썼지만 허사였다. 이따금 풀지 않은 채 구석에 세워둔 여행가방을 바라보았다. 밤이 되자 그는 프런트로 내려가 취리히나 제네바로 가는 비행기가 아직 있는지 공항에 알아봐달라고 부탁했다. 없다는 대답을 듣고 승강기를 타고 객실로 올라오면서 그는 마음이 가벼워진 스스로에게 놀랐다. 그레고리우스는 어두운 침대에 걸터앉아 그 의미를 알아내려 했다. 그런 다음 독시아데스에게 전화를 걸었다. 그러나 열 번이 울려도 응답이 없자 수

화기를 내려놓고, 아마데우 드 프라두의 책을 펴서 역에서 읽다
멈춘 곳부터 읽기 시작했다.

하루에 6번, 수도승에게 기도 시간을 알리는 종소리처럼
수업 종이 울렸다. 그러니까 내가 상상을 따라 교문을 나서
고 항구로 가서 증기선의 난간에 기대어 항해하며 입술에 묻
은 소금기를 핥는 대신, 이를 악물고 어두운 건물로 향한 횟
수는 11,532번이었다.

30년이 지난 지금, 나는 몇 번이고 이 장소로 다시 돌아온
다. 그렇게 해야 할 이유가 전혀 없음에도. 이유가 뭔가? 이
끼가 끼고 부서진 교문 앞 계단에 앉아 지금 내 가슴이 왜 이
렇게 뛰는지 생각한다. 햇볕에 그을린 갈색 다리에 반짝이는
머리카락, 여기가 집인 양 드나드는 학생들을 보며 왜 이렇
게 부러운 마음이 드는가. 이 부러움의 원인은? 얼마 전 열어
놓은 창문 밖으로 여러 교사의 목소리와 질문을 받고 떨며
더듬거리는 학생들의 목소리가 들려왔다. 그 시절에 나도 떨
었던 질문들. 그 시절로 돌아가 교실에 다시 앉아 있기를 원
하는 건가? 아니, 그건 분명 아니다. 긴 복도의 서늘한 어둠
속에서 머리를 앞으로 내밀어 새처럼 보이는 학교 경비원을
만났다. 그가 미심쩍은 시선으로 나에게 다가왔다.

"여기서 뭐 하십니까?"

내가 이미 곁을 지나쳐 걷고 있는데 그가 물었다. 천식에
걸린 듯이 높은 그의 목소리는 저세상의 법정에서 들려오는

듯했다. 난 멈춰 섰지만, 몸을 돌리지는 않은 채 대답했다.

"예전에 이 학교에 다녔습니다."

나의 쉰 목소리를 들으면서 난 스스로를 경멸했다. 복도는 잠시 유령이라도 나올 듯이 완벽하게 조용했다. 내 등 뒤에서 그 남자가 신발을 끌며 걸어가는 소리가 들렸다. 뭔가 몰래 하다가 들킨 기분이었다. 그런데 뭘 하던 중이었지?

졸업시험 마지막 날, 우리는 차려 자세라도 하는 듯한 모습으로 모두 모자를 쓰고 책상 앞에 서 있었다. 코르테스 교장 선생님이 느린 걸음으로 한 명, 한 명에게 다가가 늘 그렇듯이 엄한 표정으로 평균을 알려주고는 시선을 학생에게 고정한 채 성적표를 건네주었다. 언제나 열심히 노력하던 내 짝은 전혀 즐겁지 않은 창백한 얼굴로 성적표를 받고 성서라도 되는 듯 들고 있었다. 성적은 반에서 가장 나쁘지만, 갈색으로 그을리고 여학생들의 사랑을 한 몸에 받던 남학생이 킥킥거리며 성적표를 쓰레기라도 되는 듯 바닥에 버렸다. 그런 다음 우린 모두 7월의 한낮, 무더운 바깥으로 나갔다. 그때 형태가 잡히지 않은 채 우리 앞에 놓여 있던 그 열린 시간에 우린 무엇을 할 수 있었을까, 무엇을 해야 했을까. 자유로워 깃털처럼 가벼웠고, 불확실하여 납처럼 무거웠던 그 시간에.

사람들의 다양성에 대해 그때 눈앞에서 펼쳐졌던 장면보다 더 확실하고 인상적으로 보여주는 경우를 나는 그 전에도, 그 후에도 보지 못했다. 성적이 제일 나빴던 아이가 모자를 벗더니 발뒤꿈치를 축으로 한 바퀴 힘차게 빙글 돌고는 운동장 담장 너머에 있던 연못으로 모자를 던져 넣었다. 모자는 천천히 젖어 들다가 연꽃 아래로 완전히 사라졌다. 서너 명이 그 행동을 따라 했는데, 모자 하나는 담장에 걸려버렸다. 그 모습을 보던 내 짝은 겁이 나면서도 화난 표정으로 모자를 똑바로 썼다. 어떤 감정이 더 컸는지는 중요하지 않다. 더는 모자를 쓸 이유가 없는 내일 아침, 그는 무엇을 할 것인가? 그러나 가장 인상 깊었던 모습은 운동장의 그늘진 구석에서 볼 수 있었다. 한 아이가 덤불에 반쯤 몸을 가린 채 모자를 가방에 넣느라 애를 쓰고 있었다. 조심스러운 그의 손놀림으로 보건대 모자를 그냥 마구 구겨 넣을 작정이 아닌 것은 분명했다. 그는 모자를 바로 넣기 위해 이것저것 해보더니 결국 책을 몇 권 꺼내어 공간을 만들었고, 꺼낸 책을 어찌해야 할지 고민하다가 어색하게 겨드랑이에 꼈다. 그런 다음 몸을 돌려 친구들을 둘러보았다. 그의 눈에서는 자신의 부끄러운 행동을 아무도 보지 못했기를 바라는 희망, 커가면서 경험으로 지워버린 유치한 생각—자기 시선만 돌리면 아무도 자기를 볼 수 없다는—이 배어나왔다.

나는 땀에 젖은 모자를 손가락에 걸고 앞으로, 그리고 다시 뒤로 돌리던 것을 지금도 기억한다. 입구 계단의 따뜻한 이끼 위에 앉아 내가 의사가 되기를 바라는 아버지의 강압적인 소원을 생각했다. 아버지와 같은 사람을 고통에서 구해줄 수 있는 의사. 나는 나에게 보내는 신뢰 때문에 아버지를 사랑했고, 절절한 소원으로 날 짓누르는 그 부담 때문에 증오했다. 그러는 동안 여학교에서 나온 학생들이 우리 쪽으로 건너왔다.

"끝나서 기뻐?"

마리아 주앙이 이렇게 물으며 옆에 앉았다. 그녀가 나를 똑바로 쳐다보았다.

"아니면, 생각해보니 슬퍼?"

이렇게 계속 학교로 다시 찾아오는 이유를 이제야 알 것 같다. 과거는 우리에게서 떨어져 나갔으나 미래는 아직 시작되기 전이었던, 그 순간의 학교 운동장으로 돌아가고 싶었던 것이다. 그때 시간은 머뭇거리며 숨을 멈추고 있었다. 그 뒤로는 결코 일어나지 않았던 일……. 마리아 주앙의 갈색 무릎, 그녀의 밝은 옷에서 나는 비누 냄새가 그리운 걸까. 아니면 지금의 내가 아닌, 완전히 다른 방향으로 갈 수 있던 그 시절로 다시 가고 싶은—꿈과 같이 격정적인—갈망인가.

이 갈망은 약간 이상하고 역설의 냄새가 나며, 논리적으로 독특하다. 아직 미래를 경험하지 않은, 생의 갈림길에 선 사람은 이런 갈망이 없기 때문이다. 이미 지나온, 그래서 과거가 되어버린 미래를 겪은 사람만이 돌이킬 수 없는 일을 돌이키기 위해 옛날로 돌아가길 원한다. 지나온 시간이 괴롭지 않은 사람도 돌아가려고 할까? 다시 한번 손에 모자를 쥐고 따뜻한 이끼 위에 앉아 있고 싶은 것, 그 시간으로 다시 돌아가길 원하면서 그사이에 일어난 일들을 이미 겪은 나를 이 여행에 끌고 가려고 하는 것, 이는 모순적인 갈망이 아닌가.

당시의 그 소년이 내가 요즘 가끔 생각하듯이 아버지의 소원에 거역하고 의학부 강의실에 들어서지 않는 걸 상상할 수 있을까? 그렇게 반항한 소년이 여전히 나였을 수 있을까. 당시의 나에게는 갈림길 앞에서 다른 길을 갈망할 만한 고통의 경험이 없었다. 그러니 경험을 하나씩 지워버리고 시간을 되돌려, 마리아 주앙이 입은 옷의 신선한 냄새와 그녀의 갈색 무릎에 빠져 있던 당시의 그 소년으로 돌아가는 게 나에게 무슨 소용이 있을까. 내가 지금 원하듯이 그때 다른 방향으로 가려고 했다면 모자를 들고 있던 소년은 나와는 아주 다른 사람이었어야 한다. 그러나 그렇다면 그 다른 소년은 나중에 과거의 갈림길로 돌아가기를 갈망하는 사람은 되어 있지 않을 것이다. 난 '그'가 되길 원하는가. 그가 되어 만족스럽게 사는 모습을 상상할 수도 있다. 그러나 이 만족감은 그가 아닌 나에게만 해당된다. 그의 소망이 아닌, 내 소망이 이루어진 만족감. 내가 정말 그였더라면 그가 되고 싶은 갈망이 이루어졌다고 이렇듯 만족하는 나도 없었을 테니까. 이 만족감은, 그이길 원하는 소망이 이루어졌더라면 돌아가고 싶은 갈망도 없다는 사실을 잊고 있는 나에게만 유효하다.

하지만 나는 여전히 학교로 다시 가고, 존재하지 않는 대상을 향한 그리움을 채우려는 갈망으로 잠에서 깨어날 것이다. 이것보다 더 정신 나간 일이 또 있을까. 존재하지 않는 대상의 갈망에 따라 움직이는 것……

그레고리우스가 어려운 글을 올바로 해석했다는 확신이 들었을 때는 이미 자정에 가까운 시간이었다. 그러니까 프라두는 아버지가 원해서 의사가 된 사람이었다. 미소를 지으려고 해도 언제나 실패했던 아버지, 독재적 전횡이나 부모의 허영심 때문이 아니라 지속되는 고통을 어찌해야 할지 몰라 아들이 의사가 되기를 강력하게 원했던 아버지. 그레고리우스는 전화번호부를 펼쳤다. 프라두라는 성 아래에 열네 명의 이름이 있었지만, 아마데우나 이나시우 또는 알메이다는 없었다. 왜 프라두가 리스본에 살았다고 생각했을까? 업종별 전화번호부에서 세드루스 베르멜류스 출판사를 찾아봤지만 그 이름도 없었다. 전국을 샅샅이 뒤져야 하는 건가? 이게 의미 있는 일인가, 아주 작은 의미라도 있을까.

그레고리우스는 어두운 시내로 나갔다. 자정이 지나 시내로 나가는 버릇은 이십 대 중반 불면증에 걸린 뒤부터 시작됐다. 텅 빈 베른의 골목을 수없이 걸었고, 가끔 멈춰 서서 드물게 오가는 발소리를 마치 시각장애인이라도 된 듯이 들었다. 그는 책방의 어두운 진열창 앞에 서 있기를 좋아했다. 다른 사람들이 잠든 밤, 책들은 오직 자기에게만 속한다고 생각했다. 호텔의 옆길에서 리베르다드 대로로 천천히 접어든 그는 거리가 체스 판처럼 정리되어 있는 아랫동네 바이샤로 향했다. 날씨는 차가웠고, 노란 빛을 내는 고풍스러운 가로등 주위로 미세한 안개가 우윳빛 무리를 만들고 있었다. 그레고리우스는 스탠딩 카페를 발견하고는 그곳에 들어가 커피와 샌드위치를 먹었다.

프라두는 자기가 다니던 학교에 계속 찾아가 계단에 앉아 다른 삶을 살았더라면 어땠을까 상상했다. 그레고리우스는 실베이라의 질문을 받고 원하던 삶을 살았노라고 대답하던 자신의 반항적인 모습을 떠올렸다. 이끼 덮인 계단에 앉아 고뇌하는 의사의 모습, 회의에 잠긴 사업가가 기차에서 한 질문이 그의 마음속에 동요를 일으켰다. 확실하고 익숙한 베른의 거리에서라면 결코 일어나지 않았을 동요.

그를 제외한 마지막 손님이 계산을 하고 카페를 나갔다. 그레고리우스는 스스로도 알 수 없는 급한 마음에 얼른 계산을 하고 그 남자를 따라갔다. 나이가 꽤 든 그 남자는 한쪽 다리를 절뚝거렸고, 걷기가 힘든지 가끔 멈춰 섰다. 그레고리우스는 거리를 넉넉하게 두고 그를 쫓았다. 그 남자는 윗동네인 바이후 알투로 가더니 좁고 지저분한 어떤 집으로 들어갔다. 2층에 불이 들어오고 커튼이 옆으로 밀쳐졌다. 남자는 입에 담배를 문 채 열린 창문 앞에 섰다. 그레고리우스는 들키지 않게 언덕 길 위쪽 어느 집의 어두운 입구에 서서 남자의 뒤편으로 보이는 방을 살폈다. 낡은 고블랭직 소파, 소파와 어울리지 않는 안락의자 두 개, 그릇과 작은 채색 도자기 인형이 들어 있는 장식장, 벽에 걸린 십자가. 책은 한 권도 없었다. 이 남자로 사는 느낌은 어떨까.

그레고리우스는 그가 창문을 닫고 커튼을 치자 숨어 있던 곳에서 나왔다. 그러고는 방향감각을 잃고 잠시 주저하다가 아래로 내려가는 첫 번째 골목으로 길을 잡았다. 낯선 사람의 삶을 산다는 게 어떤 것일까 생각하며 남의 뒤를 밟은 적은 이번이 처음이었다. 조금 전 그의 마음속에서 터져 나온 감정은 아주 새로운 호기심이었다. 그 호기심은 기차를 타고 오면서 경험했고, 파리 리옹 역에 내리면서도―어제였든 아니면 언제였든―느꼈던 새로운 종류의 각성과 어울릴 만한 것이었다.

그레고리우스는 가끔 멈춰 서서 앞을 바라보았다. 그가 사랑하는 고전은 각자의 삶을 산 인물들로 가득했고, 그 책들을 읽고 이해한다는 것은 언제나 그들의 삶을 읽고 이해한다는 뜻이었다. 그런데 포르투갈 귀족 그리고 조금 전 다리를 절뚝이던 저 남자의 삶이 왜 지금 이토록 새롭게 느껴지는가. 그레고리우스는 경사가 급하고 포장용 잡석이 깔린 젖은 거리를 한 발 한 발 조심스럽게 내딛다가 리베르다드 대로가 눈에 들어오자 안도의 한숨을 내쉬었다.

그는 인라인스케이트를 탄 사람이 다가오는 소리를 전혀 듣지 못했다. 몸집이 거대한 남자가 그레고리우스를 스치며 팔꿈치로 관자놀이를 치고 지나갔다. 얼굴에서 안경이 떨어졌다. 갑자기 시야가 흐려졌다. 그는 더듬거리며 몇 발자국 옮기다가 자기 발에 밟혀 안경이 부서지는 것을 느끼고 소스라치게 놀랐다. 공포심이 몰려왔다. "보조안경 가져가는 것 잊지 마시고요." 독시아데스의 목소리가 들려왔다. 몇 분이 지나서야 가슴이 진정됐다. 그는 무릎을 굽히고 앉아 안경알 조각과 부러진 테를 더듬어 찾았고, 손에 닿는 것을 쓸어서 손수건에 담아 묶었다. 그런 다음 건물의 벽을 짚으며 걸어 천천히 호텔로 돌아왔다.

야간 경비원이 놀라서 그에게 뛰어왔다. 그레고리우스는 로비에 있는 거울 앞을 지나다가 관자놀이에서 흐르는 피를 보았다. 그는 승강기 안에서 경비원이 준 손수건으로 상처를 눌렀다. 그러고는 복도를 달려가 떨리는 손으로 객실 문을 연 다음 여행가방을 왈칵 열었다. 차가운 철제 보조안경집에 손이 닿자 안도의 눈물이 나왔다. 보조안경을 쓰고 흐르는 피를 닦고는 이마의 상처에 경비원이 준 반창고를 붙였다. 벌써 3시 반이었다. 공항에 전화를 걸었지만 아무도 받지 않았다. 그레고리우스는 4시 무렵 잠이 들었다.

8

그레고리우스가 나중에 생각해보니, 그다음 날 아침 리스본에 유혹적인 햇살이 비치지 않았더라면 일은 아주 다른 방향으로 나아갔을 수도 있었다. 그는 아마 공항으로 가서 집으로 가는 첫 비행기를 잡아탔을 것이다. 그러나 햇살은 그가 과거로 돌아서지 못하게 했다. 빛나는 광채는 지나간 모든 것을 아주 낯설고 거의 비현실적으로 보이게 했고, 과거의 그림자를 모두 지워버릴 정도로 눈부셨다. 모습을 전혀 알 수 없는 미래를 향해 떠나는 것이 그에게 남은 유일한 길이었다. 눈발이 날리던 베른은 너무나 멀게 느껴졌다. 키르헨펠트 다리에서 수수께끼 같은 포르투갈 여자를 만난 것이 겨우 사흘 전의 일이라고 믿을 수 없을 만큼.

아침을 먹은 다음 그레고리우스는 주제 안토니우 다 실베이라에게 전화를 걸었다. 그는 전화를 받은 비서에게 독일어나 프랑스어 또는 영어를 할 줄 아는 안과 의사를 한 명 추천해줄 수 있는지 물었다. 삼십 분 후에 비서가 전화를 걸어 실베이라의 인사를 전하고는 그의 여동생이 다닌다는 병원의 의사를 일러주었다. 오랫동안 코임브라와 뮌헨 대학병원에서 근무했던 의사라는 말도 덧붙였다.

병원은 리스본에서 가장 오래된 알파마 구역, 성의 뒤편에 있었다. 그레고리우스는 환한 거리를 천천히 걸으며 누군가와 부딪힐 만하면 일찌감치 비켜섰고, 가끔 멈춰 서서 두꺼운 안경알 밑으로 눈을 비볐다. 이곳이 리스본이었다. 학생들을 바라보다가 갑자기 자기 인생을 마지막 관점에 서서 생각하게 됐고, 어떤 포르투갈 의사가 마치 그에게 쓴 것처럼 느껴지는 책을 우연히 손에 넣게 되어 찾아온 도시.

그가 한 시간 후에 들어선 곳은 전혀 병원처럼 보이지 않았다. 어두운 색깔의 판벽용 널빤지와 복사본이 아닌 진품 그림들, 두꺼운 양탄자가 상류층 가정집에 와 있는 듯한 인상을 불러일으켰다. 대기실에는 환자가 한 명도 없었지만, 이상하다는 생각은 들지 않았다. 이런 병원을 운영하는 의사라면 굳이 환자에게서 받는 돈으로 살 필요가 없을 듯했다. 접수대에 앉은 여자가 에사 선생님이 금방 나올 거라고 말했다. 그 여자에게서도 병원 직원이라는 느낌은 받을 수 없었다. 유일하게 병원 분위기를 풍기는 것은 이름과 숫자가 가득한 모니터였다. 그레고리우스는 아무런 장식이 없고 약간 초라한 독시아데스의 병원과 무뚝뚝한 직원을 떠올렸다. 갑자기 자신이 배신을 하고 있다는 생각이 들었다. 그때 높은 문이 열리더니 의사가 나왔다. 비이성적인 생각을 오래 할 틈이 없어 다행이었다.

마리아나 콘세이상 에사는 신뢰감을 주는 크고 검은 눈동자를 지닌 의사였다. 그녀는 실베이라의 친구라고 들었다며 그레고리우스에게 독일어로 인사했다. 실수가 별로 없는 유창한 솜씨였다. 그가 무슨 일로 왔는지도 이미 알고 있었다. 그처럼 심한 근시인 사람이 언제나 보조안경을 소지하려는 것은 당연하다면서, 망가진 안경 때문에 흥분하는 게 왜 잘못되었다고 생각하는지 물었다.

그레고리우스는 아주 편안해졌다. 의사의 책상 앞에 놓인 소파에 몸을 깊숙이 파묻으며, 일어나지 않고 계속 이대로 있으면 좋겠다고 생각했다. 의사는 시간을 한없이 내줄 수 있는 모양이었다. 그는 다른 의사들에게서—독시아데스에게서조차도—이런 느낌은 받아본 적이 없었다. 그래서 지금 상황이 비현실적으로 느껴졌다. 그는 의사가 보조안경을 재보고 일상적인 시력검사를 한 다음 안경점에 가져갈 진단서를 끊어주리라고 예상했다. 하지만 그녀는 우선 온갖 단계적 상황과 불안을 포함하는 그의 근시 내력을 듣고 싶어했다. 이야기가 끝난 다음 그가 안경을 내밀자 그녀가 주의 깊게 살펴보며 말했다.

"잠을 푹 주무시지 못하는군요."

그러고는 기계가 있는 한쪽 구석으로 가라고 했다.

진찰은 한 시간이 넘게 걸렸다. 의사는 마치 새로운 풍경에 익숙해지려는 사람처럼 아주 세밀하게 검사했다. 그레고리우스에게 가장 깊은 인상을 준 것은 세 번이나 반복되는 시력검사였다. 그녀는 검사 도중에 잠깐씩 쉬면서 그를 왔다 갔다 걷게 하고, 그의 직업에 대해 묻기도 했다.

"시력을 결정하는 건 여러 가지 상황이거든요." 그가 오래 걸리는 검사 때문에 놀라워하자 의사가 웃으며 말했다.

검사가 모두 끝난 다음 나온 안경 도수는 다른 때와 아주 달랐고, 두 눈의 시력 차이도 평소보다 많이 났다. 의사가 어리둥절해하는 그의 팔에 손을 살짝 대며 말했다.

"일단 한번 써보세요."

그레고리우스는 방어 심리와 신뢰감 사이에서 흔들렸지만, 결국 신뢰감이 이겼다. 의사가 안경 가게 주인의 명함을 주고, 그곳에 전화를 걸었다. 그녀의 포르투갈어를 듣자 키르헨펠트에서 만난 신비한 여자가 "포르투게스"를 발음할 때 느꼈던 요술 같은 감정이 되살아났다. 이 도시에 있다는 것이 갑자기 의미 있는 일―이 의미는 특정한 이름으로 불릴 수 없었고, 또 말로 표현함으로써 폭력을 가해서도 안 되는 의미였다―로 변했다.

"이틀 후면 된답니다. 세자르 씨가 더 빨리는 도저히 안 된다는군요."

통화를 끝낸 의사가 말했다.

그레고리우스는 아마데우 드 프라두의 책을 재킷 주머니에서 꺼내 특이한 출판사 이름을 그녀에게 보여주며, 전화번호부를 뒤져봤지만 허사였다는 이야기를 했다. 그녀는 약간 혼란스러운 표정으로 그런 것 같다고, 자비 출판인 듯하다고 대답했다.

"그리고 붉은 삼나무는 뭔가를 은유하는 것 같네요."

그레고리우스도 그런 생각을 했다. 인생사의 갖가지 색깔과 시든 잎 아래에 묻혀 있는 은유 또는 비밀스러운—피비린내 나든 아름답든—것에 대한 암호…….

의사가 다른 방으로 가서 주소록을 가지고 오더니, 손가락으로 한 쪽을 훑었다.

"여기 있어요. 줄리우 시몽이스. 죽은 제 남편의 친구인데, 헌책방 주인이에요. 우린 언제나 이 사람이 세상 누구보다도 책에 대해 많이 아는 사람이라고 생각했어요. 정말 무서울 정도랍니다."

그녀는 주소를 적은 다음 책방 위치를 설명했다.

"그분께 안부 전해주세요. 그리고 안경이 다 되면 한번 들르세요. 제가 올바르게 진단했는지 알고 싶으니까요."

그레고리우스가 계단 턱에서 뒤를 돌아보니 의사는 문틀에 한 손을 댄 채 여전히 그 자리에 서 있었다. 실베이라가 그녀와 전화 통화를 했다면 그레고리우스가 지금까지의 인생에서 도망쳤다는 사실을 알고 있을 수도 있었다. 그녀에게 그 이야기를 하고 싶었다. 떠나기 싫은 장소에서 나오는 사람처럼 계단을 내려오는 그의 발걸음은 느리고 무거웠다.

하늘에 부드럽고 하얀 면사포 같은 구름이 드리워 햇빛의 광채를 가리고 있었다. 안경 가게는 테주 강 선착장 근처에 있었다. 그레고리우스가 자기를 보낸 의사 이름을 말하자 세자르 산타렝의 무뚝뚝한 얼굴이 환하게 밝아졌다. 그는 진단서를 읽고 그레고리우스가 내민 안경을 받아 손으로 무게를 느껴보더니, 서툰 프랑스어로 안경알과 테를 가벼운 소재로 하는 게 좋겠다고 말했다.

짧은 시간 안에 벌써 두 사람이 콘스탄틴 독시아데스의 판단에 회의를 느끼게 하는 말을 했다. 자기가 기억하는 한 언제나 무거운 안경을 코에 걸치고 있던 지금까지의 삶을 누군가에게 빼앗기는 듯한 기분이 들었다. 그는 망설이며 이런저런 안경테를 하나씩 써봤고, 포르투갈어만 할 줄 아는 점원이 폭포수를 쏟아내듯 빠르게 말하며 권하는 대로 가늘고 붉은색이 나는 테를 선택했다. 그 테는 넓고 각진 그의 얼굴에 비해 지나치게 유행을 좇는 것처럼 보였다. 줄리우 시몽이스의 헌책방이 있는 바이후 알투 구역으로 가는 내내 그는 새 안경을 보조안경으로 사용하면 된다고, 어쩌면 그 안경은 한 번도 쓸 필요가 없을지도 모른다고 스스로에게 일렀다. 책방 앞에 섰을 때는 마음의 평정을 다시 찾았다.

시몽이스는 날카로운 코에 활발한 지성이 엿보이는 검은 눈의 건장한 남자였다. 그는 마리아나 에사가 벌써 그에게 전화해서 무슨 일인지 이야기했다고 말했다. 그레고리우스는 리스본의 절반쯤이 지금 전화를 걸며 자신을 계속 다른 사람에게 넘겨준다는 느낌, 거의 예약의 윤무를 추고 있다는 느낌을 받았다. 이와 비슷한 경험을 해본 기억이 없었다.

시몽이스는 자기가 책과 관련된 일을 한 지 30년이 되었지만 그동안 세드루스 베르멜류스라는 출판사는 없었다고 단호하게 말했다. '언어의 연금술사'라는 책 제목 역시 들어본 적이 없다고 했다. 시몽이스는 책을 넘기며 군데군데 읽었다. 그 모습을 보던 그레고리우스는, 시몽이스 스스로도 뭔가 기억이 나길 기다리고 있다는 느낌을 받았다. 그는 마지막으로 다시 한번 1975년이라는 출간연도를 보았다. 이때는 자기가 아직 포르투에서 직업교육을 받고 있던 시절이라 자비 출판으로 나온 책, 더구나 리스본에서 인쇄된 책은 전혀 모를 수도 있다고 말했다.

"알 만한 사람은······."

그가 파이프에 담배를 넣으며 말했다.

"이 책방 먼젓번 주인인 코티뉴 노인입니다. 아흔을 앞에 두고 정신이 오락가락하지만, 책에 관한 기억력 하나는 기가 막히지요. 정말 경탄 그 자체입니다. 그분은 거의 듣지 못하니 전화를 걸어도 소용없어요. 대신 제가 몇 줄 써드리지요."

시몽이스는 구석에 놓인 책상으로 가서 메모지에 뭔가를 적어 봉투에 넣었다.

"그분과 이야기를 하려면 인내심이 필요합니다."

봉투를 건네며 그가 말했다.

"살면서 불행한 일을 많이 겪어 늘 뭔가 언짢아하는 노인이지요. 하지만 기분만 잘 맞추면 아주 친절해져요. 어떻게 해야 기분을 맞출 수 있는지 알 수 없다는 게 문제이긴 해도 말이죠."

그레고리우스는 그 책방에 오래 머물렀다. 어떤 도시를 그곳에 있는 책을 통해 알아가는 것, 이는 그가 언제나 해오던 일이었다. 학창 시절 수학여행으로 처음 가본 외국 도시는 런던이었다. 칼레로 돌아오는 배에서, 지난 사흘 동안 유스호스텔과 대영박물관과 무수히 많은 책방과 그 주변만 빼고는 이 도시를 거의 보지 못했다는 생각이 들었다. "책이야 다른 곳에도 얼마든지 있잖아!" 친구들이 고개를 절레절레 흔들며 "넌 여기서 아주 많은 것을 놓쳤다"고 그에게 말했다. 그래, 하지만 그 책들은 다른 곳이 아닌 여기에 있잖아. 그는 이렇게 대꾸했다.

지금 그는 천장까지 닿는 꽉 찬 책장 앞에, 얼마 전까지만 해도 전혀 읽을 수 없었던 포르투갈 책들 앞에 서서 이 도시와 만난다는 느낌을 받았다. 아침에 호텔을 나설 때만 해도, 이 도시에 머무는 것에 의미를 부여하기 위해서는 한시라도 빨리 아마데우 드 프라두를 찾아야 한다고 생각했다. 그러다가 검은 눈에 붉은빛이 도는 머리카락, 검은 벨벳 재킷을 입은 마리아나 에사를 만났고, 또 이제 이렇듯 예전 주인의 이름이 쓰인 책들을 마주하게 되었다. 그의 라틴어 책에 있는 필체를 연상하게 하는 이름들…….

《대지진》. 그레고리우스는 대지진이 1755년에 일어났고, 리스본을 폐허로 만들었으며 많은 사람들이 그 일로 신의 존재에 의문을 품게 되었다는 것 말고는 아는 게 없었다. 그가 책장에서 책을 꺼내는 바람에 옆에 있던 책이 비스듬하게 기울어졌다. 제목은 《흑사병》으로, 14세기와 15세기에 돌았던 흑사병에 관한 책이었다. 그레고리우스는 책 두 권을 겨드랑이에 낀 채 문학 관련 서적이 있는 곳으로 갔다. 루이스 바스 드 카몽이스, 프란시스쿠 드 사 드 미란다, 페르낭 멘드스 핀투, 카밀루 카스텔루 브랑쿠. 그가 플로렌스에게서도 전혀 들어보지 못했던 세상이 그곳에 있었다. 주제 마리아 에사 드 케이로스의 《신부 아마루의 죄O Crime do Padre Amaro》. 그레고리우스는 금지된 일이라도 하는 듯 망설이며 그 책을 꺼내 다른 두 권과 함께 들었다. 그때 갑자기 페르난두 페소아의 《불안의 책》이 눈에 들어왔다. 믿을 수 없는 일이었다. 그레고리우스는 리스본이 베르나르두 소아레스*가 책방 점원으로 일하던 도시, 그가 도라도레스 거리에서 일하며 그보다 앞서거나 뒤에 오는 세상이 아는 모든 생각보다 더 외로운 생각을 쓴 도시라는 생각은 전혀 하지 못하고 여기로 왔다.

그게 이렇게 놀랄 일인가? '묘사된 들판은 원래의 초록빛보다 더 푸르다.' 페소아가 쓴 이 문장은, 플로렌스와 그가 결혼생활을 하며 겪은 일 가운데 가장 예리한 기억을 남겼다.

그때 플로렌스는 동료들과 거실에 있었다. 웃음소리와 컵들이 달각거리는 소리가 들렸다. 그레고리우스는 필요한 책 때문에 할 수 없이 거실로 건너갔다. 그가 막 들어섰을 때, 누군가 이 문장을 소리 내어 읽었다. "정말 엄청난 문장이지?" 플로렌스의 동료 가운데 한 남자가 예술가다운 긴 머리를 흔들며 목소리를 높였고, 소매가 없는 옷을 입은 플로렌스의 맨 팔에 손을 얹었다. 그 문장을 이해할 사람은 몇 명 되지 않겠군요. 그레고리우스가 말했다. 갑자기 거실이 침묵에 휩싸였다. "그래서 당신이 그런 선택받은 사람 가운데 한 명이라는 거야?" 플로렌스가 신랄한 말투로 물었다. 그레고리우스는 일부러 천천히 책장에서 책을 꺼낸 다음 한마디 말도 없이 거실을 나왔다. 몇 분 후에야 거실에서 다시 말소리가 들리기 시작했다.

---

* 　Bernardo Soares. 페소아의 필명 가운데 하나.

그 뒤로 그는 어디서든 《불안의 책》을 보기만 하면 얼른 지나쳐 갔다. 두 사람은 이 사건에 대해 말을 나누지 않았다. 이 일은 둘이 헤어질 때까지 앙금이 남아 있던 온갖 사연 가운데 하나였다.

그레고리우스는 책장에서 책을 꺼냈다.

"이 굉장한 책이 저한테 어떤 느낌을 주는지 아세요?"

시몽이스가 책의 가격을 계산기에 찍으며 이어서 말했다.

"마르셀 프루스트가 몽테뉴의 《수상록》을 썼다는 느낌이에요."

무거운 책 봉지를 들고 가헤트 거리에 있는 시인 카몽이스의 조각상까지 왔을 때 그레고리우스는 금방이라도 쓰러질 듯 피곤했다. 그는 지금 진정한 의미에서 이 도시에 도착하려는 참이었고, 베른으로 돌아가는 비행기를 예약하기 위해 오늘 저녁에 다시 공항에 전화를 거는 일이 없도록 이 감정을 더 많이 느끼길 원했다. 그는 커피를 한 잔 마시고 프라제르스 공동묘지로 가는 전철을 탔다. 그 근처에 아마데우 드 프라두에 대해 뭔가 알지도 모르는, 정신이 오락가락한다는 코티뉴 노인이 살고 있었다.

9

그레고리우스는 100년이라는 역사를 지닌 리스본의 전차를 타고 베른의 어린 시절로 되돌아갔다. 덜거덕대면서 종을 울리며 바이후 알투를 지나는 전차는, 차비를 낼 필요가 없을 만큼 어렸을 때 베른의 거리와 골목들을 몇 시간씩이나 누비고 다니던 전차와 하나도 다른 게 없어 보였다. 니스 칠을 한 널빤지 의자, 천장에 매달린 손잡이 옆의 설렁줄, 운전사가 쓰는 금속 막대 브레이크와 기어에 이르기까지 모든 것이 똑같았다. 언제였는지 확실치는 않지만 중등학교에 다니던 시절, 조용하면서도 더 빨리 달리는 새 전차가 등장했다. 다른 학생들은 새 전차로 앞다투어 몰려갔고, 기다렸다가 새 차를 타느라고 수업에도 늦었다. 고백할 용기는 없었지만, 그레고리우스는 바뀐 세상이 혼란스럽다고 느꼈다. 그는 용기를 내어 전차 종점으로 가서 작업복을 입은 사람에게 옛날 전차는 어떻게 되는지 물어봤고, 유고슬라비아로 팔려가게 된다는 대답을 들었다. 그 직원은 낙담하는 그레고리우스의 마음을 알아챘는지 사무실로 들어가 옛 전차의 모형을 들고 나왔다. 그는 이 모형을 그 무엇과도 바꿀 수 없는 아주 소중한 선사시대의 유물처럼 아직도 보관하고 있었다. 리스본의 전차가 덜컥거리며 끽 소리를 내고 멎었을 때 옛 전차의 모형이 그의 눈앞에 떠올랐다.

그레고리우스는 형형한 눈빛을 지닌 이 포르투갈 저자가 이미 죽었을 거라고는 생각하지 않았다. 그 생각은 공동묘지 앞에 와서야 들었다. 그는 작은 무덤들로 가득 찬 죽은 자들의 도시 골목 골목을 답답한 마음으로 천천히 걸었다.

삼십 분쯤 지난 뒤, 원래 흰색이었으나 풍상을 겪어 지저분하게 변한 높다란 대리석 묘실 앞에 멈춰 섰다. 가장자리에 장식이 있는 두 개의 판이 돌에 붙어 있었다. 위쪽 판에는 '1890년 5월 28일에 태어나 1954년 6월 9일에 사망한 알렉산드르 오라시우 드 알메이다 프라두가 여기 잠들다'라는 문장과 '1899년 1월 12일에 태어나 1960년 10월 24일에 사망한 마리아 피에다드 헤이스 드 프라두가 여기 잠들다'라는 문장이 쓰여 있었다. 그것보다 훨씬 밝고 이끼가 덜 낀 아래쪽 판에는 '1926년 1월 1일에 태어나 1961년 2월 3일에 사망한 파티마 아멜리아 클레멘시아 갈랴르두 드 프라두가 여기 잠들다'라고, 그리고 그 아래에는 푸른 녹이 덜 묻어 있는 글자로 '1920년 12월 20일에 태어나 1973년 6월 20일에 사망한 아마데우 이나시우 드 알메이다 프라두가 여기 잠들다'라고 적혀 있었다.

그레고리우스는 마지막 숫자를 뚫어지게 바라보았다. 지금 그의 주머니에 있는 책은 1975년에 출간됐다. 여기 이 무덤의 주인인 아마데우 드 프라두가 코르테스라는 엄격한 교장 선생이 있는 중등학교에 다녔던, 그리고 나중에 따뜻한 이끼로 덮인 계단에 앉아서 다른 사람이 되었더라면 어땠을까 생각하던 그 의사라면 이 책은 그가 직접 출간한 게 아니었다. 친구든 형제자매든, 다른 사람이 아마도 자비를 들여 출간했을 터였다. 그리고 이 다른 사람이 29년이 지난 지금까지 살아 있다면, 이 사람이야말로 그레고리우스가 찾아야 할 대상이었다.

그러나 무덤에 적힌 이름이 그저 동명이인일 수도 있지 않은가. 그레고리우스는 무슨 수를 써서라도 이 이름이 우연의 일치이기를 바랐다. 그는 옛 형태가 너무 닮았다며 포르투갈어를 새로 만들려고 했던 이 멜랑콜리한 사람을 만나지 못할 수도 있다는 사실에 자기가 지금 얼마나 실망하고 있는지 깨달았다.

그는 수첩을 꺼내 판에 적힌 모든 이름과 이들이 태어난 해와 사망한 해를 적었다. 아마데우 드 프라두는 쉰세 살에 죽었고, 서른네 살 때 아버지를 잃었다. 이 아버지가 미소를 짓는 데 언제나 실패하던 그 사람일까? 어머니는 그가 마흔 살 때 죽었다. 아마데우의 아내였을 법한 파티마 갈랴르두라는 여자는 서른다섯 살에 죽었다. 그녀가 죽었을 때 아마데우는 마흔한 살이었다.

다시 한번 묘비를 훑어보던 그레고리우스는 억센 담쟁이 넝쿨에 반쯤 가려진 기단의 비문을 발견했다. '독재가 하나의 현실이라면, 혁명은 하나의 의무다.' 그렇다면 여기 프라두의 죽음은 정치적인 것이었을까? 독재를 종식시킨 카네이션 혁명은 1974년 봄에 일어났다. 그러므로 여기 누워 있는 프라두는 그 혁명을 알지 못했다. 비문은 그가 저항운동을 하다가 죽은 듯한 느낌을 주었다. 그레고리우스는 책을 꺼내어 프라두의 사진을 들여다보며 생각에 잠겼다. 그럴 수도 있겠군. 그의 얼굴, 그가 쓴 글의 억눌린 분노와 저항운동은 서로 잘 어울리는 것 같았다. 무기를 들고 독재자 살라자르에 대항한 시인이자 언어 신비주의자⋯⋯.

그레고리우스는 출구에서 제복을 입은 남자에게 그 무덤의 임자를 알아내는 방법이 있는지 물었으나 그의 포르투갈어 실력으로는 제대로 대화를 할 수 없었다. 그는 줄리우 시몽이스가 전임자의 주소를 적어준 쪽지를 꺼내 들고, 그곳으로 걸음을 재촉했다.

비토르 코티뉴는 금방이라도 무너져 내릴 듯한 집에 살고 있었다. 길거리에서 쑥 들어가 있는 집이었다. 다른 집들에 가려 눈에 잘 띄지 않았다. 창문 아래쪽은 온통 담쟁이 넝쿨에 뒤덮여 있었다. 초인종도 없어 그레고리우스는 어찌해야 좋을지 몰라 마당에 서 있었다. 그가 막 돌아서려고 할 때 위층 창문에서 고함이 들려왔다.

"우 크 에 크 케르O que é que quer: 무슨 일이오?"

창으로 내다보는 남자는 흰 수염과 자연스럽게 연결되는 하얀 곱슬머리에, 테가 어두운 넓적한 안경을 코에 걸치고 있었다.

"페르군타 소브르 리브루Pergunta sobre livro: 책에 대해 여쭐 게 있어요!"

그레고리우스는 목청껏 외치며 프라두의 책을 치켜들었다.

"우 케O quê: 뭐라고?"

그 남자가 다시 소리쳤고, 그레고리우스도 되풀이했다.

머리가 창틀에서 사라지고 문이 자동으로 열리는 소리가 들렸다. 그레고리우스는 책들로 넘치는, 천장까지 닿은 책장들과 낡은 동양 양탄자가 깔린 현관으로 들어섰다. 먹다 남은 음식과 먼지와 파이프 담배 냄새가 났다. 꺼먼 이에 파이프를 문 백발의 노인이 삐걱거리는 계단에 나타났다. 많이 빨아서 색깔을 알 수 없을 만큼 성긴 체크무늬 셔츠에 무릎이 나온 코듀로이 바지를 입고, 끈을 묶지 않은 샌들을 신고 있었다.

"켕 에Quem é: 누구요?"

노인이 귀가 잘 들리지 않는 사람 특유의 우렁찬 목소리로 물었다. 짙은 눈썹과 호박琥珀을 연상케 하는 밝은 갈색 눈에 평온함을 방해받은 불만이 묻어났다.

그레고리우스가 시몽이스의 메모가 들어 있는 봉투를 건넸다.

그러고는 포르투갈어로 자기는 스위스 사람이라 소개하고, 고전 문헌학자이며 이 책의 저자를 찾는다고 프랑스어로 덧붙였다. 코티뉴가 아무런 반응을 보이지 않자 그는 다시 한번 커다란 목소리로 말했다.

"나 귀 안 먹었소."

노인은 프랑스어로 그의 말을 가로막았다. 온갖 풍상을 견뎌낸 주름진 그의 얼굴에 능청스러운 웃음이 번졌다.

"귀머거리 흉내는 사람들이 떨어대는 수다를 막기에 아주 그만이지."

억양이 이상하고 느리기는 했지만, 그는 확실한 어순에 따라 프랑스어를 구사했다. 그는 시몽이스의 메모를 대강 훑어보더니 복도 끝에 있는 부엌을 가리키며 앞장섰다. 식탁에는 뚜껑을 열어놓은 정어리 통조림과 레드 와인이 반쯤 남은 잔이 놓여 있었다. 그 옆에는 책도 한 권 펼쳐져 있었다. 그레고리우스는 건너편 의자에 앉았다. 갑자기 노인이 깜짝 놀랄 행동을 했다. 그의 안경을 벗겨 자기가 쓰고는, 자기 안경은 손에 들고 흔들면서 눈을 깜빡거리며 주변을 둘러보았던 것이다.

"우리 이런 공통점이 있구면."

그는 이렇게 말하고 안경을 그레고리우스에게 돌려주었다.

도수가 높은 안경을 쓰고 세상을 헤쳐 나가야 하는 사람들 사이의 연대감. 코티뉴의 얼굴에서 짜증과 경계심이 한순간에 사라졌다. 그가 프라두의 책을 집어 들었다.

노인은 아무 말 없이 몇 분 동안 의사의 사진을 자세히 들여다보았다. 사진을 보던 그는 몽유병 환자처럼 표정 없이 의자에서 일어나 그레고리우스에게 와인을 한 잔 따라주었다. 고양이가 살그머니 부엌으로 들어와 노인의 다리를 스치며 돌았다. 노인은 고양이에게 신경을 돌리지 않고 안경을 벗고는 엄지와 집게손가락으로 미간을 눌렀다. 독시아데스를 떠오르게 하는 동작이었다. 옆방에서 똑딱거리는 시계 소리가 들려왔다. 노인은 파이프를 비우고 책장에서 새 것을 꺼내어 눌러 담았다. 그러고도 몇 분이 더 지나고 나서야 노인은 먼 기억을 더듬는 음색으로 조용히 이야기를 시작했다.

"내가 그를 안다고 하면 그건 틀린 말이 될 거요. 만났다고도 할 수 없겠지. 다만 그를 두 번 봤소. 그의 진찰실 문간에서 말이오. 흰 가운을 입고 다음 환자를 기다리느라 눈썹을 치켜올리고 있었지. 내 여동생이 황달에 걸려서 치료를 받으러 함께 갔던 거요. 꼭 그 의사여야 된다고 하더군. 내 생각에 동생은 그 사람한테 약간 빠져 있었던 것 같소. 남자다운 외모에다가 최면을 거는 듯한 광채까지 지니고 있었으니 그럴 만도 했지. 그 사람은 유명한 판사의 아들이었소. 그 판사는 자살했소. 어떤 사람들은 그가 굽은 허리의 통증을 견디지 못해서라 했고, 또 어떤 사람들은 독재자가 통치할 때 판사 자리에 계속 있었던 자기 자신을 용서하지 못했기 때문이라고도 했소.

아마데우 드 프라두는 인기가 좋은 의사였소. 존경도 받았지. 사람들이 인간백정이라고 부르던 비밀경찰PIDE: Policia Internacional de Defesa do Estado 후이 루이스 멘드스의 목숨을 구하기 전까지는 말이오. 1960년대 중반, 그 의사가 마흔다섯 살쯤 되었을 때 벌어진 일이었소. 그때부터 사람들은 그를 피했고, 그 사람은 상처를 아주 많이 받았지. 그다음부터 그 의사는 사람들 모르게 저항운동에 참여했다오. 인간백정을 구한 죄를 그렇게 씻으려는 듯이⋯⋯. 저항운동을 했다는 건 그 사람이 죽은 다음에야 알려졌소. 내 기억으로 그는 혁명 한 해 전, 갑자기 뇌출혈로 죽었을 거요. 말년에는 그를 신처럼 생각하던 여동생 아드리아나와 같이 살았지.

여기 이 책도 아드리아나가 출간했을 거요. 어느 인쇄소에서 찍었는지도 알 만하군. 지금은 없는 인쇄소지. 출간되고 몇 년 뒤에 내 헌책방에 들어왔는데, 읽지 않고 그냥 어느 구석엔가 뒀어. 이유는 모르겠지만, 그 책이 별로 마음에 들지 않았소. 아마 내가 아드리아나를 좋아하지 않았기 때문인 것도 같고⋯⋯. 그 여자를 잘 모르면서도 말이오. 그 병원에 두 번 갔을 때 그녀가 의사를 보조하고 있었는데, 환자를 대하는 고압적인 태도가 신경에 거슬리더군. 어쩌면 내가 잘못 판단했는지도 모르겠어. 나라는 인간이 원래 그런 걸 어쩌겠소."

코티뉴가 책장을 넘겼다.

"좋은 글인 것 같군. 제목도 훌륭하고. 그 사람이 글을 쓴다는 건 몰랐소. 이 책 어디서 난 거요? 왜 그 사람을 찾는 거지?"

그레고리우스가 그에게 이야기를 할 때의 음색은, 야간열차에서 주제 안토니우 다 실베이라에게 말할 때와는 달랐다. 특히 키르헨펠트 다리에서 만난 이상한 포르투갈 여자와 그녀가 이마에 적은 전화번호 이야기도 빼놓지 않고 모두 했기 때문에 아주 다르게 들렸다.

"그 전화번호 아직 가지고 있소?"

이야기가 너무나 마음에 든 노인이 와인 한 병을 새로 따며 물었다.

그레고리우스는 수첩을 꺼내려고 하다가 좀 전 안경을 바꿔 쓴 일로 미루어 짐작컨대 그가 그곳에 전화를 할 만한 사람이라는 것을 깨달았다. 시몽이스는 이 노인이 정신이 오락가락한다고 했다. 그 말은 이 노인이 미쳤다는 의미는 분명히 아닐 터였다. 노인이 고양이와 함께 외롭게 살면서 잃어버린 것은, 거리두기와 친근함에 대한 감각이라는 생각이 들었다.

"아니, 지금 가지고 있지 않습니다."

그레고리우스가 대답했다.

"유감이구면." 노인은 이렇게 말했지만, 그레고리우스의 말을 믿지는 않았다. 두 사람은 그 순간 다시 완벽한 이방인으로 돌아와 마주앉아 있었다.

코티뉴는 언짢은 표정으로 아드리아나가 살아 있다면 여든 정도 되었을 텐데 늙은이들은 가끔 전화기를 없앤다고, 자기도 얼마 전에 그렇게 했다고 말했다. 죽었다면 그녀의 이름도 비문에 쓰여 있었을 것 아니냐며. 그리고 그 의사의 집과 병원은 붙어 있었는데 이미 40년이나 지난 지금 주소는 잊어버렸지만, 바이후 알투 어딘가라고 했다. 앞쪽에 파란색 타일이 많이 붙어 있는, 그 동네에서 유일하게 파란 집이니 별로 어렵지 않게 찾을 수 있을 거라고 했다. 어쨌든 당시에는 그랬다고…….

"사람들이 그 집을 파란 병원이라고 불렀소."

한 시간 후에 헤어질 때 두 사람은 다시 친해져 있었다. 코티뉴는 거리를 두다가 갑작스럽게 화해를 청하는 태도를 반복했다. 이런 돌발적인 변화에 특별한 이유가 있는 것 같지는 않았다. 그레고리우스는 구석마다 책이 쌓인, 도서관이라고 할 수밖에 없는 집 안을 둘러보며 경탄했다. 노인은 아주 해박했고, 초판본도 무척 많이 가지고 있었다.

그는 포르투갈 이름도 많이 알고 있었다. 프라두라는 이름은 포르투갈의 왕 알폰소 3세의 손자인 주앙 누네스 두 프라두로 거슬러 올라가는 아주 오랜 가문이며, 에사는 페드루 1세와 이네스 드 카스트루의 후손으로 포르투갈의 최상류 가문 가운데 하나라고 했다.

"내 이름은 더 오래됐어. 왕가와도 물론 닿아 있지."

비꼬는 듯한 코티뉴의 갑작스러운 언급 뒤편에 자랑스러움이 배어났다.

노인은 그레고리우스의 고전어 지식을 부러워했다. 그레고리우스를 문까지 배웅하다 말고 그가 갑자기 책장에서 그리스어-포르투갈어《신약성서》를 꺼내 들었다.

"이걸 왜 주는지 나도 알 수 없지만, 어쨌든 가져가시오."

마당을 가로지르면서 그레고리우스는 노인의 이 말을 결코 잊을 수 없을 거라 생각했다. 문 밖으로 부드럽게 밀면서 등에 닿았던 그의 손길도.

전차는 땅거미가 내려앉은 거리를 종소리를 내며 달렸다. 밤에는 파란 집을 찾을 수 없을 것이다. 그레고리우스는 김이 서린 유리창에 머리를 대고, 오늘은 정말이지 긴 하루였다고 생각했다. 이 도시에 머문 지 정말 겨우 이틀밖에 지나지 않았나? 라틴어 책을 교탁에 남겨두고 온 것이 이제 나흘, 그러니까 아직 백 시간도 지나지 않았다는 말인가? 그는 리스본에서 가장 유명한 장소인 호시우 광장에서 내려, 시몽이스의 헌책방에서 산 책들이 들어 있는 무거운 봉지를 힘겹게 들고 호텔로 갔다.

10

케기가 포르투갈어처럼 들리지만 포르투갈어가 아닌 언어로 그에게 말을 건 이유는 뭘까? 아무런 이유 없이 마르쿠스 아우렐리우스를 욕한 이유는 또 뭘까?

그레고리우스는 침대에 걸터앉아 눈을 비비며 잠을 몰아냈다. 경비원이 학교 강당에서 포르투갈 여자가 머리를 말리며 서 있던 자리를 물로 쓸어냈다. 그 전이었는지 후였는지 확실치 않지만, 그레고리우스는 그녀를 케기에게 소개하기 위해 교장실로 갔다. 문을 열지도 않았는데 두 사람은 이미 엄청나게 큰 케기의 책상 앞에 서 있었다. 마치 뭔가 부탁할 게 있는, 하지만 그게 뭔지 잊어버린 사람들처럼……. 그러다가 갑자기 교장이 어디론가 사라졌고, 책상과 그 뒤에 있던 벽까지 없어져 알프스가 훤히 내다보였다.

그레고리우스는 미니바의 문이 반쯤 열린 것을 그제야 보았다. 자다가 어느 때쯤인가 배가 고파서 깼고, 땅콩과 초콜릿을 꺼내 먹었다. 깨기 바로 전에는 베른 집의 우체통이 고지서와 광고지로 넘쳐서 괴로운 꿈, 자기 책장의 책들이 불길에 싸였다가 새카맣게 탄 성서들로 가득 찬 코티뉴의 서가로 변하는 꿈을 꿨다.

그는 아침 식사 때 차려진 음식들을 모두 두 번씩 가져다 먹고, 점심을 준비하던 종업원이 눈총을 보낼 정도로 오랫동안 식당에 앉아 있었다. 이제 무슨 일을 해야 할지 알 수 없었다. 조금 전에 독일인 부부가 그날 여행 계획을 짜는 소리를 듣고, 그도 계획을 세우려고 했지만 허사였다. 리스본은 관광 명소나 여행 무대로 그의 관심을 끌지 못했다. 이곳은 그가 자기 인생으로부터 도망쳐 온 장소였다. 그런 관점에서 본다면 도시 전체를 조망하기 위해 한 번쯤 테주 강을 지르는 유람선을 타보는 것도 괜찮겠다는 생각이 들었다. 하지만 이것도 정말 원하는 일은 아니었다. 그렇다면 원하는 게 도대체 무엇일까?

방으로 돌아온 그레고리우스는 그동안 모은 책을 정리했다. 지진과 흑사병에 관한 책, 에사 드 케이로스의 소설, 《불안의 책》, 《신약성서》, 어학 교재들. 그런 다음 가방을 대충 싸서 문간에 세워두었다.

아니, 아니었다. 지금 돌아가지 못하는 이유가 내일 찾아야 하는 안경 때문은 아니었다. 취리히에 착륙하고 베른에서 하차하는 것은 불가능했다. 이제는 안 될 일이었다.

그러면 무엇 때문인가. 새어버리는 시간과 죽음에 대한 생각? 원하는 게 무엇인지 갑자기 모른다는 것? 자기 소망이 무엇인지 알지 못한다는 것? 자기 의지가 지녔던 지극히 당연한 익숙함을 잃은 것? 그래서 이런 식으로 스스로에게 낯설어지고 문제가 되었다는 사실?

파란 집. 오빠가 죽은 지 31년이 지났지만, 아드리아나 드 프라두가 아직도 살고 있을지 모를 그 집을 왜 지금 당장 찾아 나서지 않는가. 왜 망설일까. 갑자기 나타난 이 빗장은 무엇인가.

그레고리우스는 뭘 해야 좋을지 모를 때마다 독서를 하곤 했다. 베른 근처 산간 마을 농부의 딸이었던 그의 어머니는 책을 읽는 일이 드물었다. 가끔 읽는다고 해도 루트비히 강호퍼*의 향토 소설 정도만 읽었는데, 그것조차도 몇 주씩 걸렸다. 아버지는 텅 빈 박물관 전시실의 무료함을 잊는 수단으로 독서를 시작했고, 읽는 데 취미를 붙이고부터는 손에 잡히는 책은 무엇이든 읽었다. "이제 너도 책 속으로 도망치는구나." 독서의 기쁨을 발견한 아들에게 어머니가 한 말이었다. 책에 대한 어머니의 이런 생각, 좋은 글이 지닌 마술과 같은 힘이나 광채를 아무리 이야기해도 이해하지 못하는 어머니는 그를 슬프게 했다.

그는 이 세상에 두 종류의 사람, 즉 책을 읽는 사람과 읽지 않는 사람이 있다고 생각했다. 어떤 사람이 독서를 하는지 하지 않는지는 금방 알 수 있으며, 사람 사이에 이보다 더 큰 구별은 없

---

*   Ludwig Ganghofer. 1855~1920. 향토 소설로 유명한 독일 작가.

다고 주장했다. 사람들은 이런 주장을 들으면 놀랐고, 그의 괴상한 성격에 고개를 가로젓는 이들도 많았다. 하지만 사실이 그랬다. 그레고리우스는 알고 있었다. 정말 알고 있었다.

그레고리우스는 룸메이드를 내보내고 아마데우 드 프라두의 책을 넘기다가, 눈이 번쩍 띈 제목의 글을 몇 시간 동안 애를 쓰며 번역했다.

_내부 바깥의 안쪽

얼마 전 반짝이는 6월의 어느 날 오전, 아침의 광채가 고요한 골목으로 밀려올 때 가헤트 거리에 있는 어떤 진열창 앞에 서 있다가 반사되는 빛 때문에 진열된 물건 대신 내 모습을 보게 되었다. 나 자신이 나에게 방해가 되어 성가셨다. 이 모습은 내가 사실 나 스스로를 방해하고 있다는 상징과 같았으니⋯⋯. 내가 손을 부채처럼 펴서 그늘을 만들어 안쪽을 들여다보려고 하는 찰나, 진열창에 비친 내 모습 뒤로 키가 큰 남자—세상을 바꾸어버릴 폭풍우의 그림자를 연상하게 하는—가 나타났다. 그는 서서 셔츠 주머니에서 담뱃갑을 꺼내더니 담배 한 대를 꺼내 입에 물었다. 연기를 한 모금 내뿜으며 진열창을 둘러보던 시선이 나에게 멈추었다. 사람들이 서로에 대해 아는 게 무엇이 있으랴 생각한 나는 진열창에 비친 그의 시선과 마주치지 않기 위해 안에 놓인 상품들이 모두 잘 보인다는 듯이 행동했다. 낯선 그가 유리를 통해 보는 나는 희끗희끗한 머리카락에 가늘고 엄해 보이는 얼

110

굴, 어두운 눈에 둥근 금테 안경을 쓴 마른 남자였다. 나는 진열창에 비친 내 모습을 찬찬히 살펴보았다. 늘 그렇듯이 각진 어깨를 꼿꼿하게 펴고, 머리는 내 키에 알맞을 만한 위치보다 더 치켜든 채 약간 뒤로 젖혔다. 이런 모습을 보면 나를 좋아하는 사람들조차도 내가 인간적인 모든 것을 경멸하는 오만한 인간 혐오자, 모든 사람과 사물을 비웃는 언급을 언제라도 할 수 있는 염세주의자로 보인다고 했다. 이 말은 의심할 여지없이 옳았다. 담배를 피우며 내 뒤에 서 있던 사람도 그런 느낌을 받았을 것이다.

그렇다면 그는 굉장한 착각을 한 것이다! 나는 내가 과장되게 똑바로 서거나 걷는 이유가 치료할 수 없이 굽었던 아버지의 등, 강직성 척추염 때문에 당하는 그 고통, 학대받아 고개를 들고 주인을 똑바로 바라보지 못하는 노예처럼 언제나 시선을 바닥으로 향해야 하는 그 상황에 항의하기 위해서가 아닐까라는 생각을 가끔 하기 때문이다. 난 내가 몸을 꼿꼿하게 함으로써 자존심 강했던 아버지의 등을 돌아가신 뒤라도 똑바로 펼 수 있다고, 과거로 역행할 수 있는 마술적 효력을 지닌 방법을 통해 실제로 그랬던 것보다 아버지의 인생을 덜 굽고, 덜 고통스러웠던 것으로 바꿀 수 있다고 생각하는지도 모른다. 마치 현재의 내 노력으로 고통받은 과거의 실제를 벗겨버리고, 더 낫고 자유로운 모습으로 대체할 수 있기라도 하다는 듯이.

오만해 보였을 내 모습이 뒤에 서 있던 사람에게 불러일으켰을 법한 착각은 이것뿐만이 아니다. 도저히 끝날 것 같지 않은 불면의 밤을 보낸 내가 다른 사람을 어떻게 경멸할 수 있단 말인가. 전날 나는 자기 아내와 함께 온 어떤 환자에게 이제 얼마 살지 못할 거라고 이야기했다. 두 사람을 진찰실로 부르기 전 나는 이 말을 해야 한다고 나 자신을 설득했다. 두 사람이 그들과 다섯 아이들을 위한 계획을 세워야 하지 않겠냐며, 인간 존엄성의 한 부분은 자신의 운명—그게 아무리 힘들다고 할지라도—을 똑바로 볼 수 있는 능력에 있다며……. 저무는 여름날의 온갖 소리와 냄새가 부드럽고 따뜻한 바람에 실려 발코니의 열린 문으로 들어오는 초저녁, 생동감에 넘치는 이 부드러운 물결에 모든 것을 잊고 자신을 내맡길 수만 있다면 행복한 순간이라고 이름 붙여도 될 만한 시간이었다. 목숨이 얼마 남지 않았을지도 모른다는 공포심을 없애줄 말이 내 입에서 얼른 나오길 바라며, 앞으로 살아갈 날이 바다처럼 무한하다는 말을 듣고 병원 문을 나가 이리저리 배회하는 사람들 사이에 섞이기를 바라며, 두 사람이 불안과 초조에 가득 차서 내 앞 의자에 몸을 살짝 걸치고 앉아 있던 그 순간……. 차라리 세차고 모진 바람이 유리창에 비를 흩뿌렸더라면! 말을 꺼내기 전에 나는 안경을 벗고 엄지와 검지로 미간을 눌렀다. 두 사람은 이런 행동을 끔찍한 사실을 알리는 전령으로 해석한 모양이었다. 다시 앞을 바라봤을 때 둘은 서로 손을 맞잡고 있었다. 내 생각은 목구멍에 달라붙어버렸고, 그 때문에 두 사람을 기다리게 하는 끔찍한 시간은 더욱 길어졌다. 할 말을 찾아야 하는 일은 지난 수십 년 동안 없던 일이었다. 눈을 바라볼 수 없어 마주 잡은 두 사람의 손에 대고 이야기했다. 그들의 손에서는 뭐라고 표현할 수 없는 경악이 묻어났다. 내게서 잠을 앗아간 것, 빛이 반사되는 진열창 앞까지 산책을 하면서 내가 쫓아버리려 한 것은 서로 움켜쥐었던 이 손의 모습이었다. 핏기가 가신, 서로 엉켜 있던 하얀 손들. (반짝이는 골목을 거닐며 잊어버리고 싶었던 일은 이것 말고도 또 있었다. 슬픈 소식을 전하면서 현명하지 못했던 나 자신에 대한 분노를 나중에 아드리아나에게 터뜨렸다. 세상 그 어떤 어머니가 할 수 있는 것보다 더 나를 잘 돌보는 그녀에게, 어쩌다 내가 좋아하는 빵을 가지고 오지 않았다는 이유만으로. 백금처럼 빛나는 아침 햇살이 나의 이러한 전형적인 부당함을 지워버릴 수만 있다면!)

담배를 입에 문 남자는 가로등에 몸을 기대고 나와 골목길을 번갈아 바라보았다. 그는 나에게서 스스로를 부정하는 연약함을 찾지 못했을 것이다. 그런 인상은 자존심으로 가득하고 오만하기까지 한 내 몸짓과는 도무지 맞지 않은 일이었으므로. 나는 그의 시선이 되어 나를 바라보았다. 내 안에 그의 시선을 만들고, 그 시선에 비치는 나의 모습을 내 안에 받아들였다. 그렇게 본 '나'는 중등학교와 대학교에 다닐 때든, 병원에서 일을 할 때든 결코 내가 아니었다. 평생 단 일 분도. 다른 사람들도 자신의 외모에서 스스로를 알아채지 못할까? 다른 사람들도 자신의 영상이 천박한 왜곡으로 가득 차 있는 무대처럼 생각될까? 타인이 자신에게서 받는 인상과 스스로 경험하는 방식 사이의 엄청난 괴리를 느낄까? 다른 사람들에게도 내면의 익숙함과 외부의 익숙함이 서로 너무나 멀리 떨어져 있어 동일한 사람의 익숙함이라고는 생각될 수 없을 정도일까?

이런 의식이 불러오는 타인과의 거리는, 스스로의 눈에 비치는 우리의 외면이 다른 사람들이 보는 모습과는 다르다는 사실을 깨달을 때 더욱 커진다. 사람들이 타인을 보는 방식은 집이나 나무, 별을 볼 때와 사뭇 다르다. 타인을 특정한 형식으로 만날 수 있기를 바라며, 이를 통해 타인을 자기 내부의 한 부분으로 만들려는 기대를 가지고 보는 것이다. 상상력은 자신의 소원과 기대에 맞게, 또한 자신의 불안과 선입견이 옳다는 확인을 받을 수 있도록 다른 사람들을 각자의 구미에 맞추어 가지런하게 정리한다. 우리는 타인의 외적인 윤곽에조차 편견 없이 확실하게 다다르지 못한다. 우리의 시선은 다른 사람에게로 향하는 도중에 이미 딴 곳으로 돌아가고, 우리를 우리라는 사람으로 만드는 특별하고 특이한 온갖 소원과 환상으로 흐려진다. 내면세계의 외부세계조차도 우리 내면세계의 한 부분이다. 다른 사람의 내면세계에 대한 생각, 다른 사람보다 우리 자신과 더 많은 관계가 있는 불확실하고 유동적인 생각은 말할 것도 없다. 과장스레 뻣뻣하게 서 있는, 얼굴이 가늘고 입술은 부풀었으며 날카롭고 곧게 뻗은 코에 금테 안경을 걸친, 내가 보기에도 너무 길고 제압

하는 듯한 인상의 나라는 남자가 담배를 문 남자에게는 어떻게 보일까? 이 모습은 그가 지닌 기호의 골조와 그의 정신이 지은 기타 건축물에 어떻게 맞을까? 그의 시선은 내 외모에서 어떤 점을 과장하거나 강조하고, 어떤 점을 전혀 존재하지도 않는다는 듯 빼놓을까? 담배를 피우는 이방인이 유리에 비친 나의 모습에서 일그러진 상像을 만들어내리라는 것은 피할 수 없는 사실이고, 내 관념세계에 관한 그의 공상은 일그러진 채 점점 쌓여갈 것이다. 그러므로 우리는 서로에게 이중으로 이방인이 된다. 우리 사이에는 허위적인 외부세계뿐 아니라 외부세계가 각자의 내부세계에 만드는 망상도 존재하기 때문이다.

이런 낯섦과 거리감은 해악인가? 화가가 우리를 그린다면 서로를 향해 멀리서 팔을 뻗치고 있는 모습으로, 상대방에게 도달하기 위해 헛된 몸짓을 하는 사람들로 그려야 할까? 아니면 보호벽이 되기도 하는 이중 장애물의 존재에 안심하는 모습을 표현해야 할까? 서로를 낯설게 하는 이 보호벽에, 그리고 이 생소함이 가능케 하는 자유에 감사해야 할까? 해석된 몸이 주는 이중 굴절이라는 보호벽이 없이 우리가 마주선다면 어떻게 될까? 우리 사이를 분리하거나 조작하는 것이 없어 서로 보는 즉시 와락 달려든다면?

그레고리우스는 프라두의 자기 서술을 읽는 동안 책 앞에 있는 그의 사진을 몇 번이나 들여다보았다. 헬멧처럼 빗질된 그의 머리를 머릿속에서 잿빛으로 물들여보고, 둥근 금테 안경을 씌워보기도 했다. 프라두는 사람들이 자신에게서 오만함과 인간 혐오까지도 보았다고 했다. 그러나 코티뉴는, 어떤 비밀경찰의 목숨을 구해주기 전까지 그는 인기 좋고 존경받는 의사였다고 하지 않았던가. 그 일이 있은 뒤 예전에 그를 사랑했던 사람들이 그를 경멸했다. 그는 깊은 상처를 받았고, 저항운동을 함으로써 자신이 한 일을 속죄하려 했다.

어째서 한 의사가, 어떤 의사라도 했을 행동 때문에 속죄해야 할까. 잘못의 반대인 그 행동을……. 코티뉴의 이야기는 뭔가 맞지 않았다. 그레고리우스는 당시 상황이 실제로는 분명히 훨씬 복잡하고 혼란스러웠을 것이라고 생각하며 책장을 계속 넘겼다. '우리는 서로에 대해 무엇을 아는가?' 몇 장을 더 넘겼다. 어딘가에 이 극적이고 고통스러운 삶의 분기점에 관한 글도 있지 않을까?

원하는 대목을 찾지 못한 그는 땅거미가 질 무렵 호텔에서 빠져나와 프라두가 자신의 모습을 관찰했던 진열창과 줄리우 시몽이스의 헌책방이 있는 가헤트 거리로 걸음을 옮겼다.

진열창을 반사할 햇빛은 이미 사라지고 없었다. 그러나 조금 더 걷자 환하게 불이 켜진 옷가게가 보였다. 가게 유리창 너머에는 자기 모습을 비춰볼 수 있는 커다란 거울이 있었다. 그는 프라두가 했던 대로 낯선 사람의 시선으로 자신을 바라보고, 이 낯선 시선을 자기 안에서 만들고, 그런 시선에서 나온 자기 모습을 자기 안에 받아들였다. 이제 막 만난 이방인처럼 스스로를 바라보는 것······.

그러니까 학생과 동료 교사들은 그를 이런 모습으로 보았던 것이다. 그들이 문두스라고 불렀던 사람은 이렇게 생겼다. 처음에는 선생님을 사랑하여 첫째 줄에 앉았던 여학생, 나중에는 아내였던 플로렌스의 눈에도 마찬가지였을 것이다. 그는 그녀가 공부하던 반짝이는 로망어 문학 세계가 지닌 마술과 자유분방함과 매력을 파괴하기 위해 자신의 학식을 남용하는, 엄숙하고 지루한 남편이 되어갔다.

모든 사람이 똑같은 그를 보았지만, 프라두가 말하듯 사람들이 보는 외부세계의 한 부분은 내면세계의 한 부분이기도 하므로 모두 조금씩 다른 모습을 보았을 것이다. 프라두는 자신이 다른 사람에게 보이는 모습 그대로였던 때는 자기 인생에서 단 일 분도 없다고 확신했다. 그는 자신의 외양에서—익숙했음에도 불구하고—스스로를 알아보지 못했고, 그 생소함에 깊은 충격을 받았다.

그레고리우스는 급하게 옆을 지나던 소년에게 떠밀려 소스라치게 놀랐다. 프라두가 지녔던 것과 동등하다고 할 만한 확신이 자기에게는 없다는 초조한 생각이 충격과 뒤섞였다. 프라두는 왜 다른 사람이 보는 모습과 자기는 완전히 다르다고 확신했을까? 어떻게 이런 확신에 도달하게 되었을까? 그는 이 확신이 마치 언제나 자기를 비춰주던 내면의 밝은 빛, 자신에 대한 뚜렷한 익숙함과 다른 사람의 눈에 비친 엄청난 생소함을 동시에 나타내는 빛인 양 이야기했다. 그레고리우스는 눈을 감고, 파리로 올 때 앉아 있던 식당차를 눈앞에 떠올렸다. 그가 그때 실제로 여행하고 있다고 깨달음으로써 경험한 새로운 인식이, 이 포르투갈 사람이 스스로에 대해 지녔던 특별한 자각—그 자각의 대가가 외로움이었던—과 관계가 있을까. 아니면 둘은 전혀 연관이 없는 개별적인 깨달음인가.

사람들은 그레고리우스가 언제나 몸을 굽히고 독서하는 모습으로 걷는다고 말했다. 그는 이제 몸을 바로 세우고, 등을 곧추세우고 고개를 높이 들어 고통으로 굽은 아버지의 허리를 펴고자 하는 것이 어떤 감정인지 느껴보려고 했다. 그가 학교에 다닐 때 강직성 척추염을 앓던 교사가 있었다. 이 병을 앓는 사람들은 땅바닥을 계속 내려다보지 않으려고 고개를 목 뒤로 젖히는 습관이 있었다. 프라두가 학교에 갔을 때 만났다는 경비원처럼 새와 같은 모습을 보일 때가 많았다. 학생들은 교사의 굽은 외모에 대해 끔찍한 농담을 했고, 교사는 엄격하고 악의에 찬 벌로 보복했다. 매시간, 매일, 재판석에서든 아이들과 함께 앉은 식탁에서든 평생 이런 굴욕적인 자세로 지내야 했던 아버지를 둔 아들의 마음은 어땠을까.

코티뉴의 말에 따르면, 알렉산드르 오라시우 드 알메이다 프라두는 유명한 판사였다. 모든 법을 어긴 살라자르가 통치할 때 재판을 하던 판사, 아마 스스로를 용서할 수 없어 죽음을 택한 사람. '독재가 하나의 현실이라면, 혁명은 하나의 의무다.' 묘비 기단에 쓰여 있던 말은 저항운동을 하다가 죽은 아들을 위해서였을까. 아니면 이 말의 진리를 너무 늦게 깨달은 아버지에게도 해당되는 것이었을까.

호시우 광장으로 내려오면서 그레고리우스는 평생 고전을 통해 알았던 많은 역사적 사건과 달리 이 일을 급히 알고 싶다는 생각이 들었다. 이유가 뭘까. 판사가 죽은 지는 이미 반세기가 지났고 혁명도 30년 전의 일이며 그 아들의 죽음도 머나먼 과거에 속한다. 도대체 이렇게 급하게 알려는 이유가 뭔가. 대체 무슨 상관이 있기에? 단 하나의 포르투갈어 단어와 이마에 적힌 단 하나의 전화번호가 도대체 어떻게 질서 정연했던 삶에서 그를 떼어내고, 베른에서 멀리 떨어진 포르투갈 사람의 인생에—그것도 이미 죽고 없는—개입하게 하는 걸까.

호시우 광장에 있는 책방에서 안토니우 드 올리베이라 살라자르에 대한 사진 전기를 발견했다. 프라두의 인생에 결정적인, 어쩌면 치명적인 역할을 한 사람…… 표지에 나온 그는 온통 검은색 옷을 입고 있었다. 고압적이긴 하지만 감수성이 예민한 얼굴과 딱딱하고 열광적이면서도 지적인 눈빛을 하고 있었다. 그레고리우스는 책장을 넘기며 살라자르가 권력을 좇은 야심가이기는 하지만 끔찍한 잔인함과 무자비한 폭력으로 정권을 차지한 것도 아니고, 방종한 잔치에 차려진 호화로운 음식을 즐기지는 않은 사람이라고 생각했다. 권력을 손에 넣고 오랫동안 유지하기 위해서 지칠 줄 모르는 각성과 무조건적인 원칙, 금욕적인 의식과 맞지 않는 것은 평생 모두 포기했을 것이라는 짐작…… 그가 치른 대가는 컸을 것이다. 딱딱한 얼굴 윤곽과 미묘한 미소의 긴장감에서 이러한 점을 읽을 수 있었다. 화려한 통치 뒷면에 있는 메마른 삶의 억압된 욕구와 충동은 냉정하고 강력한 명령으로 나타났고, 국가이성이라는 수사학을 빌려 알아볼 수 없을 정도로 왜곡되기도 했다.

그레고리우스는 어둠 속에 누워 자기와 세상사 사이에 언제나 놓여 있던 엄청난 거리감을 생각했다. 국경 너머에서 일어나는 정치적 사건들에 관심이 아주 없었던 것은 아니었다. 1974년 4월, 포르투갈에서 독재 정치가 무너졌을 때 그의 세대 가운데 그곳으로 간 사람들이 몇몇 있었다. 이들은 정치적 관광에는 관심이 없다는 그레고리우스의 말을 무척 불쾌해했다. 그를 방 안에만 들어앉아 세상 돌아가는 일을 전혀 모르는 서생이라고는 할 수 없었다. 세상사는 그에게 투키디데스를 읽는 것과 어느 정도 비슷했다. 신문에 난 투키디데스를 읽고, 나중에 텔레비전 뉴스에서 그를 다시 보는 것……. 스위스의 중립성과 관계가 있었을까, 아니면 오로지 단어에만 사로잡혀 있던 그만의 문제였을까. 아무리 부당하고 끔찍하며 피비린내 나는 일도 묻어버리던, 그를 현혹하던 단어들 때문일까? 어쩌면 그가 근시라는 사실과도…….

하사관밖에 되지 못한 아버지가 라인 강에 주둔했던 소속 중대 이야기를 할 때면 그레고리우스는 언제나 약간 우습다는 느낌, 아버지가 하는 말의 주된 의미는 천편일률적인 삶에서 약간 두드러져 보이는 무엇인가에 대한 기억일 뿐이라는 비현실적인 느낌을 받았다. 아버지는 이를 눈치챘고, 어느 날 참지 못하고 폭발했다. "우린 두려웠다. 아주 두려웠어. 일이 다른 식으로 벌어졌을 수도 있으니까. 그럼 너는 지금 아마 존재하지도 않겠지." 아버지는 고함을 치지 않았다. 그런 일은 한 번도 없었다. 그러나 그 말은 그레고리우스를 부끄럽게 한, 평생 잊지 못할 분노의 언어였다.

그 때문일까, 그가 지금 이렇듯 아마데우 드 프라두라면 어땠을지 알고 싶은 이유는. 그의 일을 이해함으로써 세상과 더 가까워지기 위해서?

그레고리우스는 불을 켜고, 아까 읽은 곳을 다시 한번 읽었다.

_무無

동맥류. 매 순간이 마지막일 수 있다. 아무런 전조도 없이, 완벽한 무지의 상태에서 나는 그 뒤에 아무것도 없는, 어둠조차도 없는 보이지 않는 벽을 지날 것이다. 다음번 내 발걸음은 이 벽을 지나는 걸음일지도 모른다. 이러한 갑작스러운 소멸을 더는 느끼지 못하게 되리라는 것을 알면서도 무서워한다면 이는 얼마나 비논리적인가.

그레고리우스는 독시아데스에게 전화를 걸어 동맥류가 무엇인지 물었다.

"넓어진다는 뜻이라는 건 알고 있어요. 그런데 뭐가 넓어진다는 거지요?"

그리스 의사는 동맥벽의 선천적 또는 후천적인 변화로 동맥이 확장되는 병이라고 대답했다. "물론 뇌에도 생길 수 있다마다요. 뇌에 생기는 경우가 꽤 흔해요." 환자에게 자각 증세도 없고, 십수 년간 아무 일 없다가 어느 날 갑자기 혈관이 터지면 끝이라고 했다. "그런데 갑자기 한밤중에 왜 그게 알고 싶어요? 어디 아픈 가요? 지금 어디죠?"

그레고리우스는 의사에게 전화한 것을 후회했다. 오랜 세월 지속된 두 사람 사이의 신뢰감에도 불구하고 이 감정에 상응할 만큼 적당한 말을 찾을 수 없었다. 그는 뻣뻣한 말투로 더듬거리며 오래된 전차와 기이한 헌책방의 옛 주인과 프라두가 누워 있는 공동묘지에 대해 이야기했다. 아무런 의미도 없는 말들이었다. 그 스스로도 알고 있었다. 두 사람 사이에 침묵이 흘렀다.

"그레고리우스."

침묵을 깨고 의사가 물었다.

"포르투갈어로 체스가 뭔가요?"

그레고리우스는 이렇게 묻는 그를 안아주고 싶었다.

"샤드레스Xadrez."

이제 입 안의 메마른 느낌은 사라지고 없었다.

"눈은 이상 없지요?"

혀가 다시 목구멍에 붙었다.

"괜찮아요."

다시 침묵이 흐른 뒤 그레고리우스가 물었다.

"사람들이 선생님의 본래 모습을 그대로 본다고 생각하세요?"

그리스 의사는 웃음을 터뜨렸다.

"당연히 아니지요!"

그레고리우스는 할 말을 잃었다. 누군가, 그것도 독시아데스가 아마데우 드 프라두에게 깊은 충격을 준 사실에 대해 웃을 수 있다니. 그는 프라두의 글에 매달리려는 듯이 책을 꽉 움켜쥐었다.

"정말 괜찮은 건가요?"

다시 침묵이 흐르자 의사가 물었다.

그레고리우스는 그렇다고, 괜찮다고 대답했다.

두 사람은 평소와 다름없이 전화를 끊었다.

그레고리우스는 어둠 속에 누워 당혹해하며, 그와 의사 사이에 놓여 있던 게 무엇일까 생각했다. 그 의사의 말에 용기를 얻어 눈이 오기 시작하는 베른을 떠나 이 여행을 하게 된 것이 아닌가. 의사는 대학교 학업을 위해 그리스 테살로니키에서 택시 운전을 했다고 말했다. "택시 운전사들은 상당히 거칠어요." 독시아데스에게서도 가끔 거친 성격이 언뜻 비칠 때가 있었다. 혼자 욕을 퍼부을 때나 담배를 급하게 빨아들일 때……. 그런 순간이면 검고 까칠한 그의 수염과 팔뚝을 수북하게 덮은 털이 길들여지지 않는 거친 성격을 드러내는 듯했다.

독시아데스는 그에 대한 사람들의 인식이 틀리다는 사실을 당연하게 여겼다. 이게 아무렇지도 않을 수 있을까? 그렇다면 이것은 감수성 부족일까, 아니면 추구해야 할 내적인 독자성일까? 그레고리우스는 동이 튼 뒤에야 잠이 들었다.

11

말도 안 돼, 이건 정말 말도 안 되는 일이야. 그레고리우스는 깃털처럼 가벼운 새 안경을 벗고 눈을 문지른 다음 다시 썼다. 사실이었다. 예전 그 어느 때보다 잘 보였다. 그가 세상을 내다보는 창인 안경알의 위쪽이 특히 그랬다. 사물들은 문자 그대로 눈에 뛰어들 것처럼 보였고, 그의 시선을 끌기 위해 서로 앞을 다투며 밀치는 듯했다. 콧잔등을 누르며 안경을 보루처럼 만들던 지금까지의 무게가 느껴지지 않았다. 윤곽이 뚜렷한 사물들은 지나치게 강제적이고 위협적으로 생각됐다. 새로운 인상 때문에 약간 현기증이 일었다. 그레고리우스는 다시 안경을 벗었다. 세자르 산타렝의 무뚝뚝한 얼굴에 살짝 미소가 스쳤다.

"옛날 안경이 좋은지, 새 안경이 좋은지 모르시겠지요?"

그레고리우스는 고개를 끄덕이고 거울 앞에 섰다. 눈앞을 막는 튼튼한 횡목 같은 느낌이 들지 않는 안경알과 붉은 테는 그를 완전히 다른 사람으로 보이게 했다. 외모를 중요하게 생각하는 사람, 우아하게 보이고 싶은 사람, 세련된 사람으로……. 아니, 세련되었다는 말은 과장됐지만, 어쨌든 그렇게 보이려는 사람. 그 테를 강권한 산타렝의 점원은 뒤에서 그것 보라는 시늉을 했고, 산타렝은 그 모습을 보고 그녀 말이 옳았다고 했다. 그레고리우스의 마음속에서 갑자기 분노가 일었다. 그는 옛날 안경을 쓰고는, 새것을 싸달라 하고 서둘러 계산을 했다.

알파마 구역에 있는 마리아나 에사의 병원은 걸어서 삼십 분 거리였지만, 네 시간이나 걸렸다. 벤치가 보이기만 하면 앉아서 안경을 바꾸어 썼기 때문이다. 새 안경으로 세상은 더 넓어졌고, 공간은 실제로 3차원이 되어 사물들이 마음껏 몸을 펼 수 있었다. 전혀 겪어보지 못한 경험이었다. 테주 강은 이제 흐릿한 갈색 평면이 아니라 그야말로 강이었고, 상 조르즈 성은 하늘을 향해 세 방향으로 솟아 있었다. 하지만 한편으로 이런 세상은 피곤했다. 콧잔등에 놓인 가벼운 테가 편하기는 했지만, 그에게 익숙한 무거운 걸음걸이는 가벼워진 얼굴과는 어울리지 않았다. 세상은 더 가까워지고 강제적이 되었으며, 확실치는 않았지만 그에게서 더 많은 것을 요구했다. 이 모호한 요구가 너무 커지면, 모든 것과 거리를 유지하게 하고 단어와 글 저편에 과연 외부세계가 있기나 할까라는 의심―이 의심은 즐겁고 소중했다. 이런 의심이 없는 삶은 전혀 상상할 수 없었다―을 가능하게 했던 옛날 안경을 다시 썼다. 그러나 새로 얻은 세상도 이제 잊을 수는 없었다. 그는 작은 공원에서 프라두의 책을 꺼내, 글을 읽을 때는 어떤지 시험해보았다.

우리 인생의 진정한 감독은 우연이다. 잔인함과 자비심, 마음을 사로잡는 매력으로 가득한 감독. 그는 자기 눈을 의심했다. 지금까지 프라두의 글이 이렇듯 쉽게 이해된 적은 없었다. 그는 눈을 감고, 새 안경이 동화에 나오는 요술 도구처럼―글씨의 윤곽뿐 아니라 의미까지도 보이게 하는―프라두의 다른 문장들도 이렇게 잘 이해하게 해줄 것이라는 달콤한 상상을 했다. 그는 다시 안경을 똑바로 썼다. 이제 안경이 좋아지기 시작했다.

"제가 올바르게 진단했는지 알고 싶으니까요." 커다란 눈, 검은 벨벳 재킷을 입은 의사가 한 말이었다. 상대방에게 확신을 심어주는 이미지와 달리, 열심히 노력하지만 자신감 없는 학생의 입에서 나온 것처럼 들려 그를 놀라게 했던 말. 그레고리우스는 인라인스케이트를 타는 소녀의 뒷모습을 바라보았다. 첫날 저녁, 인라인스케이트를 타던 사람이 팔꿈치를 조금만 다르게 움직였더라면—관자놀이를 살짝 비껴가게—지금 베일에 살짝 가려진 듯한 시야와 너무 뚜렷하여 사물에 '비현실적인 현실감'을 주는 시야 사이를 오가며 그 의사에게 가는 일은 생기지 않았을 것이다.

바에 들어가서 커피를 마셨다. 점심시간이라 그곳은 옆의 사무실 건물에서 나온, 옷을 잘 차려입은 남자들로 가득 차 있었다. 그레고리우스는 거울에 자기의 새로운 얼굴을 비춰보고, 잠시 후에 의사의 눈에 비칠 전신도 살펴보았다. 무릎이 나온 코듀로이 바지와 성글게 짠 터틀넥 스웨터, 낡은 바람막이 재킷은 허리를 강조한 다른 사람들의 재킷과 셔츠, 색깔을 맞춘 넥타이 차림과 극명하게 대조를 이루었다. 새 안경과도 맞지 않았다. 전혀……. 그는 이런 부조화가 마음에 거리긴다는 사실에 화가 났다. 커피를 한 모금씩 마실 때마다 분노는 더 커졌다. 도망치던 첫날 아침, 검사하듯 그를 내려다보던 벨뷰 호텔 종업원의 시선이 떠올랐다. 그때는 아무렇지도 않았다. 오히려 자신의 초라한 행색이 텅 빈 우아함과 맞선다는 느낌마저 들었다. 그 자신감은 어디로 사라졌는가. 그는 옛날 안경을 쓰고 계산을 한 다음 바에서 나왔다.

마리아나 에사의 병원 옆과 건너편에 있는 저 고급스런 건물들이 지난번에 왔을 때도 정말 있었던가? 그레고리우스는 새 안경을 쓰고 주변을 둘러보았다. 의사와 변호사들, 와인 회사, 아프리카 어느 나라의 대사관이 그곳에 있었다. 그는 두꺼운 스웨터 때문에 땀을 흘리면서도, 하늘의 구름을 모두 쓸어버린 차가운 바람이 얼굴을 스치는 것을 느꼈다. 진찰실 창문이 어디였던가?

"시력을 결정하는 건 여러 가지 상황이거든요." 며칠 전 의사가 그렇게 말했다. 2시 십오 분 전이었다. 이 시각에 그냥 올라가도 될까? 그레고리우스는 거리를 몇 개 더 지나서, 남성복을 파는 가게 앞에 멈추어 섰다. "옷을 좀 사지 그래?" 강의실 첫 줄에 앉은 학생이었던 플로렌스는 외모에 신경을 쓰지 않는 그를 매력적이라고 생각했다. 그러나 그녀가 아내가 되었을 때, 이런 태도는 그녀의 신경을 건드렸다. "혼자 사는 게 아니잖아. 그리스어만으로 충분하지는 않아." 다시 혼자 살게 된 19년 동안 옷 가게에 간 적은 두세 번밖에 없었다. 그는 아무도 옷 때문에 잔소리를 하지 않는 생활을 즐겼다. 고집은 이제 19년으로 충분한가? 그레고리우스는 망설이며 가게로 들어섰다.

두 여자 점원은 단 한 명뿐인 손님을 위해 온갖 수고를 아끼지 않았고, 결국에는 지배인까지 불러왔다. 그레고리우스는 계속 새로운 모습이 되어 거울 앞에 섰다. 우선 은행가나 오페라 관객이나 플레이보이나 교수나 회계사로 보이게 하는 다양한 정장을, 그다음에는 단추가 두 줄로 달린 블레이저부터 성의 정원에 입고 들어갔다가는 쫓겨날 만한 스포츠 콤비에 이르기까지 여러 종류의 재킷을, 마지막에는 가죽옷을 입어보았다. 포르투갈어로 쏟아지는 찬사를 그는 단 한 마디도 이해할 수 없었다. 계속 머리를 가로젓던 그는 결국 새 옷에 잿빛 코듀로이 재킷을 걸치고 가게에서 나왔다. 건물 몇 채를 지나온 다음 진열창에 자기 모습을 비취보았다. 떠밀려서 산, 촘촘하게 짠 레드 와인 색 터틀넥 스웨터가 새 안경테의 붉은색과 잘 맞는지?

갑자기 분노가 일었다. 그는 평정심을 잃고 빠른 걸음걸이로 거리 건너편에 있는 화장실로 들어가 다시 낡은 옷으로 갈아입었다. 자동차 진입로를 지나다가 그 뒤편에 있는 쓰레기 더미에 새 옷이 든 쇼핑백을 내려놓고 병원을 향해 천천히 걸음을 옮겼다.

병원에 도착하자마자 위층에서 문이 열리는 소리가 들리더니 의사가 외투 자락을 날리며 내려오는 모습이 눈에 들어왔다. 그레고리우스는 '새 옷을 그냥 입고 있을걸' 하고 후회했다.

"아, 오셨어요?"

의사는 새 안경이 어떤지 물었다.

그가 대답을 하는 동안 의사는 가까이 다가와 안경을 만져보며 잘 맞는지 확인했다. 향수 냄새가 났다. 그녀의 머리카락 한 가닥이 그의 얼굴을 스친 아주 짧은 순간, 그 손놀림은 그에게서 처음 안경을 벗기던 플로렌스의 동작과 뒤섞였다. 사물이 갑자기 비현실적인 현실감으로 다가온다고 이야기하자 그녀는 미소를 지으며 시계를 보았다.

"저 찾아갈 사람이 있어서 지금 배를 타러 가야 해요."

그의 표정에 의사를 당황하게 하는 뭔가가 있었던 모양이다. 그녀는 걸음을 멈추고 말했다.

"테주 강에서 배를 타보신 적 있나요? 같이 가시겠어요?"

그레고리우스는 선착장까지 어떻게 차를 타고 갔는지 나중에 생각해봤지만 기억나지 않았다. 단지 그녀가 아주 좁은 공간에 단 한 번에 주차하던 유연한 동작만 떠올랐다. 마리아나 에사는 갑판에 올라가 앉은 다음 지금 찾아가는 삼촌에 대해 이야기했다.

주앙 에사는 건너편 카실랴스에 있는 요양원에 살고 있는데, 말을 거의 한마디도 하지 않고 하루 종일 유명한 체스 시합을 따라 하면서 시간을 보낸다고 했다. 마리아나 에사의 말에 따르면 그는 대기업의 회계사였으며 평범하고 눈에 잘 띄지 않는, 거의 투명인간에 가까운 사람이었다. 그가 저항운동을 하는 사람이라고는 아무도 생각하지 못했다. 변장은 완벽했다. 살라자르의 앞잡이에게 체포됐을 때 그는 마흔일곱 살이었고, 공산주의자로서 내란죄가 적용되어 무기형 선고를 받았다. 2년 뒤 그가 출감할 때, 가장 사랑하던 조카 마리아나가 그를 마중하러 갔다.

"그때가 1974년 여름이었어요. 혁명이 나고 몇 주 지났을 때였죠. 전 그때 스물한 살이었고, 코임브라에서 공부하고 있었어요."

마리아나는 고개를 돌린 채 말했다. 흐느끼며 말을 잇느라 목소리가 갈라졌다.

"그때 일을 잊을 수 없어요. 삼촌은 겨우 마흔아홉 살이었는데, 모진 고문 때문에 병든 늙은이처럼 보였지요. 맑고 성량이 풍부했던 목소리는 낮게 쉬어버렸고, 슈베르트를 연주하던 손은 망가져 쉴 새 없이 떨렸고요."

그녀는 숨을 들이쉬고, 몸을 똑바로 세워 앉았다.

"잿빛 눈에서 뿜어내는 곧고 형형한 눈빛만 그대로였어요. 삼촌은 몇 년이 지난 뒤에야 무슨 일이 있었는지 이야기했어요. 고문기술자들이 자백을 받기 위해 달군 쇳덩이를 눈앞에 들이댔다

더군요. 삼촌은 금방이라도 들끓는 암흑의 물결 속으로 빠져버릴 거라고 생각했대요. 하지만 쇳덩이에서 시선을 돌리지 않았고, 단단하고 뜨거운 그 물결을 통과함으로써 고문하는 사람들의 얼굴을 잊어버렸다고 해요. 믿을 수 없을 만큼 강한 불굴의 의지가 그 고문을 멈추게 했다는군요. '그 후론 난 아무것도 두렵지 않다. 문자 그대로 아무것도.' 삼촌은 이렇게 말했어요. 저는 삼촌이 단 한 마디도 누설하지 않았다고 확신해요."

배가 도착했다.

"저쪽이 요양원이에요."

마리아나의 목소리가 다시 또렷해졌다.

그녀는 리스본을 다른 각도에서 볼 수 있도록 더 넓게 도는 다른 배를 그레고리우스에게 손짓으로 가르쳐주고 나서 약간 망설이며 그 자리에 서 있었다. 이 망설임은 둘 사이에 놀랍도록 급속하게 싹튼 친밀감, 그러나 더는 앞으로 나갈 수 없는 친밀감을 말해주기도 했지만 삼촌과 자기에 대해 너무 많이 말한 것은 아닌지 걱정하는 몸짓이기도 했다. 그레고리우스는 요양원을 향해 걸어가는 그녀의 뒷모습을 오랫동안 바라보며, 스물한 살의 나이로 감옥 앞에 서 있는 그녀를 상상했다.

그레고리우스는 리스본으로 돌아와서 테주 강의 전 구간을 도는 유람선을 다시 한번 탔다. 주앙 에사는 저항운동에 참여했고, 아마데우 드 프라두 역시 그랬다. "헤지스텐시아Resistência." 의사는 이 단어를 지극히 당연하게 포르투갈어로 말했다. 이 성스러운 일에 맞는 다른 낱말은 전혀 없다는 듯이. 그녀의 입에서 나온 단어는 나지막하게 귓가에 파고들며 아름답게 울렸고, 신화적인 광채와 분위기를 띠었다. 다섯 살 차이가 나는 회계사와 의사. 두 사람은 저항운동을 위해 모든 것을 걸었고, 완벽하게 변장했으며, 입을 굳게 다물었던 침묵의 대가요 명수였다. 둘은 서로 알고 있었을까?

배에서 내린 그레고리우스는 바이후 알투가 자세하게 나와 있는 시가지 지도를 한 장 샀다. 그런 다음 식사를 하면서 나이 든 아드리아나 드 프라두가 어쩌면 전화기도 없이 아직도 살고 있을지 모르는 파란 집을 찾기 위해 어떤 길로 갈지 계획을 짰다. 카페에서 나왔을 때는 이미 땅거미가 지기 시작했다. 그는 알파마 구역으로 가는 전철을 탔고, 얼마 지나지 않아 쓰레기 더미가 있는 진입로를 찾았다. 새 옷이 든 쇼핑백은 아직 그대로 있었다. 그는 쇼핑백을 집어 든 다음, 택시를 타고 호텔로 돌아왔다.

12

다음 날은 잿빛 안개로 시작됐다. 전날 밤 그레고리우스는 평소와 달리 쉽게 잠들었다. 그는 배와 옷과 감옥이 서로 아무런 연관 없이 등장하는 꿈의 물결 속으로 빠져들었다. 이해할 수 없는 꿈이긴 했지만 불편한 느낌은 전혀 없었고, 악몽과는 더욱 거리가 멀었다. 혼란스럽고 랩소디처럼 바뀌는 여러 장면이, 엄청난 현실감을 지니고 있으면서도 잘 들리지 않는 여자 목소리를 따라

이끌려갔다. 그는 목숨이라도 걸려 있다는 듯 이 여자의 이름을 알아내기 위해 애썼다. 잠이 깨던 바로 그 순간, 그가 찾던 단어가 떠올랐다. 콘세이상. 병원 입구의 황동판에 쓰여 있던 의사의 정확한 이름 가운데 아름답고 동화 같은 둘째 부분이었다. 마리아나 콘세이상 에사. 이름을 낮게 발음하자 잊고 있던 꿈의 다른 장면이 생각났다. 계속 다른 얼굴로 바뀌는 여자가 그의 안경을 벗기면서 코를 아주 세게 누르는 바람에 잠에서 깬 다음에도 그 느낌은 고스란히 남아 있었다.

새벽 1시. 이제 다시 잠들기란 불가능했다. 프라두의 책을 넘기던 그의 시선이 '밤에 스치는 얼굴'이라는 제목이 붙은 대목에서 멈추었다.

_밤에 스치는 얼굴

사람들의 만남이란 한밤중에 아무런 생각 없이 달려가는 두 기차가 서로 스쳐 지나가는 것과 같다는 생각을 자주 한다. 우리는 뿌연 창문 저편의 흐릿한 불빛 속에 앉아 있는 사람들에게, 우리 시야에서 바로 사라져서 알아볼 시간도 없는 사람들에게 빠르고 덧없는 시선을 던진다. 무無에서 나와 아무런 의미나 목적 없이 텅 빈 어둠 속에서 조각처럼 빛나던 창틀, 그 창틀에 깃든 유령들처럼 스쳐 간 것이 정말 한 남자와 여자였던가? 두 사람은 아는 사이였을까? 둘이 이야기를 하고 있었던가? 웃었던가, 울었던가? 사람들은 이런 광경이란 서로 모르는 타인이 비가 오거나 바람이 부는 날 산책하

132

면서 스쳐 지나가는 것과 같다고 말할지 모른다. 이 경우에
는 그런 비교가 어느 정도 맞을 수도 있다. 그러나 우리는 많
은 사람과 오랫동안 마주 보고 앉는다. 함께 먹고 일하며 옆
자리에서 잠을 자고, 한 지붕 아래서 산다. 여기 어디에 스쳐
사라지는 덧없음이 있단 말인가? 하지만 지속성과 신뢰감,
친밀한 이해심을 보이는 이 모든 것이 마음을 진정시키기 위
해 만들어낸 속임수는 아닐까? 매 순간 견딜 수 없으므로 불
안하고 혼란스러운 이 덧없음을 은폐하고 없애려는 시
도……. 다른 사람을 향한 눈빛이나 시선 교환은, 모든 것을
흔들고 덜컹거리게 하는 엄청난 속도와 기압에 마비된 기차
승객들이 서로 스쳐 지나가며 던지는 지극히 짧은 시선의 만
남과 같은 게 아닐까. 다른 사람들을 향한 우리의 시선은 스
치며 지나가는 밤의 만남처럼 언제나 서로에게서 벗어나고,
추측과 생각의 단상과 날조된 특성들만 우리에게 남겨두는
건 아닌지. 만나는 게 사실은 사람들이 아니라, 상상이 던지
는 그림자들은 아닌지.

현기증이 날 정도로 깊은 외로움을 이야기하는 이 사람의 누
이로 산 여자의 일생은 어땠을까. 그레고리우스는 생각에 잠겼
다. 절망하거나 흥분한다는 울림을 주지 않으면서도 사유의 결론
을 이렇듯 솔직하게 드러내는 글을 쓴 사람의 누이로 사는
것……. 그를 보조하느라 주사기를 건네고 붕대 감는 것을 도와
주던 생활은 어땠을까? 사람들 사이의 멀고 낯섦에 대해 쓰면서

그는 무슨 생각을 했을까. 그런 생각은 파란 집의 분위기에 뭔가 영향을 주었을까? 그는 생각을 자기 속에만 담아두었을까, 아니면 집은 그가 생각을 겉으로도 드러내던 유일한 장소였을까. 손에 책을 들고 이 방 저 방으로 옮겨 다니며 무슨 음악을 들을지 결정하는 것처럼. 그의 외로운 생각에 맞는, 맑고 딱딱하여 유리로 된 조형물과 같은 기분이 드는 소리는 어떤 것이었을까. 그는 자기 생각을 확인시켜주는 소리를 원했을까, 아니면 향유香油와 같은, 잠들거나 베일을 씌우는 것 같지는 않더라도 부드럽게 해주는 멜로디와 리듬이 필요했을까.

이런 생각을 하며 그레고리우스는 아침 무렵 또 한 번 어렴풋이 잠들었다. 그는 초인종을 울리고 싶은 마음과 문을 열어주는 여자에게 무어라고 말해야 좋을지 몰라 비현실적으로 좁은 파란 문 앞에 착잡한 심정으로 서 있는 꿈을 꾸었다. 잠에서 깬 그는 새 옷을 입고, 새 안경을 끼고 아침을 먹으러 내려갔다. 달라진 그의 모습을 본 종업원은 처음에 깜짝 놀라는 듯했지만, 얼굴에 곧 미소가 스치고 지나갔다. 식사 후 그레고리우스는 코티뉴가 말한 파란 집을 찾기 위해 잿빛 안개 가득한 일요일 아침 거리로 나섰다.

윗동네로 올라가 몇 개의 골목을 지나자, 첫날 밤 뒤를 밟았던 남자가 담배를 피우며 창문으로 다가서는 모습이 눈에 들어왔다. 낮에 보는 그 집은 그날 밤보다 더 좁고 초라했다. 집 안에는 그림자가 드리워져 있었지만, 고블랭직 소파와 채색 도자기 인형이 들어 있는 장식장과 십자가가 얼핏 보였다. 그레고리우스는 그

자리에 멈춰 서서 남자와 시선이 마주치기를 기다렸다.

"우마 카자 아줄Uma casa azul: 파란 집요?"

노인이 귀에 손을 가져다 댔고, 그레고리우스는 질문을 한 번 더 반복했다. 그 노인은 담배를 쥔 손을 움직이며 홍수처럼 말을 쏟아냈지만, 그레고리우스는 아무것도 이해할 수 없었다. 말을 하는 노인의 곁으로 허리가 굽은 백발 노파가 다가섰다.

"우 콘술토리우 아줄O consultório azul: 파란색 진찰실요?"

그레고리우스가 이번에는 이렇게 물었다.

"싱Sim: 예."

노파가 쉰 목소리로 두 번 연거푸 소리쳤다.

그녀가 주름진 손과 바짝 마른 팔을 요란하게 흔들며 뭔가 표현했지만, 그레고리우스는 한참 지나고서야 그 동작이 안으로 들어오라는 의미임을 알아챘다. 그는 머뭇거리며 곰팡이와 탄 기름 냄새가 배어 있는 집 안으로 들어갔다. 담배를 한 대 새로 피워 문 노인이 기다리고 있는 문에 닿으려면 거부감을 일으키는 냄새로 이루어진 두꺼운 벽을 돌진해야 할 듯한 기분이 들었다. 그를 거실로 안내한 노인은 알아들을 수 없는 말과 뚜렷하지 않은 손짓으로 고블랭직 소파에 앉으라는 시늉을 했다.

그레고리우스는 그 뒤 삼십 분 동안 두 노인의 말과 몸짓을 이해하려고 무척 애를 썼지만 대부분은 알아듣지 못했다. 두 사람은 40년 전, 아마데우 드 프라두가 이 지역 사람들을 치료할 때의 상황을 설명하려고 안간힘을 썼다. 이들의 목소리에는 자기보다 훨씬 고귀한 사람에게 보내는 존경심이 가득 담겨 있었다. 그러나 존경심 말고 다른 느낌도 있었는데, 그레고리우스는 시간이 지나면서 이 느낌이 부끄러움이라는 것을 눈치챘다. 감추고 싶지만 기억에서 모두 없애고는 싶지 않은, 아주 오래된 자책에서 오는 부끄러움……. "그때부터 사람들은 그를 피했고, 그 사람은 상처를 아주 많이 받았지." 프라두가 '리스본의 인간백정'이라는 후이 루이스 멘드스의 목숨을 구했다는 이야기를 한 다음, 이렇게 덧붙였던 코티뉴의 목소리가 들려왔다.

노인이 바지 한쪽을 걷어 올리고 상처를 보여주었다.

"엘르 페스 이스투Ele fez isto: 그 사람이 여길 치료했어요."

그는 말을 마치고 니코틴 때문에 노랗게 물든 손가락으로 상처를 쓰다듬었다. 노파는 쭈글쭈글한 손가락으로 관자놀이를 문지르고 날아가는 시늉을 했다. 프라두가 두통을 없앴다는 소리인 모양이었다. 그녀는 손가락에 있는 작은 흉터도 보여주었는데, 사마귀가 있었던 자리인 듯했다.

그로 하여금 파란 문의 초인종을 누르게 한 결정적인 힘이 무엇이었는지 나중에 스스로에게 물어볼 때마다 그레고리우스는 이 두 사람의 동작, 존경과 경멸을 받다가 그 후에는 다시 존경을 받은 의사의 흔적이 몸에 남은 두 사람의 몸짓을 떠올렸다. 의사의 손이 다시 살아난 듯한 느낌이었다.

그레고리우스는 두 사람에게서 프라두의 옛 병원이 어떻게 생겼는지 알아낸 다음 그 집을 나왔다. 두 사람은 머리를 맞대고 창가에 서서 그를 배웅했다. 자기들이 할 수 없는 것을 그가 지금한다는 역설적인 부러움이 두 사람의 시선에 담겨 있는 게 아닐까. 그레고리우스는 생각했다. 아마데우 드 프라두의 과거로 돌아가 그를 새롭게 아는 것⋯⋯.

자기와는 완전히 다른 삶을 살았고 다른 논리를 지녔던 어떤 한 사람을 알고 이해하는 것이 자기 자신을 알기 위한 가장 좋은 방법일까. 이게 가능할까. 자기 시간이 새어나가고 있다는 자각과 다른 사람의 삶에 대한 호기심은 서로 어떻게 조화를 이룰까.

그레고리우스는 작은 바의 판매대 앞에 서서 커피를 마셨다. 이곳은 벌써 두 번째였다. 한 시간 전 그는 루스 소리아누 거리로 가서 프라두의 파란 병원에서 몇 발자국 떨어지지 않은 곳에 서 있었다. 창문틀의 윗부분이 모두 반짝이는 감청색 둥근 아치였기 때문에 전체적으로 파랗게 보이는 3층짜리 건물이었다. 칠은 이제 낡아서 색깔이 벗겨졌고, 검은 이끼가 자라는 축축한 곳도 눈에 띄었다. 창문 아래의 창살도 파란 칠이 벗겨져 나갔다. 현관문만 새로 칠한 듯 완벽한 파란색이었다. 마치 누군가 '중요한 곳은 바로 여기야'라고 말하려는 듯이⋯⋯.

초인종에는 이름이 붙어 있지 않았다. 그레고리우스는 문을 두드릴 수 있는 황동 고리개가 달린 문을 두근거리는 가슴으로 바라보았다. 마치 자신의 미래가 이 문 뒤에 있기라도 하듯이. 그는 생각에 잠겼다. 그러고는 몇 집을 더 지나 작은 바로 가서, 지금 자신이 궤도를 막 벗어나려 하고 있다는 위협적인 감정과 싸웠다. 시계를 보았다. 엿새 전 지금 이 시간에 옷걸이에서 젖은 외투를 벗겨 교실을 나섰다. 확실하게 보장되어 있고 전체적으로 조망되던 삶에서 뒤도 한 번 돌아보지 않은 채 그렇게 도망쳤다. 그는

137

외투 주머니에 손을 넣어 베른의 집 열쇠를 만져보았다. 심한 허기를 느끼듯 갑자기 그리스어나 히브리어를 읽고 싶다는 강렬한 욕구가 일었다. 알게 된 지 40년이 지난 후에도 동양적이고 동화 같은 우아함을 잃지 않은, 낯설고도 아름다운 철자를 보고 싶은 욕망. 이 글자들이 말하려는 바를 이해할 수 있는 능력을 혼란스러운 지난 엿새 동안 잃어버리지 않았음을 확인하고픈 욕구…….

코티뉴가 준 그리스어-포르투갈어 《신약성서》가 호텔에 있었다. 그러나 호텔은 너무 멀었다. 문이 열리기도 전에 그를 삼킬 것 같은 파란 집을 지척에 둔 이곳에서, 바로 지금 이 순간 읽고 싶었다. 그는 급히 계산을 하고 바를 나와 그런 책이 있을 만한 책방을 찾았다. 그러나 오늘은 일요일이었다. 그가 유일하게 찾은 곳은 그리스어와 히브리어로 된 제목의 책들이 진열창에 전시된 교회 책방이었다. 문은 닫혀 있었다. 그레고리우스는 안개에 축축하게 젖은 진열창에 이마를 대고, 곧장 공항으로 달려 취리히로 가는 다음 비행기를 타고 싶은 충동을 느꼈다. 이 급박한 욕망은 불타는 듯하다가 떨어지는 열처럼 다행스럽게도 조금씩 사그라졌다. 그는 이 감정이 완전히 사라질 때까지 인내심을 갖고 기다렸다. 그러고는 파란 집 근처에 있는 바를 향해 천천히 걸어갔다.

새 재킷에서 프라두의 책을 꺼내 들고 불굴의 의지를 보이는 대담한 의사의 얼굴을 바라보았다. 자신의 직업을 초지일관 철두철미하게 수행한 의사. 죄가 아닌 죄를 씻기 위해 목숨을 걸었던 저항운동가. 침묵하는 인간적 삶의 경험을 무언無言의 상태에서 건져내려던, 뜨거운 정열을 지닌 언어의 연금술사.

파란 집에 다른 사람이 살지도 모른다는 생각에 그레고리우스는 갑자기 불안해졌다. 급히 동전을 꺼내 커피 값을 판매대에 올려놓고 빠른 걸음으로 파란 집으로 걸어갔다. 그 집 앞에 서서 숨을 크게 두 번 들이쉬고 아주 천천히 내쉰 다음 초인종을 눌렀다.

중세 때 만들어진 종에서 나는 듯한 덜걱거리는 종소리가 온 집을 시끄럽게 울렸다. 아무런 반응이 없었다. 불도 켜지지 않았고, 발소리도 들리지 않았다. 그레고리우스는 잠시 조용히 기다린 다음 다시 한번 눌렀다. 아무 소리도 들리지 않았다. 그는 긴장이 풀려 지친 몸을 돌려 문에 기대고, 베른의 집을 생각했다. 이제 모든 일이 다 지나갔다고 생각하니 차라리 홀가분했다. 프라두의 책을 외투 주머니에 집어넣으며 금속으로 만들어진 차가운 집 열쇠를 만져보았다. 그러고 문에서 물러나 발걸음을 옮기기 시작했다.

바로 그 순간 발소리가 들렸다. 누군가 계단을 내려오고 있었다. 창문에 불빛이 비치고, 발소리가 문 쪽으로 다가왔다.

"켕 에Quem é: 누구요?"

어둡고 쉰 듯한 여자의 목소리였다.

그레고리우스는 뭐라고 대답해야 할지 몰라 아무 말도 하지 않고 그냥 기다렸다. 몇 초가 지나갔다. 열쇠 구멍에 열쇠를 꽂아 돌리는 소리가 나고, 문이 열렸다.

만
남

13

온통 검은색 옷을 입은 키 큰 노파가 그의 앞에 서 있었다. 그리스 비극에 나오는 정숙한 미인을 연상케 하는 모습이었다. 창백하고 수척한 얼굴에, 머리에는 뜨개질한 수건을 쓴 그녀는 뼈만 남은 손으로 그 수건을 턱 아래에서 잡고 있었다. 손등에 불거진 검은 동맥은 그녀가 고령임을 말해주었다. 검은 다이아몬드처럼 빛나는 깊은 눈이 그레고리우스를 차갑게 바라보았다. 결핍과 자제와 자기 부인의 시선, 방탕하게 삶을 즐기는 사람들을 향한 모세의 율법과 같은 시선……. 등을 꼿꼿하게 세우고 고개를 빳빳하게 들어 키에 비해 머리가 높은 여인. 묵묵하지만 꺾을 수 없는 이 노파의 뜻에 누군가 반항했다면 눈이 불꽃을 내뿜었겠구나. 그레고리우스가 생각했다. 그녀에게서 느껴지는 차가운 불꽃 때문에 그는 무슨 말을 해야 좋을지 전혀 알 수 없었다. 포르투갈어로 "안녕하세요" 하는 말조차 생각나지 않았다.

"안녕하세요?"

노파가 아무 말 없이 계속 쏘아보자, 그가 프랑스어로 말을 꺼냈다. 목소리가 갈라졌다. 그는 외투 주머니에서 프라두의 책을 꺼내 사진을 보여주었다.

"이분이 의사였고, 여기서 살며 일했다고 들었습니다."

그는 프랑스어로 말을 이어갔다.

"저는…… 저는 이분이 살던 곳을 보고 싶었습니다. 그리고 이분을 알던 사람들과 이야기를 나누고도 싶었습니다. 글이 너무나 인상적이었어요. 현명하고 아름다운 문장들입니다. 이런 글을 쓸 수 있는 사람은 어떤 사람이었는지, 이분과 함께한다는 건 어떤 느낌이었는지 알고 싶었습니다."

검은 머릿수건 때문에 흐릿하게 빛나는, 창백하고 엄한 얼굴에 나타난 변화는 거의 알아채지 못할 정도였다. 지금 그레고리우스처럼 특별하게 깨어 있는 사람만이 그녀의 뻣뻣한 얼굴 윤곽에서 아주 살짝 긴장이 풀리고, 거부하던 날카로운 시선이 부드러워진 것을 눈치챌 수 있었다. 그러나 노파는 계속 말이 없었고, 시간은 그냥 그렇게 흘러갔다.

"죄송합니다. 방해하려던 건 아니었어요."

그레고리우스는 문에서 두 발자국 물러나 외투 주머니를 만지작거렸다. 책을 집어넣기에는 주머니가 갑자기 너무 작아진 듯했다. 그가 몸을 돌렸다.

"잠깐만요!"

그녀가 프랑스어로 말했다. 약간 짜증스러운 듯한 목소리였지만, 아까 문 너머로 들리던 것보다는 따뜻했다. 그녀의 프랑스어에서는 키르헨펠트 다리에서 만났던 이름 없는 포르투갈 여자의 억양이 묻어났다. 그럼에도 이 말은 거역할 수 없는 명령처럼 들렸고, 그레고리우스는 아드리아나가 환자를 대할 때 고압적인 태도였다는 코티뉴의 말을 떠올렸다. 갑자기 부피가 커진 듯한 책을 한 손에 든 채 그레고리우스는 그녀에게로 몸을 돌렸다.

"들어오세요."

노파는 문에서 물러나며 위로 향하는 계단을 손으로 가리키고, 100년도 더 되어 보이는 큰 열쇠로 문을 잠근 뒤에 그를 따라 올라갔다. 그녀는 위층으로 올라와 마디가 툭 튀어나온 손을 난간에서 떼고 그레고리우스의 곁을 지나 응접실로 들어갔다. 노파의 가슴에서 천식 때문에 그르렁거리는 소리가 들렸다. 약품이나 향수에서 나는 듯한 싸한 냄새도 났다.

그레고리우스는 영화에서조차도 이런 응접실을 본 적이 없었다. 응접실은 놀랄 만큼 길었다. 흠 하나 없이 반짝이는 장미 모양의 쪽매널마루 바닥은 여러 가지 나무와 색깔이 번갈아 교차됐고, 끝나는 듯한 부분에서 다시 시작됐다. 그 너머 바깥에는 고목 가지들이 엉킨 채 2월 말의 납과 같은 잿빛 하늘로 솟아 있었다. 한쪽 구석에는 원탁과 프랑스풍의 구식 가구―앉는 부분이 올리브 녹색에 은빛이 도는 벨벳이고, 휘어진 팔걸이와 다리가 붉은색 나무인 소파 하나와 의자 세 개―가 놓여 있었고, 다른 쪽 구석에는 검은색으로 빛나는 시계가 서 있었다. 금빛 추는 움직이지 않았고, 시곗바늘은 6시 23분에 멈춰 있었다. 창문이 있는 구석에는 그랜드피아노가 놓여 있었는데, 반짝이는 금빛과 은빛 실로 수놓은 무거운 비단 덮개가 건반 뚜껑까지 덮고 있었다.

그러나 이 모든 것보다 그레고리우스에게 더 깊은 인상을 남긴 것은 황갈색 벽에 짜 맞춘, 끝없이 이어진 붙박이 책장들이었다. 책장 위에는 유겐트 양식의 작은 샹들리에가 우물반자에 매달려 있었다. 우물반자에는 벽과 같은 황갈색에 어두운 붉은색 기하학적 무늬가 교차했다. 수도원 도서관 같군. 그레고리우스가 생각했다. 아니면 고전 교육을 받는 부유한 집안 출신 옛날 학생의 도서관. 벽을 따라 가볼 엄두를 내지는 못했지만, 그의 시선은 옥스퍼드 대학 출판사에서 나온 어두운 청색 표지에 금박으로 제목이 붙은 그리스 고전과 그 뒤에 있는 키케로와 호라티우스와 교부들의 책으로 향했다. 성 이그나티우스 데 로욜라의 전집도 보였다. 이 집에 들어온 지 십 분이 채 지나지 않았지만, 그레고리우스는 이 집에서 다시는 나가지 않아도 되길 바랐다. 이곳은 분명히 아마데우 드 프라두의 서재다. 틀림없겠지?

"오빠는 이 방, 여기 책들을 정말 좋아했어요. '아드리아나, 난 정말 시간이 없구나. 책을 읽을 시간 말이다. 아무래도 사제가 될 걸 그랬나 보다.' 이런 말을 자주 했어요. 그러면서도 병원은 이른 아침부터 밤늦게까지 늘 열려 있어야 한다고 했어요. 오빠가 지쳐 보여서 좀 쉬라고 하면 '아프거나 불안한 사람들은 기다릴 수 없단다' 언제나 이렇게 말했지요. 글을 읽고 쓰는 일은 밤에 잠이 오지 않을 때 했어요. 아니, 어쩌면 읽고 쓰고 생각해야 한다는 느낌 때문에 잠을 잘 수 없었는지도 모르지요. 어쨌든 불면증은 오빠에게 저주였다고 생각해요. 이런 괴로움, 한없이 숨차게 계속되던 단어를 향한 갈망이 아니었다면 오빠의 뇌는 훨씬 오랫동안 버텼을 거예요. 아직 살아 있을 수도 있겠지요. 살아 있다면 올해 12월 20일에 여든네 살이 되겠군요."

노파는 그레고리우스가 누구인지 단 한 마디도 묻지 않고, 자기도 전혀 하지 않은 채 프라두의 고뇌와 헌신, 열정과 죽음에 대해 이야기했다. 말투와 얼굴 표정으로 보아 이런 것들이 그녀의 생에서 가장 중요했으리라는 것은 의심할 여지가 없었다. 노파는 번개처럼 빠르고 이 지상의 것이 아니며 시간의 바깥에서 길을 잃었던 은유의 세계, 그녀가 있는 상상세계의 주민과 그녀가 지닌 모든 기억을 공유하는 증인이 될 권리를 그레고리우스가 지극히 당연하게 지녔다는 듯이 돌리지 않고 바로 이야기했다. 그는 비밀의 기호인 세드루스 베르멜류스, 붉은 삼나무가 적힌 책을 가지고 온 사람이었다. 이만하면 그녀의 마음속에 자리 잡은 성스러운 구역에 들여보낼 조건으로 충분했다. 죽은 오빠에 대해 이야기해줄 수 있는 사람이 오기를 얼마나 오래 기다렸던가. 묘비에 적힌 사망연도는 1973년이었다. 아드리아나는 31년 동안이나 이 집에서 살았고, 그 긴 세월 오빠가 남겨놓은 추억과 공허함 속에 홀로 있었다.

그때까지도 뭔가 감출 게 있다는 듯 머릿수건을 턱 아래에 모아 쥐고 있던 아드리아나가 손을 놓자 뜨개질한 수건이 벌어지면서 목을 감은 검은 벨벳 끈이 드러났다. 그레고리우스는 수건이 벌어지며 목의 하얀 주름 위로 넓은 끈이 나타나던 순간을 그 뒤에도 잊지 못했다. 그 순간은 아주 세밀한 붙박이 그림으로 응고됐고, 끈에 가려진 것이 무엇인지 나중에 알게 된 뒤에는 점차 아드리아나의 손 동작―끈이 똑바로 있는지 더듬어보던 손, 끈이 정말 비틀어져 바로잡는 것보다 더 진지하게 몰두하던 모습, 계획적이고 의식적인 행동보다 오히려 그녀에 대해 더 많이 알려주는 듯하던 그 동작―까지도 포함하는 기억의 초상이 되었다.

머릿수건이 뒤로 넘어가자 잿빛 머리카락이 드러났다. 예전에 검은색이었음을 알려주는 몇 가닥이 아직 남아 있었다. 아드리아나는 당황하며 수건을 앞으로 당기다가 잠깐 손을 멈추더니 반항하는 듯한 표정으로 머리에서 벗겨냈다. 짧은 순간 둘의 시선이 마주쳤다. 그녀의 눈은 "그래요, 난 이제 늙었어요"라고 말하는 듯했다. 아드리아나가 머리를 앞으로 숙이자 곱슬머리 한 가닥이 눈가에 미끄러져 내렸다. 그녀는 고개를 숙인 채 어두운 보라색 정맥이 두드러진 손으로 천천히 그리고 아무 의미 없이 무릎에 놓인 수건을 쓰다듬었다.

그레고리우스는 아까 책상에 놓아둔 프라두의 책을 가리켰다.

"아마데우가 쓴 게 이게 다인가요?"

이 몇 마디가 기적을 일으켰다. 피곤하고 광택을 잃은 표정이었던 아드리아나가 몸을 일으키더니 고개를 뒤로 젖히고 양손으로 머리를 쓸어 넘긴 다음 그를 바라보았다. 노파의 얼굴에 음모를 꾸미는 개구쟁이와 같은, 그녀를 20년은 젊어 보이게 하는 미소가 처음으로 떠올랐다.

"이리 오세요."

아드리아나가 포르투갈어로 말했다. 그녀의 목소리는 이제 무뚝뚝하지 않았다. 그 말은 명령, 아니 요구로도 들리지 않았다. 오히려 숨겨놓은 비밀스러운 뭔가를 그에게 보여주겠다는 통보로 들렸다. 공범자 사이의 친근함은 이제 그가 포르투갈어를 하지 못한다는 사실도 잊게 한 모양이었다.

아드리아나는 복도를 지나 다락방으로 올라가는 계단으로 그를 데리고 갔다. 숨을 몰아쉬며 천천히 계단을 올라가더니 두 문 가운데 한 문 앞에서 멈춰 섰다. 단순하게 쉬는 모습으로 보일 수도 있었다. 그러나 나중에 기억의 그림들을 정리해봤을 때, 그녀가 가장 신성한 장소를 이 낯선 사람에게 정말로 보여주어야 할지 망설이고 있었다는 확신이 들었다. 그녀는 병자의 방에 들어설 때처럼 부드럽고 조심스럽게 손잡이를 내렸다. 우선 한 뼘만큼만 연 다음 천천히 문을 여는 모습은, 계단을 올라오는 동안 시간을 30년 전으로 돌려 오빠를 여기서 만나기를—글을 쓰거나 생각에 잠긴 모습, 어쩌면 잠들어 있는 모습—기대하며 이 방에 들어선다는 인상을 주었다.

이 노파는 지금 눈에 보이는 삶, 그리고 보이지도 않고 시간적으로도 멀리 있지만 그녀에게는 더 현실적인 삶을 가르는 위험한 모서리에 서 있는 것은 아닐까. 바람만 스쳐도 무너져 내려 오빠와 함께 있던 과거로 사라지고 다시는 돌아오지 못하는 건 아닐까. 이러한 의혹이 의식의 저편 깊은 가장자리에서 흐릿하게 그레고리우스를 스치고 지나갔다.

두 사람은 큰 방으로 들어섰다. 시간의 흐름이 느껴지지 않는 곳이었다. 방에 자리 잡은 가구들은 금욕적인 검소함을 그대로 드러냈다. 한쪽 끝에는 벽을 향하고 있는 책상과 의자가, 다른 쪽에는 침대가 있었다. 침대 앞에는 무슬림이 기도할 때 사용하는 것과 비슷하게 생긴 작은 양탄자가 깔려 있었다. 방의 중간에는 앉아서 책을 읽을 수 있는 소파와 긴 전등이, 그 옆의 맨바닥에는 산더미처럼 많은 책들이 정리되지 않은 채 여기저기 쌓여 있었다. 그 외에는 아무것도 없었다. 이곳은 의사이자 저항운동가, 언어의 연금술사였던 아마데우 이나시우 드 알메이다 프라두를 기리는 성전이고 제단이었다. 차가우면서도 웅변을 하는 듯한 교회의 적막, 얼어붙은 시간으로 채워진 공간에서 들림직한 소리 없는 울림이 방에 가득했다.

그레고리우스는 문간에 그대로 서 있었다. 이곳은 이방인이 함부로 들어설 수 있는 장소가 아니었다. 얼마 되지 않는 가구들 사이를 걷는 아드리아나의 걸음걸이도 정상적인 움직임은 아니었다. 발끝으로 걷는다거나 연극을 하듯이 걷지는 않았다. 그러나 그가 보기에 그녀의 느릿한 걸음에는 뭔가 미학적인 것, 추상적이고 시공간을 떠나 존재하는 그 무엇인가가 있었다. 가구로 다가가 부드럽게 닿을락 말락 쓰다듬는 팔과 손의 움직임도 똑같았다.

그녀가 가장 먼저 쓰다듬은 것은 책상의자였다. 바닥이 둥글고 등받이가 휘어 응접실에 있는 의자와 잘 어울렸다. 의자는 방금 전 누군가 급하게 일어나는 바람에 움직인 것처럼 책상 쪽으로 기울어져 있었다. 그레고리우스는 무의식중에 아드리아나가 의자를 바로 세우기를 기다렸다. 그러나 그대로 둔 채 구석구석을 부드럽게 쓰다듬는 그녀를 보고서야 기울어진 의자는 아마데우가 30년 2개월 전에 앉았다 일어난 그 상태라는 것을 깨달았다. 무슨 일이 있어도 바뀌어서는 안 되는 모습……. 누군가 바로 세우려고 한다면 그는 신에 반항하는 오만함으로 이미 확정된 과거를 고치려 하거나 자연법칙을 파괴하려는 무뢰한이었다.

책상 위에 놓인 물건들도 마찬가지였다. 읽고 쓰기 좋게 살짝 경사진 독서대에 가운데가 펼쳐진 커다란 책이 금방이라도 미끄러질 듯이 놓여 있었다. 그 앞에는 종이 뭉치가 있었는데, 그레고리우스가 눈에 힘을 주고 보아도 제일 위의 종이에는 몇 글자밖에 적혀 있지 않았다. 손등으로 부드럽게 나무를 쓰다듬던 아드리아나가 파란 도자기 찻잔을 어루만졌다. 찻잔은 얼음설탕이 가득한 설탕통과 담뱃재로 넘치는 재떨이와 함께 붉은 구릿빛 쟁반에 놓여 있었다. 이 물건들도 그렇게 오래된 것일까? 30년 된 커피 찌꺼기, 사반세기가 넘은 담뱃재일까? 열려 있는 만년필의 잉크는 검은 덩어리로 말라 먼지로 부서질 것이다. 아름답게 장식되고 에메랄드빛 초록색 갓을 쓴 책상등은 아직도 불이 켜질까?

그레고리우스는 뭔가 이상하다고 느꼈다. 그것이 무엇인지 깨닫기까지는 시간이 걸렸다. 어떤 물건에도 먼지가 한 점도 묻어 있지 않았다. 그는 눈을 감았다. 이제 아드리아나는 방을 거닐고 있는 유령, 귀에 들리는 윤곽을 지닌 유령일 뿐이었다. 이 유령이 매일 먼지를 닦은 걸까. 만천백 일 동안 먼지를 닦으며, 머리가 하얗게 세도록 늙어간 걸까.

그가 눈을 떴을 때 아드리아나는 금방이라도 무너져 내릴 듯한 책 더미 앞에 서 있었다. 그녀는 제일 위에 놓인, 두껍고 큰 판형에 표지에는 뇌 그림이 그려진 책을 내려다보았다.

"뇌, 언제나 뇌. 왜 아무 말도 하지 않았어?"

그녀가 작은 목소리로 비난하듯 포르투갈어로 말했다.

그녀의 목소리에서 시간과 침묵—죽은 오빠가 수십 년 동안 침묵으로 하는 이 대답—에 지친 체념의 분노가 묻어났다. 그레고리우스는 아마데우가 그녀에게 동맥류에 대해 이야기하지 않았다는 것, 매 순간이 마지막일지도 모른다는 그의 자각과 불안을 말하지 않았음을 눈치챘다. 나중에 글을 읽고서야 알았구나……. 그래서 슬픔 속에서도 자기에게 이 말을 하지 않은, 친근함을 거부한 오빠에게 분노하는구나.

아드리아나가 눈을 들어 그레고리우스를 쳐다보았다. 그를 깜박 잊고 있었던 모양이었다. 정신이 다시 현재로 돌아오기까지는 시간이 꽤 걸렸다.

"아, 들어오세요."

그녀는 프랑스어로 말하고, 조금 전보다 단단한 걸음걸이로 책상으로 걸어가 서랍을 두 칸 열었다. 그 속에는 위와 아래를 종이 상자 뚜껑으로 누르고 붉은 띠로 여러 번 묶은 두툼한 종이 뭉치가 들어 있었다.

"오빠가 글을 쓰기 시작한 건 파티마가 죽고 얼마 안 됐을 때부터였어요. '내부의 마비를 막기 위한 싸움이다.' 오빠가 이렇게 말하더군요. 그리고 몇 주 후에는 '왜 좀 더 일찍 시작하지 않았을까! 글을 쓰지 않으면 사람은 결코 깨어 있다고 할 수 없어. 자기가 누구인지 알지 못해. 자기가 어떤 사람이 아닌지는 더욱 알지 못하고.' 이런 말도 했어요. 하지만 아무에게도 글을 보여주지 않았어요. 저에게도. 오빠는……. 오빠는 정말 의심이 많았어요."

아드리아나가 서랍을 닫았다.

"혼자 있고 싶군요."

그녀가 갑자기 적의를 드러내며 말했다. 계단을 내려가는 동안 그녀는 아무 말도 하지 않았고, 현관문을 열어주고서도 딱딱하게 굳은 채 서 있었다. 악수를 청할 만한 형편이 아니었다.

"감사합니다. 안녕히 계세요."

그레고리우스가 프랑스어로 인사를 하고 망설이며 걸음을 막 옮기려고 할 때 그녀가 물었다.

"이름이 뭔가요?"

그녀의 목소리는 필요 이상으로 커서 약간 쉰 기침 소리처럼 들렸다. 코티뉴를 생각나게 했다. "그레고리우쉬." 그녀가 그의 이름을 거친 발음으로 되뇌었다.

"어디 묵으시죠?"

그레고리우스가 호텔 이름을 말했다. 그녀는 아무런 작별의 말도 없이 문을 닫고 열쇠를 돌렸다.

14

테주 강에 구름 그림자가 비쳤다. 구름은 햇빛으로 빛나는 강물을 빠른 속도로 덮었다가 사라졌다. 구름에 가렸던 햇빛은 이제 다른 곳에서 어두운 그림자를 뚫고 쏘는 듯한 광채를 드러냈다. 그레고리우스는 안경을 벗고 양손으로 얼굴을 가렸다. 새 안경으로 얻은 낯선 또렷함, 선명한 빛과 위협적인 어둠의 급격한 대비가 무방비 상태인 눈에 고문처럼 느껴졌다. 그는 조금 전 호텔에서 뒤숭숭하고 얕은 낮잠에서 깨었을 때 옛날 안경을 다시 써보았다. 그러나 어느새 새 안경에 익숙해진 탓인지 단단한 무게가 성가셨고, 힘에 겨운 짐을 얼굴에 얹고 다닌다는 느낌이 들었다.

스스로를 향한 불안하고 낯선 감각에 그는 오랫동안 침대 끝에 걸터앉아 오전에 겪은 혼란스러운 일들을 해석하고 정리하려고 애썼다. 꿈에서 대리석처럼 창백한 아드리아나가 입을 다문 채 유령처럼 돌아다녔다. 온통 검은색밖에 보이지 않았다. 그 검은색은 사물이 원래 어떤 색이었든, 얼마나 빛났든 상관없이 모든 사물에 달라붙어 아주 낯설어 보이게 했다. 아드리아나의 목에 감긴 벨벳 끈은 턱까지 닿아 있었는데, 그녀가 계속 잡아당기는 걸로 보아 목을 조르는 모양이었다. 그러다가 그녀가 양손으로 머리를 감싸 쥐었는데, 두개골이 아니라 뇌를 보호하는 것 같았다. 쌓여 있던 책 더미가 차례로 무너졌다. 그레고리우스는 불안한 긴장감과 남을 훔쳐보는 죄책감이 뒤섞인 심정으로 모든 것이 화석이 된 프라두의 책상 앞에 잠시 앉아 있었다. 책상 중간에는 반쯤 글씨가 쓰인 종이가 있었다. 그레고리우스가 눈길을 주자 글씨는 순식간에 읽지 못할 정도로 빛이 바랬다.

꿈을 떠올리는 동안 자신이 실제로 파란 병원을 찾아갔던 것일까 의심이 들었다. 그건 유난히 선명한 꿈이 아니었을까. 꿈과 현실의 경계가 흐려지고 일어난 일인 양 뒤집히는 착각…… 그는 머리를 감싸 쥐었다. 방문했던 것이 실제로 일어났던 일이라는 현실 감각이 돌아오고 꿈속에서 본 모든 요소를 떨쳐내고 또렷하고 차분하게 아드리아나를 떠올릴 수 있게 되자, 그레고리우스는 그 집에 머물렀던 한 시간 동안 경험했던 행동 하나하나, 말 한마디 한마디를 차례로 돌이켜보았다. 과거의 일들과 화해하지 못하는, 엄격하고 음산한 그녀의 눈빛이 떠오르자 온몸이 얼어붙었다. '지나간 현재'에 완전히 몸을 맡긴 채 정신이 나간 듯 아마데우의 방을 떠다니던 아드리아나를 떠올리면 섬뜩한 감정이 엄습했다. 한편으로는 괴로운 영혼에 안식을 주기 위해, 뜨개질한 머릿수건을 그녀의 머리에 부드럽게 씌워주고 싶기도 했다.

아마데우 드 프라두를 향한 길은 완고하면서도 무너지기 쉬운 노파에게로 그를 이끌었다. 더 정확하게 표현하자면 그 길은 그녀를 통해 지나가는 길이었다. 그녀가 지닌 어두운 기억의 복도를…… 그레고리우스는 이 길을 감수하려고 했던가? 그가 할 수 있을까? 현실보다 고전어에 파묻혀 산다며 심술궂은 동료들이 파피루스라고 부르던 그가?

프라두를 알던 다른 사람들을 찾아야 했다. 코티뉴처럼 그냥 보기만 했다거나 오늘 아침에 본 다리를 절뚝이던 노인이나 노파처럼 의사와 환자의 관계로 만난 것이 아니라 그를 진정으로 알던 사람, 친구 또는 저항운동을 함께했던 사람을 찾아야 했다. 그레고리우스는 아드리아나를 통해 이런 사람을 알기는 어렵다고 생각했다. 그녀는 죽은 오빠를 오로지 자기 소유물이라고 생각하고 있었다. 이 사실은 그녀가 의학책을 내려다보며 오빠에게 말을 거는 순간에 명확해졌다. 그녀는 오빠에 대한 유일하게 올바른 상像─그 상은 물론 그녀가 지닌 상이었고, 그녀만의 상이었다─에 의문을 품는 다른 모든 사람을 부인하거나 무슨 수를 써서라도 그레고리우스가 접근하지 못하도록 막으려 할 것이다.

그레고리우스는 마리아나 에사의 전화번호를 찾아 오랫동안 망설인 끝에 전화를 걸어, 요양원으로 그녀의 삼촌인 주앙을 찾아가도 되겠냐고 물었다. 프라두가 저항운동에 참가한 사실을 알게 되었는데, 혹시 주앙이 그를 알지도 모르겠다고 덧붙였다. 그녀는 아무런 대답도 하지 않았다. 그레고리우스가 무례한 말을 해서 죄송하다고 막 사과하려고 하는데, 그녀가 생각에 잠긴 목소리로 말을 꺼냈다.

"물론 반대할 이유가 전혀 없지요. 새로운 사람을 만나는 게 삼촌에게도 좋을 거고요. 제가 걱정하는 건 단지 삼촌이 어떻게 반응할지 몰라서예요. 삼촌은 아주 무뚝뚝할 때가 있어요. 특히 어제는 다른 때보다 더 말이 없었어요. 그러니까 절대 서두르시면 안 돼요."

그녀는 잠시 입을 다물었다.

"이렇게 하면 어떨지 모르겠네요. 어제 삼촌에게 슈베르트 소나타를 새로 연주한 음반을 한 장 드리려고 했어요. 삼촌은 원래 마리아 주앙 피레스의 피아노 연주만 좋아해요. 그 음이 좋은 건지, 그 연주자를 좋아하는 건지, 기이한 애국심인지는 모르겠어요. 하지만 이 음반도 마음에 들 거예요. 어제 가져가는 걸 깜빡 잊었는데, 오늘 저한테 들르셔서 그걸 삼촌에게 가져다드리면 어떨까요? 말하자면 제가 보내서 심부름을 하는 것처럼 말이죠. 어쩌면 잘될지도 몰라요."

그레고리우스는 의사에게 들러 뜨거운 김이 나고 금빛이 도는 붉은색 아삼 차에 얼음설탕을 넣어 마시며 아드리아나에 대해 이야기했다. 그는 그녀가 뭔가 말을 해주길 바랐지만, 그녀는 조용히 듣고만 있었다. 그러다가 딱 한 번, 30년도 더 지난 커피 잔과 담뱃재로 넘치는 재떨이 이야기를 하자 뭔가 갑자기 단서를 잡은 사람처럼 눈을 가늘게 떴다.

"조심하세요."

헤어질 때 그녀가 말했다.

"아드리아나 말이에요. 그리고 삼촌 반응이 어땠는지 나중에 알려주세요."

그레고리우스는 슈베르트 소나타 음반을 주머니에 넣고, 고문의 지옥을 통과하면서도 시선을 돌리지 않은 남자에게 가기 위해 카실랴스로 가는 배에 앉았다. 그는 다시 양손으로 얼굴을 가렸다. 누군가 일주일 전 베른의 집에서 학생들의 라틴어 숙제를 교정하고 있는 그에게, 죽은 지 이미 30년이 넘는 포르투갈 의사이자 시인이었던 사람에 대해 알기 위해 일주일 후 리스본에서 배를 타고, 새 양복에 새 안경을 쓰고 살라자르의 독재 치하에서 고문을 당한 희생자를 만나러 가게 될 것이라고 예언했더라면, 그는 아마 그 사람이 제정신이 아니라고 생각했을 터였다. 베른에 눈송이만 조금 날려도 겁을 내던, 시력이 나쁜 책벌레. 그는 지금도 여전히 바로 그 문두스인가?

그레고리우스는 배에서 내려 요양원으로 천천히 걸어갔다. 의사 소통은 어떻게 해야 할지? 주앙 에사가 포르투갈어 말고 다른 언어도 구사할 수 있을까? 요양원으로 가는 길에는 손에 꽃다발을 든 사람들이 많았다. 일요일 오후라 방문객이 많은 모양이었다. 노인들은 요양원의 좁은 발코니에 앉아 구름 뒤로 숨었다가 나타나길 반복하는 햇볕을 쬐고 있었다. 현관 경비실 직원이 그레고리우스에게 주앙 에사의 방 번호를 알려주었다. 노크를 하기 전에 그는 천천히 숨을 몇 번 들이쉬었다 내쉬며 호흡을 가다듬었다. 무슨 일이 일어날지 몰라 두근거리는 가슴으로 문 앞에 서 있는 것이 이날 벌써 두 번째였다.

노크를 했지만 인기척이 없었다. 다시 한번 두드렸지만 마찬가지였다. 돌아가려고 막 몸을 돌렸을 때 낮게 삐걱거리며 문이 열리는 소리가 들렸다. 그는 칠칠치 못한 차림의 노인을 상상했다. 옷을 제대로 챙겨 입지 않고 목욕 가운을 입은 채 체스 판 앞에 앉아 있는 노인……. 그러나 지금 유령처럼 말없이 문틈으로 나타난 노인은 상상과 아주 달랐다. 노인은 새하얀 셔츠에 빨간 넥타이를 매고 그 위에 어두운 청색 카디건을 입고 있었다. 바지에는 다림질 주름이 선명하게 잡혀 있었고, 잘 닦인 검은 구두가 유난히 반짝거렸다. 귀 뒤로 짧게 자른, 몇 올 남지 않은 머리카락. 그는 뭘 만나든 손대고 싶지 않은 사람처럼 양손을 카디건 주머니에 넣고 고개를 옆으로 약간 갸우뚱한 채 서 있었다. 가늘게 뜬 잿빛 눈에서 뿜어 나오는 시선은 앞에 있는 모든 것을 부러뜨릴 듯이 보였다. 주앙 에사는 조카딸이 말한 것처럼 늙고 병들었을지는 몰라도 의지가 꺾인 사람은 결코 아니었다. 그레고리우스는 무의식중에 이 노인을 적으로 만나지 않은 게 다행이라고 생각했다.

"세뇨르 에사? 베뉴 다 파르트 드 마리아나, 아 수아 소브리냐. 트라구 이스트 디스쿠. 소나타스 드 슈베르트Senhor Eça? Venho da parte de Mariana, a sua sobrinha. Trago este disco. Sonatas de Schubert: 에사 선생님이시죠? 선생님 조카따님 마리아나의 심부름으로 왔습니다. 슈베르트의 소나타 음반을 가지고 왔어요."

그레고리우스는 배를 타고 오는 동안 사전을 찾으며 준비하고, 몇 번씩이나 소리 내어 연습한 인사말을 건넸다.

에사는 문에 선 채 미동도 하지 않고 그를 건너다보았다. 이런 시선과 부딪힌 적이 없었던 그레고리우스는 얼마 지나지 않아 눈길을 바닥으로 내렸다. 에사가 문을 활짝 열고 그에게 들어오라는 손짓을 했다. 그레고리우스는 지독하게 깔끔한, 필요한 것 중에서도 정말 꼭 필요한 것들만 갖춰놓은 방으로 들어섰다. 그는 아주 잠깐 동안 의사가 사는 멋진 집을 떠올리고, 그녀가 삼촌을 왜 더 좋은 곳에 모시지 않았을까 생각했다. 에사의 첫마디가 그의 생각을 밀어냈다.

"누구요?"

영어로 말하는 그의 목소리는 낮고 쉰 듯했지만, 온갖 것을 경험하여 감히 속일 수 없는 권위가 서려 있었다.

그레고리우스는 손에 음반을 든 채 자기 국적과 직업을 말하고, 마리아나를 어떻게 만나게 되었는지 설명했다.

"그런데 여긴 웬 일이오? 음반 때문은 아닐 테고."

그레고리우스는 음반을 탁자에 내려놓고 숨을 들이쉬고는, 주머니에서 프라두의 책을 꺼내 사진을 보여주었다.

"선생님 조카따님의 말로는, 아마 선생님께서 이분을 알았을 거라고 하더군요."

에사는 사진에 잠깐 시선을 던지더니 바로 눈을 감았고, 약간 망설이다가 방 한쪽 끝에 놓인 소파로 가서 앉았다.

"아마데우."

낮은 목소리였다.

"아마데우, 불경한 사제."

그가 다시 한번 말했다. 그레고리우스는 조용히 기다렸다. 잘못된 말 한마디나 동작 하나로 에사는 입을 봉해버릴 수도 있을 터였다. 그레고리우스는 탁자로 다가가 이미 시작된 체스 판을 관찰했다. 모험을 해야 했다.

"1922년 헤이스팅스에서 열린 경기군요. 알렉산드르 알레힌이 예핌 보골류보프를 꺾었지요."

에사는 눈을 번쩍 뜨고, 놀란 시선으로 그레고리우스를 쳐다보았다.

"체스를 가장 잘 두는 사람이 누구냐는 질문을 받은 타르타코 베르는 '체스가 전투라면 라스커가, 학문이라면 카파블랑카가, 그러나 예술이라면 알레힌이 최고다'라고 대답했소."

"예. 룩을 두 개 희생한 것은 예술가의 상상력을 보여주는 행위였지요."

그레고리우스가 대답했다.

"시기하는 것처럼 들리는구먼."

"그럼요. 저 같으면 생각도 못 했을 테니까요."

나이 먹고 무디어 보이는 에사의 얼굴에 흐릿한 미소가 스치고 지나갔다.

"위로가 될지는 모르겠으나, 나도 그렇소."

시선이 마주쳤지만, 두 사람은 곧바로 각자 앞을 바라보았다. 그레고리우스는 대화가 이어지려면 이제 에사가 뭔가 해야 한다고, 그렇지 않으면 이 만남은 끝이라고 생각했다.

"저쪽 벽감에 차가 있소."

에사가 말을 꺼냈다.

"차를 한잔 타주겠소?"

보통 같으면 주인이 해야 하는 일을 시키는 바람에 그레고리우스는 잠깐 당혹스러웠다. 그러나 에사가 카디건 주머니에서 주먹을 쥐는 것을 보고 상황을 알아챘다. 그는 흉하게 망가지고 떨리는 손, 남아 있는 끔찍한 기억의 증거물을 그레고리우스에게 보여주기 싫었던 것이다. 그레고리우스는 찻잔 두 개에 물을 따르고 말없이 기다렸다. 찻잔에서 김이 올라왔다. 옆방에서 방문객들이 웃는 소리가 들리더니 다시 조용해졌다.

주머니에서 조용히 손을 꺼내 찻잔을 쥐는 모습은, 소리 없이 문간에 나타나던 처음 순간을 다시 떠오르게 했다. 에사는 찻잔을 잡으면서 눈을 감았다. 자기 눈을 감으면 다른 사람 눈에도 흉한 손이 보이지 않는다는 듯……. 손은 뜨거운 담뱃불로 지진 흔적이 가득했고 파킨슨병에 걸린 것처럼 떨렸으며 손톱 두 개는 아예 없었다. 에사는 자기 손을 보고도 참을 수 있는지 시험이라도 하듯이 그레고리우스를 쏘아보았다. 그레고리우스는 현기증처럼 몰아치는 경악을 애써 누르며 찻잔을 입으로 가져갔다.

"내 잔은 반만 채워야 하는데."

낮게 잠긴 목소리로 에사가 말했다. 그레고리우스는 그 뒤에도 이 말을 잊지 못했다. 눈물이 날 듯 눈이 따가웠다. 그는 학대받은 이 노인과 자신의 관계에서 영원히 기억될 행동을 했다. 에사의 찻잔을 들고 뜨거운 차를 반이나 마신 것이다.

혀와 목구멍이 덴 듯 뜨거웠지만, 그건 문제가 아니었다. 그는 반만 남은 찻잔을 조용히 제자리에 놓고, 손잡이가 에사의 엄지로 향하게 돌려놓았다. 에사는 오랫동안 그를 바라보았다. 그 눈빛이 그레고리우스의 기억에 깊숙이 파고들었다. 그의 눈빛에는 의심과 감사의 마음이 섞여 있었지만, 이 감사의 마음도 온전한 것은 아니었다. 감사해야 할 무엇인가를 다른 사람에게서 받는 일은 이미 오래전에 포기했으므로. 그는 손을 떨며 찻잔을 입에 가져다 대고 떨림이 약간 잦아질 때까지 기다렸다가 한 모금 마셨다. 접시에 내려놓은 찻잔이 달그락거렸다.

에사는 카디건 주머니에서 담뱃갑을 꺼내 한 개비를 입에 물고, 떨리는 손으로 불을 붙인 뒤 천천히 깊게 빨아들였다. 손의 떨림이 잦아들었다. 한 손은 주머니에 넣고, 다른 손으로는 빠진 손톱이 보이지 않게 담배를 들었다. 그러고는 창밖을 내다보며 이야기를 시작했다.

"내가 그를 처음 만난 건 1952년 가을, 영국에서였소. 런던에서 브라이턴으로 가는 기차 안에서였지. 난 그때 회사에서 보낸 어학 코스에 다니고 있었소. 회사는 내가 외국 문서를 다루는 업무도 맡기를 원했거든. 그날은 영국에 간 첫 주 일요일이었소. 바다가 그리워서—난 북쪽 해안 이스포젠드에서 자랐소—브라이턴으로 가던 길이었지. 내가 탄 기차 칸의 문이 열리더니 머리카락이 헬멧처럼 반짝이는 그 사람이 들어오더군. 차가우면서도 부드럽고, 우울해 보이는 눈이 얼마나 인상적이었는지……. 그는 아내 파티마와 함께 장거리 여행을 하는 중이었소. 그때든 그 후로든, 그 사람에게 돈은 전혀 문제가 되지 않았소. 나는 그가 의사라는 것, 그리고 특히 뇌에 관심이 많다는 걸 알게 됐소. 그리고 원래 사제가 되려고 했지만 철저한 유물론자라는 것도. 아주 많은 일에 역설적인 견해를 지녔던 사람이었지. 모순적이 아니라 역설적인 견해 말이오.

난 그때 스물일곱이었고, 그 사람은 나보다 다섯 살 위였소. 모든 면에서 나보다 한참 더 뛰어났지. 어쨌거나 그 여행에서 난 그렇게 느꼈다오. 리스본 귀족의 자제와 북부에서 온 농부의 아들.

우리는 그날 같이 해변을 걷고 식사도 하며 함께 지냈소. 그러던 중 어쩌다가 독재자에 대한 이야기가 나왔어요. 나는 '저항해야 합니다'라고 말했소. 지금까지도 그때 했던 말을 또렷하게 기억하오. 말을 하면서도 나는 얼굴 윤곽이 너무나 뚜렷한 시인, 가끔 내가 한 번도 들어보지 못한 단어를 사용하는 그 사람에게 그런 말은 적당하지 않다고 생각했소. 그래서 아직도 선명하게 기억하는 거요.

그는 눈을 내리깔았다가 창밖을 내다보며 고개를 끄덕였소. 그가 스스로 떳떳하지 못하다고 느끼는 주제를 내가 건드렸던 거요. 그건 신부와 함께 세계여행을 하는 사람에게는 맞지 않는 주제였소. 난 얼른 다른 이야기를 꺼냈지만, 그는 집중하지 못하고 아내와 나만 이야기하도록 두더군. 헤어질 때 그가 '자네가 옳아'라고 말했소. '정말 자네 말이 옳아.' 그가 저항운동에 대해 이야기한다는 거야 너무도 뻔한 일이었지.

어쩌면 그는, 그 사람 전체가 아니라면 그의 어느 한 부분이라도, 여행을 계속하는 대신 나와 함께 포르투갈로 돌아가고 싶어 하는 건 아닐까, 그런 생각이 런던으로 돌아오는 차 안에서 들더군. 그는 내 주소를 물었는데, 여행지에서 사귄 사람에게 그냥 의례적으로 묻는 것은 분명 아니었소. 그런데 정말 두 사람은 얼마 지나지 않아 여행을 중단하고 리스본으로 돌아왔소. 여동생 가운데 나이가 더 많은 쪽이 낙태를 했는데, 거의 목숨을 잃을 뻔했다고 하더군. 그는 일이 제대로 돌아가고 있는지 걱정스러웠던 거요. 의사들을 믿지 않았거든. 의사들을 믿지 않는 의사라……. 그 사람은 그랬소. 아마데우는."

그레고리우스는 음산하고 말을 걸기 어려운 아드리아나의 시선을 떠올렸다. 이제 이해가 되기 시작했다. 그럼 그 아래 여동생은? 하지만 그 이야기는 좀 더 기다려야 했다.

"13년이 지난 뒤에 그를 다시 보게 됐소."

에사가 말을 이었다.

"1965년 겨울이었지. 비밀경찰이 델가두를 살해한 해 말이오. 프라두는 회사에서 내 주소를 알아내서는, 어느 날 저녁 면도도 하지 않은 창백한 모습으로 날 찾아왔소. 빛나던 머리카락은 퇴색한 듯 덥수룩했고, 눈빛에서는 고통이 묻어났지. 그는 '리스본의 인간백정'이라고 불리던 비밀경찰 고위간부 후이 루이스 멘드스의 목숨을 구해줬다고 이야기했소. 환자들이 이제 자기를 피한다고, 추방을 당한 느낌이라고 말이오.

'저항운동에 참가하겠네.'

그가 그러더군. 그래서 내가 속죄하기 위해서냐고 물었지. 그는 당황하며 시선을 바닥으로 내렸소.

'잘못한 거 없어요. 의사잖아요.'

내가 이렇게 말하자, 그는 뭔가 해야 한다고 대답했소.

'무슨 말인지 알겠어? 뭔가 해야 한다고. 뭘 해야 할지 나에게 알려주게. 자네는 그게 뭔지 잘 알고 있지 않은가.'

'그걸 어떻게 아시죠?'

'다 알고 있네. 벌써 브라이턴에서부터 알았어.'

그건 정말 위험한 일이었소. 프라두보다는 우리에게 훨씬 위험했지. 뭐랄까, 그는 저항운동을 하기에 적합한 사람이 아니었소. 성격도 맞지 않았지. 저항운동가들은 인내심을 가지고 기다릴 줄 알아야 하고, 꿈꾸는 사람의 감수성 예민한 영혼이 아니라 나처럼 투박한 두개골이 필요하지. 그렇지 않으면 너무 위험 부담이 크고 실수도 하게 되어 모두를 위험하게 만들어버린다오. 그는 만용에 가까운 행동을 할 수 있을 만큼 아주 냉혹했지만, 인내심이나 우직함은 없었소. 좋은 기회라고 생각되어도 아무 행동도 하지 않고 기다릴 수 있는 능력은 없었지. 프라두는 내가 자기에 대해 이렇게 생각한다는 걸 금방 알았소. 그는 사람들이 미처 생각을 시작하기도 전에 그 사람들의 마음을 알아챘지. 정말 힘들었을 거요. 누군가에게 '당신은 그 일을 할 수 없소. 능력이 되지 않으니까'라는 말을 들은 건 그때가 아마 처음이었겠지. 하지만 내가 옳다는 걸 그도 알고 있었소. 스스로를 모를 만큼 눈먼 사람이 아니었으니까. 그래서 우선 작고 보잘것없는 일부터 하라는 제안을 받아들이더군.

난 무엇보다도, 우리를 위해 일한다는 사실을 환자들에게 알리고 싶은 욕망을 눌러야 한다고 그 사람에게 자주 상기시켰소. 그가 저항운동에 참여하게 된 이유는 멘드스에게 희생된 사람들과의 신의가 깨진 걸 속죄하기 위해서였지. 깨졌다는 게 어떤 의미든 간에 말이오. 그런데 그를 비난하는 사람들이 그가 우리를 위해 일한다는 사실을 알아야 이런 목적이 의미가 있는 것 아니겠소? 그는 자기를 경멸하는 사람들의 태도가 바뀌기를, 그래서 예전처럼 존경과 사랑을 받기를 원했겠지. 그에겐 이 욕구가 아주

강했소. 난 그걸 알고 있었지. 그러니까 프라두는 그 스스로에게
나 우리에게 가장 큰 적이었던 거요. 내가 그런 말을 꺼내면, 그
는 내가 자기 지성을 과소평가한다며 거칠게 화를 내곤 했소. 일
개 회계사에 불과한, 나이도 다섯 살이나 어린 내가. 하지만 이
점에서 내가 옳다는 거야 그도 알고 있었지.

'자네처럼 누군가 나에 대해 지나치게 잘 알고 있으면 아주 싫
단 말이야.'

언젠가 웃으며 이렇게 말하더군.

그는 자기 과실이 아니었던 것에 대해 용서를 빌어야 한다는
아주 이상한 열망을 억눌렀고, 아무런 실수도 하지 않았소. 어쨌
든 겉으로 보기에 잘못한 건 없었소.

멘드스는 자기 목숨을 구해준 아마데우를 숨어서 지켜줬소. 그
의 병원을 통해 우리는 서로 소식을 교환했고, 돈이 든 봉투도 주
고받았소. 당시에는 수색이 일상다반사였지만 그의 병원은 언제
나 예외였거든. 아마데우는 그런 사실에 몹시 화를 냈소. 이 불경
한 사제는 사람들이 자기를 진지하게 받아들이기를 바랐던 거요.
보호를 받는다는 것은 그의 자존심, 그러니까 순교자의 자존심과
비슷한 그 무언가를 건드리는 일이었지.

한동안 새로운 위험이 도사렸소. 아마데우가 멘드스에게 도전
장을 내밀 위험 말이오. 아주 무모한 행동을 해서 더는 자신을 봐
줄 수 없게 하는 거지. 내가 그 사람 앞에서 그 가능성을 얘기했
소. 그때 우리 우정은 가냘픈 실에 매달린 듯 위태로웠소. 이번에
는 내 말을 인정하지 않더군. 하지만 그 뒤론 자신을 억제하고,

차분해졌소.

얼마 후 아마데우는 까다로운 작전 두 가지를 아주 멋지게 수행해냈소. 그것은 기차 연결망을 완벽하게 외우고 있는 사람만이 할 수 있는 일이었지. 아마데우는 온갖 기종의 기차와 전철, 철도를 두루 꿰고 있을 뿐 아니라, 포르투갈에 있는 모든 역 건물도 알고 있었소. 아무리 작은 역이라고 해도 그 역에 전철기轉轍機가 있는지 없는지 알고 있었지. 그는 지렛대를 하나 움직여서 기차의 방향을 결정할 수 있다는 사실에 병적으로 집착하는 것 같았소. 단순한 기계적 조작에 엄청난 매력을 느낀 거요. 결국은 이 일에 대한 그의 지식, 기차를 향한 애착이 우리 쪽 사람들의 목숨을 구했소. 이 일이 있은 다음 일시적으로 흥분해 있는 예민한 의사라며 달가워하지 않던 동료들도 생각을 바꾸게 되었소.

멘드스는 목숨을 구해준 아마데우에게 감사하는 마음이 아마 상상도 할 수 없을 만큼 컸던 모양이오. 저항운동을 한다고 의심받는 동료들은 물론이고 마리아나도 면회가 허용되지 않았지만, 아마데우만은 예외였으니까. 그는 한 달에 두 번 날 면회하러 왔고, 심지어는 날짜와 시간까지도 마음대로 정할 수 있었소. 그에게는 규정이 전혀 통하지 않은 거지.

그는 한번 오면 언제나 규정 시간보다 오래 있었지. 시간이 됐다고 경고라도 하면 아마데우가 무섭게 쏘아봐서, 오히려 교도관들이 두려워했소. 아마데우는 진통제와 수면제를 가져다주었는데, 교도관들은 일단 들여보냈다가 나중에 빼앗곤 했지. 그 이야기는 한 번도 그에게 하지 않았소. 끔찍하게 흥분해서 무슨 일을 벌였을지 모르니까. 그들이 나에게 무슨 짓을 했는지 보자, 그는 눈물을 흘렸소. 물론 나에 대한 연민의 눈물이기도 했지만, 그보다는 자신의 무력함에 대한 분노의 눈물이었소. 젖은 그의 얼굴이 분노로 벌게졌는데, 아마 조금만 더 있었더라면 교도관들과 격투라도 벌였을 거요."

그레고리우스는 에사를 바라보며, 모든 것을 들끓는 열로 태워버릴 듯 위협하는 쇳덩이를 잿빛 눈빛으로 마주 쏘아보는 모습을 상상해보았다. 믿을 수 없을 만큼 강한, 오로지 정신이 말살되어야만 파괴될 수 있는 이 노인의 힘이 느껴졌다. 부재중이더라도, 육체가 없더라도 저항은 계속되어 교도관들이 편하게 눈을 붙일 수 없게 할 힘이었다.

"아마데우가 포르투갈어와 그리스어로 쓰인 《신약성서》를 가져다주었소. 2년 동안 반입이 허용된 책이라고는 그 성서와 그때 함께 가져온 그리스어 문법책이 전부였지.

'여기 적힌 말을 하나도 믿지 않으시잖아요.'

교도관들이 날 감방으로 다시 데려가려고 왔을 때 내가 그에게 말했소.

'하지만 글은 아주 아름다워. 정말 아름다운 언어야. 그리고 거기 쓰인 은유를 주의해서 읽어보게.'

그는 미소를 지으며 이렇게 대답하더군.

난 성서를 읽으며 놀랐소. 그 전에는 성서를 진지하게 읽은 적이 없었지. 다른 사람들도 아마 그렇겠지만 속담처럼 쓰이는 말만 알고 있는 정도였소. 타당한 것과 기괴한 이야기가 섞여 있는 그 특이한 혼합. 우린 가끔 성서에 대해 이야기를 나누었소. '그 중심에 처형 장면이 있는 종교라……. 난 반감을 느끼네.' 그가 가끔 이런 말을 했소. '교수대 횡목이나 형틀, 기요틴을 사용한 처형이었다고 한번 상상해보게. 그러면 우리가 지닌 종교적 상징은 어떤 모습이었겠나?' 난 그런 생각을 해본 적이 전혀 없었소. 그래서 약간 놀랐지. 그것뿐만 아니라, 이 말이 감옥 안에서 갖는 특별한 무게 때문에.

그는 그런 사람이었소. 불경한 사제. 무엇에 관해서든 한번 생각하면 언제나 끝을 보았지. 결과가 아무리 암울하더라도 말이오. 그의 생각은 어딘지 모르게 잔인한 그 무엇인가를 내포하고 있었소. 스스로를 파괴하는 그런 것……. 어쩌면 이건 그가 나와 조르즈 말고는 친구가 없었다는 사실과도 관계가 있을지 모르겠소. 그와 사귀려면 참아야 할 몇 가지가 있었거든. 그는 사랑하는 막내 동생 멜로디가 자기를 피하자 비참해했지. 난 멜로디를 한번밖에 못 봤소. 땅바닥을 딛지 않고 걷는 것처럼 보이는, 가냘프면서도 발랄한 소녀였소. 내 생각에 그녀는 오빠의 침울함, 또 거기다가 폭발하기 직전의 들끓는 화산 같은 그의 성격과 맞지 않았던 것 같소."

주앙 에사가 눈을 감았다. 얼굴에 피곤한 기색이 역력했다. 과거로 돌아간 여행……. 그는 몇 년 동안 지금만큼 오래 이야기한 적이 없는 것 같았다. 그레고리우스는 특이한 이름을 가진 막내 동생과 조르즈와 파티마에 대해, 그리고 그때 감옥에서 그리스어를 배우기 시작했는지 묻고 또 묻고 싶었다. 숨도 쉬지 않고 듣는 동안, 타는 듯한 목의 통증도 잊었다. 이제 다시 불이 붙는 듯 아팠고, 혀도 부풀어 있었다.

에사는 이야기를 하는 동안 그에게 담배를 권했다. 그레고리우스는 거절할 수 없었다. 그랬다가는 두 사람을 묶고 있는 보이지 않는 끈이 잘릴 것만 같았기 때문이다. 그의 잔에 든 차도 마신 사이에 담배를 거절할 수는 없었다. 어쨌든 거절해서는 안 될 것 같았다. 그래서 평생 처음으로 담배를 입에 물고, 떨리는 에사의 손에서 흔들리고 있는 불을 불안하게 바라보면서 기침을 하지 않기 위해 천천히 담배를 빨았다. 타는 듯한 입 안에 뜨거운 연기가 얼마나 해로운 것이었는지 이야기가 모두 끝난 다음에야 알게 됐다. 그는 자신의 부주의함을 타박하면서도, 다른 한편으로는 자기 스스로 이 고통을 원했다는 사실을 깨닫고는 놀라움을 금치 못했다.

날카로운 신호음에 그레고리우스는 화들짝 놀랐다.

"식사 시간이라는 소리요."

에사가 말했다.

그레고리우스는 시계를 보았다. 6시 30분. 어리둥절한 그의 얼굴을 보고 에사가 냉소적인 표정을 지었다.

"너무 이르지. 감옥처럼 말이오. 여기 사는 사람들의 시간에 맞추는 게 아니라 직원들이 편한 대로 하는 거니까."

그레고리우스가 또 찾아와도 되겠냐고 물었다. 에사는 체스 판이 놓인 탁자를 건너다보다가 아무 말 없이 고개만 끄덕였다. 침묵이라는 장갑차가 그를 가두어놓은 듯했다. 그레고리우스가 악

170

수를 하려는 것을 알아챈 그는 두 손을 카디건 주머니에 꾹 파묻
고는 바닥만 내려다보았다.

그레고리우스는 주위 사물을 인식하지 못하며 리스본으로 돌
아왔다. 체스 판처럼 생긴 바이샤의 중간에 있는 아우구스타 거
리를 지나 호시우 광장으로 갔다. 인생에서 가장 길었던 날이 이
제 저물고 있다는 느낌이 들었다. 호텔로 돌아와 침대에 누워, 안
개에 젖은 교회 책방 진열창에 이마를 대고 공항으로 가고 싶다
는 강렬한 욕망이 잦아들기를 기다렸던 아침을 생각했다. 그다음
에 아드리아나를 만났고, 마리아나 에사의 병원에서 붉은빛이 도
는 금색 차를 마셨으며, 그녀의 삼촌을 만나 덴 입으로 생애 첫
담배를 피웠다. 이 모든 일이 정말 단 하루 안에 일어났던가? 그
는 책을 펴고 아마데우 드 프라두의 사진을 내려다보았다. 오늘
알게 된 새로운 사실들은 프라두의 얼굴 윤곽을 변하게 했다. 불
경한 사제, 그가 살아나기 시작한 것이다.

15

"자, 보실 수 있겠죠? 조금 불편하긴 하지만……."

오랜 전통을 지닌 거대한 포르투갈 신문 〈디아리우 드 노티시
아스〉의 실습생 아고스티냐가 약간 쑥스러운 표정을 짓고 프랑
스어로 말했다.

그레고리우스는 그렇다고 대답하고 어두운 구석에 있는 마이

크로필름 판독기 앞에 앉았다. 성격이 급해 보이는 편집자가 아까 그에게 역사와 프랑스어를 공부하는 학생이라며 아고스티냐를 소개했다. 그녀는 그에게 설명을 한 다음에도 자리를 뜨려는 기미를 보이지 않았다. 조금 전 위층에 있을 때 전화가 쉴 새 없이 울리고 화면들이 요란하게 깜박였지만, 그녀는 할 일이 없어 보였다. 그레고리우스는 그녀가 이 사무실에 필요해서 있다기보다는 실습생이니 그냥 할 수 없이 회사가 그녀를 받은 것뿐이라는 인상을 받았다.

"그런데 뭘 찾으시나요?"

그녀가 물었다.

"물론 제가 참견할 일은 아니지만……."

"어떤 판사의 죽음에 관한 겁니다. 1954년 6월 9일에 자살을 한 유명한 판사에 대한 기사요. 강직성 척추염과 허리 통증을 견디지 못했거나, 아니면 독재 정권 아래서도 계속 관직에 머물며 부당한 정권에 저항하지 않았기 때문에 자책해서 자살했다고 짐작됩니다. 그때 판사의 나이는 예순넷, 정년퇴임할 날도 얼마 남지 않았을 때지요. 얼마 남지 않은 날들도 더는 견디지 못하게 한 뭔가가 분명히 있었을 겁니다. 허리 통증 또는 법정에서 말이죠. 그걸 알고 싶은 겁니다."

"그런데 그게 왜 알고 싶으세요? 어머, 죄송해요……."

그는 프라두의 책을 꺼내 그녀에게 보여주었다.

_아버지, 도대체 왜?

"그렇게 대단한 척하지 마라!" 누군가 불평을 하면 아버지는 늘 이렇게 말씀하셨습니다. 아버지 말고는 아무도 앉을 수 없는 소파에 앉아 가느다란 다리 사이에 지팡이를 짚고 계셨지요. 통풍으로 일그러진 손을 은으로 된 지팡이 손잡이에 얹고, 머리는 언제나 앞으로 약간 내민 채로요. 등을 꼿꼿하게 세우고 머리를 치켜든 모습, 아버지의 자존심에 상응하는 그런 모습을 한 번만이라도 볼 수 있었더라면 얼마나 좋았을까요! 단 한 번만이라도! 수천 번 보아온, 등이 굽은 아버지의 모습은 다른 기억을 모두 지워버린 것은 물론 상상력마저 마비시켰습니다. 아버지가 살면서 견뎌야 했던 많은 고통은 늘 똑같이 반복되는 아버지의 경고에 권위를 부여했습니다. 아무도 반항할 생각을 하지 못했으니까요. 겉으로만 그랬던 게 아니라 마음속으로도 반항하지 못했습니다. 물론 우리는 아버지 말투를 흉내 내기도 하고, 옆에 계시지 않을 때 비웃기도 했어요. 우리가 그럴 때면 야단을 치던 어머니조차도, 가끔 스치고 지나가는 미소로 속 감정을 드러냈습니다. 우린 모두 그런 어머니의 모습을 아주 좋아했고……. 하지만 그건 신을 두려워하는 사람들의 무력한 신성모독 같은 것이었어요.

아버지 말씀은 그날 아침까지는 유효했습니다. 제가 터질 듯 답답한 마음으로, 몰아치는 비바람을 얼굴에 맞으며 학교에 가던 그날 아침까지는. 우울한 학교와 아무런 기쁨도 주지 못하는 공부에 대한 그 답답한 마음이 왜 중요하지 않다는 거였나요? 마리아 주앙이 저를 못 본 척하는 것이 왜 대단한 게 아니었나요? 제가 그 일 때문에 다른 그 어떤 것도 생각할 수 없었는데⋯⋯. 아버지의 고통과 그 고통이 준 명철함이 왜 모든 일의 척도가 되어야 했나요?

"영원이라는 관점에서 보면 그런 건 아무 의미가 없다."

아버지는 가끔 이렇게 말씀하셨습니다. 저는 마리아 주앙의 새 남자 친구를 향한 질투와 분노 때문에 마음을 끓이면서 학교를 나와 뻣뻣한 걸음걸이로 집에 갔고, 식사 후에 아버지 건너편 의자에 앉았습니다.

"전학 가겠습니다."

제 목소리는 속으로 생각하던 것보다 훨씬 딱딱했습니다.

"지금 학교는 정말 견딜 수 없어요."

아버지는 지팡이의 은 손잡이를 문지르며 말씀하셨습니다.

"넌 네가 아주 중요한 줄 아는 모양이구나."

그래서 제가 물었지요.

"제가 저를 중요하게 생각하지 않는다면, 그럼 도대체 뭘 중요하게 생각해야 하죠? 영원이라는 관점요? 그런 건 없습니다."

터질 듯한 적막이 방 안에 가득 찼습니다. 예전에 한 번도 없던 일이었지요. 말도 안 되는 일이었을뿐더러, 아버지께서 가장 아끼는 제가 이런 말을 한 것이 상황을 더욱 나쁘게 만들었을 겁니다. 모두 아버지가 폭발할 거라고 생각했습니다. 아버지의 목소리가 늘 쉬어버리는 그 폭발 말이지요. 하지만 아무 일도 일어나지 않았습니다. 아버지는 두 손을 지팡이 손잡이에 얹고 계셨습니다. 어머니의 얼굴에 제가 한 번도 보지 못한 표정이 어리더군요. 나중에 든 생각이지만, 그것은 어머니가 왜 아버지와 결혼했는지 깨달을 수 있었던 순간이었습니다. 고통 때문에 낮게 신음만 했을 뿐 아버지는 아무 말씀도 없이 자리에서 일어나셨어요. 저녁 식사에도 오시지 않았습니다. 우리 가족이 생긴 이래로 단 한 번도 없던 일이었지요. 다음 날 점심 식탁에 앉았을 때 아버지는 차분하면서도 약간 슬픈 눈빛으로 저를 보셨습니다. 그러고는 어느 학교를 생각하고 있냐고 물으셨지요.

"해결됐어요."

제가 대답했습니다. 그날 쉬는 시간에 마리아 주앙이 저에게 오렌지를 먹겠냐고 물었더랬습니다…….

어떤 특정한 감정을 중요하게 생각해야 할지 경박한 변덕으로 받아들여야 할지 어떻게 구분하나요? 아버지, 그렇게 가시기 전에 왜 저에게 아무 말씀도 하지 않으셨어요? 적어도 아버지의 행동을 이해라도 할 수 있게 말씀을 하시지 그랬어요?

"알겠어요."

책을 읽은 아고스티냐는 마이크로필름에서 프라두 판사의 죽음에 대한 기사를 찾기 시작했다.

"1954년은 검열이 극심했던 시기지요."

아고스티냐가 말했다.

"그 분야는 제가 잘 알아요. 언론 검열이 제 석사 논문 주제였거든요. 〈디아리우〉에 기사가 실렸다면, 사실 그대로 실리지는 않았을 거예요. 그 죽음이 정치적 자살이라면 더더욱 그렇겠죠."

두 사람이 처음 발견한 것은 6월 11일자 부고였다. 아고스티냐는 당시 포르투갈 상황을 감안하더라도 그 부고는 지나치게 짧아서, 마치 소리 없는 아우성 같다고 말했다. '잠들다faleceu', 그레고리우스는 이 단어를 공동묘지에서 보아 알고 있었다. 사랑Amor, 회상recordaçáo이라는 단어도 보였다. 아주 간략하고 의례적인 형식이었다. 그 아래 가장 가까운 유족의 이름이 적혀 있었다. 마리아 피에다드 헤이스 드 프라두, 아마데우, 아드리아나, 히타. 그리고 집 주소와 장례식이 치러지는 교회의 이름. 그게 전부였다. 히타……. 주앙 에사가 말했던 멜로디가 히타인가? 그레고리우스는 생각에 잠겼다.

두 사람은 기사를 찾기 시작했다. 6월 9일 이후 첫 주에는 아무것도 없었다.

"아니요, 더 찾아보죠."

포기하려는 그레고리우스에게 아고스티냐가 말했다. 찾던 기사는 6월 20일자 신문의 끝부분에 있는 지역소식에 나와 있었다.

오늘 법무부는 오랫동안 대법원에서 탁월하게 업무를 수행해온 알렉산드르 오라시우 드 알메이다 프라두 판사가 지난주에 지병으로 사망했다고 밝혔다.

기사 옆에 판사의 사진이 있었다. 사진은 간결한 기사에 어울리지 않을 정도로 지나치게 컸다. 코에 걸친 안경과 안경 줄, 뾰족한 턱수염과 콧수염, 아들만큼이나 넓은 이마……. 엄격해 보이는 얼굴이었다. 허옇게 세기 시작했지만 여전히 숱이 많은 머리카락, 끝이 접힌 빳빳한 깃이 달린 하얀 셔츠, 검은 넥타이, 턱을 받친 흰 손, 그 외의 것들은 모두 어두운 배경에 묻혀 있었다. 노련한 솜씨가 돋보이는 사진이었다. 굽은 등의 고통이나 통풍을 앓는 손의 흔적은 전혀 볼 수 없었다. 머리와 손은 차분하면서도 초자연적인 분위기를 풍기며 명령을 내리듯 어둠 속에서 하얗게 도드라져 보였다. 이의 제기나 반대는 불가능했을 것이다. 집 전체를 자신의 명령으로 옭아매어 조정하며 숨 막히는 권위로 독을 뿜어내는 얼굴이었다. 판사……. 판사 외에 다른 직업은 상상이 불가능했다. 스스로에게도 강철 같은 엄격함과 돌덩이 같은 철두철미함으로 일관했을 것이다. 자살을 할 사람으로 보이지 않았다. 미소를 짓는 데 늘 실패한 남자……. 잔인함이나 광신, 명예욕이나 권력욕이 있었던 것은 아니지만, 엄격함이나 스스로를 돌아보지 않는 무분별함에서 살라자르와 공통점이 있던 사람. 그래서 중산모자에 검은 옷을 입은, 엄한 표정을 한 살라자르의 통치 아래서 그렇게 오랫동안 공무를 수행했던 걸까. 그러다가 결국, 예전에는 슈베르트를 연주했던 주앙 에사의 떨리는 손에서 볼 수 있듯이 자신의 행동이 그런 잔인함을 부추겼다는 사실에 스스로를 용서하지 못했던 걸까.

'지병으로 사망했다.' 그레고리우스는 분노로 얼굴이 달아올랐다.

"이 정도는 아무것도 아니에요."

아고스티냐가 말했다.

"제가 본 조작들, 침묵 속의 거짓말들과 비교하면 이건 정말 아무것도 아니에요."

위층으로 올라오면서 그는 부고에 쓰여 있던 주소를 물었다. 그녀는 함께 가고 싶은 눈치였다. 마침 편집부에서 그녀가 할 일이 생겨 그레고리우스는 다행이라고 여겼다.

"그 사람의 가족사에 그렇게 큰 관심을 가지고 계신 게…… 뭐라고 해야 할지, 정말……."

두 사람이 헤어지기 전에 악수를 한 뒤 그녀가 말했다.

"이상하다고요? 그래요, 이상하지요. 그것도 아주 심하게 이상해요. 제가 생각해도 참 이상합니다."

16

궁전은 아니었다. 그러나 방이 하나 더 있고 없고가 중요하지 않은, 그 속에서 원하는 대로 몸을 움직일 수 있는 부유한 계층의 집이었다. 욕실은 아마 두세 개 정도 있는 듯했다. 이 집에 허리가 굽은 판사가 살았다. 끝없는 고통과 싸워야 하는 찡그린 얼굴로 은 손잡이가 달린 지팡이를 짚고, 사람은 대단한 척하지 말아야 한다고 확신하며 이 집의 이곳저곳을 오갔다. 작은 기둥으로 나뉜 구석의 튀어나온 방, 원형 아치 창틀이 있는 각진 방이 그의 서재였을까? 각이 진 건물 전면에는 첫눈에 셀 수 없을 만큼 발코니가 무척 많았다. 발코니마다 섬세하게 조각된 주물 격자가 달려 있었다. 다섯 식구 각자 발코니를 한두 개씩 가지고 있었던 모양이다. 그레고리우스는 박물관 경비원과 청소부와 그들의 눈 나쁜 아들이 살던, 작고 방음이 안 되던 자신의 옛날 집을 떠올렸다. 그는 좁은 방에서 투박한 나무 책상 앞에 앉아 얽히고설킨 그리스어 동사 형태를 외우며 옆집에서 들려오는 라디오 소음을 무시하려 애썼다. 발코니는 파라솔을 놓기에는 너무 좁았고, 여름이면 끓는 듯 달아올랐다. 여름이 아니더라도 언제나 부엌 음식 냄새와 연기 때문에 그는 발코니에 거의 발을 내딛지 않았다. 판사의 집은 거기에 비하면 넓고 그늘진 조용한 낙원이었다. 혹이 있는 줄기에 이리저리 엮인 가지들이 양산처럼 그늘을 만드는 키 큰 침엽수들이 눈이 닿는 곳마다 서 있었다. 그중에는 탑을 연상시키는 나무들도 있었다.

삼나무. 그레고리우스는 소스라치게 놀랐다. 삼나무, 세드루스 베르멜류스. 정말 삼나무인가? 아드리아나의 눈에 붉은색으로 물들었던 삼나무? 존재하지 않는 출판사의 이름을 지으려던 그녀의 눈앞에 상상의 색깔을 입은 채 나타날 만큼 의미가 컸던 바로 그 나무? 그레고리우스는 지나가던 사람들을 붙잡고 저 나무가 삼나무인지 물었다. 사람들은 모르겠다고 어깨를 으쓱하고, 괴상한 외국인이 별 우스운 질문을 다 한다는 듯 눈썹을 치켜올리고 지나갔다. 그러다가 나중에 어떤 젊은 여자가 삼나무가 맞다고, 아주 크고 아름다운 삼나무라고 대답했다. 그레고리우스는 어둡고 짙푸른 초록색 너머에 무엇이 있었을까 생각했다. 무슨 일이 일어났던 걸까. 초록색을 붉게 물들인 건 과연 무엇이었을까. 피……?

각진 구석 방의 창문으로, 밝은색 옷을 입고 머리를 틀어 올린 여자가 떠다니듯 가벼운 발걸음으로 이리저리 움직이는 모습이 보였다. 바쁘게 움직이면서도 조급하지 않은 발걸음. 그녀가 물고 있는 담배에서 피어나는 연기가 높은 천장으로 올라갔다. 삼나무 사이로 방 안에 들어오는 눈부신 햇빛을 잠깐 피하는 듯 보이던 그녀가 어느 순간 갑자기 사라졌다. "땅바닥을 딛지 않고 걷는 것처럼 보이는 소녀, 그의 막내 동생." 주앙 에사는 멜로디─본명은 히타가 확실한─를 이렇게 표현했다. 그 막내 동생이 방금 본 사람처럼 아직도 물 흐르듯 부드럽게 걸을 만큼 프라두와 나이 차이가 많이 났을까?

그레고리우스는 조금 더 걸어 다음 블록에 있는 스탠딩 카페로 들어가, 커피와 함께 어제 에사와 같이 있을 때 피운 담배를 주문했다. 그는 담배를 뻐끔거리며 키르헨펠트의 학생들을 떠올렸다. 그들은 학교에서 어느 정도 떨어진 빵집 앞에서 담배를 피우며 종이컵으로 커피를 마시곤 했다. 케기가 교무실을 금연 구역으로 만든 게 언제였지? 그레고리우스는 담배를 깊숙이 빨아들였다. 걷잡을 수 없이 기침이 나와 숨을 제대로 쉴 수 없었다. 그는 안경을 상에 벗어놓고 기침을 하며 눈물을 닦았다. 판매대 뒤에 서서 줄담배를 피우던 중년 여자가 "시작하지 않는 게 좋아요"라고 말했다. 비록 조금 늦게 알아듣긴 했지만, 그는 이 말을 알아들은 자신이 기특했다. 담배를 어떻게 해야 할지 몰라 망설이다가 커피 잔 옆에 있는 물컵에 넣어 껐다. 판매원은 머리를 절레절레 흔들기는 했지만, 관대한 표정으로 물컵을 치웠다. 아주 지독한 초보 끽연자니 봐주어야지 별 수 있냐는 표정이었다.

그레고리우스는 무슨 일이 벌어질지 몰라 불안해하면서도 초인종을 누를 각오를 또 한 번 단단히 하고 삼나무가 있는 집 대문 쪽으로 천천히 걸어갔다. 그때 현관문이 열리고 아까 창문으로 보았던 여자가 요란하게 날뛰는 셰퍼드를 묶은 줄을 손에 쥐고 나타났다. 아까와는 달리 청바지에 운동화를 신고 있었다. 밝은 색 점퍼는 아까 입었던 옷인 듯했다. 개에 이끌려 대문까지 몇 걸음 오는 동안 그녀는 발끝으로 걸었다. 땅바닥을 딛지 않고 걷는 것처럼 보이는 소녀. 금발에 섞인 많은 백발에도 불구하고 멜로디는 아직 소녀처럼 보였다.

"봉 디아Bom dia: 안녕하세요?"

그녀는 무슨 일이냐는 듯 눈썹을 위로 치켜올리고 맑은 눈빛으로 그를 바라보며 말했다.

"저는……."

그레고리우스는 당황하여 프랑스어로 말을 꺼냈다. 담배의 불쾌한 뒷맛이 입 안에 감돌았다.

"여기 오래전에 판사가 살았지요. 아주 유명한 판사……."

"우리 아버지예요."

멜로디는 대답하면서 틀어 올린 머리에서 빠져나온 머리카락을 훅 불었다. 그녀의 목소리는 물기를 머금은 잿빛 눈동자와 거의 완벽한 프랑스어 억양에 어울리는 밝은 음색이었다. '히타'라는 이름도 좋을지 모르지만, '멜로디'라는 이름이 더 정확하게 그녀의 음색과 일치했다.

"그런데 왜 그러시죠?"

"그분이 이 사람의 아버지라서 찾고 있습니다."

그레고리우스는 그녀에게 프라두의 책을 내보였다.

개가 묶은 줄을 잡아당겼다.

"판."

멜로디가 말했다.

"판!"

개가 앉았다. 멜로디는 목줄의 매듭을 팔꿈치 안쪽에 밀어 넣고 책을 펴들었다.

"세드루스 베르……."

그녀의 목소리가 점점 잦아들더니 나중에는 완전히 들리지 않았다. 그리고 책을 이리저리 넘기다가 오빠의 사진을 자세히 들여다보았다. 작은 주근깨가 가득한 밝은 얼굴이 어두워지고, 호흡도 무거워지는 듯했다. 시공간을 떠나 존재하는 조각상처럼 꼼짝 않고 사진을 들여다보던 그녀는 혀끝으로 마른 입술을 축였다. 그러고는 책을 두어 줄 더 읽고 사진을 다시 살펴보더니 표지를 들여다보았다.

"1975년……. 이때는 오빠가 죽은 지 2년 뒤예요. 이 책에 대해서는 전혀 몰랐는데, 이거 어디서 났지요?"

그레고리우스가 이야기를 하는 동안 그녀는 손으로 잿빛 표지를 부드럽게 쓸었다. 그 모습은 베른에 있는 에스파냐 책방에서 보았던 여학생을 떠오르게 했다. 멜로디가 이야기를 듣는 것 같지 않아 그는 말을 멈췄다.

"언니."

그녀가 말했다. 그러고는 잠깐 아무 말도 없었다.

"정말 언니답군."

포르투갈어로 말하는 그녀의 목소리에는 처음에 놀라움이 엿보였지만, 나중에는 쓰라림이 묻어났다. 멜로디라는 이름은 이제 그녀에게 어울리지 않아 보였다. 그녀의 시선은 성을 지나 바이샤의 낮은 지역을 넘어 바이후 알투의 언덕으로 향했다. 그곳 파란 집에 살고 있는 언니를 분노에 찬 눈빛으로 쏘아보려는 듯이.

둘은 아무 말 없이 마주 서 있었다. 개가 숨을 헐떡였다. 그레고리우스는 자신이 침입자나 관음증 환자처럼 생각됐다.

"들어오세요. 커피나 한잔하세요."

그녀의 목소리가 이제 막 원망의 감정을 가볍게 건너뛴 듯이 들렸다.

"책을 보고 싶어요. 판, 너 오늘 운이 나쁘구나."

그녀가 개를 집 안으로 세게 끌었다.

삶이 숨 쉬는 집이었다. 계단에 흩어져 있는 장난감, 커피와 담배와 향수 냄새, 탁자에 놓여 있는 포르투갈 신문과 프랑스 잡지, 뚜껑이 열린 CD 껍질……. 고양이가 식탁에서 버터를 핥고 있었다. 그녀는 고양이를 쫓아버리고 그에게 커피를 따라주었다. 조금 전만 해도 발갛게 상기됐던 그녀의 얼굴에는 이제 붉은 점만 몇 군데 남아 있었다. 멜로디는 신문 위에 있던 안경을 쓰고, 오빠가 쓴 책을 이곳저곳 넘기며 읽기 시작했다. 가끔 입술을 지그시 깨물던 그녀는 책에서 눈을 떼지 않은 채 점퍼에서 담배를 꺼내 물었다. 숨소리가 무겁게 느껴졌다.

"마리아 주앙과 전학 이야기는 내가 태어나기 전에 있었던 일인가 봐요. 오빠랑 나는 열여섯 살이나 차이가 나요. 아버지는 정말, 오빠가 여기에 쓴 모습과 너무나 똑같았어요. 내가 태어났을 때 아버진 마흔여섯 살이었지요. 난 실수로 태어난 거예요. 아마존 강으로 여행을 갔을 때 날 임신했다더군요. 어머니가 아버지를 졸라 갈 수 있었던, 몇 안 되는 여행 중 하나였지요. 아버지와 아마존 강이라…… 정말 상상이 안 되는 일이에요. 내가 열여섯 살이 되던 해 아버지 예순 번째 생일 파티를 했어요. 그러니 내 눈에 아버지는 언제나 노인이었지요. 등이 굽은 엄격한 노인……."

멜로디는 말을 멈추고 새 담배에 불을 붙인 다음 앞을 응시했다. 그레고리우스는 그녀가 이제 판사의 죽음에 대해 이야기하길 바랐다. 그러나 그녀의 생각은 다른 방향으로 나아갔다. 그녀의 얼굴이 환하게 밝아졌다.

"마리아 주앙. 두 사람은 어릴 적부터 알고 지내던 사이였군요. 전혀 몰랐어요. 오빠는 그때부터 이미 마리아 주앙을 사랑했던 것 같네요. 그 사랑은 멈춘 적이 없었어요. 오빠 인생에서 참 지순했던 사랑, 손을 대지 않았던 사랑이었지요. 아마 입맞춤도 해본 적이 없을 거예요. 하지만 아무도, 그 어떤 여자도 그녀와 견줄 수 없었어요. 그녀는 결혼했고 아이들도 있었지만, 그런 건 전혀 중요하지 않았어요. 오빠는 뭔가 심각한 고민이 있으면 그녀에게 갔지요. 어떤 의미에서는 마리아 주앙만, 오직 그녀만이 오빠가 어떤 사람인지 알 거예요. 오빠는 비밀을 나누면서 사람들이 얼마나 친해지는지 잘 알았어요. 이 분야의 대가, 명수라고 할 수 있었죠. 그리고 오빠의 비밀을 모두 아는 여자는 마리아 주앙이라는 걸 우리 모두 알고 있었어요. 그래서 파티마는 괴로워했고, 아드리아나 언니는 그녀를 아주 증오했어요."

그레고리우스는 그녀가 아직 살아 있는지 물었다. 멜로디는 자기가 알기로는 마지막으로 산 곳이 공동묘지 근처인 캄푸 드 오리크라고, 오빠의 무덤에서 그녀를 만난 적이 있지만 이미 오래전의 일이라고 대답했다. 예절 바르긴 했지만 싸늘한 만남이었다는 말과 함께.

"농부의 딸이었던 마리아 주앙은 귀족인 우리에게 늘 거리를 두었어요. 그녀는 오빠도 우리와 같은 부류라는 걸 모르는 척했지요. 아니면 그건 그저 우연이고 중요하지 않은 겉모습일 뿐, 오빠와는 관계없다는 듯이 행동했어요."

그레고리우스는 마리아 주앙의 성이 뭐냐고 물었지만, 멜로디는 알지 못했다.

"우린 그냥 마리아 주앙이라고만 불렀어요."

두 사람은 각진 구석방에서 나와 베틀이 놓여 있는 편평한 곳으로 갔다.

"난 오만 가지 일을 다 했답니다."

호기심 어린 그레고리우스의 시선을 느낀 멜로디가 웃으며 말했다.

"나는 늘 불안정하고 도무지 계산이 안 되는 성격이었어요. 그래서 아버진 나를 어떻게 해야 좋을지 모르셨지요."

낭랑한 그녀의 목소리는 지나가는 구름이 햇빛을 가리듯 잠깐 어두워졌다가 금방 다시 밝아졌다. 그러고는 벽에 걸린, 다양한 배경 앞에서 찍은 여러 장의 사진을 가리켰다.

"이건 바에서 종업원으로 일할 때, 이건 수업 빼먹고 노는 모습, 주유소에서 일할 때, 그리고 이건…… 이 사진은 꼭 봐야 해요. 우리 악단이에요."

여덟 명의 소녀들로 구성된 거리 악단의 사진이었다. 모두 챙을 옆으로 돌린 빵모자를 쓰고 바이올린을 연주하고 있었다.

"날 알아보겠어요? 다른 아이들 모자는 챙이 모두 오른쪽으로 갔지만, 내 모자는 왼쪽으로 갔죠. 내가 리더라는 증거랍니다. 우린 정말 돈을 잘 벌었어요. 결혼식이나 파티에서 연주했죠. 사람들 사이에서 소리 소문 없이 알려진 악단이었어요."

그녀가 갑자기 몸을 돌리더니 창가로 가서 바깥을 바라보았다.

"아버진 내가 이런 소란스러운 일을 하는 걸 좋아하지 않았어요. 그러다가 돌아가시기 얼마 전, 동료들과 함께 거리에서 연주를 하고 있었는데, 아버지의 공무용 차가 건너편 인도 옆에 서 있는 걸 봤지요. 매일 아침 6시 십 분 전에 운전사가 집으로 와서 아버지를 모시고 법원으로 갔어요. 아버지가 법원 전체에서 출근이 가장 빨랐다고 해요. 아버지는 늘 그렇듯이 뒷좌석에 앉아 있었어요. 아버지가 우리 쪽을 건너다보고 있다는 생각에 난 그만 눈물이 솟구쳐 실수를 거듭했지요. 차 문이 열리고 아버지가 아파서 일그러진 얼굴로 아주 힘겹게 내렸어요. 그러고는 지팡이로 차들을 멈추고 우리 쪽으로 건너와 구경꾼들 제일 뒤에 서서 한참 동안 우리 음악을 들었어요. 그런 다음 돈을 모으느라 열어둔 바이올린 통으로 걸어 나와 나를 바라보지도 않고 동전을 한 움큼 던져 넣었어요. 어찌나 눈물이 흘러내리던지 우리 악단은 그 곡의 나머지 부분을 나 없이 연주해야 했어요. 길 건너편에서 차가 출발하는 게 보이더군요. 아버지는 통풍으로 일그러진 손을 흔들었고, 나도 따라 흔들었어요. 난 그때 어떤 집 대문 앞에 앉아 눈이 빠지도록 울었어요. 아버지가 온 게 기뻐서 울었는지, 아니면 그때야 비로소 온 게 슬퍼서 울었는지는 지금도 모르겠어요."

그레고리우스는 사진을 훑어보았다. 멜로디는 온갖 사람들의 무릎에 앉아 모든 사람을 웃게 만들던 소녀였다. 울 때도 있었지만, 그건 햇빛이 비치는 날 잠깐 스쳐 가는 소나기와 같았다. 학교를 빼먹기도 했으나 선생님들의 혼을 빼고 마비시켜 무사히 졸업할 수 있었다. 이런 성격은 거의 하룻밤 사이에 프랑스어를 배웠고, 프랑스 영화배우 이름을 따서 스스로 엘로디라고 불렀다는 사실과도 잘 맞았다. 사람들은 이 엘로디에서 그녀에게 어울리는 단어—그녀는 멜로디처럼 아름답고 민첩했다—멜로디를 금방 생각해냈다. 모두 그녀를 사랑했지만, 아무도 그녀를 붙잡을 수 없었다.

"난 오빠를 사랑했어요. 아니, 사랑하고 싶었다고 말하는 게 옳겠군요. 기념비적 존재를 사랑하기란 정말 어려우니까. 오빠 기념비였어요. 내가 어릴 때부터 모두 오빠를 우러러봤어요. 아버지조차도 말이죠. 특히 아드리아나 언니는 질투에 가득 차서 내게서 오빠를 빼앗았어요. 오빠는 나를 아꼈어요. 맏이가 보통 막내 동생을 사랑하듯이……. 하지만 나는 오빠가 그저 인형처럼 쓰다듬어주기보다는 조금 어른 취급을 해주길 원했어요. 내가 결혼을 얼마 남겨두지 않은 스물다섯 살이 되어서야 오빠는 영국에서 이 편지를 보냈어요."

그녀는 뚜껑이 달린 작은 책상을 열더니 두껍게 꽉 찬 봉투를 하나 꺼냈다. 누렇게 변한 편지지에는 검은 잉크로 쓴 아름다운 글씨가 가장자리까지 빽빽하게 차 있었다. 멜로디는, 아내가 죽고 몇 달 뒤에 오빠가 옥스퍼드에서 보낸 편지를 얼마 동안 소리 내지 않고 읽다가 그레고리우스에게 번역해주었다.

사랑하는 멜로디에게

이리로 오는 게 아니었다. 파티마와 함께 보았던 것들을 다시 한번 보면 조금 나아질 거라고 생각했다. 하지만 마음이 많이 아파서 계획했던 것보다 일찍 돌아가게 될 것 같다. 보고 싶구나. 어젯밤에 쓴 글을 너에게 보낸다. 이런 방법으로 내 생각을 네 옆으로 보낼 수 있기를 기대하며.

_옥스퍼드. 그냥 말하기

수도원 같은 건물들 사이에 내려앉은 밤의 정적이 왜 이다

지도 흐릿하게 빛이 바랬으며 쓸쓸하다고 생각되는 걸까. 매력이라고는 전혀 없는, 영혼의 완벽한 부재……. 새벽 3, 4시, 인적이 없는데도 삶이 느껴지는 아우구스타 거리와는 아주 다르다. 성스러운 이름들이 쓰여 있는, 지상의 것이라고 생각되지 않을 정도로 환하게 빛나는 돌이 여러 건물을 감싸고 있는 이곳. 지식의 방들, 정선된 장서로 가득 찬 도서관들, 먼지 묻은 벨벳으로 가득한 조용한 공간들……. 완벽한 형식의 문장으로 말하고, 그 문장을 심사숙고하고 반박하고 변호하는 이 공간이 이렇게 빛이 바래는 이유는 무엇인가? 어떻게 이런 일이 가능한가?

"어때?"

내가 '거짓말쟁이에게 거짓말하기'라는 강연 제목이 적힌 현수막 앞에 서 있을 때 붉은 머리의 아일랜드 친구가 말을 걸어왔다.

"이 강연 듣자. 재미있을 것 같다."

바르톨로메우 신부님 생각이 났다. 신부님은 "거짓말에 거짓말로 응수하는 것은 강도짓을 강도짓으로, 성물 절취를 성물 절취로, 간음을 간음으로 보복하는 것과 마찬가지다"라고 주장한 아우구스티누스를 옹호했다. 당시 에스파냐와 독일에서 일어났던 일에 직면하고서도! 우린 늘 그랬듯이 논쟁을 벌였고, 신부님은 온화함을 잃지 않았다. 신부님은 한 번도, 단 한 번도 온화함을 잃은 적이 없었다. 강의실에서 아일랜드 친구 옆에 앉아 있자니 갑자기 신부님이 너무나 그리웠고, 고향으로 돌아가고 싶었다.

강연은 끔찍했다. 건방지고 수다스러운 유령처럼 보이는 여자 강사는 까마귀 같은 목소리로 거짓말에 대한 궤변을 늘어놓았는데, 이루 말할 수 없이 억지스럽고 현실과는 동떨어져 있었다. 거짓말을 잘하는 것이 생사를 가르는 끔찍한 독재 정권 아래서 한 번도 살아본 적이 없는 강사…… 신은 자신이 들 수 없는 돌덩이를 창조할 수 있을까? 만들 수 없다면 신은 전능하지 않다. 만들 수 있다고 해도 마찬가지다. 이제 들 수 없는 돌덩이가 생겼으니까. 잿빛 머리카락을 예술적인 새 둥지처럼 머리에 얹은 이 양피지 강사가 강의실에서 쏟아낸 말은 이런 식의 스콜라 철학이었다.

그러나 정말 끔찍했던 것은 강연이 아니었다. 토론은 더욱 이해할 수 없었다. 미사여구를 동원한 영국식 공손함이라는 어두운 납 틀에 담긴 채 사람들의 말은 완벽하게 서로 비껴지나갔다. 알아들었다는 듯이 서로 대답하며 쉴 새 없이 말을 했다. 그러나 다른 사람이 한 말을 알아듣고 조금이라도 생각을 바꾼 징후를 보인 토론자는 아무도 없었다.

갑자기 몸이 움찔할 정도로 놀라운 사실이 한 가지 떠올랐다. 언제나 그랬다는 것……. 다른 사람에게 뭔가 말을 할 때, 이 말이 효과가 있기를 어떻게 바랄 수 있을까? 우리를 스치고 흘러가는 생각과 상像, 느낌의 강물은 너무나 강력하다. 이 강물은 다른 사람들이 우리에게 하는 말이 우연히, 정말 우연하게도 우리 자신의 말과 일치하는 경우를 제외하고는 모든 말을 쏟아내고 지워버린다. 혹시 남겨둔다면 기적이다. 나는 다른가? 내 마음의 강물이 방향을 바꿀 정도로 다른 사람의 말에 진심으로 귀를 기울인 적이 있었던가?

"강연 어땠어?"

브로드 거리를 따라 걸으면서 아일랜드 친구가 물었다. 난 내 생각을 모두 말하지는 않았다. 토론에 참석한 사람 모두 자기 이야기만 하는 모습이 이상하더라고만 했다.

"글쎄…… 그렇지."

그는 이렇게 대답하더니, 잠깐 사이를 두고 말을 이었다.

"그냥 말을 하는 거야. 사람들은 말하기를 좋아하지. 원래 그런 거야. 그게 다야. 그냥 말하기."

"마음이 만나지는 않고?"

내가 물었다.

"뭐라고!"

그는 소리를 지르더니 자지러지게 웃기 시작했다. 또 한 번 "뭐라고!"를 외치고는, 늘 들고 다니던 축구공을 아스팔트 위로 튕겼다. 난 내가 이 친구이길 바랐다. 새빨간 축구공을 들고 올소울스 칼리지 저녁 강의 시간에 나타나는 용기……. 그가 될 수만 있다면 그 어떤 대가라도 치를 텐데!

이 유명한 곳에서 느끼는 밤의 정적이 왜 이리 삭막한지 이제 알 것 같다. 어차피 잊게 될 운명이었던 말들이 사라졌다. 이것은 별문제가 아니다. 바이샤에서도 말은 사라지니까. 그러나 바이샤에서는 아무도 자기의 말이 '말' 이상이라고 주장하지 않는다. 사람들은 이야기를 나누고 즐긴다. 마치 말하기를 쉬기 위해 아이스크림 빨아 먹는 일을 즐기듯이. 그러나 여기서는 다르다. 이곳 사람들은 자기가 하는 말이 이루 말할 수 없이 중요하다는 듯이 행동한다. 그러나 이런 '잘난 척'도 잠은 자야 하는 법. 남는 것은 오만의 시체가 곳곳에 드러누워 썩는 냄새가 진동하는 적막뿐이다.

"오빠는 이렇게 잘난 척하는 거만한 사람들을 아주 싫어했어요. 포르투갈어로 우스 프레준소주스os presunçosos 또는 우스 인쇼리샤두스os enchouriçados라고 불렀지요."

멜로디는 편지를 봉투에 집어넣으며 말했다.

"오빠 정치가나 의사나 언론인이나 어떤 분야든 상관없이 이런 사람들을 싫어했어요. 아주 냉혹하게 비판적이었지요. 나는 자기 자신에 대해서도 무자비하고 타협하지 않는 오빠의 비판을 좋아했어요. 하지만 그 비판이 사형집행처럼 느껴지고 파괴적으로 보이는 건 싫었어요. 그럴 때면 오빠와 부딪치지 않으려고 했어요. 기념비적 존재인 우리 오빠와⋯⋯."

멜로디의 머리 옆쪽 벽에는 그녀와 아마데우가 춤을 추는 사진이 걸려 있었다. 움직임이 뻣뻣해 보이지는 않았지만, 그레고리우스는 아마데우가 어딘지 모르게 불편해하고 있다는 생각이 들었다. 사진의 상황과 일치하는 표현은 나중에야 떠올랐다. 춤은 아마데우에게 '어울리지 않는' 영역이었다.

"빨간 공을 가지고 다니던 올소울스 칼리지의 아일랜드 친구

이야기 말이에요."

멜로디가 침묵을 깨고 이야기를 꺼냈다.

"편지에서 이 부분이 무척 마음에 와닿았어요. 오빠가 한 번도 말하지 않았던 그리움, 공을 가지고 노는 소년이 되고 싶은 소망이 묻어나는 것 같았거든요. 오빠는 벌써 네 살 때 글을 읽기 시작해서 손에 잡히는 건 뭐든 읽었다고 해요. 초등학교에서는 지루해서 죽을 정도였고, 중등학교에서도 두 번이나 월반을 했어요. 스무 살 때는 온갖 것을 알게 됐고, 앞으로 뭘 해야 할지 스스로에게 묻기에 이르렀어요. 그러느라 공놀이 같은 건 잊은 거지요."

개가 짖었다. 손자로 보이는 아이들이 달려 들어왔다. 멜로디가 그레고리우스에게 악수를 청했다. 그녀는 세드루스 베르멜류스나 아빠의 죽음과 같은 이야기를 그가 더 듣고 싶어한다는 것을 알고 있는 눈빛이었다. 그 역시 그녀가 오늘은 더 말하고 싶어하지 않는다는 것을 알고 있었다. 설령 아이들이 들어오지 않았다고 하더라도…….

그레고리우스는 성의 벤치에 앉아 아마데우가 옥스퍼드에서 막내 동생에게 보낸 편지를 생각했다. 온화한 선생님이었던 바르톨로메우 신부를 찾아야 한다……. 프라두는 다양한 정적靜寂을 구별하여 들을 수 있었다. 이런 귀는 불면증에 시달리는 사람들에게만 있었다. 그리고 그는 그날 강연을 한 사람을 양피지라고 불렀다. 불경한 사제가 내리는 사형판결에 그레고리우스는 처음으로 그와 거리감을 느꼈다. 이제야 처음으로. 문두스, 파피루스,

양피지와 파피루스.

그는 언덕을 내려와 호텔 쪽으로 걸어가다가 가게에 들러 체스 판을 하나 샀다. 그러고는 보골류보프와 다르게, 잡으라고 제공된 룩 두 개를 잡지 않으면서 알레힌을 꺾으려고 밤늦도록 애를 썼다. 그는 독시아데스가 그리워져 옛날 안경을 꺼내 썼다.

17

"그레고리우스, 그건 '글'이 아니에요. 사람들이 말하는 건 글이 아니라고요. 그냥 말을 하는 거예요." 독시아데스가 그레고리우스에게 이 말을 한 것은 이미 오래전이었다. 사람들이 서로 연관이 없고 모순된 말을 한다고, 그리고 말한 것도 금방 잊어버린다고 불평했을 때 한 대답이었다. 독시아데스는 그의 말에 마음이 많이 쓰인 모양이었다. 자기처럼 택시 운전, 그것도 테살로니키에서 택시 운전을 해본 경험이 있다면 사람들이 하는 말은 믿을 만하지 못하다는 것을 아주 확실하게—이렇게 확실하게 아는 건 인생에서 몇 개 안 될 정도로—안다고 했다. 그냥 말하기 위해 말을 할 뿐이라고······. 사람들은 택시에서만 이러는 게 아니라고, 사람들이 하는 말을 문자 그대로 받아들이려는 시도는 언어학자, 특히 움직일 수 없이 확실한 단어—수천 가지 주석이 달린—를 하루 종일 다루는 고전문헌학자에게나 드는 생각이라고 했다.

사람들이 하는 말을 믿을 수 없다면, 그럼 말로는 도대체 뭘 해야 하느냐고 그레고리우스가 물었다. 독시아데스는 껄껄 웃었다.

"스스로 말을 하는 계기로 삼아야지요! 그래서 말이 계속 이어지도록."

프라두가 막내 동생에게 쓴 편지에서 언급한 아일랜드 친구는 독시아데스와 아주 비슷한 말을 했다. 하지만 그 친구의 이야기는 그리스의 택시 손님에 관해서가 아니라 올소울스 칼리지의 교수들에 관한 것이었고, 닳고 닳은 언어에 구역질을 느껴 포르투갈어를 새로 만들기를 원하는 사람에게 한 이야기였다.

벌써 이틀 전부터 쏟아붓듯 비가 오고 있었다. 그레고리우스를 외부세계와 차단하는 불가사의한 커튼이 드리워진 듯했다. 그는 베른에 없었지만 베른에 있었고, 리스본에 있으면서도 리스본에 있지 않았다. 하루 종일 체스를 두면서도 말을 어떻게 두어야 할지 잊어버렸다. 예전에는 한 번도 없던 일이었다. 손에 말을 하나들고 있어도, 어디서 집어 든 말인지 생각나지 않았다. 식당 종업원은 그에게 뭘 드시겠냐고 몇 번씩 다시 물어야 했고, 그는 수프보다 후식을 먼저 주문했다.

이튿날, 그레고리우스는 베른의 이웃집 여자에게 전화를 걸어 우편함 열쇠가 문 앞 발판 밑에 있으니 우편함을 비워달라고 부탁했다. 그녀가 우편물을 보내줄까 묻자 그러라고 대답했다가 다시 전화를 걸어 보내지 말라고 했다. 수첩을 뒤적이던 그의 눈에 포르투갈 여자가 그의 이마에 썼던 전화번호가 들어왔다. 포르투게스. 그는 전화를 들고 번호를 눌렀다. 그러나 신호가 가자 수화기를 내려놓았다.

코티뉴가 준《신약성서》에서 코이네 그리스어는 너무 단순해서 지루했다. 포르투갈어가 어느 정도 매력이 있었다. 그레고리우스는 몇 군데 책방에 전화해서 아이스킬로스나 호라티우스의 저서가 있는지 묻고, 헤로도토스나 타키투스라도 괜찮다고 말했다. 사람들은 그가 하는 포르투갈어를 잘 알아듣지 못했다. 한 군데에서 있다고 말했지만, 비가 와서 책을 가지러 가지 않았다.

업종별 전화번호부에서 포르투갈어를 가르쳐주는 어학원을 찾았다. 그러고는 마리아나 에사에게 전화를 걸어 주앙을 방문했던 이야기를 하려고 했지만, 그녀는 너무 바빠 말을 들을 시간이 없었다. 실베이라도 비아리츠에 가고 없었다. 그의 의지가 멈추었기 때문에 시간이 멈추었고, 이 세상도 멈추어 섰다. 지금까지 한 번도 그런 적이 없을 만큼 조용히……

그레고리우스는 이따금 텅 빈 눈빛으로 창가에 서서 사람들이—코티뉴, 아드리아나, 주앙 에사, 멜로디—프라두에 대해 이야기한 것을 곰곰이 생각해보았다. 안개 속에서 어떤 풍경의 윤곽이 어렴풋하게 드러나는 느낌이었다. 아직 베일에 싸여 있는 듯했지만 동양의 수묵화를 볼 때와 비슷한 느낌……. 며칠 만에 프라두의 책을 넘기던 그의 눈길이 어떤 글에서 멈추었다.

_영혼의 그림자

사람들이 어떤 한 사람에 대해 하는 말과, 한 사람이 자기 자신에 대해 하는 말 가운데 어떤 말이 더 진실에 가까울까?

다른 사람에 대해 하는 말이 스스로에 대해 하는 말처럼 확실한가? 스스로의 말이라는 것이 맞기는 할까? 자기 자신에 대해 사람들은 신뢰할 수 있을까? 그러나 내가 고민하는 진짜 문제는 이것이 아니다. 정말 고민스러운 문제는 이런 이야기에 도대체 진실과 거짓의 차이가 있기나 할까라는 것. 외모에 관한 이야기에는 물론 있을 수 있다. 그러나 다른 사람의 내면을 이해하기 위해 길을 떠날 때는? 이 여행이 언젠가 끝이 나기는 할까? 영혼은 사실이 있는 장소인가, 아니면 사실이라고 생각하는 것들은 우리 이야기의 거짓 그림자에 불과한가?

맑고 파란 하늘이 모습을 드러낸 목요일 아침, 그레고리우스는 신문사로 가서 실습생 아고스티냐에게 1930년대 초에 신부들이 고전어를 가르치던 중등학교를 찾아봐달라고 부탁했다. 그녀는 아주 열정적으로 찾았고, 그에게 지도로 학교의 위치를 가르쳐주었다. 또 교회 담당자에게 전화를 걸어 1935년 무렵에 중등학교에서 수업을 한 바르톨로메우 신부에 대해 문의했다. 담당자는 그 이름이라면 분명히 바르톨로메우 로렌수 드 구즈망이라고 대답하고, 신부님은 이미 아흔이 넘어 아주 중요한 일이 아니면 사람을 만나지 않는다며 무슨 일이냐고 물었다. "아마데우 이나시우 드 알메이다 프라두에 관한 일?" 담당자는 신부님에게 물어보고 전화를 하겠다고 했다. 몇 분 지나지 않아 전화가 왔다. 이렇게 오랜 세월이 지났는데도 프라두에게 관심이 있는 사람이

있다니 기꺼이 만나겠다 하셨다고, 오후 늦은 시간에 들르라고
전했다.

그레고리우스는 그 옛날 학생이었던 프라두가, 온화함을 결코
잃는 적이 없던 바르톨로메우 신부와 거짓말을 하지 말라는 아우
구스티누스의 절대 명령에 대해 논쟁을 벌였던 중등학교를 찾아
갔다. 학교는 도시의 동쪽, 교외가 시작되는 지역에 키가 큰 고목
들로 둘러싸여 있었다. 빛바랜 노란색 담이 있는 건물은 19세기
의 그랜드 호텔과 모양이 비슷했지만 발코니가 없었고, 종이 달
린 좁은 탑 모양의 부속물도 호텔과는 맞지 않았다. 건물은 완전
히 폐허였다. 모르타르는 떨어지고 창문은 아주 없거나 깨졌으
며, 기와도 군데군데 없고 지붕 물받이는 녹이 슬어 한쪽 모서리
가 꺾여 있었다.

그레고리우스는 프라두가 옛날을 그리워하며 이곳에 왔을 때
이미 이끼가 끼어 있었다던 교문 계단에 앉았다. 1960년대 후반
이었을 것이다. 프라두는 이곳에 앉아 30년 전의 갈림길에서 아
주 다른 길을 선택했더라면 어떻게 되었을까 생각했다. 마음 아
프면서도 절대적이었던 아버지의 소원에 맞섰더라면, 그래서 의
학부 수업에 발을 들여놓지 않았더라면……

그레고리우스는 프라두의 책을 꺼내 책장을 넘겼다.

……지금의 내가 아닌, 완전히 다른 방향으로 갈 수 있던
그 시절로 다시 가고 싶은―꿈과 같이 격정적인―갈망……
다시 한번 손에 모자를 쥐고 따뜻한 이끼 위에 앉아 있고 싶

은 것, 이 시간으로 다시 돌아가길 원하면서 그사이에 일어난 일들을 겪은 나를 이 여행에 끌고 가려고 하는 것, 이는 모순되는 갈망이 아닌가.

저 건너편에 학교를 둘러싸고 있는 썩은 담장이 보였다. 학급에서 성적이 제일 나빴던 학생이 졸업시험을 보고 나서 모자를 담장 너머로 던져 연꽃이 핀 연못에 빠뜨렸다고 했지…… 벌써 67년 전의 일이었다. 연못은 오래전에 말랐는지, 움푹 파인 흔적에 담쟁이 넝쿨만 우거져 있었다.

나무 뒤편에 있는 건물이 마리아 주앙이 다니던 여학교인 모양이었다. 갈색 무릎, 밝은색 옷에서 나던 비누 냄새와 함께 이편으로 건너왔던 소녀, 손을 대지 않은 지순한 사랑이 된 소녀, 멜로디의 말에 따르면 아마데우가 누구인지 알고 있는 유일한 여자, 입맞춤조차 하지 않았으리라 짐작하면서도 아드리아나가 증오했던, 아마데우에게 절대적인 의미를 지녔던 사람……

그레고리우스는 눈을 감고, 수업 도중에 교실을 나와 남의 이목을 끌지 않고 학교를 볼 수 있는 어떤 건물의 모퉁이까지 가서 섰던 그날을 떠올렸다. 열흘 전의 감정이 다시 한번 느껴졌다. 자신이 학교와 학생들, 수업을 얼마나 사랑하는지, 그리고 얼마나 그리워할 것인지를 깨닫게 된, 미처 상상도 하지 못한 격렬한 감정……. 그때와 같으면서도 동일하지 않으므로, 같지는 않은 감정이었다. 같지 않다는 것, 다른 감정임을 깨닫고 나니 마음이 아팠다. 그는 일어서서 노란 칠이 벗겨지고 퇴색한 건물 전면을 눈으로 훑었다. 갑자기 더는 마음이 아프지 않았다. 고통은 이제 호기심에 자리를 내주었다. 그는 닫혀 있는 문을 열었다. 녹슨 경첩이 공포영화에서처럼 삐걱 소리를 냈다.

습기와 곰팡이 냄새가 얼굴에 확 끼쳤다. 몇 걸음 내딛던 그는 하마터면 넘어질 뻔했다. 닳고 울퉁불퉁한 돌바닥 위에 젖은 먼지와 썩은 이끼가 쌓여 미끄러운 얇은 막이 만들어져 있었다. 그는 난간을 잡고 바깥 계단을 천천히 올라갔다. 중이층을 향해 나 있는 여닫이문의 양쪽 날개에는 온통 거미줄이 쳐져 있었다. 그가 문을 열자 둔탁한 소리가 났다. 놀란 박쥐가 푸드덕거리는 소리에 그레고리우스는 소스라치게 놀랐다. 뒤이어 그가 한 번도 경험하지 못한 정적이 흘렀다. 그 정적 속에서 침묵하고 있는 세월……

교장실 문은 세련된 조각 장식이 있어 알아보기 쉬웠다. 굳게 닫힌 문은 몇 번이나 민 다음에야 열렸다. 그가 발을 들여놓은 방에는 오로지 한 가구만 있는 듯했다. 세공된 휘어진 다리가 붙은, 거대한 검은색 책상 하나. 다른 가구들은—먼지가 쌓인 텅 빈 책장, 썩어가는 맨바닥에 놓인 장식이 없는 차 테이블, 단단하고 소박한 소파—거대한 책상 옆에서 아무런 현실감도 없어 보였다. 그레고리우스는 의자의 앉는 면을 닦고 책상 앞에 앉았다. 느린 걸음에 엄격한 표정을 지었던 당시 교장의 이름은 코르테스였다.

먼지를 닦자 미세한 입자가 원뿔형으로 들어온 햇빛 속에서 흩날렸다. 적막한 시간은 그에게 자신이 침입자라는 생각이 들게 했다. 그는 한참 동안 숨 쉬는 것조차 잊었다. 그러나 결국 호기

200

심이 이겼다. 그레고리우스는 책상 서랍을 하나씩 차례로 열어보았다. 노끈 한 줄, 깎은 연필에서 나온 나무 부스러기, 1969년에 발행된 돌돌 말린 우표, 창고에서나 맡을 수 있을 법한 퀴퀴한 냄새…… 그리고 맨 아래 서랍에서 회색 마섬유로 제본된 두껍고 무거운 히브리어 성서가 나왔다. 성서는 낡고 색이 바랬으며 습기 때문에 기포가 생겼다. 원래 금박이었지만 검게 변한 '비블리아 헤브라이카BIBLIA HEBRAICA. 히브리어 성서'라는 글씨가 표지에 쓰여 있었다.

어리둥절했다. 아고스티냐가 찾은 사실로 미루어볼 때 이 중등학교는 교회에서 세운 학교가 아니었다. 18세기 중반 폼발 후작이 예수회를 포르투갈에서 추방했고, 20세기 초에 비슷한 일이 또 한 번 일어났다. 1940년대 말에는 마리스타 교육수사회 등 수도회에서 학교 재단을 설립했지만, 프라두는 그 이전에 학교를 다녔다. 그때까지는 공립 중등학교밖에 없었다. 간혹 신부들이 이런 학교에서 고전어를 가르치기도 했지만…… 그런데 이곳에 왜 성서가 있을까? 그것도 교장의 책상 서랍에? 아무런 의미도 없는 우연인가, 아니면 학교 문을 닫은 사람들에게 항의하는 소리 없는 저항인가? 독재 정치를 향한 저항이었으나, 독재의 앞잡이에게 발각되지 않은 채 파괴적인 망각으로 빠져들고 만 것인가?

그레고리우스는 습하고 곰팡이 냄새가 나는 빛바랜 책장을 조심스럽게 넘겼다. 원뿔형 햇빛이 자리를 옮겨 갔다. 그는 외투 단추를 끼고 옷깃을 올리고는 손을 옷소매에 집어넣었다. 잠시 시간이 흐른 뒤, 아침에 산 담배를 꺼내 물었다. 기침이 나왔다. 비스듬하게 열려 있는 문 바깥으로 들쥐처럼 보이는 조그만 짐승이 후다닥 지나갔다.

그는 두근거리는 가슴으로 욥기를 읽었다. 데만 사람 엘리바스와 수아 사람 빌닷과 나아마 사람 소발. 이스파한. 그가 가정교사로 가기로 했던 집의 사람들 이름이 뭐였던가? 프랑케 책방에는 이슬람 사원과 광장, 모래 바람에 덮인 주변 산 등 이스파한 풍경을 보여주는 사진 책이 있었다. 그 책을 살 수 없었던 그레고리우스는 매일 책방으로 가서 책장을 넘겨보았다. 눈을 멀게 할 듯한 뜨거운 모래 꿈 때문에 가정교사 지원을 철회하고 나서는 책방에 가지 않았다. 몇 달이 지난 후 다시 갔을 때 그 책은 사라지고 없었다.

히브리어 철자가 흐릿해졌다. 그레고리우스는 젖은 얼굴을 손으로 쓸어내리고 안경을 닦은 다음 다시 읽기 시작했다. 눈을 멀게 하는 도시 이스파한은 그의 삶에 아직 남아 있었다. 그는 성서를 처음부터 문학적인 책으로 읽었다. 진한 파랑과 금빛 이슬람 사원으로 하늘하늘 둘러싸인 시, 말하는 음악……. "선생님이 이 책을 진지하게 생각하시지 않는다는 느낌을 받았어요." 루트 가우치가 이렇게 말하자 다비트 레만이 고개를 끄덕였다. 이게 정말 겨우 한 달 전에 일어났던 일인가?

그가 두 사람에게 물었다. 시적 진지함보다 더한 진지함도 있을까? 루트의 시선이 땅바닥을 향했다. 그녀는 그를 좋아했지만, 그 옛날 첫째 줄에 앉았던 플로렌스와는 달랐다. 루트는 결코 그의 안경을 벗기지는 않을 터였다. 그녀는 자기만의 방식으로 그를 좋아했다. 그녀의 감정은 이런 호감, 그리고 그가 성서를 마치 한 편의 긴 시나 동양적인 소나타의 한 장처럼 대하면서 신의 말씀을 모독하는 것에 대한 실망과 놀라움 사이에서 흔들렸다.

햇빛이 사라지자 교장실에 추위가 몰려왔다. 이 방의 적막감은 모든 것을 과거로 만들었고, 그레고리우스는 완벽한 무공간성 속에 앉아 있었다. 히브리어 철자만이 좌절된 꿈속의 비밀스러운 문자로 돌출되어 있는 무공간성……. 그는 일어나 뻣뻣한 걸음걸이로 복도를 지나 계단을 올라 위층 교실로 갔다.

교실은 모두 먼지와 정적으로 가득했다. 서로 구분되는 것이라고는 몰락의 징후뿐이었다. 한 교실에는 천장에 커다란 물 얼룩이 보였고, 다른 한 교실의 세면대는 녹이 슨 나사가 부러져 비스듬히 기울어져 있었다. 또 다른 교실에는 깨진 전등갓 유리가 바닥에 흩어져 있었고, 천장 전선에는 알전구만 매달려 있었다. 전등 스위치를 눌렀지만 불은 들어오지 않았다. 이 교실에도, 다른 곳 어디에도……. 건물 한쪽 구석에 바람 빠진 축구공이 있었다. 깨진 창문의 날카로운 유리조각에 오후의 햇빛이 반사됐다. "그러느라 공놀이 같은 건 잊은 거지요." 네 살 때부터 이미 손에 집히는 대로 책을 읽기 시작하여 이 학교에서 두 번이나 월반한 오빠에 대해 멜로디가 한 말이 떠올랐다.

그레고리우스는 베른 김나지움 가건물에서 수업을 하던 시절처럼 교실 뒷자리 의자에 앉았다. 이곳에서도 여학교를 건너다볼 수 있었지만, 건물의 반은 커다란 소나무 줄기에 가려 보이지 않았다. 아마데우 드 프라두는 아마 유리창 전면이 모두 보이는 자리에 앉았을 것이다. 마리아 주앙이 어느 자리에 앉아 있더라도 볼 수 있는 자리……. 그레고리우스는 여학교가 가장 잘 보이는 자리에 앉아 눈에 힘을 주어보았지만, 교실 안쪽은 잘 보이지 않았다. 그러나 아마데우는 비누 냄새가 나는 밝은색 옷을 입은 그녀를 보았다. 둘은 눈길을 교환했고, 마리아 주앙이 시험을 볼 때면 아마데우는 그녀의 손을 잡고 이끌 수 있기를 원했다. 오페라글라스로 건너다본 걸까? 대법원 판사와 같은 귀족의 집에는 틀림없이 하나쯤 있었을 것이다. 혹시 오페라에 가는 일이 있었더라도 알렉산드르 오라시우는 사용하지 않았을 듯하지만, 아내 마리아 피에다드 헤이스 드 프라두는? 남편이 죽은 뒤에 혼자 살았던 6년 동안 그런 걸 사용했을까? 남편의 죽음은 그녀에게 해방을 의미했을까? 아니면 아마데우의 죽음이 아드리아나에게 그랬던 것처럼, 시간이 멈춰버리고 감정은 굳은 영혼의 용암이 되었을까?

긴 복도와 연결되어 길게 늘어선 교실은 병영을 연상하게 했다. 그레고리우스는 교실을 하나씩 차례로 지나가다가 죽은 들쥐에 발이 걸려 몸을 떨며 멈추어 서서, 쥐와는 닿지도 않은 손을 외투에 닦았다. 그런 다음 1층으로 다시 내려와서 높고 소박하게 생긴 문을 열어보았다. 학생 식당이었다. 음식을 내주는 창구 뒤는 불을 때던 부엌이었는데, 그곳에 남은 거라고는 벽에 튀어나온 녹슨 관밖에 없었다. 식당의 긴 식탁은 그대로 남아 있었다. 이 건물에 대강당도 있을까?

대강당은 건물의 다른 쪽에 있었다. 나사로 고정되어 움직일 수 없는 의자들, 채색 유리창 가운데 두 곳은 깨져 없었고, 앞쪽 약간 높은 곳에는 전등이 있는 교탁이 놓여 있었다. 따로 떨어져 있는 의자들은 학교 고위직을 위한 자리인 모양이었다. 교회와 같은 정적……. 아니, 뭔가 중요하긴 하지만 말로 표현할 수 없는 정적이었다. 언어로 조각상—찬미와 경고와 파괴적인 판단의 기념비—을 만드는 고요함…….

그레고리우스는 교장실로 가서 히브리어 성서를 손에 들고 잠깐 망설였다. 그는 책을 겨드랑이에 끼고 문 쪽으로 오다가 다시 몸을 돌려 축축한 서랍에 스웨터를 깔고 그 위에 성서를 올려놓았다. 그런 다음 도시의 다른 쪽 끝인 벨렝의 한 교회 요양원에 사는 바르톨로메우 로렌수 드 구즈망 신부를 만나러 출발했다.

18

"아우구스티누스와 거짓말, 그건 우리가 논쟁을 벌인 수천 가지 주제 가운데 하나에 불과하오."

바르톨로메우 신부가 말했다.

"진짜 싸움은 아니었지만, 우린 자주 싸웠소. 아마데우는 난폭한 폭도인 데다가 끊임없이 움직이는 지성의 소유자요 타고난 웅변가였으니까. 6년 동안 중등학교를 휘몰아치던 돌풍, 전설이 되기 위해 태어난 사람 같았소."

신부는 아마데우의 책을 손에 들고 손등으로 사진을 훑었다.

반듯하게 펴려는 동작처럼 보이기도 했고, 쓰다듬는 것 같기도 했다. 그레고리우스는 손등으로 아마데우의 책상을 쓰다듬던 아드리아나를 떠올렸다.

"이건 나이 든 모습이군. 하지만 아마데우는 바로 이런 모습이었소. 꼭 이랬지."

신부는 다리를 덮은 담요에 책을 내려놓았다.

"아마데우를 가르칠 때 난 이십 대 중반이었는데, 그와 보조를 맞추어야 한다는 것은 무척 힘든 도전과도 같았소. 선생들은 두 편으로 나뉘었지. 그 아이를 아주 싫어하는 사람과 사랑하는 사람으로 말이오. 그래요, 사랑이라는 게 정확한 표현일 거요. 우리 가운데 몇 사람은 과격함, 넘치는 고결함, 지독한 집요함, 세상을 경멸하는 서늘한 대담함, 거의 광신적인 열정에 정말 반했으니까. 아마데우는 역사라는 배에 탄 대담무쌍한 모험가라고 할 만했소. 노래도 하고 설교도 하지만 선원들이 물에 있는 주민들을 야비하게 공격할 경우, 필요하다면 무기를 써서라도 주민들을 지키기로 굳게 결심한 모험가. 아마데우는 누구에게라도 도전할 준비가 되어 있었소. 악마에게도. 신에게조차. 그를 싫어하는 사람들은 그가 과대망상증 환자라고 했지만 절대 아니었소. 단지 만개하는 생명력, 각성하는 힘이 날뛰며 화산처럼 폭발하고 묘안들이 섬광처럼 반짝이는 것이었을 뿐……. 아마데우는 오만했소. 하지만 그 오만은 모든 한계를 넘어설 만큼 엄청나서 사람들은 방어할 생각을 잊은 채 스스로 법칙을 지닌 경이로운 자연 현상을 보듯 그저 바라볼 뿐이었소. 그를 사랑하던 사람들은 그가 다이아몬드 원석, 갈지 않은 보석이라고 생각했지. 그를 싫어하던 사람들은 그가 사람을 무시한다고, 상대방에게 상처를 준다고 했소. 그리고 침묵 속에 명백하게 드러나던 독선, 다른 사람들보다 더 빠르고 더 반짝이며 더 아는 사람이 보통 지니고 있는 이 특성도 그가 미움받는 원인이었소. 사람들은 그를 돈뿐만 아니라 재능과 멋진 외모와 매력이라는 운명의 특혜, 게다가 여자들의 인기를 한 몸에 받게 만드는 유혹적인 멜랑콜리까지 갖춘 건방진 귀족으로 보았지. 다른 사람들보다 그렇게 많이 가졌다는 건 정말 부당하다고. 그는 사람들의 질투와 시기를 끌어당기는 자석과 같았소. 하지만 그렇게 느끼는 사람들조차도 속으로는 그를 경이롭게 바라봤소. 그가 하늘까지 닿는다는 것을 모르는 사람은 없었으니까."

신부는 아마데우를 추억하며 그레고리우스와 함께 있는 공간을 벗어나 훨씬 먼 곳까지 갔다. 방은 넓고 책들로 가득 차 있어 카실랴스에 있는 주앙 에사의 방과는 비교할 수 없었지만, 의료 기구들과 침대에 있는 벨이 이곳 역시 요양원이라는 것을 말해주었다. 그레고리우스는 눈처럼 하얀 머리카락에 깊숙이 들어간 인상적인 눈, 키가 크고 수척한 이 신부가 처음부터 마음에 들었다. 아마데우를 가르쳤으니 나이는 이제 아흔이 훨씬 넘었을 테지만, 노인이라는 느낌을 주는 흔적은 찾아볼 수 없었다. 70년 전 아마데우의 격렬한 도전을 받던 시기의 명료함을 잃은 기색도 전혀 없었다. 그의 손은 가늘었고, 손가락은 오래되고 귀중한 책을 넘기기에 어울릴 듯 길고 매끈했다. 신부는 이 손가락으로 아마데우의 책을 넘기고 있었지만 읽지는 않았다. 종이를 만지는 것은 과거를 불러오기 위한 의식처럼 보였다.

"그는 열 살 때, 양복점에서 맞춘 작은 프록코트를 입고 중등학교의 문지방을 넘어섰소. 이미 엄청난 양의 책을 섭렵한 상태였지. 우리 교사들 가운데 몇 명은 자기에게 보조를 맞출 수 있는지 시험하는 그를 어느 순간 알아챈 적도 있소. 아마데우는 수업이 끝나면 도서관에 앉아 있었소. 그 아인 기억력이 엄청나게 뛰어났지. 검은 눈은 옆에서 아무리 시끄러운 소리가 난다 해도 흔들리지 않는 달관한 시선과 굉장한 집중력으로 두꺼운 책들을 한 줄씩, 한 쪽씩 모두 빨아들였소. 어떤 선생이 이렇게 말하더군. '아마데우가 책을 읽고 나면 그 책에는 더 이상 글씨가 들어 있지 않은 것 같아요. 아마데우는 책의 의미만 삼키는 게 아니라 잉크까지 먹는다니까요.'

정말 그랬소. 글은 그의 몸속으로 사라지는 듯했지. 나중에 책장에 꽂혀 있는 건 그저 빈 껍데기였소. 무척이나 넓은 이마 뒤에 숨어 있던 그의 정신세계에는 매주 숨이 막힐 듯한 속도로 엄청난 아이디어와 관념의 조합과 놀라운 언어적 착상들이 새로 생겨났소. 언제나 우리를 경탄하게 하는 형태로⋯⋯. 아마데우가 도서관에 숨어 밤새도록 손전등을 켜고 책을 읽은 적도 있었소. 아이가 집에 오지 않자 아마데우의 어머니는 처음에 굉장히 놀랐소. 하지만 점차 그 일에 익숙해지고 나니, 모든 규정을 넘어서는 아들의 성향에 얼마쯤은 자부심이 생길 정도였지.

아마데우의 곧은 시선을 두려워하는 선생들도 있었소. 무시하거나 도전하는, 싸우자는 시선이었기 때문은 아니었소. 하지만 그는 선생들에게 설명을 바르게 할 수 있는 기회를 한 번, 정말 단 한 번밖에 주지 않았지. 실수를 하거나 우물쭈물한다고 그가 적의를 품거나 경멸하는 눈빛을 보내지는 않았소. 실망했다는 것조차 드러내지 않았지. 그냥 시선을 돌렸을 뿐이오. 자신의 감정을 드러내지 않으려는 듯 자리를 뜰 때도 차분하고 예의 바르게 행동했지. 하지만 모욕을 주지 않으려는 그의 뚜렷한 의도야말로 정말 파괴적이었소. 나도 그걸 경험했고, 다른 사람들도 마찬가지였소. 수업 준비를 하면서도 찬찬히 캐는 듯한 그의 시선이 떠오를 정도였소. 어떤 선생들에게는 이 시선이 다시 학생 신분으로 돌아가라고 말하는 시험관처럼 느껴졌고, 또 어떤 선생들은 정신적인 운동 경기에서 강력한 적수를 만났다고 긍정적으로 생각했소. 이런 경험을 하지 않은 사람은 한 명도 없었소. 유명한 판사의 아들이자 혜안을 지닌 조숙한 학생 아마데우 이나시우 드 알메이다 프라두, 선생들이 실수를 할 만큼 어려운 수업을 준비할 때면 늘 떠올려야 했던 소년…….

그럼에도 아마데우가 도전적인 건 아니었소. 모든 점에서 그는 한 가지 틀로는 설명할 수 없었지. 마음속에 존재하는 갈라진 틈과 균열과 단층은 그를 도무지 알 수 없는 사람이라는 느낌이 들게 했소. 위압적이고 도를 지나친 자기 태도가 어떤 결과를 가져왔는지 알아채면 아마데우는 깜짝 놀라 의기소침해졌고, 이런 상황을 다시 제자리로 돌리기 위해 갖은 노력을 다했소. 다른 학생들의 시험 준비를 돕느라 밤을 새울 때도 있었는데, 그럴 때면 어찌나 소박하고 인내심이 많았는지 그를 흉본 사람들이 부끄러울 정도였지.

갑자기 몰려드는 우울함도 아마데우의 또 다른 면이었소. 우울증에 시달릴 때면 잠깐 동안 그는 아주 다른 사람이 된 듯했지. 극도로 겁이 많아져서는 아주 작은 소음에도 채찍에라도 맞은 듯 깜짝 놀라곤 했소. 그럴 때면 그는 사는 게 얼마나 힘든가를 말하는 화신이라도 된 것 같았소. 누군가 위로하거나 용기를 북돋우려는 말을 하면 분노를 터뜨리며 벌떡 일어났고…….

아마데우는 재능이 많아 온갖 것을 할 수 있었소. 하지만 못 하는 게 한 가지 있었지. 놀고 즐기고 절제 없이 행동하는 것. 엄청난 각성과 통찰, 절제를 향한 열정적인 욕구가 그런 행동을 하지 못하게 만들었지. 술이나 담배도 하지 않았소. 아주 나중에야 시작했지. 하지만 금빛이 도는 붉은색 진한 아삼 차는 이루 말할 수 없이 좋아했소. 학교에서도 차를 마시려고 집에서 은주전자를 가지고 왔는데, 나중에 그걸 요리사에게 선물하더군."

"마리아 주앙이라는 소녀가 있었다던데요."

그레고리우스가 신부의 말을 자르며 물었다.

"그래요. 아마데우는 그녀를 사랑했소. 다른 사람은 흉내도 내지 못할 만큼 순결하게 사랑했지. 질투심을 감출 수 없었던 사람들은 이런 감정을 비웃었어요. 사실 여학생들만 느꼈던 질투심이긴 하지만……. 아마데우는 마리아 주앙을 사랑했고, 또 숭배했어요. 그렇소, '숭배'라는 게 옳은 표현이오. 그 나이에 이런 단어가 보통은 어울리지 않지만 말이오. 하지만 아마데우는 다른 아이들과 많이 달랐으니까. 마리아 주앙이 마치 공주처럼 외적으로 특별히 예쁘다고는 할 수 없었소. 내가 알기로는 성적이 좋은 것도 아니었어. 아마데우가 왜 그녀를 좋아하는지 아무도 몰랐소. 특히 이 귀족 왕자님의 눈길만 끌 수 있다면 무슨 일이라도 했을 건너편 여학교의 학생들은 정말 이해할 수 없었겠지. 어쩌면 마리아 주앙이 그에게 눈이 멀지 않았다는 것, 다른 사람들처럼 그에게 압도당하지 않았다는 게 이유였을 거요. 그에게 필요했던 게 바로 그거였을지도 몰라요. 그를 지극히 당연하게 자기와 똑같이 보는 태도 말이오. 자연스럽고 수수한 말과 눈빛과 행동으로 그를 그 자신에게서 구원할 동등함…….

마리아 주앙이 이편으로 건너와 계단에 앉은 아마데우 옆에 자리를 잡으면 그는 갑자기 아주 차분해지는 것 같았소. 각성과 속도의 부담, 지속적인 긴장이라는 짐, 언제나 스스로를 넘어서고 능가해야 한다는 내적인 고통에서 벗어난 듯했지. 그녀 옆에 있으면 수업을 알리는 종소리도 들리지 않는 모양이었소. 그런 모습을 보고 있노라면 그가 다시는 일어나지 않으려 한다는 느낌을 받았지요. 그러면 마리아 주앙이 그의 어깨에 손을 얹어 긴장감 없는 그 소중한 낙원에서 그를 현실로 불러오곤 했소. 언제나 그녀가 그에게 손을 올렸지, 그가 그녀에게 얹는 모습은 본 적이 없소. 마리아 주앙은 학교로 돌아갈 때면 언제나 검게 빛나는 머리카락을 고무줄 하나로 묶었는데, 그럴 때마다 아마데우는 넋을 잃고 바라보았소. 수백 번도 더 말이오. 그 동작을 정말 사랑했던 것 같소. 어느 날엔가 고무줄이 아닌 은색 핀으로 묶었는데, 그게 아마데우의 선물이었다는 것을 그의 표정에서 읽을 수 있었소."

멜로디와 마찬가지로 신부도 그녀의 성은 몰랐다.

"지금 그 질문을 받고 보니, 우리가 마리아 주앙의 성을 알려고 하지 않았다는 느낌이 드는군. 그게 마치 오히려 성가시다는 듯이 말이오. 아르테미스나 엘렉트라, 성인들의 성을 묻지 않는 것과 비슷한 느낌이랄까……."

수녀가 들어왔다.

"지금 재지 맙시다."

그녀가 혈압계를 집어 들자 신부는 부드럽지만 위엄이 있는 목소리로 말했다.

그 순간, 그레고리우스는 이 신부를 만난 것이 젊은 프라두에게 왜 행운이었는지 이해할 수 있었다. 프라두는 자신의 한계를 확인하기 위해서, 그리고 어쩌면 판결을 내리는 듯 엄격하고 딱딱한 아버지의 권위에서 벗어나기 위해서 바로 이런 종류의 위엄을 갈망했을 터였다.

"지금은 우리 둘 모두 차를 한 잔 마시고 싶군요."

살짝 비치는 수녀의 짜증을 신부는 이런 말로 지워버렸다.

"아삼 차 말입니다. 붉은 금빛이 선명하게 반짝이도록 아주 진하게 타주세요."

그러더니 신부는 눈을 감고 입을 다물었다. 그는 아마데우 드 프라두가 마리아 주앙에게 머리핀을 선물했던 그 먼 옛 시간을 벗어나고 싶지 않았던 것이다. 그레고리우스는 신부가 비단 그 시간뿐만 아니라 가장 아끼던 제자, 아우구스티누스를 포함해 수천 가지 일들에 대해 논쟁을 벌이던 제자와의 추억에 머무르길 원한다는 느낌을 받았다. 하늘까지 닿을 수 있었던 제자, 신부도 마리아 주앙처럼 어깨에 손을 얹고 싶던 그 제자…….

"마리아 주앙과 조르즈는……."

신부는 눈을 감은 채 말을 이어갔다.

"그 두 사람은 아마데우의 수호성인 같았소. 조르즈 오켈리는 나중에 약사가 됐는데, 마리아 주앙 말고는 아마 그가 진정한 의미에서 아마데우의 유일한 친구였을 거요. 조르즈는 여러 가지 점에서 아마데우와 완벽하게 반대였소. 난 가끔 아마데우가 완전해지기 위해 조르즈를 친구로 선택했단 생각을 하곤 했지. 농부와 같은 두상에 빗질이라고는 전혀 하지 않은 뻣뻣한 머리, 느릿느릿하고 번잡한 몸짓 때문에 우매하게 보이던 아이였소. 학교로 학부모들을 초대한 날, 남루한 옷을 입은 조르즈가 지나가니 우아하게 차려입은 다른 학생들의 부모가 놀라서 모두 뒤를 돌아보더군. 구겨진 셔츠와 볼품없는 재킷, 강요에 반항하느라 언제나 비뚤게 맸던 검은 넥타이는 우아함과는 거리가 멀었으니까.

언젠가 내가 동료와 함께 복도에 서 있는데, 아마데우와 조르즈가 우리 쪽으로 걸어왔소. 둘을 지나친 후에 동료가 그러더군. '날더러 사전에 우아함, 그리고 그것과 완벽하게 상반되는 개념을 설명해 넣으라고 한다면 그냥 저 두 학생을 그리겠어요. 그것 말고 다른 설명은 전혀 필요하지 않아요.'

조르즈는 아마데우가 맹렬한 속도를 늦추고 편안하게 휴식을 취하게 해주는 친구였소. 조르즈와 함께 있으면 얼마 지나지 않아 아마데우도 느릿해졌지. 조르즈의 유유자적함이 그에게도 옮아갔던 거요. 예를 들어 체스를 둘 때도 그랬소. 조르즈가 말을 움직일 때 너무 시간을 끄니까 처음에 아마데우는 거의 미칠 지경이었지. 그리고 생각하는 데 그렇게 시간을 많이 들이는 사람이 이길 수 있다는 사실은, 그의 세계관이나 쉴 새 없이 움직이는 그의 형이상학과는 전혀 맞지 않았소. 하지만 그는 곧 평화를 들이마시기 시작했소. 자기가 누구인지, 어디에 속하는지 늘 알고 있던 사람의 평화 말이오. 이상하게 들릴지는 몰라도 내 생각에 아마데우는 조르즈에게 정기적으로 패하는 게 필요했던 것 같소. 드물게 이기는 적도 있었는데, 그럴 때면 아마데우는 불행해했소. 자신이 평소에 붙잡고 있던 암벽이 무너지는 느낌을 받았던 모양이오.

조르즈는 자기 선조들이 언제 포르투갈로 왔는지 정확하게 알고 있었고, 아일랜드 피를 물려받았다는 걸 자랑스러워했소. 입은 영어 단어와는 전혀 어울리지 않게 생겼지만, 그는 영어도 잘했소. 사실 아일랜드의 어떤 농장이나 시골 술집에서 그를 만나더라도 지극히 자연스러웠을 거요. 그런 상상을 하고 조르즈를 보면 갑자기 젊은 시절의 사무엘 베케트처럼 보였소.

조르즈는 당시에 이미 철저한 무신론자였소. 우리가 어떻게 그 사실을 알게 됐는지는 모르지만, 어쨌든 알고 있었소. 누군가 그 일에 대해 물으면 그는 아무런 동요도 없이 차분하게 집안의 문장을 인용했지요. '내 주는 강한 성이오Turris fortis mihi Deus'라고. 조르즈는 러시아와 안달루시아, 카탈루냐 무정부주의자들에 대해 읽었고, 국경을 넘어가 프랑코에 대항해서 싸울지 곰곰이 생각했소. 그가 나중에 저항운동을 하지 않았더라면 그게 오히려 이상했을 거요. 그는 평생 현실적인 낭만주의자였소. 그런 게 있기나 하다면 말이오. 그를 보면, 그런 게 있긴 분명히 있소. 이 낭만주의자는 꿈이 두 가지 있었지. 약사가 되는 것과 스타인웨이 피아노를 연주하는 것. 첫째 꿈은 이루었소. 지금도 흰 가운을 입고 사파테이루스 거리의 약국에 있으니까. 둘째 꿈에 대해서는 사람들이 모두 웃었는데, 그 스스로 가장 많이 웃었지. 뭉툭한 손가락 끝에 톱니 같은 손톱이 달린 그의 거친 손은 교내 오케스트라의 콘트라베이스에 그나마 어울렸겠지만, 조르즈는 그것조차 얼마 동안 연습하다가는 자신의 부족한 재능에 절망했고, 분을 참지 못해 활이 부러지도록 현을 그어버렸소."

신부가 찻잔을 들었다. 그레고리우스는 신부가 차를 마신다기보다 홀짝거리는 걸 보고 실망감을 느꼈다. 그가 입술을 마음대로 움직이지 못할 정도로 늙었다는 것이 갑자기 확연하게 인식되었고, 분위기도 바뀌었다. 프라두가 학교를 떠나면서 남겨놓은 공허함을 이야기하는 신부의 목소리에는 이제 슬픔과 우수가 서려 있었다.

"물론 우린 더위가 가시고 햇빛에 금빛 그림자가 드리우는 가을이 되면 학교 복도에 들어서는 그의 모습을 더는 볼 수 없다는 걸 알고 있었소. 하지만 아무도 그 이야기는 하지 않았지. 헤어지면서 아마데우는 한 사람도 빼놓지 않고 선생 모두와 악수를 하며 따뜻하고 우아한 인사말을 했소. 난 그때 잠시 그가 대통령 같다는 생각을 했소."

신부는 잠깐 망설이다가 결국 하고 싶은 말을 덧붙였다.

"그렇게 훌륭할 필요는 없었는데, 약간 머뭇거리며 서툴게 더듬어도 됐는데……. 다듬지 않은 원석처럼 말이오. 광택을 약간 덜 낸 대리석처럼……."

바르톨로메우 신부와는 다른 선생들과 다르게 작별을 했어야 하는데……. 그레고리우스가 생각했다. 다른 단어, 더 개인적인 말과 함께 포옹도 하면서. 아마데우가 다른 선생들과 똑같은 작별 인사를 해서 신부는 슬펐던 것이다. 70년이 지난 지금까지도 아플 만큼.

"다음 학기가 시작됐고, 며칠 동안 난 마비된 사람처럼 복도를 지나다녔소. 그의 부재에 마비가 되어……. 난 계속 혼잣말을 해야 했지. '아마데우의 머리가 보일 거라고 생각해서는 안 돼. 자신감에 가득 찬 그의 모습이 이제 모퉁이를 돌아 나타나리라고, 그가 누군가에게 뭔가 설명하느라 양손을 말하듯 움직이는 그 특유한 모습을 보게 되리라고 이제 기대하면 안 돼.' 다른 사람들 역시 말은 하지 않았어도 나와 비슷한 생각을 했다고 확신하오. 딱 한 번 누군가가 하는 말을 들은 적이 있소. '이제 정말 달라졌어요.' 그가 아마데우의 부재에 대해, 그의 부드러운 바리톤 목소리를 복도에서 더는 들을 수 없다는 이야기를 하고 있다는 거야 물을 필요도 없었소. 그때의 분위기는 아마데우를 볼 수 없다는 것, 그를 다시 만날 수 없다는 것 이상이었어요. 우리는 그의 부재를 보았던 거요. 그의 부재는 손에 잡힐 듯 가까이 있었소. 그가 없다는 사실이 마치 사진에서 예리한 가위로 오려내어 뚜렷하게 비어버린 윤곽, 그래서 다른 것보다 더 중요하고 더 눈길을 끄는 빈 공간처럼 다가왔소. 그래요, 아마데우는 그랬소. 예리한 부재…….

난 몇 년이 지나고 나서야 아마데우를 다시 만났소. 그는 위쪽 코임브라에서 공부를 하고 있었소. 나는 어떤 의학교수의 강의와 해부 과정 조교를 하는 친구를 통해 그의 소식을 가끔 듣고 있었지. 아마데우는 그곳에서도 곧 전설이 되었더군. 물론 예전처럼 그 정도로 빛나는 건 아니었지만 말이오. 이미 온갖 시험을 거치고 상도 많이 받은 교수들이, 자기 과목의 대가인 그들이 아마데우에게 시험을 보는 듯한 느낌을 받았다고 하더군. 아마데우가 교수들보다 더 많이 알았던 건 물론 아니오. 하지만 그는 언제나 설명을 듣고 싶어했고, 교수가 한 대답이 충분한 설명이 아니라는 것을 데카르트식의 통찰력으로 가차 없이 지적할 때면 강의실에서는 극적인 장면도 벌어졌다고 했소.

그는 언젠가 내용은 없고 천박하기만 한 어떤 교수의 설명을, 몰리에르의 작품에 나오는 의사의 설명과 비교하며 비웃었다고 하더군. 어떤 물질이 지닌 수면 효력을 '비르투스 도르미티바'라고 말한 그 의사* 말이오. 아마데우는 천박한 허영심을 대하면 잔인해졌소. 아주 심하게……. 주머니에서 칼을 꺼내 드는 듯했

---

* 몰리에르가《상상병 환자》에서 아편을 설명하는 돌팔이 의사의 동어반복을 꼬집기 위해 사용한 말. 비르투스 도르미티바virtus dormitiva는 '잠재우는 효력'이라는 라틴어.

지. '천박한 허영심은 우둔함의 다른 형태죠. 우리의 모든 행위가 우주 전체로 봤을 때 얼마나 무의미한지 몰라야 천박한 허영심에 빠질 수 있어요. 그건 어리석음이 조야한 형태로 나타난 거예요.' 그는 늘 이렇게 말했소.

그가 이런 기분일 때면 부딪치지 않는 게 좋았지. 코임브라에서도 그의 이런 성격은 곧 유명해졌소. 그에게 다른 사람의 복수심을 미리 알아내는 육감이 있다는 사실도 알려졌소. 그런 감각은 원래 조르즈에게 있었는데, 아마데우가 그걸 흉내 내고 독자적으로 개발한 거요. 누군가 자신을 웃음거리로 만들려 한다는 걸 알아채면 아마데우는 이런 목표에 쓰일 가장 드문 술책까지 생각하고는 아주 세심하게 대비했소. 코임브라 의학부에서도 그랬다더군. 강의실에서 아주 어렵고 희귀한 질문을 받고 칠판으로 불려 나와서는, 보복하려는 교수가 비열한 미소를 지으며 내미는 분필을 받지 않고 자기 분필을 주머니에서 꺼내 들고는 경멸하듯 '아, 그 문제요?' 이렇게 말했다는 거요. 그러고는 칠판에 해부학 그림을 그리고, 생리학에 필요한 방정식과 생화학 공식들을 가득 썼다고 했소. 언젠가 계산을 잘못했을 때는 '그런데 이걸 알아야 하나요?'라고 물었다더군. 다른 학생들은 웃지는 못했지만, 웃음소리가 들리는 듯했다고 합디다. 아마데우와는 도무지 대결이 되지 않았던 거요."

두 사람은 삼십 분 동안 어둠 속에서 이야기를 나누었다. 그러고 나서 신부가 불을 켰다.

"내가 그의 장례식 미사를 집전했소. 누이인 아드리아나가 그렇게 해달라고 하더군. 아마데우는 고질병인 불면증 때문에 거리를 걷다가, 아침 6시경에 그가 무척 좋아하던 아우구스타 거리에서 쓰러졌소. 개를 데리고 집 밖으로 나오던 여자가 발견하고 구급차를 불렀지만, 그는 이미 죽었다고 했소. 뇌에서 터진 동맥류의 피가, 빛나던 그의 자의식을 영원히 꺼버린 거요.

난 망설였소. 아드리아나의 부탁을 아마데우가 어떻게 생각할지 몰랐으니까. 그가 살아 있을 때 언젠가 '장례는 다른 사람들의 몫이죠. 죽은 사람과는 관계가 없는……'이라고 말한 적이 있소. 사람들이 두려워했던 그의 냉담한 말 가운데 하나였지. 그 말은 여전히 유효할까?

아마데우를 지키는 용과 같았던 아드리아나는 죽음이 우리에게 요구하는 이런저런 일에 치여 아주 어린 소녀처럼 보였소. 그래서 난 그녀의 부탁을 들어주기로 했지. 난 침묵하는 아마데우의 영혼에게 합격점을 받을 만한 말을 골라야 했소. 내가 할 말을 준비하는 동안 그가 어깨 너머로 본다는 느낌이 사라졌던 그 긴 세월이 흐른 뒤, 이제 그가 다시 돌아와 있었소. 열정적인 생명의 빛은 사라졌지만 다시는 돌아오지 못할 침묵에 잠긴 그의 하얀 용모는, 여러 가지 빛깔을 띤 생동감으로 그렇게도 나에게 자주 도전하던 예전의 얼굴보다 더 많은 것을 요구하는 듯했소.

무덤에서 내가 해야 할 말은 죽은 사람의 마음에만 들어야 하는 게 아니었소. 난 조르즈가 참석하리라는 걸 알고 있었지. 그러니 그의 면전에서 신에 관한 말이나 그가 늘 '공허한 약속'이라고 표현했던 말을 하는 건 불가능했소. 해결책은 아마데우와의 개인적인 경험, 그리고 그가 모든 사람에게 남긴 잊을 수 없는 흔적을 이야기하는 것이었소.

장례식에는 상상도 못 할 만큼 많은 사람들이 왔소. 그가 치료했던 사람들, 그가 한 번도 치료비를 청구하지 않았던 가난한 사람들…… 난 꼭 한 번 종교적인 단어를 사용했소. '아멘'이었지. 아마데우가 그 단어를 좋아했기 때문이었소. 조르즈도 그걸 알고 있었지. 성스러운 그 단어가 적막한 무덤에 울려 퍼졌소. 장례식이 끝났지만 아무도 움직이지 않았고, 비가 오기 시작했소. 사람들이 부둥켜안고 울었지. 가려고 몸을 돌리는 사람은 아무도 없었소. 하늘이 열린 듯 비가 퍼부어 뼛속까지 젖었지만 사람들은 그냥 서 있었소. 난 사람들이 납같이 무거운 발로 시간을 묶어두려 한다고 생각했소. 시간이 흐르지 못하도록, 지금까지 떠나간 모든 이에게 그랬듯 흘러가는 시간이 사랑하는 의사를 이방인으로 만들지 못하도록…… 부동의 시간이 그렇게 삼십 분쯤 지나자 더는 서 있을 수 없던 노인들이 드디어 움직이기 시작했소. 그러고도 사람들이 모두 떠나기까지는 한 시간이 더 걸렸소.

마지막으로 막 가려던 참에, 난 참으로 이상한 모습을 보았소. 나중에 가끔 그때 꿈을 꾸기도 했는데, 그건 루이스 부뉴엘 영화 속의 한 장면처럼 뭔가 비현실적인 느낌을 주었소. 한 남자와 차분한 아름다움을 지닌 젊은 여자가 길의 반대쪽 끝에서 각자 무덤으로 오고 있었소. 남자는 조르즈였고, 여자는 내가 모르는 사람이었소. 난 두 사람이 서로 아는 사이라는 걸 느낌으로 알아챘지. 그것도 아주 잘 아는 사이란 걸. 그런데 이 친근함이 파멸과 연결되어 있다는 생각이 들었소. 아마데우도 관련이 있는 비극과 말이오. 두 사람은 무덤까지 거의 같은 거리를 걸어왔소. 똑같이 도착하려고 보조를 맞추기라도 하는 듯했소. 걸어오는 내내 두 사람의 시선은 한 번도 마주치지 않았고, 계속 바닥을 향해 있었 지. 그러면서 두 사람은 두 눈을 마주 볼 수 없을 정도로 가까이 있었소. 무덤 옆에 나란히 서서 같은 리듬으로 숨을 쉬는 듯이 보 일 때조차 둘은 서로 바라보지 않더군. 죽은 아마데우는 이제 이 두 사람하고만 관계가 있어 보여서 난 가야 한다는 생각이 들었 소. 난 지금까지도 두 사람이 어떤 비밀을 공유했는지, 그리고 그 게 아마데우와 무슨 관계가 있는지 모르오."

종소리가 들렸다. 저녁 식사 시간을 알리는 소리인 모양이었 다. 신부의 얼굴에 잠깐 못마땅한 기색이 돌았다. 그는 다리를 덮 고 있던 담요를 급하게 젖히고 문으로 다가가서 걸어 잠근 다음, 다시 소파로 돌아와 전등불을 껐다. 그릇이 담겨 덜거덕거리며 복도를 굴러가는 카트 소리가 점차 멀어졌다. 바르톨로메우 신부 는 완전히 조용해질 때까지 기다렸다가 다시 말을 시작했다.

"아니, 어쩌면 알 것도 같소. 죽기 1년쯤 전, 아마데우가 한밤 중에 갑자기 날 찾아왔소. 확신에 차 있던 평소의 모습은 간 곳이 없고, 얼굴이며 호흡이며 몸짓이 모두 흥분으로 가득했지. 난 차 를 끓였소. 그 아이가 아주 좋아했던 얼음설탕을 가지고 오자 얼 굴에 슬며시 미소가 떠오르더군. 하지만 그것도 잠시였을 뿐, 다 시 고통스러운 표정으로 바뀌었소.

내가 아마데우에게 빨리 말하라고 강요할 수 없다는 것, 무슨

221

일인지 넌지시 물어볼 수조차 없다는 게 너무나 명백했소. 난 입을 다물고 기다렸소. 그는 자신과 힘겹게 싸우고 있었소. 이 싸움에서의 승패가 삶과 죽음을 결정하기라도 하는 듯이……. 어쩌면 정말 그랬을지도 모르겠소. 그가 저항운동에 참가하고 있다는 소문을 들었으니까. 아마데우가 힘들게 숨을 쉬며 앞을 노려보는 동안, 난 나이가 들어 변한 그의 모습을 자세히 보았소. 검버섯이 앉은 가느다란 손, 잠을 못 자 피곤해 보이는 눈 아래쪽 피부, 잿빛이 섞인 머리카락. 황폐해 보이는 그의 모습에 난 깜짝 놀랐지. 그 황폐함은 씻지 않은 부랑자와 같은 것은 아니었어. 더 미세하고 눈에 잘 띄지 않는 모습이었소. 손질하지 않은 수염, 코와 귀 밖으로 나온 털, 삐죽삐죽 깎은 손톱, 하얀 옷깃에 누렇게 묻은 때, 닦지 않은 신발……. 며칠 동안 집에 들어가지 않은 듯했지. 평생 힘들게 일을 한 사람처럼 눈꺼풀도 불규칙하게 깜박거렸소.

'한 사람 대 여러 사람의 목숨. 이런 식으로 계산할 수는 없지 않나요?'

그의 목소리는 꽉 잠겼고, 말에는 분노와 불안이 담겨 있었소. 무언가 잘못된 일, 용서받을 수 없는 일이 벌어진다는 불안감 말이오.

'내가 어떻게 생각하는지 넌 이미 알고 있잖아. 그때 이후로 내 생각이 달라진 건 없다.'

내가 대답했지.

'아주 많은 사람의 목숨이 달렸다면요?'

'네가 그 일을 해야 하니?'

'아니, 정반대예요. 일어나지 못하게 막아야 해요.'

'그가 너무 많이 아니?'

'그녀요. 그녀는 사람들에게 위험한 존재가 됐어요. 다른 사람들은 그녀가 견디지 못하고 자백을 할 거라고 생각해요.'

'조르즈도 그렇게 생각해?'

그건 넘겨짚은 소리였는데, 내 예감은 적중했소.

'그 이야기는 하고 싶지 않아요.'

침묵이 흘렀고, 차가 식었소. 그가 괴로워했소. 그녀를 사랑하는 걸까, 아니면 그녀가 그저 '사람'이기 때문일까?

'이름이 뭐지? 이름은 다른 사람들이 우리에게, 우리가 다른 사람들에게 입히는 보이지 않는 그림자다. 기억나니?'

이 말은 우리 모두를 놀라게 한 그의 많은 글 가운데 하나였소.

그 기억이 그를 잠깐 고통에서 놓아주었는지, 그가 웃더군.

'에스테파니아 에스피노자. 시 같은 이름이죠.'

'그래, 어쩔 생각이냐?'

'국경을 넘어 산으로 가려고요. 어디로 갈지 묻지는 마세요.'

그러고는 정원 문으로 나갔소. 그게 내가 본 아마데우의 마지막 모습이었소.

묘지에서 두 사람을 본 뒤로, 난 계속 그날 밤 그와 나누었던 대화를 생각했소. 그녀가 에스테파니아 에스피노자일까? 아마데우가 죽었다는 소식을 듣고 에스파냐에서 온 걸까? 그녀가 조르즈에게 가까이 갈 때, 자기를 죽이려던 사람에게 다가간 걸까? 그 두 사람은 손도 잡지 않고 눈길도 마주치지 않은 채, 시 같은 이름을 지닌 여자를 구하기 위해 평생 지속된 우정을 희생한 사람의 무덤 앞에 서 있었던 걸까?"

바르톨로메우 신부가 불을 켜자 그레고리우스는 일어섰다.

"기다리시오."

신부가 말했다.

"이야기를 모두 들었으니, 이것도 읽어보셔야 할 것 같소."

신부는 책장에서 색깔이 바랜 끈으로 묶인, 오래된 서류철을 꺼냈다.

"고전문헌학자시니 이걸 읽을 수 있겠지요. 아마데우가 졸업식에서 낭독한 글의 복사본이오. 그가 나에게 주려고 일부러 다시 썼다오. 상상도 못 할 만큼 탁월한 라틴어요. 대강당의 교탁을 보았다고 했지요? 거기서 낭독했소. 바로 거기서…….

우린 이미 약간 각오를 하긴 했지만, 그 정도라고는 상상도 못 했소. 첫 문장을 들은 직후부터 숨 막히는 정적이 감돌았소. 시간이 지날수록 정적은 더 심해졌지. 이미 인생을 다 산 듯한 열일곱 살 우상파괴자의 펜 끝에서 나온 그 문장들은 마치 채찍질과도 같았소. 난 마지막 문장의 낭독이 끝나면 과연 무슨 일이 일어날까 생각하고 있었소. 불안했지. 자기가 지금 뭘 하고 있는지 아는 그가, 그러면서도 한편으로는 모르는 그가 걱정스러워서……. 달변 못지않게 성격도 예민한 이 모험가가 걱정됐소. 이 일을 감당하지 못할 우리가 걱정스럽기도 했소. 선생들은 몸이 뻣뻣하게 굳은 채 앉아 있었소. 몇몇은 마음속에 이 신성모독의 속사포를 막을 보호벽을 세우듯, 이 방에서 일어날 거라고는 생각도 하지 못했던 신에 대한 불경에 대응할 보루를 세우듯 눈을 감고 있었소. 그들이 나중에 아마데우와 말을 할 건지? 그를 다시 아이 취급하고 멸시함으로써 스스로를 방어하고 싶은 유혹을 견딜 수 있을지?

선생도 곧 보게 되겠지만, 마지막 문장은 감동적이면서도 겁을 주는 협박이오. 그 뒤에 불을 내뿜을 수도 있는 화산이 있다는 것, 그렇지 않을 경우 스스로의 뜨거움에 견디지 못해 멸망하고 말 화산이 있다는 것을 우리가 알았으니까 말이오. 아마데우는 그 문장을 크게 말하지도, 주먹을 불끈 쥐고 말하지도 않았소. 차분하고 거의 부드럽기까지 한 목소리였소. 난 지금까지도 그게 상승효과를 노린 계산이었는지, 아니면 대담하고 가차 없는 문장을 정적 속으로 단호하게 뿜어낸 그가 갑자기 용기를 잃고 부드러운 목소리로 용서를 빌려고 한 건지 모르겠소. 물론 그렇게 계획한 건 아닐지라도 그런 욕구가 내부에서 솟구쳤는지도 모르지. 그는 겉으로는 정신이 또렷했지만, 속으로는 아직 그렇지 않았소.

마지막 문장이 낭독됐지만 아무도 움직이지 않더군. 아마데우는 눈길을 교탁에 고정한 채 천천히 종이를 정리했소. 더는 정리할 게 남아 있지 않았지. 이제 그가 앞에서 할 일은 없었소. 완벽하게, 전혀 없었던 거지. 하지만 그 교탁에서 그런 연설을 하고 난 뒤 어떤 식으로든 간에 청중의 반응을 듣지 않고 떠날 수는 없었소. 그건 가장 끔찍한 패배지. 마치 아무 말도 하지 않았다는 듯한······.

나는 그 대담한 연설의 탁월함 때문에라도 일어나서 박수를 치려고 했소. 하지만 아무리 세련된 문장이라고 해도, 신에 대한 불경에 박수를 보내서는 안 된다는 것을 곧 깨달았소. 아무도 그래서는 안 되었어. 신의 사람인 신부는 더더욱 안 되고……. 그래서 그냥 앉아 있었소. 시간이 흘러갔지. 상황을 그런 식으로 놔두면 안 된다는 생각이 들었소. 그건 아마데우에게나 우리에게 대재난일 테니까. 아마데우는 머리를 들고 허리를 곧게 폈소. 채색 유리창으로 시선을 주더니 계속 그곳만 바라봤지. 그가 일부러 연극하듯이 그렇게 바라보고 있었던 건 아니오. 그건 확실하오. 그 행동은 무의식적이었고, 선생도 이제 알게 되겠지만 그의 연설을 명백하게 보여주는 그림 같은 것이었소. 그가 곧 그의 연설임을 보여주는 모습…….

그것으로 긴장은 그냥 깨졌을지도 모르오. 그런데 그때, 그곳에 있던 사람들에게 마치 신의 존재에 대한 익살스러운 증명처럼 보이는 일이 벌어졌소. 바깥에서 개가 짖기 시작했던 거요. 처음에는 유머라고는 모르는 속 좁은 우리의 침묵을 욕하는 듯한, 짧고 딱딱한 소리였지. 그러다가 연설 주제의 음울함과 잘 맞는, 길게 잡아 빼며 구슬프고 비통하게 우는 소리로 변했소.

조르즈가 큰 소리로 웃음을 터뜨렸고, 놀랐던 다른 사람들도 따라 웃기 시작했소. 아마 아마데우는 잠깐 당황했을 거요. 자기 연설에 대한 반응이 유머가 되리라고는 결코 생각하지 못했을 테니까. 하지만 웃기 시작한 사람이 조르즈였으니 괜찮았을 거요. 약간 어색하긴 했지만 어쨌든 그는 미소를 지을 수 있었고, 다른 개들이 함께 구슬프게 우는 소리를 들으며 교탁을 떠났소.

그제야 마비 상태에서 깨어난 코르테스 교장이 아마데우에게 다가가 악수를 했지. 마지막이라는 걸 알기 때문에 느끼는 기쁨이 악수라는 행위에서 드러나기도 할까? 교장이 아마데우에게 뭐라고 이야기를 했지만, 그 소리는 개들이 입을 모아 울어대는 소리 때문에 들리지 않았소. 아마데우도 뭔가 대답을 했는데, 그가 그 엄청난 원고를 외투 주머니에 넣는 동작으로 미루어보아 평소의 자신감을 되찾았다는 걸 알 수 있었소. 그건 창피해서 얼른 감춘다기보다 소중한 것을 안전한 장소에 넣는다는 몸짓이었으니까. 그러고 나서 머리를 숙여 교장과 시선을 똑바로 마주치고는 조르즈가 기다리는 문 쪽으로 갔소. 조르즈는 그의 어깨에 손을 올리고 바깥으로 밀었지.

　나중에 공원에서 두 사람을 봤소. 조르즈는 손을 열심히 움직이며 이야기를 하고, 아마데우는 듣고 있었소. 난 조르즈가 제자와 방금 끝난 시합에 대해 이야기하는 코치 같다는 생각을 했소. 그 때 마리아 주앙이 두 사람 쪽으로 걸어왔소. 조르즈는 두 손을 친구의 어깨에 올리더니, 그녀가 오는 쪽으로 그를 밀며 웃었소.

　선생들은 아마데우의 연설에 대해 거의 이야기하지 않았소. 전혀 하지 않았다고는 말할 수 없을 거요. 뭐랄까, 우리가 생각을 교환할 단어나 음색을 찾지 못했다고 해야겠지. 끔찍하게 더웠던 그 날의 날씨를 다행이라고 생각하는 사람들도 아마 많았을 거요. 우린 '말도 안 돼!'라거나 '그래도 뭔가 들을 만한 게 있긴 있었어'라는 말 대신 '어쩜 이렇게 덥지!'라고 말할 수 있었으니까."

19

어스름한 저녁에 100년이 된 전철을 타고 리스본의 거리를 지나면서, 38년이나 늦었긴 하지만 지금 이스파한으로 출발하고 있다는 느낌이 드는 이유는 무엇일까? 그레고리우스는 바르톨로메우 신부와 헤어져 돌아오면서 중간에 내려 책방에 들러 주문했던 아이스킬로스의 극과 호라티우스의 시를 찾아왔다. 그러나 뭔가 해결하지 못한 기분 때문에 호텔로 돌아가는 발걸음이 무거웠다. 그는 구운 닭을 파는 노점 앞에서 역겨운 기름 냄새를 맡으며 한참 서 있었다. 생각이 날듯 말듯 의식의 표면으로 올라오는 게 도대체 무엇인지 그 자리에 멈추어 서서 당장 알아내야 할 것만 같았다. 뭔가 생각해내려고 이렇게 정신을 집중했던 적이 예전에도 있었던가?

"그는 겉으로는 정신이 또렷했지만, 속으로는 아직 그렇지 않았소." 바르톨로메우 신부가 프라두에 대해 이야기할 때, 그의 말에는 지극히 당연하다는 느낌이 담겨 있었다. 성인이라면 누구나 내부와 외부의 각성을 의문의 여지없이 알고 있다는 듯……. 포르투게스. 그레고리우스의 눈앞에, 키르헨펠트 다리에서 포르투갈 여자가 난간 너머로 팔을 뻗치면서 발뒤꿈치가 신에서 미끄러지던 모습이 다시 떠올랐다. "에스테파니아 에스피노자. 시 같은 이름이죠." 프라두가 그렇게 말했다고 했다. "국경을 넘어 산으로 가려고요. 어디로 갈지 묻지는 마세요." 그레고리우스는 지금껏 뚜렷하게 알지 못했던, 자신이 정말로 원하던 것이 뭔지 갑자기 알게 됐다. 어떻게 이렇듯 한순간에 깨닫게 되었는지 알 수 없었다. 그는 프라두의 글을 호텔 방이 아니라 원래 그 글이 낭독된, 폐허가 된 중등학교에서 읽고 싶었다. 서랍에 든 히브리어 성서에 스웨터를 받쳐놓은 그곳에서, 들쥐와 박쥐가 있는 그곳에서…….

어떻게 생각하면 우스꽝스럽고 대단치 않은 이 욕구가, 왜 그에게 뭔가 아주 중요한 일을 결정한다는 느낌이 들게 했을까? 호텔로 돌아가지 않고 전철을 다시 타는 게 마치 엄청난 결과라도 가지고 온다는 듯이? 그는 철물점이 문을 닫기 직전에 들어가 가장 튼튼한 손전등을 골랐다. 그러고 낡은 전차에 앉아 중등학교로 가는 지하철이 연결되는 곳까지 덜거덕거리며 갔다.

학교 건물은 공원의 어둠에 묻혀 이루 말할 수 없이 황폐하고 영락해 보였다. 그레고리우스는 이곳으로 출발하면서 오늘 낮에 코르테스 교장의 방을 비추던 원뿔형 햇빛을 떠올렸다. 그러나 지금 눈앞에 나타난 것은 바다에 가라앉은 배처럼 사람들의 기억에서 사라지고 시간이 닿을 수 없는 적막한 건물이었다.

그레고리우스는 돌 위에 앉아 오래전 한밤중에 베른의 김나지움 교장실로 몰래 들어가 '복수'를 위해 요금이 수천 프랑이나 나올 정도로 온 세계에 전화를 걸어댔던 학생을 생각했다. 이름이 유명 작가 한스 그뮈르와 같았던 그 학생은 자기 이름을 교수형틀처럼 괴로워했다. 그레고리우스는 전화요금을 대신 지불하고, 그 학생을 고발하지 말라고 케기를 설득했다. 그는 그뮈르와 시내에서 만나 도대체 뭘 복수하려던 건지 묻고 또 물었지만 결국 알아내지 못했다. 그 학생은 "그냥 복수요"라는 말만 몇 번이고 되풀이했다. 애플파이를 앞에 놓고 앉아 있는 그뮈르는 자기 나이만큼이나 오래된 복수심에 지치고 붕괴된 모습이었다. 헤어지면서 그레고리우스는 그뮈르의 뒷모습을 오랫동안 바라보았다. 그레고리우스는 나중에 플로렌스에게 자기가 그 학생에게 약간 감탄했다고, 아니 어쩌면 부러워하는 것 같다고 말했다.

"생각해봐. 그 학생은 어두운 교장실 책상에 앉아 시드니와 벨렝, 산티아고에 전화를 한 거야. 베이징에도 걸었다더군. 독일어를 하는 영사관에만 말이지. 할 말은 하나도 없었대. 전혀. 그냥 전화가 연결되는 소리를 듣고, 엄청나게 비싼 시간이 새나가는 걸 느끼고 싶었다는 거야. 대단하지 않아?"

"그 소릴 하필 당신이 해? 마치 빚지는 걸 너무도 싫어하는 사람처럼, 상대방이 미처 계산서를 쓰기도 전에 얼른 돈을 치르려는 사람이."

"글쎄, 그러게 말이야. 그러게……."

플로렌스는 그가 그런 말을 할 때면 늘 그랬듯이, 지나치게 최신 유행을 좇은 안경을 똑바로 썼다.

그레고리우스는 손전등을 켜고 입구 쪽으로 불을 비추며 나아갔다. 어둠 속에서 문은 낮보다 훨씬 크게 삐걱거렸고, 뭔가 금지된 것을 여는 소리처럼 들렸다. 소리에 놀란 박쥐들이 건물 여기저기로 날아다녔다. 그레고리우스는 조용해지기를 기다렸다가 중이층으로 가는 여닫이문을 열고, 죽은 들쥐를 밟지 않도록 빗자루로 쓸어내듯 복도 돌바닥에 불빛을 비추었다. 건물이 얼음으로 덮인 듯 냉기가 느껴졌다. 그는 우선 스웨터를 입기 위해 교장실로 갔다.

그레고리우스는 히브리어 성서를 내려다보았다. 성서는 바르톨로메우 신부의 것이었다. 학교가 소위 공산당 간부를 길러내는 곳이라는 죄목으로 문을 닫아야 했던 1970년, 신부와 코르테스 교장의 후임자는 분노와 좌절감에 휩싸여 텅 빈 교장실에 서 있었다. 낮에 신부는 "우린 뭔가 해야 한다고, 상징적인 뭔가를 해야 한다고 느꼈소"라고 그레고리우스에게 말했다. 그래서 성서를 책상 서랍에 넣어 두었다고…… 교장이 그를 쳐다보며 웃었다고 했다. "그래요, 신이 그 사람들에게 본때를 보여줄 겁니다."

그레고리우스는 대강당으로 가서 코르테스 교장이 딱딱하게 굳은 얼굴로 프라두의 연설을 듣던 의자에 앉았다. 그러고는 책방 봉지에서 바르톨로메우 신부의 서류철을 꺼내 끈을 풀고, 연설을 끝낸 아마데우가 교탁에 선 채 놀란 청중의 침묵 속에서 정리했던 종이 뭉치를 꺼냈다. 종이에는 옥스퍼드에서 멜로디에게 보낸 편지에서 본 것과 똑같은, 검은 잉크로 쓴 아름다운 글씨가 쓰여 있었다. 그레고리우스는 누런 종이 위로 손전등 불빛을 비추며 읽기 시작했다.

_신의 말씀에 대한 경외와 혐오
난 대성당이 없는 세상에서는 살고 싶지 않다. 이 세상의 범속함에 맞설 대성당의 아름다움과 고상함이 필요하니까. 반짝이는 교회의 유리창을 올려다보며 그 천상의 색에 눈이

231

부시고 싶다. 더러운 제복의 단조로운 색깔에 맞설 광채가 필요하니까. 교회의 혹독한 냉기로 내 몸을 감싸고 싶다. 병영의 단조로운 고함 소리와 들러리 정치인의 재기 넘치는 수다에 맞설, 명령을 내리는 듯한 그 정적이 필요하니까. 행진곡의 새된 천박함에 대항할 물 흐르는 듯한 오르간의 울림이, 흘러넘치는 그 숭고한 음색이 듣고 싶다. 난 기도하는 사람들을 사랑한다. 천박함과 경솔함이라는 치명적인 독에 대항하기 위해 기도하는 사람들의 모습이 필요하니까. 난 성서의 강력한 말씀을 읽고 싶다. 언어의 황폐함과 구호의 독재에 맞설, 그 시詩가 지닌 비현실적인 힘이 필요하니까. 이런 것들이 없는 세상에서 살고 싶지 않다.

그러나 내가 살고 싶지 않은 세상이 또 하나 있다. 우리 몸과 독자적인 생각에 악마의 낙인을 찍고 우리의 경험 가운데 최고의 것들을 죄로 낙인찍는 세상, 우리에게 독재자와 압제자와 자객을 사랑하라고 요구하는 세상, 온몸을 마비시킬 듯한 그들의 잔혹한 군화 소리가 골목에서 울려도, 그들이 고양이나 비열한 미행자처럼 소리 없이 거리로 숨어들어 번쩍이는 칼날로 희생자의 등 뒤에서 가슴까지 꿰뚫어도……. 설교단에서 이런 무뢰한을 용서하고 더구나 사랑하라고 요구하는 것은 가장 불합리한 일 가운데 하나다. 설사 누군가 그럴 수 있다고 해도, 이는 유례가 없는 허구이며 심각한 손상을 초래할 무자비한 자기기만이다. 적을 사랑하라는 이 괴상하고도 비상식적인 명령은 사람들의 의지를 꺾고 용기와 자신감을 빼앗으며, 독재자에게 대항해 무기라도 들고 일어나야 할 힘을 얻지 못하도록, 그들의 손아귀에서 나긋나긋해지도록 유도한다.

난 신의 말씀을 경외한다. 시적인 그 힘을 사랑하므로. 난 신의 말씀을 혐오한다. 그 잔인함을 증오하므로. 이 사랑은 아주 힘든 사랑이다. 말씀의 광채와 자만하는 신의 엄청난 예속을 끝없이 구분해야 하니까. 이 증오도 아주 힘든 증오다. 이 세상의 멜로디인 말씀을, 우리가 어릴 때부터 경외하라고 배운 말씀을 어떻게 증오할 수 있을까? 눈에 보이는 삶이 전부가 아니라는 걸 알게 된 다음부터 우리를 봉화처럼 비추던, 우리로 하여금 지금의 존재가 되도록 이끌어준 그 말씀을?

하지만 우리는 알고 있다. 이 말씀이 아브라함에게 친자식을 동물처럼 도살하라고 요구했음을. 이런 말씀을 읽을 때 느끼는 분노는 어떻게 해야 하나? 이런 신을 어떻게 생각해야 할까? 아무것도 할 수 없고, 자기가 겪는 상황을 도저히 이해하지 못하는 욥에게 자신과 논쟁하려 한다며 비난을 퍼붓는 신을 도대체 어떻게 이해해야 할까? 욥을 그렇게 만든 게 누구던가? 신이 아무런 이유 없이 어떤 사람을 불행에 빠뜨리는 것이, 평범한 사람이 그러는 것보다 덜 부당할 이유는 뭔가? 욥이 불평할 이유는 충분하지 않았던가?

신의 말씀이 지닌 시적 분위기는 너무나 대단해서 모든 것을 침묵하게 하고, 모든 저항을 하잘것없는 불만으로 만든다.

그러므로 우리에게 선포된 요구와 굴종이 너무 심하여 견딜 수 없을 때는 성서를 옆에 밀어놓는 정도가 아니라 던져버려야 한다. '자유'를 배제하곤 묘사할 수도 없는 인생의 그 큰 범위를 성서에서는 삶과 동떨어진, 즐거움이라고는 없는 신을 향한 복종이라는 단 한 가지 영역으로, 꼼짝할 수 없는 영역으로 한정하려 한다. 우리는 죄를 짊어져 꼬부라지고, 품위를 잃게 하는 예속과 고해성사로 위축되어 이마에 재로 십자가를 긋고, 그의 품 안에서 더 나은 인생을 누리기 위해 수천 가지 희망을 거부한 채 무덤을 향해 가야 한다. 그러나 우리에게서 모든 기쁨과 자유를 빼앗은 그의 품 안에서 어떻게 인생이 더 나아진다는 말인가?

그러나 그에게서 나오고 그를 향해 가는 말씀은 현혹적으로 아름답다. 복사服事 때 난 그의 말씀을 얼마나 사랑했던가! 제단의 촛불 속에서 그 말씀은 얼마나 나를 취하게 했던가! 이 말씀이 온갖 일의 척도임을 얼마나 당연하게 생각했던가! 사람들이 성서 이외의 다른 말—혐오스러운 산란함과 본질의 상실을 의미하는 말들—도 중요하게 생각하는 것은 또 얼마나 이해할 수 없는 일이었던가! 난 지금도 그레고리오 성가를 들으면 발걸음을 멈춘다. 그리고 예전의 그 심취가 이제 저항심에 돌이킬 수 없이 자리를 내준 사실에 잠시 슬픔에 젖는다. '지성의 희생sacrificium intellectus'이라는 두 단어를 처음 들었을 때 화염처럼 내 안에서 솟구쳤던 반란……

호기심과 질문, 의혹과 논거, 생각하는 즐거움 없이 우리가 어떻게 행복해질 수 있을까? 우리의 목을 치는 칼날과 같은 이 두 단어는 우리에게 우리의 생각과는 달리 느끼고 행동하며 살라는 요구이자 광대한 분열을 향한 선동이며, 우리 삶의 내적인 통일과 조화라는 행복의 정수를 희생하라는 명령이다. 갤리선의 노예는 쇠사슬에 묶여 있지만 원하는 것을 생각할 수 있다. 그러나 신이 우리에게 요구하는 것은 우리가 스스로를 노예로 만드는 행위를 가슴 깊은 곳에서 자발적으로 행하는 것, 그것도 기쁨으로 행하는 것이다. 이것보다 더 큰 경멸이 있을까?

신은 그 편재함으로 낮이나 밤이나 우리를 관찰하고 매시간, 매분, 매초 우리의 행위와 생각을 장부에 기록하며, 온전하게 우리 자신일 수 있는 시간을 단 한 순간도 주지 않는다. 비밀이 없는 사람은, 오직 그 자신만이 알고 있는 생각과 소망이 없는 사람은 과연 어떠한가? 종교재판 때와 현재의 고문 기술자들은 알고 있다. "내부로 후퇴할 길을 차단하라, 불을 절대 끄지 마라, 절대 혼자 두지 마라, 그에게서 잠과 평온함을 빼앗으라, 그러면 곧 자백할 것이다!" 우리의 영혼을 훔쳐가는 고문은 호흡하는 데 필요한 공기와도 같은 외로움, 우리가 스스로와 마주 설 수 있는 그 외로움을 파괴한다. 우리의 구주, 우리의 신은 자신의 방종한 호기심과 반감을 일으키는 그 궁금증으로 불멸이어야 할 우리의 영혼을 훔치고 있다는 생각은 왜 하지 않는가?

영원히 죽지 않기를 진심으로 원하는 사람이 과연 있으

랴? 누가 영원히 살고 싶어할까? 말 그대로 끝없이 많은 날과 달과 해가 앞으로 오므로, 오늘과 이 달과 올해에 일어나는 일이 아무런 의미도 없음을 안다는 것은 얼마나 지루하고 공허한가? 정말 영원히 산다면 의미가 있는 일이 하나라도 있을까? 우리는 시간을 계산하지 않아도 되고, 놓치는 것도 없으며, 서두를 필요도 없다. 우리가 어떤 일을 오늘 하든 내일 하든 아무런 상관이, 정말 완벽하게 아무런 상관이 없다. 회복할 시간이 얼마든지 있으므로 수없이 많은 실수도 영원 앞에서는 무無가 되고, 뭔가 후회한다는 것도 무의미해진다. 하루하루 태평하고 편안하게 느낄 수도 없다. 이러한 행복은 흘러가는 시간에 대한 자각을 요구하니까. 게으름뱅이는 죽음과 마주한 모험가요 서두르라는 명령과 싸우는 십자군이다. 언제 어디든 누구에게든 시간이 한없이 많다면 시간을 낭비하면서 얻는 기쁨이 설 자리가 어디에 있으랴?

두 번째로 오는 느낌은 처음과 같지 않다. 그것은 반복될 때 퇴색한다. 너무 자주 오고 오래 지속되는 감정은 우리를 지치고 싫증나게 한다. 불멸하는 우리의 영혼 속에는 이런 것들이 결코, 절대로 끝나지 않을 것임을 아는 데서 오는 어마어마한 권태와 절망이 자랄 것이다. 우리도 변화하는 감정과 함께 변하기를 원한다. 감정은 바로 예전의 자신을 떨쳐 버리기 때문에, 그리고 스스로 다시 사라질 미래를 향해 가기 때문에 감정이다. 이러한 감정의 물결이 영원으로 흐른다면, 유한한 시간에 익숙한 우리로서는 전혀 상상할 수 없는 수천 가지 감정이 마음속에 생겨날 것이다. 그러므로 영생이라는 말을 들을 때, 우리에게 실제로 어떤 약속이 주어지는지는 전혀 알 수 없다. 우리가 영원토록 우리여야 한다면 어떨까? 우리가 우리인 이 강요된 상황에서 언젠가 벗어난다는 위안은 결코 없다는 뜻인가? 우린 여기에 대한 답을 알지 못하며 또 영원히 알 수 없을 터인데, 이런 무지는 축복이다. 불멸이라는 이 낙원이 바로 지옥임을, 그 한 가지 사실은 알고 있으므로.

시간에 아름다움과 두려움을 부여하는 것은 죽음이다. 시간은 죽음을 통해서만 살아 있게 된다. 모든 것을 안다는 신이 왜 이것은 모르는가? 견딜 수 없는 단조로움을 의미하는 무한으로 우리를 위협하는 이유가 무엇인가?

난 대성당이 없는 세상에서는 살고 싶지 않다. 유리창의 반짝임과 서늘한 고요함과 명령을 내리는 듯한 정적이, 오르간의 물결과 기도하는 사람들의 성스러운 미사가, 말씀의 신성함과 위대한 시의 숭고함이 필요하니까. 나는 이 모든 것이 필요하다. 그러나 이에 못지않게 자유와, 모든 잔혹함에 대항할 적대감도 필요하다. 한쪽이 없으면 다른 쪽도 무의미하다. 아무도 나에게 둘 중 하나를 선택하라고 강요하지 말기를.

글을 세 번 읽는 동안 그레고리우스의 놀라움은 점점 커갔다. 유려한 라틴어 단어와 문체의 우아함은 키케로의 글에 못지않았다. 무게 있는 생각과 솔직한 감정은 아우구스티누스를 연상하게 했다. 열일곱 살이라……. 악기 연주로 말하자면 신동이라고 불릴 만했다.

바르톨로메우 신부가 마지막 문장에 대해서 한 말은 사실이었다. 협박은 감동적이었다. 누구를 향한 말인지는 명백했다. 아마데우는 필요하다면 대성당을 희생하고서라도 언제든지 잔혹함에 대항할 적대감을 선택할 것이다. 불경한 사제는 세상의 진부함에 도전하기 위해 독자적인 대성당을 건축할 것이다. 그것이 아름다운 언어로 만들어진 건물에 불과할지라도……. 그리고 잔혹함에 맞설 그의 적대감은 점점 격해질 터였다.

협박이 단순히 공허한 말은 아니지 않았을까? 아마데우가 저 앞에 서 있을 때, 그가 35년 후에 하게 될 일―저항운동가들과 조르즈의 계획에 맞서 에스테파니아 에스피노자의 목숨을 구한 것―을 그 스스로도 알지 못한 채 앞당겨 말한 건 아니었을까?

그레고리우스는 아마데우의 목소리를 들으며 그의 말에서 흘러나오는 들끓는 용암을 느끼고 싶었다. 프라두의 책을 꺼내 사진에 손전등을 비추었다. 아마데우는 복사였다. 처음 열정이 제단의 촛불과 그 환한 불빛 속에서 감히 접근할 수 없게 보이던 성서의 말씀을 향했던 소년. 그러다가 그는 다른 책들에서도 언어를 발견했고, 그 언어는 그가 낯선 모든 언어를 곰곰이 생각하고 자기만의 언어를 벼릴 때까지 그의 안에서 무성하게 자랐다.

그레고리우스는 외투의 단추를 잠그고, 차가운 손을 소매에 집어넣고는 의자에 누웠다. 프라두의 연설을 읽는 동안 긴장했고,

이해하려고 너무 많이 집중해서 피곤했다. 그러나 이 열정과 함께 시작된, 아니 열정 그 자체라고 생각되기도 하는 내부를 향한 각성 때문에도 지쳤다. 잠이 오기를 기다리며 책을 읽던, 베른의 자기 침대가 처음으로 그리웠다. 포르투갈 여자가 밟기 전, 그래서 변하기 전의 키르헨펠트 다리와 라틴어 책을 두고 온 교탁이 생각났다. 열흘 전의 일이었다. 누가 학생들에게 '절대 탈격*'을, 누가 《일리아스》의 구조를 자기 대신 설명했을까? 히브리어 마지막 수업 시간에는 루터가 신을 질투하는 신으로 만들기로 결정했을 때 골랐던 단어에 대해 이야기했다. 그레고리우스는 학생들에게 독일어와 히브리어 사이에 놓인, 숨이 막힐 정도로 엄청나게 큰 차이를 설명했다. 이제 누가 그 설명을 계속해나갈까?

추웠다. 지하철은 이미 오래전에 끊겼다. 전화도, 택시도 없었다. 호텔까지 걸어가려면 몇 시간이 걸릴지 몰랐다. 대강당의 문 앞에서 박쥐가 휙 날아가는 낮은 소리가 들렸다. 가끔 들쥐가 찍찍거리는 소리도 들렸다. 하지만 폐허가 된 대강당은 묘지처럼 조용했다.

목이 말랐다. 주머니에 사탕이 하나 들어 있어 다행이었다. 사탕을 입에 넣자 새빨간 사탕을 내미는 나탈리 루빈의 손이 나타났다. 그는 잠시 나탈리가 자기 입에 사탕을 직접 밀어 넣으려는 게 아닐까 하는 생각을 했다. 그저 그의 상상일까?

그는 아무도 마리아 주앙의 성을 모르는데 어디서 그녀를 찾

---

*   ablativus absolutus. 라틴어에서 무척 중요한 문법 용어 가운데 하나.

을 수 있냐고 나탈리에게 물었다. 나탈리는 허리를 펴고 웃었다.
벌써 며칠째 그와 나탈리는 멜로디가 마리아 주앙을 마지막으로
보았다는 프라제르스 묘지 근처의 통닭 노점 앞에 서 있었다. 겨
울이 되고, 눈이 내리기 시작했다. 베른 역에서 제노바로 가는 열
차가 서서히 움직였다. 엄한 표정의 승무원이 그에게 왜 이 기차
에, 더구나 왜 일등칸에 탔냐고 물었다. 그레고리우스는 떨며 차
표를 찾느라고 주머니를 모두 뒤졌다. 그가 잠에서 깨어나 뻣뻣
해진 몸을 일으켰을 때, 바깥에는 동이 트고 있었다.

20

그레고리우스는 한참 동안 첫 지하철 안에 혼자 타고 있었다.
이 차는 자기가 이제 막 살기 시작한, 상상 속 조용한 중등학교
세계의 연속이라는 생각이 들었다. 그렇게 시간이 조금 흐르고,
아마데우 드 프라두와는 전혀 상관이 없는, 일터에 가는 포르투
갈 사람들이 차에 올라탔다. 그는 베른의 렝가세에서 아침 일찍
버스에 올라타던 사람들과 닮은, 평범하고 무뚝뚝한 이 얼굴들이
반가웠다. 그도 여기에서 살 수 있을까? 무슨 일이 되었든, 여기
서 일하며 살 수도 있을까?

호텔 경비원은 걱정스러운 얼굴로 그를 바라보며 아무 일도
없었는지 물었다. 그러곤 두꺼운 종이 봉투를 건네주었다. 봉투
는 붉은색 밀랍으로 봉인되어 있었다. 어제 오후에 중년 여성이

그를 찾아와 밤늦게까지 기다리다가 두고 갔다고 했다.

아드리아나로군. 그레고리우스가 생각했다. 이곳에서 만난 사람들 가운데 편지를 봉인할 사람은 그녀밖에 없었다. 하지만 경비원이 묘사한 사람은 그녀와는 맞지 않았고, 그녀가 몸소 올 리도 없었다. 그녀 같은 사람은 결코⋯⋯. 아마 가정부였을 것이다. 흐르는 시간이 느껴지지 않도록 꼭대기 층 아마데우의 방에 쌓인 먼지를 닦는 것도 가정부의 일 가운데 하나일 터였다. 그레고리우스는 경비원에게 아무 일도 없었다고 다시 한번 말하고 방으로 올라갔다.

'케리아 베 루Queria vé-lo: 만났으면 합니다! 아드리아나 솔레다드 드 알메이다 프라두.' 값비싼 편지지에 쓰인 글은 이게 다였다. 아마데우가 쓴 것과 같은 검은 잉크였고, 서툴면서도 거만해 보이는 글씨체였다. 철자를 한 글자씩 힘들여 기억해내고, 녹슨 위엄으로 적은 듯한 글씨. 아드리아나는 그가 포르투갈어를 못한다는 것, 그래서 서로 프랑스어로 이야기를 나누었다는 사실을 잊은 걸까?

그레고리우스는 파란 집으로 오라는 명령처럼 들리는 이 무뚝뚝한 글에 잠시 놀랐다. 그러나 창백한 얼굴과 쓰디쓴 눈빛, 죽음을 인정할 수 없는 오빠의 방을 벼랑 끝에 선 듯 거닐던 그녀의 모습이 눈앞에 떠오르자 글은 이제 명령처럼 보이지 않았다. 오히려 비밀스러운 검은 벨벳 끈을 두른 목에서 나오는 쉰 목소리, 구조 요청처럼 들렸다.

편지 봉투 위쪽 가운데에는 프라두 집안 문장에 쓰이는 듯한 검은 사자가 새겨져 있었다. 아버지의 엄격함과 죽음의 음습함, 아드리아나의 어두운 모습, 아마데우의 꺾이지 않는 대담함과 잘 어울렸다. 그러나 발걸음 가볍게 움직이는 멜로디, 아마존 강변에서의 비일상적인 경솔함 때문에 태어난 그녀와는 맞지 않아 보였다. 그녀의 어머니인 마리아 피에다드 헤이스와는 어울릴까? 왜 아무도 그녀에 대해서는 이야기하지 않을까?

그레고리우스는 샤워를 하고 점심때까지 잤다. 자기 몸을 먼저 생각하고, 아드리아나를 기다리게 한다는 사실이 기뻤다. 베른에서도 이렇게 할 수 있었을까?

나중에 파란 집으로 가는 길에 그는 줄리우 시몽이스의 헌책방에 들러 페르시아 문법을 어디에서 배울 수 있는지, 그리고 포르투갈어를 배우려면 어떤 어학원이 가장 좋은지 물었다.

시몽이스가 웃었다.

"포르투갈어와 페르시아어를 한꺼번에요?"

그레고리우스는 슬며시 짜증이 났으나 곧 풀어졌다. 지금 그레고리우스의 인생에서 포르투갈어와 페르시아어 사이에 아무런 구별이 없다는 것, 이 두 가지가 어떤 의미에서는 같은 언어임을 시몽이스는 당연히 모를 테니까. 시몽이스는 그레고리우스가 프라두를 찾는 데 진전이 있는지, 코티뉴 노인이 도움이 되었는지 물었다. 한 시간 뒤, 4시가 다 되었을 때 그레고리우스는 파란 집의 초인종을 눌렀다.

오십 대 중반쯤 되어 보이는 여자가 문을 열었다.

"저는 가정부 클로틸드입니다."

그녀가 포르투갈어로 말했다. 그러고는 평생 집안일을 해온 거친 손으로 잿빛으로 세기 시작한 머리카락을 매만져 똑바로 묶여 있는지 확인했다.

"부인은 응접실에 계십니다."

그녀가 앞장서 가며 말했다.

처음 왔을 때와 마찬가지로, 그레고리우스는 응접실의 크기와 우아함에 압도당했다. 시계는 여전히 6시 23분을 가리키고 있었다. 아드리아나는 구석 탁자 앞에 앉아 있었다. 약품이나 향수에서 나는 듯한 싸한 냄새도 여전히 공기 중에 떠돌았다.

"늦었군요."

그레고리우스는 그녀의 편지로 미루어, 인사말도 없는 이런 쌀쌀한 대면을 이미 짐작하고 있었다. 탁자에 앉으면서 그는 이 노파의 퉁명스러움을 잘 받아넘기는 자기 자신에게 놀랐다. 그녀의 모든 행동은 고통과 외로움의 표현임을 충분히 이해할 수 있었다.

"어쨌든 이렇게 왔지 않습니까?"

그가 말했다.

"그래요."

그녀는 대답하고, 한참 지난 다음 다시 한번 말했다.

"그래요."

그가 느끼지 못한 사이에 가정부가 소리 없이 탁자 옆에 와 있었다.

"클로틸드, 기계를 틀어요."

아드리아나가 말했다.

그제야 옆에 있던 상자가 그레고리우스 눈에 띄었다. 그 상자는 접시만큼 커다란 릴이 달린, 아주 오래된 녹음기였다. 클로틸드가 테이프를 헤드 틈에 끼우고 빈 릴에 고정한 다음 단추를 누르자 릴이 돌아가기 시작했다. 클로틸드는 곧 방에서 나갔다.

처음에는 삐걱거리는 소리와 물이 흐르는 듯한 소리만 들리더니 잠시 후 여자의 목소리가 들렸다.

"왜 아무 말도 하지 않아?"

그레고리우스는 그 말밖에 알아듣지 못했다. 곧이어 들린 여러 사람의 목소리는 마이크를 잘못 다루어서 나는 시끄러운 소음에 묻혀 혼란스럽기만 했다.

"아마데우."

남자 목소리가 들리자 아드리아나가 말했다. 평소에도 쉰 듯한 그녀의 목소리가 이름을 발음하면서 더 거칠어졌다. 그녀는 손을 검은 벨벳 끈에 대고, 목에 더 바짝 붙이려는 듯 세게 감쌌다.

그레고리우스는 확성기에 귀를 댔다. 아마데우의 목소리는 그가 생각했던 것과 달랐다. 바르톨로메우 신부는 그의 목소리가 부드러운 바리톤이라고 했는데, 음의 높이는 맞지만 음색은 차가웠다. 아마데우가 신랄하고 예리하게 말하는 사람이라는 느낌이 들었다. 그레고리우스가 알아들은 유일한 말이 '난 싫다'라는 말뿐이었기 때문일까?

"파티마."

혼란스러운 가운데 지금까지 듣지 못하던 목소리가 들리자 아드리아나가 말했다. 이름을 발음할 때의 경멸하는 태도가 모든 것을 말해주고도 남았다. 파티마는 훼방꾼이었다. 여기에서뿐만 아니라 모든 대화에서. 그녀는 아마데우에게 어울리는 여자가 아니었다. 파티마는 소중한 오빠를 불법적으로 빼앗아갔다. 그녀가 그의 인생에 끼어들지 않았더라면 훨씬 좋았을 것을……

파티마의 목소리는 부드럽고도 어두워서 자기 뜻을 관철하기 어려웠겠다는 느낌을 주었다. 이 온화함 속에 자기 말에 더 세심하게 귀를 기울이고 배려해달라는 요구도 들어 있었을까? 아니면 그저 낮게 깔리는 소음이 이런 느낌을 주는 걸까? 그녀가 말을 하는 동안 아무도 끼어들지 않았고, 그녀가 말을 끝낸 다음에도 모두 조용했다.

"모두 그녀를 배려해줬어요. 그것도 아주 많이."

파티마의 목소리가 흘러나오는 동안 아드리아나가 말했다.

"혀 짧은 소리가 모든 일을 용서받을 엄청난 불행이라도 되는 것처럼. 종교적인 유치함이든 뭐든 몽땅 배려해줬어요."

그레고리우스는 혀 짧은 소리는 듣지 못했다. 소음에 묻혀 들어간 모양이었다.

뒤이어 멜로디의 목소리가 들렸다. 그녀는 굉장한 속도로 말하며 일부러 마이크에 숨을 내쉬는 것 같았는데, 아주 큰 소리로 웃기도 했다. 아드리아나는 구역질이 난다는 표정으로 고개를 돌려 창밖을 내다보았다. 그러다가 자기 목소리가 들려오자 재빨리 손을 뻗어 스위치를 껐다.

몇 분 동안 아드리아나의 눈길은 과거를 현재로 만든 녹음기에 머물러 있었다. 지난 일요일, 그녀가 아마데우의 책을 내려다보며 죽은 오빠에게 말을 걸 때와 같은 눈길이었다. 그녀는 이 녹음을 수백 번, 아니 수천 번도 더 들었을 터였다. 단어는 물론이고 바스락거리는 소리, 탁 튀는 소리나 물 흐르는 듯한 소음까지 모두 알고 있었다. 지금 상황은 현재 멜로디가 살고 있는 그 집에서 가족과 함께 앉아 있던 당시와 똑같았다. 그러니 그녀가 현재형으로, 또는 마치 어제 일어났던 일을 이야기하는 듯한 과거형 시제로 말하지 못할 이유가 전혀 없었다.

"어머니가 저 녹음기를 집에 가지고 왔을 때 우리는 눈을 의심했어요. 기계라고는 모르는 분이었거든요. 전혀. 기계에 겁을 낼 정도였어요. 어머니는 기계가 모든 것을 망친다고 생각하셨어요. 그런 분이 하필이면 녹음기를 가지고 온 거예요. 당시 살 수 있었던 최신품을.

우리가 나중에 그런 이야기를 하자 오빠가 말했어요.

'어머니는 우리 목소리를 영원히 남기려는 게 아니야. 다른 목적이 있어. 우리가 당신께 다시 관심을 보이기를 바라는 거야.'

오빠 말이 맞았어요. 아버지는 돌아가셨고 우리는 여기서 병원을 하고 있으니, 어머니의 인생은 공허했을 거예요. 히타는 방황하고 떠돌아다니느라 어머니를 찾아가는 일은 드물었죠. 파티마가 매주 어머니를 방문하긴 했지만, 위로가 되지는 않았어요.

'어머님은 당신을 더 보고 싶어하셔.' 어머니를 뵙고 온 날이면 파티마가 이렇게 말하곤 했어요.

하지만 오빠는 가려고 하지 않았어요. 말은 하지 않았지만, 난 알았어요. 어머니에 관한 일이라면 오빠는 언제나 겁쟁이였어요. 오빠의 유일한 비겁함……. 그 어떤 불쾌한 일도 피하는 법이 없는 오빠가 말이에요."

아드리아나가 목을 감쌌다. 한순간 그녀가 벨벳 끈 뒤에 숨어 있는 비밀을 말하려는 듯이 보여 그레고리우스는 숨을 멈추었다. 그러나 그 순간은 곧 지나가고, 아드리아나의 눈길은 현재로 돌아왔다.

그레고리우스는 아마데우가 한 말을 한 번 더 들어도 되겠냐고 물었다.

"이건 놀랄 일이 아니야."

아드리아나는 녹음기를 트는 대신 직접 포르투갈어로 말을 하기 시작했다. 아마데우가 했던 말을 하나하나 모두 외워서 그대로 따라 했다. 그것은 단순한 인용도 아니었고, 연기력이 좋은 훌륭한 배우가 할 수 있는 연기도 아닌, 그 이상이었다. 대상과의 거리가 훨씬 가까웠다. 그녀는 완벽했다. 아드리아나는 지금 아마데우였다.

그레고리우스는 "난 싫다"라는 말을 다시 알아들었고, "내 목소리를 바깥에서 듣는 것"이라는 말도 이해할 수 있었다.

모두 끝나자 아드리아나가 번역을 해주었다. 프라두는 녹음이 놀랄 일은 아니라고, 녹음에 필요한 기술적인 원칙들은 이미 의학 과목에서도 배웠다고 말했다. "나는 녹음기가 말을 다루는 방식이 싫다." 그는 자기 목소리를 바깥에서 듣고 싶지 않다고, 스스로에게 그런 짓을 하고 싶지는 않다고, 지금 상태로도 자기는 충분히 혐오스럽다고 말했다. 그리고 말을 박제하다니. 사람들은 보통 자기의 말이 잊히리라는 것을 알기 때문에 자유롭게 말한다고, 그런데 별로 생각하지 않고 이야기한 말과 경박한 말이 모두 보관된다고 생각하니 이 얼마나 끔찍한 일이냐고, 신의 무례함이 연상된다고 말했다.

"마지막 말은 그냥 중얼거린 거예요."

아드리아나가 말했다.

"어머니가 그런 말을 좋아하지 않았고, 파티마도 어쩔 줄 몰라 했으니까요."

그녀는 프라두의 말을 다시 이어나갔다. "이 녹음기는 망각의 자유를 파괴하는 거야. 하지만 어머니, 제가 지금 어머니를 비난하는 건 아니에요. 이건 아주 재미있는 기계인걸요. 잘난 척하는 아들이 하는 말을 모두 진지하게 받아들이실 필요는 없어요."

그녀가 곧바로 말을 이었다.

"도대체 왜 오빠는 항상 어머니를 위로해야 하고, 뭐든 사과해야 한다고 생각하는 거야?"

아드리아나는 마치 눈앞에 아마데우가 있기라도 하듯이 화를 냈다.

"어머니가 어머니만의 부드러운 방식으로 오빠에게 그렇게 심한 고통을 주었는데도! 왜 오빠 생각을 주장하지 못해? 다른 때는 언제나 그렇게 자기주장이 강한 사람, 언제나!"

그레고리우스는 아마데우의 목소리가 듣고 싶으니 녹음기를 한 번 더 틀어도 되겠냐고 물었다. 그 부탁에 그녀는 감동했다.

녹음기를 다시 돌리는 그녀의 얼굴은, 자기가 중요하다고 생각한 것을 어른에게도 인정받아 놀라고 기뻐하는 어린 소녀처럼 보였다.

그레고리우스는 프라두의 말을 몇 번이고 다시 들었다. 그는 책을 꺼내 사진이 있는 곳을 펴서 탁자 위에 올려놓고, 그의 목소리와 얼굴이 완전히 이어질 때까지 계속 들었다. 그러다가 아드리아나를 보고는 깜짝 놀랐다. 그녀는 한시도 쉬지 않고 그를 지켜본 모양이었다. 엄격함과 불쾌함이 모두 사라진 얼굴에는 아마데우를 향한 사랑과 경외의 세계로 그를 기꺼이 맞아들인다는 표정이 어려 있었다. "조심하세요. 아드리아나 말이에요." 마리아나 에사가 하는 말이 귓가에 들렸다.

"따라오세요."

아드리아나가 말했다.

"우리가 일하던 곳을 보여드릴게요."

1층에서 그의 앞에 서서 걸어가는 그녀의 발걸음은 지금까지와는 달리 힘차고 빨랐다. 그녀는 지금 오빠가 있는 병원으로 가는 중이었다. 오빠가 나를 불러, 급해. "아프거나 불안한 사람들은 기다릴 수 없단다." 아마데우는 늘 이렇게 말했다고 했다. 그녀는 자물쇠에 얼른 열쇠를 집어넣어 병원 문을 연 다음에 문이라는 문은 모두 활짝 열고 전등도 모두 켰다.

프라두는 이곳에서 31년 전에 그의 마지막 환자를 치료했다. 진찰대에는 깨끗한 종이가 깔려 있었고, 진찰 기구를 두는 선반에는 오늘날에는 쓰지 않는 주사기들이 놓여 있었다. 책상 중간에는 진료카드 통이 있었는데, 그중 한 장이 비스듬히 세워져 있었다. 그 옆에는 청진기가 놓여 있고, 쓰레기통에는 그 옛날의 피가 묻은 솜이 들어 있었다. 문 옆에는 흰 가운이 두 벌 걸려 있었다. 먼지는 한 점도 보이지 않았다.

아드리아나는 못에 걸린 가운을 내려 입었다.

"오빠 가운은 언제나 왼쪽에 걸려 있어요. 왼손잡이거든요."

그녀가 단추를 채우며 말했다.

그레고리우스는 그녀가 몽유병 환자처럼 움직이는 '과거의 현재'에서, 더는 어떻게 해야 할지 모르는 순간이 올까 봐 두려워졌다. 그러나 아직은 그때가 아니었다. 일에 대한 열정이 가득한 얼굴로 그녀는 약품장을 열고 내용물을 확인했다.

"모르핀을 거의 다 썼네."

그녀가 중얼거렸다.

"조르즈에게 전화를 해야겠군."

그녀는 약품장을 닫은 다음 진찰대의 종이를 손으로 쓸어보고 발끝으로 저울도 똑바로 놓고 세면대가 깨끗한지 살피고는 진료카드가 놓인 책상 앞에 섰다. 비스듬하게 세워진 카드를 만지거나 읽지도 않은 채 그녀는 환자에 대해 이야기하기 시작했다.

"왜 그 돌팔이에게 간 거지? 낙태를 자주 하는 그 사람에게. 그래, 그럴 수도 있지. 내가 얼마나 끔찍한 경험을 했는지 이 여자는 몰랐을 테니까. 하지만 그런 경우 오빠에게 와야 한다는 건 누구나 알고 있는데……. 여자들이 위급한 상황에 있으면 오빠는 법 같은 건 완전히 무시하니까. 오빠가 말했지. '이텔비나가 아이를 또 낳다니, 그건 안 돼. 그녀가 종합병원에서 계속 치료를 받아야 할지 어쩔지 다음 주에는 결정해야 해'라고 말이야."

그레고리우스는 주앙 에사가 한 말이 생각났다. "여동생 가운데 나이가 더 많은 쪽이 낙태를 했는데, 거의 목숨을 잃을 뻔했다고 하더군." 기분이 섬뜩해졌다. 아드리아나는 위층 아마데우의 방에 있을 때보다 이곳에서 훨씬 깊이 과거에 빠져들었다. 위층의 과거는 그녀가 그의 외부에서만 동행할 수 있는 과거였다. 그녀는 나중에 그 과거를 위해 책으로 기념비를 세웠다. 그러나 아마데우가 그 방에서 담배를 피우거나 커피를 마시면서 손에 구식만년필을 들고 책상 앞에 앉아 있는 동안 그녀는 사색에 빠진 그로부터 소외되어 틀림없이 질투로 불타올랐을 터였다. 하지만 이곳, 병원에서는 달랐다. 그녀는 그가 말하는 것은 무엇이든 들었고, 그와 환자에 대해 이야기를 나누었으며, 그를 도와주었다. 그는 이곳에서 완전히 그녀의 사람이었다. 이곳은 오랜 세월 그녀인생의 중심지였고, 가장 생기 넘치는 현재였다. 노년의 흔적에도 불구하고 이 순간 젊고 아름다워 보이는 얼굴은 이 현재에 영원히 머물고 싶은 그녀의 마음, 행복했던 그 시절을 영원히 떠나고 싶지 않다는 소원을 드러내주었다.

아드리아나가 깨어나기까지는 오랜 시간이 걸리지 않았다. 그녀는 손가락을 불안하게 움직이며 흰 가운의 단추가 모두 채워졌는지 살폈다. 눈의 광채가 시들기 시작하고 늘어진 피부가 아래로 내려앉았다. 과거의 환희는 이제 이 공간에서 사라졌다.

그레고리우스는 그녀가 깨어나, 클로틸드가 녹음기를 틀어야 하는 차갑고 외로운 삶으로 돌아오는 걸 원하지 않았다. 어쨌든 아직은 아니었다. 그건 너무 무자비한 일이었다. 그래서 그는 모험을 감행했다.

"아마데우가 후이 루이스 멘드스를 여기서 치료했나요?"

그 말은 그가 진찰 기구가 있는 선반에서 주사기를 하나 집어 들고, 그녀의 검은 핏줄에 엄청난 속도로 약효가 퍼지는 마약을 넣은 것과 같은 효력을 불러왔다. 경악의 물결이 그녀를 감쌌다. 뼈만 남은 아드리아나의 몸은 몇 분 동안 열에 들뜬 듯 떨렸고 숨도 가빠졌다. 그레고리우스는 깜짝 놀라 자신의 돌출 발언을 후회했다. 그러나 경련은 얼마 뒤 가라앉았다. 몸이 다시 펴지고 떨리던 시선도 안정되자 그녀는 진찰대 쪽으로 갔다. 그레고리우스는 멘드스에 관한 이야기를 어디서 들었냐고 아드리아나가 묻기를 기다렸다. 그러나 그녀는 이미 과거로 돌아가 있었다.

그녀는 손바닥을 펴서 진찰대 종이 위에 얹었다.

"여기였어요. 바로 여기. 몇 분 전에 일어났던 일인 것처럼 그 사람이 누워 있는 모습이 눈앞에 선해요."

그녀는 그 당시 상황을 이야기했다. 박물관처럼 조용하던 공간이 그녀의 말이 지닌 힘과 열정으로 생생해졌고, 그 옛날의 더위와 불행이 병원으로 다시 찾아들었다. 대성당을 사랑하고 잔혹함을 절대 용납하지 않던 아마데우 이나시우 드 알메이다 프라두가 남은 인생 동안 결코 잊을 수 없었던 그 일, 냉철한 그의 이성으로도 극복하거나 결론을 낼 수 없었던, 식어가는 인생의 마지막 몇 년 동안 끈적거리는 그림자처럼 그를 따라다녔던 불행……

그 일은 축축하게 더웠던 1965년 8월에 일어났다. 그해 2월, 1958년 대통령 선거에서 중도좌파 야당의 후보였던 움베르투 델가두가 알제리 망명 생활을 접고 에스파냐 국경을 통해 포르투갈로 들어오던 중 살해당한 사건이 벌어졌다. 암살의 책임은 에스파냐와 포르투갈 경찰에게 미뤄졌지만, 사람들은 모두 이 사건이 안토니우 드 살라자르의 노쇠가 명백해진 다음부터 온갖 것을 통제하던 비밀경찰의 작품이라고 확신했다.

리스본에는 이 유혈 범죄의 책임자가 비밀경찰 간부 중에서도 특히 끔찍한 공포의 대상인 후이 루이스 멘드스라고 적힌 전단이 나돌았다.

"우리 편지함에도 그 전단이 들어 있었어요."

아드리아나가 말했다.

"오빠는 눈빛으로 멘드스를 없애버리려는 듯 그의 사진을 노려봤어요. 그러고는 잘게 찢어 변기에 버리고 물을 내렸어요."

일이 벌어진 것은 이른 오후, 소리 없이 찌는 듯한 더위가 도시를 뒤덮고 있을 때였다. 프라두는 낮잠을 자려고 자리에 누워 있었다. 그는 매일 정확히 삼십 분 동안 낮잠을 잤다. 하루 중 이때가 힘들이지 않고 잠에 빠져드는 유일한 시간이었다. 이 시간에 아마데우는 꿈도 꾸지 않고 깊이 잠들었으며, 그 어떤 소음도 듣지 못했다. 갑자기 일어나야 할 일이 생기면 잠깐 동안 방향감각을 잃고 멍하니 있었다. 아드리아나는 마치 성소를 지키는 사람처럼 그가 방해를 받지 않도록 애썼다.

아마데우가 막 잠이 들었을 때, 아드리아나의 귀에 한낮의 고요함을 찢는 날카로운 고함 소리가 들렸다. 그녀는 창문 쪽으로 달려갔다. 옆집 대문 앞 계단에 한 남자가 쓰러져 있었다. 그를 에워싸고 서서 그녀의 시야를 가리는 사람들이 알아듣지 못할 소리를 지르며 요란하게 손짓을 했다. 여자들 가운데 한 명이 신발 끝으로 쓰러져 있는 남자를 걷어차는 것 같았다. 키가 큰 남자 둘이 사람들을 뒤로 밀치고 쓰러진 남자를 일으켜 병원 입구까지 들고 왔다. 그제야 남자를 알아본 아드리아나는 심장이 멎는 듯했다. 전단에서 본 멘드스였다. 사진 아래 '리스본의 인간백정'이라고 적혀 있던 사람.

"그 순간 나는 앞으로 무슨 일이 벌어질지 깨달았어요. '이미 일어난 미래'처럼, 놀란 내 마음속에서 이미 벌어진 일, 그래서 이제 구체적인 사건으로 퍼지는 것만 남은 일처럼 속속들이 알았다고요. 이제부터 겪어야 할 몇 시간이 오빠의 인생에서 깊은 상처가 되고, 지금까지 경험했던 그 어떤 일들보다 훨씬 어려운 시련이 되리라는 것을……. 그게 너무도 확실하게 눈앞에 보였어요."

멘드스를 들고 온 사람들이 미친 듯이 초인종을 눌렀다. 반복되며 견딜 수 없을 만큼 커지는 날카로운 초인종 소리는 아드리아나의 귀에 독재 정치의 폭력과 잔혹함이—지금까지 비록 양심에 가책은 느꼈지만 거리를 둘 수 있었던—우아하게 보호받던 이 집의 평화를 깨기 시작하는 소리로 들렸다. 그녀는 못 들은 척, 아무 반응도 하지 않는 게 좋을지 잠깐 생각했다. 그러나 오빠가 그런 행동은 결코 용서하지 않으리라는 것을 알았기 때문에 문을 열고 나서 그를 깨우러 갔다.

"오빠는 아무 말도 하지 않았어요. 생사가 걸린 문제가 아니면 내가 자기를 깨우지 않으리라는 걸 알았으니까요. 저는 그냥 '병원에'라고만 말했어요. 오빠는 신발도 신지 않고 비틀거리며 계단을 뛰어내려와, 저편에 있는 세면대로 가서 차가운 물로 얼굴을 적셨어요. 그러고는 멘드스가 누워 있는 이곳으로 다가왔어요.

오빠는 돌처럼 굳어서는 믿을 수 없다는 표정으로 멘드스를 내려다봤어요. 이마에 땀방울이 송골송골 맺히고 창백한 그의 얼굴을요. 그러고 내 쪽으로 돌아서서 확인하려는 듯 나를 바라봤어요. 난 고개를 끄덕였죠. 오빠는 한순간 손으로 얼굴을 가렸지만, 그러고 나서는 아주 빠르게 움직였어요. 단추가 튀어나갈 정도로 세차게 양손으로 멘드스의 셔츠를 찢었어요. 털이 난 가슴에 먼저 귀를 대고 들은 다음, 내가 건네준 청진기를 가져다 댔어요.

'강심제!'

오빠는 이 한마디만 했어요. 꽉 눌린 그 목소리에 억눌린 증오가 번쩍이는 칼날처럼 묻어났어요. 내가 주사기에 약을 넣을 동안 오빠가 심장마사지를 했는데, 갈비뼈가 부러지는 둔탁한 소리가 들렸어요.

내가 주사기를 건네줄 때 우리 시선이 아주 잠깐 마주쳤어요. 그 순간 오빠가 얼마나 안타까웠던지! 그때 오빠는 냉철하고도 완고한 의지로 진찰대에 누워 있는 이 살찐 땀투성이 남자, 사람들이 모두 고문과 살인, 국민에 대한 잔인한 억압의 책임자라고 짐작하는 그 사람을 그냥 죽게 내버려두고 싶은 욕망과 싸우고 있었어요. 그건 너무나 쉬운 일이었죠. 믿을 수 없을 만큼 쉬운! 몇 초 동안만 아무것도 하지 않으면 충분했으니까요! 그냥 손을 놓기만 하면 됐어요. 아무것도 하지 말고!

그런데 정말 그랬어요. 멘드스의 가슴에서 치료해야 할 자리를 소독한 다음 오빠는 망설이며 눈을 감았어요. 난 그 전에도, 그 후에도 누군가 이렇게 자신을 억누르는 모습을 본 적이 없어요. 오빠는 눈을 뜨더니 멘드스의 심장에 바로 바늘을 꽂았어요. 그 모습이 마치 그를 죽이려는 최후의 일격처럼 보여서 난 그 자리에 얼어붙었어요. 오빠는 숨이 막힐 정도로 정확하게, 다른 때와 똑같이 행동했어요. 그럴 때 오빠 모습은 사람의 육체를 유리쯤으로 생각한다는 느낌이 들게 할 정도였어요. 한 치의 동요도 없이 너무도 차분하게 심장이 다시 뛰도록 심근에 주사를 놓았고, 주사기를 다시 뺄 때 급한 것은 모두 처리했다는 듯한 표정이었어요. 오빠는 바늘을 찌른 자리에 반창고를 하나 붙이고 청진기로 진찰하고는 나를 보며 고개를 끄덕였어요.

'구급차.'

구급차가 와서 멘드스를 들것에 싣고 나갔는데, 문 앞에서 의식이 돌아온 그가 눈을 뜨고 오빠를 바라봤어요. 난 오빠의 차분한 행동에 놀랐어요. 거의 사물을 대하듯 멘드스를 보더군요. 어쩌면 피곤해서 그랬을 수도 있겠지요. 어쨌든 오빠는 위기를 넘기고 이제 쉬려는 사람처럼 문에 기대서 있었으니까요.

하지만 휴식과는 정반대 상황이 벌어졌어요. 오빠는 조금 전에 사람들이 쓰러진 멘드스를 에워싸고 있었던 걸 몰랐고, 나도 잊어버리고 있었어요. 갑자기 '배신자! 배신자!'라고 외치는 신경질적인 목소리가 들렸어요. 그건 정말 예상치도 못한 일이었어요. 사람들은 들것에 실린 멘드스가 살아 있는 걸 보고, 마땅히 죽었어야 할 그를 살린 사람을 정당한 심판을 저버린 배신자로 생각하고 분노를 이쪽으로 돌린 거예요.

오빠는 아까 멘드스를 알아보았을 때처럼 손으로 얼굴을 가렸어요. 아까는 고개를 빳빳하게 든 채였지만, 이번에는 축 늘어뜨리고 손에 묻었지요. 이제 닥칠 일에 대한 슬픔과 피곤함을 이것보다 더 적절하게 표현할 수는 없었을 거예요.

하지만 슬픔도, 피곤함도 오빠의 정신을 흐리게 하지는 못했어요. 오빠는 급해서 미처 입지 못했던 가운을 침착하게 못에서 내려 입고 손으로 쓸어내렸어요. 옷을 쓸어내리는 동작에서 보이는 몽유병자와 같은 확신을 난 나중에야 이해했어요. 오빠는 오래 생각할 것도 없이 자기가 사람들에게 의사로 보여야 한다는 것, 그리고 자신이 의사임을 말해주는 옷을 입으면 그렇게 보이기가 가장 쉽다는 걸 알았던 거예요.

오빠가 문을 열자 고함 소리가 사그라졌어요. 오빠는 고개를 숙이고 손을 가운 주머니에 넣은 채 한참 동안 서 있었어요. 사람들은 오빠가 자기를 변호하는 말을 하길 기다렸지요. 오빠는 고개를 들고 사람들을 바라봤는데, 제 눈에는 오빠가 맨발로 돌바닥을 그냥 딛고 있는 게 아니라 땅속으로 파고들 정도로 몸을 지탱하고 있는 듯이 보였어요.

'난 의사요.'

오빠는 이렇게 말하고, 맹세라도 하듯 다시 한번 말했어요.

'난 의사라고요.'

난 근처에 살면서 우리 병원에 다니는 환자 서너 명을 알아봤어요. 이 사람들은 당황하여 땅바닥을 내려다봤어요.

'그자는 살인자요!'

누군가 이렇게 외쳤고, 다른 사람도 '인간백정!'이라고 소리쳤어요. 오빠의 어깨가 힘겹게 숨을 쉬느라 오르내리고 있었어요.

'그는 생명이 있는 사람입니다. 한 인간이에요.'

오빠는 크고 또렷하게 말했어요. 오빠가 '인간'이라고 덧붙일 때 그 목소리에서 낮은 떨림을 느낀 사람은 아마 오빠 목소리의 온갖 뉘앙스를 아는 나밖에 없었을 거예요.

그러자 누군가 바로 토마토를 던졌어요. 그 토마토는 오빠의 흰 가운에서 터졌어요. 내가 기억하는 한 오빠가 육체적으로 공격을 당한 건 그때가 처음이었고 또 유일했을 거예요. 이 공격이 그다음에 일어난 일에 얼마만 한 동기를 부여했는지, 오빠가 그때 문 앞에서 당한 충격적인 그 일에 어느 정도 촉진제 구실을 했는지는 난 알 수 없어요. 어쨌든 그다음에 일어난 일과 비교해볼 때 토마토는 별것 아니었을 거라고 생각해요. 어떤 여자가 사람들을 헤치고 나와 오빠 앞에 서더니 얼굴에 침을 뱉었어요.

그게 그냥 한 번이었다면 제어할 수 없는 경련처럼 분노에 떠는 돌발행위였다고 볼 수도 있었을 테지요. 하지만 그 여자는 마치 몸에서 영혼을 뱉어내듯이 여러 번 계속해서 침을 뱉었어요.

더러운 침이 오빠의 얼굴을 적시고 서서히 흘러내렸어요.

　오빠는 눈을 감은 채 그냥 당하고 있었어요. 하지만 오빠도 틀림없이 나처럼 그 여자를 알아봤을 거예요. 그 여자는 오빠가 몇 년 동안 돈 한 푼 받지 않고 왕진을 다닌 암환자의 아내였어요. 그 환자가 죽을 때까지 그렇게 다녔지요. 난 처음에 '저렇게 은혜를 잊어버리다니!'라고 생각했어요. 하지만 그녀의 눈에서 분노 뒤에 숨은 고통과 절망을 알아보고서야 난 오빠가 해주었던 일을 그녀가 너무나 고마워했기 때문에 침을 뱉는다는 걸 이해했지요. 그녀에게 오빠는 영웅이었고, 남편이 병을 앓던 그 어두운 시절을 동행한 수호천사요 신의 사자였어요. 오빠가 없었더라면 그녀는 혼자서 길을 잃고 어쩔 줄 몰랐겠지요. 그런데 하필이면 그랬던 오빠가 이제 정의를 방해한 거예요. 멘드스가 살아 있지 않아야 이루어지는 정의를……. 이런 생각이 지능이 약간 낮고 세련되지 못한 그녀의 영혼으로 하여금 심한 동요를 일으켰고, 그녀는 그런 식으로 폭발을 할 수밖에 없었던 거예요. 오래 지속될수록 오빠를 훨씬 넘어서는 의미를 지닌, 무언가 신화적인 성격을 띠게 되는 폭발…….

　사람들은 선을 넘었다는 걸 깨닫고는 시선을 아래로 향한 채 흩어졌고, 오빠는 몸을 돌려 내 쪽으로 왔어요. 난 손수건으로 오빠 얼굴을 우선 대충 닦았어요. 오빠는 저편에 있는 세면대로 가서 수도꼭지 아래 얼굴을 대고는, 물이 세면대를 넘치고 사방으로 튈 정도로 세게 틀었어요. 수건으로 물기를 닦아낸 오빠의 얼굴은 아주 창백했어요. 오빠는 그 순간 너무도 울고 싶었을 거예요. 그 자리에 서서 눈물을 기다렸지만, 눈물은 나오지 않았어요. 4년 전 파티마가 죽은 다음부터 오빠는 한 번도 울지 않았어요. 그렇게 서 있던 오빠가 걸음마를 다시 배워야 하는 아이처럼 뻣뻣하게 걸으며 나에게 다가왔어요. 그러고는 흐르지 않는 눈물이 가득한 눈으로 앞에 서서는 양손으로 내 어깨를 잡고, 아직 축축한 이마를 내 이마에 댔어요. 삼사 분쯤 그렇게 서 있었을 거예요. 그때가 내 인생에서 가장 소중한 시간이었어요."

아드리아나는 입을 다물었다. 그녀는 지금 그때의 그 몇 분을 다시 경험하고 있었다. 얼굴에 경련이 일어났지만, 그때의 아마데우처럼 눈물을 흘리지 못했다. 그녀는 세면대로 걸어가 손바닥에 물을 받아 얼굴을 담갔다. 그런 다음 수건으로 눈과 뺨과 입을 닦고는, 마치 그 자리에 서야만 이야기를 마칠 수 있다는 듯이 원래 있던 자리로 돌아갔다. 손도 다시 진찰대에 놓았다.

그녀가 다시 이야기를 시작했다. 아마데우는 샤워를 하고 또 한 다음, 책상 앞에 앉아 새 종이를 꺼내고 만년필 뚜껑을 열었다.

그러나 그는 아무것도, 단 한 글자도 쓰지 못했다.

"그 사건이 오빠를 침묵하게 하고, 오빠가 그 침묵 속에서 숨막혀 하는 모습을 그냥 보고 있어야 하는 게 제일 끔찍했어요."

뭔가 먹겠냐고 묻자 아마데우는 정신이 나간 듯 고개만 끄덕였다. 그런 다음 화장실로 가서 가운에 묻은 토마토 얼룩을 지웠다. 그는 가운을 입은 채—한 번도 그런 적이 없었는데—식탁에 와 앉았고, 젖은 자리를 계속 문질렀다. 아드리아나는 옷을 문지르는 이 행동이 오빠의 마음속 깊은 곳에서 무의식적으로 나온다고 생각했다. 의식적으로 하는 행동보다 훨씬 더 힘들어 보였다. 그녀는 오빠가 자기 눈앞에서 이성을 잃고, 멍한 눈길로 이렇게 영원히 앉아 고통을 문지르고 있을까 두려웠다. 밤낮으로 자신의 모든 능력과 힘을 선물한 사람들이 그에게 준 고통……

그는 음식을 씹다 말고 화장실로 달려가 목을 조르는 경련에 시달리듯 끝없이 토했다. 그러고 나서 아무런 억양도 없이 조금 쉬겠다고 말했다.

"난 오빠를 안아주고 싶었어요."

아드리아나가 말했다.

"하지만 그럴 수 없었어요. 오빠는 불타고 있었고, 가까이 다가오는 사람은 누구라도 그 불로 태울 듯했으니까요."

다른 때보다 프라두가 그저 조금 더 긴장되어 보이고 환자들을 대하는 그의 친절함이 약간 영적이고 비현실적으로 보였을 뿐, 거의 아무 일도 없었다는 듯 이틀이 지나갔다. 그는 가끔 어떤 동작을 하다 말고 멈추어 서서, 의식을 잃은 간질병 환자처럼 텅 비고 흐릿한 눈빛으로 앞을 바라보았다. 환자 대기실로 향할 때도 그를 배신자라고 욕했던 군중 가운데 누군가가 그곳에 있을까 걱정스러운 듯 약간 머뭇거렸다.

사흘째 되던 날, 그는 병이 났다. 아드리아나는 식탁에 앉아 부들부들 떠는 아마데우를 발견했다. 그는 몇 년은 더 늙어 보였고, 아무도 만나지 않겠다고 했다. 알아서 하겠다는 아드리아나에게 기꺼이 모든 것을 넘기고, 유령을 연상케 하는 깊은 무감각 상태에 빠졌다. 면도도 하지 않았고, 옷도 갈아입지 않았다. 그가 들어

오라고 한 사람은 약사 조르즈밖에 없었다. 그러나 아마데우는 그에게조차 거의 한마디도 하지 않았다. 그를 아주 잘 아는 조르즈는 말을 하라고 다그치지 않았다. 아드리아나가 무슨 일이 일어났는지 설명하자 조르즈는 입을 다문 채 고개만 끄덕였다.

"일주일이 지난 뒤 멘드스에게서 편지가 왔어요. 오빠는 그 편지를 뜯지 않은 채 이틀 동안 침실 탁자에 그냥 올려두었어요. 사흘째 되던 날 이른 아침, 오빠는 여전히 열지 않은 그 편지를 새 봉투에 넣고 멘드스의 주소를 썼어요. 그러고는 직접 우체국에 가지고 가겠다고 우기더군요. 내가 거긴 9시나 돼야 문을 연다고 했지요. 그래도 오빠는 큰 봉투를 손에 들고는 텅 빈 골목을 내려갔어요. 난 창문에서 오빠의 뒷모습을 바라봤어요. 한 시간 뒤에 오빠가 돌아올 때까지 그대로 그 자리에 서 있었어요. 오빠의 걸음걸이는 갈 때보다 더 꼿꼿해 보였어요. 부엌에 들어와 이제 다시 커피를 소화할 수 있는지 마셔보았는데, 괜찮은 것 같더군요. 그런 다음 면도를 하고 옷도 갈아입고 책상 앞에 앉았어요."

아드리아나는 입을 다물었고 얼굴의 빛도 사라졌다. 그녀는 아마데우가 최후의 일격처럼 보이는 동작을 했던 자리, 결국엔 사람을 살리는 주사를 놓느라고 서 있던 진찰대를 텅 빈 눈빛으로 내려다보았다. 이야기가 끝나자 그녀의 시간도 끝난 듯했다.

그레고리우스도 잠시 누군가 그의 눈앞에서 시간을 낚아챈 듯한 느낌을 받았다. 아드리아나가 30년이 넘게 겪었던 고통을 조금 이해할 수 있을 것 같았다. 이미 오래전에 끝난 시간 속에서 살아야 하는 고통……

아드리아나는 진찰대에서 손을 거두었다. 그녀는 자신의 유일한 현재인 과거와의 연결점을 잃어버린 듯이 보였다. 그녀는 잠깐 손을 어디에 두어야 할지 몰라 망설이다가 하얀 가운 주머니에 집어넣었다. 그녀의 움직임은 가운을 뭔가 특별한 것으로 보이게 했다. 그레고리우스는 이 가운이 조용하고 아무런 일도 일어나지 않는 현재에서 그녀가 불꽃이 일던 과거로 돌아갈 수 있는 마법 보자기라고 생각했다. 이제 이 과거의 불꽃이 꺼지자 가운은 존재하지 않는 극단의 소도구실에 들어 있는, 한물간 의상처럼 어색해 보였다.

그레고리우스는 생기 없는 그녀의 모습을 견디기 어려웠다. 얼른 시내로 나가 여러 사람의 목소리와 웃음소리와 음악이 들리는 술집으로 가고 싶었다. 평소에는 꺼렸던 그런 장소로.

"아마데우가 책상 앞에 앉아 뭘 썼나요?"

그가 물었다.

아드리아나의 얼굴에 과거의 불꽃이 되살아났다. 그러나 계속 아마데우에 대해 이야기할 수 있다는 기쁨 속에 다른 뭔가가 섞여 있었다. 그레고리우스는 한참이 지나고서야 그게 분노라는 것을 깨달았다. 사소한 일로 불이 붙었다가 금방 다시 사그라지는 짧은 분노가 아닌, 깊고 오래 가는 뭉근한 불과 같은 분노……

"오빠는 쓰지 말았어야 해요. 아니, 쓸 생각조차 하지 말았어야 해요. 그건 그날 이후로 오빠의 핏줄에 서서히 흐르는 독과 같았어요. 글은 오빠를 파괴했어요. 오빠는 자기가 쓴 글을 나에게 보여주지 않았어요. 정말 예전과는 달랐어요. 난 오빠가 자는 동안 서랍을 뒤져 글을 읽었어요. 내가 그런 행동을 한 건 그때가 처음이자 마지막이었어요. 그때부터는 내 마음속에도 독이 자랐으니까. 상처받은 자존심, 파괴된 신뢰라는 독……. 우리 두 사람 사이는 예전과 달라졌어요.

오빠는 자기 자신에 대해서 얼마나 가차 없이 솔직했던지! 자기기만과의 싸움에 그렇게 사로잡혀 있다니! '사람은 스스로에게 진실할 수 있어.' 늘 이렇게 말했어요. 그건 종교적인 고백과 비슷했어요. 조르즈와 자기를 묶었던 맹세이기도 했고, 결국은 그 철석같던 우정을 깬 신조이기도 했어요. 그 빌어먹을 신성한 우정! 나는 무슨 일이 있었는지 자세히는 몰라요. 하지만 자기 인식에 대한 광신적인 이상과 관계가 있어요. 진실의 사제로서 두 사람이 학생 시절부터 십자군의 군기처럼 앞세워 들고 다녔던 그 이상……."

아드리아나는 문 옆으로 가더니, 손이 등 뒤에서 묶인 듯 뒷짐을 지고 벽에 이마를 댔다. 그녀는 아마데우와 조르즈, 자기 자신과 말없이 싸우며 돌이킬 수 없는 사실에 저항하고 있었다. 멘드스의 목숨을 구한 일이 가져다준, 몇 분 동안 지속된 오빠와의 소중한 친밀감, 그리고 그 직후에 찾아와 모든 것을 변화시킨 그 무엇. 그녀가 온 힘을 다해 벽을 누르고 있어 그레고리우스는 이마가 아프리라고 짐작했다. 갑자기 그녀가 등 뒤의 손을 풀더니 주먹을 쥐고 벽을 치기 시작했다. 절망적으로 이어지는 둔중한 타격은 시간의 바퀴를 뒤로 돌리려는 노인의 몸짓이요 무력한 분노의 폭발이었으며 행복한 시간의 분실에 맞서는 필사적인 질주

264

였다.

때리는 소리가 약해지고 느려지면서 흥분도 가라앉았다. 아드리아나는 지친 모습으로 그렇게 한참 더 벽에 기대서 있다가 뒷걸음으로 의자에 와 앉았다. 이마에 묻은 하얀 모르타르 가루가 이따금 얼굴을 스치며 떨어져 내렸다. 그레고리우스는 다시 벽으로 향하는 그녀의 시선을 따라갔다. 그녀가 서 있던 자리의 벽 색깔이 다른 곳보다 밝았다. 사각형 그림을 걸어놓았던 자리인 것 같았다.

"난 오빠가 지도를 떼어낸 이유를 오랫동안 알지 못했어요."

아드리아나가 말했다.

"뇌 지도였어요. 우리가 병원을 개업한 이래 11년 동안 줄곧 걸려 있던, 라틴어 이름이 가득 적힌 지도였지요. 오빠는 뭔가 묻지 말아야 할 것을 물으면 불같이 화를 냈기 때문에 난 감히 이유를 물어보지 못했어요. 이야기하지 않았으니까 오빠가 동맥류를 앓는다는 것도 몰랐고요. 뇌에 시한폭탄을 달고 사는 사람이 그런 지도를 볼 수는 없었겠지요."

그레고리우스는 그다음 순간 자신이 한 행동에 스스로도 놀랐다. 그는 세면대로 가서 수건을 집어 들고 이마를 닦아주려고 아드리아나에게 다가섰다. 그녀는 처음에는 거절하는 몸짓으로 빳빳하게 앉아 있었지만, 곧 고마운 마음으로 지친 얼굴을 수건에 묻었다.

"그때 오빠가 쓴 글을 가지고 가시겠어요?"

그녀가 몸을 일으키며 물었다.

"그게 이제 이곳에 없으면 좋겠어요."

아드리아나가 여러 가지로 일이 꼬인 원인이라고 믿는 글을 가지러 간 사이, 그레고리우스는 유리창 앞에 서서 멘드스가 쓰러졌던 골목을 내려다보았다. 자기가 흥분한 군중 앞에 서 있다는 상상을 해보았다. 그 군중 속에서 한 여자가 앞으로 나와 자기 얼굴에 계속해서 침을 뱉는 상상, 스스로에게 언제나 그토록 엄격했던 그를 배신자라고 욕하는 여자…….

아드리아나가 종이를 봉투에 넣었다.

"불태워버리겠다고 생각한 적이 많아요."

그녀가 그레고리우스에게 봉투를 내밀며 말했다.

아드리아나는 여전히 하얀 가운을 입은 채 문까지 그를 배웅했다. 그가 이미 반쯤 바깥으로 나왔을 때, 갑자기 아주 어린 소녀—그때 그녀는 정말 어린 소녀였다—의 불안한 목소리가 들렸다.

"돌려줄 거죠? 그렇게 해줘요. 그건 오빠가 쓴 거예요."

그는 골목을 따라 걸으며 아드리아나가 가운을 벗어 아마데우의 가운 옆에 거는 모습을 상상했다. 그러고 나서 그녀는 불을 끄고 문을 잠그겠지. 위층에서는 클로틸드가 그녀를 기다리고 있을 테고…….

21

그레고리우스는 프라두가 쓴 글을 숨도 쉬지 않고 읽었다. 처음에는 아드리아나가 프라두의 생각을 왜 그때 이후의 인생에 드리운 저주처럼 느꼈는지 빨리 파악하기 위해 대강 훑어보았고, 두 번째로 읽을 때는 단어를 하나하나 모두 찾았다. 그러고 나서 프라두의 기분을 더 잘 이해하기 위해 글을 모두 베껴 썼다.

난 그를 위해 그랬던가? 살아남는다는 그의 관점에서 내가 행한 일인가? 그게 내 의지였다고 확실하게 말할 수 있을까? 환자를 대할 때면 내가 좋아하지 않는 사람일지라도 난 그렇게 행동한다. 그랬길 바란다. 내 행동이 나 자신의 의지라고 알고 있는 동기 외에, 나도 모르는 사이 완전히 다른 어떤 동기에 영향을 받는다고는 생각하고 싶지 않다. 그러나 그의 경우에는?

내 손은 자신만의 고유한 기억을 지닌 듯하고, 이 기억은 자기 관찰을 위한 다른 어떤 원천보다도 더 신뢰할 만하다는 생각이 든다. 멘드스의 심장에 바늘을 찌르던 이 손의 기억. 이 손은 폭군살해자의 손, 그러나 역설적인 행위로 이미 죽은 폭군을 다시 살린 손이다. (늘 새롭게 경험하는 일이지만, 내 원래 생각과 반대되는 현상은 여기서도 증명된다. 육체가 정신보다 매수되기 어렵다는 사실이 그것이다. 정신은 스스로에 대한 확실한 신뢰와 스스로에게 놀라지 않는 인식의 친근함을 우리에게 그럴듯하게 꾸며대는, 아름답고 부드러운 단어들로 엮여 있는 자기기만의 매력적인 활동 무대다. 이렇듯 수월한 자기 확신 속에서 사는 인생은 얼마나 지루한가!)

그러니 사실은 내가 날 위해 그 일을 한 건가? 내가 훌륭한 의사요 증오를 억누를 수 있는 힘을 지닌 용감한 인간임을 나 스스로에게 보이기 위해? 승리를 거둔 극기를 칭찬하고 자기 통제의 기쁨을 즐기기 위해? 그러니까 도덕적인 허영심, 아니 그것보다 더 나쁜 지극히 일상적인 허영심에서? 그러나 그 몇 초 동안의 경험은 결코 향락적인 허영심이 아니었다. 그것은 확실하다. 오히려 나 자신의 뜻과 반대로 행동하고, 끓어오르는 보복과 심술이라는 감정을 눌러야 했던 경험이었다. 그러나 이것만으로 허영심이 아니라는 것을 증명할 수는 없을 것이다. 어쩌면 사람들이 느끼지 못하는 허영심, 반대 감정 뒤에 숨어 있는 허영심도 있지 않을까?

'난 의사요.' 흥분한 군중 앞에서 내가 했던 말이다. '난 히포크라테스 선서를 한 사람이오, 그건 신성한 선서요. 그 선서를 어기는 일은 절대 하지 않을 거요. 무슨 일이 있어도……'라고 말할 수도 있었겠지. 난 이런 말을 좋아하고, 또 사랑한다. 이런 말은 나를 감동시키고 황홀하게 한다. 사제의 서약처럼 들리기 때문인가? 그렇다면 내가 그에게, 인간백정에게 잃어버린 목숨을 돌려준 것은 일종의 종교적인 행위였을까? 더는 교조와 예배를 통해 우월감을 느낄 수 없음을 마음속으로 아쉬워하는, 제단 촛불이 지닌 천상의 광채를 아직도 그리워하는 사람의 행위? 다시 말해 편견에서 벗어나지 못한 행위? 나 스스로도 느끼지 못했지만, 내 영혼 속에서 예전에 신부님의 귀여움을 받던 제자와 아직 한 번도 구체적인 행동을 하지 않은 폭군살해자 사이에 짧고도 격렬한 싸움이 벌어졌던가? 생명을 구하는 '독'이 든 주삿바늘을 심장에 꽂은 것은 사제와 살인자가 함께한, 각자가 원하던 것을 얻은 행위였나?

나에게 침을 뱉은 사람이 이네스 살로망이 아니라 나 자신이었다면, 난 나에게 무슨 말을 했을까?

"우리가 너에게 요구한 건 살인도 아니었다."

아마 이렇게 말할 수 있었겠지.

"법적이나 도덕적인 의미에서나 그건 범죄가 아니었어. 그가 그냥 죽게 내버려두었더라도 너에게 판결을 내릴 판사도 없었고, '살인하지 말라'는 모세의 십계명을 어겼다고 말할 사람도 없었다. 우리가 원했던 건 아주 단순명료하고 간단한 일이었어. 우리에게 불행과 고문과 죽음을 불러온 사람의 목숨, 우리를 불쌍히 여긴 하늘이 이제 드디어 없애려고 하던 목숨을 그렇게 온 힘을 다해, 그가 앞으로도 계속 유혈 체제를 유지하도록 붙잡지만 않는 거였다."

난 무슨 말로 나를 변호했을까?

"어떤 사람이든, 무슨 짓을 저질렀든 다른 사람의 도움을 받아 목숨을 부지할 권리가 있다. 우리에겐 다른 사람의 생사 여부를 판단하거나 주관할 권리가 없다."

"하지만 그게 다른 사람들의 죽음을 의미한다면? 우리가 다른 사람에게 총을 쏘는 누군가를 발견한다면 그 사람을 쏘지 않는가? 당신이 살인을 저지르는 멘드스를 눈앞에서 본다면 필요한 경우 살인을 해서라도 그의 살인을 막지 않을까? 당신이 했어야 할 일, 즉 아무것도 하지 않는 것은 그것과 비교하면 별것 아니지 않은가?"

그를 죽게 그냥 내버려두었더라면 내 기분은 지금 어떨까? 사람들이 나에게 침을 뱉는 대신 치명적인 나의 방임을 칭송했더라면? 분노를 뿜어내는 실망 대신 느긋한 안도의 숨소리가 골목에서 들렸더라면? 난 분명 악몽을 꿀 정도로 시달렸을 것이다. 이유가 뭘까? 내가 없어서는 안 될, 절대적인 존재가 될 수 있어서? 아니면 그를 죽게 내버려두는 냉혹한 행위는 내가 나 자신에게 낯설어짐을 의미하기 때문에? 그러나 지금의 나도 그저 우연의 산물일 뿐이 아닌가.

이네스에게 가서 초인종을 누르고, 이렇게 말하는 내 모습을 상상해본다.

"어쩔 수 없었어요. 난 원래 그래요. 사정이 달라질 수도 있었겠지만, 어쨌든 결과적으로는 이렇게 됐어요. 내가 생긴게 워낙 그러니, 달리 어떻게 할 수 없었어요."

그러면 그녀는 아마 이렇게 대답하겠지.

"당신 기분이 어떤지는 중요하지 않아요. 그건 정말 하찮은 거니까. 하지만 멘드스가 건강해져서 제복을 다시 입고 살해 명령을 계속 내린다고 생각해봐요. 아주 자세하게 상상해보라고요. 자, 이제 자기 자신을 판단해보시죠."

내가 그녀에게 뭐라고 대답해야 할까? 어떻게, 무슨 말을?

"뭔가 해야 한다고." 프라두가 주앙 에사에게 말했다고 했다. "무슨 말인지 알겠어? 뭔가 해야 한다고. 뭘 해야 할지 나에게 제발 알려주게." 그가 속죄하려던 것은 정확하게 무엇이었을까? "잘못한 거 없어요. 의사잖아요." 에사가 그에게 말했다. 이 말은 프라두가 자신을 비난하는 군중에게 했던 말이었고, 스스로에게도 수백 번 이상 했을 말이었다. 그러나 이 말은 그를 진정시키지 못했다. 너무 간단하고 편해 보였으므로. 프라두는 편하고 피상적인 모든 것을 아주 불신했고, "난 의사요"와 같이 닳고 닳은 문장을 경멸하고 증오하던 사람이었다. 그는 해변으로 가서 진부한 언어 습관을, 말하는 것이 이미 일어났다는 착각을, 공허한 말에 구체적인 계획이 들어 있다는 망상을 불러일으켜 사유를 방해하는 교활한 습관을 쓸어버릴 차가운 바람이 불기를 원했다.

멘드스가 눈앞에 누워 있을 때 프라두가 본 것은 목숨이 경각에 달린 특정한 개인이었다. 오직 그라는 개별적인 한 인간. 프라두는 멘드스의 삶을 다른 사람들과 연관지어, 더 큰 범위 속의 한 요소로 계산할 수 없었다. 프라두의 혼잣말에 등장하는 여자는 바로 이 점을 비난했다. 그가 개별적인 다른 사람들의 목숨과도 똑같이 관련된, 그것도 여러 사람의 목숨과 관련된 결과를 생각하지 않은 것. 한 사람의 개별적인 목숨을 여러 사람의 개별적인 목숨을 위해 희생하지 않은 것.

그레고리우스는 프라두가 이런 일을 배우려고 저항운동에 참여했을 것이라고 생각했다. 그러나 그의 의도는 실패로 끝났다. "한 사람 대 여러 사람의 목숨. 이런 식으로 계산할 수는 없지 않나요?" 몇 년 뒤에 프라두는 바르톨로메우 신부에게 이렇게 말했다. 그는 자기 느낌의 정당성을 확인하기 위해 옛 스승을 찾아갔던 것이다. 그러나 그렇게 하지 않았더라도 프라두가 결과적으로 다르게 행동하지는 않았을 터였다. 그는 더 큰 일이 벌어지지 않도록 에스테파니아 에스피노자를 희생해야 한다고 믿는 사람들의 손이 닿지 않는 곳, 국경 너머로 그녀를 데리고 갔다.

그를 그로 만들었던 내부의 중력은 프라두에게 이런 결론밖에 허용하지 않았다. 그러나 도덕적인 자만심에 대한 의혹이 전혀 없지는 않았으므로 회의는 남았다. 허영심을 돌림병처럼 증오하던 사람에게는 너무도 견디기 힘든 의혹이었다.

아드리아나는 이 의혹을 끔찍하게 싫어했다. 오빠를 완전히 자기만의 존재로 만들고 싶었지만, 양심에 가책을 느끼는 사람을 자기만의 존재로 만들 수 없다는 사실을 알게 되었으므로…….

22

"말도 안 돼요!"

나탈리 루빈이 전화기에 대고 말했다.

"정말 말도 안 돼요! 지금 어디 계신 거예요?"

그는 리스본에 있다고 대답하고, 독일어로 쓰인 책이 필요하다고 말했다.

"그렇겠죠. 선생님한테 필요한 게 책 말고 또 뭐가 있겠어요?"

272

그녀가 웃으며 말했다.

그는 필요한 책을 한 권씩 차례로 불렀다. 구할 수 있는 독일어-포르투갈어 사전 중에 가장 두꺼운 것, 라틴어 책처럼 딱딱해도 상관없지만 이해를 돕는다는 이유로 집어넣은 사족이 없는, 자세하게 정리된 포르투갈어 문법책, 포르투갈 역사책 한 권.

"그리고 또 한 권 있는데, 어쩌면 이런 책은 없을지도 모르겠다. 살라자르 정권 당시 포르투갈 저항운동에 관한 책이야."

"뭔가 모험을 하시는 것 같네요."

나탈리가 말했다.

"어떤 의미에서는 모험이기도 하지."

그레고리우스의 대답에 나탈리가 포르투갈어로 말했다.

"파수 우 크 포수Faço o que posso: 제가 할 수 있는 일은 다 해볼게요."

그는 처음에 무슨 말인지 몰랐다가, 곧 깜짝 놀랐다. 자기가 가르치는 학생이 포르투갈어를 할 수 있다는 건 생각도 하지 못한 일이었다. 그 말은 베른과 리스본의 거리를 없애버렸고, 말도 되지 않는 이 여행이 지니고 있던 마술을 파괴했다. 그는 나탈리에게 전화 건 것을 후회했다.

"여보세요? 아직 끊지 않으셨죠? 지금 많이 놀라셨어요? 저희엄마가 포르투갈 사람이에요."

그레고리우스는 현대 페르시아 문법책도 필요하다고 말하고, 40년 전에 13프랑 30이었던 그 책 제목을 불러주었다. 그 책이있으면 그걸 사고, 없으면 다른 책을 사달라고 부탁했다. 이 말을하는 자기 목소리가 꿈을 빼앗기지 않으려는 고집 센 아이의 목소리처럼 들렸다.

그런 다음 나탈리의 주소를 받아 적고 자기가 묵는 호텔 주소를 불러주고는, 오늘 우체국에 가서 돈을 부치겠다고 말했다. 혹시 돈이 남는다면 나중에 또 뭔가 부탁할 게 있을지 모르니 그대로 두라고 덧붙였다.

"그러니까 지금 저한테 계좌를 하나 만드신 거죠? 아주 기분이 좋은데요."

나탈리의 말이 그의 마음에 들었다. 그녀가 포르투갈어만 하지 못한다면 참 좋았을 텐데······.

"선생님 때문에 여기서 무슨 소동이 벌어졌는지 모르시죠?"

할 말이 모두 떨어졌을 때 그녀가 이야기를 꺼냈다.

그레고리우스는 알고 싶지 않았다. 베른과 리스본 사이에 무지의 벽을 두고 싶었다.

하지만 "그래, 무슨 일이 벌어졌니?"라고 물었다.

"선생님은 이제 돌아오지 않아." 그레고리우스가 교실 문을 등 뒤로 닫고 떠나자 모두 놀라서 입을 다물고 있는데, 루치엔 폰 그라펜리트가 그렇게 말하더라고 했다.

"너 정신 나갔니? 문두스 선생님이 갑자기 그럴 리가 있어? 다른 사람이라면 몰라도 문두스 선생님은 아니지. 절대로 아니야."

다른 아이들은 이런 반응이었다고 했다.

그러자 그라펜리트가 "하기야 너희는 사람 얼굴을 읽을 줄 모르니까"라고 대꾸했다고······.

그레고리우스는 그라펜리트가 그런 말을 하리라고는 꿈에도 생각하지 못했다.

"우린 선생님 댁에 가서 초인종을 눌렀어요. 제 생각에 선생님은 분명히 거기 계셨어요."

나탈리가 말했다.

케기 앞으로 쓴 편지는 수요일에야 도착했고, 케기는 화요일 내내 경찰에 사고 소식이 들어온 게 없는지 물었고, 라틴어와 그리스어 수업은 휴강이었으며, 아이들은 어떻게 해야 할지 몰라 바깥 계단에 앉아 있었다고, 모두 정신이 없었다고 했다.

나탈리는 망설이다가 말을 꺼냈다.

"그 여자분요⋯⋯. 우리는 그분에게 뭔가 비밀이 있다고 생각했어요."

그레고리우스가 말이 없자 나탈리는 죄송하다고 덧붙였다.

그래서 수요일에는?

"쉬는 시간에 게시판에 알리는 글이 붙었어요. 선생님이 오랫동안 수업을 하지 않을 거라고, 케기 교장 선생님이 직접 선생님 수업을 대신하신다고요. 학생 대표가 교장실로 가서 무슨 일인지 물었어요. 교장 선생님은 책상 뒤에 앉아 있었는데, 앞에 선생님이 쓰신 편지가 놓여 있더군요. 교장 선생님은 다른 때와는 아주 많이 달랐어요. 더 부드러웠고 더 겸손했다고 해야 할지, 어쨌든 교장이나 뭐 그런 직책을 맡은 사람처럼 느껴지지 않았어요. '내가 이걸 말해줘도 되는지 모르겠다만.' 그렇게 말씀하시고는 선생님이 편지에서 인용하신 마르쿠스 아우렐리우스를 읽어주셨어요. 교장 선생님이 생각하기에 선생님이 편찮으신 건 아니냐고 우리가 여쭤봤지요. 그랬더니 아무 말씀도 없이 한참 동안 창밖을 내다보시더군요. 그러고는 '그건 내가 알 수 없구나. 하지만 아마 아닐 거다. 그 선생님은 갑자기 뭔가 새로운 것을 깨달은 것 같다. 조용하면서도 혁명적인 뭔가를 말이야. 소리 없는 폭발 같은 것이었나 보다. 모든 것을 변화시키는 폭발.' 우린 그분……
그 여자분 이야기를 했어요. 교장 선생님은 '그래'라고 대답하셨어요. 또 한 번 '그래, 알았다' 그러셨지요. 전 교장 선생님이 선생님을 약간 부러워한다는 느낌을 받았어요. 나중에 루치엔이 '교장 선생님 참 멋진 분이네, 생각도 못 했는데 말이야' 그러더군요. 그 말이 맞아요. 하지만 그분 수업은 너무 지루해요. 우린……
우린 선생님이 돌아오시면 좋겠어요."

그레고리우스는 갑자기 눈이 따가워 안경을 벗고 침을 한 번 삼키고 말했다.

"지금은…… 지금은 뭐라고 말할 수 없구나."

"선생님 혹시…… 혹시 편찮으신 건 아니죠? 그러니까……."

그는 아프지 않다고 대답했다.

"약간 정신이 나가기는 했지만, 아프지는 않다."

나탈리는 그가 한 번도 들어보지 못한, 예의 바른 학생의 조심성이라고는 전혀 없는 웃음을 터뜨렸다. 그 웃음은 전염성이 있어서 그도 따라 웃었는데, 자신이 지금까지 알지 못했던 웃음의 가벼움에 스스로도 놀랐다. 두 사람은 한참 동안 한 목소리로 웃었다. 그의 웃음이 나탈리를, 나탈리의 웃음이 그를 계속 더 웃게 만들었다. 웃는 이유가 무엇이었는지는 이제 중요하지 않았다.

웃음 자체만 남아 있었다. 마치 기차를 타는 느낌과 같았다. 철로와 바퀴가 내는 덜컹거림, 아늑함과 미래로 가득한 그 소리가 멈추지 않기를 바라는 느낌…….

"오늘이 토요일이죠."

웃음이 멎었을 때 나탈리가 얼른 말했다.

"책방이 4시까지만 문을 열어요. 지금 바로 가야겠어요."

"나탈리, 지금 이야기는 우리끼리 비밀로 하면 좋겠다. 일어나지 않았던 일처럼 말이야."

그녀가 웃으며 대답했다.

"무슨 이야기요? 아테 로구 Até logo: 안녕히 계세요."

오늘 아침 그레고리우스는 주머니 속에 손을 넣었다가, 어제 중등학교에서 외투 주머니에 넣어두었던 사탕 껍질을 발견하고 잠시 바라보았다. 그러고 나서 수화기를 들고 전화선이 바로 놓이게 돌려놓았다. 전화번호 안내에서 루빈이라는 이름으로 불러준 번호는 세 개였다. 그 가운데 두 번째가 나탈리네 전화번호였다. 번호를 누를 때 절벽에서 허공으로 뛰어내리는 기분이 들었다. 성급했다거나 아무 생각 없이 전화한 것은 아니었다. 여러 번 수화기를 들었다가 내려놓고 창가로 다가갔으니까. 지난 월요일이 3월 1일이었다. 오늘 아침 햇빛은 다른 때와 달랐다. 눈송이 흩날리는 베른 역을 떠날 때 상상했던 햇빛을 그는 오늘에야 보았다.

그가 나탈리에게 전화를 걸 이유는 없었다. 주머니에 있던 사탕 껍질은, 개인적인 이야기라고는 전혀 나누어본 적이 없는 학생에게 갑자기 전화를 걸 이유가 아니었다. 더구나 도망친 선생이 전화를 건다는 것은 한바탕 소용돌이를 일으킬 수도 있었다. 전화를 걸 이유는 하나도 없고 걸지 않을 이유만 있다는 사실이 오히려 그로 하여금 전화를 걸게 한 것일까?

이제 두 사람은 한참이나 함께 웃었다. 그것은 마치 손이 닿은 것 같은 느낌이었다. 저항 없이 가볍게 떠 있는 듯한 접촉, 육체적인 모든 접촉을 천하고 하찮은 기교로 보이게 하는 느낌. 그는 잡은 도둑을 놓아준 경찰에 관한 이야기를 신문에서 읽은 적이 있었다. 이유를 묻는 사람들에게 경찰이 대답했다. "우린 함께 웃었어요. 그러고 나니 그를 가두어둘 수 없었어요. 도무지 그렇게 할 수 없더라고요."

그레고리우스는 마리아나 에사와 멜로디에게 전화를 걸었다. 두 사람 모두 받지 않았다. 그는 바르톨로메우 신부가 일러준 대로 조르즈 오켈리가 지금도 진열대 뒤에 서서 약사로 일하는 바이샤 지구의 사파테이루스 거리로 가기 위해 길을 나섰다. 그가 리스본에 온 뒤 외투 단추를 연 채로 다니기는 오늘이 처음이었다. 바람이 얼굴에 부드럽게 와 닿았다. 그는 마리아나와 멜로디가 전화를 받지 않은 게 천만다행이라고 생각했다. 무슨 말을 해야 할지 전혀 모르고 전화를 걸었으니까…….

호텔 직원이 그에게 얼마나 더 머물 거냐고 물었다. 그는 모르겠다고 대답하면서 그때까지의 숙박비를 모두 계산했다. 그레고리우스는 기둥에 걸려 있는 거울을 통해 접수대의 여직원이 자기가 로비를 나올 때까지 내내 지켜보는 것을 보았다. 호텔을 나온 그는 호시우 광장으로 천천히 걸어갔다. 나탈리 루빈이 슈타우파

허 책방으로 가는 모습이 떠올랐다. 페르시아어 문법책을 사려면 팔켄 광장에 있는 하우프트 책방에 가야 한다는 걸 그녀가 알고 있을까?

그레고리우스는 교회들이 모두 실루엣으로 표시된 리스본 지도를 노점에서 발견하고 한 장 샀다. 바르톨로메우 신부는 프라두가 리스본의 모든 교회와 교회에 관한 모든 일을 알고 있었다고, 둘이 몇몇 교회에 함께 간 적도 있었다고 했다. 프라두는 고해성사 자리를 지날 때마다 그랬다지. "저 자리를 헐어버려야 해요! 세상에 저런 굴욕이 어디 있어요?"

조르즈 약국의 문과 창틀은 어두운 초록과 금빛으로 칠해져 있었다. 문 위에는 아스클레피오스의 지팡이가, 창문에는 구식 저울이 걸려 있었다. 그레고리우스가 문을 열고 들어서자 여러 개의 종이 달그락거리며 부드러운 멜로디를 냈다. 그는 손님이 많아 자기가 약사의 눈에 띄지 않는 걸 다행스럽게 여겼다. 그때 도무지 상상할 수 없는 장면이 눈에 들어왔다. 진열대 뒤에 서서 '담배를 피우는' 약사. 약국 전체에서 담배와 약품 냄새가 났다. 조르즈는 피우던 담배로 새 담배에 불을 붙이고는, 진열대에 놓인 잔을 들고 커피를 한 모금 마셨다. 누구도 그 모습을 기이하게 여기지 않는 듯했다. 그는 코를 고는 듯한 목소리로 손님에게 뭔가 설명하기도 하고 농담을 하기도 했다. 그레고리우스는 그가 모든 손님에게 반말을 한다는 인상을 받았다.

그가 바로 철저한 무신론자이자 현실적인 낭만주의자 조르즈, 프라두가 완전해지기 위해 필요했던 친구 조르즈였다. 프라두가 자기보다 체스 실력이 낫다고 그렇게나 존중해준 사람, 프라두의 불경스러운 연설이 끝나고 개가 짖어대자 제일 먼저 웃음을 터뜨린 사람, 자기가 음악적 재능이라곤 전혀 없다는 것을 깨닫고 활이 부러질 때까지 콘트라베이스를 긁어대던 사람, 그리고 에스테파니아 에스피노자를 죽여야 한다고 판단했다는 데서 프라두와 의견이 달랐던 사람, 바르톨로메우 신부의 짐작이 맞다면 그로부터 몇 년 뒤 묘지에서 눈길을 주지 않은 채 그녀에게 다가갔던 사람.

그레고리우스는 약국을 나와 맞은편에 있는 카페에 자리를 잡았다. 그는 프라두의 책에 조르즈가 전화를 거는 내용으로 시작하는 장이 있다는 것을 기억해냈다. 서로 이야기를 나누거나 봄볕을 쬐고 있는 사람들과 거리의 소음에 둘러싸여 사전을 뒤지며 번역을 하던 그레고리우스는 지금까지 경험하지 못했던 대단한 일이 내부에서 일어나고 있음을 느꼈다. 그는 지금 사람들 목소리와 거리의 음악과 김이 올라오는 커피 틈에서 글에 열중하고 있었다. "하지만 당신도 가끔 카페에 앉아 신문을 읽을 때가 있잖아." 그가 플로렌스에게 글을 읽을 때는 세상의 소음을 차단해줄 보호벽이 필요하다고, 가장 좋은 벽은 두껍고 단단한 지하 문서실의 벽이라고 말하자 그녀가 한 말이었다. "아, 신문?" 그가 말했다. "난 '글'을 말한 거였어." 그런데 지금 갑자기 그 벽이 더는 필요하지 않았다. 그의 앞에 놓인 포르투갈 단어들이 뒤와 옆에서 들리는 말들과 서로 섞였다. 그는 프라두와 조르즈가 옆의 식탁에 앉아 이야기를 나누는 모습, 종업원이 와서 말을 걸어도 전혀 방해를 받지 않고 대화하는 모습을 상상할 수 있었다.

_혼란스럽게 하는 죽음의 그림자

"나 악몽을 꾸다가 깼는데, 죽음에 대한 공포가 생기더라."

조르즈가 전화로 말했다.

"지금도 계속 그래."

새벽 3시가 조금 못 된 시각이었다. 그의 목소리는 평소에 내가 알던 목소리—약국에서 손님들과 이야기할 때나 나에게 음료수를 권하면서 "네가 할 차례야"라고 말할 때—와 달랐다. 떨린다고 말할 수는 없지만, 금방이라도 폭발할 듯한 엄청난 감정을 힘겹게 누르고 있는 목소리였다.

그는 어떤 무대에서, 새 스타인웨이 피아노 앞에 앉아 아무것도 연주하지 못하는 꿈을 꾸었다고 했다. 지독한 합리주의자인 그가 건반 하나 눌러본 적이 없음에도, 사고로 사망한 형이 남긴 재산으로 스타인웨이를 한 대 사는 정신 나간 짓을 한 것은 얼마 전의 일이었다. 조르즈가 반짝이는 그랜드피아노를 손으로 가리키며 뚜껑도 열어보지 않은 채 사겠다고 하자 가게 주인은 무척이나 놀랐다. 그때부터 피아노는 삭막해진 그의 집에서 박물관에나 있을 법한 자태를 풍기며 불멸의 묘비처럼 서 있었다.

"잠에서 깨어나자, 저 피아노에 어울릴 만큼 연주하는 일은 내 인생에서 없을 거라는 사실이 아주 또렷해지는 거야."

조르즈의 집에 가보니, 그는 잠옷 위에 입는 가운을 걸치고 소파에 앉아 있었다. 다른 때보다 훨씬 깊이 파묻힌 것처럼 보였다. 그가 당혹스러운 표정을 지으며 차가운 손을 비벼다.

"넌 지금 그거야 처음부터 당연한 것 아니었냐고 생각하겠지. 나도 물론 어느 정도 알고 있었어. 하지만 그거 알아? 내가 잠에서 깨었을 때 그 사실이 처음으로 '현실적'으로 느껴졌어. 그래서 공포스러워."

"뭐에 대한 공포지?"

난 이렇게 묻고, 대담하고 곧은 눈빛의 대가인 그가 날 똑바로 쳐다보길 기다렸다.

"정확하게 뭐가 불안해?"

그의 얼굴에 미소가 스치고 지나갔다. 평소에 정확하게 뭐냐고 묻는 사람, 최후의 일은 미결인 채 부정확하게 남겨두는 내 성향에 분석적으로 교육받은 사고력과 화학적인 체스 전문 지식으로 반론을 펴는 사람은 언제나 그였다.

나는 아픔이나 죽음의 고통에 대한 공포는 약사에게는 말도 안 되는 소리라고 말했다. 그리고 육체적이고 정신적인 몰락이라는 굴욕적인 경험에 관해서는, 만약 그게 견딜 수 있는 한계를 넘어설 경우 우리가 어떤 방법과 수단을 취할지는 이미 충분히 이야기하지 않았느냐고, 공포의 대상이 도대체 무엇이냐고 물었다.

"피아노 말이야……. 내가 제때에 맞춰 할 수 없는 일이 있다는 걸 피아노가 오늘 새벽부터 생각나게 했어."

내 무언의 반대에 선수를 칠 때면 언제나 그렇듯이 그는 눈을 감았다.

"먼지가 가득하고 무더운 날 물을 한잔 마시는 것과 같은, 중요하지 않은 작은 기쁨이나 스치고 지나가는 즐거움에 관한 문제가 아니야. 이건 사람들이 원하고 경험하고 싶은 일, 그게 있어야 고유하고 아주 특별한 각자의 인생이 '완전'해지고, 없다면 토르소나 파편처럼 불완전해지는 그런 문제야."

나는 이런 불완전성을 견뎌야 하거나 슬퍼할 수 있는 그는 죽음의 순간부터는 더 이상 존재하지 않는다고 대답했다.

"물론 그렇기야 하지."

하찮게 생각되는 말을 들을 때면 늘 그렇듯이 그는 화난 목소리로 말했다.

"하지만 지금 문제가 되는 건 생생한 현재의 인식이야. 조화로움에 대한 기대도 없이, 인생이 파편과 같이 불완전하리라는 인식. 이 인식, 그러니까 죽음에 대한 공포는 정말이지 끔찍하군."

"하지만 불행의 원인은 우리 둘이 이야기를 나누는 지금, 네가 원하는 이런 내부의 완결이 네 인생에 아직 없다는 게 아닐까?"

조르즈가 고개를 저었다.

"난 지금 내 인생이 완전해지기 위해 필요한 모든 경험을 하지 못했다고 후회하는 게 아니야. 현재 완성되지 못한 자기 인생에 대한 의식 자체가 불행이라면 누구나 평생 불행할 수밖에 없지. 완전하지 못하다는 자각은 반대로 죽지 않고 살아 있는 인생을 위한 조건이야. 그러니 불행을 만드는 요소는 분명히 이와는 다른 그 무엇이지. 그건 바로, 완성되고 완전한 경험을 하는 건 '앞으로도' 불가능하다는 인식이야."

난 그가 느끼는 미완이 현재를 전혀 불행하게 만들지 않는다면, 완전함에 도달할 수 없다는 인식에 도달한 그 순간에 이 원리가 적용되지 않을 이유는 뭐냐고 물었다. 또 완전함이란 도착점으로서가 아니라 미래에 일어날 일로만, 그쪽으로 향해 나아가는 어떤 일일 때에만 원할 가치가 있는 듯이 보인다고 말했고, 이런 말도 덧붙였다.

"다른 말로 표현해보자. 도달할 수 없는 완전함을 한탄하게 하는 것, 불안의 대상으로 간주하는 것은 어떤 관점에서 나오는 거지? 불완전하다는 사실이 스쳐 지나가는 순간에는 불행이 아니라 살아 있다는 표시요 자극이라면 말이야."

조르즈는 자기가 깨어나며 느낀 공포를 이해하려면 미래를 향해 열려 있는 일반적인 관점과는 다른 관점에서 보아야 한다고 말했다. 불완전함을 불행이라고 인식하려면 죽음을 생각할 때처럼 삶 전체를 이른바 '끝'에서 보아야 한다는 것이었다.

그의 말에 내가 다시 물었다.

"하지만 그런 관점이 왜 공포를 불러일으키지? 우린 현재 네 삶의 불완전함은 불행이 아니라는 데 의견이 일치했어. 그렇다면 네가 더는 경험할 수 없는 불완전함, 그러니까 죽은 다음에야 확인할 수 있는 불완전함만이 불행이라는 듯이 생각되는군. 미래를 미리 경험할 수는 없으니까, 아직 시작되지도 않은 '끝'에서 네 인생의 불완전함에 절망을 느낄 수는 없으니까. 그러니 죽음에 대한 너의 공포는 그 대상이 아주 기이해 보여. 네 삶이 불완전하리라는 것, 그건 네가 절대 경험할 수 없어."

조르즈가 말했다.

"난 내가 그랜드피아노를 울릴 수 있는 사람이길 정말 바랐어. 예를 들어 바흐의 '골드베르크 변주곡'을 연주할 수 있는 사람······. 에스테파니아는 칠 줄 알아. 그녀가 나만을 위해 연주를 한 다음부터 나도 그렇게 치고 싶다는 소망을 품게 됐어. 한 시간쯤 전까지만 해도 난 불확실하고 뿌연 생각, 아직 배울 시간이 있다는 생각을 하고 있었어. 하지만 무대 꿈에서 깨면서 깨달았어. 내 인생은 변주곡을 연주하는 일 없이 끝나리라는 것을······."

"그래, 하지만 왜 불안하지? 고통이나 실망이나 슬픔 또는 분노가 아니라 왜 불안일까? 불안은 이제 앞으로 올 일, 일어날 일에 대해 느끼는 감정 아닌가? 네가 피아노를 치지 못할 거라는 사실은 늘 알고 있었고, 우린 그걸 '현재'로 다뤘잖아. 이 불행은 지속될지는 몰라도, 불안하다는 느낌이 타당할 만큼 커질 수는 없지 않을까? 연주를 할 수 없을 거라는 뚜렷한 인식은 네 기운을 빠지게 하고 답답하게 할지는 몰라도, 공포를 일으킬 정도는 아니야."

"그건 오해야."

조르즈가 반박했다.

"공포는 새로운 인식 때문이 아니야. 무엇에 대한 인식인지가 문제야. 미래의 것이긴 하지만 현재 확실하게 알 수 있는 인생의 불완전함, 지금 이미 결핍이라고 느끼는 이 불완전함이지. 이 결핍이 너무 커서 늘 알고 있었던 사실이 내 안에서 공포로 변해."

삶이 완전하지 못할 거라고 미리 생각만 해도 이마에 땀이 솟는다. 완전한 삶, 그건 과연 뭘까? 단편적이고 변덕스러운 날씨처럼 변하기 쉬운 우리 인생을 생각해볼 때 내적으로나 외적으로 완전한 삶을 구성하는 건 과연 무엇인가? 우리는 완전한 존재가 아니다. 전혀 그렇지 않다. 우리는 그저 경험을 충족하려는 욕구에 대해 말하고 있나?

조르즈를 괴롭힌 것은 반짝이는 스타인웨이 앞에 앉아 스스로 작곡이라도 한 듯 바흐의 음악을 제 것으로 만들 수 없다는, 성취할 수 없음에 대한 고통이었나? 아니면 우리 인생이 완전하다고 이야기할 수 있도록 경험을 충분하게 하고픈 욕구였나?

결국은 자화상의 문제인가? 스스로 동의할 수 있는 인생이 되려면 경험하고 이루어야 한다고 오래전에 생각해두었던 결정적인 상상? 그렇다면 이루지 못한 꿈 때문에 생기는 죽음에 대한 공포는 완전히 내 손에 달린 듯이 보인다. 내 인생이 어떤 모습으로 충족되어야 한다는 상像을 만든 사람은 다름 아닌 나이므로. 이보다 더 명확한 것이 어디 있으랴? 지금 내 삶이 그 상에 상응하도록 생각을 바꾸면 죽음에 대한 공포도 사라지지 않을까. 그래도 여전히 공포가 남아 있다면 그 이유는 다음과 같다. 다른 사람이 아닌 나 스스로 상을 만들긴 했지만, 그 상이 변덕스러운 기분에서 나왔다거나 마음대로 바꿀 수 있는 것이 아니고, 내 안에 뿌리를 내려 나를 나로 만드는 감각과 사유의 놀이에서 자라났기 때문이다. 그러므로 죽음에 대한 공포는 자신이 스스로 정해둔, 원하는 사람이 되지 못하는 것에 대한 공포라고 표현할 수 있을 것이다.

한밤중에 조르즈를 엄습했고, 또 내가 죽음에 임박한 환자들에게 알려야 하는 유한에 대한 선명한 인식은 사람들을 당혹하게 한다. 우리는 인식하지 못하면서도 완전함을 향해 나아가고, 살아 있는 모든 순간은 자신이 인식하지 못한 그 완전함의 퍼즐 한 조각이라는 사실에서 생기를 얻기 때문이다. 이 완전함에 결코 도달하지 못하리라는 인식이 우리를 엄습하면 우리는 완전함을 경험할 수 없는 이 시간을 더는 어떻게 살아야 할지 몰라 갑자기 당황하게 된다. 이것이 바로 죽을병에 걸린 내 환자들이 진단 이후 그렇지 않아도 얼마 남지 않은 인생의 시간을 어떻게 보내야 할지 몰라 당황하는, 이상하고도 충격적인 경험을 겪는 이유다.

조르즈와 이야기를 마치고 골목으로 나섰을 때 태양이 막 떠오르고 있었다. 맞은편에서 내 쪽으로 오는 사람들은 역광을 받아 얼굴이 없는 유한한 인간, 그림자의 윤곽처럼 보였다. 나는 전신 유리창 틀에 걸터앉아, 그들이 가까이 다가와 얼굴 표정이 드러나기를 기다렸다. 제일 먼저 온 사람은 흔들거리며 걸어오는 여자였다. 그녀는 아직 잠이 덜 깬 표정이었지만, 이제 햇빛이 비치면 그날 일어날 일에 대한 희망과 기대로 활짝 피리라는 것, 눈은 미래로 가득 차리라는 것을 쉽게 상상할 수 있었다. 개를 산책시키는 노인이 두 번째로 내 옆을 지나갔다. 노인은 멈춰 서서 담배에 불을 붙이고는, 개가 건너편 공원으로 뛰어갈 수 있게 줄을 놓아주었다. 그가 개를 사랑하고 개와 함께 사는 자기 인생을 사랑한다는 사실은 표정으로 보아 의심할 바 없었다. 시간이 약간 흐른 뒤 뜨개질한 머릿수건을 쓴 노파가 지나갔다. 부은 다리 때문에 걷기조차 불편했지만, 그녀 역시 삶에 애착을 지닌 모습이었다. 책가방을 멘, 손자로 보이는 아이의 손을 꼭 잡고—그날은 입학식이 있는 날이었다—손자가 새로운 미래로 가는 이 중요한 시작의 순간을 놓치지 않도록 아침 일찍 학교로 데려다주는 모양이었다.

이 사람들 역시 모두 죽을 운명이고, 죽음을 생각하면 공포를 느낄 것이다. 언젠가는 죽을 테지만, 지금은 아니다. 난 그날 새벽, 조르즈와 나를 방황하게 했던 물음과 논증의 미로, 잡힐 듯 눈앞에 다가왔다가 마지막 순간에 사라진 그 명료함을 기억해내려고 애썼다. 그러고 몸을 꼿꼿하게 펴고 걷는 젊은 여자와, 목줄로 활기 넘치게 장난을 하는 노인, 아이의 머리를 쓰다듬는 다리가 불편한 노파의 뒷모습을 바라보았다. 사람들이 지금 자신이 곧 죽을 것이라는 소리를 듣게 된다면 경악의 원인은 간단명료하지 않을까? 나는 밤을 새운 얼굴로 아침의 태양을 마주 보며 생각에 잠겼다. 이들은 인생이 가볍든 힘들든 가난하든 부유하든 상관없이 더 많은 삶을 원한다. 끝나고 나면 모자란 인생을 더는 그리워할 수도 없다는 사실을 잘 알면서도, 이들은 삶이 끝나는 것을 원치 않는다.

집으로 돌아왔다. 복잡하고 분석적인 사유는 직관적인 인식과 어떤 관계가 있을까? 우린 둘 중에 어떤 것을 더 신뢰해야 하나?

진찰실 창문을 열고 지붕과 굴뚝, 줄에 널린 빨래들 위로 드리운 옅은 파란색 하늘을 올려다보았다. 조르즈와 나 사이는 오늘 새벽 이후 어떻게 달라질까? 늘 그랬듯이 체스 판을 마주하고 앉게 될까? 이제 더 친근해진 죽음은 우리 사이를 어떻게 만들까?

조르즈가 약국을 나와 문을 잠글 때는 늦은 오후였다. 한 시간 전부터 몸을 떨며 커피를 연거푸 몇 잔 마시고 있던 그레고리우스는 지폐를 잔 아래에 놓고 그의 뒤를 쫓았다. 약국을 지나면서 보니 안에 아직도 불이 켜져 있었다. 유리창으로 들여다보았지만 안에는 아무도 없었고, 아주 오래된 계산대의 금고에는 지저분한 덮개가 덮여 있었다.

조르즈가 모퉁이를 돌았다. 그레고리우스도 발걸음을 재촉했다. 두 사람은 바이샤 구역의 콘세이상 거리를 지나 알파마 구역으로 갔고, 서로 시간 차이를 두고 종을 치는 교회 세 곳도 지났다. 조르즈는 사우다드 거리에서 어떤 건물 입구에 들어서기 전에, 세 개비째인 담뱃불을 비벼 껐다.

그레고리우스는 길 건너편으로 갔다. 건물에 불이 새로 켜지는 집은 없었다. 그는 망설이며 다시 길을 건너 어두운 건물 복도로 들어섰다. 조르즈가 사라진 곳은 틀림없이 저 육중한 나무문 뒤일 것이다. 평범한 가정집은 아니고 선술집인 듯했지만, 술집 분위기는 나지 않았다. 도박장일까? 조르즈에 대한 많은 이야기를 듣고 난 뒤인 지금, 그가 도박을 즐긴다고 상상할 수 있을까? 그레고리우스는 손을 외투 주머니에 넣은 채 문 앞에 그대로 서 있었다. 문을 두드려보았지만 아무런 반응도 없었다. 손잡이를 누르면서 오늘 아침에 나탈리 루빈의 전화번호를 누르며 느꼈던 그 기분, 절벽에서 허공으로 뛰어내리는 느낌이 다시 들었다.

그곳은 체스 클럽이었다. 낮은 천장에 어두운 조명, 담배 연기로 꽉 찬 공간……. 열두어 개의 탁자에서 사람들이 체스를 두고 있었는데, 모두 남자였다. 한쪽 구석에 음료수가 놓인 판매대가 있었다. 난방이 되지 않아 사람들은 외투와 두꺼운 재킷을 입었고, 몇몇은 베레모를 쓰고 있었다. 조르즈는 미리 약속이 되어 있던 모양이었다. 그레고리우스가 담배 연기 틈에서 그를 알아보았을 때, 맞은편에 앉은 남자가 조르즈에게 말을 고르라고 손을 내밀고 있었다. 그 옆의 탁자에는 다른 남자가 혼자 앉아 시계를 보고는 손가락으로 탁자를 톡톡 치고 있었다.

그레고리우스는 그 남자를 보고 깜짝 놀랐다. 그 남자는 그가 스위스 쥐라 주州에서 열 시간 동안이나 체스를 두다가 결국 패한 사람과 아주 비슷했다. 12월의 어느 추운 주말, 무티에에서 열린 체스 시합에서 벌어진 일이었다. 그곳은 늘 어두웠고, 산이 마치 성처럼 마을 위로 솟아 있었다. 프랑스어를 서툴게 하던 그 지역 출신 남자도 지금 건너편 탁자에 앉아 있는 포르투갈 사람처럼 각진 얼굴에 잔디 깎는 기계로 자른 그루터기 같은 머리 모양이었다. 이마가 좁고 귀가 뾰족한 것도 똑같았다. 코와 눈빛만 달랐다. 포르투갈 남자의 눈은 까마귀처럼 검고 눈썹 숱이 많았으며, 눈빛은 공동묘지의 담처럼 낮고 서늘했다.

바로 그 눈빛이 그레고리우스를 건너다보고 있었다. 이 남자와는 체스를 두면 안 돼. 그레고리우스가 생각했다. 절대 안 돼. 포루투칼 남자가 그레고리우스에게 손짓을 했다. 그레고리우스가 가까이 다가갔다. 그는 이제 옆 탁자에서 체스를 두는 조르즈를 의심받지 않고 지켜볼 수 있었다. 그게 대가였다. "그 빌어먹을 신성한 우정." 아드리아나의 목소리가 귓가에 들렸다. 그레고리우스는 자리에 앉았다.

"노바투 Novato?"

그 남자가 물었다.

그레고리우스는 뭐라고 대답해야 할지 몰랐다. 여기 처음이냐는 말일 수도, 아니면 체스 초보자냐고 묻는 말일 수도 있었다. 그는 여기 처음 왔냐는 질문이라고 해석하고 고개를 끄덕였다.

"페드루 Pedro."

포르투갈 사람의 자기소개에 그레고리우스도 화답했다.

"하이문두Raimundo: 라이문트를 포르투갈식으로 바꾼 것."

그는 당시 그 쥐라 사람보다도 더 느리게 말을 움직였다. 납같
이 무겁고 마비시키는 듯한 그 느림은 이미 첫 수에서 시작됐다.
그레고리우스는 주변을 둘러보았다. 시계를 보며 체스를 두는 사
람은 없었다. 이곳에서는 시계가 필요하지 않았다. 체스 판 말고
는 모든 것이, 말조차도 의미가 없었다.

페드루는 팔을 편평하게 탁자에 놓고 고개를 숙여 턱을 손에
올리고는, 두꺼운 체스 판 위의 말을 올려다보았다. 그레고리우
스는 지금 무엇이 자신을 더 성가시게 만드는지 알 수 없었다. 노
란 바탕에 위로 치켜올라간 홍채가 경련을 일으키듯 움직이며 노
려보는 시선일까, 광적으로 입술을 계속 깨무는 동작일까. 당시
쥐라 사람도 이렇게 입술을 깨물어 그레고리우스는 미칠 지경이
됐었다. 이 판은 조급함과의 싸움이 될 터였다. 쥐라 사람과 체스
를 둘 때는 이 싸움에서 졌다. 아까 너무 많이 마신 커피가 지독
하게 후회스러웠다.

그레고리우스는 처음으로 옆 탁자의 조르즈와 눈길을 주고받
았다. 한밤중에 죽음에 대한 공포로 잠에서 깼던 사람, 프라두보
다 이제 31년을 더 산 사람······.

"조심해요!"

조르즈가 턱으로 페드루를 가리키며 말했다.

"불편한 적수니까."

페드루가 고개도 들지 않고 씩 웃었다. 우둔해 보였다.

"맞아, 아주 맞는 말이지."

이렇게 중얼거리는 그의 입술 주변에 작은 거품이 생겼다.

그레고리우스는 한 시간이 지나자 페드루가 단순한 수를 읽는 데 절대 실수를 하지 않으리라는 것을 알게 됐다. 좁은 이마와 경련을 일으키듯 떠는 눈빛에 속으면 안 될 일이었다. 페드루는 모든 것을 계산했고 필요하다면 열 번도 계산할 사람이었으며, 적어도 열 수 앞까지 읽었다. 기습적인 수를 쓰면 어떤 반응을 보일까. 아무런 의미도 없어 보이는 수일 뿐 아니라, 정말 아무 의미도 없는 수……. 그레고리우스는 이미 여러 번 이 방법으로 강력한 적수를 혼란에 빠뜨렸다. 독시아데스에게는 통하지 않았지만. "바보 같은 짓." 그리스 의사는 이렇게 말하고는, 눈앞에 던져진 좋은 기회를 끝까지 놓치지 않았다.

한 시간이 더 지나자 그레고리우스는 상대를 혼란에 빠뜨리기로 결정하고, 이점이 전혀 없는 자리로 폰을 하나 던졌다.

페드루는 입술을 내밀었다 들이밀기를 몇 번이고 반복하다가 머리를 들고 그레고리우스를 쳐다보았다. 그레고리우스는 지금 이런 시선도 보루처럼 막아줄 옛날 안경을 꼈더라면 좋았을 거라고 생각했다. 페드루는 눈을 깜박이며 관자놀이를 문지르고는 짧고 뭉뚝한 손가락으로 머리카락을 쓸었다. 그러고선 폰을 그대로 두었다.

"노바투."

그가 중얼거렸다.

"디스 노바투diz novato."

그레고리우스는 그제야 노바투가 초보자라는 뜻임을 알아챘다.

페드루가 덫이라고 생각하고 폰을 잡지 않은 상황을 이용하여 그레고리우스는 공격할 수 있는 진로를 마련했다. 그는 한 수 한 수 말을 앞으로 나아가게 하며 페드루가 수비를 할 만한 모든 가능성을 차단했다. 페드루는 몇 분마다 한 번씩 아주 시끄럽게 콧물을 훌쩍였다. 일부러 그러는지 워낙 칠칠치 못해 그러는지 알 수 없었다. 구역질 나는 소음에 괴로워하는 그레고리우스를 보고 조르즈가 웃음을 흘렸다. 다른 사람들은 페드루의 습관을 이미 알고 있는 듯했다. 미처 드러나기도 전에 그레고리우스가 수를 무산시킬 때마다 페드루의 눈빛이 조금씩 딱딱해졌다. 그의 눈은 이제 반짝이는 슬레이트 조각 같았다. 그레고리우스는 몸을 뒤로 기대고 차분하게 판을 바라보았다. 몇 시간이 더 걸린다고 해도 이제 상황이 바뀔 일은 없었다.

창밖에는 가로등 전구가 느슨한 전깃줄에 매달려 가볍게 흔들리고 있었다. 그레고리우스는 창밖을 바라보는 척하며 조르즈의 얼굴을 살피기 시작했다. 바르톨로메우 신부의 묘사 속에서 조르즈는 비록 섬광 같은 광채를 뿜지도 않았고 현혹적이지도 않았지만 빛나는 자태를 지닌 사람이었고, 절조 있고 두려움 없는 소년이요 직설적인 사람이었다. 그러나 프라두가 한밤중에 신부를 찾아와 마지막으로 했던 말은⋯⋯. "그녀요. 그녀가 사람들에게 위험한 존재가 됐어요. 다른 사람들은 그녀가 견디지 못하고 자백할 거라고 생각해요." "조르즈도 그렇게 생각해?" "그 이야기는 하고 싶지 않아요."

조르즈는 담배를 한 모금 빨고는, 비숍으로 체스 판을 가로질러 상대방의 룩을 잡았다. 손가락은 니코틴 때문에 누렇게 물들었고, 손톱 아래 까만 때가 묻어 있었다. 그레고리우스는 땀구멍이 다 보이는 크고 살이 많은 그의 코에 거부감을 느꼈다. 남을 배려하지 않는 무자비한 종양처럼 보였다. 조금 전에 흘린 고소하다는 듯한 웃음과도 잘 어울렸다. 그러나 거부감을 줄 만한 것들은 피곤하고 선한 갈색 눈빛 덕분에 모두 사라졌다.

에스테파니아. 그레고리우스는 깜짝 놀라 몸이 뜨거워지는 것을 느꼈다. 오늘 오후에 읽은 프라두의 글에 쓰여 있던 이름이지만, 그는 두 사람의 연관성을 미처 생각하지 못했다. "'골드베르크 변주곡'……. 에스테파니아는 칠 줄 알아. 그녀가 나만을 위해 연주를 한 다음부터 나도 그렇게 치고 싶다는 소망을 품게 됐어." 프라두가 조르즈에게서 구해내야 했던 여자가 바로 이 에스테파니아였을까? 두 사람의 '그 빌어먹을 신성한 우정'이 깨진 이유가 된 여자?

그레고리우스는 열심히 계산하기 시작했다. 그래, 그럴 수도 있겠구나……. 그렇다면 상상도 못 할 끔찍한 일이 벌어졌던 게 아닌가. 자기가 중등학교에 다닐 때부터 품고 다녔던 꿈, 마비시킬 듯이 아름다운 스타인웨이에 대한 환상을 바흐의 음색으로 들려준 여자를 저항운동을 위해 희생시키려 했다는 것…….

신부가 가고 난 뒤 무덤에서 두 사람 사이에 무슨 일이 벌어졌을까? 에스테파니아 에스피노자는 에스파냐로 돌아갔을까? 그녀는 조르즈보다 나이가 어렸을 것이다. 파티마가 죽은 지 10년이 지나 프라두가 사랑에 빠질 만큼. 만약 그게 사실이라면 프라두와 조르즈 사이의 극적 사건은 서로 다른 도덕관뿐만이 아니라 사랑 때문이기도 했다는 말이 아닌가.

아드리아나는 이 사건에 대해 얼마나 알고 있었을까? 이런 상황이 용납이 되기나 했을까? 아니면 다른 많은 것들과 마찬가지로 이 상황에 대해서도 정신을 봉인해버렸을까? 손도 대지 않은, 정신 나간 구매였다는 스타인웨이는 아직도 집에 있을까?

키르헨펠트에서 여러 학생과 동시에 시합을 할 때 그랬던 것처럼, 마지막 몇 수에 정신을 집중하지 않았던 그레고리우스의 눈에 음흉하게 웃는 페드루가 들어왔다. 조심스럽게 체스 판을 살펴보던 그는 깜짝 놀랐다. 그가 누리고 있던 유리한 상황은 이미 사라졌고, 페드루는 이제 과감한 공격을 시도하고 있었다.

그레고리우스는 눈을 감았다. 납처럼 무거운 피로가 몰려왔다. 왜 나는 지금 그냥 일어나서 나가지 않을까? 어쩌다가 리스본까지 와서 견딜 수 없을 만큼 천장이 낮고 담배 연기로 가득 찬 공간에 들어앉아, 나와 전혀 관계가 없을뿐더러 말 한마디 주고받을 수 없는 불쾌한 남자와 체스를 두게 되었나?

그는 비숍을 희생하여 판이 종반으로 접어들게 했다. 이기는 건 이제 불가능했지만, 무승부로 끝낼 수는 있었다. 그레고리우스는 페드루가 화장실에 간 사이에 주변을 둘러보았다. 자리가 많이 비어 있었다. 그때까지 남아 있던 몇 안 되는 사람들이 그레고리우스가 앉아 있는 탁자로 모여들었다. 페드루가 돌아와 자리에 앉으며 콧물을 훌쩍 들이켰다. 조르즈는 상대편이 간 다음부터 그레고리우스의 체스 판이 잘 보이도록 자리를 잡고 앉았다.

그레고리우스의 귀에 조르즈가 색색 숨을 쉬는 소리가 들려왔다. 판을 잃지 않으려면 조르즈를 잊고 정신을 집중해야 했다.

알레힌은 언젠가 상대방보다 말이 세 개나 적은데도 결승전에서 이긴 적이 있었다. 당시 아직 학생이었던 그레고리우스는 이 사실을 믿을 수 없어 그 판의 종반전을 똑같이 따라 해보았다. 그 뒤로 몇 달 동안 그는 탁월하다고 생각되는 결승전을 모두 따라 했다. 그때부터 말을 어떻게 써야 하는지 판이 한눈에 들어왔다. 지금도 그랬다.

페드루는 삼십 분이나 생각을 하고서도 덫에 걸려들었다. 말을 움직이자마자 그는 자신이 함정에 빠졌다는 걸 깨달았다. 이제 이기기는 틀린 일이었다. 그는 입술을 내밀었다 뒤로 빼기를 반복하다가 돌 같은 시선으로 그레고리우스를 뚫어지게 바라보았다.

"노바투."

그가 중얼거렸다. 그리고 또 한 번 같은 말을 중얼거리더니 후다닥 일어나서 나가버렸다.

"돈데 에스Donde és?"

둘러선 사람들 가운데 한 명이 물었다. 어디서 왔소?

그레고리우스는 포르투갈어로 스위스 베른에서 왔다고 답하고, 느린 사람들이 사는 곳이라고 덧붙였다.

사람들이 한바탕 웃으며 그에게 맥주를 권하고는 또 오라고 말했다.

거리로 나오자 조르즈가 그에게 다가와 영어로 물었다.

"왜 날 미행하는 거요?"

그레고리우스의 놀란 얼굴을 보고 그가 싸늘하게 웃었다.

"누가 날 따라오는지 알아채는 데 내 생사가 달려 있던 시절이 있었소."

그레고리우스는 잠깐 망설였다. 프라두와 무덤에서 작별한 지 30년이 지난 뒤, 갑자기 그의 사진을 보면 무슨 반응을 보일까? 그레고리우스는 외투 주머니에서 천천히 책을 꺼내 펴고, 그에게 사진을 보여주었다. 조르즈는 눈을 껌벅이다가 책을 건네받아 가로등 불빛 아래로 가서 눈앞에 사진을 바짝 들이댔다. 그레고리우스는 이 장면을 나중에도 결코 잊을 수 없었다. 흔들리는 가로등 불빛에서 잃어버린 친구의 사진을 보는 조르즈의 얼굴은 믿을 수 없다는 듯 충격을 받아 금방이라도 무너져 내릴 것만 같았다.

"따라와요."

조르즈가 쉰 목소리로 말했다. 명령하듯 들리는 말투는 충격을 감추기 위한 것일 뿐이었다.

"근처에 사니까."

앞장서는 그의 발걸음이 아까보다 뻣뻣하고 불안했다. 그는 이제 노인에 불과했다.

그의 집은 피아니스트 사진으로 도배가 된 벽에 담배 연기로 찌든 동굴이었다. 루빈스타인과 리히터, 호로비츠, 디누 리파티와 머레이 페라이어, 주앙 에사가 제일 좋아한다는 마리아 주앙 피레스의 커다란 사진들이 붙어 있었다.

조르즈는 거실에서 발걸음을 옮기며 수없이 많은 전등을 켰다. 사진마다 등이 하나씩 달려 있어 켤 때마다 어둠 속에서 환하게 모습을 드러냈다. 유일하게 조명이 없는 방 한구석에 그랜드피아노가 서 있었다. 침묵하는 듯한 검은색이 전등의 빛을 차단하며 그 빛을 창백하게 반사했다. "난 내가 그랜드피아노를 울릴 수 있는 사람이길 정말 바랐어…… 하지만 무대 꿈에서 깨면서 깨달았어. 내 인생은 변주곡을 연주하는 일 없이 끝나리라는 것을……" 피아노는 수십 년 동안 그곳에 있었다. 반짝이는 우아한 신기루, 끝을 향해 가는 삶에서 이루어지지 못한 꿈을 말해주는 검은 기념비. 그레고리우스는 먼지 한 점 없는 피아노를 바라보며, 범접할 수 없는 분위기를 풍기던 프라두 방의 물건들을 떠올렸다.

인생은 우리가 사는 그것이 아니라, 산다고 상상하는 그것이다. 프라두의 책에 쓰여 있던 문장 가운데 하나였다.

조르즈는 소파에 앉아—아마 늘 그 자리에 앉는 모양이었다—아마데우의 사진을 들여다보았다. 가끔 깜박거릴 때만 중단되는 그의 눈길은 온 우주를 잠잠하게 했다. 피아노의 검은 침묵이 방에 가득 찼다. 바깥에서 들려오는 시끄러운 오토바이 소리가 침묵으로 뒤덮인 방의 벽에 부딪혔다가 사라졌다. 사람들은 침묵을 견디지 못한다. 프라두의 짧은 글 가운데 하나였다. 스스로를 견디어야 한다는 말과 같은 뜻이 될 테니까.

조르즈는 이 책을 어디에서 발견했는지 물었다. 그레고리우스는 지난 일을 이야기했다. 조르즈가 큰 소리로 "세드루스 베르멜류스"라고 말했다.

"아드리아나 냄새가 나는군. 특유의 멜로드라마 냄새. 아마데우는 그걸 정말 싫어했지만, 혐오하고 있다는 사실을 아드리아나가 눈치채지 못하게 하려고 아주 애를 썼소. '걔는 내 동생이야. 그리고 내가 내 인생을 살 수 있게 도와줘.' 그렇게 말했지."

조르즈는 그레고리우스에게 붉은 삼나무가 은유하는 게 무엇인지 아냐고 물었고, 그레고리우스는 멜로디가 알고 있다는 느낌을 받았다고 대답했다. 그러자 조르즈는 그에게 멜로디를 어떻게 아는지, 그리고 왜 이 일에 관심이 있는지 물었다. 질문의 색조가 예리하지는 않았지만, 그레고리우스는 조르즈의 목소리에서 뭔가 이상하다고 생각되면 경계하고 조심하던 시절의 예민함이 묻어난다고 생각했다.

"제가 그였더라면 어땠을지 알고 싶어서요."

그레고리우스가 대답했다.

조르즈는 놀란 듯 그를 바라보다가 사진으로 눈길을 돌렸고, 잠시 후에 눈을 감았다.

"그게 가능하겠소? 다른 사람이 되는 것, '그'가 된다는 것이?"

그레고리우스는 적어도 다른 사람의 삶을 상상하는 게 어떤 건지 알 수 있지는 않겠냐고 대답했다.

조르즈가 웃음을 터뜨렸다. 졸업식에서 개의 울음소리를 듣고 웃었을 때 아마 저런 웃음이었을 거라는 생각이 들었다.

"그래서 도망쳤소? 정말 정신 나간 짓이군. 마음에 들어요. '상상력은 우리의 마지막 성소다.' 아마데우가 늘 하던 말이오."

프라두의 이름을 발음하면서 조르즈의 얼굴에 변화가 나타났다. 그레고리우스는 그가 수십 년 동안 이 이름을 입에 올리지 않았으리라고 생각했다. 담배에 불을 붙이는 조르즈의 손가락이 떨렸다. 그는 기침을 하고서 그레고리우스가 아까 오후에 카페 계산서를 꽂아둔 곳을 펼쳐 읽었다. 가냘픈 그의 흉곽이 오르내리며 색색 숨을 쉬는 소리가 가늘게 들렸다. 그레고리우스는 그를 혼자 있게 두고 싶었다.

"그래, 그런데 난 아직도 살아 있군."

그가 책을 옆으로 밀어놓았다.

"이해받지 못했던 당시의 공포도 그대로 남아 있고, 피아노도 그때처럼 여전히 저 자리에 있소. 하지만 피아노는 이제 더는 경고의 표시가 아니라 그저 피아노일 뿐이고, 아무런 메시지도 주지 않는 말없는 동료요. 아마데우가 쓴 이야기는 우리 둘이 1970년 말에 나눈 대화였소. 그때만 해도 나는 우리 둘, 그 친구와 내가 헤어지는 일은 결코 없을 거라고 맹세라도 했을 거요. 우린 형제와도 같았으니까. 아니, 형제 이상이었지.

아마데우를 처음 보았던 날을 아직도 기억해요. 학교에 막 입학했을 때였소. 무슨 일로 늦게 왔는지는 기억나지 않지만 어쨌든 아마데우는 하루 결석하고 그다음 날에야 교실로 왔소. 수업 시간에도 늦었지. 그는 프록코트를 입고 있었소. 부잣집 아이라는 걸 알 수 있었지. 그런 옷은 아무 데서나 살 수 있는 게 아니었으니까. 책가방이 없는 학생은 아마데우 한 사람뿐이었소. 마치 '내 머리에 다 들어 있다'라고 말하는 듯했소. 그건 그가 빈자리에 앉을 때의 범접할 수 없는 자신감과도 잘 어울렸소. 거만함이나 냉담함과는 거리가 멀었지. 그건 그냥 자신감이었소. 배우기 어려운 건 아무것도 없다는 자신감……. 그가 이 자신감을 자각하고 있었다고는 생각하지 않소. 그랬더라면 아마 대수롭지 않았겠지. 그가 바로 자신감 자체였소. 그는 일어나 자기 이름을 말하고 다시 자리에 앉았소. 무대에 서도 될 만큼 멋졌지. 아니, 아마데우는 무대를 원하지도 않았고 무대가 필요하지도 않았소. 그의 행동이 발산하던 것은 기품과 순수한 우아함이었지. 바르톨로메우 신부님은 이런 그를 보고 말을 더듬었고, 잠시 무슨 말을 해야 할지 잊은 듯했소."

조르즈가 입을 다물자 그레고리우스는 아마데우의 졸업식 연설문을 읽었다고 말했다. 조르즈는 일어나 부엌으로 가더니 레드와인을 한 병 가지고 와서 연거푸 두 잔을 따라 마셨다. 급한 동작은 아니었지만, 술이 필요하다는 듯이 보였다.

"우린 며칠 밤 동안 그 글을 썼소. 그가 가끔 용기를 잃을 때도 있었지만, 그럴 때면 분노가 도움이 됐지. '신은 파라오가 고집을 부린다는 이유로 이집트에 재앙을 내려 고통을 주었어. 하지만 파라오가 그렇게 행동하도록 한 건 바로 신이 아닌가! 그것도 자기 힘을 과시하기 위해 파라오를 그렇게 만들었어! 이 얼마나 허영심 강하고 자만심에 가득 찬 신인가! 이 얼마나 지독한 허풍쟁이인가!' 이렇게 분노하며 얼굴을 쳐들고 신에게 대항하는, 신에게 그 넓고 아름다운 이마를 들이미는 아마데우를 난 사랑했소.

아마데우는 원래 그 글에 '신의 죽어가는 말씀에 대한 경외와 혐오'라는 제목을 붙이려고 했소. 난 그건 너무 비장하다고, 격정적인 은유라고 말했소. 그러자 나중에 그는 '죽어가는'을 삭제했지. 아마데우에겐 격정적인 성향이 있었소. 인정하지 않으려고 했지만 스스로도 알고 있었지. 그는 기회가 있을 때마다 유치함에 맞서 싸웠는데, 그럴 때면 무서울 정도로 부당하게 굴었소.

파문을 내리는 듯한 그의 행동에서 무사했던 사람은 오직 파티마뿐이었소. 그녀는 모든 걸 할 수 있었지. 그는 결혼생활을 했던 8년 내내 그녀를 손바닥에 올려놓고 다녔소. 아마데우는 손바닥에 올려놓고 다닐 누군가가 필요했던 거요. 그는 그런 사람이었지. 하지만 그게 파티마를 행복하게 하지는 못했소. 파티마와 내가 이 주제로 이야기를 나눠본 적은 없소. 그녀는 날 별로 좋아하지 않았거든. 아마 아마데우와 나 사이의 친근함을 질투한 거겠지. 그런데 언젠가 시내에 있는 카페에서 파티마를 만난 적이 있는데, 신문에서 구인광고를 보고 있더군. 몇 군데는 동그라미도 그려져 있었고. 날 보더니 신문을 치웠지만, 난 뒤에서 다가갔기 때문에 이미 그걸 다 보았소. '그가 날 더 많이 믿어주었으면 좋겠어요'라고 말하더군. 하지만 아마데우가 정말 믿은 단 한 명의 여자는 마리아 주앙이었소. 그랬소. 그래, 마리아……."

조르즈가 와인을 한 병 새로 가지고 왔다. 말끝이 꼬이기 시작했다. 그는 술만 계속 마실 뿐 입을 다물고 있었다.

그레고리우스는 마리아 주앙의 성이 뭔지 물었다.

"아빌라. 성 테레사와 같았소. 학교 아이들이 아 산타a santa, 성녀라고 불렀지. 마리아는 누군가 이렇게 부르면 물건을 집어 던졌소. 나중에 결혼을 하면서 아주 평범하고 눈에 띄지 않는 남편성으로 바꾸었는데, 뭐였는지는 잊어버렸소."

조르즈는 술을 마시며 다시 입을 다물었다.

그렇게 침묵하고 있던 그가 이야기를 꺼냈다.

"난 정말 우리가 서로를 잃어버리는 일은 없을 거라고 생각했소. 그건 불가능하다고 믿었어. 어디선가 '우정은 유한하고, 언젠가 끝난다'는 글을 보았는데, 난 우리는 아니라고 생각했소. 우린 절대 아니라고."

조르즈는 점점 더 빨리 마셨다. 이제 입술은 그의 의지대로 움직이지 않았다. 그는 힘겹게 일어나 비틀거리며 방에서 나갔다가 잠시 후에 종이 몇 장을 들고 들어왔다.

"우리 둘이 언젠가 코임브라에서 같이 쓴 거요. 세상이 온통 우리 것 같던 그 시절에."

조르즈가 가지고 온 종이는 위에 '신의의 이유'라는 제목이 붙은 목록이었다. 아마데우와 조르즈는 신의가 생길 수 있는 이유를 제목 아래에 적었다.

타인의 잘못, 발전을 향해 함께 가는 발걸음, 함께하는 고통, 함께하는 즐거움, 죽음이 주는 결속감, 같은 확신, 외부를 향한 공동의 싸움, 같은 장점, 같은 단점, 친근함이라는 공통된 욕구, 같은 취미, 같은 혐오, 나누는 비밀, 함께하는 상상과 꿈, 함께하는 열광, 함께 나누는 유머, 공통의 영웅, 함께 내린 결정, 함께한 성공과 실패, 승리와 패배, 함께한 실망, 함께 저지른 실수.

그레고리우스는 목록에 사랑이 빠졌다고 말했다. 조르즈의 몸이 뻣뻣해졌다. 잠깐 그는 술이 완전히 깬 듯했다.

"아마데우는 사랑을 믿지 않았소. 유치하다고 생각하며 그 단어를 피했지. 그는 사랑에는 욕망과 만족, 편안함밖에 없다고 말하곤 했소. 이 모두가 헛된 것이라고 했지. 제일 허무한 건 욕망이고 그다음이 만족이며, 누군가에게서 보호를 받는다는 편안한 느낌도 언젠가는 결국 부서지는 것이라고 했소. 삶이 우리에게 요구하는 것, 우리가 해야 할 일이 너무 많고 힘들어서 우리 감정을 다치지 않고 그 일들을 견디어내기는 힘들다는 것이었소. 그래서 신의가 중요하다고 했지. 그는 신의란 감정이 아니고 의지요 결정이며, 영혼의 견해 표명이라고 말했소. 우연한 만남과 감정을 필연으로 바꾸는 그 무엇이라고, 영혼의 숨결이라고 했지. '그저 낮은 숨결에 불과하지만, 그래도 어쨌든 영혼의 한 부분이지'라며.

그는 잘못 생각한 거요. 우리 둘 다. 잘못 생각했지.

우리가 다시 리스본에 왔을 때, 그는 혹시 자기 자신에 대한 신의라는 것도 존재할까 자주 생각했소. 생각으로든 행동에서든, 스스로에게서 도망치지 않을 의무 말이오. 자신을 좋아하지 않아도 스스로의 편을 들 준비 자세……. 시를 고쳐 짓고 그 시가 진실이 되게 할 수도 있겠지. 그는 '난 이제 일을 할 때만 날 견딜 수 있어'라고 말했소."

조르즈가 입을 다물었다. 뻣뻣했던 몸이 풀어지고 눈빛도 흐려졌다. 잠든 사람처럼 호흡도 느려졌다. 그레고리우스는 아무 말

없이 그냥 나갈 수 없었다.

그레고리우스는 일어나서 책장을 살펴보았다. 한 책장은 러시아와 안달루시아, 카탈루냐의 무정부주의에 관한 책으로 가득 차 있었다. 제목에 '정의'라는 단어가 들어 있는 책들이 많았다. 도스토예프스키의 책도 넘쳐났고, 그레고리우스가 줄리우 시몽이스의 헌책방에 처음 갔을 때 샀던 에사 드 케이로스의 《신부 아마루의 죄》도 있었다. 지그문트 프로이트, 피아니스트들의 전기, 체스 관련 책들. 그리고 벽감에 있는 좁은 책장에는 중등학교 시절의 교과서들이 들어 있었는데, 70년이 더 된 책들도 있었다. 그레고리우스는 라틴어와 그리스어 문법책을 꺼내 잉크 얼룩이 많이 묻어 있는 눅눅한 책장을 넘겨보았다. 사전과 연습 문제들, 키케로와 리비우스와 크세노폰과 소포클레스. 너덜너덜해진 성서는 주석으로 가득 차 있었다.

조르즈가 깨어나 이야기를 이어갔다. 마치 꿈꾸는 듯한 목소리로.

"아마데우가 나에게 약국을 사주었소. 가장 목이 좋은 약국을 아무런 이유 없이 그냥 사준 거요. 우린 카페에서 만나 이런저런 잡다한 이야기를 나누었지. 하지만 약국 이야기는 한마디도 없었소. 그는 비밀스럽게 행동하는 사람이었소. 아주 지독하게 귀여운 비밀주의자. 비밀의 예술을 그처럼 잘 조종하는 사람을 나는 본 적이 없소. 그건 아마데우 나름의 허영심이었소. 물론 그는 이 말을 듣기 싫어했지.

집으로 돌아오는 길에 그가 갑자기 멈춰서더니 '저기 저 약국 보여?' 그러더군. 그래서 '물론 보이지. 그게 뭐?'라고 대꾸했소. 그러자 그가 '네 거야'라면서 열쇠 한 묶음을 내 눈앞에 내밀었소. '너 언제나 네 약국을 갖고 싶어했잖아. 이제 넌 약국 주인이야.' 그는 약국의 온갖 기물도 모두 지불했소. 그런데 그거 아시오? 씁쓸한 기분이 전혀 들지 않더군. 난 너무 기뻐, 처음 한동안은 매일 아침 눈을 비볐소. 가끔 그에게 전화를 해서 이렇게 말했지. '나 지금 내 약국에 있어.' 그러면 그는 편안하고 행복한 웃음을 터뜨렸는데, 해가 지날수록 그런 웃음소리를 듣는 일이 드물어졌소.

아마데우는 부잣집 아들이라는 사실에 대해 침울하고도 복잡한 태도를 지니고 있었소. 자신을 위해서는 돈을 전혀 쓰지 않았던 판사 아버지와는 달리 그는 가끔 큰돈을 낭비할 때도 있었지. 걸인을 보면 당혹스러운 표정이었는데, 항상 똑같은 상황의 반복이었소. '난 왜 저 사람에게 지폐 뭉치가 아닌 동전 몇 개만 줄까? 왜 몽땅 주지 않지? 그리고 왜 하필이면 그에게, 다른 사람이 아닌 그에게 주지? 우리가 다른 걸인이 아니라 그 사람 옆을 지난 건 완전히 우연이잖아. 그리고 사람들이 아이스크림을 사 먹는 곳에서 몇 걸음 떨어지지 않은 곳에서 다른 사람은 왜 이런 굴욕을 겪어야 하지? 이건 말도 안 돼! 이해하겠어? 이건 말도 되지 않는다고!' 언젠가 한번은 이런 불명료함에 분노해서 발을 구르다가 되돌아가서 걸인의 모자에 거액의 지폐를 넣은 적도 있었지.”

오랜 고통이 사라진 사람처럼 추억에 잠겨 있던 조르즈의 얼굴이 다시 어두워지고, 노인의 얼굴로 변했다.

"우리 사이가 멀어졌을 때 난 약국을 팔아 아마데우에게 돈을 돌려주려고 했소. 그러다가 그건 오랫동안 지속된 행복한 우정의 시간을 모두 부정하는 일이라는 걸 깨달았지. 지나간 친근함과 예전의 신뢰에 소급해서 독을 뿌리는 행위…… 그래서 난 약국을 그냥 계속 소유하게 됐소. 그런데 이렇게 결정하고 나서 며칠 지나지 않아 참 이상한 느낌이 들더군. 약국이 예전보다 더 확실하게 내 소유라는 생각이 드는 거요. 왜 그런지 당시에도 알지 못했고, 지금도 이해하지 못하겠지만."

그레고리우스는 그와 헤어지면서 약국에 불이 켜져 있더라고 말했다.

조르즈가 웃었다.

"일부러 그런 거요. 불은 언제나 켜져 있소. 언제나 완벽한 낭비지. 내 어릴 때의 빈곤함에 보복하기 위해서요. 전등은 꼭 한군데만 켜 있었고, 컴컴한 어둠 속에서 침대를 찾아가야 했소. 몇 푼 되지 않는 용돈은 모두 야간 독서용 램프에 넣을 건전지를 사는 데 썼지. 책은 훔쳤소. 책을 읽는 데는 돈이 들지 말아야 한다는 게 당시 내 생각이었는데, 지금도 그 생각은 변함이 없소. 돈을 내지 못해 전기를 끊겠다는 경고를 쉴 새 없이 받았어요. '코르타르 아 루스Cortar a luz: 단전斷電', 그 경고를 난 평생 잊지 못할 거요. 결코 잊을 수 없는 일들이 있지요. 어떤 냄새, 얻어맞은 뺨의 불붙는 듯한 얼얼함, 전기가 나간 뒤 집을 갑자기 꽉 채우던 그 어둠, 아버지가 뱉는 욕설의 거친 울림. 약국에 켜둔 전등 때문에 처음에는 가끔 경찰이 오기도 했소. 하지만 이제는 모두 알고, 그냥 내버려두지요."

23

그레고리우스는 나탈리 루빈이 세 번 전화를 했다는 말을 듣고 그녀에게 전화를 걸었다. 나탈리는 사전과 포르투갈 문법책은 구하는 데 전혀 문제가 없더라고 했다.

"선생님은 아마 이 문법책을 사랑하게 될 거예요! 수많은 예외 조항이 있는 법전 같아요. 저자가 선생님처럼 예외 조항에 아주 푹 빠져 있던걸요. 어머, 죄송해요!"

나탈리는 포르투갈 역사책은 종류가 많아서 고르기 어려웠지만 제일 상세하게 설명한 책으로 결정했고, 책들을 이미 부쳤다고 말했다. 그리고 그레고리우스가 말한 페르시아 문법책은 아직 유통 중이고 하우프트 책방에 주문해서 이번 주 중에 찾을 수 있지만, 포르투갈 저항운동에 관한 역사책은 꽤 복잡하다고 했다. 그녀가 갔을 때 도서관은 이미 문을 닫아서 월요일에나 다시 갈 수 있었다. 하우프트 책방에서 로망어 문학부에 물어보라고 조언했고, 그녀는 월요일에 로망어 문학부에 가서 누구를 만나야 할지 알아두었다.

이미 예상한 일이긴 했지만, 그레고리우스는 나탈리의 열성에 놀랐다. 그녀는 당장 리스본으로 와서 그를 돕고 싶다고 말했다.

그러나 한밤중에 잠이 깼을 때 그는 나탈리가 정말 그 말을 했는지 아니면 꿈이었는지 구별할 수 없었다. 그레고리우스가 책략을 쓸 때마다 화가 나서 판 위에 있는 말들을 이마로 밀고 머리를 체스 판에 내려치는 쥐라 사람 페드루를 보며, 케기와 루치엔 폰 그라펜리트는 내내 "멋져요"를 연발했다. 빛도 들지 않는 어두운 곳에서 체스를 두는 나탈리를 상대할 때는 아주 이상한 느낌이 들었고 두려웠다. "난 포르투갈어를 할 줄 알아. 당신을 도울 수 있어!" 이렇게 말하는 그녀에게 그레고리우스는 포르투갈어로 대답하려고 했지만 말이 나오지 않았다. 그는 마치 시험을 보는 것 같았다. 그는 "미냐 세뇨라Minha Senhora: 세상에나!"만 반복했을 뿐, 뭐라고 말을 이어야 좋을지 몰랐다.

그는 독시아데스에게 전화했다. "아니요, 깨어 있었어요." 의사가 말했다. 의사는 요즘 다시 잠드는 데 어려움을 심하게 겪는다고, 사실 문제는 잠뿐만이 아니라고 말했다.

독시아데스가 이런 말을 하기는 처음이었다. 그레고리우스는 깜짝 놀라 무슨 일인지 물었다.

"별일 아니에요. 그냥 피곤해서 병원에서 실수를 해요. 이제 그만두는 게 좋겠어요."

그만두다니, 그가 그만둔다고? 그럼 뭘 할 건지?

"예를 들자면, 리스본으로 가는 거죠."

독시아데스가 이렇게 말하며 웃었다.

그레고리우스는 페드루에 대해 이야기했다. 그의 좁은 이마와 경련을 일으키는 듯한 눈빛에 대해. 독시아데스는 쥐라 사람이 생각난다고 했다.

"그 뒤로 얼마 동안 선생님은 참 형편없이 체스를 두었지요."

독시아데스가 말했다.

"평소 선생님 실력으로 보자면 형편없었다고요."

그레고리우스는 이미 날이 훤하게 밝은 다음에야 다시 잠이 들었다. 두 시간 뒤에 잠에서 깨었을 때 리스본의 하늘에는 구름 한 점 없었고 사람들은 외투 없이 다녔다. 그는 배를 타고 카실랴스의 주앙 에사에게 건너갔다.

"오늘 선생이 오리라고 생각하고 있었소."

얇은 입술에서 나오는 몇 마디 안 되는 말이 열광적인 불꽃놀이처럼 들렸다.

둘은 차를 마시며 체스를 두었다. 말을 움직이는 에사의 손이 떨렸다. 말을 새로 놓을 때마다 딱 소리가 났다. 그레고리우스는 에사의 손등에 난 화상 자국에 번번이 놀랐다.

"끔찍한 건 고통이나 상처가 아니오."

에사가 말했다.

"가장 끔찍한 건 굴욕이지. 바지에 오줌을 쌌다는 걸 알았을 때의 굴욕감……. 석방되고 나서 난 복수심에 불탔소. 고문기술자들이 퇴근하여 나올 때까지 숨어서 기다렸지. 그들은 사무실에 다니는 사람들처럼 뻣뻣한 외투 차림에 서류가방을 들고 나왔소. 난 그들의 뒤를 밟아 집까지 갔지. 눈에는 눈, 이에는 이로 보복하기 위해. 내가 결국 그런 행동을 하지 못한 이유는 그들을 만지는 게 구역질이 났기 때문이었소. 보복을 하려면 손을 댈 수밖에 없었소. 총을 사용하는 건 그들에겐 너무 관대한 처벌이었을 테니까. 마리아나는 내가 도덕적인 성숙의 과정을 겪은 줄 알아. 그건 전혀 아니었소. 난 언제나 이른바 '성숙'이라는 걸 거부하던 사람이오. 싫어해. 난 사람들이 말하는 성숙이란 걸 낙관주의나 순전히 권태라고 생각하오."

그레고리우스가 졌다. 시작하고 몇 수 두지 않았을 때 그는 자신이 이 남자를 이기고 싶어하지 않는다는 걸 느꼈다. 문제는 어떻게 그가 알아채지 못하게 할 것인지였다. 그레고리우스는 에사와 같은 사람만, 정말 그와 같은 체스꾼만 읽을 수 있는 아주 위험한 작전을 썼다.

"다음번에는 날 이기게 하면 안 돼."

식사 시간을 알리는 소리가 나자 에사가 말했다.

"또 그러면 화낼 거요."

두 사람은 너무 푹 끓여 아무 맛도 나지 않는 요양원의 점심 식사를 함께했다.

"응, 그래. 언제나 이 맛이야."

에사는 그레고리우스의 얼굴을 보고 웃음을 터뜨렸다. 에사는 마리아나의 아버지인 자기 형이 부잣집에 장가들었다는 이야기, 그리고 마리아나의 예전 결혼생활에 대해서도 약간 이야기했다.

"이번에는 아마데우에 대해 한마디도 묻지 않는군."

에사가 말했다.

"선생님 뵈러 온 거지, 아마데우 때문에 온 게 아닙니다."

그레고리우스가 대답했다.

"아마데우 때문에 온 게 아니라고 해도 보여줄 게 있소."

저녁 무렵이 되자 에사가 말했다.

"언젠가 그에게 뭘 쓰냐고 물었더니 이걸 줍디다. 난 하도 많이 읽어서 거의 외울 정도요."

에사는 그레고리우스에게 두 장의 글을 번역해주었다.

_실망이라는 향유香油

실망은 불행이라고 간주되지만, 이는 분별없는 선입견일 뿐이다. 실망을 하지 않는다면 우리가 무엇을 기대하고 원했는지 어떻게 발견할 수 있으랴? 또한 이런 발견 없이 자기 인식의 근본을 어떻게 알 수 있으랴? 그러니 실망이 없이 자기 자신에 대한 명확함을 어떻게 얻을 수 있으랴?

그러므로 실망을 존재하지 않으면 더 좋은 것, 혹은 그저 한숨을 지으며 할 수 없이 견뎌야 하는 그 무엇이라고 취급해서는 안 된다. 우린 실망을 찾고 추적하며 수집해야 한다. 젊은 시절에 숭배했던 영화배우가 이제 노화와 쇠락의 징후를 보이는 것에 왜 실망하는가? 성공의 가치가 얼마나 보잘 것없는지에 대한 실망은 무엇을 말하는가? 부모님에 대한 실망을 평생 동안 인정하지 못하는 사람들도 많다. 우리는 진정으로 무엇을 기대했던가? 무자비하고 고통스러운 통치 아래서 평생 시달린 사람들은 다른 사람들의—고통을 주거나 경제적인 도움을 주는 사람 모두—행동에서 자주 실망을 느낀다. 그러나 그들의 행동이나 말, 그리고 그들의 감각은 너무나도 미미하다. "뭘 기대하는 겁니까?" 내가 물으면 그들은 대답하지 못한다. 이들은 스스로도 인지하지 못했던 기대, 실망할 수도 있는 기대를 오랫동안 품고 다녔다는 사실에 놀란다.

자신에 대해 정말 알고 싶은 사람은, 쉬지 말고 광신적으로 실망을 수집해야 한다. 실망스러운 경험의 수집이란 그에게 중독과도 같을 것이다. 삶의 모든 것을 결정하는 중독. 그에게는 실망이 뜨겁게 파괴하는 독이 아니라 서늘하게 긴장을 풀어주는 정신적 위로이기 때문이다. 우리 스스로의 진정한 윤곽이 무엇인지 눈을 뜨게 해주는 정신적 위로……

그에게는 다른 사람이나 상황에 대한 실망만이 중요한 것이 아니다. 실망이 스스로를 향한 길잡이라고 인식한 사람은, 없는 용기와 모자라는 성실함 또는 자신의 감각과 행동과 말에서 끔찍하도록 좁은 한계 등 스스로에 대한 실망이 얼마나 심각한지 알아내기 위해 온갖 힘을 쏟는다. 우리가 우리에게서 바라고 기대했던 것은 무엇이었나? 우리에게 한계가 없다는 것? 아니면 우리가 사실은 아주 다른 사람이었다는 것?

기대를 줄임으로써 더 현실적이 되고, 단단하고 신뢰할 만한 본질만 남아 실망의 고통에 맞서는 저항력을 지니게 되리라는 희망을 품는 사람도 있을 것이다. 그러나 원대한 기대를 금지하고, 버스가 빨리 올지와 같은 무의미한 기대만이 존재하는 삶은 과연 어떤 모습일까?

"난 아마데우처럼 거리낌 없이 몽상에 몰입할 수 있는 사람을 본 적이 없소."

에사가 말했다.

"그리고 실망을 그토록 싫어하는 사람도 본 적이 없소. 아마데우의 이 글은 스스로에게 맞서서 쓴 거요. 그는 자주 스스로를 거스르며 살았소. 조르즈는 아마 부인할 테지만. 조르즈를 만나봤소? 자기 약국에 밤낮으로 불을 켜두는 약사 조르즈 오켈리 말이오. 그는 나보다 훨씬 먼저 아마데우를 알았지만, 그래도 그건 몰랐을 거요.

조르즈와 나는……. 글쎄, 뭐랄까. 우리 둘은 꼭 한 번 체스를 둔 적이 있는데, 비겼어요. 하지만 계획과 작전, 특히 아주 빈틈없는 교란작전에 관한 한 우리는 무적의 팀이었소. 눈을 감고서도 서로 이해하는 쌍둥이 같았지.

아마데우는 우리의 이런 의사소통에 질투를 느꼈소. 그는 자기가 우리의 민첩함과 단호함에 보조를 맞출 수 없다는 걸 알았지. 아마데우는 조르즈와 나의 동맹을 '너희 팔랑크스Phalanx'라고 불렀는데, 이 팔랑크스는 침묵의 동맹이었소. 그에게조차도. 아마데우는 그걸 느꼈지. 그럴 때면 그냥 추측을 말하기도 했는데, 그게 가끔 맞을 때도 있었소. 완전히 잘못 넘겨짚을 때도 있었고……. 그러니까……. 그 스스로에 관한 문제일 때는 특히 더 틀렸소."

그레고리우스는 숨을 삼켰다. 에스테파니아 에스피노자와도 관련된 이야기일까? 에사나 조르즈에게 그 일을 물어볼 수는 없었다. 그건 불가능했다. 프라두가 마지막에 착각을 한 걸까? 그 여자를 전혀 존재하지도 않는 위험에서 건져내어 안전한 곳으로 피신시켜야 한다고? 아니면 에사의 망설임은 이 일과 관계없는 다른 기억 때문인가?

"난 이곳 요양원의 일요일을 아주 싫어했소."

헤어지면서 에사가 말했다.

"케이크나 그 위에 얹은 크림이나 모두 맛이 없고, 선물도 형편없고, 말장난도 진부하고……. 인습의 지옥이지. 하지만 이제…… 선생과 함께 있는 오후……. 거기에 길들여질 것 같기도 하군."

에사는 재킷 주머니에서 손을 꺼내 그레고리우스에게 내밀었다. 손톱이 없는 손이었다. 배를 타고 돌아오는 내내 그레고리우스는 꽉 쥐었던 에사의 손을 느끼고 있었다.

시
도

24

월요일 아침, 그레고리우스는 취리히로 가는 비행기에 올랐다. 동틀 무렵에 잠이 깬 그는 지금 길을 잃고 있다고 생각했다. 먼저 잠에서 깨어난 다음 중립적인 각성 상태에서 한 생각이 아니었다. 오히려 그 반대였다. 먼저 생각이 들었고, 그다음에 의식이 깨어났다. 이 특이하고 투명한 각성은 그가 경험하지 못한 새로운 것이었다. 파리로 가는 기차 안에서 느꼈던 것과도 달랐지만, 어떤 의미에서는 그때 그 생각과 다를 바 없었다. 그는 지금 자기가 무슨 생각을 하는지 알 수 없었다. 그러나 온갖 모호함에도 불구하고 이 생각은 단호하고 확실했다. 갑자기 공황 상태에 빠진 그는 떨리는 손으로 책과 옷을 순서도 없이 마구 꾸리기 시작했다. 가방을 모두 싼 다음 억지로 마음을 진정시키고, 한동안 창가에 서 있었다.

햇볕 가득한 날씨가 될 모양이었다. 아드리아나의 응접실 쪽매

널 마룻바닥은 햇빛에 반짝이고, 아침 햇살을 받은 프라두의 책상은 다른 때보다 더 쓸쓸하게 보이겠지……. 책상 위쪽 벽에는 색이 바래서 거의 읽을 수 없는, 멀리서는 다른 글씨보다 힘 있게 펜을 누른 몇몇 점들만 보이는 메모지가 붙어 있었다. 그레고리우스는 이 단어들이 의사의 어떤 면을 기억나게 하는지 알고 싶었다.

내일이나 모레, 아니 어쩌면 벌써 오늘 클로틸드가 아드리아나의 초대장을 가지고 호텔로 올지도 모른다. 주앙 에사는 그레고리우스가 일요일에 체스를 두러 오리라고 기대하고 있다. 조르즈와 멜로디는 어느 날 불쑥 나타나 아마데우가 어떤 사람이었던가에 따라 자신의 행복이 좌우되기라도 하듯 그에 대한 질문을 퍼붓던 남자가 갑자기 소식을 끊어버린 걸 이상하게 생각할 터였다. 바르톨로메우 신부도 프라두의 졸업 연설문을 우편으로 받으면 기이하게 생각할 것이고, 마리아나 에사도 그가 갑자기 땅으로 꺼진 듯 소식을 끊은 것을 이해하지 못할 것이다. 실베이라도, 코티뉴도.

그레고리우스가 숙박비를 치르자 접수대의 여자 직원은 이렇게 갑자기 떠나는 이유가 뭔가 나쁜 일 때문은 아니길 바란다고 말했다. 택시 운전사의 포르투갈어는 한마디도 알아들을 수 없었다. 공항에서 계산을 하다가, 헌책방 주인 줄리우 시몽이스가 어학원 주소를 적어준 쪽지를 외투 주머니에서 발견했다. 그는 쪽지를 한참 내려다보다가 이륙장으로 나가는 문 앞에 놓인 쓰레기통에 버렸다. 창구에 있던 직원은 10시 비행기의 자리가 반밖에 차지 않았다며 그에게 창가 자리를 주었다.

승강장 대기실에서는 포르투갈어만 들려왔다. '포르투게스'라는 단어가 들렸다. 이제 이 단어는 그를 겁먹게 했다. 무엇을 향한 두려움인지는 알 수 없었다. 그는 렝가세의 자기 침대에서 자고 싶었고, 분데스테라세와 키르헨펠트 다리를 걷고 싶었으며, '절대 탈격'과 《일리아스》에 대해 이야기하고, 그가 잘 아는 부벤베르크 광장에 서 있고 싶었다. 집에 돌아가고 싶었다.

그레고리우스는 취리히 클로텐에 착륙할 때 승무원이 포르투갈어로 뭔가 묻는 바람에 잠에서 깼다. 긴 질문이었지만 어렵지 않게 알아들을 수 있었고, 그도 포르투갈어로 대답했다. 취리히 호수가 내려다보였다. 시야에 들어오는 풍경 대부분이 지저분해진 눈으로 덮였고, 활주로에는 비가 흩뿌리고 있었다.

내가 가고 싶었던 곳은 취리히가 아니고 베른인데……. 그는 생각에 잠겼다. 프라두의 책이 손에 닿는 곳에 있어 다행이었다. 비행기가 멈추고 다른 사람들이 책과 신문을 접을 때 그는 프라두의 책을 꺼내 읽기 시작했다.

_영원한 젊음

젊은 시절 우리는 자기가 불멸의 존재라고 생각하며 산다. 죽을 운명이라는 인식은 종이로 만든 느슨한 끈처럼 우리를 감싸고 있어 피부로 느껴지지 않는다. 인생에서 이런 상황은 언제 바뀌는가? 이 끈이 우리를 점점 휘감고 결국에는 목을 조르는 건 언제인가? 이 끈이 절대 느슨해지지 않으리라는,

부드러우면서도 굽히지 않는 압박을 느끼는 때는 언제인가? 다른 사람들에게서, 그리고 자기 자신에게서 이런 압박을 깨달을 수 있는 징후는 무엇인가?

그레고리우스는 비행기가 버스라면 좋겠다고 생각했다. 종점에 그냥 앉아 책을 계속 읽고 있으면 되돌아가는 버스. 그는 제일 나중에 비행기에서 내렸다.

기차표를 파는 창구에서 그가 너무 오래 망설이자 여자 직원이 조급한 마음을 감추지 못하고 팔찌를 돌렸다.

오랫동안 생각하던 그는 결국 이등석을 택했다.

기차가 취리히 중앙역을 떠나 전속력을 내기 시작했을 때 그는 나탈리 루빈이 오늘 도서관에 들러 포르투갈 저항운동에 관한 책을 찾으리란 생각을 했다. 그녀가 보낸 다른 책은 지금 리스본으로 가는 중일 것이다. 그가 이미 렝가세의 자기 집에 도착한 지 며칠 지난 뒤가 될 주중에, 나탈리는 그의 집에서 몇 집 떨어지지 않은 하우프트 책방에서 페르시아어 문법책을 사고 리스본으로 부칠 것이다. 혹시 그녀를 만난다면 뭐라고 말해야 하나? 다른 사람들에게는 무슨 말을 해야 할까? 케기와 다른 동료들에게는? 학생들에게는? 독시아데스에게는 아주 편하게 말할 수 있을 테지만, 하고 싶은 말을 정확하게 표현할 올바른 단어는 무엇인가? 베른 대성당이 눈에 들어왔고, 그는 몇 분 뒤면 금지된 도시에 도착한다는 느낌을 받았다.

집은 얼음처럼 차가웠다. 그는 이 주 전에 몸을 숨기기 위해 내렸던 부엌 창문의 블라인드를 올렸다. 어학 CD는 여전히 플레이어에 들어 있었고, 케이스는 탁자 위에 놓여 있었다. 거꾸로 놓인 수화기를 보자 그날 밤 독시아데스와 했던 통화가 떠올랐다. 설혹 기쁜 기억이라고 하더라도, 과거의 흔적은 왜 나를 슬프게 하는가? 프라두는 간결한 글에서 이렇게 물었다.

그레고리우스는 가방을 풀고 책을 탁자에 올려놓았다.《대지진》과《흑사병》. 그는 모든 방의 난방 장치를 켜고 세탁기를 돌리고는 14세기와 15세기에 포르투갈을 휩쓴 흑사병에 관한 책을 읽기 시작했다. 어려운 포르투갈어가 아니었으므로 편하게 읽어나갔다. 얼마간 시간이 흐른 뒤, 그는 멜로디의 집 근처 카페에서 산 담뱃갑의 마지막 개비를 꺼내 불을 붙였다. 이 집에서 산 15년 동안 담배 연기가 공기 중에 퍼진 건 처음이었다. 그러자 책에서 한 문단이 끝날 때마다 주앙 에사를 처음 방문했을 때가 떠올랐고, 이어서 떨리는 에사의 손을 편하게 해주기 위해 털어 넣었던, 목을 델 듯 뜨거웠던 차도 떠올랐다.

두꺼운 스웨터를 꺼내려고 옷장으로 향할 때는 폐허가 된 중등학교의 히브리어 성서에 감아둔 스웨터가 떠올랐다. 햇빛이 원뿔형으로 들어오는 코르테스 교장의 방에 앉아 욥기를 읽던 것은 기분 좋은 기억이었다. 그는 데만 사람 엘리바스와 수아 사람 빌닷과 나아마 사람 소발을 생각했다. 살라망카 역의 표지판이 눈앞에 떠오르고, 여기서 몇백 미터 떨어지지 않은 옛날 자기 방에서 이스파한으로 갈 준비를 하며 벽에 붙은 칠판에 페르시아어 단어를 적던 일이 생각났다. 그레고리우스는 종이를 한 장 가지고 와 손이 기억하는 대로 써보았다. 몇몇 선과 고리, 모음에 찍는 점들이 떠오르고 기억은 끊어졌다.

초인종이 울리는 바람에 그는 소스라치게 놀랐다. 옆집 루슬리 부인이었다. 그녀는 발판 위치가 달라진 걸 보고 그가 돌아온 줄 알았다며 우편물과 우편함 열쇠를 건네주었다. 휴가는 잘 보냈는지, 그런데 이렇게 이른 시기에 벌써 방학을 한 건지 물었다.

우편물 중 관심이 가는 건 케기의 편지밖에 없었다. 그는 평소와 달리 봉투 뜯는 칼도 사용하지 않고 급하게 편지를 뜯었다.

존경하는 그레고리우스 선생님에게

선생님께서 저에게 보낸 편지에 답장을 보내지 않고 그냥 침묵하고 있을 수 없군요. 그러기에는 너무도 감동적이었으니까요. 선생님의 긴 여행의 목적지가 어디인지는 알 수 없지만, 언젠가 이 편지를 받으시리라 생각합니다.

선생님에게 드리고 싶은 말 가운데 가장 중요한 건 이겁니다. 선생님이 계시지 않는 우리 학교는 아주 이상하게 텅 빈 느낌이라는 거지요. 오늘 교무실에서 비에르지니 르도엔 선생님이 갑자기 한 말이 선생님의 빈자리가 얼마나 큰지 잘 알려줄 겁니다. "그 선생님은 너무 솔직하고 거칠으셔서 가끔 싫어한 적도 있어요. 그리고 옷차림에 좀 더 신경을 썼더라면 얼마나 좋겠어요? 오래 입어 낡고 무릎이 툭 튀어나온 옷을 그렇게 매일 입다니. 그렇지만 뭐랄까, 뭐라고 해야 할지……. 그 선생님이 보고 싶네요. 이상하죠?" 하지만 그 자

존심 강한 프랑스어 선생님이 한 말도 학생들이 하는 말과는
비교도 되지 않습니다. 이런 말씀을 드려도 될지 모르겠지만,
여학생들 몇몇이 하는 말과는 더욱 비교가 안 되지요. 선생
님 교실 앞에 서면, 선생님의 빈자리가 거대하고 어두운 그늘
처럼 느껴집니다. 또 체스 경기는 이제 어떻게 해야 하는지?

마르쿠스 아우렐리우스. 그렇습니다. 감히 털어놓자면, 제
아내와 저는 요즘 우리 아이 둘을 잃고 있다는 느낌을 자주
받습니다. 병이나 사고로 잃는 게 아니라 더 나쁜 방식으
로…… 아이들은 우리의 생활 방식을 완전히 거부하고, 또
그걸 주저함이라고는 전혀 없이 솔직하게 표현합니다. 아내
는 무너질 듯 힘들어 보일 때가 있습니다. 현명한 황제에 대
한 선생님의 말씀은 이런 순간에 아주 적절했습니다. 지금도
저는 제 책상 위에 놓여 있는 선생님의 편지 봉투를 볼 때마
다 한 자락 질투의 감정을 느낍니다. 자리에서 일어나 그냥
떠나는 것. 이 얼마나 용기 있는 행동인가요! "선생님이 일어
서더니 그냥 나가셨어요!" 학생들은 지금도 이렇게 이야기
합니다. 자리에서 일어나 그냥 떠나는 것!

선생님의 자리는 앞으로도 오랫동안 비어 있으리라는 걸
아셨으면 합니다. 선생님의 수업 가운데 몇 시간은 제가 맡
았고, 나머지는 대학생을 임시직 교사로 쓰고 있습니다. 히브
리어도 마찬가지입니다. 그리고 서무실에서 재정적인 문제
에 필요한 서류를 선생님께 보낼 겁니다.

존경하는 그레고리우스 선생님, 마지막으로 무슨 말을 해

야 할까요? 이 말이 가장 좋겠지요. 우리 모두는 이 여행이
정말 원하던 곳으로—내적으로나 외적으로—선생님을 이끌
기를 바랍니다.

베르너 케기

(추신: 선생님의 책들은 제가 책장에 잘 보관하고 있습니
다. 그리고 현실적인 일 때문에 부탁이 한 가지 있습니다. 언
제 시간이 있을 때—급하지 않습니다—열쇠를 보내주시겠
습니까?)

그리고 그 아래에 '아니면 일이 어떻게 될지 모르니, 그냥 가지
고 계시겠습니까?'라고 손으로 쓴 글씨가 적혀 있었다.

그레고리우스는 한참 동안 그대로 앉아 있었다. 바깥은 어느새
어두웠다. 케기가 이런 편지를 쓰리라고는 생각하지 못했다. 오
래전에 시내에서 아이 둘과 함께 있는 케기를 본 적이 있었다. 모
두 웃고 있었고, 문제라고는 전혀 없어 보였다. 비에르지니 르도
엔이 그의 옷차림에 대해 언급했다는 말은 마음에 들었고, 여행
하는 동안 걸치고 있는 새 바지를 내려다보자 불행하다는 느낌조
차 들었다. 솔직하다는 데는 동의하지만 내가 거칠다고? 나탈리
루빈 말고 그를 보고 싶어한다는 여학생들은 누구일까? 루트 가
우치가 약간 보고 싶어할까?

그레고리우스는 다시 익숙한 장소에 있고 싶어 이곳으로 돌아

왔다. 포르투갈어나 프랑스어나 영어를 하지 않아도 되는 곳으로. 케기의 편지가 왜 이 계획을, 세상에서 가장 단순한 이 계획을 갑자기 어렵게 만들까? 부벤베르크 광장으로 내려가려면 밤이 좋겠다는 생각이, 왜 기차에서보다 지금 더 절실하게 드는 것일까?

한 시간 뒤 광장에 섰을 때 그는 이곳에 발이 닿지 않는다고 느꼈다. 스스로 생각해도 이상한 느낌이었지만, 현재 심정을 완벽하게 나타내는 표현이었다. 그는 부벤베르크 광장에 더는 '접촉'할 수 없었다. 그레고리우스는 세 번이나 광장을 돌고, 신호등 앞에 서서 사방을 바라보았다. 극장과 우체국, 조각상, 프라두의 책을 만난 에스파냐 책방, 저 앞에 있는 전차 정류장, 하일리히가이스트 교회와 로엡 백화점……. 그는 한쪽 옆으로 비켜나 눈을 감고, 무거운 몸이 포장도로를 누르는 압력에 온 신경을 집중했다. 발바닥이 따뜻해지고 거리가 그에게 다가오는 듯했지만, 그것으로 끝이었다. 광장과 접촉하는 데는 실패했다. 수십 년 동안 거리뿐 아니라 광장 전체가 그에게 친근감을 주었지만 지금 이 거리와 건물들, 불빛과 소음은 그에게 도달하기 위한 아주 좁은 마지막 틈을 넘어서는 데 실패했다. 그에게 완벽하게 도달하기 위해, 그리고 이 모든 것이 그가 아주 잘 아는 것일 뿐 아니라 예전에는 언제나 그랬듯이—지금 실패하고 나서야 인식하게 되었지만—그가 그 자신임을 알게 해주는 무언가로 기억되기 위해 넘어야 할 틈을 극복하지 못했던 것이다.

설명할 수 없는 이 끈질긴 틈은 그를 보호해주지 못했다. 이 틈은 완충 장치나 적당한 간격, 느긋함을 의미하는 것이 아니었고, 오히려 그를 공황 상태로 몰아넣었다. 스스로를 다시 발견하기 위해 불러오려던 친숙한 사물들이 이제 그 스스로를 잃게 한다는 공포, 여기서도 아침 여명이 트는 리스본에서와 똑같은 일을 겪는다는 공포가 몰려왔다. 리스본 뒤에는 베른이 있었지만, 잃어버린 베른 뒤에는 다른 베른이 없으므로 지금 느끼는 공포는 더 불안했고 무척이나 위험했다. 그는 단단하면서도 푹 꺼지는 듯한 바닥에 시선을 고정하고 있다가, 지나가던 사람에게 부딪혔다. 한순간 주변이 빙빙 돌아 두 손으로 머리를 움켜잡았다. 겨우 진정되자, 자기를 뒤돌아보는 여자가 보였다. 길을 걷던 그녀의 눈빛은 혹시 도움이 필요한지 묻고 있었다.

하일리히가이스트 교회의 시곗바늘이 8시에 가까워지자 차량 통행이 뜸해졌다. 덮개처럼 하늘을 드리웠던 구름이 갈라지고 별이 보였다. 추운 날씨였다. 그레고리우스는 작은 보루를 지나 분데스테라세까지 계속 걸어갔다. 수십 년 동안 아침마다 8시 십오 분 전이면 꺾어 들던 키르헨펠트 다리가 보이자 가슴이 떨렸다.

그러나 다리는 막혀 있었다. 아침까지 밤새도록 전차 레일을 수리한다고 했다. "아주 끔찍한 사고였어요." 당황하여 안내판을 뚫어지게 쳐다보는 그에게 어떤 사람이 말했다.

그레고리우스는 낯설다고 느끼는 게 이제 습관이 되었다는 생각을 하며 벨뷰 호텔의 식당으로 갔다. 차분한 음악과 밝은 베이지 재킷을 입은 종업원, 은 식기들. 그는 먹을 것을 주문했다.

실망이라는 향유.

주앙 에사가 프라두에 대해 했던 말이 떠올랐다.

"그는 세상이 우리와 우리의 욕망을 펼치는 무대라고 생각하는 사람들을 자주 비웃었소. 이런 착각이 모든 종교의 근원이라고 생각했지요. 그는 '그건 전혀 사실이 아니야. 우주는 그냥 있는 거야. 우리에게 무슨 일이 일어나든 우주는 전혀, 정말 전혀 상관이 없어'라고 말하곤 했소."

그레고리우스는 프라두의 책을 꺼내 '무대'라는 제목이 붙은 곳을 찾았다. 원하던 곳을 찾았을 때 음식이 나왔다.

_우스꽝스러운 무대
무겁고 슬프고 우스운, 우리의 아무 의미도 없는 드라마를 상연할 무대로서의 세계. 이런 생각은 얼마나 감동적이고 매혹적인가, 그리고 얼마나 불가피한가!

그레고리우스는 천천히 몽비주 다리를 건너 학교로 갔다. 이 방향에서 학교 건물을 바라본 지가 벌써 몇 년 전의 일이어서 아주 낯설어 보였다. 그는 언제나 뒷문으로 출근했는데, 지금은 정문이 눈앞에 있었다. 사방은 온통 어둠에 싸여 있었다. 교회 탑에 걸린 시계가 9시 30분을 알리는 종을 울렸다.

누군가 자전거를 세우고 입구로 가서 문을 열고 안으로 사라졌다. 육군 소령 출신인 부리였다. 그는 다음 날 있을 물리나 화학 실험을 준비하러 가끔 저녁에 들를 때가 있었다. 뒤편에 있는 실험실에 불이 켜졌다.

그레고리우스는 소리를 내지 않고 건물에 들어섰다. 여기서 뭘 하려는 건지 스스로도 전혀 알 수 없었다. 발뒤꿈치를 들고 2층으로 올라갔다. 교실 문은 모두 닫혀 있었고, 대강당의 높다란 문도 열리지 않았다. 그는 소외된 듯한 느낌을 받았다. 물론 프라두의 말대로 아무런 의미도 없지만……. 신발 고무바닥이 리놀륨 바닥에 닿으며 낮게 찔꺽대는 소리를 냈다. 창문으로 달빛이 비쳤다. 창백한 달빛 아래서 그는 지금까지 몰랐던—학생일 때든 선생일 때든—새로운 눈길로 문의 손잡이, 계단 난간, 학생들의 사물함 등을 관찰했다. 이 모든 것은 그에게 수천 가지 과거의 눈길을 반사했고, 지금까지 한 번도 보지 못한 존재로 부상했다. 손을 손잡이에 올리자 차가운 저항이 느껴졌다. 그는 거대하고 느릿한 그림자가 떠가듯 복도를 지나갔다. 건물의 반대쪽 1층에서 부리가 뭔가 떨어뜨린 모양이었다. 유리 깨지는 소리가 복도에 울렸다.

교실 문 하나가 열렸다. 그레고리우스가 지금 서 있는 곳은, 그가 학생 시절 칠판에 적힌 그리스어 단어를 처음으로 보았던 교실이었다. 43년 전의 일이었다. 그는 예전에 늘 앉았던 뒤편 왼쪽에 앉아보았다. '세상에나'라는 별명으로 불렸던 에바는 그보다 두 줄 앞에 앉아 있었다. 그는 그녀의 묶은 머리가 블라우스와 스웨터를 스치며 한쪽 어깨에서 다른 어깨로 움직이는 모습을 지치지도 않고 몇 시간이나 바라보았다. 몇 년 동안 그의 옆에 앉았던 베아트 추르브리겐은 수업 시간에 잠이 들 때가 많아서 아이들의 놀림감이 되었다. 잠이 드는 원인이 신진대사 장애 때문이라는 사실은 나중에야 밝혀졌다. 그 친구는 젊은 나이에 죽었다.

그레고리우스는 교실에서 나오면서 이곳이 왜 이렇게 이상하게 느껴지는지 그 이유를 깨달았다. 그는 지금 복도와 자신의 내부를 그 옛날 학생 신분으로 거닐었다. 수십 년 동안 선생으로서 복도를 오간 사실을 잊은 것이다. '과거의 나'가 '현재의 나'를 잊을 수 있을까? '현재의 나'가 '과거의 나'의 드라마를 상연하는 무대 역할을 한다고 해도? 망각이 아니라면 무엇일까?

아래층에서 부리가 욕을 퍼부으며 복도를 지나가는 소리가 들렸다. 그가 쾅 소리를 내며 닫은 문은 교무실 문이었을 것이다. 출입구가 닫히고 열쇠를 돌리는 소리도 들렸다. 이제 그레고리우스는 학교에 갇혀버렸다.

마치 잠이 확 깨는 듯했다. 그러나 이 각성은 학교 건물에서 일생을 보낸 교사 문두스로 향하는 귀환이 아니었다. 아까 저녁 무렵, 부벤베르크 광장에 발이 닿지 않았던 비밀스러운 방문객의 각성이었다. 그레고리우스는 아래층으로 내려가 화가 나 있던 부리가 깜박 잊고 잠그지 않은 교무실로 들어갔다. 그는 비에르지니 르도엔이 늘 앉아 있는 소파를 바라보았다. "그렇지만 뭐랄까, 뭐라고 해야 할지……. 그 선생님이 보고 싶네요."

그레고리우스는 한동안 창가에 서서 어둠에 잠긴 바깥을 내다보았다. 조르즈의 약국이 눈앞에 떠올랐다. 초록과 금빛이 섞인 문의 유리에 '아일랜드 문'이라고 쓰여 있었고……. 그는 전화기로 다가가 국제전화번호 안내소에 전화를 걸어 약국과 연결해달라고 했다. 잠을 푹 잔 조르즈가 약국에 들어와 판매대 뒤에 서서 첫 번째 담배에 불을 붙일 때까지, 불빛이 환하게 비치는 텅 빈 약국에 밤새도록 전화벨을 계속 울리게 하고 싶었다. 그러나 잠시 기다린 뒤 통화중 신호가 들리자 바로 수화기를 내려놓았다. 그는 다시 전화를 걸어 이스파한에 있는 스위스 영사관을 연결해 달라고 했다. 외국인 남자의 쉰 목소리가 들리자 그는 다시 수화기를 내려놓았다. 한스 그뮈르. 그레고리우스는 한스 그뮈르를 생각했다.

그는 뒷문 옆의 창문에 잠깐 매달렸다가 뛰어내렸다. 갑자기 눈앞이 까맣게 되어 자전거를 세워두는 받침대를 움켜쥐어야 했다. 잠시 후 가건물로 건너가 그 옛날 그리스어 수업 시간에 뛰어내렸던 창문으로 다가갔다. '세상에나'가 옆에 앉은 친구에게 그레고리우스가 창문으로 뛰어내린 믿을 수 없는 사건을 말하는 모습이 떠올랐다. 그녀의 호흡에 옆 친구의 머리카락이 움직였다. 놀라서 주근깨가 더 커진 듯했고, 은빛 시선을 보내는 눈도 더 커 보였다. 그레고리우스는 몸을 돌려 키르헨펠트 다리 방향으로 갔다.

키르헨펠트 다리가 막혔다는 걸 잊고 있었다. 그는 짜증스러운 마음으로 몽비주 다리를 지나가는 길로 들어섰다. 베렌 광장에 도착하자 자정을 알리는 종소리가 울렸다. 내일 아침은 장이 서는 날이었다. 판매대 주인 여자들과 돈 상자가 있는 시장. "책은 훔쳤소. 책을 읽는 데는 돈이 들지 말아야 한다는 게 당시 내 생각이었는데, 지금도 그 생각은 변함이 없소." 조르즈의 목소리가 들렸다. 그레고리우스는 계속 걸어, 게레히티히카이트 골목 쪽으로 갔다.

플로렌스의 집에는 불이 꺼져 있었다. 그녀는 새벽 1시 전에 잠자리에 들지 않는다. 어쨌든 예전에는 그랬다. 그레고리우스는 집 건너편 기둥 뒤에 숨어 그녀를 기다렸다. 마지막으로 이런 행동을 한 건 10년도 훨씬 전이었다. 그때 그녀는 혼자 집에 돌아왔는데, 활기라고는 전혀 없어 발걸음이 무거워 보였다. 이제 그녀는 어떤 남자와 함께였다. "옷을 좀 사지 그래? 혼자 사는 게 아니잖아. 그리스어만으로 충분하지는 않아." 그레고리우스는 자기가 입은 새 옷을 내려다보았다. 그녀와 함께 오는 남자보다 자기의 옷차림이 더 나았다. 플로렌스가 골목으로 들어서자 가로등 불빛이 그녀의 머리카락을 비추었다. 그레고리우스는 10년이란 세월 사이에 잿빛으로 변한 그녀의 머리카락을 보고 깜짝 놀랐다. 이제 사십 대 중반인 플로렌스가 옷차림만 보면 적어도 쉰 살은 되어 보였다. 그레고리우스는 끓어오르는 분노를 느꼈다. 이제 더는 파리에 가지 않는 건가? 실패한 회계사처럼 칠칠치 못하게 차려입은 저 남자가 그녀의 우아한 감각을 죽인 걸까? 집에 들어간 플로렌스가 창문을 열고 몸을 바깥으로 내밀었다. 그는 기둥 뒤에서 나와 손을 흔들 뻔했다.

잠시 후 그레고리우스는 길을 건너 초인종으로 다가갔다. 결혼하기 전 플로렌스의 이름은 플로렌스 드 라롱주였다. 그가 지금 초인종의 순서를 바로 계산했다면, 플로렌스의 성은 이제 마이어였다. 그 흔한 마이어, 그 지독하게 흔한 성……. 박사과정 학생으로 라 쿠폴 레스토랑에 갔던 그녀는 얼마나 우아했던가! 그러나 지금 모습은 얼마나 초라한가! 역을 지나 렝가세로 가면서도 분노는 사라지지 않았다. 발걸음을 옮길수록 그 스스로도 점점 그 이유를 이해하기 어려웠다. 분노는 그가 자란 지저분한 집 앞에 와서야 사그라졌다.

문은 닫혀 있었지만 불투명한 유리의 한 부분이 깨져 있었다. 그레고리우스는 그곳에 얼굴을 바짝 들이댔다. 여전히 양배추 냄새가 났다. 그는 칠판에 페르시아어 단어를 썼던 작은 방 창문을 찾아보았다. 창문은 넓어졌고, 창틀도 달라졌다. 열심히 페르시아어 문법책을 읽는 동안 어머니가 밥을 먹으라고 명령하듯 소리칠 때면 그는 울화가 끓어올랐다. 어머니의 침대 옆 탁자에는 루트비히 강호퍼의 향토소설이 놓여 있었다. 유치함은 모든 감옥 가운데 가장 악질적이다. 프라두의 책에 있는 말이었다. 창살은 단순하고 비현실적인 감정으로 도금되어 있어, 사람들은 이를 궁전의 기둥으로 착각한다.

그레고리우스는 그날 밤에 깊이 잠들 수 없었다. 잠에서 깼을 때 잠시 자기가 지금 어디에 있는지 알지 못했다. 꿈에서 그는 수없이 많은 교실 문을 두드리고, 수없이 많은 창문을 기어올랐다. 아침 무렵 창가에 서서 도시가 잠에서 깨어나는 것을 바라볼 때, 그는 자기가 어제 정말 키르헨펠트에 갔다고 확신할 수 없었다.

거대한 〈베른 신문〉의 편집부는 그다지 친절하지 않았다. 〈디 아리우 드 노티시아스〉의 아고스티냐가 그리웠다. "1966년 4월에 냈던 광고요?" 편집부 직원은 마땅찮아하며 그를 기록실로 들여보냈다. 점심 무렵, 그레고리우스는 당시 자녀들을 위해 이스파한에서 일할 가정교사를 구했던 사업가의 이름을 발견할 수 있었다. 전화번호부에 하네스 슈나이더라는 이름은 세 명이었지만, 학위를 받은 사람은 한 명밖에 없었다. 그는 엘페나우에 살고 있었다.

그레고리우스는 자기가 지금 아주 이상한 짓을 하고 있다고 생각하며 초인종을 눌렀다. 흠 하나 없이 완벽한 대저택에 살고 있는 슈나이더 부부는 옛날 자기 아이들의 가정교사가 될 뻔한 사람과 차를 마시는 것이 재미있는 일이라고 생각하는 모양이었다. 두 사람은 거의 80세에 가까웠고, 샤가 통치하는 이란에 살면서 부자가 되었던 그 좋은 세월에 대해 이야기했다. 그리고 고전어 시험 합격증이 있는 젊은이라면 바로 자기들이 찾던 가정교사에 가장 적합한 사람이었는데, 그때 지원했다가 왜 그만두었는지 물었다. 그레고리우스는 어머니가 편찮으셨다고 말하고, 잠깐 주제를 다른 방향으로 돌렸다.

그러다가 마침내 이스파한의 날씨는 어땠는지 물었다. 더위? 모래 바람? 부부는 웃으며 걱정할 건 아무것도 없었다고, 어쨌든 당시에 자기들과 함께 지냈다면 어려움은 전혀 없었을 거라고 말하며 그때 사진을 보여주었다. 그레고리우스는 저녁때까지 그 집에 머물렀다. 슈나이더 부부는 그들의 추억에 이렇게 관심을 보이는 그를 보며 놀라기도 했지만 무척이나 기뻐했고, 이스파한 사진집을 선물했다.

잠자리에 들기 전, 그레고리우스는 포르투갈 어학 CD를 들으며 이스파한에 있는 모스크 사진을 보았다. 그는 리스본에서도 베른에서도 실패했고, 그리고 어떤 장소에서 실패하지 않는다는 것이 무슨 뜻인지도 더는 모르겠다고 생각하며 잠들었다.

4시 무렵 깨어난 그는 독시아데스에게 전화를 하고 싶었다. 그러나 무슨 말을 할 수 있을까? 여기 있으면서도 없다는 것? 혼란스러운 자신의 욕구를 위해 교무실 전화를 악용했다는 것? 사실은 이 모든 일이 실제로 있었던 일인지조차 모른다는 것?

독시아데스가 아니라면 도대체 누구에게 이런 말을 할 수 있을까? 그레고리우스는 두 사람이 반말을 시도했던 저녁을 떠올렸다.

"난 콘스탄틴."

의사가 체스를 두던 도중 불쑥 말했다.

"난 라이문트."

그레고리우스가 대꾸했다.

그 어떤 의식적인 확인 절차도 없었다. 두 사람은 잔을 높이 들지도 악수를 하지도 않았고, 서로 얼굴을 쳐다보지도 않았다.

"너 지금 잔인한 짓을 한 거야."

그레고리우스가 놓은 덫에 걸린 의사가 말했다.

의사의 말은 어딘가 어색하게 들렸다. 그레고리우스는 의사도 그걸 느낄 거라고 생각했다.

"내 잔인함을 과소평가하지 말라고."

그레고리우스가 대꾸했다.

그날 저녁, 두 사람은 말을 거는 것을 피했다.

"잘 가요, 그레고리우스."

헤어질 때 의사가 말했다.

"잠도 푹 주무시고."

"선생님도요."

그레고리우스가 대답했다.

그렇게 존댓말은 계속되었다.

그것이 그레고리우스가 베른 시내에서 부딪힌 혼란스러움을 의사에게 말할 수 없는 이유일까? 아니면 두 사람 사이의 '거리를 둔 친근함'이야말로 이런 이야기에 꼭 필요한 걸까? 그레고리우스는 의사의 전화번호를 누르고 신호음이 두 번 울리자 바로 수화기를 내려놓았다. 독시아데스는 가끔 거칠 때가 있었다. 아마 테살로니키 택시 운전사들에게는 일반적인 성격인 모양이었다.

그레고리우스는 프라두의 책을 꺼내 들고, 이 주 전처럼 블라인드를 내리고 식탁에 앉아 책을 읽었다. 포르투갈 귀족이 파란 집 다락방에서 쓴 글이, 베른도 아니고 리스본도 아닌 올바른 장소에 있도록 도와준다는 느낌이 들었다.

　_내적인 넓이

　우리는 지금 여기서 산다. 예전에 다른 곳에서 일어난 모든 일은 과거다. 대부분은 잊어버렸고, 남아 있는 작은 부분도 무질서한 기억의 파편일 뿐이다. 단편적인 우연 속에서만 빛을 내다 사라지는 기억들……. 이것이 바로 우리가 스스로에 대해 습관적으로 생각하는 방식이다. 우리의 시선이 향하는 곳이 다른 사람인 경우에도 이는 가장 자연스러운 사유

방식이다. 이 사람들은 다른 시간과 다른 장소가 아니라 정말 지금 여기 우리 눈앞에 있으므로. 기억의 내적인 일화—그 기억의 현실성이 전적으로 그 사건의 현재성에만 있는—라는 형태를 통해서가 아니면, 이들이 과거와 갖는 관계를 어떻게 생각할 수 있을까?

그러나 자신의 내부라는 관점에서 보면 상황은 아주 달라진다. 이 경우 우리는 현재에만 국한되지 않고 과거로 깊숙이 들어간다. 이런 일은 깊은 감각, 다시 말해 우리가 누구인지, 우리라는 느낌은 어떤 것인지 결정하는 감각이 있어야만 가능하다. 이 감각은 시간을 초월하고, 시간을 인정하지도 않는다. 내가 지금도 여전히 손에 모자를 들고 학교 계단에 앉아 혹시 마리아 주앙을 볼 수 있지 않을까 기대하며 여학교로 눈길을 보내는 소년이라고 말한다면 이는 물론 잘못된 주장이다. 30년도 넘는 세월이 흘렀으니까. 하지만 한편으로는 사실이기도 하다. 어려운 일을 앞두고 두근거리는 내 가슴은, 수학을 담당했던 란송이스 선생님이 교실로 들어올 때 뛰던 그 가슴이다. 온갖 권위에 직면할 때 답답해지는 가슴속에서는, 허리를 굽힌 아버지의 호령이 함께 울려 퍼진다. 모르는 여자의 반짝이는 눈빛과 마주칠 때마다, 그 옛날 학교 유리창에서 마리아 주앙의 시선과 내 시선이 마주쳤다고 느꼈을 때처럼 숨이 멎는다. 난 늘 그곳에, 먼 시간의 저편에 있다. 결코 그곳을 떠난 적이 없다. 과거로 깊숙이 파고 들어가거나, 그곳에서 출발하며 산다. 이 과거는 단순하고 짧은 일화

형태로 반짝이는 기억이 아니라 현재다. 시간이 몰고 온 수천 가지 변화는, 시간을 초월하는 현재의 이 감각과 비교하면 꿈처럼 덧없고 비현실적이며 환영처럼 우리를 매혹한다. 이 변화들은 고통과 걱정거리를 안고 나에게 오는 사람들에게 내가 마치 완벽한 자신감과 용기를 지닌 의사라고 믿게 한다. 불안에 떨며 도움을 구하는 눈빛으로 나를 바라보는 그들의 신뢰감은, 그들이 내 앞에 있는 한 나 스스로에게도 이것을 사실로 믿도록 강요한다. 하지만 환자들이 나가자마자 난 소리치고 싶다. 난 여전히 두려움에 떨며 학교 계단에 앉아 있는 소년일 뿐이라고, 내가 하얀 가운을 입고 이렇게 거대한 책상 앞에 앉아 환자들에게 충고를 하는 것은 정말 하찮은 일이고 사실은 거짓이라고, 우리가 같잖은 천박함으로 현재라고 부르는 현상에 속지 말라고…….

우리는 시간상으로만 광범위하게 사는 것이 아니다. 공간적으로도 눈에 보이는 것들을 훨씬 넘어서 살고 있다. 우리는 어떤 장소를 떠나면서 우리의 일부분을 남긴다. 떠나더라도 우리는 그곳에 남는 것이다. 우리 안에는, 우리가 그곳으로 돌아가야만 다시 찾을 수 있는 것들도 있다. 단조로운 바퀴 소리가 우리가 지나온 생의 특정한 장소로 우리를 데리고 가면—그 여정이 아무리 짧더라도—우리는 스스로에게 가까이 가고 우리 자신을 향한 여행을 떠난다. 우리가 과거에 머물렀던 정거장 플랫폼에 두 번째로 발을 디디면, 그래서 확성기에서 들려오는 소리를 듣고 다른 곳과 확연히 구별되는 냄새를 맡으면 우리는 외형상으로만 먼 곳에 도착한 것이 아니라 마음속 먼 곳에도 이른 것이다. 어쩌면 우리 스스로에게서 아주 외딴 구석, 우리가 다른 곳에 있을 때면 무척 어두워 보이지 않던 곳에……. 그렇지 않고서야 승무원이 지명을 크게 외치고 기차가 멈춰 서며 내는 끼익 소리를 들으면, 역 건물의 그림자가 우리를 삼키기 시작하면, 왜 그렇게 가슴이 뛰고 숨이 차는가? 왜 우리는 기차가 마지막으로 덜컹이며 완전히 멈추는 순간을 마술적이고 소리 없는 드라마라고 생각하는가? 낯설면서도 낯설지 않은 플랫폼에 첫 발걸음을 디딘 순간부터, 그 옛날 기차의 첫 덜컹임을 느꼈을 때 중단하고 떠났던 삶이 다시 시작되기 때문이다. 중단된 삶, 온갖 약속으로 가득한 그 인생을 다시 시작하는 것보다 더 흥분되는 일이 또 어디에 있으랴?

'지금'과 '여기'가 본질적이라는 확신으로 이것에 집중하는 행위는 오류이며, 또한 불합리한 폭력이다. 중요한 것은 확실하고 느긋하게, 알맞은 유머와 멜랑콜리로 '우리'라는 시간과 공간상의 내적인 경치 속에서 움직이는 일이다. 여행을 하지 못하는 사람들에게 우리가 연민을 느끼는 이유는 뭔가? 그들이 외적으로 움직이지 못하면서 내적으로도 뻗어나가지 못하기 때문이다. 이 사람들은 자기 자신을 계발할 수 없고, 스스로를 향한 먼 여행을 떠나 지금의 자기가 아닌 누구 또는 무엇이 될 수 있었는지 발견할 가능성을 박탈당한 채 살아간다.

날이 밝아오자 그레고리우스는 역으로 내려가 쥐라 주의 무티에로 가는 첫 기차를 탔다. 사람들이 정말 무티에로 가고 있었다. 정말로. 무티에는 그가 네모난 얼굴에 좁은 이마, 머리카락을 그루터기처럼 자른 남자와 체스를 두다가 그의 느린 수를 견디지 못하여 패배했던, 그런 의미만 있는 도시가 아니었다. 무티에는 시청과 슈퍼마켓과 찻집이 있는 진짜 도시였다. 그레고리우스는 그때 체스 경기가 열렸던 장소를 찾으려고 두 시간 동안 돌아다녔지만 발견할 수 없었다. 알지 못하는 것은 찾을 수 없는 법이니까. 찻집 종업원은 혼란하고 종잡을 수 없는 그의 질문에 어리둥절해하다가 동료 종업원과 뭔가 귓속말을 했다.

그레고리우스는 이른 오후에 다시 베른 역에 도착하여 대학교와 연결되는 승강기를 탔다. 학교는 방학이었다. 그는 빈 강의실에 앉아, 코임브라 강의실에 있었을 젊은 프라두를 생각했다. 바르톨로메우 신부의 말에 따르면 프라두는 허영심에 아주 잔인하게 반응했다고 한다. "주머니에서 칼을 꺼내 드는 듯했지." 그리고 칠판으로 불려 나가면 자기 분필을 꺼냈다고 했다. 어느 날 이 강의실에서, 그레고리우스가 학생들의 놀란 시선을 받으며 유리피데스에 대해 논쟁을 벌인 것도 아주 오래전의 일이었다. 당시 그는 알아듣기 힘든 이런저런 잡다한 언어로 떠드는 강의에 경악을 금치 못했다.

"왜 원전을 다시 읽지 않는 겁니까?"

그는 젊은 강사에게 이렇게 외치고 싶었다.

"읽으라고요, 그냥 읽어보기만 하라고요!"

강사가 점점 더 많은 프랑스어—그가 입은 장밋빛 셔츠처럼 꾸며낸 듯한—를 강의에 엮어 넣자 그레고리우스는 강의실을 나왔다. 그때 아는 것 없이 건방지기만 했던 그 젊은 강사에게 정말로 소리치지 않은 것이 지금 후회스러웠다.

바깥으로 나온 그는 얼마 걷지 않아 걸음을 멈추었다. 숨이 막혀왔다. 건너편 하우프트 책방에서 나탈리 루빈이 나왔던 것이다. 손에 든 봉지에는 페르시아어 문법책이 들어 있을 것이다. 그녀는 책을 리스본으로 부치기 위해 우체국 쪽으로 걸어가고 있었다.

나중에 그는 나탈리 루빈을 본 것이 베른을 다시 떠난 이유를 충분히 설명하지는 못한다고 생각했다. 아마 그래도 그는 베른에 머물면서 부벤베르크 광장에 정말 닿았다고 느낄 때까지 그 장소에 서 있었을 것이다. 그런데 그때, 흐린 날 일찍 찾아온 어둠 때문에 주변 약국들에 불이 들어왔다. "코르타르 아 루스단전." 조르즈의 목소리가 들렸다. 이 단어가 머릿속에서 사라지지 않자 그레고리우스는 은행으로 가 저축 통장에서 거액을 꺼내 지로 계좌로 입금시켰다.

"아, 이제 드디어 돈을 쓸 일이 생겼나 보군요."

그의 저금을 관리하는 직원이 말했다.

그레고리우스는 옆집 루슬리 부인에게 오랫동안 여행을 해야 한다고 말했다. 부인은 계속 우편물을 모았다가 그가 전화를 걸면 부쳐줄지, 어디로 부쳐야 할지 물었고, 더 많이 알고 싶어했지만 그 이상 묻지는 못했다.

"별일 없어요. 전 괜찮아요."

그가 악수를 하며 말했다.

그레고리우스는 리스본의 호텔에 전화를 걸어 묵었던 방을 무기한 예약하겠다고 말했다. 종업원은 그가 전화를 걸어서 다행이라며 소포가 하나 와 있다고 했다. 그리고 얼마 전에 왔던 부인이 다시 편지를 가지고 왔으며, 또 전화도 몇 번 걸려 왔는데 번호를 적어두었다고, 옷장에 체스 도구가 있던데 그의 것이냐고 물었다.

그는 저녁을 먹으러 벨뷰 호텔로 갔다. 아는 사람을 만날 위험이 거의 없는 안전한 곳이었다. 종업원은 마치 오랜 친구를 대하듯 친절했다. 그레고리우스는 저녁을 먹은 다음 통제가 풀린 키르헨펠트 다리로 들어가서 포르투갈 여자가 편지를 읽던 지점까지 갔다. 아래를 내려다보자 현기증이 일었다. 그런 다음 집으로 돌아와 밤늦도록 포르투갈을 휩쓴 흑사병에 대해 읽었다. 그는 포르투갈어를 잘하는 사람이 된 듯한 기분으로 책장을 넘겼다.

다음 날 취리히로 가는 기차를 탔다. 리스본행 비행기는 11시쯤에 이륙했다. 리스본에 도착했을 때는 이른 오후였다. 구름 한 점 없는 하늘에 태양이 빛나고 있었다. 택시 운전사는 창문을 연채 달렸다. 그의 가방과 나탈리 루빈에게서 온 책들을 방으로 날라준 종업원이 그레고리우스를 알아보고 폭포수처럼 포르투갈어를 쏟아냈다. 그는 한마디도 알아듣지 못했다.

25

'저와 차 한잔하시겠어요?'

클로틸드가 화요일에 가지고 왔다는 편지에는 포르투갈어로 이렇게 쓰여 있었다. 이번 사인은 간략하고 친근하게 아드리아나라고만 되어 있었다.

그레고리우스는 걸려 온 전화를 적은 메모지 세 장을 살펴보았다. 월요일 저녁에 나탈리 루빈이 전화했는데, 그가 떠났다고 하자 많이 당황하더라고 적혀 있었다. 그렇다면 어제 하우프트 책방 앞에서 보았을 때 가지고 있던 페르시아어 문법책을 부치지 않고 그냥 두었을까?

그는 나탈리에게 전화를 걸어, 잠깐 여행을 다녀왔을 뿐 이제 다시 호텔에 있다고 말했다. 나탈리는 저항운동에 관한 책을 찾아봤지만 없더라고 했다.

"제가 리스본에 간다면 뭔가 찾을 수 있을 텐데요."

그레고리우스는 아무런 대답도 하지 않았다.

그가 아무 말이 없자 나탈리는 돈을 너무 많이 보내셨더라고, 그리고 페르시아어 문법책은 오늘 바로 부치겠다고 했다.

그레고리우스는 여전히 아무 말도 하지 않았다.

"저도 배워도 괜찮지요?"

나탈리의 목소리에서 갑자기 불안감이 묻어났다. 그 느낌은 평소 그녀의 분위기와 맞지 않았고, 얼마 전 그레고리우스까지도 웃게 했던 웃음과는 더욱 어울리지 않았다.

그는 당연히 괜찮다고, 스스로도 이유를 모른 채 발랄한 목소리를 내려고 애를 썼다.

"그럼 안녕히."

그녀가 포르투갈어로 인사했고, 그도 똑같이 대답했다.

화요일 밤에 독시아데스, 그리고 지금 나탈리……. 친근함과 거리의 문제에서 왜 난 갑자기 문맹자가 된 걸까? 아니면 느끼지 못했을 뿐 지금까지 늘 그랬던가? 왜 나에게는 프라두의 친구 조르즈 오켈리와 같은 사람이 없었을까? 신의와 사랑에 대해, 그리고 죽음에 대해 이야기할 수 있는 친구가…….

마리아나 에사도 전화를 했는데, 메시지는 남기지 않았다. 주제 안토니우 다 실베이라는 그레고리우스가 리스본으로 돌아오면 저녁 식사에 초대하고 싶다는 메시지를 남겼다.

책이 든 소포를 열었다. 포르투갈어 문법책은 라틴어 책과 너무도 비슷해서 웃음이 절로 나왔다. 그는 어두워질 때까지 문법책을 읽었다. 그런 다음 포르투갈 역사책을 읽으며, 프라두가 살았던 시기가 이스타두 노부* 시대와 거의 같다는 사실을 확인했다. 그는 계속해서 포르투갈의 파시즘과 '리스본의 인간백정' 후이 루이스 멘스가 속해 있던 비밀경찰PIDE에 대해 읽었고, 타하팔Tarrafal이 정치범을 수용하던 아주 끔찍한 감옥이었다는 것도 알게 됐다. 산티아고 카포베르데 섬에 있던 이 감옥은 잔인한 정치적 박해의 상징이었다. 그러나 그레고리우스의 관심을 가장

* Estado Novo. 1933년부터 1974년까지 지속된 포르투갈의 비민주적 정치경제체제.

많이 끈 것은 이탈리아와 독일을 본떠 만든 준準 군사조직, 파시스트적 표본으로부터 로마식 경례법을 넘겨받은 '모시다드 포르투게자Mocidade Portuguesa'였다. 초등학교부터 대학교까지, 학생들은 모두 이 조직에 강제로 속해 있었다. 이 조직은 아마데우 드 프라두가 열여섯 살이던 1936년, 에스파냐 내전 시기에 탄생했다. 아마데우도 강제조항대로 초록색 셔츠를 입었을까? 독일에서 그랬듯이 팔을 높이 올리는 경례를 했을까? 그레고리우스는 아마데우의 사진을 들여다보았다. 그런 모습은 상상이 되지 않았다. 하지만 피할 길이 있었을까? 아버지가 영향력을 행사했을까? 끔찍한 독재 체제하에도 매일 아침 6시 십 분 전에 운전사를 대기시켜 법원에 가장 먼저 출근하던 그 판사가?

그레고리우스는 밤에 호시우 광장에 서보았다. 이 여행을 시작하기 이전의 부벤베르크 광장처럼, 이곳도 언젠가 그렇게 발이 닿을 수 있을까?

호텔로 돌아가기 전, 그는 사파테이루스 거리로 갔다. 조르즈의 약국에는 여전히 전등이 켜져 있었다. 그는 판매대에 놓인 아주 오래된 전화를 바라보았다. 월요일 밤에 그가 케기의 집무실에서 걸었을 때 울렸을 전화였다.

26

금요일 아침에 그레고리우스는 헌책방 주인인 줄리우 시몽이스에게 전화를 걸어, 취리히로 가는 비행기를 타기 전에 쓰레기통에 던져버린 어학원 주소를 다시 물었다. 월요일까지 기다리기 싫다고, 가능하다면 지금 바로 시작하겠다는 그의 조바심에 어학원 책임자는 놀라움을 금치 못했다.

잠시 후 개인교습을 맡은 교사가 들어왔다. 그녀는 초록색 옷으로 온몸을 감고, 눈 화장도 옷 색깔에 맞춰 하고 있었다. 난방기가 잘 작동하고 있는데도 그녀는 오한이 난다는 듯 어깨 위로 숄을 끌어 올리며 교탁 앞에 앉았다. 그러고는 졸린 듯한 무뚝뚝한 표정과 어울리지 않는, 밝고 낭랑한 목소리로 자기 이름을 세실리아라고 소개했다. 세실리아는 그레고리우스더러 그가 누구이며 왜 이 언어를 배우려고 하는지 말해보라고 했다. 그러나 "물론 포르투갈어로"라고 덧붙이는 목소리에는 지루함이 한없이 묻어났다.

세 시간 뒤, 지쳐서 현기증을 느끼며 거리로 나선 다음에야 그레고리우스는 수업을 시작할 때 그가 무슨 생각을 했는지 깨달았다. 그는 심술궂은 교사의 건방진 도발을 기습적으로 시작된 체스 경기처럼 받아들였던 것이다. "체스는 그렇게 잘 두면서, 왜 인생에서 싸울 줄은 몰라?" 플로렌스는 자주 이렇게 물었다. "인생에서 싸우는 건 웃기는 일이라고 생각하니까. 나 자신과 싸울 일만 해도 얼마나 많은데." 그는 이렇게 대답했다. 그랬던 그가 초록색 옷을 입은 교사와의 싸움에 말려들었던 것이다. 세실리아는 믿을 수 없을 만큼 탁월한 형안으로, 그의 인생에서 이 순간은 이렇게 다루어야 한다는 것을 알아챘던 걸까? 이따금 그녀의 무뚝뚝한 표정 사이로, 그의 빠른 진도를 기뻐하는 뿌듯한 미소가 보일 때면 이런 생각이 들곤 했다.

그가 문법책을 꺼내자 그녀는 안 된다고 말했다.

"말을 하면서 배워야 해요."

호텔로 돌아온 그레고리우스는 침대에 누웠다. 세실리아는 그에게, 문두스에게 문법책을 금지하고 빼앗기까지 했다. 쉴 새 없이 움직이는 그녀의 입술을 따라 그의 입술도 움직였다. 그는 단어가 어디서 샘솟는지 알 수 없었다. 그녀는 아주 얇은 초록 스카프를 입술에 대고 부드럽게 떨리도록 "마이스 도스, 마이스 수아브mais doce, mais suave: 더 부드럽게, 더 매끄럽게"라고 반복해서 말했다. 그는 스카프의 떨림을 지켜보며 그녀의 입술이 다시 보이기를 기다렸다.

그는 해가 질 무렵에야 잠에서 깨어났다. 아드리아나 집의 초인종을 누를 때는 이미 밤이었다. 클로틸드가 응접실로 안내했다.

"어디에 계셨던 거죠?"

그가 미처 방에 들어서기도 전에 아드리아나가 물었다.

"오빠의 글을 돌려드리겠습니다."

그레고리우스는 봉투를 그녀에게 내밀었다.

그녀의 얼굴이 굳어졌고, 양손은 무릎에 놓여 움직이지 않았다.

"뭘 바라셨던 건가요?"

그레고리우스는 이렇게 말하며 자신이 마치 체스에서 결과를 알 수 없는, 대담한 수를 쓰는 듯한 느낌이 들었다.

"아마데우와 같은 사람이 뭐가 옳은지 생각도 하지 않았을까요? 그런 충격 다음에, 스스로의 모든 것을 의심하게 하는 그런 비난을 받은 뒤에 아무 일도 없었다는 듯 일상으로 돌아가리라고 생각하셨나요? 설마 그게 본심은 아니겠죠?"

그는 강경한 어조로 내뱉은 끝말에 스스로 놀라면서 이제 바로 쫓겨나리라고 생각했다.

아드리아나의 표정이 환해지면서, 거의 행복에 가까운 놀라움이 얼굴에 나타났다. 그레고리우스는 손을 내미는 그녀에게 봉투를 건네주었다. 아드리아나는 한동안 손등으로 봉투를 쓸었다. 그레고리우스가 처음 이곳에 온 날, 아마데우 방의 가구들을 만지던 그 모습처럼.

"오빠는 그때부터 그 남자에게 가요. 파티마와 함께 영국을 여행할 때 만난 그 남자요. 오빠가 생각보다 일찍…… 일찍 여행에서 돌아와서 그 남자 이야기를 했어요. 이름이 주앙, 주앙 뭐라고 하더군요. 오빠는 요즘 그 남자에게 자주 가요. 밤이 되어도 집에 돌아오지 않아서 환자들을 돌려보내야 할 때도 있어요. 위층 방 바닥에 엎드려 기차 궤도를 들여다보는데, 언제나 기차를 좋아하기는 했지만 지금 저런 식은 아니었어요. 몸에 안 좋아요. 볼이 움푹 꺼지고 체중이 줄었어요. 면도도 하지 않아요. 저러다가는 죽고 말 거예요. 분명히."

끝부분에서 그녀의 목소리는 다시 비통해졌다. 과거를 돌이킬 수 없이 흘러간 것으로 인정할 수 없다는 거부의 몸짓 같았다. 그러나 조금 전 그레고리우스의 공격을 받았을 때 그녀의 얼굴에는 기억의 폭정을 떨쳐버리고 과거의 감옥에서 탈출하려는 의지가,

아니 갈망이 스치고 지나가지 않았던가? 그래서 그레고리우스는 한 걸음 더 모험을 했다.

"아드리아나, 아마데우는 이제 기차 궤도를 들여다보지 않아요. 주앙에게도 가지 않아요. 의사도 아니에요. 아마데우는 죽었어요. 그걸 알고 계시잖아요. 동맥류로 죽었다고요. 한 사람의 반평생에 가까운 31년 전, 이른 아침 아우구스타 거리에서요. 그날 전화를 받으셨잖아요."

그레고리우스는 시계를 가리켰다.

"아마 6시 23분이었겠지요. 그렇지 않나요?"

현기증이 몰려와 그는 소파 손잡이를 움켜잡았다. 일주일 전 병원에서 보았던 아드리아나의 감정이 폭발하는 상황을 또 한 번 견뎌낼 힘이 없었다. 현기증만 가시면 이제 이 집에서 나가 다시는 오지 않으리라고 생각했다. 도대체 왜, 도대체 왜 나와 전혀 관계가 없는 이 노파를 얼어붙은 과거에서 끌어내어 흘러가는 현재 시간으로 데려오는 게 나의 의무라고 생각되는 걸까? 그녀의 봉인된 정신을 깰 사람이 왜 나라고 느끼는 걸까? 어쩌다가 이렇게 말도 되지 않는 생각에 빠지게 된 걸까?

아무런 소리도 들리지 않았다. 현기증이 잦아들어 그레고리우스는 눈을 떴다. 아드리아나는 소파에 깊이 몸을 묻고 손으로 얼굴을 가린 채 울고 있었다. 마른 몸이 경련을 일으키고, 정맥이 검붉어진 손이 떨리고 있었다. 그레고리우스는 그녀 옆에 앉아 팔을 어깨에 얹었다. 눈물이 다시 솟구친 그녀가 그에게 매달렸다. 흐느낌이 천천히 잦아들더니 조용해졌다.

아드리아나가 몸을 똑바로 세우고 손수건을 집어 들자 그레고리우스는 일어나서 시계 쪽으로 갔다. 그러고는 슬로모션처럼 천천히 시계의 유리문을 열고 바늘을 현재 시각에 맞추었다. 몸을 돌릴 생각은 꿈에도 할 수 없었다. 잘못된 움직임, 잘못된 시선 한 번이면 모든 것이 바로 무너질 터였다. 시계 유리문이 낮게 딸깍 소리를 내며 닫혔다. 그레고리우스는 추 상자를 열고 추를 움직였다. 똑딱거리는 소리가 생각보다 컸다. 처음 몇 초 동안은 이 응접실에 시계의 똑딱거림 말고는 아무것도 없는 듯했다. 새로운 시대가 시작됐다.

아드리아나는 믿을 수 없는 일을 목격한 아이와 같은 눈길로 시계를 뚫어지게 바라보았다. 손수건을 쥔 손이 움직이다 말고 시간이 정지된 듯 멈추었다. 그런 다음 벌어진 일은 그레고리우스가 '움직이지 않는 지진'이라고 느낄 만한 것이었다. 아드리아나의 눈빛이 흔들리며 타올랐다가 꺼지는가 싶더니, 확연하고 밝은 빛으로 돌아왔다. 그 눈빛은 온전히 현재를 향했다. 두 사람의 눈길이 마주쳤다. 그레고리우스는 아드리아나의 눈빛이 다시 흔들려도 붙잡을 수 있도록 자기가 지닌 모든 힘을 눈빛에 실었다.

찻잔을 들고 오던 클로틸드가 똑딱거리며 가는 시계를 보고는 문간에서 멈춰 섰다. "그라사스 아 데우스Graças a Deus: 신이시여, 감사합니다!" 그녀가 낮은 목소리로 말했다. 찻잔을 탁자에 내려놓으며 아드리아나를 보는 그녀의 눈이 눈물로 반짝였다.

잠시 시간이 흐른 뒤 그레고리우스는 아마데우가 어떤 음악을 좋아했는지 물었다. 아드리아나는 처음에 그 말을 알아듣지 못하는 것 같았다. 그녀의 정신이 현재에 도착하려면 아직 시간이 더 필요한 모양이었다. 시계의 똑딱거림은 매초마다 이제 모든 것이 달라졌다고 알리는 듯했다. 아드리아나는 갑자기 아무 말 없이 일어서더니 엑토르 베를리오즈의 음반을 틀었다. '여름밤', '아름다운 여행자', '포로', '오필리아의 죽음'.

"오빠는 몇 시간이나 이 음악을 듣곤 했어요."

그녀가 말했다.

"아니, 몇 시간이 아니라 며칠씩 듣기도 했지요."

그녀가 다시 소파에 앉았다.

그레고리우스는 아드리아나가 지금 뭔가 더 이야기하고 싶어 한다는 것을 분명히 알 수 있었다. 그녀는 음반 케이스를 손목뼈가 하얗게 될 정도로 세게 누르더니 침을 삼켰다. 입술 끝에 작은 기포가 생겨났다. 그녀는 혀로 입술을 한 번 축이고는 지친 사람처럼 머리를 의자 등받이에 기댔다. 목에 맨 검은 끈이 위로 올라가면서 상처가 약간 드러났다.

"파티마가 좋아하던 음악이었어요."

음악이 끝나고 똑딱거리는 시계 소리가 정적을 다시 채우자 아드리아나는 몸을 똑바로 세우고 벨벳 끈을 매만졌다. 그녀의 목소리에는 극복하지 못할 거라고 믿었던 내부의 장애물을 막 이겨낸 사람의 놀라운 차분함, 시름을 놓은 자신감이 배어 있었다.

"심장마비였어요. 겨우 서른다섯 살이었는데. 오빠는 그 상황을 도저히 믿지 못했지요. 온갖 새로운 일에 거의 초인 같은 속도로 적응하던 오빠가, 해결해야 할 임무가 급할수록 더 침착해지고 예상도 못 한 압도적인 일들의 산사태에 직면하면 정말 살아 있는 듯이 보이던 우리 오빠가, 그렇게도 현실적이던 우리 오빠가 파티마의 얼굴에 나타난 창백한 침묵을 잠깐 잠이 든 사람의 고요함 이상으로는 받아들이려 하지 않았어요. 오빠는 해부를 거부했어요. 파티마에게 칼을 댄다고 생각하니 견딜 수 없었던 거죠. 그러고는 장례식을 계속 미루고, 현실을 인정하라고 말하는 사람들에게 소리를 질렀어요. 오빠는 현실감각을 잃어버렸어요. 장례식을 준비했다가 취소하고, 취소했다는 걸 잊어버리고는 왜 오지 않느냐며 신부님에게 화를 냈어요. 오빠가 그러더군요. '아드리아나, 내가 눈치챘어야 했는데. 파티마는 심장 박동이 불규칙했어. 하지만 난 그걸 심각하게 받아들이지 않았다. 의사면서 그걸 진지하게 생각하지 않다니. 다른 환자들에게 그런 증세가 있었다면 심각하게 생각했을 텐데, 파티마는 그저 조금 특이하다고만 생각했어. 언젠가 보육원에서 다른 여자들과 싸웠다고 했다. 그 사람들이 그녀더러 정식 보모 교육을 받지 않았다고, 시간을 어떻게 보내야 할지 모르는 좋은 가문의 딸에 부유한 의사의 아내일 뿐이라고 말했다는구나. 그건 파티마를 정말 괴롭히는 말이었지. 그녀는 그 일을 정말 잘했어. 타고났지. 아이들이 그녀의 손에서 음식을 받아먹었고, 다른 사람들은 그런 그녀를 시기했던 거야. 그 일을 하며 파티마는 자기 아이가 없는 슬픔도 잊을 수 있었어. 정말 잊을 수 있었지. 그래서 더욱 괴로웠을 거다. 떨쳐낼 수 없는 괴로움이 그녀를 잠식했어. 그때부터 박동이 불규칙했다. 가끔 심박급속증처럼 보일 때도 있었어. 그 증세를 심각하게 받아들였어야 했는데. 아드리아나, 내가 왜 파티마를 심장 전문의에게 보내지 않았을까. 같이 코임브라에서 공부했던 사람 가운데 그 방면의 대가가 된 사람이 있어. 그 사람에게 전화만 걸었으면……. 왜 하지 않았을까. 청진기 한 번 대보지도 않았어. 세상에, 이게 말이 되니? 청진기로 들어본 적도 없어.'

그래서 어머니의 장례를 치른 지 1년 만에 우리는 다시 장례식을 치르게 됐어요. 오빠는 '장례식은 파티마가 원한 거야. 그게 아니더라도 죽음에는 뭔가 형태를 주어야 하고. 난 잘 모르지만 어쨌든 종교에서는 그렇게 말하잖아'라고 하더군요. 그러다가는 또 갑자기 다르게 생각하고는 혼란스러워하며 '아니야, 아니야'를 되뇌었어요. 어머니 장례식 때 오빠는 어두운 구석에 앉아 있었어요. 장례식 절차에 참여하지 않는 자기가 사람들의 눈에 띄지 않도록 말이지요. 당시 히타는 오빠를 이해하지 못했어요. '이건 그냥 제스처야. 형식적인 틀일 뿐이라고. 오빠는 복사도 했어. 그리고 아버지 장례식 때도 괜찮았잖아'라고 말했지요. 하지만 오빠는 파티마 장례식에서는 완전히 균형 감각을 잃었어요. 어느 순간에는 절차에 참여했다가 다음 순간에는 기도를 하는 대신 얼어붙은 듯 그냥 자리에 앉아 있었어요. 가장 놀란 건 오빠가 라틴어에서 실수를 했을 때예요. 오빠가 실수를 하다니!

오빠는 사람들 앞에서 절대 울지 않았어요. 무덤에서도 마찬가지였지요. 그날은 2월 3일이었는데, 유달리 따뜻했어요. 하지만 오빠는 계속 손을 문질렀어요. 오빠는 손이 빨리 얼었거든요. 관이 무덤에 들어가기 시작하자 오빠는 손을 주머니에 넣고 관을 지켜봤죠. 오빠의 그런 눈빛을 나는 그 전에나 뒤에나 한 번도 본적이 없어요. 가진 것을 몽땅 묻어야 하는 사람의 눈빛이었어요. 완벽하게 모두 묻어야 하는……. 어머니와 아버지의 장례식 때와는 너무나 달랐어요. 그때 오빠는 작별을 오랫동안 준비한 사람 같았고, 또 그 작별로 스스로의 인생에서 한 걸음 더 깊게 내딛는다는 것도 알고 있었으니까요.

우리는 오빠가 무덤에 혼자 있고 싶어한다는 걸 알았기 때문에 모두 돌아왔어요. 내가 뒤돌아보았을 때 오빠는 아직 떠나지 않은 파티마 아버지 옆에 서 있었어요. 그분은 우리 아빠의 오랜 친구였는데, 오빠는 그 집에서 파티마를 처음 만나고는 최면에 걸린 듯한 모습으로 집에 돌아왔었죠. 오빠는 소매로 눈물을 훔치는 파티마의 아버지를 안았고, 키가 컸던 그분은 과장되게 힘찬 걸음걸이로 그 자리를 떠났어요. 오빠는 눈을 감고 고개를 떨어뜨린 채 손을 모으고, 아직 흙을 덮지 않은 무덤 앞에 적어도 십오 분 정도 서 있었어요. 오빠는 분명히 기도를 했을 거예요. 기도를 했으리라 생각하고 싶어요."

난 기도하는 사람들을 사랑한다. 천박함과 경솔함이라는 치명적인 독에 대항하기 위해 기도하는 사람들의 모습이 필요하니까. 그레고리우스의 눈앞에 중등학교 대강당에서 대성당에 대한 사랑을 이야기하는 학생 프라두가 떠올랐다. "불경한 사제"라고 말하는 주앙 에사의 목소리도 들렸다.

헤어질 때 그레고리우스는 아드리아나와 처음으로 악수를 나누지 않을까 생각했다. 그러나 그녀는 손을 내미는 대신 얼굴에 잿빛 머리카락을 드리운 채 천천히, 아주 가까이 다가왔다. 향수와 약품이 섞인 특이한 냄새가 났다. 그레고리우스는 뒤로 물러나고 싶었지만, 눈을 감고 손으로 그의 얼굴을 만지는 아드리아나의 모습에 서린 고압적인 기운 때문에 물러설 수 없었다. 차고 떨리는 그녀의 손가락이 피부를 아주 가볍게만 스치며 그의 얼굴 윤곽을 따라 내려갔다. 안경이 닿자 그녀의 손이 멈췄다. 프라두는 둥근 금테 안경을 꼈다. 그녀에게 그레고리우스는 시간의 정지를 풀고 오빠의 죽음을 봉인한 이방인이었으며, 이야기를 통해 되살아난 오빠의 화신이었다. 그레고리우스는 바로 그 순간, 프라두가 벨벳 끈 뒤에 있는 상처 그리고 붉은 삼나무와 어떤 관계가 있음을 분명히 느낄 수 있었다.

아드리아나가 손을 옆으로 치우고, 눈길을 내리깐 채 어색한 표정으로 그의 앞에 서 있었다. 그레고리우스는 양손을 그녀의 어깨에 얹었다.

"또 오겠습니다."

27

그레고리우스가 침대에 누운 지 삼십 분도 지나지 않았을 때, 손님이 왔다는 수위의 목소리가 들렸다. 그는 자기 눈을 믿을 수 없었다. 아드리아나가 지팡이에 의지한 채 호텔 로비 한가운데 서 있었다. 그녀는 길고 검은 외투로 몸을 감싸고 뜨개질한 수건을 머리에 쓰고 있었다. 그녀의 눈빛은 몇 년 만에 집을 나서서 낯설어진 세상에 선 사람처럼, 그래서 자리에 앉기도 겁내는 사람처럼 감동적이면서도 격앙되어 있었다.

아드리아나는 외투 단추를 열더니 봉투를 두 개 꺼냈다.

"이걸…… 이걸 읽었으면 해요."

그녀는 바깥세상에서 말하는 게 집 안에서보다 어렵다는 듯, 뭔가 다르다는 듯 뻣뻣하고 불안한 목소리로 말했다.

"어머니가 돌아가시고 난 뒤 집을 청소하던 중에 편지 한 통이 나왔어요. 하마터면 오빠가 볼 뻔했는데, 난 그게 아버지 책상 비밀 서랍에서 나왔다는 걸 알고 있어서 감추었어요. 다른 편지는 오빠가 죽은 다음 책상에서 찾은 거예요. 다른 종이 무더기 아래 묻혀 있었어요."

그녀는 부끄러운 듯 그레고리우스를 바라보다가 눈길을 떨어뜨리더니 다시 그를 바라보았다.

"내가…… 내가 이 편지에 대해 알고 있는 유일한 사람이 되기는 싫군요. 히타는…… 히타는 아마 이 편지들을 이해하지 못할 거예요. 말할 만한 사람이 없어요."

그레고리우스는 봉투를 받아 한 손에서 다른 손으로 옮겼다. 뭔가 말을 해야 한다고 생각했지만, 적당한 말이 떠오르지 않았다. 잠시 후 그가 물었다.

"그런데 여기 어떻게 오셨나요?"

클로틸드가 택시에서 기다리고 있었다. 아드리아나는 택시 뒷좌석에 무너지듯 앉았다. 현실세계로의 여행이 그녀의 에너지를 모두 소진시킨 모양이었다. 타기 전에 그녀는 "아데우스Adeus: 안녕히!"라 인사하고 그에게 손을 내밀었다. 그레고리우스의 손에 뼈와 손등의 정맥—힘을 주어 잡자 미끄러지던—이 만져졌다. 그레고리우스는 아침부터 저녁까지 바깥세상에 살면서 매일 열두어 번씩 악수를 하는 사람들과 거의 비슷한 정도로 힘차고 단호한 그녀의 힘에 놀랐다.

떠나는 택시를 바라보는 동안 그레고리우스는 놀랄 만큼 힘차고 거의 일상적인 악수처럼 생각되던 아드리아나의 손힘을 계속 느끼고 있었다. 그는 마음속으로 아드리아나를 마흔 살의 여자로, 코티뉴가 환자를 다룰 때 고압적인 태도였다고 묘사했던 모습으로 되돌려보았다. 낙태의 충격이 없었더라면, 그리고 그 뒤에 오빠의 인생을 사는 대신 자신의 삶을 살았더라면 그녀는 얼마나 다른 사람이 되었을까!

호텔 방으로 돌아온 그레고리우스는 우선 두꺼운 봉투를 열었다. 아마데우가 판사인 아버지에게 쓴 편지였다. 몇 년에 걸쳐 새로 고쳐 썼지만, 끝까지 부치지 않은 편지였다. 농도가 다른 잉크 말고도 여러 번 고친 흔적은 필체 변화에서도 읽을 수 있었다.

원래 호칭은 '존경하는 아버지'였지만 나중에는 '존경하는, 그러나 두려운 아버지'로 바뀌었고, 다시 '사랑하는 아빠'가 되었다가 결국은 '남모르게 사랑하는 아빠'로 변했다.

오늘 아침 아버지의 운전사가 저를 역으로 데려다줄 때, 평소라면 매일 아침 아버지께서 앉아 계셨을 뒷자리의 고급 커버를 쓰다듬으며 생각했습니다. 저를 갈기갈기 찢을 것만 같은 모순된 감정의 희생물이 되지 않으려면 이 감정을 말로 표현해야 한다고요. '어떤 일을 표현한다 함은, 그 일이 지닌 힘은 보존하고 두려움은 제거하는 것이리라.' 페소아가 쓴 글입니다. 이 편지를 마칠 때쯤이면 그가 옳았는지 알게 되겠지요. 하지만 그걸 알려면 오래 기다려야 할 겁니다. 제가 글을 씀으로써 찾으려고 하는 명료함에 이르는 길이 멀고 험하리라는 것을, 이제 막 쓰기 시작한 지금 벌써 느끼기 때문입니다. 그리고 페소아가 놓친 것, 표현이 사물의 본질을 놓칠 수도 있다는 것을 생각하면 겁이 납니다. 그럴 경우 본래의 힘과 두려움은 어떻게 되는 걸까요?

"성공적인 학기가 되길 바란다." 제가 코임브라로 돌아갈 때마다 늘 그랬듯이 아버지께선 이렇게 말씀하셨지요. 이번이나 다른 그 어느 때나 아버지는 저에게 한 번도 새로 시작하는 학기가 저에게 충족감을 주거나 재미있길 바란다고 표현하신 적이 없습니다. 차에 앉아 우아한 쿠션을 쓰다듬으면서 저는 아버지가 쾌락이라는 단어를 과연 아시기는 하는지 궁금했습니다. 아버지도 젊었던 시절이 있을까? 하지만 언젠가 어머니를 만나지 않았나? 과거 언젠가.

그런데 아빠, 늘 하던 작별 인사이긴 하지만 이번에는 조금 달랐어. "이제 1년만 더 있으면 돌아오겠지?" 내가 벌써 바깥에 나왔을 때, 아빠는 이렇게 말했지. 그 말은 내 목을 졸랐고, 난 발이 뭔가에 걸려 넘어지는 느낌을 받았어. 그건 판사의 입에서 나온 게 아니라 굽은 등 때문에 고통을 당하는 사람이 한 말이었어. 난 차에 앉아서 그 말이 그저 단순하고 순수한 애정 표현이라고 해석하려고 했어. 하지만 아빠가 한 말의 울림은 그게 아니었어. 난 아빠가 의사인 아들이 고통과 싸우는 아빠 옆에 있으면서 도와주기를 그 무엇보다도 바란다는 걸 알고 있었으니까. 운전석에 앉은 엔리크한테 내가 물었어. "아버지가 가끔 제 이야기를 하시나요?" 엔리크는 오랫동안 대답을 하지 않고, 운전하는 데 온 정신을 쏟는 척하더군. 그러다가 나중에 말했지. "아주 자랑스러워하십니다."

그레고리우스는 포르투갈 아이들이 1950년대까지 부모에게 반말을 하는 일이 드물었고, 아버지와 어머니라고 불렸다는 이야기를 세실리아에게서 들은 적이 있었다. 그녀는 그에게 처음에 존댓말을 했지만, 얼마 지나지 않아 서로 반말을 하자고 제안했다. 'Você당신'가 극존칭을 나타내는 'Vossa Mercê'의 준말이니 격의 없이 편하게 사용하는 'Tu너'를 쓰자면서. 청년 프라두는 반말과 존댓말을 섞어 쓰면서 일반적인 형식을 넘어서서 극단적인 양쪽을 오가기로 결정한 모양이었다. 아니면 그건 결정이 아니라 흔들리는 감정이 드러난, 의도하지 않은 자연스러운 표현이었을까?

편지는 운전사에게 질문하는 것으로 끝났다. 프라두는 편지지에 번호를 붙이지 않았다. 이어지는 편지는 완전히 다른 내용이었고, 잉크도 달랐다. 프라두가 이렇게 썼던 걸까, 아니면 아드리

아버지, 아버지는 판사이십니다. 판단하고 판결을 내리고
벌을 주는 사람이지요. "너희 아버지가 왜 판사가 되었는지
는 모르겠다. 하지만 태어날 때부터 그렇게 결정되어 있었다
는 생각이 드는구나." 에르네스투 큰아버지가 언젠가 말씀하
시더군요. '맞다. 바로 그거야.' 전 그때 그렇게 생각했습니다.

아버지가 집에서 판사처럼 행동하지 않았다는 것, 인정합
니다. 판단을 내리는 경우가 다른 아버지들에 비해 오히려
적었지요. 하지만 아버지, 저는 아버지의 그 과묵함, 침묵하
는 아버지의 존재를 판결을 내리는 판사처럼, 아니 법처럼
느낄 때가 많았습니다.

저는 아버지가 자기 인생의 결핍과 실패에 대한 불만 또는
드러나지 않은 실수에 느끼는 양심의 가책을 부정하려고 조
정할 수 없는 무거운 판결을 내리는 판사가 아니라 마음속에
가득 차 있는 선한 의도에 따라 움직이는 공정한 판사라고
생각합니다. 아버지는 법이 허용하는 한도 안에서 배려와 관
대함을 최대한 베푸십니다. 하지만 아빠, 나는 아빠가 다른
사람들에게 판결을 내리는 판사라는 사실이 언제나 괴로웠
어. 학교에 입학하던 날, 내가 아빠한테 물었지. "아빠, 판사
는 다른 사람들을 감옥으로 보내는 사람이에요?" 그날 난 아
버지의 직업이 무엇이냐는 질문에 공식적으로 대답을 해야
했거든. 아이들이 쉬는 시간에 그 질문을 했어. 그 어조는 경

멸이나 비난이 아니었어. 그보다는 호기심이나 자극적인 것에 대한 즐거움이었는데, 어떤 아이가 자기 아빠는 도살장에서 일한다고 말했을 때 일었던 것과 거의 다를 바 없는 호기심이었지. 그때부터 난 아무리 먼 길이라도 빙 돌아다녔어. 감옥을 지나가지 않기 위해…….

열두 살 때 법복을 입고 높은 판사석에 앉은 아버지를 보려고 경비원 몰래 법정에 들어갔습니다. 당시 아버지는 평범한 판사였고, 아직 대법원에서 일하지 않을 때였어요. 저는 당시 아버지가 자랑스러웠지만, 동시에 아주 깊은 충격도 받았습니다. 그때 상습적으로 절도를 한 어떤 여자가 판결을 받았는데, 재범이라 집행유예를 받지 못하고 감옥에 가게 됐더군요. 그 중년 여자는 여위고 추했습니다. 사람들에게 호의를 갖게 할 만한 얼굴이 아니었지요. 하지만 그 여자가 끌려나가 지하 감옥으로—차고 어두우며, 축축한 곳이겠지요—내려가자 제 몸 안에 있던 모든 것이, 세포 하나하나가 모두당기며 경련을 일으켜 뻣뻣해졌습니다.

변호사가 자기 역할을 제대로 한 것 같지 않았습니다. 아마 국선변호사였겠지요. 그는 내키지 않는 듯 말했습니다. 절도 동기에 대해서도 전혀 알 수 없었어요. 피고인 스스로도 변론을 하지 못했습니다. 문맹자였을 겁니다. 나중에 저는 어둠 속에 누워 그녀를 변호했습니다. 그건 검사가 아니라 아버지께 하는 변호였습니다. 목소리가 더는 나오지 않을 때까지, 단어의 강물이 말라붙을 때까지 목이 쉬도록 변호했습니다. 마지막에 저는 '깨어 있는 무의식'과 같은 침묵으로, 텅 빈 머리로 아버지 앞에 서 있었습니다. 잠에서 깨어났을 때 아버지가 기소하지 않은 사건을 제가 변호했다는 걸 깨달았습니다. 아버지는 저에게, 신처럼 떠받드는 아들에게 심한 비난을 하신 적이 단 한 번도 없습니다. 제가 하는 모든 일은 알지 못하면서도 안다고 생각하는, 혹시 있을지도 모르는 비난을 미리 막자는 단 한 가지 이유에서 이루어지는 건 아닐까 하는 생각을 가끔 합니다. 내가 의사가 된 이유도 결국은 그게 아니었을까? 아빠 척추의 끔찍한 질병에 사람이 할 수 있는 온갖 방법을 동원하여 대항하기 위해, 아빠가 침묵하며 견디어야 하는 고통을 충분히 끌어안지 않았다는 비난을 피하기 위해, 아드리아나와 히타를 아빠에게서 멀어지게 한 그 비난, 그래서 사실로 확인된 그 질책을 피하기 위해……

이제 다시 법정 이야기로 돌아오지요. 판결이 내려진 다음 검사와 변호사가 서로에게 다가가 함께 웃는 모습을 보았을 때의 그 놀라움과 경악은 제 평생 결코 잊지 못할 겁니다. 그런 일이 가능하리라고는 생각하지도 못했고, 지금도 이해하지 못합니다. 아버지의 행동은 이해할 만했습니다. 겨드랑이에 책을 끼고 법정을 나서는 아버지의 표정은 피고에 대한 연민이 느껴질 정도로 진지했으니까요. 아버지가 그 피고인의 등 뒤에서 무거운 감옥 문이 닫히는 소리, 거대한 열쇠 꾸러미가 자물쇠 구멍에서 견딜 수 없을 만큼 커다란 소리를 내며 돌아가는 소리에 동정을 보내시기를 제가 정말 얼마나 바랐는지요!

저는 그 절도범을 잊을 수 없었습니다. 몇 년 뒤 백화점에서 다른 절도범을 지켜본 적이 있습니다. 아주 매혹적인 젊은 여자였는데, 예술적인 세련미로 반짝이는 물건들을 외투 주머니에 쓸어 넣고 있었어요. 저는 그것을 보며 기쁨을 느끼는 제 감정이 혼란스러웠지만, 각 층마다 계속되는 그 여자의 대담한 전리품 사냥에 따라나섰습니다. 그러다가 그 여자가 제 상상 속에서, 아버지가 예전에 감옥에 보낸 그 여자를 위한 복수를 하고 있다는 걸 서서히 깨달았습니다. 몰래 그녀에게 다가가는 한 남자를 본 저는 얼른 달려가 "조심해요!"라고 속삭였습니다. 그런데 그 여자의 민첩함에 그만 말문이 막히더군요. 그녀는 "어서 와요, 자기"라면서 저에게 매달리더니 제 어깨에 머리를 기댔습니다. 거리로 나와 저를 쳐다보는 그녀의 눈빛에는 두려움이 어려 있었습니다. 냉혹하고 대담한 행동과는 전혀 어울리지 않는 눈빛이었어요.

"왜 그랬죠?"

바람이 불어 숱 많은 그녀의 머리카락이 잠깐 눈을 가렸습니다. 저는 여자의 이마에서 머리카락을 쓸어 올려주며 대답했습니다.

"얘기하자면 길어요. 하지만 간단하게 말해서 전 절도범을 사랑합니다. 그 이름을 아는 경우에는 말이지요."

그녀는 입을 뾰족하게 내밀고 잠깐 생각에 잠겼습니다.

"디아만티나 에스메랄다 에르멜린다."

그녀는 미소를 짓더니 제 입술에 입을 맞추고 모퉁이를 돌아 사라졌습니다. 나중에 아버지와 식탁에 마주 앉았을 때 저는 비밀리에 승리한 사람의 기쁨과 자비로움을 느꼈습니다. 그 순간에는 모든 절도범이 세상의 온갖 법전을 비웃고 있었으니까요.

아버지의 법전들……. 제 기억 속에 있는 아버지의 법전들은 모두 검은색 가죽으로 제본된, 하나같이 똑같은 모습이었습니다. 그 책들은 모세오경과 같은 경외심을 불러일으켰지요. 그 책들은 다른 책들과 달랐고, 그 안에 쓰여 있는 내용은 아주 특별한 지위와 위엄을 누리고 있었습니다. 그 정도로 평범함과는 거리가 멀었기 때문에 책에 쓰여 있는 말이 포르투갈어라는 걸 알고는—물론 묵직한 바로크 양식에 장식 무늬도 있는 단어들이라 다른 별의 사람들이 만들어낸 글자처럼 보이긴 했지만—깜짝 놀랐습니다. 거리감은 책장의 심한 먼지 냄새 때문에 더 커졌습니다. 저는 이 먼지 냄새가 법전의 본질에 속하는 게 아닐까, 아무도 그 책을 꺼내지 못하게 하여 고귀한 내용을 책 스스로만 알고 있도록 하는 건 아닐까라고 막연히 생각했습니다.

세월이 한참 흘러 독재 정치의 횡포가 무엇인지 깨닫기 시작하면서 어린 시절 보았던—사용하지 않은—법전을 가끔 떠올렸습니다. 그리고 그 책을 꺼내어 살라자르 앞잡이의 얼굴에 던지지 않은 아버지를 저의 유치한 사유놀음 속에서 비난했습니다.

아버지가 그 책들을 책장에서 꺼내지 말라고 말씀하신 적은 한 번도 없습니다. 아버지가 아니라 무겁고 당당한 그 책 자체가 자기를 조금도 건들지 말라고 엄하게 명령했습니다. 어릴 때 아빠의 서재에 몰래 들어가 두근거리는 가슴으로 책을 한 권 꺼내 그 성스러운 내용을 한번 보고 싶은 욕구를 억누른 적이 얼마나 많았던지! 들키지 않도록 몇 번이나 홀 쪽을 쳐다보며 떨리는 손으로 드디어 책을 꺼내 든 건 열 살 때였어. 아빠 직업의 신비로움을 캐고 싶었고, 가정을 벗어난 바깥세상의 아빠는 어떤 사람인지 알고 싶었어. 하지만 처음부터 끝까지 계속되는 점잖고 형식적인 말은 엄청난 실망을 주었지. 계시라고 할 만한 것, 예상하며 두려워하던 충격이라고 할 만한 것은 전혀 없었어.

그때 절도범에 대한 재판이 끝난 다음 아버지가 자리에서 일어나기 전 우린 눈길이 마주쳤지요. 어쨌든 제 생각에는 그랬습니다. 난 아빠가 스스로 그 일에 대해 말해주길 바랐어. 그 바람은 몇 주 동안이나 계속됐지만 결국은 퇴색하여 실망이 되고 말았고, 이 실망도 다시 퇴색하여 반항과 분노에 가까워져버렸지. 아버지는 제가 너무 어리다고, 무지하다고 생각하셨나요? 하지만 그 행동은 아버지가 평소에 저에게 요구하던 것이나 또 지극히 당연한 듯 기대하던 것과는 맞지 않았습니다. 아들이 법복을 입은 아버지를 본 게 아버지에게는 민망한 일이었나요? 하지만 저는 아버지가 직업을 부끄러워하신다는 느낌을 받은 적이 한 번도 없습니다. 제가 의혹을 가지리라고 생각하고 불안하셨나요? 물론 제가 어린 아이긴 했지만 의혹을 품을 수도 있었다는 것, 아버지께서는 알고 계셨습니다. 아버지는 저를 너무도 잘 아시니까요. 어쨌든 그랬길 바랍니다. 그러니까 결국 그건 비겁함이었나요? 제가 아버지와 연관 지어 한 번도 생각하지 못했던 일종의 결점?

그럼 저는? 왜 제 편에서 스스로 그 말을 꺼내지 못했을까요? 여기에 대한 대답은 간단명료합니다. 아버지에게 대답을 요구한다는 것은 절대 해서는 안 될 일이었으니까요. 그랬다가는 우리 가정의 전체 구성과 조직이 무너지고 말았겠죠. 그건 해서는 안 될 일이었을 뿐 아니라 생각조차 하면 안 되는 일이었습니다. 생각하거나 행동하는 대신 저는 아버지의 두 가지 상(像)을 상상 속에서 겹쳐놓았습니다. 제가 잘 아는, 침묵의 통치자이자 친밀하고 사적인 아버지. 그리고 법복을 입고 장엄한 말과 널리 울려 퍼지는 낭랑하고 범접할 수 없는 목소리, 형식적인 능변으로 법정에서—그곳은 목소리가 메아리쳐 저를 얼어붙게 했습니다—판결을 내리는 남자. 이런 상상을 할 때마다 저는 깜짝 놀라곤 했습니다. 이 두 가지 상이 저에게 위안이 될 만한 모순으로 보이는 것이 아니라 완벽하게 일치하는 한 쌍이라고 생각됐으니까요. 아버지, 모든 것이 이렇게 단단하게 들어맞는 모습을 보는 일은 정말 힘들었습니다. 아버지가 제 마음속에서 돌로 만든 하나의 기념물로 존재한다는 사실을 더는 견디지 못할 때면, 친근함이라는 성스러움을 더럽히는 것이라 평소에는 하지 않던 생각을 하며 잊으려고 했습니다. 아빠가 가끔 엄마를 안으리라는 생각…….

아빠, 왜 변호사가 아니라 판사가 된 거지? 왜 벌을 주는 사람의 편에 서게 된 거야? "판사라는 직업은 있어야 하니까." 아마 아빠는 이렇게 대답했겠지. 물론 여기에 반대할 말이 별로 없다는 건 잘 알아. 하지만 왜 하필이면 제 아버지가 그중 하나가 되어야 했나요?

여기까지는 코임브라에서 대학에 다니던 학생 프라두가 살아 있는 아버지에게 쓴 편지였다. 아까 언급했던 새 학기가 시작된 직후에 쓰기 시작한 모양이었다. 다음 편지지부터 잉크와 필체가 바뀌었다. 펜 자국은 더 자신감에 차고 편안해졌으며, 의사라는 직업의 일상적인 메모 때문에 미끄러지는 듯한 모습을 보였다. 동사의 형태는 그가 이 편지를 쓴 시점이 판사가 사망한 다음이라는 것을 알려주었다.

그레고리우스는 시간을 계산해보았다. 프라두의 졸업과 아버지의 사망 사이에 놓인 시간은 10년이었다. 아들이 아버지와 나눈 말 없는 대화가 이렇게 오랜 세월 지속된 건가? 감각의 심연에서 10년은 그저 한순간에 불과했을까? 프라두가 아니면 모를 일이었다.

아버지가 사망한 뒤에야 편지를 계속 쓸 수 있었을까? 멜로디는 프라두가 학업을 마치고 리스본에 돌아와 신경과 병원에서 일했다고 했다.

"난 그때 아홉 살이었는데, 오빠가 돌아와서 참 좋았어요. 지금 와서 생각하니 그건 잘못된 결정이었어요."

예전에 멜로디가 한 말이었다.

"하지만 오빠는 늘 리스본을 그리워했어요. 언제나 향수병에 걸려 있었죠. 길을 떠나자마자 늘 금방 돌아오려고 했어요. 오빠는 기차를 미친 듯이 사랑했지만, 이렇게 향수병도 있었어요. 완벽한 모순이지요. 빛나던 우리 오빠……. 오빠는 시베리아 횡단 열차에 매혹됐어요. 그 입에서 나오는 블라디보스토크는 성스러운 이름이었지요. 오빠 안에는 두 사람이 있었어요. 길 떠나길 원하는 여행자와 향수병을 앓는 사람. '그건 갈증 같은 거야.' 오빠는 이렇게 말하곤 했지요. '갑자기 밀려오는 향수병은 견딜 수 없는 갈증 같아. 난 어쩌면 언제라도 집에 돌아오기 위해 철도 노선을 모두 알려고 하는 건지도 몰라. 난 아마 시베리아를 견디지 못할 거야. 며칠 동안이나 계속되는 기차 바퀴의 덜컹거림, 그게 날리스본에서 멀어지게, 계속 멀어지게 한다고 상상해봐.'"

그레고리우스는 사전을 내려놓고 따가운 눈을 비볐다. 날은 이미 훤하게 밝아 있었다. 그는 커튼을 치고 옷을 입은 채 이불 속으로 들어갔다. '지금 내가 나를 잃으려나 보다.' 이 생각이 그를 '이제 더는 발이 닿지 않는' 부벤베르크 광장을 방황하게 만들었다. 그게 언제부터였을까?

하지만 내가 나를 잃기 원한다면?

그레고리우스는 생각의 단편들이 소용돌이처럼 날아다니는

선잠을 잤다. 온통 초록색인 세실리아가 판사를 계속 '전하'라고 불렀고, 반짝이는 값비싼 다이아몬드와 보석들을 훔쳤다. 하지만 특히 많이 훔친 것은 이름, 덜컹거리는 기차가 시베리아를 지나 블라디보스토크까지 실어 나르는 이름과 입맞춤이었다. 그곳에서 법과 고통의 장소인 리스본까지는 너무 멀었다.

점심 무렵, 커튼을 걷고 창문을 열자 따뜻한 바람이 불어왔다. 그레고리우스는 몇 분 동안 창가에 서서 사막에서 불어오는 바람에 얼굴이 건조해지고 뜨거워지는 것을 느꼈다. 그는 태어나서 두 번째로 호텔 방으로 음식을 주문했고, 쟁반을 내려다보며 처음 주문하던 때를 생각했다. 플로렌스가 그의 부엌에서 처음으로 아침을 먹던 날 갑자기 제안했던, 충동적으로 여행한 파리에서였다. 욕망과 만족, 편안함. 프라두는 이 모두가 헛된 것이라고 했다. 제일 허무한 건 욕망이고 그다음이 만족이며, 누군가에게서 보호를 받는다는 편안한 느낌도 언젠가는 결국 부서지는 것이라고…… 그래서 감정의 저편에 있는, 영혼의 견해 표명인 신의가 중요하다고 했다. 영혼의 낮은 숨결. "당신은 절대 날 원했던 게 아니야." 헤어지면서 그가 말했을 때 플로렌스는 부인하지 않았다.

전화를 건 그레고리우스에게 실베이라가 저녁을 먹으러 오라고 했다. 그레고리우스는 엘페나우에 사는 슈나이더 부부가 선물한 이스파한 사진집을 챙기고, 호텔 종업원에게 가위와 제도용 핀과 테이프를 어디서 살 수 있는지 물었다. 막 나가려는데 나탈리 루빈에게서 전화가 왔다. 그녀는 빠른우편으로 보냈는데도 페르시아어 문법책이 아직 도착하지 않아 실망한 모양이었다.

"그냥 직접 가져다드릴 걸 그랬네요!"

그녀는 자기가 한 말에 놀라고 당황하여 주제를 얼른 바꾸어 그레고리우스에게 주말에 뭘 할지 물었다.

그레고리우스는 거짓말을 하고 싶지 않았다.

"전깃불도 없고 들쥐가 돌아다니는 학교에서, 아버지를 향한 어떤 아들의 어려운 사랑을 읽을 참이야. 그 아버지는 자살했는데, 고통 때문이었는지 죄책감 때문이었는지 그 이유는 아무도 모른다."

"선생님, 지금 절⋯⋯."

나탈리가 말했다.

"아니다. 아니야, 널 놀리려는 게 아니다. 지금 내가 말한 그대로야. 그저 설명하기가 어려울 뿐이다. 그래, 불가능하지. 그리고 또 사막에서 불어오는 이 바람⋯⋯."

"선생님, 정말 너무 많이 변하셔서⋯⋯."

"그냥 말해도 된다, 나탈리. 나 스스로도 이 변화를 믿을 수 없을 때가 많으니까."

그레고리우스는 문법책이 도착하는 대로 전화하겠다고 말했다.

"페르시아어도 그 엄청난 들쥐 학교에서 읽으실 건가요?"

나탈리는 말해놓고 제 말에 웃음을 터뜨렸다.

"물론이지, 거기가 페르시아니까."

"제가 졌어요."

두 사람은 함께 웃었다.

28

아빠, 왜 한 번도 아빠의 절망과 내적인 싸움에 대해 이야기하지 않았어? 법무부에 쓴 사표 청원서를 왜 나한테 보여주지 않았어? 마치 전혀 쓴 적도 없다는 듯이, 왜 모두 없애버렸어? 자유를 위한 아빠의 시도를 왜 엄마를 통해 들어야 하지? 자랑스러워야 할 일을 부끄러운 듯 이야기하는 엄마한테서?

아빠를 죽음으로 몰아간 것이 고통이었다면 그건 나도 어쩔 수 없었어. 고통을 당할 때 말의 힘이란 금방 고갈되고 마니까. 하지만 고통이 아니라 살라자르와 인연을 끊지 못한 것, 피와 고통을 못 본 척한 것에 대한 죄책감이나 패배감이 결정적인 원인이었다면 왜 나와 이야기하지 않았어? 사제가 되려고 했던 아빠의 아들과!

그레고리우스는 편지에서 눈을 뗐다. 아프리카에서 불어온 뜨거운 바람이 교장실의 열린 창문으로 들어왔다. 썩은 마룻널을 비추며 떠도는 원뿔형 햇빛은 며칠 전보다 짙은 빛을 띠었다. 벽에는 그레고리우스가 이스파한 사진집에서 오린 사진들이 붙어 있었다. 감청과 노랑, 노랑과 감청. 이슬람교 사원의 무수히 많은 돔과 미너렛, 시장과 상점, 얼굴을 감싼 여자들의 깊고 검으며 삶을 향한 의욕이 넘치는 눈……. 데만 사람 엘리바스와 수아 사람 빌닷과 나아마 사람 소발.

이곳에 오자마자 그는 우선 스웨터를 감아둔 성서부터 살펴보았다. 스웨터에서는 벌써 이끼와 곰팡이 냄새가 났다. 신은 파라오가 고집을 부린다는 이유로 이집트에 재앙을 내려 고통을 주었어. 프라두가 조르즈에게 한 말이었다. 하지만 파라오가 그렇게 행동하도록 한 건 바로 신이 아닌가! 그것도 자기 힘을 과시하기 위해 파라오를 그렇게 만들었어! 이 얼마나 허영심 강하고 자만심에 가득 찬 신인가! 이 얼마나 지독한 허풍쟁이인가! 그레고리우스는 성서에서 이 부분을 찾아 읽었다. 프라두가 옳았다.

조르즈는 연설문에 신을 정말 허풍을 떠는 존재—가바롤라 또는 판파항gabarola 또는 fanfarráo: 둘 다 '허풍선이'라는 뜻—로 묘사할지에 대해 프라두와 한나절 동안 논쟁을 벌였다고 했다. 단 하나의 무례한 단어를 발음하는 짧은 순간이기는 하지만, 신을 허풍쟁이 골목대장과 동급으로 묘사하는 건 지나친 일이 아닌지. 조르즈가 아마데우를 눌렀다. 아마데우는 그의 생각을 받아들였다. 그레고리우스는 조르즈에게 조금 실망했다.

그레고리우스는 들쥐를 피하며 학교를 돌아보았다. 프라두와 마리아 주앙의 눈길이 만났을 거라고 얼마 전에 짐작했던 자리에 앉아보고, 바르톨로메우 신부의 말에 따르면 어린 아마데우가 밤새도록 책을 읽기 위해 스스로를 가두었던 옛날 도서관도 지하층에서 찾아냈다. "아마데우가 책을 읽고 나면 그 책에는 더 이상 글씨가 들어 있지 않은 것 같아요." 책장들은 텅 비어 있었고 먼지가 내려앉아 더러웠다. 남아 있는 책이라고는 책장이 넘어지지 않도록 밑에 받치는 고임대 역할을 하는 책 한 권뿐이었다. 그레고리우스는 책을 꺼내고, 썩은 복도 마루의 한구석을 부러뜨려 책장 아래에 책 대신 받쳤다. 그런 다음 책의 먼지를 털고 넘겨보았다. 후아나 라 로카*의 전기였다. 그는 책을 교장실로 가지고 갔다.

히틀러나 스탈린, 프랑코보다도 귀족 출신 교수인 안토니우 드 올리베이라 살라자르에게 속기가 훨씬 쉬웠겠지. 아빠가 그런 쓰레기들에게 연루되는 일은 절대 없었을 거야. 아빠의 지능과 생활양식을 향한 확실한 감각이 그들에게 저항하게 했을 테니까. 아빠가 팔을 치켜올리는 일은 결코 없었을 거야. 그건 정말 확실해. 하지만 검은 옷을 입고 중산모자를 쓴, 지적이고 엄한 표정인 남자에게는? 난 아빠가 어쩌면 그와 동질감을 느낀 건 아닐까라는 생각을 가끔 했어. 잔인한 야망이나 맹목적인 그의 이상이 아니라 스스로를 향한 엄격함에서 말입니다. 하지만 아버지, 그 사람은 다른 쓰레기들과 동맹을 맺었습니다! 그리고 이 세상이 존재하는 내내 적당하게 표현할 말이 없을 범죄를 용인했고요! 우리나라에는 타하팔이 있었습니다. 타하팔! 아버지, 타하팔요! 전혀 상상할 수 없었나요? 내가 봤던 주앙 에사의 손을 아버지가 단 한번이라도 봤더라면! 불에 지진 상처가 남아 훼손된 손, 옛날

---

* Juana la Loca, 1479~1555. 일명 '광녀 후아나'. 페르난도 2세의 둘째 딸. 성장하면서 정신 이상자가 됨.

에 슈베르트를 연주했던 그 손. 아버지, 왜 그런 손을 한 번도 보지 않으셨나요?

나약한 육체 때문에 국가 권력에 대항하기를 두려워하는 병자의 공포였어? 그래서 못 본 척한 거야? 기개를 떨치지 못하게 한 건 아빠의 굽은 등이었어? 아니, 난 그렇게 해석할 수 없어. 그건 정당하지 못하지. 지금 이 자리, 존엄을 이야기하는 바로 이 자리에서 아빠의 존엄―아빠가 언제나 입증해온, 생각이나 행동에서 결코 고통에 굴복하지 않는다는 강점―을 부정하는 일이 될 테니까.

하지만 단 한 번, 아버지가 옷을 잘 차려입고 실크해트를 쓴 범죄자들 틈에서 성공적으로 영향력을 행사하는 일이 기뻤던 적이 정말 꼭 한 번 있습니다. 그건 인정하겠습니다. 바로 저를 모시다드에서 면제해주었을 때입니다. 초록색 셔츠를 입고 팔을 들어 올릴 일을 상상하고 경악하는 제 마음을 아셨지요. "아무 일도 없을 거다." 아버지는 그냥 이렇게만 말씀하셨습니다. 아버지의 눈빛에서 보이는 그 '자상한 엄격함' 때문에 행복했습니다. 아버지의 적이 되지 않아도 되어 다행이었습니다. 아빠도 물론 아들이 유치한 캠프파이어를 하는 무교양자가 되는 걸 상상하기 싫었겠지. 하지만 난 아빠의 행위를―그 내용이 정확하게 뭐였는지 알고 싶지는 않아―깊은 애정의 표현이라고 받아들였고, 면제되던 날 밤 아빠에게 말할 수 없이 고마운 감정을 느꼈지.

하지만 아드리아나에 대한 상해傷害 혐의로 제가 기소되는 걸 아버지가 막았을 때는 이것보다 복잡한 감정이었습니다. 판사의 아들이라……. 저는 아버지가 어떤 영향력을 발휘했는지, 무슨 말을 했는지 모릅니다. 이제 와서 말하자면 전 그때 판사 앞에 서서 사람의 목숨을 법보다 우위에 놓아야 한다는 도덕률을 위해 싸우고 싶었습니다. 그렇지만 아빠가 한 행동은 나를 감동시켰어. 그게 무엇이었든 간에. 왜 그런지 설명할 수는 없지만, 내가 결코 동의할 수 없는 두 가지 경우—창피를 당하는 게 부끄러워서, 또는 영향력을 행사할 수 있다는 즐거움에—때문에 아빠가 그 일을 한 게 아니라는 걸 확신했으니까. 아빠는 그저 날 보호하기 위해서 그랬던 거야. "네가 자랑스럽구나." 내가 의학적 상황을 설명하고 책에서 그것에 관한 장을 보여주자 아빠는 이렇게 말했지. 그러고는 날 안았어. 어렸을 때 안은 것 말고는 그때가 유일했지. 아빠 옷에 밴 담배 냄새, 얼굴에서 나는 비누 냄새……. 난 지금도 그 냄새를 맡을 수 있고, 아빠가 나를 안았을 때의—생각했던 것보다 오래 안고 있었는데—팔 힘을 느낄 수 있어. 난 아빠의 팔을 꿈에서 보았어. 간청하듯 나를 향해 뻗어 있던 아빠의 팔……. 선량한 마술사처럼 고통에서 벗어나게 해주길 격렬하게 원하며 아들에게 내밀던 그 팔.

이 꿈은 블라디미르 베흐테레프의 이름을 딴, 척추가 회복될 수 없게 굽는 이 강직성 척추염의 기제 또는 풀리지 않는 고통의 원인을 내가 아빠에게 설명할 때면 언제나 아빠 얼굴에 나타나곤 하던 큰 기대와 소원을 암시했어. 아빠의 눈길이 내 입술에 고정되고, 장래 의사가 될 아들의 말을 계시라도 되는 듯 빨아들이던 그때 우리 사이에 흐르던 크고 깊은 그 친밀감. 그때 나는 아버지를 잘 아는 아들이었고, 아빠는 아들에게 도움을 청하는 아버지였지. 어느 날 이런 식의 대화를 하고 나서 난 엄마한테 할아버지는 어떤 분이었는지, 그리고 아빠한테 어땠는지 물어봤어. '자존심 강하고, 외롭고, 나에게는 정중하셨지만 견디기 어려운 폭군'이었다고 하더군. 광적인 제국주의자였다고도 했어. "네가 그런 사람에 대해 어떻게 생각하는지 할아버지가 안다면 아마 무덤에서 돌아누울 거다."

그레고리우스는 호텔로 돌아가, 저녁 식사를 하러 실베이라의 집에 가려고 옷을 갈아입었다. 실베이라는 벨렝에 있는 대저택에 살고 있었다. 가정부가 문을 열자 샹들리에가 달린 거대한 홀—대사관의 접견실처럼 보였다—을 가로질러 실베이라가 그를 맞으러 나왔다. 실베이라는 놀라서 주위를 둘러보는 그레고리우스를 보고 말했다.

"이혼을 하고, 아이들도 떠나간 뒤라 집이 너무 크게 느껴집니다. 하지만 이사를 가기는 싫군요."

실베이라의 얼굴에 처음 만난 야간열차에서 보았던 피곤함이 묻어났다.

어쩌다 이야기가 나왔는지 나중에 기억할 수는 없었지만, 후식을 먹으면서 그레고리우스는 플로렌스와 이스파한과 교외의 중등학교에서 보낸 정신 나간 시간에 대해 이야기했다. 자리에서 일어나 그냥 교실에서 나왔다고 예전에 침대차에서 이야기할 때와 비슷한 분위기였다.

"옷걸이에 걸어두었던 외투를 집었을 때 젖어 있었다고 말씀하셨지요. 선명하게 기억하고 있습니다. 비가 내렸다고요."

수프를 먹을 때 실베이라가 말했다.

"그리고 히브리어로 빛이 '오르'라는 것도 아직 기억하고 있습니다."

그 소리를 듣고 그레고리우스는, 전에 침대차에서는 말하지 않았던 이름 모를 포르투갈 여자에 대해 이야기했다.

"따라오세요."

커피를 마신 후 실베이라가 그를 지하실로 데리고 갔다.

"여기 아이들의 캠핑 장비가 있어요. 최상품이지만 아이들은 별로 사용하지 않았습니다. 언젠가부터 그냥 내버려두더군요. 더는 흥미도 없고 고마운 것도 몰랐어요. 난로, 전등, 커피 메이커는 모두 충전할 수 있습니다. 중등학교에 가지고 가시면 어떨까요? 운전사에게 배터리를 확인한 다음 모두 그곳으로 옮기라고 하겠습니다."

실베이라가 보이는 선의는 인심 때문만은 아니었다. 중등학교가 원인이었다. 조금 전 그는 그레고리우스에게 폐허가 된 학교에 대해 반복해서 물었고, 더 많이 알려고 했다. 그건 그저 호기심일 수도 있었다. 동화 속 저주받은 궁전에 대한 호기심처럼. 그러나 지금 권하는 캠핑 장비들은 그레고리우스의 괴상한 행동을 그가 이해하고 있다는 것을 보여주었다. 설사 이해가 아니더라도 그의 행동을 존중한다는 뜻이었다. 그레고리우스는 이런 존중을 아무에게서도, 특히 삶이 온통 돈과 관계된 사업가에게서는 더더욱 기대하지 않았다.

"중등학교와 들쥐 이야기가 그냥 마음에 들어서요."

실베이라는 놀란 그레고리우스를 보고 웃으며 말을 이었다.

"뭔가 아주 다른 일, 앞뒤 계산 없이 하는 일. 제 생각에는 마르쿠스 아우렐리우스와 관계가 있는 것 같군요."

잠깐 혼자 거실에 남게 된 그레고리우스는 책장을 살펴보았다. 도자기에 관한 책들이 수없이 많았고, 상법과 여행지침서, 사업가를 위한 영어와 불어 사전, 아동심리학 사전도 보였다. 소설들도 섞여 있어 책장은 온통 뒤죽박죽이었다.

한쪽 구석에 있는 작은 탁자에 실베이라의 아들과 딸 사진이 있었다. 그레고리우스는 케기의 편지를 떠올렸다. 아침에 통화하면서 나탈리 루빈은 교장 선생님이 오늘 휴강했다고, 아내분이 발다우에 있는 병원에 입원했다 하더라고 전해주었다. '아내는 무너질 듯 힘들어 보일 때가 있습니다.' 케기의 편지에 쓰여 있던 문구였다.

"지금 이란에 자주 가는 동료와 통화했습니다."

거실로 돌아온 실베이라가 그레고리우스에게 말했다.

"비자가 필요한 것 말고는 이스파한으로 가는 데 아무런 문제도 없습니다."

그는 그레고리우스의 표정을 보고 당황한 얼굴이었다.

"참……."

실베이라가 느릿하게 말했다.

"그렇지요. 우리가 말한 이스파한이 지금의 이스파한이 아니지요. 그리고 이란이 아니라 페르시아고."

그레고리우스는 고개를 끄덕였다. 마리아나 에사는 그의 눈을 보고 불면증을 읽어냈다. 그녀를 제외하면 실베이라는 이곳에서 그에게 관심을 보이는 유일한 사람이었다. 그에게 관심을 보이는 사람. 프라두의 세계에 살던 사람들이 그랬듯이, 말을 알아듣는 거울 정도로만 그를 취급하지 않는 유일한 사람.

두 사람은 작별하러 홀로 나왔다. 가정부가 그레고리우스의 외투를 가지고 왔을 때, 실베이라의 시선은 다른 방들과 연결되는 위층 마루로 향해 있었다. 그가 바닥을 내려다보고 다시 위를 쳐다보았다.

"아이들 방입니다. 아니, 방이었지요. 한번 둘러보시겠습니까?"

방 두 개에는 각각 욕실이 딸려 있었으며 무척 크고 밝았다. 책장에는 조르주 심농의 책이 수십 권이나 꽂혀 있었다.

두 사람은 다시 마루로 나왔다. 실베이라는 갑자기 손을 어디에 두어야 할지 모르는 듯했다.

"괜찮으시다면 여기 계셔도 됩니다. 당연히 무료지요. 무기한으로요."

그가 웃으며 덧붙였다.

"페르시아에 가시지 않는다면 말입니다. 호텔보다는 나을 겁니다. 방해를 받을 일도 없을 겁니다. 저는 출장을 가주 가니까요. 내일 또 일찍 떠납니다. 가정부인 줄리에타가 선생님을 보살펴줄 겁니다. 제가 언젠가는 체스에서 이길 수도 있겠지요?"

두 사람이 악수를 함으로써 이 제안을 결정짓자마자 실베이라가 포르투갈어로 말했다.

"난 주제라고 해. 자네는?"

29

그레고리우스는 세계일주라도 떠나는 듯 흥분해서 짐을 쌌다. 실베이라 아들의 방에 있는 책장에서 심농의 책을 몇 권 치우고, 흑사병과 지진에 관한 책과 코티뉴가 한참 전에 선물한 신약성서, 페소아와 에사 드 케이로스, 살라자르의 사진 전기, 나탈리 루빈이 보낸 책 등을 꽂을 생각이었다. 베른에서 마르쿠스 아우렐리우스와 호라티우스의 책과 그리스 비극과 사포의 책을, 그리고 마지막 순간에 아우구스티누스의 《고백록》도 싸 가지고 왔다. '다음 여정을 위한 책들'이었다.

그는 무거운 가방을 침대에서 문 쪽으로 옮기다가 갑자기 어지러워 침대에 몸을 눕혔다. 몇 분 지나 현기증이 가라앉자 그레고리우스는 읽다가 만 프라두의 편지를 계속 읽었다.

계획된 것도 아니고 겉으로 드러나지도 않지만, 부모들이 아이들에게 남기는 불가피하고도 쉴 새 없는 부담의 흔적—

절대 없애지 못하는 화상의 흉터처럼—은 생각만 해도 가슴
이 떨려. 부모들이 지닌 의도나 불안의 윤곽은, 완전히 무기
력하고 자기가 어떻게 될지 전혀 알지 못하는 아이들의 영혼
에 달군 철필로 쓴 글씨처럼 새겨지지. 우리는 낙인찍힌 글
을 찾고 해석하기 위해 평생을 보내면서도, 우리가 그걸 정
말 이해했는지 결코 확신할 수 없어.

아빠, 나와 아빠의 관계도 그랬어. 내가 지금까지 느끼고
행동한 모든 것을 통제한 강력한 문구, 숨어서 들끓는 문구
가 내 안에 있다는 걸 얼마 전에야 깨달았어. 그 문구의 음험
한 힘은, 거기에 내가 무의식적으로 진실이라고 인정한 타당
성이 어쩌면 없을 수도 있다는 생각을—온갖 교육에도 불구
하고—내가 하지 못했다는 데 있어. 그 문구는 짤막하고 《구
약성서》처럼 강압적이야. "타인은 너의 법정이다."

법적 증거로 사용할 수 있을 정도로 증명하지는 못하지만,
저는 어릴 때부터 아버지의 눈빛에서 이 문구를 읽었습니다.
안경 너머로 보이는, 완벽한 자제력과 고통과 엄격함을 드러
내던 눈빛은 제가 어디를 가든 저를 따라오는 듯했습니다.
이 눈빛이 따라오지 못하는 유일한 장소는 책을 계속 읽으려
고 제가 밤에 숨어 있던 중등학교 도서관의 커다란 소파뿐이
었습니다. 소파의 뚜렷한 객관성이 어둠과 함께 만들어내는
뚫을 수 없는 벽은 몰려드는 온갖 간섭으로부터 저를 보호해
주었습니다. 그곳은 아버지의 눈빛이 뚫고 들어올 수 없는
데였어요. 흰 살결의 여자들에 관한 책 또는 숨어서나 할 수

있는 일들이 쓰여 있는 책을 읽는다 해도 제게 변명을 요구
하는 법정이 없는 곳이었습니다.

아버지, 제가 〈예레미야서〉를 읽었을 때의 분노를 상상하
실 수 있나요? 나 여호와가 말하노라. 사람이 내게 보이지 아니하
려고 누가 자기를 은밀한 곳에 숨길 수 있겠느냐? 나 여호와가 말
하노라. 나는 천지에 충만하지 아니하냐?

"뭘 원하는 게냐?"

바르톨로메우 신부님이 말씀하셨습니다.

"그분은 신이야."

그래서 제가 대답했습니다.

"그래요. 그런 분이 신이라는 것, 그게 바로 신의 본질에
어긋나는 겁니다."

신부님이 웃었습니다. 신부님은 저를 나쁘게 생각하신 적
이 한 번도 없어요. 그분은 저를 사랑하셨습니다.

아빠, 내가 이런 일들에 대해 함께 이야기할 수 있는 아버
지를 얼마나 원했던지! 신과 신의 거만한 잔인함, 십자가와
단두대와 교수형틀, 다른 뺨도 돌려 대라는 말도 안 되는 소
리, 정의와 복수에 대해……

아빠는 병 때문에 장궤틀을 견딜 수 없었지. 아빠가 무릎
을 꿇는 모습을 본 적이라고는 단 한 번, 에르네스투 큰아버
지의 장례식 때뿐이었어. 고통받는 아버지의 실루엣은 언제
나 내 머리에 남았어. 그 모습은 내가 늘 불타는 굴종의 바다
라고 상상한 단테의 연옥과 어딘가 관계가 있었어. 굴종보다

더 끔찍한 일이 과연 뭐가 있으랴, 그에 비하면 격렬한 고통
은 아무것도 아니라고 생각했기 때문이지. 그래서 우린 이런
일에 대해 결코 이야기를 나누지 않았어. 아빠는 '신'이라는
단어를 진부한 관용어에서만 사용했을 뿐, 올바르다거나 믿
음이라는 의미에서 사용하는 일이 결코 없었으니까. 하지만
자신이 세속적인 법전뿐 아니라 종교재판의 근본이 된 교회
법전도 따르고 있다는 인상, 그 무언의 인상을 지울 만한 일
을 아빠는 전혀 하지 않았어. 타하팔! 아버지, 타하팔요!

30

실베이라의 운전사는 정오가 가까울 즈음 그레고리우스를 데
리러 왔다. 그는 캠핑 장비들의 배터리를 충전하고, 담요 두 장에
커피와 설탕과 비스킷을 싸 가지고 왔다. 호텔 직원들은 그레고
리우스가 떠나는 것을 아쉬워하며 모시게 되어 정말 기뻤다고 말
했다.

밤에 비가 내렸다. 차에는 사막에서 불어온 바람에 묻어온 미
세한 모래가 앉아 있었다. 운전사 필리프가 그레고리우스에게 번
쩍이는 커다란 차의 뒷문을 열어주었다. '뒷자리의 고급 커버를
쓰다듬으며' 프라두는 아버지에게 편지를 쓸 생각을 했다.

그레고리우스가 부모님과 함께 택시를 탄 적은 딱 한 번밖에
없었다. 툰 호수에서 휴가를 보내고 올 때였다. 아버지가 발목을

삐어 짐 때문에 어쩔 수 없었다. 그레고리우스는 앞에 앉은 아버지의 뒷머리를 보며, 아버지가 얼마나 불편해하고 있는지 읽을 수 있었다. 그러나 어머니는 동화 속에라도 들어간 것처럼 눈을 반짝였고, 도착한 뒤에도 내리고 싶어하지 않았다.

필리프는 일단 실베이라의 저택으로 갔다가 다시 중등학교로 갔다. 옛날에 학교 식당에 필요한 물품을 배달하는 화물차가 다니던 길은 무성하게 자란 풀과 나무들로 완전히 막혀 있었다. 필리프가 어리둥절한 얼굴로 "여기요?"라고 물었다. 어깨가 말처럼 튼튼하고 체구도 육중한 그가 들쥐를 무서워하며 이리저리 피해 다녔다. 교장실에 들어가서는 손에 모자를 쥔 채 이스파한 사진들을 보며 천천히 벽을 따라 걸었다.

"그런데 여기서 뭘 하시나요?"

필리프가 물었다.

"아, 제가 참견할 일은 아닙니다만……."

"말하기 어렵군요."

그레고리우스가 대답했다.

"아주 어려워요. 백일몽 아시죠? 그것과 약간 비슷한 듯하면서도 많이 달라요. 더 진지하면서도 더 정신 나간 일입니다. 사는 시간이 얼마 남지 않으면 그동안의 규정들이 더는 통하지 않게 되지요. 그러면 머리가 어떻게 된 것 같고, 정신병원에 가야 할 듯하지요. 하지만 사실은 정반대입니다. 정신병원에는 시간이 얼마 남지 않았다는 걸 인정하지 않으려는 사람들이 가야 해요. 아무 일도 없다는 듯이 지금까지 살아왔던 것처럼 사는 사람들요.

무슨 말인지 아시겠어요?"

"전 2년 전에 심근경색을 앓았습니다."

필리프가 말했다.

"그 후에 다시 일을 하러 갈 때 느낌이 아주 이상했습니다. 까마득히 잊고 지냈는데, 그때 생각이 나는군요."

"그렇군요."

그레고리우스가 대답했다.

필리프가 간 뒤 하늘에 그늘이 드리우더니 춥고 어두워졌다. 그레고리우스는 난로와 전등을 켜고 커피를 끓이고는 가방에서 담배를 꺼냈다. 실베이라가 그에게 난생 처음 피웠다는 담배 상표가 뭐냐 묻고, 자리에서 일어나 가지고 온 담배였다. "여기요. 그건 바로 제 아내가 피우던 담배입니다. 몇 년 전부터 아내가 누웠던 쪽 침대 옆 서랍에 들어 있었어요. 버릴 수 없더군요. 담배가 아마 바짝 말랐을 겁니다."

그레고리우스는 담뱃갑을 뜯고 한 대를 꺼내 불을 붙였다. 이제는 기침을 하지 않고 들이마실 수 있었다. 연기가 매웠고 나무 타는 맛이 났다. 잠깐 현기증이 일며 심장이 비틀거리는 듯했다.

그레고리우스는 프라두가 편지에서 언급한 〈예레미야서〉의 구절을 찾아 읽고, 앞으로 넘겨 〈이사야서〉를 펼쳤다. 여호와의 말씀에 내 생각은 너희 생각과 다르며 내 길은 너희 길과 달라서, 하늘이 땅보다 높음같이 내 길은 너희 길보다 높으며 내 생각은 너희 생각보다 높으니라.

프라두는 신이 생각과 의지와 느낌을 지닌 존재라고 진지하게 받아들였다. 그래서 그가 말하는 것들이 다른 모든 사람의 말과 마찬가지로 들렸고, 이런 거만한 성격을 지닌 인물과는 대면하고 싶어하지 않았다. 신에게 정말로 성격이 있는가? 그레고리우스는 루트 가우치와 다비트 레만을 떠올리고, 스스로 말했던 시적인 진지함—그것보다 더한 진지함은 없는—에 대해 생각했다. 베른은 너무 멀리 있었다.

접근하기 어려웠던 아버지. 어머니는 아버지의 침묵을 우리에게 옮겨야 하는 통역사였습니다. 아버지는 왜 자기 자신과 자기 느낌에 대해 말하는 방법을 배우지 못하셨나요? 제가 말씀드리지요. 가부장적이고 귀족적인 가장의 역할 뒤에 숨는 게 너무 편했기 때문에, 이루 말할 수 없이 편했기 때문입니다. 거기에 말수가 적은 환자, 고통을 호소하지 않는 침묵이 커다란 미덕인 환자의 역할이 더해졌지요. 그래서 아버지의 질병은 스스로를 표현하려는 의지 결핍에 면죄부를 줬습니다. 다른 사람들이 아버지의 고통을 보며 아버지가 누구인지 미루어 헤아려야 한다는 그 거만함…….

사람들은 말로 표현할 수 있는 정도로만 자기를 결정합니다. 아버지가 뭘 잃어버리고 있는지 깨닫지 못하셨나요?

고통이나 굽은 등의 굴욕을 이야기하지 않는 아빠가 우리 모두에게 부담이 될 수도 있다는 생각은 해본 적이 없어? 아빠가 욕을 퍼부으며 자기 연민의 눈물—우리가 닦아줄 수도 있었을 눈물—을 흘리는 것보다 영웅처럼 침묵하는 인내심,

허영심도 섞여 있던 그 인내심이 우리를 더 압박할지도 모른다는 생각은? 그건 아이들, 특히 아들인 나는 더욱 아빠의 용감함에 수감되어 불평을 할 권리라고는 없다는 뜻이었어. 불평하기는커녕 그런 생각을 하기도 전에 아빠가 용감하게 견디어내는 고통 때문에 우리의 불평은 늘 억눌리고 삼켜지고 파괴되어버렸지.

아빠는 이성을 잃기 싫다면서 진통제를 거부했어. 언제나 확고부동했지. 하지만 언젠가 난 아빠가 주변에 아무도 없다고 생각할 때 문틈으로 엿본 적이 있어. 아빠는 진통제를 한 알 먹고 잠깐 괴로워하다가 또 한 알을 삼켰지. 그렇게 한참이 지나고 방을 들여다봤더니, 아빠는 소파에 앉아 안경을 무릎에 내려놓은 채 쿠션에 머리를 기대고 입을 반쯤 벌리고 있었어. 당연히 가당치 않은 일이었지만, 그때 내가 방으로 들어가 아빠를 얼마나 쓰다듬어주고 싶었는지 알아?

아빠가 우는 걸 한 번도 본 적이 없어. 우리가 사랑하던 개—아빠도 사랑했지—카를루스가 죽어서 묻을 때도 아빠는 그저 굳은 표정으로 곁에 서 있었지. 아빠는 무정한 사람이 아니었어. 정말 아니었지. 그런데 왜 마음을 드러내는 게 창피하다는 듯이 평생 감추었어? 예의에 어긋나고, 무슨 수를 써서라도 감추어야 할 단점이라도 된다는 듯이?

우린 어릴 때부터 아빠를 통해 우리가 육체로 이루어져 있다는 것, 그리고 우리 육체에 존재하지 않는 것은 정신에도 없다는 걸 배웠어. 그런데 아빠는—이게 얼마나 역설적인 이야기인지!—다정다감한 모습이라고는 전혀 보여주지 않아서, 아빠가 우리를 만들기 위해 언젠가 엄마에게 아주 가까이 다가갔으리라는 게 상상이 되지 않았어. 멜로디가 이런 말을 한 적이 있어. "아빠가 아니라 아마존 강이었어." 여자가 뭔지 아빠가 알았을 거라고 내가 느낀 적은 파티마가 집에 들어왔을 때, 그때 단 한 번밖에 없어. 아빠에게서는 아무런 변화도 일어나지 않았지만, 모든 것이 변했지. 난 그때 자기장이 뭔지 처음 알게 됐어.

편지는 여기서 끝났다. 그레고리우스는 편지지를 봉투에 넣다가 마지막 장 뒷면에 쓰인 메모를 발견했다. 내가 아빠의 상상에 대해 아는 게 있던가? 왜 우리는 부모의 상상에 대해 이다지도 모를까? 어떤 사람이 상상으로 떠올리는 이미지에 대해 알지 못하면 우리는 이 사람에게서 과연 무엇을 알 수 있을까? 그레고리우스는 봉투를 치우고 주앙 에사에게 갔다.

31

에사는 흰색 말을 들었지만, 체스를 시작하지는 않았다. 그레고리우스는 차를 끓여 두 사람의 잔에 반쯤 채우고, 실베이라의 아내가 잊어버리고 침실에 두고 갔다는 담배를 피웠다. 주앙 에사도 담배를 피웠다. 그는 담배를 피우고 차를 마시면서 아무 말도 하지 않았다. 황혼이 도시에 내렸다. 이제 곧 저녁 식사를 알리는 종소리가 울릴 터였다.

"아니, 그냥 그대로 둬요."

전등 스위치를 켜려는 그레고리우스에게 에사가 말했다.

"문은 잠그고."

금방 어두워졌다. 에사의 담뱃불이 커졌다가 작아졌다. 이야기를 시작하는 그의 목소리는 약음기를 씌운 악기 같았다. 그 약음기는 단어가 부드러운, 그러나 때론 거친 소리를 내게 했다.

"그 아가씨, 에스테파니아 에스피노자……. 혹시 그 이야기를 들었는지 모르겠소. 분명 들으셨겠지. 선생은 벌써 오래전부터 나한테 물으려 했지요. 결국 묻지는 못했지만……. 난 알고 있었소. 지난 일요일부터 생각해봤는데, 거기에 관해 내가 아는 이야기를 하는 게 좋을 것 같소. 그건 아마 진실의 한 부분일 뿐이겠지. 진실이 있기나 하다면. 어쨌든 내가 아는 이 부분을 선생도 아시는 게 좋을 것 같소. 다른 사람들이 무슨 말을 하든지 간에 말이오."

그레고리우스가 차를 더 따랐다. 잔을 든 에사의 손이 떨렸다.

"에스테파니아는 우체국에서 일했소. 우체국은 저항운동을 하는 데 중요한 장소였지. 우편과 기차가 중요했소. 조르즈가 그녀를 처음 만났을 때 그녀는 아주 젊었소. 스물세 살인가 네 살이었지. 1970년 이른 봄이었소. 그녀는 기억력이 무척 좋아서 보거나 들은 건 절대 잊지 않았지. 주소든 전화번호든 사람 얼굴이든. 그녀가 몽땅 외운 전화번호부에 대해 사람들이 농담을 할 정도였소.

하지만 본인은 그걸 대수롭지 않게 생각했어요. '그걸 왜 못 하지?' 이렇게 말했으니까. '어쩜 그렇게 잘 잊어버릴 수 있어?' 그녀의 어머니는 도망을 갔다고 했던가 아니면 일찍 죽었다고 했는데, 기억이 잘 나지 않는군. 아버지는 철도 공무원이었는데, 어느 날 아침 체포되어 끌려갔소. 사보타주를 했다는 의심을 받았지.

에스테파니아는 조르즈의 애인이 되었소. 조르즈는 그녀한테 완전히 빠졌지. 우리는 걱정스럽게 두 사람을 지켜보았소. 그런 건 언제나 위험하니까. 그녀도 그를 좋아하긴 했지만, 정열은 없었소. 그런 상황이 지속되자 조르즈는 신경질적으로 변했고 병적으로 질투가 심해졌지. '걱정 마. 너나 나나 성인이야.' 내가 걱정스럽게 조르즈를 바라보면, 그는 이렇게 말하곤 했소.

'문맹자를 위한 학교'는 그녀의 착상이었소. 탁월한 아이디어였지. 살라자르가 문맹 퇴치 캠페인을 시작하고, 읽기를 애국적인 의무로 규정했거든. 우린 방을 하나 마련하고 낡은 의자들과 교탁과 아주 큰 칠판을 준비했소. 그녀는 철자 그림처럼 수업에 필요한 자료들을 준비했지. 문맹자를 위한 교실에는 누구나 올 수 있었소. 연령도 상관없었고. 그게 바로 속임수였지. 자기가 여기에 출석한다는 걸 아무도 외부에 알릴 필요가 없었고, 염탐꾼한테서도 거리를 유지할 수 있었으니까. 문맹은 부끄러운 일이었으니 말이오. 에스테파니아는 초대장을 보내면서 그 안에 '금요일에 오시지요? 안녕히. 노엘리아'라는 말만 썼지만, 봉투를 꼭 봉했지요. 노엘리아는 암호였소.

우린 만나서 작전을 의논했소. 비밀경찰이나 낯선 사람이 갑자기 나타나는 경우에는 에스테파니아가 아무 말 없이 바로 분필을 들기로 해두었소. 그녀는 언제나 우리가 한참 수업 중이라는 듯이 칠판을 꾸며두었소. 그것도 속임수의 하나였지요. 우린 숨길 필요 없이 공식적으로 만날 수 있었소. 그놈들을 비웃으며 말이오. 저항운동은 심각한 일이었지만, 우린 그렇게 가끔 웃기도 했소.

에스테파니아의 기억력은 점점 더 중요한 역할을 했소. 아무것도 쓸 필요가 없었으니 아무런 문서도 남지 않았지. 연결망 전체가 그녀의 머릿속에 들어 있었소. 난 가끔, 그녀가 불의의 사고를 당하면 어떻게 되는 건가 생각하기도 했소. 하지만 그녀는 너무나 젊었고 너무나 아름다운, 꽃피는 인생의 한복판에 있었기 때문에 그런 생각은 제쳐두었소. 우린 계속 작전을 하나씩 성공적으로 수행해나갔소.

1971년 가을 어느 날, 아마데우가 그곳에 왔소. 그는 에스테파니아를 보고는 바로 마술에 걸려버렸지. 모임이 끝나자 그가 그녀에게 다가가 말을 걸더군. 조르즈는 문 앞에서 기다리고 있었지. 그녀는 아마데우를 보자마자 시선을 바닥으로 떨어뜨렸소. 앞으로 벌어질 일이 예상되더군.

하지만 아무 일도 생기지 않았소. 조르즈와 에스테파니아는 계속 연인으로 남았고, 아마데우는 그 뒤로 모임에 오지 않았소. 나중에 들은 이야기로는 그녀가 그의 병원에 갔다고 하더군. 그녀는 그에게 빠졌지만, 그가 그녀를 거부했소. 조르즈에게 신의를 지킨 거요. 스스로를 속이면서까지……. 이런 긴장된 고요함은 겨울 내내 지속됐지. 가끔 조르즈와 아마데우가 함께 있는 모습을 보기도 했소. 그런데 뭔가 달랐소. 확실히 알 수 없지만 뭔가 달라졌던 거요. 둘이 옆에 서서 나란히 걸어가도, 예전과 달리 발걸음이 맞지 않았소. 함께 있는 게 힘들다는 듯이. 조르즈와 에스테파니아 사이도 뭔가 달라졌소. 조르즈는 평정을 유지하긴 했지만, 가끔 신경질적인 반응을 보였소. 그는 그녀에게 뭔가 틀렸다고 말했다가, 그녀가 기억을 더듬어 오히려 자기가 틀렸다는 게 밝혀지면 바깥으로 나갔소. 아마 상황이 그런 식으로 계속되었더라도 일은 벌어졌을 거요. 물론 그 뒤에 일어난 사건과 비교하면 아무것도 아니었을 테지만.

2월 말, 멘드스의 부하가 갑자기 모임에 나타났소. 소리 없이 문을 열고 들어와서 교실에 서 있었지. 우린 그를 알고 있었소. 아주 지능적이고 위험한 인물이었지. 에스테파니아는 정말 놀라웠소. 그를 보자마자 중요한 작전에 대해 하던 말을 멈추고는, 분필과 지휘봉을 들고 '세 세질랴ç'를—그게 세 세질랴였다는 게 생생하게 기억나는군—설명했소. 그 남자는 에스파냐의 도시와 이름이 똑같은 바다호스였소. 그가 자리에 앉았소. 조용하던 교실에 그 남자가 앉느라 의자가 삐걱거리던 소리가 지금도 내 귀에 들려요. 교실이 추웠는데도 에스테파니아가 재킷을 벗었소. 그녀는 모임이 있을 때면 이런 경우에 대비해서 항상 유혹적으로 차려 입곤 했소. 소매가 없고 속이 비치는 블라우스를 입은 그녀는…… 사람들이 그 자리에서 바로 이성을 잃을 만했소. 조르즈는 아주 싫었을 거요. 바다호스가 다리를 꼬았소.

에스테파니아가 매혹적으로 몸을 틀면서 그 '수업 시간'을 마쳤소. '그럼 다음 시간까지 안녕히'라고 말했지. 사람들이 자리에서 일어났소. 모두 힘들게 자제하는 모습이 역력했지. 수업을 받던 음악 교수가 내 옆에 앉아 있었는데, 그도 자리에서 일어났소. 그리고 바다호스가 교수에게 다가갔지.

그때 알았소. 이게 얼마나 끔찍한 재난인지…….

'교수가 문맹자라.'

이렇게 말하는 바다호스의 얼굴에 잔인하고 구역질 나는 웃음이 떠올랐소.

'아주 새로운 일이구만. 교양을 체험하신 걸 축하합니다.'

교수의 얼굴이 창백해졌지만, 바싹 마른 입술을 혀로 한 번 핥고는 꽤 침착하게 대답했소.

'얼마 전에 누굴 만났는데, 그 사람은 교육을 받은 적이 없답니다. 에스피노자 양이 내 제자라 이 수업에 대해 알게 됐습니다. 그래서 그 사람에게 권하기 전에 내가 먼저 여기에 와본 겁니다.'

'아 그래요?'

바다호스가 대꾸했소.

'그 사람 이름이 뭐요?'

난 다른 사람들이 모두 나가서 다행이라고 생각했고, 칼을 가지고 오지 않은 나 자신에게 분노가 일었소.

'주앙 핀투입니다.'

'무척이나 독창적인 이름이군.'

바다호스가 히죽거렸소.

'그럼 주소는?'

교수가 댄 주소는 존재하지 않았소. 그들은 교수를 데리고 가서 가두어버렸소. 에스테파니아는 집에 돌아가지 않았어요. 난 그녀가 조르즈의 집에 가면 안 된다고 했소.

'정신 차려요.'

내가 조르즈에게 말했소.

'그건 너무 위험해요. 그녀가 들키면 당신도 들키는 거예요.'

난 그녀를 나이 든 친척 아주머니 댁에 숨겼소.

아마데우가 날 병원으로 오라고 했소. 그는 조르즈와 이야기를 했다면서, 당황해서 제정신이 아니었소. 그만의 방식으로 말이오. 조용하면서도 창백했지.

'그가 그녀를 죽이려 해.'

그가 높낮이 없는 음색으로 말했소.

'정확하게 그런 말을 한 건 아니지만, 확실해. 그가 에스테파니아를 죽이려고 해. 그녀가 잡히기 전에 기억을 없애려는 거야. 생각해봐. 조르즈가, 내 오랜 친구 조르즈가, 나와 가장 친한 조르즈가, 진정한 의미에서 오직 하나뿐인 내 친구……. 그는 지금 제정신이 아니야. 자기 연인을 희생시키려고 해. 여러 사람의 목숨이 달려 있어, 그가 계속 이 말을 되풀이해. 한 사람 대 여러 사람의 목숨. 이게 그의 계산이야. 날 도와줘. 도와줘야 해. 절대 일어나서는 안 될 일이야.'

그전에는 눈치만 챘다고 한다면 난 이때 확실하게 알았소. 아마데우가 그녀를 사랑한다는 것을……. 그와 파티마 사이가 어땠는지 난 당연히 몰라요. 그때 브라이턴에서 두 사람을 본 게 다니까. 하지만 에스테파니아를 향한 그의 마음이 그때와는 아주 다르다는 건 확실했소. 훨씬 거칠었고, 폭발하기 전 들끓는 용암 같았지. 아마데우는 아주 역설적이었소. 자신감에 넘치고 두려움을 모르는 행동 뒤에, 언제나 다른 사람의 시선을 느끼고 그것 때문에 괴로워하는 사람이었소. 우리에게로 온 이유도 그거였소. 멘드스 사건 때문에 받은 비난으로부터 스스로를 변호하려는 것. 내 생각에 에스테파니아는 그가 드디어 법정 바깥으로, 자유롭고 활기찬 인생의 장소로 나갈 수 있는 기회였던 것 같소. 다른 사람들이야 어떻게 되든 간에 오로지 그의 의지와 열정대로 살 기회…….

난 그가 이 기회를 알고 있었다고 생각하오. 그는 자기 자신을 상당히 잘 알고 있었으니까. 다른 사람들이 스스로를 아는 것보다……. 하지만 장애물이 있었소. 조르즈를 향한 신의라는 그 철통같은 장애물. 아마데우는 온 우주에서 가장 신의가 두터운 사람이었소. 그에게 신의는 종교였소. 신의 반대편에 자유와 약간의 행운이 똑같은 무게로 있었지. 그는 쏟아지는 욕망의 산사태를 온 힘을 다해 막았고, 그녀를 만날 때면 갈망하는 자신의 눈길을 돌렸소. 앞으로도 계속 조르즈의 눈을 떳떳하게 똑바로 쳐다보길 원했으니까. 그는 40년간의 우정이 하나의 백일몽 때문에 깨지는 걸 바라지 않았소. 그게 아무리 강렬한 꿈이어도 말이오.

그런데 이제 조르즈가 아마데우에게서 그녀를 빼앗으려 했소. 그녀가 아마데우의 사람이었던 적은 물론 한 번도 없었소. 하지만 스스로 거부한 희망과 신의 사이에서 흔들리며 겨우 유지되던 내부의 균형을 조르즈가 깨려 했던 거요. 너무 심한 처사였지. 아마데우는 견딜 수 없었소.

난 조르즈와 이야기를 했소. 그는 그것과 비슷한 말을 한 적도, 은연중에 암시한 적도 없다고 했소. 면도하지 않은 그의 얼굴에 붉은 반점이 피어났소. 그게 에스테파니아 때문인지, 아니면 아마데우와 더 관계가 있는지는 구별할 수 없었소.

조르즈는 거짓말을 하고 있었던 거요. 난 그걸 알았고, 조르즈도 내가 눈치챘다는 걸 알고 있었소.

조르즈가 술을 마시기 시작했소. 그는 에스테파니아가 아마데우 때문이든 아니면 다른 이유에서든 자기에게서 멀어지고 있다는 걸 느꼈던 거요. 견딜 수 없는 일이었지.

'그녀를 국외로 빼돌릴 수 있잖아요.'

내가 말했지.

'잡혀. 교수는 좋은 사람이긴 해도 강하지는 못해. 그놈들은 교수에게서 모든 것이 그녀의 머릿속에 있다는 걸 알게 될 거야. 그러면 모든 수단을 동원해서라도 그녀를 뒤쫓을 테지. 너무나 중요한 일이니까. 생각해봐. 리스본 전체의 연결망이 그녀의 머릿속에 있어. 그들은 그녀를 잡기 전까지는 잠도 안 잘 거야. 그녀는 군대와 맞먹으니까.'

이게 그의 대답이었소."

요양원 직원들이 식사 때문에 문을 두드리고 에사의 이름을 불렀지만, 그는 무시하고 계속 이야기를 이어갔다. 방은 어두웠고, 그레고리우스의 귀에 에사의 목소리는 마치 다른 세상에서 들려오는 듯했다.

"선생에게 충격적으로 들릴지 몰라도, 난 조르즈를 이해할 수 있었소. 그도, 그의 논리도 이해가 갔소. 그 둘은 별개의 문제였소. 그놈들이 에스테파니아에게 주사를 놓아 기억을 붙게 한다면 우린 모두 끝장이었소. 모두 200명 정도였는데, 한 사람씩 심문을 하면 아마 몇 배는 더 늘어나겠지. 그건 생각만 해도 끔찍한 일이었소. 일어날 수 있는 최소한의 사건만 생각하더라도 한 가지는 명백했소. 그녀를 없애야 한다는 것.

이런 의미에서 난 조르즈를 이해할 수 있었소. 그건 변명의 여지가 있는 살해였으리라고 지금도 생각하오. 만약 반대 주장을 하는 사람이 있다면 그자는 너무 단순한 거요. 상상력 부족이라 말하고 싶소. 손을 더럽히지 않는 것을 최고의 원칙으로 삼는다? 그건 나에게 반감을 불러일으키는 일이오.

아마데우는 이 일을 이성적으로 생각할 수 없었소. 그는 반짝이는 그녀의 눈, 동양인 같은 독특한 피부색, 옆에 있는 사람도 함께 웃게 하는 웃음, 흔들리는 걸음걸이를 보며 이 모든 게 사라지는 걸 원하지 않았던 거요. 원할 수 없었지. 그리고 난 그런 그를 보며 다행이라고 생각했소. 다른 모든 경우는 그를 괴물, 자기 부정의 괴물로 만들었을 테니까.

난 조르즈가 고통에서 벗어날 해결책을 살해에서 찾는다는 의심을 품고 있었소. 그녀를 더는 잡을 수 없다는 고통, 그녀의 열정이 아마데우를 향해 있다는 사실을 알아야 하는 고통……. 개인적으로는 조르즈를 이해할 수 있었지. 동의하지는 않았소. 난 조르즈의 감정에서 내 모습을 다시 보았기 때문에 그를 이해할 수 있었소. 아주 오래전 일인데, 나도 다른 남자에게 여자를 뺏겼소. 그녀도 내 삶에 음악을 가져다주었지. 조르즈의 경우처럼 바흐가 아니라 슈베르트였지만. 그래서 그런 해결책을 꿈꾸는 게 무얼 뜻하는지 알고 있었고, 그런 계획을 위해 사람들이 얼마나 핑곗거리를 찾는지도 알고 있었소.

바로 그 이유에서 난 조르즈의 팔을 붙들었던 거요. 난 에스테파니아를 은신처에서 불러내 파란 병원으로 데리고 갔소. 아드리아나는 그 일로 나를 증오했지. 하지만 그녀는 이미 그전부터 날 싫어했소. 그녀에게 나는 오빠를 저항운동에 끌어들인 장본인이었으니까.

난 국경 지역의 산을 잘 아는 사람들과 이야기를 한 다음 아마데우에게 지시를 내렸소. 그는 일주일 동안 떠나 있었소. 돌아온 다음에는 병이 났지. 난 그 뒤로 에스테파니아를 다시는 보지 못했소.

그리고 얼마 지나지 않아 내가 체포됐는데, 그녀와는 상관없었소. 아마데우의 장례식에 그녀가 왔다는 소문이 있더군. 세월이 한참 흐른 뒤 그녀가 살라망카에서 역사 강사로 일한다는 소식을 들었소.

조르즈와는 그 뒤로 10년 동안 한마디도 나눈 적이 없소. 지금은 다시 괜찮아졌긴 하지만, 우린 서로를 찾지 않아요. 그는 내가 당시에 어떤 생각을 했는지 알고 있소. 그러니 쉽지 않은 일이지."

에사가 담배를 급하게 빨아들이자 어둠 속에서 담배 종이가 환한 빛을 내며 타들어갔다. 그가 기침을 했다.

"아마데우가 감옥으로 찾아올 때마다 난 조르즈에 대해, 그리고 두 사람의 우정에 대해 묻고 싶었소. 하지만 도저히 물을 수 없더군. 아마데우는 한 번도 누군가를 위협한 적이 없소. 그건 그의 신조였지. 하지만 그는 자신도 알지 못하는 사이에 위협 그 자체일 때가 있었소. 다른 사람들의 눈앞에서 폭발해버릴 위협 말이오. 조르즈에게는 당연히 물어볼 수 없었지. 어쩌면 30년이 지난 지금에 와서는 물어볼 수 있을까? 모르겠소. 그런 일이 벌어졌는데 우정이 존재할까?

석방된 뒤에 교수가 어떻게 됐는지 알아봤소. 체포된 날부터 아무도 그에 대해 듣지 못했더군. 더러운 놈들. 교수는 타하팔로 간 거요. 타하팔에 대해 들어봤소? 나도 그리로 가게 될 거라고 생각했었소. 살라자르는 노쇠했고, 비밀경찰은 저희 마음대로 행동했지. 내가 타하팔에 가지 않은 건 우연이었다고 짐작해요. 우연은 전횡과 한 형제지. 그곳에 가게 된다면 뼈가 부서질 때까지 감방 벽에 머리를 부딪쳐야겠다고 각오하고 있었소."

두 사람은 아무 말도 하지 않았다. 그레고리우스는 무슨 말을 해야 할지 알 수 없었다.

시간이 얼마간 흐른 뒤 에사가 일어나 불을 켰다. 그는 눈을 비비고 나서 평소처럼 체스의 첫 수를 시작했다. 네 번째 수까지 두고 나서 에사가 체스 판을 옆으로 치웠다. 두 사람이 자리에서 일어났다. 에사가 카디건 주머니에서 손을 뺐다. 둘은 서로 다가가 포옹했다. 에사의 몸이 떨리고 있었다. 그의 목구멍에서 동물적인 힘과 곤고한 심정을 동시에 드러내는 거친 소리가 들렸다. 그런 다음 몸에 힘이 풀리더니 그레고리우스를 꼭 붙들었다. 그레고리우스는 그의 머리를 쓰다듬었다. 그레고리우스가 문을 살짝 닫을 때 에사는 창가에 서서 바깥 어둠을 내다보고 있었다.

32

그레고리우스는 실베이라의 응접실에 서서, 성대한 파티에서 찍은 사진들을 들여다보았다. 남자들은 거의 모닝코트를, 여자들은 반짝이는 널마루 바닥에 옷자락이 끌리는 이브닝드레스를 입고 있었다. 지금보다 훨씬 젊은 주제 안토니우 다 실베이라도 보였다. 그의 곁에는 트레비 분수에 뛰어들어간 아니타 에크베르그를 연상하게 하는 풍만한 금발의 아내가 있었다. 일곱이나 여덟 명쯤 되어 보이는 아이들이 끝없이 늘어선 뷔페 식탁 아래서 서로 쫓아다니고 있었다. 한 식탁의 위쪽에는 가문의 문장인 붉은 띠를 두른 은빛 곰이 걸려 있었다. 모두 응접실에 앉아 상아처럼 피부가 흰 젊은 여자의 그랜드피아노 연주를 듣는 사진도 있었다. 피아노를 연주하는 여자는 어딘가 모르게 키르헨펠트 다리에서 만난 이름 모를 포르투갈 여자와 비슷해 보였다.

그레고리우스는 실베이라의 저택으로 돌아온 다음, 한참 동안 침대에 앉아 있었다. 그는 주앙 에사와 작별할 때의 충격이 가라앉기를 기다렸다. 에사의 목에서 나오던 거친 소리와 메마른 흐느낌, 도와달라는 외침과 고문의 기억들은 이제 그의 기억 속에서 절대 사라지지 않을 것 같았다. 그는 에사의 가슴속에 있는 고통을 자기가 씻어낼 수만 있다면 아무리 뜨거운 차라도 한없이 마셔줄 수 있으리라고 생각했다.

에스테파니아 에스피노자에 관한 이야기들이 조금씩 떠올랐다. 그녀는 살라망카에서 강사로 일한다고 했다. 중세 분위기를 풍기는 어두운 이름이 적힌 역 이정표가 그의 눈앞에 떠올랐다가 사라졌다. 그레고리우스는 바르톨로메우 신부가 묘사했던 장면을 생각했다. 조르즈와 에스테파니아가 눈길도 한 번 주고받지 않은 채 서로에게 다가갔고, 프라두의 무덤에 나란히 서 있었다는 그 장면…… "쳐다보는 걸 서로 피함으로써 두 사람은, 그 어떤 얽힌 시선도 할 수 없는 가까운 거리를 만들어냈소."

그레고리우스는 가방을 풀고 책을 책장에 꽂았다. 집은 아주 조용했다. 줄리에타가 음식을 마련해놓았다는 메모를 식탁에 남겨놓았다. 그레고리우스는 이런 집에 있어본 적이 없었다. 이곳에서는 발소리조차 내서는 안 될 것 같았다. 그는 전등을 하나씩 켜나갔다. 함께 식사를 한 식당, 욕실. 실베이라의 서재도 흘끗 보고 문을 닫았다.

그는 같이 커피를 마셨던 응접실에 서서 "노브레자nobreza: 귀족"라는 포르투갈어를 발음해보았다. 그는 이 단어가 아주 마음에 들어 몇 번이고 되풀이했다. 귀족을 뜻하는 말의 독일어 역시 언제나 마음에 들었다는 게 새삼 떠올랐다. 그것은 말 안으로 본

401

질이 흘러들거나 반대로 말에서 본질이 흘러나오는 단어였다. 결혼하기 전 플로렌스의 성은 드 라롱주였다. 그러나 그레고리우스가 이 이름에서 귀족을 떠올린 적은 없었다. 플로렌스도 그런 내색을 하지 않았다. 그러나 루치엔 폰 그라펜리트는 달랐다. 그레고리우스는 베른의 오랜 귀족 가문인 그 이름을 들으면 게레히티히카이트 골목 입구에 있던 우아하고 티 없는 사암 조형물을 떠올렸고, 베이루트와 관련이 있는 그라펜리트*가 한 명 있었다는 생각도 했다.

별명이 '세상에나'였던 에바 폰 무랄트. 언젠가 학생들의 파티에서—실베이라의 사진에서 본 것과는 비교도 안 되게 작은 파티였지만 그레고리우스는 천장이 높은 그 홀에서 잔뜩 긴장하여 식은땀을 흘렸다—에바는 귀족 칭호를 돈으로 살 수 있냐는 어떤 남학생의 질문에 "세상에나!"라고 대답했다. 파티가 끝난 뒤 설거지를 하려는 그레고리우스에게 보인 반응도 "세상에나!"였다.

실베이라의 음반들은 먼지가 낀 듯한 인상을 주었다. 음악이 그의 인생에서 중요한 역할을 하던 시기는 오래전에 지나간 모양이었다. 파티마를 생각나게 해서 프라두가 좋아했다는 '여름밤', '아름다운 여행자', '오필리아의 죽음'이 들어 있는 베를리오즈의 음반이 눈에 띄었다. "내 생각에 에스테파니아는 그가 드디어 법

---

* 에크베르트 폰 그라펜리트Egbert von Graffenried. 베른 출신으로 레바논 주재 스위스 대사를 역임.

정 바깥으로, 자유롭고 활기찬 인생의 장소로 나갈 수 있는 기회였던 것 같소."

마리아 주앙. 그레고리우스는 그녀를 찾아야 한다고 생각했다. 그때 도주를 하면서 무슨 일이 있었는지, 그리고 프라두가 돌아온 다음 왜 병이 났는지 아는 사람이 있다면 그건 아마 그녀뿐일 터였다.

그레고리우스는 무슨 기척이 들릴 때마다 귀를 기울이며 뒤숭숭한 밤을 보냈다. 흩어졌던 무수한 꿈의 조각들이 하나로 합쳐졌다. 운전사를 대동하고 리무진에 탄 귀족층 여자들이 에스테파니아를 뒤쫓고 있었다. 제대로 볼 수는 없었지만, 그는 이들이 그녀의 뒤를 쫓는다는 것을 알고 있었다. 잠에서 깬 그레고리우스는 정신없이 뛰는 가슴과 현기증에 시달려야 했다. 그러다가 5시가 되자 아드리아나가 가지고 온 다른 한 통의 편지를 들고 식탁에 앉았다.

아끼고 사랑하는 아들에게

지난 몇 년 동안 너에게 무척이나 많은 편지를 썼다가는 그냥 던져버려서, 이게 몇 번째 편지인지 알 수도 없구나. 왜 이렇게 힘든 걸까.

깨어 있는 의식과 수많은 재능을 타고난 아들을 두었다는 게 어떤 건지 상상할 수 있겠니? 무능해 보이지 않으려면 침묵할 수밖에 없다는 느낌을 아버지에게 일깨워준, 언변이 뛰어난 아들을? 법학도일 때 나는 언어를 잘 다룬다는 평판을 누렸고, 네 어머니 헤이스 가문에게도 능변의 변호사로 소개됐다. 제복을 입은 호색적인 사기꾼 시도니우 파이스*에 대한 공격 연설과 전철에서 우산을 들고 다니던 테오필루 브라가**를 위한 변론은 사람들에게 깊은 인상을 심어주었다. 그런데도 나는 어쩌다가 침묵하게 되었을까?

네가 내게 문장을 두 개 읽어주려고 처음으로 책을 들고 왔던 건 네 살 때였다. '리스본은 우리나라의 수도다. 아주 아름다운 도시다.' 비가 내리고 난 어느 일요일 오후였지. 열린 창문으로 젖은 꽃잎 냄새가 후덥지근하고 무거운 바람을 타고 들어왔다. 넌 문을 두드리고 나서 머리만 들이밀고는, 귀족 가문의 다 큰 아들이 가장에게 공손하게 다가와 접견을 청하는 것처럼 "아빠, 잠깐 시간 있어요?"라고 물었지. 그 조숙한 행동이 마음에 들긴 했지만, 한편으로는 어리둥절하기도 했다. 넌 왜 다른 아이들처럼 마구 뛰어 들어오지 않을까? 우리가 교육을 잘못한 걸까? 네 어머니가 나에게 그 책에 대해 말하지 않았기 때문에, 난 네가 전문적으로 낭송하는 사람처럼 맑은 목소리로 전혀 더듬지 않고 그 두 문장을 읽었을 때 무척 놀랐다. 네 목소리는 맑았을 뿐 아니라 단어를 향한 사랑이 가득 차 있어서, 단순한 문장이었지만 마치 시처럼 들렸지. (어리석은 말 같지만, 나는 가끔 너의 그 놀라운

---

*   Sidónio Pais. 1872~1918. 군인 출신의 포르투갈 대통령.
** Teófilo Braga. 1843~1924. 포르투갈 초대 대통령.

향수鄕愁—네 스스로도 마음에 들어하지만, 그 때문에 진실성이 줄어들지는 않는 향수—의 근원이 그 문장에 담겨 있다고 생각하곤 했다. 넌 그때 리스본을 떠나본 적이 없었으니 향수가 무엇인지 알 도리도 없었다. 그러나 그게 뭔지 알기도 전에 넌 분명히 향수를 느끼고 있었던 듯하다. 그럴 수도 있지 않았을까. 넌 뭐든지, 심지어 사람들이 도무지 생각도 하지 못하는 것이라도 할 수 있으니까.)

방은 반짝이는 네 총명함으로 가득 찼다. 내가 그때 했던 생각이 아직도 선명하게 기억나는구나. 아마데우의 명석함에 비해 이 문장들은 얼마나 단순한가! 그런데 네가 나가고 난 뒤 너에 대한 자부심 대신 다른 생각이 밀려왔다. 이제부터 아들의 정신은 내 모든 약점을 사정없이 드러내는 날카로운 탐조등이 되겠구나. 그게 내가 너를 두려워하기 시작한 계기였던 것 같다. 그래, 난 널 두려워했다.

아이들에게 합격점을 받아야 한다는 부담은 아버지를 얼마나 힘들게 하는가! 자신의 결점과 무지, 실수와 비겁함이 아이들의 영혼에 새겨질 것이라는 생각은 또 얼마나 견디기 어려운가! 원래 이것은 유전되는 강직성 척추염—다행스럽게도 너희에게는 유전되지 않았다—을 떠올릴 때마다 하던 생각이었다. 하지만 나중에 나는 우리의 내부인 영혼을, 밀랍으로 만든 판이나 지진계처럼 모든 인상을 있는 그대로 받아들일 영혼을 더 많이 생각했다. 그리고 거울 앞에 서서 이 엄한 얼굴이 아이들에게 도대체 어떤 영향을 줄 것인지 생각했다.

하지만 사람이 자기 얼굴을 도대체 어떻게 할 수 있으랴? 물론 지금 단순히 외면을 말하는 게 아니므로 방법이 전혀 없는 것은 아니지만, 많지도 않다. 우리가 우리 얼굴의 윤곽을 만든 조각가도 아니고, 우리의 진지함과 웃음과 울음을 지시하는 감독도 아니니까.

너의 처음 두 문장은 수백, 수천, 수백만 문장으로 자랐다. 네가 들고 있는 책들이 마치 네 몸의 부속품처럼 보일 때도 있었다. 언젠가 네가 바깥 계단에 앉아 책을 읽는데 아이들이 잘못 던진 공이 너에게 날아온 적이 있었다. 넌 책에서 손을 떼고 공을 던져주었지. 그때 네 손이 얼마나 어색하던지!

난 책을 읽는 너를 사랑했다. 널 아주 많이 사랑했어. 활활 타는 너의 독서열이 섬뜩할 때도 있었지만…….

하지만 더 섬뜩했던 것은 초를 제단으로 나를 때의 네 열정이었다. 난 네 어머니와는 달리, 네가 사제가 될 수 있으리라고 생각해본 적이 없다. 넌 폭도의 성향을 지녔고, 폭도는 사제가 되지 않으니까. 그러니 네 열정의 최종 목표는 무엇일지, 어떤 대상을 찾게 될지……. 네 열정이 엄청난 폭발력을 지녔다는 건 지극히 명백했다. 난 그 열정이 불러올 폭발이 두려웠다.

널 법정에서 보았을 때, 난 이 두려움을 느꼈다. 나는 그때 절도범에게 판결을 내리고, 그녀를 감옥으로 보내야 했다. 법이 그걸 요구하니까. 넌 왜 재판석에 앉은 나를 마치 고문기술자 보듯 했을까? 네 눈빛이 날 마비시켰고, 난 그 일에 대해 이야기를 할 수 없었다. 그 절도범을 어떻게 했어야 할지 넌 더 좋은 생각이 있었니? 말해보렴. 있었니?

난 너의 성장을 지켜보며 네 정신에 내리는 안개비에 감탄했고, 신을 향한 네 저주도 들었다. 난 네 친구 조르즈를 좋아하지 않았다. 그런 무정부주의자들은 걱정스러웠으니까. 하지만 너에게 친구가 있다는 게 기뻤다. 너와 같은 아이에게는 친구가 없는 경우도 있으니까 말이다. 네 어머니는 네가 창백하게 입을 다문 채 정신병원에 갇혀 있길 원했다. 네가 졸업식에서 한 연설 때문에 네 어머니는 아주 깊은 충격을 받았다. "신을 모독하는 아들이라니. 내가 도대체 무슨 죄를 지었기에!"라고 말했지.

나도 네 글을 읽었다. 네가 정말 자랑스러웠다! 그리고 부러웠다! 네 사유의 독창성과 모든 문장에서 드러나는 똑바른 걸음걸이 때문에. 네 글은 빛나는 지평선이었다. 나도 도달하기를 원했지만, 그러기에는 내가 받은 교육의 중력이 납처럼 무거워 결코 이르지 못할 지평선……. 자랑스럽고도 부러운 이 마음을 너에게 어떻게 설명할 수 있었을까? 나 스스로를 초라하게 하지 않고서 말이다. 이미 초라하고 휘었지만, 그보다 더 심하게 초라해지지 않고서…….

이건 정말 정신 나간 일이다.

그레고리우스는 생각에 잠겼다. 이 아버지와 아들은 고대 드라마에 등장하는 적들처럼 한 도시에서 마주 바라보는 언덕에 살면서 서로 두려워하는 마음과 표현할 수 없는 애정으로 묶여 있었다. 그들은 서로에게 부치지 못한 편지를 썼다. 두 사람은 침묵에 싸여 서로를 이해하지 못했고, 한쪽의 침묵이 다른 쪽의 침묵을 불러온다는 사실을 깨닫지 못했다.

"사모님도 여기 가끔 앉아 계셨어요." 대낮에 온 줄리에타가 식탁에 앉아 있는 그를 보고 말했다. "하지만 사모님은 책이 아니라 잡지만 읽었어요."

줄리에타가 그의 안색을 살피며 잘 잤는지, 침대는 괜찮았는지 물었다.

그레고리우스는 좋았다고, 이렇게 편하기도 참 오래간만이라고 말했다.

그녀는 집에 손님이 계셔서 정말 기쁘다고, 실베이라 씨는 너무 말이 없고 내성적으로 변했다고 말했다.

"얼마 전 제가 가방을 꾸리는 걸 도와드렸는데, '호텔이 싫다'고 하시더군요. '그런데 내가 왜 이 일을 계속하고 있을까? 줄리에타, 혹시 그 이유를 알아?'라고 물으셨어요."

33

세실리아는 지금까지 그녀가 가르친 학생 가운데 그레고리우스가 가장 독특하다고 말했다.

"선생님은 지금 전차에 있는 평범한 포르투갈 사람들보다 문학적인 단어들을 훨씬 많이 알고 있어요. 하지만 욕을 한다거나 시장을 본다거나 여행을 예약하는 상황은 전혀 모르는군요. 상대방을 유혹하는 건 말할 것도 없고요. 아니면 거기에 대해 할 말이 있는지?"

그녀가 춥다는 듯이 숄을 어깨 위로 끌어 올렸다.

"게다가 제가 만난 사람들 가운데 가장 느리면서도 재치 있어요. 느림과 재치, 이 두 가지가 서로 어울릴 수 있으리라고는 생각도 못 해봤는데 선생님은……."

그레고리우스는 그녀의 못마땅한 듯한 시선을 모른 척하며 문법책을 꺼냈다. 그리고 그녀의 실수를 하나 지적했다.

"아, 그래요."

그녀가 대답했다. 그녀의 입술 앞에서 초록색 스카프가 파르르 떨렸다.

"하지만 칠칠치 못한 게 옳을 때도 있어요. 고대 그리스 사람들도 그랬을 거예요."

그레고리우스는 실베이라의 집으로 돌아오는 길에 조르즈의 약국 건너편 카페에 들렀다. 그는 커피를 마시며, 이따금 유리창 너머로 담배를 피우는 조르즈를 바라보았다. "그는 그녀에게 완전히 빠졌지." 주앙 에사의 목소리가 들렸다. "그녀도 그를 좋아하긴 했지만 정열은 없었소. 그런 상황이 지속되자 조르즈는 신경질적으로 변했고 병적으로 질투가 심해졌지……. 아마데우가 그곳에 왔소. 그는 에스테파니아를 보고는 바로 마술에 걸려버렸지." 그레고리우스는 프라두의 책을 꺼내, 전에 읽던 곳을 폈다.

그러나 다른 사람의 내면을 이해하기 위해 길을 떠날 때
는? 이 여행이 언젠가 끝이 나기는 할까? 영혼은 사실이 있
는 장소인가, 아니면 사실이라고 생각하는 것들은 우리 이야
기의 거짓 그림자에 불과한가?

벨렝으로 가는 전철에서 그레고리우스는 이 도시에 대한 느낌
이 갑자기 달라지기 시작하는 것을 느꼈다. 지금까지 이 도시는
오로지 조사를 위한 장소였고, 이곳에서 보내는 시간은 프라두에
대해 더 많은 것을 알아내려는 계획으로만 꾸려졌다. 그러나 이
제 전차 유리창으로 바깥을 내다보는 시간, 덜컹거리고 삐걱거리
며 차가 움직이는 이 시간은 오로지 그만의 것이었다. 라이문트
그레고리우스가 새로운 삶을 사는 시간. 그는 베른의 전차 종점
에서 옛날 차들은 어떻게 되냐고 묻는 자기 모습을 떠올렸다. 삼
주 전 그는 이곳에서 차를 탈 때 베른의 어린 시절 골목을 지나간
다는 느낌을 받았지만, 이제 그는 오직 이곳, 리스본의 거리를 지
나고 있었다. 그레고리우스는 마음 깊은 곳에서 일어나는 변화를
느꼈다.

실베이라의 집으로 돌아온 그는 루슬리 부인에게 전화를 걸어
새 주소를 불러주었다. 호텔에 전화를 하여 페르시아 문법책이
도착했다는 대답도 들었다. 발코니에 따뜻한 봄 햇살이 들었다.
그는 거리에서 들려오는 대화를 듣다가, 자기가 포르투갈어를 얼

마나 많이 알아듣는지 깨닫고는 깜짝 놀랐다. 어디선가 음식 냄새가 났다. 그는 어린 시절 살던 집의 아주 작은 발코니, 맡기 싫은 음식 냄새와 연기로 가득했던 그곳을 떠올렸다. 그는 실베이라의 아들 방에서 이불을 덮고 누운 지 몇 분 지나지 않아 잠이 들었고, 가장 느린 사람이 이기는 농담 대회에 참가하는 꿈을 꿨다. 꿈에서 그는 별명이 '세상에나'인 에바 폰 무랄트와 함께 개수대에서 파티에 사용한 그릇들을 씻었다. 또 케기의 집무실에서 몇 시간씩이나 외국에 전화를 걸었다. 하지만 전화를 받는 사람은 아무도 없었다.

시간은 이제 실베이라의 집에서도 그의 것이 되기 시작했다. 리스본에 온 뒤 처음으로 텔레비전을 틀고 뉴스를 보았다. 자기와 단어 사이의 거리를 되도록 좁힐 생각에 그는 텔레비전에 바짝 다가갔다. 그동안 일어난 일과 이곳에서 중요하다고 생각되는 세상의 단면이 집에서 보던 것과는 얼마나 다른지 기이하게 생각됐지만, 다른 한편으로는 베른에서나 여기서나 유명인사는 똑같다는 사실도 놀라웠다. 그는 포르투갈어로 '난 여기 산다'라고 속으로 발음해보았다. 뉴스가 끝나고 방영된 영화는 도무지 알아들을 수 없었다. 응접실에서 그는 파티마가 죽은 뒤에 프라두가 며칠 동안이나 들었다는 베를리오즈의 음반을 틀었다. 집 안 전체에 음악이 울려 퍼졌다. 잠시 후 그는 부엌 식탁에 앉아, 두려움의 대상이었던 아들에게 판사가 쓴 편지를 끝까지 읽었다.

점점 더 너는 나에게 왜 아직도 법복을 입고 있냐고, 독재

411

의 잔인함에 왜 눈을 감고 있냐고 비난하는 독선적인 판사처럼 보였다. 그럴 때면 네 눈빛은 무엇이든 태워버리는 불꽃과 같았다. 난 신에게 네가 더 많은 이해심을 갖게 해달라고, 그리고 네 눈에서 사형집행인의 번쩍이는 눈빛을 없애달라고 기도하고 싶었다. 왜 나에 관해서는 너에게 더 많은 상상력을 부여하지 않았냐고 신에게 소리치고 싶었다. 그 외침은 원망으로 가득했을 것이다.

네 상상력이 아무리 넘치도록 크다고 해도, 너는 고통과 굽어버린 등이 사람을 어떻게 만드는지는 전혀 상상하지 못한다. 그래, 당사자가 아니면 아무도 알 수 없겠지. 아무도. 그 병에 대해 블라디미르 베흐테레프가 발견한 것을 네가 나에게 자세하게 설명해줄 때면 난 한마디도 놓치고 싶지 않다. 그때는 내가 너에게서 위로를 받고 편안함을 느끼는, 아주 소중한 시간이니까. 그러나 그런 시간이 지나가면 난 굽은 등과 고통을 견뎌야 하는 지옥으로 다시 돌아온다. 몸이 굴욕적으로 뒤틀리고 끝없는 고통의 노예가 된 사람에게는 다른 사람들이 알지 못하는 아픔이 있다. 이들은 육체를 전혀 신경 쓰지 않고 지내다가 어느 순간 다시 제 몸을 느끼고 즐길 수 있는 사람들과 다르다. 넌 이것을 전혀 생각하지 못하는 듯하다. 그들에게 다른 사람과 똑같은 것을 기대할 수는 없다! 또 이 노예들은 자기 입으로 이런 사실을 말하고 싶어하지 않는다. 그건 또 다른 굴욕이니까!

진실은 아주 단순하다. 엔리크가 매일 아침 6시 십 분 전에 데리러 오지 않는다면 난 삶을 어떻게 견뎌내야 할지 모른다. 일요일이 얼마나 고통스러운지 너는 모를 것이다. 다음 날이 어떨지 알기 때문에, 토요일 밤에 잠을 자지 않을 때도 가끔 있다. 토요일에도 6시 15분이면 어김없이 텅 빈 건물로 들어서는 나를 비웃는 사람들도 많다. 이따금 나는 인간의 약점보다 '생각 없음'이 더 많은 잔인함을 초래한다고 생각한다. 난 일요일에 사용할 열쇠를 달라고 여러 번 요청했지만 거절당했다. 그 사람들이 날 이해할 수 있도록 하루만, 단 하루만이라도 내 고통을 똑같이 느껴보길 원한 적도 있다.

사무실에 들어서면 고통을 덜어주는 지팡이라도 짚은 듯 통증은 조금 약해진다. 8시 조금 전까지는 건물이 조용하다. 이때 보통은 그날 있을 재판 서류들을 살펴본다. 모르는 사건과 갑자기 부딪히지 않도록 확실하게 해두어야 하니까. 나 같은 사람은 그런 일이 두렵다. 시를 읽을 때도 있다. 그러면 바다를 바라보는 것처럼 호흡이 편안해지고, 고통이 줄어들기도 한다. 이제 이해하겠니?

"하지만 타하팔은요?" 넌 이렇게 말하겠지. 그래, 나도 안다. 알고 있어. 그것 때문에 내가 열쇠를 반납해야 할까? 그렇게 해보기도 했다. 그것도 여러 번이나. 열쇠 꾸러미에서 열쇠를 꺼내 책상에 올려두고 건물을 나와서 정말 반납한 기분으로 거리를 걸었다. 그리고 의사가 권유한 대로 깊숙하게 숨을 들이마셨다. 나는 호흡이 점점 가빠져서 헐떡이며 시내를 걸었다. 상상 속의 행동이 어느 날엔가 사실이 될 수도 있다는 공포에 떨면서. 그런 다음에는 셔츠가 땀으로 흠뻑 젖은 채 재판석에 앉곤 했다. 이제 이해하겠니?

부치지 못한 편지를 너에게만 무수히 쓴 게 아니다. 법무부에도 계속 썼고, 한번은 그 편지 가운데 한 통을 중앙우체국에 가서 부쳤다. 그냥 두었더라면 법무부로 배달됐을 텐데…… 난 나중에 그 편지를 배달하는 집배원을 거리에서 붙들었다. 그는 불쾌해하며 자루를 몽땅 뒤졌고, 날 정신 나간 사람 보듯이 경멸 섞인 호기심으로 바라보았다. 난 다른 편지들과 마찬가지로 그 편지도 강에 던졌다. 모반謀反의 잉크가 지워지도록. 이제 이해하겠니?

마리아 주앙 플로르스, 학창 시절의 네 절친한 친구인 그 아이는 날 이해했다. 네가 날 쳐다보는 눈빛을 더는 견딜 수 없던 어느 날, 난 그 아이를 만났다.

"아마데우는 아버지를 존경하고 싶어해요."

그 애는 이렇게 말하며 자기 손을 내 손 위에 올려놓았다.

"존경하고 사랑하고 싶어해요. 귀감을 사랑하듯이. 아마데우는 '아버지를 환자로 보고 싶지 않아. 모든 것을 용서해야 하는 환자로. 그건 아버지가 없다는 것과 다를 바 없어'라고 말했어요. 아마데우는 마음속으로 다른 사람들에게 아주 특별한 역할을 맡겨요. 그리고 그들이 그 역할을 제대로 수행하지 않으면 무척 무자비해져요. 고상한 형태의 이기심이라고 해야겠지요."

그 애는 넓은 초원에서 늘 깨어 있는 생명체처럼 미소를 지었다.

"화를 내보시는 게 어떨까요?"

그레고리우스는 마지막 편지지를 집어 들었다. 몇 줄 되지 않
는 문장들은 다른 잉크로 쓰여 있었고, '1954년 6월 8일'이라는
날짜가 적혀 있었다. 판사가 죽기 하루 전날이었다.

　싸움은 이제 끝났다. 내 아들아, 이제 작별을 맞아 무슨 말
을 해야 할까?
　넌 나 때문에 의사가 되었지. 네가 내 고통의 그림자 속에
서 자라지 않았더라면 어떻게 되었을까? 너에게 빚이 많구
나. 내 고통이 여전하고, 내 저항이 이제 무너지는 것은 네 잘
못이 아니다.
　열쇠를 사무실에 두고 왔다. 그 사람들은 모든 것을 고통
때문이라고 생각하겠지. 실패가 사람을 죽일 수도 있다는 생
각은 그들에게 낯설 테니까.
　내가 죽으면 넌 날 용서하겠니?

그레고리우스는 몸이 떨려 난방 장치를 틀었다. "하마터면 오
빠가 볼 뻔했는데…… 내가 감추었어요." 아드리아나의 목소리
가 들렸다. 온도를 올렸지만 소용이 없었다. 그레고리우스는 텔
레비전을 켜고 한마디도 알아듣지 못하는 연속극을 보았다. 중국
어였더라도 상관이 없었을 것이다. 욕실에 수면제가 있었다. 날

이 밝아올 때에야 약효가 나타나기 시작했다.

34

마리아 주앙 플로르스라는 이름으로 캄푸 드 오리크에 사는 사람은 두 명이었다. 그레고리우스는 다음 날 어학원 수업을 듣자마자 그곳으로 갔다. 첫 번째 집에는 젊은 여자가 어린아이 둘과 함께 살고 있었다. 아이들이 엄마 치맛자락에 매달려 있었다. 다른 집에서는 플로르스 부인이 이틀 동안 여행을 갔다고 했다.

그레고리우스는 호텔로 가서 페르시아어 문법책을 찾아 중등학교로 나갔다. 텅 빈 건물 위로 철새들이 날아가며 소리를 냈다. 아프리카의 뜨거운 바람이 다시 불어오기를 바랐지만, 한기가 조금 남아 있는 부드러운 3월의 바람이 불었다.

문법책에 나탈리 루빈의 메모가 들어 있었다. '전 벌써 여기까지 읽었어요!' 그레고리우스가 책을 받았다고 말하려고 전화를 걸었을 때 그녀는 글자가 참 재미있다고, 며칠째 페르시아어 공부만 했더니 부모님이 그 열성에 놀라더라고 말했다. 그리고 이란은 언제 가려고 생각하는지, 요즘은 약간 위험하지 않은지 물었다.

1년 전 그는 신문에서, 나이 아흔에 중국어를 배우기 시작한 사람에 대한 논평을 읽었다. 저자는 그 남자를 비웃었다. '귀하는 그게 무슨 뜻인지 모릅니다.' 그레고리우스는 '독자의 편지' 초안을 이 문장으로 시작했다.

"왜 그런 일 때문에 그렇게 기분 나빠하지요?"

분노로 지쳐가는 그레고리우스를 보고 독시아데스가 물었다. 그레고리우스는 편지를 부치지 않았다. 격식을 차리지 않은 독시아데스의 어투가 이상하게 마음에 걸렸다.

그레고리우스는 며칠 전 베른에서 페르시아 철자를 아직 얼마나 기억하고 있는지 시험해보았다. 하지만 떠오르는 건 몇 개 없었다. 그러나 이제 책이 눈앞에 있으니 진도가 빨리 나갔다. 난 늘 그곳에, 먼 시간의 저편에 있다. 결코 그곳을 떠난 적이 없다. 과거로 깊숙이 파고들거나 그곳에서 출발하며 산다. 프라두가 쓴 글이었다. 시간이 몰고 온 수천 가지 변화는, 시간을 초월하는 현재의 이 감각과 비교하면 꿈처럼 덧없고 비현실적이며 환영처럼 우리를 매혹한다.

코르테스 교장실의 원뿔형 햇빛이 움직였다. 그레고리우스는 돌이킬 수 없는 침묵에 잠긴, 돌아가신 아버지의 얼굴을 떠올렸다. 페르시아에 부는 모래 소용돌이에 대한 공포를 아버지에게 말하고 싶었지만, 아버지는 그런 일을 의논할 수 있는 사람이 결코 아니었다.

그레고리우스는 벨렝으로 가는 먼 길을 걸어가기로 했다. 판사가 고통 속에서 침묵하며, 아들의 판단을 두려워하며 살던 집을 지나가도록 방향을 잡았다. 어두운 밤하늘로 삼나무가 치솟아 있었다. 그레고리우스는 아드리아나의 목에 감겨 있던 벨벳 띠 뒤편의 흉터를 생각했다. 불빛이 빛나는 유리창 너머로 방을 오가는 멜로디의 모습이 보였다. 그녀는 이 나무들이 책에 쓰여 있는 붉은 삼나무인지 그 여부를 분명히 알고 있었다. 그리고 붉은 삼나무가 아마데우가 상해 혐의로 고발당할 뻔한 일과 무슨 관계가 있는지도.

실베이라의 집에서 그레고리우스가 맞는 세 번째 밤이었다. 난 여기 산다. 그는 이렇게 중얼거리며 집과 어두운 정원을 거닐다가 바깥으로 나와 동네를 산책했다. 사람들이 요리를 하고 저녁을 먹고 텔레비전을 보고 있었다. 다시 출발점으로 돌아와 흐린 노란색 건물과 불이 켜져 있는 중앙 현관을 바라보았다. 부유한 동네의 우아한 집. 난 지금 여기 산다. 응접실로 들어와서 소파에 앉았다. 그는 부벤베르크 광장에 더는 발을 디딜 수 없었다. 그건 무슨 뜻일까? 시간이 지나면 리스본의 땅은 디딜 수 있을까? 그건 어떤 접촉이 될까? 이 땅을 딛는 나의 발걸음은 어떤 모습일까?

현재를 산다는 것, 이 말은 옳고 훌륭하게 들린다. 짧은 글에서 프라두는 이런 말을 했다. 그러나 내가 원하면 원할수록 그게 무슨 뜻인지 모르겠다.

그레고리우스는 사는 동안 지루하다고 느껴본 적이 한 번도 없었다. 시간을 어떻게 보내야 할지 모르겠다는 말만큼 이해하기 어려운 것도 없었다. 지금도 지루하지는 않았다. 지나치게 큰 이 집의 정적 속에서 느끼는 감정은 지루함과 달랐다. 시간이 멈추어 있었다. 아니, 멈추지는 않았지만 그와 함께 흘러가지도 않았다. 시간은 그를 미래로 데리고 가지 않았다. 그와 상관없이, 그에게 닿지 않은 채 지나갔다.

그는 실베이라의 아들 방으로 가서 심농이 쓴 소설 제목을 살펴보았다. 《지나가는 기차를 보는 남자》라는 소설은 잔 모로의 흑백 사진이 있던 영화 포스터, 부벤베르크 극장의 광고판에 붙었던 제목이었다. 어제로 꼭 삼 주 전 월요일, 그가 일상에서 도망쳤을 때의 일이었다. 영화 촬영 시기는 아마 1960년대였을 것이다. 40년, 그건 얼마나 긴 세월일까?

그는 프라두의 책을 펴지 못하고 망설였다. 두 사람의 편지, 특히 아버지의 편지는 그에게 뭔가 변화를 가져왔다. 그러나 결국은 책장을 넘기기 시작했다. 이제 읽지 않은 장은 얼마 남지 않았다. 마지막 문장을 읽고 나면 과연 어떤 느낌일까? 그는 언제나 마지막 문장을 두려워했다. 책을 중간쯤 읽다 보면 어쩔 수 없이 그 문장과 맞닥뜨려야 한다는 생각에 늘 고통스러웠다. 이 책은 지금까지 그랬던 것보다 훨씬 힘들 터였다. 히르셴그라벤의 에스파냐 책방에서 지금까지 그와 연결된, 눈에 보이지 않는 끈이 끊어지는 느낌. 마지막 쪽을 넘기길 망설일 테고, 시선도 되도록 천천히 움직이겠지. 한 쪽을 한꺼번에 볼 수는 없으니까. 마지막으로 사전을 찾을 때는 필요 이상으로 자세히 보면서 시간을 끌 테고. 마지막 단어, 마지막 마침표. 그러면 그는 리스본에 정말 도착해 있을 것이다. 포르투갈에 있는 리스본에.

_수수께끼 같은 시간

한 달이 얼마나 긴 지 알아내는 데 1년이 걸렸다. 작년 10월 마지막 날의 일이었다. 매년 일어나는 일인데도 늘 처음 경험하는 일처럼 혼란스러웠다. 파리한 새 아침의 햇살이 겨울을 알렸다. 타는 듯이 반짝이지도, 아프도록 눈부시지도, 그늘로 도망치고 싶을 만큼 뜨겁지도 않았다. 부드럽고 온화한 햇빛이 이제 더 짧아질 날들을 예고했다. 내가 우스꽝스럽게 어쩔 줄 모르며 새 햇빛을 거부하고, 그것이 마치 맞서싸워야 할 적이라도 되는 듯이 생각한 건 아니었다. 오히려 세상이 여름의 날카로운 모서리를 잃고 단호함을 덜 강요하는 흐릿한 윤곽을 보이면, 우리는 힘이 덜 든다.

나를 놀라게 한 것은 새 햇빛의 창백한 우윳빛 베일이 아니었다. 부러지고 약화된 빛이, 자연의 한 주기와 내 삶의 일부분인 돌이킬 수 없는 종말을 다시 한번 알려준다는 사실이었다. 3월 말 이래로, 햇빛이 드는 카페에서 쥐었던 컵 손잡이가 뜨거워 움찔 놀랐던 그날 이후로 난 뭘 했던가? 그때 이후로 흐른 시간은 얼마나 긴가, 아니면 얼마나 짧은가? 일곱 달, 그건 얼마나 되는 시간인가?

난 보통 부엌을 피한다. 그곳은 아나의 제국일뿐더러, 그녀가 프라이팬으로 힘차게 곡예를 부리는 게 왠지 마음에 들지 않는다. 그러나 난 그날, 뭐라고 이름을 붙여야 할지 알 수 없지만 이미 일어난 그 소리 없는 충격을 이야기할 누군가가 필요했다.

"한 달은 얼마나 되지?"

난 이런저런 설명 없이 대뜸 물었다.

가스 불을 막 켜려던 아나가 성냥을 껐다.

"무슨 뜻이죠?"

그녀의 이마에 풀지 못할 수수께끼를 마주한 사람처럼 주름이 잡혔다.

"한 달의 길이가 얼마나 되냐고."

그녀는 시선을 내리깔고 당황하여 손을 마주 비볐다.

"그러니까 어떨 때는 30일이고, 어떨 때는……."

"그거야 나도 알아."

난 무뚝뚝하게 말했다.

"내가 한 질문은 그게 얼마나 긴가 하는 거야."

아나는 손이 어색한지 요리 스푼을 들었다.

"언젠가 제 딸이 아파서 거의 한 달 동안 돌보았어요."

아나는 말 한마디가 환자를 무너뜨려 그가 다시는 회복하지 못할 것을 염려하는 정신과 의사처럼 망설이며 조심스럽게 이야기를 시작했다.

"하루에도 여러 번 수프를 들고 쏟아지지 않게 조심하며 계단을 오르락내리락했어요. 그 시간은 참 길었어요."

"그러면 그다음에는? 나중에 생각해보니 말이야."

자기가 영 틀린 대답을 한 게 아니라는 걸 알고 안도했다는 듯 아나가 살짝 미소를 지었다.

"여전히 길었어요. 하지만 어딘가 모르게 점점 짧게 느껴지기는 했어요. 잘 모르겠어요."

"수프를 나르던 그 시간, 그때가 지금 그리워?"

아나는 요리 스푼을 이리저리 휘젓다가 앞치마에서 손수

건을 꺼내 코를 풀었다.

"제가 물론 딸을 기꺼이 돌보기는 했지요. 딸아이도 아직 고집을 부릴 나이도 아니었고요. 하지만 그래도 그 시간을 또 겪고 싶지는 않아요. 무슨 병인지, 위험한 건지 알 수 없어서 계속 불안했거든요."

"내 질문의 의도는 약간 달라. 그 한 달, 그 시간이 지나간 걸 아쉬워하냐고. 그 시간으로 이제 아무것도 할 수 없다는 게 말이지."

"글쎄요, 어쨌든 그 시간은 지나간걸요."

그녀는 이제 더는 신중한 의사가 아니라 위축된 수험생처럼 보였다.

"그래, 알았어."

난 이렇게 대답하고 문 쪽으로 향했다. 나가려는데 아나가 다시 성냥불을 켜는 소리가 들렸다. 나에게 정말 중요한 주제에 관한 이야기를 할 때, 왜 난 항상 다른 사람들의 말에 무뚝뚝하고 거칠게 굴며 감사할 줄 모를까? 중요한 것을 다른 사람들로부터—그 사람들이 내게서 그걸 빼앗을 의도가 전혀 없음에도—온 힘을 다해 지켜야 한다는 욕구는 어디에서 오는 걸까?

다음 날인 11월 첫째 날 아침 여명. 세상에서 가장 아름다운 거리인 아우구스타 거리의 끝 쪽 물굽이로 갔다. 이른 아침 창백한 햇빛 속에서 바다는 흐릿한 은으로 만든 편평한 표면처럼 보였다. 나를 침대에서 몰아낸 생각은, 한 달의 길이는 얼마인지 정신이 아주 또렷한 상태에서 알아보자는 것이었다. 카페에는 손님이 아무도 없었다. 컵에 음료수가 몇 모금 남지 않자 나는 마시던 속도를 늦추었다. 컵이 비면 뭘 해야 할지 알 수 없었다. 그냥 이렇게 앉아 있는다면 11월의 첫째 날은 무척이나 긴 시간이 될 것이었다. 내가 알고 싶었던 것은 아무것도 하지 않는 사람에게 한 달의 길이는 얼마일까라는 문제가 아니었다. 그렇다면 내가 알려던 건 무엇인가?

난 가끔 아주 느리다. 11월 초순의 햇빛이 다시 부서지는 오늘에 와서야 내가 아나에게 던졌던 질문—돌이킬 수 없음, 허무함, 후회, 슬픔—은 그동안 내가 계속 생각해오던 물음이 아니라는 것을 깨달았다. 내 질문의 요지는 그게 아니었다. 우리 곁을 지나 흘러가거나 감수해야만 하거나 손가락 사이로 모두 빠져나가서 잃어버리고 놓쳤다고 생각되는 시간, 그 시간이 지나가서 슬픈 게 아니라 아무것도 할 수 없었기 때문에 슬픈, 그런 시간에 관한 게 아니었다. 나는 한 달이란 시간을 충만한 것으로, 직접 경험한 것으로 말할 수 있는 근거에 대해 묻고 싶었다. 그러므로 내가 하려던 질문은 한 달의 길이가 아니라 한 달이라는 시간을 자기 자신을 위해 어떻게 사용할 수 있을까였다. 한 달이 완전히 내 것이었다는 생각이 들 때는 과연 언제인가?

내가 한 달이 얼마인지 알아내는 데 1년이 걸렸다고 말한다면 이는 잘못된 말이다. 사실은 내가 한 달의 길이라는 혼

란스러운 질문을 하면서 무엇을 알고 싶어하는지 이해하는
데 1년이 걸렸다고 해야 옳다.

다음 날 이른 오후, 그레고리우스는 어학원에서 돌아오는 길에
마리아나 에사를 만났다. 그녀가 모퉁이를 돌아 가까이 오는 모
습을 본 순간, 그는 자신이 왜 그녀에게 전화 걸기를 꺼려했는지
불현듯 깨달았다. 그가 현기증에 대해 이야기하면 그녀는 그 원
인이 뭔지 곰곰이 생각했을 것이다. 그는 그 이야기를 듣고 싶지
않았던 것이다.

마리아나가 커피를 마시자고 했다.

"삼촌이 선생님 이야기를 하더군요. 일요일 오전 내내 기다린
다고요. '나도 이유는 모르겠다만, 그 사람에게는 내 마음속 이야
기를 털어놓을 수 있다. 그런다고 고통의 기억이 사라지지는 않
지만, 몇 시간 동안은 편해지거든.' 이런 이야기였어요."

그레고리우스는 마리아나에게 아드리아나와 시계, 조르즈와
체스 클럽, 실베이라의 집에 대해 이야기했다. 베른으로 갔던 이
야기도 하려다가 그만두었다. 그건 설명할 수 있는 이야기가 아
니었다.

그가 이야기를 마치자 그녀는 새 안경이 어떠냐고 물으면서
진찰하려는 듯 눈을 가늘게 떴다.

"너무 조금 주무시는군요."

그레고리우스는 처음 진찰을 받던 날 아침, 마리아나의 책상
앞 소파에 계속 앉아 있고 싶던 그때를 떠올렸다. 상세한 진찰,

배를 타고 함께 카실랴스로 갔던 일, 나중에 그녀의 병원에서 마신 금빛이 도는 붉은색 아삼 차.

"요즘 가끔 어지러워요."

잠깐 사이를 두었다가 그가 말을 이었다.

"두렵군요."

한 시간 뒤 그레고리우스는 병원을 나왔다. 마리아나는 그의 시력을 다시 한번 검사했고 혈압도 쟀다. 그는 앉았다 일어나기를 몇 번 되풀이했고 평형감각 테스트도 했으며, 현기증을 아주 자세히 묘사해야 했다. 진찰이 끝나자 그녀는 신경과 전문의의 주소를 적어주었다.

"심각한 증상은 아닌 것 같네요."

그녀가 말했다.

"최근 선생님 삶에 얼마나 많은 변화가 있었는지 고려하면 사실 놀랄 일도 아니죠. 그래도 일상적인 검사 몇 가지를 해야 해요."

그레고리우스는 프라두의 병원 벽에 있는, 뇌 지도가 걸려 있던 사각형 모양의 빈자리를 생각했다. 마리아나는 그의 얼굴에 묻어나는 공포를 알아챘다.

"종양 증세는 아주 다르답니다."

그녀가 그의 팔을 쓰다듬으며 말했다.

멜로디의 집은 병원에서 멀지 않았다.

"한 번 더 오시리라고 생각했어요."

문을 열어준 그녀가 말했다.

"다녀가신 후로 며칠 동안 오빠가 옆에 있는 듯 생생했답니다."

그레고리우스는 그녀에게 아버지와 아들의 편지를 읽으라고
건네주었다.

"이건 부당해요."

아버지 편지의 마지막 문장을 읽고 나서 그녀가 말했다.

"부당해요, 정정당당하지 못해요. 오빠가 아버지를 죽음으로
몰아간 것 같잖아요. 아버지 주치의는 현명해서 수면제를 아주
조금씩만 처방했어요. 하지만 아버지는 기다렸어요. 인내는 아버
지의 강점이었으니까요. 침묵하는 돌과 같은 인내. 어머니는 이
미 짐작하고 있었어요. 다른 일도 언제나 예견할 수 있었고…….
하지만 어머니는 그 일이 일어나지 않게 조처를 취하지는 않았어
요. '이제 네 아버지는 아프지 않아.' 관 뚜껑을 닫기 전에 엄마가
한 말이에요. 이렇게 말하는 엄마가 좋았어요. '그리고 이제 고통
을 겪지 않아도 돼요.' 내가 말했지요. 그러자 엄마는 '그래, 그것
도……'라고 했고."

그레고리우스는 아드리아나를 찾아갔다는 이야기를 했다. 멜
로디는 오빠가 죽은 다음에는 파란 집에 한 번도 가지 않았지만,
언니가 그곳을 시간이 정지한 박물관과 신전으로 만든 것은 충분
히 상상할 수 있다고 했다.

"언니는 어릴 때부터 오빠를 존경했어요. 오빠는 못하는 게 없
었으니까요. 아버지에게조차 반항할 수 있는 사람, 아버지에게!
오빠가 코임브라로 유학 간 지 1년 뒤, 언니는 중등학교 건너편
에 있는 여학교로 전학했어요. 마리아 주앙도 예전에 그 학교에
다녔죠. 그곳에서 오빠는 과거의 영웅이었고, 언니는 영웅의 동

생이라는 명성을 누렸어요. 하지만 오빠가 언니의 목숨을 구한 그 드라마가 없었더라면 상황은 다르게, 그러니까 더 정상적으로 진행되었을 거예요."

그 일은 아드리아나가 열아홉 살 때 일어났다. 집에 온 아마데우는 의사고시 직전이라 밤낮으로 책에 묻혀 있었고, 식사 시간에만 아래층으로 내려왔다. 아드리아나가 음식을 잘못 삼킨 건 식구들이 모여 식사를 하던 자리에서였다.

"우린 모두 식사 중이었어요. 처음에는 아무것도 몰랐죠. 언니가 색색거리는 아주 이상한 소리를 내서 쳐다보니 양손으로 목을 감싸 쥔 채 발로 바닥을 다급하게 구르고 있었어요. 오빠는 내 옆에 앉아 있었지만 온통 시험 생각뿐이었죠. 우린 그때 오빠가 아무 말도 없이 유령처럼 식탁에 앉아 음식을 마구 퍼 넣는 모습에 익숙했어요. 내가 오빠를 팔꿈치로 치며 언니를 가리켰어요. 오빠는 무슨 일인지 몰라 쳐다보더군요. 숨을 못 쉬어 얼굴이 자주색이 된 언니가 어쩔 줄 모르는 눈길로 오빠를 쳐다봤어요. 그때 오빠 얼굴 표정은, 어떤 일을 금방 이해하지 못할 때면 늘 나타나던 '성난 집중'이었어요. 우리 모두 익히 알고 있던 표정……

오빠가 벌떡 일어나자 의자가 뒤로 넘어갔어요. 오빠는 언니에게 성큼성큼 다가가 겨드랑이 아래를 붙들어 일으키고는, 등이 오빠 쪽으로 오게 돌려 세웠어요. 그러고선 어깨를 붙들고 숨을 한 번 크게 들이쉬더니 언니 명치를 있는 힘을 다해 밀어 올리듯 압박했어요. 하지만 언니 목구멍에서는 숨이 막혀 색색거리는 소리만 들렸을 뿐, 다른 변화는 없었어요. 오빠는 두 번 더 똑같은 방법을 써보았지만 기도로 들어간 고기 조각은 움직이지 않았어요.

그다음에 일어난 일은 우리 가족 모두의 기억 속에 영원히 각인 됐어요. 매 순간, 모든 동작이⋯⋯. 오빠는 언니를 다시 의자에 앉히고 나를 불렀어요. 그러고 언니 머리를 뒤로 젖히더니 나더러 꽉 잡으라고 했어요.

'아주 세게!'

오빠가 잠긴 목소리로 소리쳤어요.

그러고는 자기 자리에 있던 날카로운 고기용 나이프를 들고 냅킨에 닦았어요. 우린 모두 숨이 멎어버렸고⋯⋯.

'안 돼!'

어머니가 소리쳤어요.

'안 된다!'

오빠는 그 소리를 듣지 못하는 것 같았어요. 오빠는 말 타듯이 언니 무릎에 올라앉아 눈을 똑바로 들여다보며 말했어요.

'해야 돼.'

차분했던 오빠의 그 목소리를 떠올리면 난 지금도 놀라움을 금치 못해요.

'그렇지 않으면 넌 죽는다. 손 치우고, 날 믿어.'

언니가 목에서 손을 뗐어요. 오빠는 집게손가락으로 갑상연골과 윤상연골 사이 움푹한 곳을 더듬어보고, 칼끝을 그곳 가운데에 가져다 댔어요. 그러고 숨을 깊게 들이마시고 눈을 잠깐 감았다가 뜨고는 칼을 찔러 넣었어요.

나는 언니 머리를 나사 바이스처럼 꽉 잡고 있는 데 온 정신을 쏟고 있던 터라 나중에 오빠 옷에 묻은 것만 봤을 뿐, 피가 튀는 순간은 보지 못했어요. 언니 몸이 축 늘어졌어요. 오빠가 기도로 통하는 길을 찾았다는 건, 언니가 새로 생긴 틈으로 공기를 빨아들이느라고 내는 바람 소리로 알 수 있었어요. 눈을 뜬 나는 오빠가 칼끝으로 상처 부위를 절개하는 모습을 보고 놀랐어요. 그건 아주 끔찍하고 잔인해 보였는데, 그렇게 기도를 열어두어야 한다는 건 나중에야 알았어요. 오빠는 셔츠 주머니에서 볼펜을 꺼내 입에 물더니, 한 손으로 위쪽을 돌려서 심을 꺼내고 볼펜 아래 부분을 관처럼 상처에 집어넣었어요. 그런 다음 천천히 칼을 꺼내고 볼펜을 꽉 잡았어요. 언니 호흡은 여전히 급했고 색색 소리를 냈지만, 차츰 자주색 얼굴빛이 제 색을 찾으면서 살아났어요.

'구급차!'

오빠가 소리쳤어요.

아버지가 충격에서 깨어나 전화가 있는 곳으로 갔고, 우린 목에 볼펜이 꽂혀 있는 언니를 소파로 옮겼어요.

'어쩔 수 없었어.'

오빠가 언니의 머리를 쓰다듬으며 말했어요.

몇 분 후에 집에 온 의사가 오빠 어깨에 손을 얹고 말하더군요.

'정말 위급한 상황이었네. 자네 나이에 이만한 순발력과 용기라니……'

언니가 구급차에 실려 간 뒤 오빠는 피가 튄 셔츠를 입은 채 식탁 자기 자리에 앉았어요. 아무도 말을 꺼내지 않았어요. 내 생각에 그게 오빠에게 가장 끔찍한 일이었을 거예요. 아무도 뭔가 이야기를 하지 않았다는 것…… 의사가 한 몇 마디 말로 오빠가 올바르게 처치를 해서 언니 목숨을 구했다는 걸 알 수 있었죠. 하지만 아무도 입을 열지 않았어요. 식당 안은 오빠의 냉혹함에 놀란 침묵으로만 가득했어요. '그 침묵은 날 백정처럼 보이게 했어.' 몇 년 뒤 우리가 그 일에 대해 단 한 번 이야기를 꺼냈을 때 오빠가 말하더군요.

우리가 그 순간 자기를 완벽하게 홀로 내버려두었다는 사실을 오빠는 결코 극복하지 못했어요. 가족과의 관계에도 변화가 생겼죠. 그때부터 오빠는 집에 오는 일이 점차 드물어졌고, 와서도 그저 예의 바른 손님일 뿐이었지요.

그날 오빠는 갑자기 침묵을 깨고 몸을 떨기 시작했어요. 오빠는 손으로 얼굴을 가리고 눈물도 흘리지 못하며 흐느꼈어요. 온몸이 떨리던 그 흐느낌이 아직도 내 귀에 들려요. 우린 그래도 오빠를 혼자 내버려뒀어요. 내가 오빠 팔을 손으로 쓰다듬었지만, 그건 위로가 되지 못했어요. 난 겨우 여덟 살짜리 어린 동생이었을 뿐이니까. 오빠에게는 그것과는 아주 다른 뭔가가 필요했는데…….

원하던 것을 얻지 못하자 오빠는 폭발해버렸어요. 벌떡 일어나 자기 방으로 뛰어 올라가더니 의학책을 가지고 달려 내려와 온 힘을 다해 식탁에 내던졌어요. 나이프와 포크와 스푼이 접시에 부딪치고, 컵들이 요란한 소리를 냈어요.

'여길 봐요!'

오빠가 소릴 질렀어요.

'여기 나와 있어요. 윤상갑상연골절개술이라는 거예요. 왜 날 그렇게 뚫어지게 보는 거예요? 멍청하게 그냥 앉아 있기만 했으면서! 내가 그렇게 하지 않았더라면 아드리아나는 죽었어요!'

언니는 병원에서 수술을 받았고, 이 주 동안 입원했어요. 오빠는 매일 병원에 갔어요. 언제나 혼자였죠. 우리와 같이 가는 걸 원하지 않았으니까. 언니는 오빠에 대한 고마움으로 가득했는데, 그건 거의 종교적이었어요. 목에 붕대를 감고 창백한 얼굴로 침대에 누워 그 극적인 순간을 계속 되뇌었어요.

'오빠가 찌르기 직전에, 창밖에 있던 삼나무가 붉게 물들었어. 핏빛으로……. 그리고 난 정신을 잃었다.'

내가 혼자 있을 때 언니가 그러더군요."

멜로디 말에 따르면 아드리아나는 자기 목숨을 구한 오빠를 위해 평생 헌신해야 한다고 결심하며 퇴원했다. 아마데우는 도리어 섬뜩함을 느꼈다. 그는 동생의 생각을 바꾸어놓으려고 무척 애를 썼다. 자기를 사랑하는 프랑스 남자를 만나는 동안 아드리아나는 오빠를 위해 헌신할 생각을 잊었고, 극적인 사건은 그렇게 빛이 바래는 듯했다. 그러나 이 사랑은 아드리아나의 임신과 함께 끝났다. 이번에도 아마데우가 수술을 받은 아드리아나 옆을 지켰다. 그는 파티마와의 여행을 포기하고 영국에서 돌아왔다. 아드리아나는 학교를 마친 뒤 간호조무사 교육을 받았고, 그로부터 3년 뒤 아마데우가 파란 병원을 개업하자 지극히 당연하게 그곳에서 일하게 됐다. 파티마는 그녀와 같은 집에서 살기를 거부했다. 아드리아나는 집을 나가면서 엄청난 소란을 피웠다. 아드리아나는 파티마가 죽은 지 일주일도 지나지 않아 병원으로 옮겨 왔다. 아마데우는 아내의 죽음으로 완전히 제정신이 아니어서 그녀에게 아무런 저항도 하지 못했다. 아드리아나가 이겼던 것이다.

35

"난 가끔 오빠의 영혼이 다른 그 무엇보다도 언어로 이루어졌다고 생각했어요."

이야기를 마친 멜로디가 말했다.

"다른 사람에게서는 한 번도 그런 느낌을 받지 못했어요."

그레고리우스는 멜로디에게 동맥류에 대한 아마데우의 글을 보여주었다. 그녀도 그 일은 모르고 있었지만, 읽고 보니 뭔가 생각나는 게 있다고 말했다.

"오빠는 누군가 지나가다, 흘러가다, 흘러가 없어지다 등과 관련이 있는 단어를 말할 때마다 깜짝 놀랐어요. 지금 특히 기억나는 단어는 '코헤르correr: 흐르다'와 '파사르passar: 지나가다'예요. 꼭 그 단어들이 아니더라도 오빠는 말에 격렬하게 반응했어요. 말이 사물보다 훨씬 중요하다는 듯이. 이게 오빠를 이해하려는 사람이 알아야 할 가장 중요한 점이었지요. 오빠는 잘못된 단어의 독재와 올바른 단어의 자유, 유치한 말 때문에 생기는 보이지 않는 감옥과 시의 광채에 대해 말하곤 했어요. 오빠는 언어에 정신을 잃은, 언어에 강박관념을 지녔던 사람이라 잘못된 단어 하나에 칼로 찔린 것보다 더 큰 상처를 받았어요. 그런데 갑자기 덧없음이나 무상함과 같은 단어들에 격한 반응을 보이더군요. 오빠가 우리 집에 찾아와서 이런 반응을 처음 보이던 날, 남편과 나는 밤에 몇 시간 동안이나 그 이유를 생각했어요. '그 단어는 쓰지 마, 제발 쓰지 마!'라고 말했으니까. 오빤 화산과도 같은 사람이라 우린 이유가 뭔지 감히 묻지 못했어요."

그레고리우스는 실베이라의 응접실 소파에 앉아 멜로디가 준 프라두의 글을 펼쳤다.

헤어지기 전 멜로디가 말했다.

"오빠는 이게 읽지 말아야 할 사람의 손에 들어갈까 무척이나 불안해했어요. 오빠는 '차라리 없애는 게 낫겠다'라고 했다가 가지고 있으라며 나에게 주었어요. 오빠가 죽은 다음에 열어보라고 하더군요. 그걸 읽으니 눈을 가리고 있던 꺼풀이 벗겨지는 듯하더군요."

프라두는 그 글을 어머니가 돌아가신 해 겨울에 썼고, 파티마가 죽기 얼마 전 봄에 멜로디에게 주었다고 했다. 글은 모두 세 편이었는데, 시작하는 문장이 모두 다른 종이에 쓰여 있었고 잉크 명암도 서로 달랐다. 어머니에게 작별을 고하는 글이었지만 '어머니에게'라는 말은 없었고, 대신 책에 있는 많은 글처럼 제목이 붙어 있었다.

_어머니와의 실패한 이별

어머니, 어머니와의 이별에 실패했어요. 어머니는 이제 여기 계시지 않아요. 진실한 이별은 만남이어야 했는데. 저는 너무 오래 기다렸어요. 그건 우연이 아니었어요. 진실한 이별과 비겁한 이별 사이에는 어떤 차이가 있을까요? 어머니와의 진실한 이별은 어머니와 저 사이가 어땠는지 의견의 일치를 보는 시도였어야 하겠지요. 두 사람이 헤어지기 전에 서로 어떻게 생각했는지, 서로를 어떻게 경험했는지, 두 사람 사이에 이루어진 것과 실패한 것이 무엇인지 알려주는 게 이 단어가 지닌 완벽하고 중요한 의미에 맞는 이별일 테니까요. 여기에는 부조화의 고통을 견딜 수 있는 용기가 필요하고, 불가능했던 것을 인정하는 것도 속하지요. 이별은 자기 자신과도 관계가 있어요. 다른 사람들 앞에서 스스로의 편에 서는 것이지요. 이에 비해 금빛 광채로 빛나는 기억은 잘 닦아두고, 어두웠던 기억은 지워버리는 건 비겁한 작별이에요. 과거를 미화하면서 사람들은 자신의 어두운 면을 인정할 때보다 더 많은 것을 잃어버리죠.

어머니는 저에게 연기를 했어요. 이제 오래전에 어머니에게 했어야 할 이야기를 하려고 해요. 그건 다른 그 무엇보다도 더 심하게 제 삶에 부담을 주었던 음험한 연기였어요. 어머니가 저에게 전하는 메시지는 의심의 여지가 없이 분명했어요. 어머니는 저에게, 어머니의 아들인 저에게 최고가 될 것을 요구했어요. 어디에서 최고가 되는지는 중요하지 않았어요. 하지만 제가 보여주어야 할 성과는 다른 사람들보다 더 뛰어나야 했지요. 그것도 조금이 아니라 하늘만큼 뛰어나야 했어요. 음험하다고 표현한 이유는 어머니가 저에게 한번도 그런 말을 한 적이 없기 때문이에요. 어머니는 기대를 말로 표현한 적이 없어요. 그래서 난 내 의견을 말할 수도, 생각을 할 수도, 어떤 느낌으로 부딪쳐볼 수도 없었어요. 하지만 저는 알고 있었지요. 저항할 수 없는 아이에게 매일 한 방울 한 방울씩 떨어뜨리는 인식, 아이가 전혀 깨닫지도 못하는 사이에 소리 없이 자라는 인식도 있으니까요. 눈에 보이지 않는 이 인식은 음험한 독처럼 아이에게 퍼져 육체와 영혼의 조직에 스며들고, 아이 인생의 색깔과 명암을 결정해요. 이렇듯 알지 못하는 사이에 효력을 발휘한 비밀스러운 인식으로부터 눈에 보이지 않아 찾을 수도 없는 유령이 생겨났어요. 불안한 공명심을 지닌 잔인한 거미가, 저 자신을 향한 완고하고도 무자비한 기대라는 유령이. 시간이 흐른 뒤 자유로워지기 위해 저는 속으로 얼마나 자주, 얼마나 심각하게, 얼마나 우스꽝스러운 모습으로 번민했던지요! 하지만 점점 더 옭매일 뿐이었어요. 어머니 앞에서 저항한다는 건 불가능했어요. 어머니의 연기는 실수 하나 없이 너무도 완벽한, 압도적이고 놀랄 만큼 완전무결한 걸작이었으니까요.

연기를 완벽하게 한 건 어머니가 숨이 막히는 이 기대를 말로 표현하지 않았을 뿐 아니라 오히려 반대되는 말과 행동으로 그걸 덮었다는 점이에요. 의식적이고 교활하고 비열한 계획이었다고 말하지는 않겠어요. 그게 아니라 어머니는 자신의 헛된 말을 스스로 믿은, 어머니의 지적 능력을 훨씬 능가하는 가면의 희생자였어요. 그때부터 저는 사람들이 전혀 의식하지도 못하면서 내면 깊숙이까지 얼마나 뒤엉켜 섞인 채 서로를 바라볼 수 있는지 알게 됐어요.

어머니가 낯선 영혼을 만드는 오만한 조각가가 되어 저를 당신의 뜻대로 만든 인위적인 방법에는 어머니가 지어준 제 이름 '아마데우 이나시우'도 있어요. 가끔 이름이 지닌 화음에 대해 말하는 사람도 있긴 하지만, 사람들 대부분은 제 이름을 들어도 별다른 생각을 하지 않아요. 하지만 저는 알아요. 어머니 목소리의 울림, 허영의 예배로 가득한 그 울림이 제 귀에 들리니까요. 저는 천재여야 하고, 신의 민첩함도 지녀야 한다는 거지요. 그리고 동시에―동시에 말이에요!―성 이그나시우스의 잔인한 냉엄함을 구현해야 하고, 성직자로서 최고 지휘관의 능력도 본받아야 하고요.

이게 나쁜 말인 줄은 알지만, 다르게 표현할 수 없어요. 제 삶은 어머니의 독에 의해 결정됐다는 것……

숨어 있는 실존감, 반대되는 가면을 쓴 채 내 인생을 결정한 부모의 실존감이 나에게도 있었을까? 조용한 벨렝 거리를 걸으며 그레고리우스는 생각에 잠겼다. 그는 어머니가 청소 일로 번 돈을 적어두던 얇은 노트를 떠올렸다. 어머니는 값싼 안경―의료보험으로 지불한 테와 언제나 지저분한 알―너머로 그를 보았다. 얼굴에는 피곤이 가득했다. "한 번만 바다를 더 보면 좋겠구나. 하지만 우리 형편에 그건 안 되겠지." 어머니에게는 뭔가 아름다운 것, 빛나는 것—그가 생각한 지 이미 오래된—이 있었다. 그것은 청소를 하는 집 사람들을 길에서 만날 때 어머니가 보이던 품위였다. 비굴함이라고는 찾아볼 수 없었다. 어머니는 무릎으로 기어 다니며 청소를 했지만 시선은 그 대가를 지불하는 사람들과 같은 높이에 있었다. 저래도 되나? 그레고리우스는 어릴 때 이렇게 생각한 적이 있지만, 나중에는 어머니의 이런 모습을 볼 때면 자랑스러웠다. 책을 읽는 시간이 드물었던 어머니가 의지했던 책이 루트비히 강호퍼의 향토소설이 아니었더라면 얼마나 좋았을까. "이제 너도 책 속으로 도망치는구나." 어머니는 책을 좋아하지 않았다. 그는 그게 슬펐지만, 어머니는 책을 읽는 사람이 아니었다.

"세상에 어떤 은행이 우리에게 대출을 해주겠소." 아버지의 목소리가 귀에 들려왔다. "더구나 그런 일에." 페르시아 문법책을 살 돈 13프랑 30을 한 푼씩 그의 손에 세며 놓아주던, 손톱을 너무 짧게 깎은 아버지의 큰 손이 떠올랐다. "정말 가고 싶은 거냐?" 아버지가 물었다. "거긴 너무 멀지 않니. 우리에게 익숙한 것과 너무 달라. 글자조차도 너무 달라서 글자처럼 보이지 않아. 네가 가면 우린 더는 네 소식을 들을 수 없겠구나." 그레고리우스가 돈을 도로 가져다주었을 때, 아버지는 그 큰 손으로 그의 머리를 쓰다듬었다. 애정을 드러내는 일이 아주 드물었던 손.

'세상에나'로 불린 에바의 아버지 무랄트 씨는 판사였다. 학생

축제가 열릴 때 잠깐 학교에 들른 그는 거인처럼 보였다. 그레고리우스는 고통을 겪는 엄한 판사 아버지와 공명심이 강한 어머니—신처럼 떠받드는 아들을 통해 자기 인생을 살았던—아래에서 자랐더라면 어땠을까 생각했다. 그래도 문두스가, 파피루스가 되었을까? 그런 일을 미리 알 수 있을까?

공기가 차가운 밤, 바깥에 있다가 따뜻한 실내로 돌아오자 현기증이 일었다. 그레고리우스는 아까 앉았던 소파에 다시 앉아 현기증이 가라앉길 기다렸다. "최근 선생님 삶에 얼마나 많은 변화가 있었는지 고려하면 사실 놀랄 일도 아니죠." 마리아나 에사의 말이 떠올랐다. "종양 증세는 아주 다르답니다." 그레고리우스는 의사의 목소리를 머릿속에서 지우고 다시 글을 읽기 시작했다.

제가 어머니에게 처음 실망을 한 건 아버지의 직업과 관련된 제 질문을 어머니가 들으려고 하지 않았을 때였어요. 저는 이런 생각을 해보았지요. 어머니는 후진국 포르투갈에서 무시당하는 여성의 처지여서 자신은 그런 생각을 할 수 없다고 스스로 생각한 걸까? 법이나 법정은 남자들하고만 관계가 있는 일이라서? 아니면 더 나쁜 이유에서, 즉 아버지의 일에 대해서는 단순히 아무런 의문도, 아무런 의심도 없었기 때문일까? 타하팔에 있는 사람들의 운명은 어머니와 아무런 관계가 없어서?

아버지더러 그저 경고의 표시로만 존재하는 대신 우리와

이야기하라고 왜 강요하지 않으셨나요? 그런 상황을 통해 커지는 어머니의 권위를 즐기셨나요? 어머니는 침묵하는 공범, 아이들에게 그렇지 않은 척 가장한 뛰어난 공범이었어요. 그리고 아버지와 우리 사이의 중재자로서도 탁월했어요. 어머니가 즐기던 그 역할에는 허영심도 있었어요. 그건 운신할 폭이 좁았던 부부 관계에 대한 복수였을까요? 사회적으로 인정을 받지 못하는 것. 그리고 아버지의 고통이라는 짐에 대한 보상?

어머니는 왜 제가 반항하기만 하면 바로 무너졌나요? 왜 버티지 않았나요? 그런 관계를 통해 저 또한 갈등을 견딜 수 있게 왜 가르쳐주지 않았나요? 제가 갈등을 해결하는 방법을 자연스럽게 배우는 대신 공부하듯 책으로 배우기를, 그래서 갈등을 겪을 때마다 평정심을 잃어버리고 폭발하는 사람이 되길 바라셨나요?

왜 아버지와 어머니는 제가 뭘 좋아해야 할지 결정하고 부담을 지웠나요? 왜 아드리아나와 멜로디에게는 바라는 게 그리도 적었어요? 부족한 신뢰 때문에 그 아이들이 받았을 굴욕은 왜 느끼지 못했나요?

하지만 어머니, 어머니와 작별하면서 할 말이 이게 다라면 옳지 않겠지요. 아버지가 돌아가시고 난 뒤 6년 동안 저는 어머니에게서 새로운 걸 느꼈어요. 어머니에게 그런 감정이 생겨 기뻤어요. 아버지의 무덤에 서 있을 때 어머니에게서 보았던 상실감에 저는 깊은 감명을 받았고, 어머니가 평온을

회복할 수 있는 종교적 관습을 따르고 계셔서 다행이라고 생
각했어요. 그리고 정말 기뻤던 일은 자유의 첫 신호가 예상
보다 빨리 나타난 거였지요. 어머니가 처음으로 자신의 삶을
사는 것처럼 보였으니까. 첫 해에 어머니는 우리 파란 집으
로 자주 오셨어요. 그래서 파티마는 어머니가 이제 저에게,
우리 부부에게 매달릴까 걱정했지요. 하지만 그게 아니었어
요. 내부의 힘까지도 결정하던 인생의 골조가 무너진 다음,
어머니는 결혼을 너무 일찍 해서 잃었던 자신의 삶, 가족 안
에서의 역할을 벗어난 삶을 발견하는 듯했어요. 어머니는 책
을 찾아서는, 서툴고 경험도 없지만 호기심 많은 어린 학생
처럼 눈을 반짝이며 읽었어요. 어머니는 저를 못 보셨지만
언젠가 책방에서 어머니를 본 적이 있어요. 책장 앞에 서서
책을 펼쳐 들고 계셨지요. 어머니, 그 순간 어머니를 정말 사
랑했어요. 어머니에게 다가가려다가 그러면 안 될 것 같아
그만두었어요. 그랬더라면 아마 어머니는 옛날의 삶으로 돌
아갔을 테니까요.

36

그레고리우스는 코르테스 교장의 방을 거닐며 모든 사물을 베
른 사투리로 말해보았다. 그런 다음 어두컴컴하고 차가운 중등학
교 복도를 지나가며 그곳에 있는 모든 것의 이름을 베른 사투리

로 다시 불러보았다. 화가 나서 크게 내뱉은 뾰족한 단어들이 건물에 울려 퍼졌다. 누군가 이 모습을 보았더라면 뭔가에 정신이 홀린 사람이 폐허가 된 건물에서 길을 잃었다며 놀랐을 터였다.

증상은 아침에 어학원에서부터 시작됐다. 아주 간단한 포르투갈어, 여행을 떠나기 전에 들었던 어학 CD의 1과에서부터 알고 있던 단어가 갑자기 생각나지 않았다. 두통 때문에 지각한 세실리아가 농담을 하려다 말고 윙크를 보내 그를 안심시켰다.

"소세가Sossega: 걱정하지 마세요. 그건 외국어를 배우는 사람 누구에게나 일어나는 일이니까. 갑자기 아무것도 생각나지 않죠. 하지만 곧 지나가요. 내일은 다시 완전히 정상으로 돌아올 거예요."

기억력—언제나 믿음직스럽던 어학 기억력—은 페르시아어에서도 파업을 일으켰다. 그는 거의 공포에 휩싸여 호라티우스와 사포의 시를 외워보고, 호메로스의 책에 가끔 등장하는 단어를 소리쳐보고, 솔로몬의 〈아가雅歌〉를 급하게 찾아 읽었다. 하나도 빼놓지 않고 모두 생각났다. 갑작스런 기억력 상실이라는 나락은 없었다. 그럼에도 그는 지진을 겪은 듯한 느낌이었다. 현기증이 났다. 현기증과 기억력 상실. 뭔가 관련이 있지 않을까······.

그는 교장실 창가에 말없이 서 있었다. 오늘은 자리를 옮기며 비추는 원뿔형 햇빛이 없었다. 비가 내렸다. 갑자기 분노가 치밀었다. 대상이 정확하게 무엇인지도 모른다는 절망이 뒤섞인 격렬하고 뜨거운 분노였다. 시간이 어느 정도 지나서야 그는 이것이 낯선 언어를 향한 반란임을 깨달았다. 스스로 짊어진 언어적 낯섦에 대한 반란. 처음에는 이곳에서 해야 하는 포르투갈어, 어쩌면 프랑스어나 영어를 향한 반란이라고 생각했다. 그러나 점차 시간이 흐르면서 이 분노의 파도는 자신이 40년 이상 함께 살아온 고전어와도 관계가 있다는 사실을 어쩔 수 없이 인정해야 했다.

그레고리우스는 자기 분노의 깊이를 깨닫고 소스라치게 놀랐다. 바닥이 흔들렸다. 뭔가 붙잡아야 했다. 그는 눈을 감고 부벤베르크 광장에 서 있는 자신을 상상하며 눈에 보이는 사물들을 베른 사투리로 말해보았다. 분명한 사투리로 사물에게, 그리고 자기 자신에게 말을 걸었다. 지진이 멈추고 땅바닥이 다시 단단해졌다. 그러나 충격의 여운은 남았다. 그레고리우스는 위험에 처했던 사람들이 뒤늦게 느끼는 분노로 가득 차 정신 나간 사람처럼 텅 빈 건물 복도를 걸어 다녔다. 어두운 복도의 유령을 베른 사투리로 무찌르려는 듯이.

두 시간 뒤 실베이라의 응접실에 다시 앉았을 때는 이 모든 것이 그저 꿈처럼 생각됐다. 라틴어와 그리스어를 평소와 똑같이 읽을 수 있었고, 포르투갈 문법책을 펴자 금세 기억이 돌아와서 접속법 규칙을 빠른 속도로 이해할 수 있었다. 그러나 흐릿한 환영이 그의 내부에서 뭔가 일이 벌어졌음을 알려주었다.

그는 소파에서 잠깐 졸았다. 학생이 된 그는 커다란 교실에 홀로 앉아 있었다. 보이지 않는 누군가가 묻고 뭔가 요구하는 것을 들었다. 그는 그 사람에게 사투리로 항변했다. 잠에서 깨었을 때는 셔츠가 흠뻑 젖어 있었다. 그는 샤워를 하고 아드리아나의 집으로 향했다.

조금 전 그는 중등학교에서 돌아오는 전철에서 클로틸드를 만났다. 클로틸드는 응접실의 시계가 다시 가기 시작하면서 파란 집이 현재로 돌아왔다고 알려주었다.

"부인이 시곗바늘을 다시 멈추고 싶은 순간도 있는 듯해요." 클로틸드는 그레고리우스가 알아듣지 못하는 단어가 있으면 끈기 있게 반복했다. "하지만 그러다가 그냥 지나가요. 걸음걸이가 빨라지고 또렷해졌고, 아침에도 일찍 일어나세요. 이제 하루하루를…… 그래요. 그냥 참아내야 한다고 생각하지 않는 것 같아요."

아드리아나는 이제 더 많이 먹고, 한번은 함께 산책 가자고 말했다고도 했다.

파란 집의 문이 열렸을 때 그레고리우스는 자기 눈을 의심했다. 아드리아나가 얇은 파란 줄이 들어간 밝은 회색 치마와 재킷, 반짝이는 흰색 블라우스를 입고 있었던 것이다. 목의 상처를 감춘 띠만 검은색이었다. 그레고리우스의 얼굴에 드러난 놀라움을 즐기는 듯 그녀의 얼굴에 살짝 미소가 스치고 지나갔다.

그는 아버지와 아들의 편지를 돌려주었다.

"정말 이상하지 않나요?"

그녀가 말했다.

"이 불통 말이에요. 오빠는 '감정 교육'이 무엇보다도 스스로의 감정을 드러내는 기술, 말을 통해 감정을 더욱 풍요롭게 하는 경험을 우리에게 가르쳐야 한다고 말하곤 했어요. 그런데 정작 본인은 아버지에게 왜 그렇게도 표현을 못했는지!"

그녀가 바닥을 내려다보았다.

"그리고 나에게도……."

그레고리우스는 아마데우의 책상에 있는 메모를 보고 싶다고 말했다. 다락방에 올라간 그는 또 한 번 놀랐다. 책상 의자는 이제 책상 쪽으로 비스듬하게 서 있지 않았다. 아드리아나는 30년의 세월이 흐른 뒤 비로소 의자를 얼어붙은 과거에서 끌어내어 똑바로 세웠다. 이제 더는 아마데우가 자리에서 금방 일어난 것처럼 보이지 않았다. 그녀는 눈길을 아래로 향한 채 재킷 주머니에 손을 넣고 서 있었다. 오랜 세월을 체념하고 산 노파가 어려운 숙제를 풀고 자랑스러움을 감추며 수줍게 칭찬을 기다리는 학생처럼 보였다. 그레고리우스는 그녀의 어깨에 살짝 손을 얹었다.

구릿빛 쟁반에 놓여 있는 파란 도자기 찻잔은 깨끗이 닦여 있었고 재떨이도 비워졌다. 얼음설탕은 설탕통에 그대로 들어 있었다. 오래된 만년필의 뚜껑도 닫혀 있었다. 아드리아나는 에메랄드빛 갓을 쓴 책상 스탠드를 켜고 의자를 뒤로 밀고는, 아주 조금 망설인 뒤 그레고리우스에게 와서 앉으라고 손짓했다.

가운데가 펼쳐진 커다란 책은 여전히 독서대 위 자기 자리에 있었고, 종이 뭉치도 마찬가지였다. 허락을 구하듯 아드리아나를 바라본 다음 그레고리우스는 저자와 책 제목을 읽기 위해 책을 집어들었다. 주앙 드 로자다 드 레데즈마, 《우 마르 테네브로주O Mar Tenebroso》. 두려움을 일으키는 암흑의 바다. 아름다운 서체로 쓴 제목, 해변의 동판화, 수묵화로 그린 항해자들의 모습. 그레고리우스는 다시 아드리아나를 바라보았다.

"모르겠어요."

그녀가 말했다.

"오빠가 갑자기 왜 그런 책에 관심을 보였는지. 유럽 대륙의 서쪽 가장 끝에 다다른 중세 사람들이 바다 저편에는 무엇이 있을지 자문하면서 느꼈을 공포를 다룬 이 책에, 오빠는 푹 빠졌어요."

그레고리우스는 책을 얼굴 가까이 가져가 에스파냐어로 쓰인 인용문을 읽었다. 저 너머에는 바닷물뿐, 그 끝은 신 말고는 아무도 모른다.

"카보 피니스테레."

아드리아나가 말을 이었다.

"갈리시아에 있지요. 에스파냐의 가장 서쪽. 오빠는 당시 세상의 끝이라던 그곳에 완전히 빠진 듯했어요. 내가 지도를 가리키며 '하지만 여기 포르투갈에 그곳보다 훨씬 서쪽에 있는 지점이 있잖아. 그런데 왜 에스파냐야?'라고 물었어요. 그런데 오빠는 들으려고 하지 않았어요. 오빠는 피니스테레 이야기를 반복했어요. 그건 강박 같은 것이었어요. 그 말을 할 때마다 오빠는 무척 흥분하고 열에 들뜬 표정이 되었어요."

프라두가 마지막으로 쓴 제일 위의 메모지에 '외로움'이라는 단어가 적혀 있었다. 아드리아나가 그레고리우스의 눈길을 쫓았다.

"마지막 해에 오빠는 우리 모두가 두려워하는 외로움의 본질이 도무지 무엇인지 모르겠다는 말을 자주 했어요. '우리가 외로움이라고 말하는 그게 도대체 뭐지? 단순하게 다른 사람의 부재를 의미하지는 않아. 혼자 있으면서도 전혀 외롭지 않을 수도 있고, 사람들과 함께 있으면서도 외로울 때가 있으니까. 그러니 그게 뭘까?' 오빠는 사람들이 온갖 소란 가운데서도 외로울 때가 있다는 생각에 골몰했어요. '다른 사람들이 옆에 있다는 것, 단순히 내 옆의 공간을 채우고 있는 상황만 말하려는 건 아니야. 함께 파티를 하거나 친근한 분위기 속에서 감정이 이입된 현명한 조언을 할 때도 그래. 그럴 때도 우린 외로움을 느끼지. 그러니 외로움은 다른 사람들의 존재 여부는 물론, 함께하는 행위와도 상관이 없어. 그러면 도대체, 도대체 무엇과 관련이 있을까?'

오빠는 파티마에 대해서 이야기한 적도, 파티마를 향한 자기감정을 나에게 드러낸 적도 없어요. '친근함은 우리가 지닌 마지막 성스러움'이라고 말하곤 했으니까. 꼭 한 번 감정을 억제하지 못하고 이런 말을 한 적이 있어요. '파티마 옆에 누워 숨소리를 듣고 온기를 느껴도, 너무나 외롭다. 이게 뭘까? 과연 뭘까?'"

'경멸에서 오는 외로움'이라는 메모가 보였다.

다른 사람들이 존경과 인정을 거두어가면, 왜 우린 그들에게 '그런 건 필요 없소. 나 자신만으로도 충분하니까'라고 말하지 못하나? 이런 말을 할 수 없다는 건 소름 끼치는 속박의 한 형태가 아닐까? 다른 사람의 노예가 되는 건 아닌가? 이런 일을 견뎌낼 댐이나 보루로 어떤 감정을 세워야 하나? 내적인 견실함은 어떤 모습이어야 하는가?

그레고리우스는 책상 위로 몸을 굽히고, 벽에 붙은 다른 메모지의 빛바랜 글씨를 읽었다.

신뢰에서 오는 협박.

"환자들은 오빠에게 아주 사적인 일이나 위험한 일들도 이야기 했어요." 아드리아나가 말했다. "정치적으로 위험한 일들 말이에요. 그런 다음에 그 사람들은 자기만 벌거벗었다는 느낌을 갖지 않으려고 오빠도 뭔가 고백하기를 기다렸어요. 오빠는 그걸 이루 말할 수 없이 증오했지요. '난 다른 사람들이 내게서 뭔가 기대하는 게 싫다.' 오빠는 발을 구르며 이렇게 말하곤 했어요. '도대체 경계선을 긋는 일이 왜 이렇게 힘드니?' 저는 이렇게 말하고 싶었어요. 어머니는? 어머니와 경계선을 긋는 일은? 하지만 하지 않았어요. 오빠 스스로도 알고 있었으니까."

인내라는 위험한 덕목.

"오빠는 생애 마지막 몇 년 동안 인내라는 단어에 지독한 거부 반응을 보였어요. 인내심을 지닌 누군가를 보면 오빠의 얼굴은 순식간에 어두워졌어요. '잘못을 저지르는 기괴한 방식일 뿐'이라고 짜증스러운 얼굴로 말했어요. '우리 안에서 솟구치는 분수에 대한 불안이지.' 난 동맥류에 대해 알고 난 뒤에야 이 말을 올바로 이해할 수 있었어요."

마지막 남은 메모지에는 다른 곳보다 많은 글이 쓰여 있었다. 영혼의 파도가 우리 자신보다 강하고 그 파도를 우리 마음대로 할 수 없다면, 칭찬과 비난이 존재하는 이유는 무엇인가? 왜 단순히 운이 좋았다거나 나빴다고 말하지 않는가? 이 파도는 우리보다 강하다. 그것도 언제나.

"예전에는 벽이 온통 그런 메모지로 가득했어요."

아드리아나가 말했다.

"죽기 1년 반 전에 그 불운한 에스파냐 여행을 가기 전까지, 오빠는 늘 뭔가 써서 벽에 붙였지요. 하지만 그다음부터는 펜을 잡는 일이 드물었어요. 여기 책상 앞에 앉아 뚫어지게 앞만 바라볼 때가 많았어요."

그레고리우스는 다음 말을 조용히 기다리며, 가끔 아드리아나 에게 눈길을 보냈다. 그녀는 바닥에 쌓여 있는 책 무더기 옆 소파 에 앉아 있었다. 책 무더기는 변한 게 없었다. 제일 위에 뇌가 그 려진 커다란 책이 있는 것도 여전했다. 아드리아나는 어두운 정 맥이 불거진 손으로 팔짱을 꼈다가 풀고, 다시 또 꼈다. 생각이 가득한 표정이었으나, 결국 추억에 대한 저항이 이긴 듯했다.

그레고리우스는 그때의 일도 알고 싶다고 말했다.

"그를 더 잘 알고 싶어서요."

"모르겠어요."

아드리아나는 이렇게 대답하고 침묵에 잠겼다. 다시 입을 열었 을 때 그녀의 목소리는 아주 먼 곳에서 들려오는 듯했다.

"난 오빠를 안다고 생각했어요. 그래요. 오빠를 속속들이 알고 있다고 믿었어요. 몇 년 동안 매일 오빠를 보아왔고, 자기 느낌과 생각, 더구나 꿈에 대해서도 말하는 걸 들어왔으니까요. 하지 만⋯⋯. 오빠는 죽기 2년 전, 12월이면 쉰한 살이 되던 해에 그 모임에 다녀왔어요. 주앙 뭐라던 그 사람, 오빠에게 좋지 않은 영 향을 끼친 사람이 있던 모임이었어요. 조르즈도 아마 거기 있었 던 것 같아요. 오빠의 신성한 친구 조르즈 오켈리. 거기 가지 않 길 정말 바랐는데⋯⋯. 그 모임은 오빠에게 좋지 않았어요."

"저항운동을 하던 사람들의 모임이었어요." 그레고리우스가 말했다. "아마데우는 저항운동을 위해 일했어요. 이미 알고 계셨을 텐데요. 그는 멘드스와 같은 사람들에게 대항해서 뭔가 하려고 했지요."

"헤지스텐시아."

아드리아나가 말했다. 그러고 전혀 들어본 적도 없다는 듯이, 그런 게 있다는 것조차 믿기 어렵다는 듯이 또 한 번 발음했다.

"헤지스텐시아."

그녀가 잠시 입을 다물 듯이 보여서, 그레고리우스는 그녀에게 현실을 인정하라고 강요한 자신의 충동에 분노했다. 그러나 그녀는 이내 성가시다는 표정을 거두고 불운한 모임에서 돌아오던 날 밤의 오빠를 금방 다시 상기했다.

"오빠는 잠을 자지 않았어요. 다음 날 아침 부엌에서 전날 입었던 옷을 그대로 입고 있는 오빠를 봤어요. 난 오빠가 잠을 못 자면 보통 어떤 모습인지 잘 알아요. 하지만 그때는 달랐어요. 눈 밑이 거무스름했지만, 괴로운 표정은 아니었어요. 그리고 예전에 한 번도 하지 않은 행동을 했어요. 의자를 뒤로 젖히며 시소 타듯 흔들었어요. 나중에 이 행동을 생각해보다가, 난 오빠가 어떤 여행에 나선 것 같다는 느낌을 받았어요. 실제로 오빠는 일을 아주 가볍고 빠르게, 혼자서 처리했어요. 무언가를 버릴 땐 쓰레기통으로 휙 던져 넣었어요.

아마 지금 오빠가 사랑에 빠졌다고 생각하시겠지요? 그건 사랑에 빠졌다는 명확한 표시가 아닐까? 물론 나도 그렇게 생각했어요. 그런데 남자들만 모이는 그 모임에서? 그리고 파티마 때와는 아주 달랐어요. 더 거칠고 방종하고 열정적이었다고 해야 하

449

나……. 말하자면 틀이 없었지요. 불안했어요. 오빠가 낯설었으니까요. 그 여자를 보고 나서는 불안이 더 커졌어요. 난 그녀가 대기실에 들어섰을 때부터 평범한 환자가 아니라는 걸 눈치챘어요. 이십 대 초중반이었고, 청초한 소녀와 요부가 묘하게 섞여 있는 느낌이었어요. 반짝이는 눈, 동양인 같은 얼굴빛, 흔들리는 걸음걸이……. 대기실에 있던 여자들이 모두 눈을 가늘게 떴고, 남자들은 그녀를 슬그머니 곁눈질했어요.

그녀를 진찰실로 데리고 갔어요. 오빠는 그때 손을 씻고 있었어요. 몸을 돌린 오빠가 번개에 맞은 듯한 표정을 지었어요. 피가 솟구쳐 얼굴이 빨갛게 됐지만 곧 정신을 차리더군요.

'아드리아나, 이쪽은 에스테파니아야. 잠깐 자리를 비켜주겠니? 이야기할 게 있어서.'

그런 일은 처음이었어요. 그동안 진찰실에서 내가 듣지 말아야 할 것은 아무것도 없었어요. 아무것도.

그 여자는 네다섯 번 더 왔어요. 그럴 때마다 오빠는 날 내보내고 그녀와 이야기를 한 다음, 문까지 배웅했어요. 오빠 얼굴은 언제나 붉게 상기됐죠. 그렇게 그녀가 가고 나면 오빠는 남은 진료 시간 동안 늘 평정을 잃고 주사도 잘못 놓았어요. 믿음직한 손 때문에 환자들이 신처럼 받들던 오빠가 말이에요. 마지막으로 방문하던 날 그녀는 병원에 들어오지 않고 여기 위로 와서 초인종을 눌렀고, 오빠는 외투를 들고 아래로 내려갔어요. 난 두 사람이 모퉁이를 돌아가는 모습을 봤는데, 오빠가 뭔가 열렬하게 이야기하더군요. 한 시간 뒤에 오빠는 머리가 엉클어진 채 뭔가 냄새를 풍기며 돌아왔어요.

그 뒤로 그녀는 오지 않았어요. 오빠는 보이지 않는 힘에 이끌려 나락으로 끌려간 듯 정신을 놓고 있었고……. 그리고 늘 짜증을 냈고 가끔 환자들에게조차 거칠게 굴었죠. 오빠가 자기 직업을 좋아하지 않는다고, 좋아하지 않을뿐더러 제대로 하지도 못한다고, 도망치고 싶어한다는 생각을 한 건 그때가 처음이었어요.

언젠가 조르즈와 그 여자가 같이 있는 걸 본 적이 있어요. 조르즈가 그녀의 허리에 손을 얹고 있었는데, 그녀는 불편해 보였어요. 조르즈가 마치 날 모른다는 듯이 행동하며 그녀를 옆 골목으로 잡아당겨서 난 좀 당황했지요. 그날 내가 본 걸 오빠에게 이야기하고 싶었지만, 말하지 않았어요. 오빠 괴로워하고 있었으니까. 언젠가 아주 힘들어하던 날 저녁, 오빠는 날더러 바흐의 '골드베르크 변주곡'을 연주해달라고 하더군요. 난 눈을 감고 있는 오빠가 그 여자를 생각하고 있다고 확신했어요.

오빠 인생의 한 부분이었던 조르즈와의 체스 게임은 더는 지속되지 않았어요. 겨울 내내 그는 우리 집에 단 한 번도, 성탄절에 조차 오지 않았어요. 오빠도 조르즈 이야기를 하지 않았지요.

3월 초 어느 날, 조르즈가 문 밖에 서 있었어요. 오빠가 문을 여는 소리가 들렸어요.

'너구나.'

오빠가 말했죠.

'그래, 나야.'

두 사람은 아래층 병원으로 내려갔어요. 내가 듣는 걸 원치 않아서. 난 위층 문을 열고 엿들으려고 했지만 아무것도, 큰소리라고는 한마디도 들리지 않았어요. 나중에 대문이 닫히는 소리가 들리더군요. 조르즈가 외투 깃을 올리고 입에 담배를 물고는 모퉁이를 돌아 사라지는 게 보였어요. 아래층은 조용했어요. 오빠는 올라오지 않았어요. 결국 내가 아래로 내려갔는데, 오빠는 어둠 속에 앉아 꼼짝도 하지 않았어요.

'날 그냥 내버려둬. 아무 말도 하고 싶지 않아.'

나중에 한밤중이 되어 오빠가 올라왔는데, 창백한 얼굴로 아무 말도 하지 않았어요. 아주 혼란스러운 표정이더군요. 난 도대체 무슨 일이냐고 묻고 싶었지만, 감히 묻지 못했어요.

다음 날 병원 문을 열지 않았어요. 주앙이 왔지만, 난 두 사람이 하는 이야기를 전혀 듣지 못했어요. 그 여자가 나타난 다음부터 오빠는 내 옆을 그냥 스쳐 가듯 살았어요. 병원에서 함께 일하던 시간은 사라진 거죠. 난 길고 검은 머리카락에 흔들리는 걸음걸이, 짧은 치마를 입은 그 여자를 증오했어요. 그때부터 피아노를 치지 않았어요. 이제 나는 중요하지 않았으니까. 그건…… 그건 정말 굴욕적이었어요.

이삼 일 뒤 한밤중에 주앙과 그 여자가 찾아왔어요.

'에스테파니아가 여기 있어야겠어요.'

주앙이 거절은 받아들이지 않겠다는 말투로 이야기하더군요. 난 그 남자 자체도 싫었지만, 명령을 내리는 듯한 그의 말투도 싫었어요. 오빠가 그녀와 병원으로 들어갔어요. 오빤 그 여자를 보고 한마디도 하지 않았지만, 열쇠를 바꿔 넣기도 하고 열쇠 꾸러미를 계단에 떨어뜨리기도 했어요. 나중에 보니 진찰대를 침대로 만들어주었더군요.

오빠는 아침 무렵 위층으로 올라와서 샤워를 하고 아침을 준비했어요. 그녀는 잠을 자지 못한 것 같았고, 겁에 질린 듯했어요. 작업복을 입고 있었는데, 매력이라고는 하나도 남김없이 모두 사라졌더군요. 난 꾹 참고 커피를 한 번 더 끓이고, 차에서 마실 것도 끓였어요. 오빠는 나에게 아무런 설명도 하지 않았어요. 언제 돌아올지 모른다고, 하지만 걱정하지 말라고만 하더군요.

오빤 가방을 꾸리고 몇 가지 약품도 챙겨 넣고는 그 여자와 함께 거리로 나섰어요.

놀랍게도 오빠가 주머니에서 자동차 열쇠를 꺼내 차문을 열더군요. 어제까지만 해도 없던 차였어요. '오빠는 운전을 할 줄 모르는데.' 내가 막 이렇게 생각하고 있는데, 그 여자가 운전대에 앉았어요. 그게 내가 마지막으로 본 그녀의 모습이었어요."

아드리아나는 손을 무릎에 놓고 머리를 등받이에 기댄 채 눈을 감고 조용히 앉아 있었다. 당시 기억이 되살아나는 듯 그녀의 호흡이 빨라졌다. 검은 벨벳 띠가 밀려 올라가고, 작은 잿빛 돌기가 달린 구불구불하고 보기 흉한 목의 상처가 드러났다. 아마데우는 말 타듯이 아드리아나의 무릎에 올라앉았다고 했다. "해야 돼. 그렇지 않으면 넌 죽는다. 손 치우고, 날 믿어." 그러고는 칼을 찔러 넣었다. 아드리아나는 그 일이 있고 반평생이 지난 다음, 아무런 설명도 없이 젊은 여자와 함께 자동차에 올라타고 언제 돌아올지 모를 여행을 떠나는 오빠를 지켜보았다.

그레고리우스는 아드리아나의 호흡이 차분해질 때까지 기다렸다가, 아마데우가 돌아오고 난 다음은 어땠는지 물었다.

"우연히 창가에 서 있다가 오빠가 혼자 택시에서 내리는 모습을 봤어요. 일주일이 지난 다음이었죠. 일주일 동안 무슨 일이 있었는지 오빠 한마디도 하지 않았어요. 그때도, 그 뒤에도. 오빠 면도를 하지 않았고, 볼도 움푹 꺼져 있었어요. 내가 차려주는 음식을 며칠 굶은 사람처럼 먹어댔지요. 그러더니 저쪽 침대로 가서 하루 밤낮을 꼬박 잤어요. 수면제를 먹었던지, 나중에 약 봉지가 나오더군요.

오빠가 머리를 감고 면도도 하고 옷을 제대로 차려입는 동안 난 병원을 청소했어요.

'병원이 반짝거리네.'

오빠는 이렇게 말하며 미소를 지으려고 애썼어요.

'아드리아나, 고맙다. 네가 없으면 내가 뭘 할 수 있겠니.'

우린 환자들에게 병원을 다시 열었다고 알렸어요. 한 시간 뒤에는 대기실이 가득 찼지요. 오빠는 평소보다 동작이 느렸는데, 수면제 약효가 아직 남아 있었기 때문일 수도 있고, 어쩌면 이미 병이 시작되었던 건지도 모르겠어요. 환자들은 오빠가 보통 때와 다르다는 걸 눈치채고, 불안하게 바라봤어요. 오전 중에 오빠는 커피를 달라고 했어요. 그전에는 한 번도 그런 적이 없었는데.

이틀 뒤 오빠는 고열과 두통에 시달렸어요. 무슨 약을 먹어도 전혀 도움이 되지 않았어요.

'걱정할 것 없다.'

관자놀이에 손을 댄 채 오빠가 날 안심시켰어요.

'육체도 정신이라서 그런 거니까.'

하지만 몰래 지켜본 오빠의 얼굴엔 불안이 서려 있었어요. 틀림없이 동맥류를 생각하고 있었겠지요. 오빠가 베를리오즈의 음악을 틀라고 하더군요. 파티마가 좋아하던 음악이었죠.

'꺼!'

몇 마디 연주되지 않았을 때 오빠가 소리쳤어요.

'어서 꺼!'

그건 아마 두통 때문이었을 수도 있고, 어쩌면 그 여자와의 일이 있은 다음에 아무 일도 없었다는 듯 파티마에게 돌아갈 수 없다고 느꼈기 때문일 수도 있겠지요.

그러던 중 우리는 어떤 환자에게서 주앙이 잡혔다는 소식을 들었어요. 오빠는 두통이 너무도 심해져서 양손을 머리에 댄 채 정신 나간 사람처럼 여기 위층에서 이리저리 걸었어요. 한쪽 눈은 실핏줄이 터져 새빨갰어요. 아주 끔찍해 보였죠. 오빤 절망에 빠져 약간 거칠어졌어요. 어쩔 줄 모르던 내가 오빠에게 조르즈를 불러올지 물었어요.

'까불지 마!' 오빠가 소리쳤어요.

두 사람은 1년이 더 지나고서, 오빠가 죽기 몇 달 전에야 만났어요. 이 1년 동안 오빠는 변했어요. 이삼 주가 지나 열과 두통은 사라졌지만, 이 병은 오빠를 심한 멜랑콜리에 빠지게 했어요. 오빠는 어릴 때부터 '멜랑콜리아'라는 단어를 좋아했고, 나중에는 그에 관한 책을 읽었어요. 이 개념을 전형적인 근대의 경험이라고 설명한 책이 있었는데, 오빠는 말도 안 되는 소리라고 고함을 질렀지요. 오빠는 멜랑콜리가 시간을 초월한 개념이며, 인간이 알고 있는 것들 가운데 가장 귀중한 그 무엇이라고 생각했으니까요.

'깨지기 쉬운 인간의 모든 연약함이 이 단어에 들어 있어.'

오빠는 이렇게 말했지요.

이런 태도가 위험할 때도 있었어요. 오빠는 물론 멜랑콜리가 병적인 우울증과 다르다는 걸 알고 있었어요. 하지만 우울증 환자가 오면, 오빠는 가끔 그런 사람을 정신병원으로 보내기 전에 지나치게 오랫동안 망설였어요. 환자에게 멜랑콜리에 대해 설명하면서 환자의 상태를 미화하였고, 그들의 고통을 향한 오빠의 이상한 열정 때문에 그들을 현실적인 고통으로부터 소외시켰어요. 그 여자와 여행을 다녀온 다음부터 이런 증세가 더 심해졌는데, 막중한 업무상의 과실을 범할 단계까지 가기도 했어요.

오빠는 자기 자신의 육체적 증세에 대해서는 확실하게 알고 있었어요. 하지만 그때 오빠는 죽음에 가까이 간 사람이었고, 어떤 사적인 이유로 대하기 어려운 환자를 진찰할 때면 어찌해야 할지 더는 손을 쓰지 못하는 경우도 생겼어요. 그리고 갑자기 여자 환자를 어려워하면서, 예전보다 더 빨리 전문의에게 보냈어요.

여행에서 무슨 일이 생겼는지는 모르지만 그 여행은 오빠를 예전 그 어느 때보다도, 심지어 파티마가 죽었을 때보다도 더 혼란스럽게 만들었어요. 마치 지각 구조의 변동이 일어나 오빠 영혼의 가장 깊은 곳에 있던 암석층을 뒤흔든 것 같았어요. 그 층

위에 조용히 자리하던 것들이 모두 불안정해졌고, 아주 미세한 바람에도 흔들렸어요. 집 전체의 분위기가 바뀌었지요. 집이 요양원이라도 되는 듯 난 오빠를 외부와 차단하고 보호해야 했어요. 소름이 끼쳤어요."

아드리아나가 눈물을 닦았다.

"하지만 행복한 시간이기도 했어요. 오빠가 다시…… 다시 나에게 돌아온 거니까요. 아니, 아마 나에게 돌아왔겠지요. 조르즈가 어느 날 저녁 갑자기 찾아오지만 않았더라면……."

조르즈가 체스 판과 발리산産 말을 가지고 왔다고 했다.

'우리 체스를 둔 지 꽤 오래됐지.'

그가 말했다.

'아주 오래. 정말 아주 오래됐어.'

두 사람이 첫 판을 두고 있을 때 아드리아나가 차를 가지고 들어갔다.

"무척 어색한 침묵이었어요."

그녀가 말했다.

"적대적인 건 아니었지만, 어색했어요. 두 사람은 서로에게서 다시 친구가 될 가능성을 찾고 있었던 거예요."

두 사람은 이따금 농담도 하고 학창 시절에 쓰던 관용구를 사용하기도 했지만, 어색한 분위기는 변하지 않았다. 웃음은 얼굴에 떠오르기도 전에 사그라졌다. 프라두가 죽기 한 달 전, 두 사람은 체스가 끝난 다음 병원으로 내려갔다. 이야기는 밤늦게까지 이어졌다. 아드리아나는 그 시간 내내 위층 문을 열어놓고 서 있었다.

"병원 문이 열리더니 두 사람이 나왔어요. 오빠는 현관 전등을 켜지 않았어요. 병원 안에서 나오는 불빛이 현관을 흐릿하게 비추었지요. 둘은 아주 천천히 걸었는데, 두 사람 사이의 거리가 부자연스러울 만큼 멀어 보였어요. 둘은 그렇게 걸어가 대문 앞에 섰어요.

'그럼.'

오빠가 말했어요.

'그래.'

조르즈가 대답했지요.

그러고 두 사람은…… 두 사람은 서로에게 포개졌어요. 뭐라고 달리 표현할 말이 없군요. 둘은 원래 마지막으로 서로 안으려고 했을 거예요. 하지만 포옹을 하기 위해 시작된 움직임은 실행하기가 불가능해 보였고, 멈출 수도 없었어요. 두 사람은 비틀거리며 서로에게 다가가 시각장애인들처럼 손으로 더듬었고, 머리를 상대방의 어깨에 부딪혔어요. 그러고는 몸을 똑바로 세우고 물러나서는 손과 팔을 어찌해야 좋을지 몰라 당황스러워했어요. 그런 끔찍한 상황이 일이 분 동안 지속된 다음 조르즈가 문을 획 열어젖히고 뛰쳐나갔어요. 문이 닫히자 오빠는 몸을 돌려 벽에 이마를 대고 흐느끼기 시작했어요. 깊고 거칠어 거의 동물처럼 들리는 소리를 내며, 온몸을 떨며 울었어요. 난 그때 내가 무슨 생각을 했는지 아직도 기억이 나요. 조르즈가 오빠의 마음속에 평생 깊이 자리 잡고 있었다는 것, 그렇게 작별한 뒤에도 계속 머물러 있으리라는 것을……. 두 사람이 만난 건 그때가 마지막이었어요."

프라두의 불면증은 점점 더 심해졌다. 그는 현기증을 호소했고, 환자와 환자를 진찰하는 사이에 휴식을 취해야 했다. 아드리아나에게 '골드베르크 변주곡'을 연주해달라고 부탁하기도 했다. 그는 두 번 중등학교에 다녀왔는데, 돌아올 때마다 얼굴이 눈물로 젖어 있었다. 아드리아나는 장례식 때, 아마데우가 며칠 전 성당에서 나오더라는 말을 멜로디로부터 들었다.

그는 가끔 글을 쓸 때도 있었다. 그런 날이면 아무것도 먹지 않았다. 죽기 전날, 머리가 아프다고 했다. 아드리아나는 약효가 나타날 때까지 그의 옆에 서 있다가 잠들었다고 생각될 때 방에서 나왔다. 그러나 아침 5시에 그를 살펴보러 갔을 때 침대는 비어 있었다. 그는 좋아하던 아우구스타 거리로 가던 중이었고, 한 시간 뒤에 그곳에서 쓰러졌다. 아드리아나는 6시 23분에 그 소식을 들었다. 나중에 집으로 돌아온 그녀는 시곗바늘을 돌리고 추를 세웠다.

37

'경멸에서 오는 외로움.' 프라두가 생의 마지막에 골몰하던 주제였다. 우리가 타인의 존경과 관심에 의지하고, 그것에 종속되어 있다는 사실……. 그가 걸어온 길은 얼마나 멀었던가! 그레고리우스는 실베이라의 응접실에 앉아 아드리아나가 프라두의 책에 골라 넣은—그가 이른 시기에 쓴—고독에 관한 글을 읽었다.

_성난 고독

우리가 하는 모든 일은 고독에 대한 불안에서 나오는 행위인가? 이것이 우리가 생의 마지막에 후회하게 될 모든 일을 포기하는 이유인가? 이것이 우리가 무슨 생각을 하는지 말하기 힘든 이유인가? 왜 우리는 이 모든 흐트러진 명예와 거짓 우정, 지루하기만 한 생일 파티를 지키고 있는가? 이 모든 것을 끝낸다면, 비밀스러운 강요와 결별하고 우리 자신의 편에 선다면 과연 무슨 일이 벌어질까? 무릎을 꿇은 우리의 욕망과 이렇게 노예가 된 욕망에 대한 분노가 분수처럼 치솟게 그냥 둔다면? 우리가 겁을 내는 고독의 실체는 무엇인가? 비난의 부재에서 오는 평온함? 부부 사이의 거짓과 반쪽짜리 우정이라는 지뢰밭을 숨을 삼킨 채 기어가야 할 필요의 부재? 식탁 건너편에 아무도 없다는 자유로움? 연이은 약속의 부재가 가져오는 넉넉한 시간? 이는 모두 천국과도 같은 놀라운 상황이 아닌가? 그러니 불안해할 이유가 무엇인가? 이는 결국 우리가 그 상황을 심사숙고하지 않아서 오는 불안일 뿐인가? 생각 없는 부모와 교사, 신부 들에게 주입당한 두려움인가? 다른 사람들이 우리의 자유가 얼마나 커졌는지 보았을 때 그들이 우리를 부러워하지 않을 거라고 확신하는 이유는 무엇인가? 그래서 우리를 따라 할지도 모른다고 생각하지 않는 이유는?

이때까지도 프라두는 나중에 멘드스의 목숨을 구했을 때와 에스테파니아 에스피노자를 국경 너머로 데리고 간 다음 느끼게 된 얼음처럼 차가운 외면의 바람을 알지 못했다. 옛날에 쓴 이 글에서 그는 거침없는 우상파괴자였고, 신부도 포함된 교사들 앞에서 신에게 불경한 연설을 서슴지 않았던 청년이었다. 그때 프라두는 조르즈와 우정을 유지하며 평온함 속에서 글을 썼다. 그레고리우스는 이런 편안함이 흥분한 관중 앞에서 얼굴에 흘러내리던 침을 그가 이겨낼 수 있게 도와주었을 거라고 생각했다. 그러나 이 편안함은 파괴됐다. 프라두는 코임브라에서 공부하던 학생 시절에 이미 삶이 요구하는 것, 해야 할 일이 너무 많고 힘들어서 감정을 다치지 않고 그 일들을 견디어내기는 힘들다고 말했다. 그것도 하필이면 조르즈에게 그 말을 했다.

선명한 예상은 현실로 드러나, 그는 견딜 수 없는 고립의 최전방에 남았다. 동생의 따뜻한 보살핌도 아무런 도움이 되지 못했다. 그가 밀려오는 감정에 대항하여 자신을 구해줄 닻이라고 생각한 신의도 깨졌다. 아드리아나는 그가 저항운동가들의 모임에 더는 가지 않았다고 말했다. 프라두는 주앙 에사를 면회하러 감옥에만 갔다. 면회 허락은 멘드스가 표한 고마움 가운데 그가 유일하게 받아들인 것이었다. "그 손…… 아드리아나, 그 손은 예전에 슈베르트의 곡을 연주하던 손이었어." 감옥에서 돌아오면 그는 이렇게 말하곤 했다.

프라두는 조르즈가 마지막으로 찾아와서 남긴 담배 연기가 사라지지 않도록 창문을 열지 못하게 했다. 환자들이 냄새 때문에 불평을 해도 창문은 며칠씩이나 닫혀 있었다. 프라두는 추억의 마약을 들이켜듯 남아 있는 담배 냄새를 빨아들였다. 더는 환기를 미룰 수 없게 되자 그는 몸을 의자에 깊이 파묻고 앉았다. 그가 살아갈 힘도 연기와 함께 그 방을 빠져나간다는 듯이…….

"이리 오세요."

조금 전 아드리아나가 그레고리우스에게 말했다.

"보여줄 게 있어요."

두 사람은 병원으로 내려갔다. 바닥 한구석에 작은 양탄자가 깔려 있었다. 아드리아나가 양탄자를 발로 밀자 깨진 모르타르와 떨어진 타일 한 장이 눈에 들어왔다. 그녀는 무릎을 꿇고 앉아 타일을 집어 들었다. 타일 아래 바닥은 홈이 파여 있었다. 그 안에는 접힌 체스 판과 상자가 들어 있었다. 아드리아나는 상자를 집어 들고, 깎아서 만든 말들을 그레고리우스에게 보여주었다.

그레고리우스는 숨을 쉴 수 없어 창문을 열고 차가운 밤공기를 들이마셨다. 현기증이 나서 유리창 손잡이를 움켜쥐었다.

"오빠는 이걸 여기에 묻다가 내가 갑자기 나타나자 무척 놀랐어요."

아드리아나는 타일을 다시 덮고 그의 옆에 섰다.

"얼굴이 새빨개지더군요. '난 그냥…….' 오빠가 뭔가 말을 하려 했어요. '부끄러워하지 않아도 돼.' 내가 말했지요. 그날 저녁 오빠는 여리고 상처받기 쉬운 어린아이 같았어요. 물론 그 행동은 체스와 조르즈와 두 사람의 우정을 묻어버리는 것처럼 보이긴 했어요. 하지만 오빠가 전혀 그런 감정이 아니었다는 걸 알게 됐어요. 훨씬 복잡했지요. 더 희망적이었다고 해야 할지. 오빠는 그 체스 도구를 묻으려던 게 아니었어요. 파괴하지 않고 오빠의 세상 경계선 바깥으로 밀어놓으려던 거였죠. 그리고 언제든 다시 꺼낼 수 있다는 안도감도 품으려 했고. 그때 오빠의 세상은 조르즈가 없었지만, 있기도 했죠. 그는 존재했어요. '이제 그 친구가 없으니 나도 없는 것 같구나.' 이 일이 있기 전 오빠가 이렇게 말한 적이 있었어요.

그 후로 며칠 동안 오빠는 자존심도 없이, 저에게 거의 굴종적인 모습을 보였어요. '그렇게 유치하게 행동하다니……. 체스 말이야.' 내가 오빠에게 왜 그러냐고 묻자 이렇게 대답하더군요."

그레고리우스는 조르즈가 한 말을 생각했다. "아마데우에겐 격정적인 성향이 있었소. 인정하지 않으려고 했지만 스스로도 알고 있었지. 그는 기회가 있을 때마다 유치함에 맞서 싸웠는데, 그럴 때면 무서울 정도로 부당하게 굴었소."

그레고리우스는 실베이라의 응접실에서, 프라두의 책에 있는 유치함에 대한 글을 다시 읽었다.

유치함은 모든 감옥 가운데 가장 악질적이다. 창살은 단순하고 비현실적인 감정으로 도금되어 있어, 사람들은 이를 궁전의 기둥으로 착각한다.

조금 전 아드리아나는 프라두의 책상에서 위와 아래를 종이 상자 뚜껑으로 누르고 붉은 띠로 묶여 있던 종이 뭉치 가운데 한 뭉치를 그에게 주며 말했다.

"이건 책에 없는 내용이에요. 세상이 알면 안 되는 거예요."

그레고리우스는 띠를 풀어 뚜껑을 옆으로 내린 다음 읽기 시작했다.

조르즈의 체스, 조르즈가 말을 두는 방법. 그건 오로지 그만이 할 수 있다. 난 조르즈처럼 그렇게 강압적으로 체스를 둘 수 있는 사람을 알지 못한다. 내가 이 세상의 그 어떤 것보다도 잃고 싶지 않은 종류의 강압……. 체스 판에서 그의 강압적인 수. 그는 무엇을 만회하려던 걸까? 아니, 만회하려고 했다는 말이 과연 옳기는 한가? 조르즈는 '넌 그때 에스테파니아 일로 나를 오해했어'라고 말하지 않았다. '난 그때 우리가 무슨 일이든 모두 말할 수 있으리라고 생각했어. 머릿속에 있는 일은 무엇이든. 늘 그랬던 것처럼 말이야. 잊어버렸어?'라고 말했다. 난 이 말을 듣고 몇 초 동안, 그저 몇 초 동안 우리가 다시 예전으로 돌아갈 수 있으리라고 생각했다. 그건 따뜻하고도 아름다운 느낌이었다. 그러나 그 느낌은 곧 사라졌다. 그의 커다란 코, 눈 밑 지방, 누런 이. 그의 이런 얼굴은 예전에 내 안에 있었고, 나의 한 부분이었다. 그러나 그의 얼굴은 이제 내 안에 한 번도 없었던 그 어떤 이방인의 얼굴보다도 더 낯설게 내 바깥에 머물러 있다. 에는 듯한 가슴

속의 이 아픔, 이 고통…….

체스 도구를 묻은 것이 왜 유치한가? 그건 단순하고도 진실한 행동이었다. 그리고 그건 관중을 위한 것이 아니라 오직 나만을 위한 행동이었다. 누군가 자기 자신만을 위해 어떤 일을 할 때, 그가 알지 못하는 사이 수백만 명이 지켜보며 유치하다고 웃어댄다면 우린 이런 일을 어떻게 판단해야 할까?

한 시간 뒤 그레고리우스가 체스 클럽에 들어섰을 때 조르즈는 아주 복잡한 게임의 종반전을 치르는 중이었다. 페드루도 거기 있었다. 경련을 일으키는 듯한 눈과 훌쩍거리는 코, 그레고리우스에게 무티에서 패한 경기를 연상케 하던 남자. 남는 체스판은 없었다.

"이리 와서 앉아요."

조르즈가 자기 탁자에 의자 하나를 끌어다 놓으며 말했다.

그레고리우스는 클럽으로 오는 내내 자기가 무엇을 기대하는지 스스로에게 물어보았다. 난 조르즈에게서 뭘 원하는 걸까. 에스테파니아 에스피노자 사건의 진실은 무엇인지, 그가 정말 그녀를 희생하려 했는지 물어볼 수 없다는 것은 너무나 명백했다. 그는 자기 질문에 대답할 수 없었지만, 몸을 돌려 되돌아갈 수도 없었다.

얼굴에 조르즈의 담배 연기를 맞던 그레고리우스는, 자신이 원하는 게 무엇인지 갑자기 깨달았다. 그는 프라두가 평생 마음속에 담고 살았던 사람, 바르톨로메우 신부의 표현을 빌리자면 프라두가 완전해지기 위해 필요했던 남자 옆에 앉아 있는 느낌은 과연 어떤지 다시 한번 알고 싶었던 것이다. 프라두가 패배를 즐겼던 사람, 약국 전체를 선물하고서도 감사의 말을 바라지 않았던 사람, 물의를 일으킬 만한 연설이 끝난 다음 어색한 침묵을 깨는 개의 울음소리가 들리자 처음으로 웃었던 사람.

"한번 해볼까요?"

조르즈가 게임을 끝내고 나서 그레고리우스에게 물었다.

그레고리우스는 이런 게임을 해본 적이 없었다. 판이 문제가 아니라 건너편에 앉아 있는 상대방의 존재가 중요한 게임, 오로지 그의 존재가 문제인 게임, 니코틴 때문에 누렇게 물든 손가락과 까맣게 때가 낀 손가락으로 무자비할 정도로 정확하게 말을 움직이는 이 남자에 의해 충만해진 삶은 어떠했는지가 문제인 게임.

"얼마 전에 내가 아마데우와 나에 대해 한 이야기……. 그냥 잊으시오."

조르즈는 모든 것을 던져버리고 싶은 분노와 부끄러움이 섞인 시선으로 그레고리우스를 바라보았다.

"와인 때문이었소. 사실은 많이 달라요."

그레고리우스는 고개를 끄덕이며 조르즈의 얼굴에서 깊고도 복잡했던 우정을 존중하는 마음을 발견할 수 있기를 바랐다. 그레고리우스는 프라두가 영혼은 사실이 있는 장소인지, 아니면 사실이라고 생각하는 것들은 우리가 다른 사람들이나 스스로에 대해 하는 이야기의 거짓 그림자에 불과한지 스스로에게 물었노라고 말했다.

조르즈가 그렇다고, 그건 아마데우가 평생 생각하던 문제라고 대답했다. 아마데우에 따르면 사람의 마음이란, 틀에 박히고 무미건조한 논리가 그럴듯하게 설명하는 것보다 훨씬 복잡했다. "모든 것이 훨씬 더 복잡해. 매 순간마다. 아주 더 복잡하지. 서로 사랑해서 삶을 함께하려고 결혼하지. 돈이 필요해서 훔치고, 상처 주지 않기 위해 거짓말을 해. 이 얼마나 우스운 이야기인지! 우린 천박함으로 가득한 꾸며진 존재요, 쉬지 않고 움직이는 수은과 같은 영혼, 게다가 끝없이 흔들리는 만화경처럼 색과 형태가 변하는 감정을 지닌 존재가 아닌가."

조르즈는 그 말이 그저 더 복잡하기는 하지만 '영혼은 있다'라는 말로 들린다며 이의를 제기했다고 말했다.

아마데우는 그게 아니라고, 우리의 논리를 아무리 무한하게 가다듬더라도 여전히 그 말은 진실이 아닐 거라 말했다고 했다. "그리고 또 잘못된 점은 바로 발견할 진리가 존재한다는 가정이야. 조르즈, 영혼은 만들어진 것에 불과해. 우리 인간의 가장 천재적인 발명품이지. 현실세계에서처럼 영혼에도 뭔가 발견할 게 있으리라는, 무척이나 광범위하게 받아들여질 만한 암시성 때문에 천재적이지. 하지만 조르즈, 진실은 그렇지 않아. 우린 대화할 대상을 갖기 위해 영혼을 만들어낸 거야. 우리가 타인을 만났을 때 이야기할 만한 뭔가를 갖기 위해. 우리가 영혼에 대해 말하지 못한다고 한번 생각해봐. 무슨 말을 할 수 있겠어? 그건 정말 끔찍할 거야!"

"그는 이 주제에 굉장히 심취하여 이야기를 할 수 있었소. 말
그대로 불타올랐지. 내가 자기의 무아지경을 즐기는 모습을 보면
그는 이렇게 말하곤 했소. '사실 사유는 둘째야. 가장 아름다운
것은 시詩지. 시적인 사유와 사유하는 시가 존재하는 곳은 낙원
일 거야.' 나중에 그는 글을 쓰기 시작했는데, 그건 아마 낙원으
로 향하는 길을 내려는 시도였을 거요."

조르즈의 눈에 희미하게 물기가 어렸다. 그는 자기 퀸이 잡힐
상황이라는 걸 알지 못했다. 그레고리우스는 별 의미 없는 수를
두었다. 클럽에 남은 사람은 둘뿐이었다.

"그러던 어느 날, 그 사유놀이가 쓰디쓴 사실이 되었지. 무슨
일이었는지는 선생이 알 필요 없소. 아무도 알 필요가 없어."

조르즈가 입술을 깨물었다.

"카실랴스에 있는 주앙도 상관이 없지."

그가 담배를 한 모금 빨고는 기침을 했다.

"'넌 지금 널 속이고 있어.' 프라두가 날더러 그러더군. '넌 네
가 스스로에게 둘러대는 이유가 아닌 다른 이유에서 그 일을 하
려는 거야.'

그게 그가 한 말이었소. 이루 말할 수 없이 상처를 주었던 말.
'네가 스스로에게 둘러대는 이유.' 누군가 선생에게, 선생이 이유
를 그저 둘러댄다고 말한다면 그 기분이 어떨지 생각할 수 있겠
소? 친구에게 이 말을 들을 때의 기분을 상상할 수 있겠소?

'네가 그걸 어떻게 알아!' 내가 그에게 소리쳤소. '참과 거짓은

없다고 생각했는데. 아니면 넌 이제 그렇게 생각하지 않는 거야?'"

면도를 하지 않은 조르즈의 얼굴에 붉은 반점이 나타났다.

"난 우리가 머릿속에 있는 모든 생각을 서로 이야기할 수 있으리라고 믿었소. 모든 것을. 참 낭만적이었지. 그래요, 빌어먹을 정도로 낭만적이었소. 하지만 40년 이상 정말 그래왔소. 그가 값비싼 프록코트를 입고 책가방도 없이 교실에 들어선 이래로 언제나.

그는 어떤 생각도 두려워하지 않던 사람이었소. 신부의 면전에서 신의 죽어가는 말에 대해 이야기하려던 사람도 그였소. 그런데 내가 그 대담하고 끔찍한…… 그렇소, 그 끔찍한 생각을 그저 꺼내보았을 때, 난 내가 아마데우와 우리 우정을 과대평가했다는 걸 깨달았소. 그는 내가 마치 괴물이라도 되는 듯 바라보더군. 그는 그저 생각만 해볼 일과 정말 행동으로 해야 할 일을 언제나 구별했고, 이를 나에게 가르쳐준 친구였소. 그랬던 그가 갑자기 그 구별을 전혀 모르더군. 그의 얼굴에서 핏기가 완전히 가셨소. 그 찰나, 단 일 초의 그 순간 난 소름 끼치는 일이 벌어졌다는 걸 깨달았소. 평생 지속되어온 우정이 증오로 바뀌었다는 것……. 우리가 서로를 잃어버린 끔찍한 순간이었지."

그레고리우스는 조르즈가 체스에서 이기길 바랐다. 강압적인 수로 체크메이트를 외치는 모습을 보고 싶었다. 그러나 조르즈의 정신은 체스 판으로 돌아오지 못했다. 그레고리우스는 게임이 무승부로 끝나도록 판을 조절했다.

"한계가 없는 솔직함이란 불가능한 거요."

두 사람이 거리로 나와 악수를 할 때 조르즈가 말했다.

"그건 우리의 능력 밖이오. 침묵해야 하기 때문에 고독한 경우도 있는 법이오."

그가 담배 연기를 내뿜었다.

"아주 오래전 일이오. 30년도 넘은 일. 하지만 바로 어제 일어난 일인 것만 같소. 내가 약국을 그냥 가지고 있어 다행이오. 내가 우리의 우정 속에서 살 수 있으니까. 가끔 우리가 결코 서로를 잃은 게 아니라는 생각이 들 때가 있소. 그냥 그가 죽었을 뿐이라는 생각……."

38

그레고리우스는 거의 한 시간 전부터 마리아 주앙의 집을 맴돌면서 왜 이렇게 가슴이 뛰는지 생각하고 있었다. "오빠 인생에서 참 지순했던 사랑, 손을 대지 않았던 사랑이었지요." 멜로디는 그녀를 이렇게 표현했다. "아마 입맞춤도 해본 적이 없을 거예요. 하지만 아무도, 그 어떤 여자도 그녀와 견줄 수 없었어요. 오빠의 모든 비밀을 아는 사람이 있다면, 그건 마리아 주앙일 테지요. 어떤 의미에서는 마리아만, 오직 그녀만이 오빠가 어떤 사람인지 알 거예요." 조르즈는 아마데우가 정말 믿은 단 한 명의 여자는 마리아라고 했다. "그랬소. 그래, 마리아……."

마리아 주앙이 문을 열자 한순간에 모든 것이 명확해졌다. 그녀는 김이 나는 커피 잔을 한 손에 들고, 따뜻함을 느끼려는 듯 다른 손을 잔에 대고 있었다. 갈색의 맑은 시선은 무슨 일인지 살피는 기색이었지만, 위협적이지는 않았다. 그녀는 사람들이 뒤를 돌아볼 정도로 화사한 미인은 아니었다. 젊은 시절에도 그랬으리라 생각됐다. 그러나 그레고리우스는 눈에 띄지 않으면서도 이렇듯 완벽하게 확신과 자신감을 드러내는 여자를 지금껏 본 적이 없었다. 이제 여든이 넘었겠지만, 지금도 흔들림 없이 자기 일을 잘 수행한다고 하더라도 아무도 놀라지 않을 듯했다.

"무슨 일인가에 달렸지요."

그레고리우스가 들어가도 되느냐고 묻자 마리아 주앙은 이렇게 대답했다. 그는 문밖에 서서 증명서라도 되는 듯 프라두의 사진을 또 한 번 내보이기 싫었다. 차분하게 열려 있는 그녀의 시선이 그레고리우스에게 에움길 없이 바로 본론으로 들어갈 용기를 주었다.

"저는 아마데우 드 프라두의 생애와 글에 대해 알아가는 중입니다."

그레고리우스가 프랑스어로 말했다.

"부인께서 그분과 아는 사이였다는 걸 들었습니다. 다른 그 누구보다도 그에 대해 잘 아셨다고요."

어떤 일에도 흔들리지 않을 것처럼 보이던 그녀의 시선에 변화가 일었다. 그것은 표면적인 변화가 아니었다. 검푸른 모직 옷을 입은 그녀는 여전히 편안하고 느긋하게 문간에 기대서 커피잔을 들지 않은 손으로—약간 속도가 느려졌을 뿐—계속 잔을 문지르고 있었다. 그러나 눈을 자주 깜박였고, 이마에는 심각한

471

결과를 불러올 수도 있는 예상치 못한 상황에 직면하여 정신을 집중할 때 나타나는 주름이 잡혔다. 그녀는 아무 말도 하지 않은 채 몇 초 동안 눈을 감고 마음을 진정시킨 뒤 말했다.

"글쎄요. 내가 그 시간으로 돌아가고 싶은지 모르겠군요. 하지만 찾아오신 분을 비가 오는 바깥에 그냥 세워두는 것도 옳은 경우는 아니겠지요."

그녀의 프랑스어는 유창했고, 한순간도 모국어 억양을 벗어나지 않으면서도 힘들이지 않고 프랑스어를 구사하는 포르투갈 여자의 나른한 우아함이 엿보였다.

그녀는 그레고리우스에게 커피를 주며 누구냐고 물었다. 친절한 주인이 아니라 현실적으로 꼭 해야 할 일을 해결하려는 사람의 메마른 말투였다.

그레고리우스는 베른에 있는 에스파냐 헌책방과 그 책방 주인이 번역해준 글에 대해 이야기했다. 우리는 많은 경험 가운데 기껏해야 하나만 이야기한다. 그레고리우스가 그의 글을 인용했다. 침묵하고 있는 경험 가운데, 알지 못하는 사이에 우리의 삶에 형태와 색채, 멜로디를 주는 경험은 숨어 있어 눈에 띄지 않는다.

마리아 주앙이 눈을 감았다. 기포의 흔적이 남아 있는 갈라진 입술이 아주 가늘게 떨렸다. 그녀는 소파 깊숙이 몸을 묻었다. 그러고 손으로 무릎을 싸안았다가 다시 놓고는, 손을 어디에 두어야 할지 모르겠다는 표정을 지었다. 검은 핏줄이 드러난 눈꺼풀이 떨리고 있었다.

"그래서 그 문장을 듣고 학교에서 도망쳐 나왔군요."

그녀가 말했다.

"학교에서 먼저 도망쳐 나온 다음 그 문장을 들었습니다."

그레고리우스가 대답했다.

그 말에 그녀가 미소를 지었다. 그 애는 넓은 초원에서 늘 깨어 있는 생명체처럼 미소를 지었다. 아마데우의 아버지가 썼던 글이었다.

"그랬군요. 그게 그를 알고 싶어할 정도로 마음에 들었군요. 그런데 어떻게 나를 찾게 됐지요?"

그레고리우스가 설명을 마치자 그녀가 그를 바라보았다.

"그 책은 전혀 모르던 이야기인데. 어디, 보고 싶네요."

그녀가 책을 펴고 사진을 들여다보았다. 갑자기 두 배로 무거워진 중력이 그녀가 앉은 소파를 누르는 듯했다. 핏줄이 드러나고 거의 속이 들여다보이는 눈꺼풀 뒤에서 안구가 세차게 흔들렸다. 그녀는 한참 준비를 한 다음, 눈을 뜨고 사진을 또렷한 눈길로 내려다보다가 주름진 손으로 한 번, 또 한 번 사진을 쓸었다. 그러다가 손으로 무릎을 짚고 일어나 아무 말 없이 방에서 나갔다.

그레고리우스는 책을 들고 사진을 살펴보며 부벤베르크 광장 카페에 앉아 이 사진을 처음 보던 때를 생각했다. 그리고 아드리아나의 낡은 녹음기에서 흘러나오던 프라두의 목소리를 떠올렸다.

"결국 난 그때로 돌아갔네요."

마리아 주앙이 돌아와 소파에 다시 앉으며 말했다.

"'영혼에 관해서라면, 우리 수중에 있는 것은 얼마 되지 않아.' 그가 늘 하던 말이지요."

그녀의 얼굴은 차분해 보였다. 얼굴로 흘러내렸던 머리카락이 단정하게 빗겨 있었다. 그녀는 책을 달라고 하더니 사진을 다시 찬찬히 들여다보았다.

"아마데우."

그녀의 입에서 나온 그 이름은 다른 사람들에게서 듣는 것과 울림이 전혀 달랐다. 같은 이름이라고는 생각할 수 없을 만큼.

"그는 아주 창백하고 조용했어요. 끔찍할 정도로. 그건 어쩌면 그가 언어 그 자체였기 때문인지도 모르겠어요. 난 그에게서 더는, 이제 더는 언어가 나올 수 없다는 걸 믿을 수 없었고, 믿으려고 하지도 않았어요. 터진 혈관에서 나온 피가 그의 언어를 쓸어버렸어요. 그의 모든 언어를. 엄청난 파괴력을 지닌 핏빛 댐의 파열. 나는 간호사로 일해서 죽음을 많이 보았어요. 하지만 그의 죽음처럼 그렇게 잔인했던 적은 없었어요. 절대 일어나서는 안 될 일이 벌어진 것처럼, 결코 견딜 수 없는 그 무엇……. 견딜 수 없는 것."

창밖에서 자동차 소음이 들렸지만, 방은 침묵에 싸였다.

"누런 봉투에 든 병원 진단서를 들고 나에게 오던 그가 눈앞에 떠올라요. 그는 찌르는 듯한 두통과 현기증 때문에 병원에 갔어요. 종양일지도 모른다며 불안해하더군요. 혈관 촬영, 뢴트겐 조영제……. 하지만 아무것도 없었어요. 그저 동맥류일 뿐이었죠. '그 병이 있어도 백 살까지 살 수 있습니다!' 신경과 전문의가 말했지요. 하지만 아마데우는 시체처럼 창백해졌어요. '언제라도 터질 수 있어. 뇌 속에 시한폭탄을 담은 채 어떻게 살아야 하지?'"

474

그레고리우스는 아마데우가 벽에서 뇌 지도를 떼어냈더라고 말했다.

"알아요. 그게 아마데우가 제일 먼저 했던 일이지요. 그가 인간의 뇌와 수수께끼 같은 뇌의 활동에 얼마나 무한히 감탄했던지 아는 사람만이 그의 행동이 무슨 뜻인지 짐작할 수 있을 거예요. '신에 대한 증거야.' 그가 말했지요. '신에 대한 증거. 하지만 신이 없다는 증거지.' 그랬던 그가 뇌를 생각나게 하는 모든 것을 피하는 생활을 시작한 거지요. 환자들이 뇌와 조금이라도 관계가 있다고 짐작되는 증상을 보이면 그는 바로 전문의에게 넘겼어요."

그레고리우스는 프라두의 방 책 더미 제일 위에 놓여 있던 뇌에 관한 책을 떠올렸다. "뇌, 언제나 뇌. 왜 아무 말도 하지 않았어?" 아드리아나의 목소리가 들렸다.

"나 말고는 아무도 그 일에 대해 알지 못했어요. 아드리아나도, 그리고 조르즈조차도."

거의 드러나지는 않았지만, 그녀의 목소리에는 자랑스러움이 묻어 있었다.

"우린 나중에도 그 일에 대해 거의 이야기하지 않았고, 한다고 해도 짧막하게만 했어요. 사실 별로 이야기할 것도 없었지요. 하지만 머릿속에서 피가 넘쳐날지도 모른다는 위협은 그의 삶에서 마지막 7년 동안 그림자처럼 드리워져 있었어요. 그래서 아마데우는 불안에서 자유로워지기 위해 그 일이 얼른 벌어지기를 바라기도 했어요."

그녀가 그레고리우스를 바라보았다.

"이리 오세요."

그녀가 앞장서 부엌으로 들어가더니, 부엌장의 제일 위 서랍에서 니스를 칠한 편평하고 커다란 나무 상자를 꺼냈다. 뚜껑은 상감 세공으로 장식되어 있었다. 두 사람이 식탁에 앉았다.

"그가 우리 부엌에서 글을 쓴 게 몇 개 있어요. 지금 이 부엌은 아니었지만, 이 식탁이었어요. '내가 여기서 쓰는 건 가장 위험한 글이야.' 그가 말했지요. 무슨 글인지는 말하려고 하지 않았어요. '작문은 말이 없어.' 이런 말도 했고. 밤새도록 이 식탁에 앉아 글을 쓰고, 한숨도 자지 않고 그대로 병원으로 갈 때도 있었어요. 그는 그때 건강을 혹사하고 있었어요. 아드리아나가 아주 싫어했지요. 그녀는 나와 관계된 것은 무엇이든 싫어했어요. 아마데우는 갈 때면 '고마워'라고 했지요. '네 옆에 있으면 고요하고 안전한 항구에 있는 기분이야.' 난 그가 쓴 글을 언제나 부엌에 보관했어요. 부엌이 그 글이 있을 곳이니까."

그녀가 조각이 된 상자의 자물쇠를 열고 제일 위에 있던 종이세 장을 꺼냈다. 그리고 몇 줄 읽고 나서 그레고리우스에게 밀어주었다.

그는 글을 읽었다. 이해하지 못하는 말이 있을 때마다 그녀를 바라보았다. 그럴 때면 그녀가 번역을 해주었다.

_메멘토 모리 Memento Mori: 죽음의 경고

어두운 수도원의 담, 내리깔은 시선, 눈으로 덮인 묘지. 꼭 이래야 하는가?

진정으로 하고 싶었던 일에 의식을 집중하기. 흘러가는 유한한 시간에 대한 자각을 자신의 습관과 기대, 특히 다른 사람들의 기대와 위협에 대항할 힘의 원천으로 삼기. 다시 말해 유한 시간에 대한 자각을, 미래를 닫지 않고 열 수 있는 그 무엇으로 삼기. 이렇게 본다면 메멘토는 권력을 가진 억압자들에게는 위험하다. 이들은 억압당하는 자들의 소원을 아무도 듣지 못하게, 그들 스스로도 듣지 못하게 하려는 계획을 꾸미니까.

"내가 왜 그 생각을 해야 하지? 죽음은 죽음이야. 올 때가 되면 오는 거지. 왜 나에게 그 말을 하는 거지? 달라질 거라고는 전혀 없는데."

여기에 대한 대답은 뭘까?

"시간을 낭비하지 말고, 뭔가 가치 있는 일을 해."

하지만 가치 있는 일이란 무엇인가? 오랫동안 생각해온 소원을 실현하기 위해 움직이기. 나중에도 언제나 시간이 있다고 생각하는 습관을 깨부수기. 메멘토를 안락함과 자기기만과 꼭 필요한 변화에 대한 불안에 대항할 도구로 사용하기. 오래 꿈꾸어오던 여행을 떠나기. 이런 언어들을 배우고, 저런 책들을 읽기. 이 보석을 사고, 저 유명한 호텔에서 하룻밤 묵기. 스스로를 잃어버리지 않기.

여기에는 더 큰 일들도 속한다. 좋아하지 않던 직업을 그만 두고, 싫어하던 환경을 떠나기. 더 진실해지고 자기 자신에게 가까워지는 일들을 하기.

아침부터 저녁까지 해변에 누워 있거나 카페에 앉아 있기, 이것도 메멘토에 대한 대답이다. 지금까지 일만 해온 사람이 할 수 있는 대답.

"언젠가 죽으리라는 걸 기억해. 어쩌면 내일일지도 몰라."

"내내 그 생각을 해서 업무를 팽개치고 햇볕을 쬐는 거야."

외관상 음울해 보이는 이 경고가 눈 덮인 수도원의 뜰에 우리를 가두어두지는 않는다. 메멘토는 바깥으로 향하는 길을 열고, 우리에게 현재를 일깨워준다.

죽음을 생각하며 다른 사람들과의 관계를 바로 세우기. 적대관계를 청산하고 자신이 행한 잘못을 사과하며, 속 좁은 마음 때문에 하지 못했던, 다른 사람을 인정한다는 말을 소리 내어 발음하기. 다른 사람들의 빈정댐, 잘난 척, 그 외에 타인이 누군가에 대해 지닌 변덕스러운 판단 등 지나치게 중요하다고 생각했던 일들을 더는 중요하게 생각하지 않기. 메멘토를 다르게 느끼라는 권유로 받아들이기.

이때 주의할 점. 이럴 경우 특정한 가까움을 전제로 하는 '순간의 진지함'이 없으므로, 인간관계는 더는 진실하지 않고 생기에 넘치지도 않는다. 또한 우리의 결정적인 경험들은 유한함에 대한 생각과 연결되지 않고, 앞날이 아직도 많이 남아 있다는 느낌과 관련되어 있다. 곧 다가올 죽음에 대한 자각은 이런 경험의 싹을 말려 죽인다.

그레고리우스는 옥스퍼드 올소울스 칼리지의 저녁 강의에 새

빨간 축구공을 들고 나타났던 용기 있는 아일랜드 학생에 대해 이야기했다.

"아마데우는 '내가 그가 될 수만 있다면 그 어떤 대가라도 치를 텐데!'라고 썼더군요."

"아마데우답군요."

마리아 주앙이 말했다.

"정말 그다워요. 특히 우리가 처음 만났던 그때와 꼭 맞아요. 지금 생각해보면 이미 그때부터 그랬어요. 난 그 중등학교 옆의 여학교 1학년이었어요. 우린 모두 건너편 남학생들에게 엄청난 존경심을 지니고 있었어요. 라틴어와 그리스어라! 그러던 어느 따뜻한 5월의 아침, 바보 같은 존경심에 질려버린 나는 그냥 그쪽으로 건너갔어요. 남학생들이 웃으며 놀고 있었는데, 아마데우만 아니었죠. 그는 계단에 앉아 팔로 무릎을 감싸고 날 쳐다봤어요. 이미 몇 년 전부터 날 기다리고 있었다는 듯이. 그렇게 쳐다보지 않았더라면 내가 그 옆에 자연스럽게 앉는 일도 없었겠지요. 하지만 그 순간에 그건 세상에서 가장 자연스러운 일인 듯했어요.

'넌 같이 놀지 않니?'

아마데우가 거의 언짢아 보일 정도로 단호히 고개를 저었어요.

'이 책을 읽고 있었어.'

그는 부드러우면서도 거역할 수 없는 독재자 같았어요. 자신의 독재에 대해 아무것도 알지 못할뿐더러 어떤 의미에서는 앞으로도 전혀 알 것 같지 않은 독재자와 같은 목소리로 말했어요.

'성인에 관한 책이야. 리지외의 테레즈, 아빌라의 테레사 등등……. 읽고 보니까 내가 하는 일은 모두 하찮다는 생각이 들어. 그다지 중요하지 않다는 생각 말이야. 무슨 뜻인지 이해하니?'

난 웃었지요.

'내 이름이 아빌라야. 마리아 주앙 아빌라.'

그러자 아마데우도 같이 웃었어요. 하지만 그건 뒤틀린 웃음이었어요. 자기 말이 진지하게 받아들여지지 않았다는 느낌이 들었겠죠.

'모든 게 중요할 수는 없어. 그리고 언제나 중요할 수도 없고.'

내가 말했지요.

'그렇다면 얼마나 끔찍하겠니?'

그가 다시 날 쳐다봤는데, 그 미소는 이제 뒤틀려 있지 않더군요. 학교에서 종이 울려서 우린 헤어졌어요.

'내일도 올 거야?'

그가 물었어요. 오 분도 지나지 않았는데, 우리 사이에는 몇 년이나 만난 듯한 신뢰감이 싹텄어요.

다음 날 당연히 그 자리로 갔어요. 아마데우는 아빌라라는 이름에 대해서 모든 걸 알고 있더군요. 카스티야 왕 알폰소 6세가 이곳으로 보낸 바스쿠 시메누와 부르고뉴의 하이문두 백작에 대해, 그리고 15세기에 포르투갈로 들어온 이름 안탕과 주앙 곤살베스 드 아빌라 등에 대해 일장 연설을 했지요.

'같이 아빌라로 가볼 수도 있는데…….'

그가 말했어요.

다음 날 교실에서 중등학교 쪽을 바라보고 있는데, 창문에 눈이 부시게 환한 점 두 개가 보이더군요. 오페라글라스에 비치는 햇빛이었어요. 그는 모든 일에 언제나 그렇게 빨랐어요.

쉬는 시간에 아마데우가 오페라글라스를 보여줬어요.

'어머니 거야. 오페라에 가는 걸 무척 좋아하시지. 하지만 아버지는……'

아마데우는 내가 의사가 될 수 있도록, 훌륭한 학생으로 만들고 싶어했지요. 그러나 난 원하지 않았어요. 난 간호사가 되고 싶었으니까요.

'하지만……'

그가 뭔가 말하려고 했어요.

'간호사, 그냥 평범한 간호사.'

난 이렇게 대답했고요.

아마데우가 내 생각을 받아들이는 데는 1년이 걸렸지요. 내가 내 생각을 굽히지 않고 그의 의지를 따르지 않은 게 우리의 우정이 지속되도록 만들었어요. 평생 이어진 우정……

'네 무릎은 진한 갈색이고, 옷에서는 정말 좋은 비누 향기가 나.' 우리가 만난 지 이삼 주 되던 때, 그가 말했어요.

난 그에게 오렌지를 하나 주었어요. 같은 반 친구들은 무척 심하게 질투했어요. 귀족과 농부의 딸. '왜 하필 마리아 주앙이야?' 내가 옆에 있는 걸 모르던 한 아이가 말했지요. 아이들은 제멋대로 상상했어요. 아마데우가 가장 소중한 스승이라고 생각했던 바르톨로메우 신부님은 날 좋아하지 않았어요. 그 신부님은 날 보면 등을 돌려 다른 방향으로 갔어요.

생일에 옷을 선물로 받았는데, 어머니에게 부탁해서 길이를 약간 줄였어요. 아마데우는 아무 말도 하지 않더군요. 가끔 아마데우가 우리 쪽으로 건너올 때도 있었어요. 그러면 우린 쉬는 시간에 함께 산책을 했지요. 그는 집에 대해, 아버지의 등에 대해, 어머니의 말 없는 기대에 대해 이야기했어요. 그의 마음을 흔드는 모든 일을 들었지요. 난 아마데우가 자기 마음을 털어놓는 친구가 되었어요. 그래요, 난 그런 사람이 되었죠. 평생 믿는 친구…….

그는 결혼식에 날 초대하지 않았어요.

'지루하기만 할 거야.'

그가 이렇게 말하더군요. 두 사람이 교회에서 나올 때 난 나무 뒤에 서 있었어요. 귀족의 화려한 결혼식. 반짝이는 거대한 자동차들, 희고 긴 드레스 자락, 연미복에 중산모자를 쓴 남자들.

내가 파티마를 본 건 그때가 처음이었어요. 균형이 잘 잡힌, 설화석고처럼 하얗고 아름다운 얼굴. 길고 검은 머리, 소년 같은 몸매. 인형처럼 보이지는 않았지만, 뭐라고 표현해야 할까……. 성숙하지 못한 듯했어요. 증거는 없지만, 아마데우가 그녀의 후견인 역할을 했을 거라는 생각이 들어요. 눈치채지 못하게 말이지요. 그는 그 정도로 지배적인 성향이 강한 사람이었어요. 지배욕이 강한 건 아니었어요. 전혀 아니었죠. 그래도 지배적이었어요. 그 찬란한 우월함으로……. 사실 그의 삶에 어떤 여자가 자리 잡을 공간은 없었어요. 하지만 그녀가 죽자 그는 심하게 흔들렸어요."

마리아 주앙은 입을 다물고 창밖을 내다보았다. 다시 이야기를 시작하는 그녀의 목소리에 양심의 가책을 느끼는 듯한 망설임이 묻어났다.

"말했듯이 그는 심한 충격을 받았죠. 그건 의심할 여지도 없어요. 하지만 뭐라고 할지…… 가장 깊은 바닥, 마지막 심연까지 내려간 충격은 아니었어요. 파티마가 죽고 며칠 동안 그는 자주 우리 집에 찾아왔어요. 위로를 원했던 건 아니었어요. 그는…… 그는 나에게서 위로를 받을 수 없으리라는 걸 알았을 테니까요. 그래요, 알았어요. 당연히 알았겠지요. 아마데우는 그냥 내가 옆에 있기를 바랐어요. 그럴 때가 많았거든요. 내가 옆에 있어야 할 때……."

마리아 주앙은 창문 앞으로 다가가서 바깥을 내다보며 뒷짐을 지고 서 있었다. 그러다가 비밀을 말하는 듯한 나지막한 목소리로 이야기를 다시 시작했다.

"세 번째인가 네 번째로 온 날, 드디어 용기를 내서 말하더군요. 마음의 번민이 너무 커서 누군가에게 말을 해야 했던 거지요. 그는 아이를 낳을 수 없었어요. 절대 아버지가 되지 않기 위해 수술을 받았다더군요. 파티마를 만나기 훨씬 전에.

'내 영혼의 짐을 져야 할 아이, 스스로를 방어할 수 없는 작은 아이가 생기는 걸 원하지 않아.'

그가 말했어요.

'그게 내 경우에 어떤 상황이었는지 잘 알고 있으니까. 그리고 지금까지도.'"

부모들이 지닌 의도나 불안의 윤곽은, 완전히 무기력하고 자기가 어떻게 될지 전혀 알지 못하는 아이들의 영혼에 달군 철필로 쓴 글씨처럼 새겨지지. 우리는 낙인찍힌 글을 찾고 해석하기 위해 평생을 보내면서도, 우리가 그걸 정말 이해했는지 결코 확신할 수 없어.

그레고리우스는 아마데우가 아버지에게 썼던 편지의 일부를 마리아 주앙에게 이야기했다.

"그래요."

그녀가 말했다.

"그에게 마음의 짐이 된 건 수술이 아니었어요. 그건 결코 후회하지 않았어요. 파티마에게 말하지 않았던 걸 괴로워한 거지요. 파티마는 아이가 없어 힘들어했어요. 그래서 아마데우는 양심의 가책 때문에 거의 숨이 막힐 지경이었어요. 아마데우는 용감한 사람이었어요. 그것도 아주 비범하게. 하지만 그런 그도 이 문제에선 어쩔 수 없이 비겁했고, 자신의 비겁함을 결코 극복하지도 못했어요."

아드리아나의 말이 떠올랐다. "어머니에 관한 일이라면 오빠는 언제나 겁쟁이였어요. 오빠의 유일한 비겁함……. 그 어떤 불쾌한 일도 피하는 법이 없는 오빠가 말이에요."

"난 아마데우를 이해했어요."

마리아 주앙이 말했다.

"그래요, 난 내가 이해했다고 생각해요. 그의 아버지와 어머니가 그의 마음속에 얼마나 크게 자리 잡고 있는지 알았으니까요. 그분들이 그에게 어떤 영향을 미쳤는지……. 알면서도 난 당황했어요. 파티마 일 때문에도 그랬지만, 과격하고도 잔인한 그의 결정에 아주 많이 놀랐어요. 이십 대 중반에 그 일을 결정하다니, 영원히 되돌릴 수 없는 결정을 내리다니. 내가 다시 정신을 차린 건 거의 1년이나 지난 다음이었어요. 난 나에게 말했지요. '그래, 그런 일을 할 수 없다면 아마데우가 아니다'라고요."

마리아 주앙은 프라두의 책을 손에 들고 안경을 쓴 다음 책장을 넘기기 시작했다. 그녀의 정신은 여전히 과거에 머물러 있었다. 그녀가 안경을 벗었다.

"우린 파티마 이야기, 그에게 파티마는 어떤 의미였는지 길게 이야기해본 적이 없어요. 언젠가 카페에서 파티마를 만난 적이 있어요. 카페로 들어온 그녀가 날 보더니 같이 앉아야 한다고 생각했나 봐요. 하지만 미처 종업원이 오기도 전에, 합석하지 말았어야 했다는 걸 우리 둘 모두 깨달았지요. 다행히 양이 적은 에스프레소를 시켜서 금방 일어날 수 있었어요.

내가 그 모든 걸 정말로 이해했는지, 하지 못했는지 모르겠네요. 그 스스로 이해했는지조차도 난 모르겠어요. 그리고 내 비겁함은, 그가 파티마에 대해 쓴 글을 읽지 못한다는 거지요.

'내가 죽은 뒤에 읽어.'

그가 나에게 봉인된 봉투를 주면서 이렇게 말하더군요.

'하지만 그때도 아드리아나의 손에 들어가면 안 돼.'

난 몇 번이나 봉투를 손에 들어보았어요. 그러다가 언젠가 평생 알고 싶지 않다고 마음먹게 되었어요. 그래서 지금도 상자에 들어 있지요."

마리아 주앙은 메멘토 모리에 관한 글을 상자에 넣어 옆으로 밀어놓았다.

"하지만 이것 한 가지는 알아요. 에스테파니아와의 일이 생겼을 때 난 전혀 놀라지 않았어요. 그런 일이 있지요. 사람들은 자기 자신에게 무엇이 없는지 알지 못해요. 그게 나타나기 전까지는 말이에요. 그러다가 그게 나타나면 단 한 순간에 확실해지지요.

아마데우는 변했어요. 40년 세월에서 처음으로 그는 내 앞에서 난처해하고, 뭔가 숨기려고 했어요. 난 저항운동을 하는 사람들 가운데 누군가 있다는 것, 그리고 그 사람이 조르즈와도 뭔가 관계가 있다는 것만 알고 있었어요. 그리고 아마데우가 자기 감정이 흘러가는 대로 자연스럽게 두지 않으려 한다는 것, 그렇게 할 수 없다는 것도. 하지만 그는 끊임없이 그녀를 생각했어요. 난 그를 잘 알고 있었어요. 아마데우의 침묵에서 난 알았지요. 내가 그녀를 보는 걸 그가 원치 않는다는 사실을. 마치 내가 그녀를 보면 그에 대해 알아서는 안 될 것이라도 알게 된다는 듯이 말이지요. 그 어느 누구도 알아서는 안 되는 것, 말하자면 그 스스로도 알아서는 안 되는 것……. 그래서 난 저항운동가들이 모이는 집 앞에 가서 기다렸어요. 나오는 사람 중에 여자는 한 명밖에 없었고 그녀를 보는 순간, 난 알았지요. 저 사람이구나……."

마리아 주앙의 시선은 방을 넘어 먼 곳으로 향했다.

"그녀의 모습이 어땠는지 묘사하고 싶지 않군요. 이것만 말하지요. 난 그에게 무슨 일이 벌어졌는지 금방 상상할 수 있었어요. 아마데우에게 갑자기 세상이 아주 달라 보였으리라는 것, 지금까지의 규칙이 무너졌으리라는 것, 순식간에 다른 일들이 중요해졌으리라는 것. 그녀는 그런 사람이었어요. 겨우 이십 대 중반이었는데 말이지요. 그녀는 그가 대학에서 보았던 빨간 아일랜드 공 정도가 아니었어요. 새빨간 아일랜드 공을 모두 모은 것보다 더 많은 의미가 있었지요. 아마데우는 그녀를 통해 자신이 완전해질 수 있다는 걸 느꼈을 거예요. 남자로서 완전해질 기회.

그것만이 그가 모든 희생을 감수하려 했던 이유를 설명할 수 있어요. 다른 사람들의 존경, 조르즈와의 우정, 성스러웠던 그 우정과 목숨까지도 희생하려던 이유, 그리고 그가 에스파냐에서 돌아왔을 때 왜 그렇게…… 무너졌는지도. 그는 파괴됐어요. 그래요, 그게 맞는 표현이에요. 행동은 굼떴고, 집중하는 걸 힘겨워했어요. 생동감에 넘치지도 않았고, 더는 대담하지도 않았어요. 삶의 정열이 사라졌어요. 그는 인생을 완전히 새로 배워야 한다는 말을 하더군요.

'중등학교에 가봤어.'

어느 날 그가 말했어요.

'그때는 아직 모든 게 내 앞에 있었어. 아주 많은 것들이 가능했지. 모든 것이 열려 있는 상태였어.'"

마리아 주앙은 목에 뭔가 걸린 모양이었다. 헛기침을 하고 나서 다시 말을 시작했지만, 목소리는 더욱 잠겨 있었다.

"아마데우는 다른 말도 했어요.

'우리가 왜 아빌라로 같이 가지 않았을까?'

난 그가 그 일을 잊어버린 줄 알았어요. 하지만 잊지 않았더군요. 우린 울었어요. 우리가 함께 운 건 그때 한 번뿐이었어요."

마리아 주앙이 방을 나갔다. 다시 돌아온 그녀는 목에 머플러를 두르고 팔에 두꺼운 외투를 걸치고 있었다.

"같이 중등학교에 가고 싶군요."

그녀가 말했다.

"뭐가 남아 있는지……."

그레고리우스는 그녀가 이스파한 사진들을 보고 질문을 하는 모습을 상상했다. 그는 마리아 주앙 앞에서 부끄러워하지 않는 스스로에게 놀랐다.

39

여든 살인 마리아 주앙은 택시 운전사처럼 침착하고 정확하게 운전했다. 그레고리우스는 운전대와 기어를 잡은 그녀의 손을 내려다보았다. 우아하다거나 특별히 시간을 내어 관리한 손은 아니었다. 환자를 돌보느라 요강을 비우고 붕대를 감은 손, 자신이 무엇을 하는지 아는 손이었다. 프라두는 왜 그녀를 파란 병원에서 간호사로 쓰지 않았을까?

둘은 차를 세운 뒤 걸어서 공원을 지나갔다. 그녀는 우선 여학교 건물로 가겠다고 했다.

"여기 마지막으로 온 게 벌써 30년 전이에요. 그가 죽었을 때는 매일 왔어요. 함께했던 장소, 우리가 처음 만났던 장소가 그와 작별하는 방법을 가르쳐줄 거라고 생각했으니까. 그와 어떻게 작별해야 할지 난 몰랐어요. 내 삶의 방향을 정해준 사람과는 어떻게 작별을 해야 할까요?

아마데우는 내가 예전에 모르던 것, 그리고 그가 죽은 다음에는 더는 경험하지 못한 것을 나에게 주었어요. 공감 능력이었지요. 그는 자주 자기 자신에게 몰두했고, 스스로에게 잔인할 때도 있었어요. 그러면서도 옆에 있는 사람이 어지러울 정도로 빠르고 정확하게 다른 사람들이 처한 상황을 그려내는 능력이 있었지요. 내 기분이 어떤지 묘사할 단어를 미처 찾지 못했는데, 그가 먼저 정확하게 표현해줄 때도 있었어요. 다른 사람을 이해하려는 마음은 그의 정열이자 격정이었어요. 하지만 자기가 잘못 이해할 가능성도 있다는 걸 당연하게 생각했어요. 자기가 언제나 완벽하게 이해한다고 생각했더라면 그답지 않은 태도가 되었을 테지요. 자기가 잘못 이해할 수도 있다고 어찌나 심하게 의심했던지, 그를 완벽하다고 생각하던 사람들이 그의 이런 태도에 현기증을 일으킬 정도였어요.

그가 날 이렇게 대할 때면 우리 사이는 숨이 막힐 듯, 이루 말할 수 없이 가까워졌어요. 우리 가족은 특별히 거칠지는 않았지만, 서로에게 무미건조했어요. 이른바 '합목적적'이라고 할 만한 관계였지요. 그런 상황에서 내 안을 들여다볼 수 있는 한 사람이 나타난 거예요. 그건 계시와도 같았어요. 희망이 솟아나게 하는 계시."

두 사람은 마리아 주앙의 교실에 섰다. 의자는 없었고, 칠판만 남아 있었다. 불투명한 유리창들은 여기저기 깨진 곳이 많았다.

마리아 주앙이 창문을 열자 수십 년 동안의 침묵이 삐걱거리며 소리를 내기 시작했다. 그녀는 건너편 중등학교를 가리켰다.

"저기 저편, 4층에서 오페라글라스의 반짝이는 점들이 보였어요." 그녀가 숨을 삼켰다. "오페라글라스로 날 찾던 귀족 집안의 아들. 그건…… 그건 뭔가 특별한 일이었어요. 이미 말했듯이 희망을 품게 했지요. 그 희망은 아직 순진한 형태였고, 또 무엇에 대한 것인지도 물론 확실하지 않았어요. 하지만 흐릿하기는 해도 함께하는 삶에 대한 희망이었어요."

두 사람은 계단을 내려갔다. 중등학교와 마찬가지로 이곳 계단도 젖은 먼지와 썩은 이끼들이 만들어낸 미끈거리는 얇은 막으로 덮여 있었다. 마리아 주앙은 공원을 가로질러 갈 때까지 아무 말도 없었다.

"어쨌든 그렇게 되기는 했지요. 함께하는 삶 말이에요. 가깝지만 먼 곳에서, 멀지만 가까운 곳에서 둘이 함께한 삶……."

그녀가 눈을 들어 중등학교의 전면을 바라보았다.

"아마데우는 저기, 저 창가에 앉아 있었어요. 수업이 모두 아는 내용이라 심심했던지, 저에게 짧은 편지를 써서 쉬는 시간에 주머니에 찔러 넣어주곤 했어요. 그건…… 그건 연애편지가 아니었어요. 내가 바라던 게 쓰여 있는 편지가 아니었어요. 늘 아니었죠. 아마데우는 무엇인가에 대한 자기의 생각을 적었어요. 아빌라의 테레사나 그것 말고도 다른 많은 것들에 대한 그의 생각이 있었어요. 그는 나를 자기 사유세계의 주민으로 만들었던 거예요. 그가 말했지요. '그곳에는 너밖에 없어. 나 말고는.'

하지만 그는 내가 자기 인생에 끼어드는 걸 원치 않았어요. 난 그걸 아주 오랜 시간이 지난 뒤에야 깨달았지요. 설명하기 무척 어려운데, 그는 내가 바깥에 있길 원했어요. 난 그가 파란 병원에서 일을 하지 않겠냐고 묻기를 기다렸어요. 그곳에서 일하는 꿈을 여러 번 꾸었어요. 행복했지요. 우린 말 한마디 하지 않고서도 서로를 이해할 수 있었으니까. 하지만 그는 묻지 않았어요. 스치고 지나가듯 물은 적도 없었지요.

아마데우는 기차를 좋아했어요. 기차는 그에게 삶의 상징이었어요. 난 같은 칸에 함께 타고 싶었지만, 그가 원치 않았어요. 아마데우는 내가 플랫폼에 있기를, 그래서 창문을 열면 내가 언제든지 자기가 묻는 말에 대답해주길 원했어요. 그리고 그는 기차가 움직이기 시작하면 플랫폼도 함께 떠나길 바랐어요. 난 기차와 완벽하게 똑같은 속도로 달리는 플랫폼에, 그 공중의 플랫폼에 천사처럼 서 있어야 하는 거였죠."

두 사람은 중등학교로 들어갔다. 마리아 주앙이 주변을 둘러보았다.

"여학생은 원래 여기 들어올 수 없었어요. 하지만 아마데우는 수업이 끝나면 나를 데리고 와서 이곳저곳을 보여주었어요. 그러다 바르톨로메우 신부님에게 들킨 적도 있어요. 그분은 분노로 들끓었어요. 하지만 상대가 아마데우였기 때문에 아무 말도 하지 않았지요."

두 사람은 코르테스 교장의 방 앞에 섰다. 아까까지만 해도 부끄럽지 않았는데 그레고리우스는 갑자기 불안해졌다. 방에 들어

섰다. 마리아 주앙이 웃음을 터뜨렸다. 생기 넘치는 여학생의 웃음이었다.

"당신이 붙였나요?"

"예."

그녀가 이스파한 사진들이 붙은 벽으로 다가가더니 그에게 질문을 던지는 듯한 표정을 지어 보였다.

"이스파한, 페르시아. 학생일 때 그곳에 가고 싶었습니다. 아침의 나라로요."

"일상에서 도망친 지금, 그걸 이곳에서 만회하고 있군요."

그레고리우스가 고개를 끄덕였다. 그는 이렇게 빨리 이해하는 사람이 있으리라고는 생각도 하지 못했다. 기차의 유리창을 열고 천사에게 물어볼 수 있다는 것……

마리아 주앙이 또 다시 그레고리우스를 놀라게 했다. 그의 옆으로 다가와 어깨에 팔을 얹었던 것이다.

"아마데우는 이해했을 거예요. 이해했을 뿐만 아니라, 이 행동 때문에 아마 당신을 좋아하게 되었을걸요. '상상력은 우리의 마지막 성소다.' 그가 늘 했던 말이지요. 상상력과 친근함은 언어 외에 그가 인정한 유일한 성스러움이었으니까요. '이것들은 서로 관련이 많아. 아주 많지.' 이 말도 자주 했고……"

그레고리우스는 잠깐 망설이다가 책상 서랍을 열고 그녀에게 히브리어 성서를 보여주었다.

"이건 분명 당신 스웨터겠지요!"

그녀는 소파에 앉더니 실베이라의 담요를 다리에 걸쳤다.

"읽어주세요. 아마데우도 읽어줬어요. 난 물론 아무것도 알아듣지 못했지만, 정말 좋았어요."

그레고리우스가 〈창세기〉를 읽었다. 문두스인 그가 폐허가 된 포르투갈의 한 중등학교에서 어제까지만 해도 알지 못하던, 그리고 히브리어를 한마디도 하지 못하는 여든 살 노파 앞에서 〈창세기〉를 읽는다……. 그가 지금까지 살아오면서 했던 일들 가운데 가장 이상한 일이었다. 그러나 그는 이 순간을 즐겼다. 예전에 한 번도 느끼지 못한 기쁨이었다. 곧 다가올 종말을 예감하고, 단 한 번만 거침없이 세차게 쳐부수기 위해 마음속으로 모든 사슬을 끊어버리는 성서 속의 사내가 된 듯한 느낌이었다.

"이제 대강당으로 갈까요? 예전에는 잠겨 있었는데."

마리아 주앙이 말했다.

두 사람은 약간 높은 교탁을 마주하고 첫째 줄에 앉았다.

"아마데우가 저기서 연설을 했어요. 그 대담한 연설. 난 그 연설을 사랑했어요. 연설에는 그가 많이 들어 있었어요. 그가 곧 연설이었지요. 나를 놀라게 한 내용도 들어 있었어요. 하지만 그건 원고에만 있었고 나중에 한 연설에는 없었어요. 그가 뺐으니까요. 마지막 구절 기억하시죠? 말씀의 신성함과 모든 잔혹함에 대항할 적대감이 필요하다고 한 구절 다음에 나오는 '아무도 나에게 둘 중 하나를 선택하라고 강요하지 말기를', 그게 연설의 마지막 말이었어요. 하지만 원래는 한 구절이 더 있었어요. '그건 바람을 잡으려는 것이니까.'

'정말 아름다운 장면인데!'

내가 소리쳤지요.

그러자 그가 성서를 들고 솔로몬의 〈전도서〉를 읽어주었어요. '내가 해 아래서 행하는 모든 일을 본즉 다 헛되어 바람을 잡으려는 것이로다.' 난 놀랐지요.

'안 돼! 신부님들이 금방 알아차리고 널 정신 나간 아이로 취급할 거야!'

내가 그 순간 그를 걱정하고 있다는 것, 그의 영혼을 염려하고 있다는 말은 하지 않았어요.

'왜 안 돼? 이건 그냥 시일 뿐이야.'

그가 놀라며 말했어요.

'하지만 네가 성서 같은 시를 말하면 안 돼! 네 이름으로 성서 같은 시라니!'

'시는 모든 것을 능가해. 모든 규칙을 무효로 만든다고.'

하지만 그는 확신을 잃었고, 결국 그 문장을 없앴어요. 내가 걱정한다는 걸 알아챘던 거지요. 아마데우는 눈치채지 못하는 게 없었어요. 우린 그 뒤로 다시는 그 이야기를 하지 않았어요."

그레고리우스는 프라두와 조르즈가 신의 죽어가는 말씀에 대해 토론했다고 이야기했다.

"그건 몰랐어요."

그녀는 이렇게 대답하고는 한참 동안 아무 말도 하지 않았다. 손을 깍지 끼었다가 풀고, 다시 깍지 끼었다.

"조르즈. 조르즈 오켈리. 모르겠어요. 그가 아마데우에게 행운이었는지 불행이었는지 정말 모르겠어요. 세상에는 엄청난 행운으로 변장한 끔찍한 불행도 있으니까요. 아마데우는 조르즈의 강인함을 동경했어요. 그건 거친 강인함이었지요. 아마데우는 거칠게 갈라진 손과 뻣뻣하게 엉클어진 머리카락, 당시에 벌써 끊임없이 피워대던 필터 없는 담배에서 알 수 있는 조르즈의 거친 삶 그 자체를 동경했어요. 조르즈를 나쁘게 말해서는 안 되겠지만, 그를 향한 아마데우의 비판 없는 경탄은 내 마음에 들지 않았어요. 난 농부의 딸이라 농부의 아들이 어떤지 잘 알고 있었어요. 낭만적이지 않지요. 큰일이 벌어지면 조르즈는 일단 자기 자신을 먼저 생각할 사람이었어요.

아마데우를 매혹했던 것, 거의 취하도록 그를 끌었던 것은 다른 사람들과 스스로의 경계를 짓는 데 전혀 어려움이 없던 조르즈의 성격이었어요. 그는 간단하게 '싫어'라고 말하고는, 그 큰 코를 벌쭉이며 웃으면 그만이었으니까요. 그에 비해 아마데우는, 경계를 지으려면 그게 마치 구원의 문제라도 되는 듯 싸워야 했어요."

그레고리우스는 아버지에게 쓴 아마데우의 편지와 '타인은 너의 법정이다'라는 문구를 그녀에게 이야기했다.

"그래요, 바로 그거예요. 그게 아마데우를 아주 불안정하고 이루 말할 수 없이 민감한 사람으로 만들었어요. 그는 다른 사람들에게서 신뢰와 인정을 받으려는 욕구가 너무도 강했어요. 이런 불안감을 감추어야 하는 것, 그리고 용기나 대담함처럼 보이는 것들은 그저 앞을 향한 도주에 불과하다고 말했지요. 그는 스스로에게 말할 수 없이 많은 것들, 지나치게 많은 것들을 요구했어요. 그래서 독선적인 사형집행인처럼 되었어요.

아마데우를 잘 아는 사람들은 그와 그의 기대를 결코 충족시킬 수 없다는 느낌, 늘 그 뒤에 처져 있다는 느낌을 받았다고 이야기 했어요. 스스로를 별로 대단한 사람이 아니라고 여기는 그의 성격은 모든 상황을 더욱 나쁘게 만들었어요. 다른 사람들이 그의 자만심을 공격해서 그들 자신을 방어할 수도 없게 만들었으니까요.

아마데우는 유치함을 못 견뎠어요. 말과 행동의 유치함은 특히 더 그랬지요. 스스로의 유치함은 이루 말할 수 없이 두려워했고. 난 그에게 '자유로워지려면 유치한 자신의 모습도 받아들여야 해'라고 말했지요. 그러면 그는 한동안은 차분하고 편안하게 숨을 쉬었어요. 하지만 엄청난 기억력을 지닌 그가 이런 일들은 금방 잊어버렸고, 억압된 호흡이 완강하고 냉혹하게 그를 다시 움켜쥐었지요.

아마데우는 법정에 맞서 싸웠어요. 얼마나 격렬하게 싸웠던지! 그리고 그 싸움에서 졌어요. 그래요, 졌다고 말해야 할 듯하군요.

아무 생각 없이 병원에서 일을 하고, 환자들이 그에게 고마워하던 평화로운 시기에 그는 가끔 이런 싸움을 극복한 듯한 모습을 보이기도 했어요. 하지만 그 무렵에 멘드스 사건이 터졌지요. 얼굴에 묻은 침은 그를 계속 따라다녔어요. 그는 마지막까지도 계속 악몽을 꾸었어요. 그 사건은 그에게 사형선고였으니까요.

난 아마데우가 저항운동에 참여하는 데 반대했어요. 그는 저항운동을 할 만한 사람이 아니었어요. 이성은 지녔지만 견딜 수 있는 신경이 없었으니까. 그리고 난 그가 뭔가 속죄해야 한다고 생각하지 않았어요. 하지만 말릴 수 없더군요. '영혼에 관해서라면 우리 수중에 있는 것은 얼마 되지 않아.' 그가 하던 말이에요. 내가 이건 아까 이야기했지요.

조르즈도 저항운동에 참여하고 있었어요. 아마데우가 그런 식으로 잃게 된 조르즈……. 아마데우는 그 생각에 잠겨 우리 집 부엌에서 말 한마디 없이 앉아 있었어요."

두 사람이 계단을 올라갔다. 그레고리우스는 프라두의 자리라고 생각했던 곳을 그녀에게 보여주었다. 층수가 틀리기는 했지만 그 외에는 거의 맞았다. 마리아 주앙은 창문가에 서서 건너편 여학교의 자기 자리를 바라보았다.

"타인의 법정. 아드리아나의 목을 절개했을 때도 아마데우는 그런 경험을 했어요. 식구들은 식탁에 앉아 그를 괴물 보듯 쳐다봤어요. 그런 경우에 해야 할 유일한 처치를 했는데도. 난 젊었을 때 파리에서 응급처치 과정을 배운 적이 있어요. 그때 윤상갑상연골절개술을 배웠어요. 윤상연골을 가로로 절개하고, 작은 관으로 기도를 열어두어야 해요. 그러지 않으면 환자는 순식간에 질식사해요. 나라면 과연 그렇게 할 수 있었을지, 볼펜을 관의 대용으로 쓸 생각을 했을지 모르겠어요. 나중에 아드리아나를 수술했던 의사들은 아마데우에게 '우리와 함께 일할 생각이 있다면……' 이렇게 권했지요.

하지만 그 일은 아드리아나의 인생에 엄청난 결과를 몰고 왔어요. 누군가의 목숨을 구한 사람은, 자기가 구해준 사람과 가볍고도 빠른 작별을 해야 해요. 생명을 구하는 일은 자신에게나 타인에게 견딜 수 없는 부담이 되지요. 그래서 자연스럽게 운이 좋아 생긴 일처럼 취급해야 해요. 저절로 병이 나았다는 듯이, 감정이 전혀 개입되지 않은 사물처럼.

아마데우는 광적인 신앙과 비슷한 아드리아나의 감사를 견디기 힘들어했어요. 노예와도 같은 아드리아나의 굴종적인 태도에 구역질을 느낄 때도 있었어요. 그러다가 그녀는 불행한 사랑에 빠졌고, 낙태를 했어요. 외로워질 위험에 처한 거지요. 난 아마데우가 자기 병원으로 날 오라고 하지 않는 게 아드리아나 때문이라고 생각하기도 했어요. 하지만 그건 사실이 아니었어요.

그는 멜로디라고 불리는 동생 히타와는 가볍고 편안한 사이였어요. 사진을 한 장 보여주었는데, 그 사진에서 아마데우는 멜로디가 속해 있던 거리 악단의 빵모자를 쓰고 있더군요. 그는 방랑할 수 있는 멜로디의 용기를 부러워했어요. 아마데우는 계획에 없던 늦둥이였던 그녀가 부모님으로부터 받는 정신적인 부담을 자기나 아드리아나보다 덜 받도록 했지요. 하지만 아들인 자신도 사실 얼마나 더 편하게 살 수 있는지를 생각하고는 분을 터뜨리기도 했어요.

내가 아마데우의 집에 간 적은 단 한 번밖에 없어요. 학교에 다닐 때였지요. 그건 빗나간 초대였어요. 모두 나에게 친절하긴 했지만, 내가 그곳에 어울리지 않는다는 걸 우리 모두 느꼈던 거지요. 부유한 귀족의 집에……. 아마데우는 그날 오후에 있었던 일 때문에 괴로워했어요.

'내가…… 난…….' 그가 더듬거리며 말을 꺼내서 난 괜찮다고 대답했어요.

세월이 한참 흐른 뒤 아마데우의 아버지와 한 번 만났어요. 그가 만나자고 했어요. 그는 타하팔에 책임이 있는 정부 아래서 일하는 자기를 아마데우가 나쁘게 생각한다고 하더군요. '아마데우가, 내 아들이 날 경멸한다.' 그가 속내를 토해냈어요. 그러고선 고통을 이야기하고, 판사라는 직업이 계속 살아가는 데 얼마나 도움을 주는지도 이야기했어요. 아마데우가 공감 능력이 부족하다고 비난하기도 했지요. 난 그에게 아마데우가 했던 말을 해주었어요. '아버지를 환자로 보고 싶지 않아. 모든 것을 용서해야 하는 환자로. 그건 아버지가 없다는 것과 다를 바 없어.'

하지만 아마데우가 코임브라에서 얼마나 불행한지는 이야기하지 않았어요. 자신이 미래의 의사로 적합한 사람인지, 아버지의 소원에 따랐을 뿐 자기 의지는 잃어버린 게 아닌지 의심을 품었기 때문에 불행하다는 것을…….

아마데우는 시내에서 가장 오래된 백화점에서 물건을 훔치다가 하마터면 잡힐 뻔한 적이 있어요. 그 일이 있은 다음 그는 신경쇠약으로 쓰러졌지요. 문병을 가서 그에게 물었어요.

'왜 그랬는지 이유를 알아?'

그는 고개를 끄덕였지만, 이유를 말하지는 않았어요. 난 그 행동이 아버지와 법원과 법원의 판결과 연관이 있으리라고, 암호화된 반란이라고 추측했어요. 병원 복도에서 조르즈를 만났어요.

조르즈는 '적어도 뭔가 값비싼 걸 훔칠 일이지, 바보 같은 놈!'

이라고만 말하더군요. 그렇게 말하는 그를 내가 그 순간 좋아했는지 증오했는지 모르겠어요. 지금까지도 알지 못해요.

공감 능력이 부족하다는 비난은 정말 부당했어요. 아마데우는 내 눈앞에서 정말 자주 강직성 척추염 환자들의 자세를 했고, 등 근육에 경련이 일어날 때까지 그 자세를 유지하고 있었으니까요! 제대로 몸을 구부리고 오래 있기 위해, 머리를 새처럼 앞으로 내밀고 이를 악물었어요.

'아버지가 이걸 어떻게 견디는지 모르겠다. 육체적 고통만의 문제가 아니야. 이건 굴욕이야!'

아마데우가 전혀 공감을 할 수 없던 사람은 어머니였어요. 어머니와 아마데우의 관계는 나에겐 수수께끼였어요. 그의 어머니는 매력적이고 단정했지만, 속을 알 수 없는 사람이었죠.

'응, 그래. 그거야. 아무도 믿을 수 없겠지만.'

아마데우는 아주 많은 일에, 타당하지 않은 일에도 어머니 평계를 댔어요. 실패한 경계 짓기, 도를 넘어선 일 욕심, 스스로에 대한 지나친 요구, 춤을 추지 못하고 놀지도 못하는 성격 등이 모두 어머니와 어머니의 부드러운 독재와 관계가 있다는 거였지요. 하지만 그와 이 문제를 이야기할 수는 없었어요.

'이야기하고 싶지 않아! 난 분노하고 싶을 뿐이야! 분노라고! 푸리오주Furioso! 하이보주Raivoso!'"

날이 어두워져서 마리아 주앙은 전등을 켜고 운전을 했다.

"코임브라에 가봤나요?"

그레고리우스가 고개를 가로저었다.

"아마데우는 대학에 있는 조아나 도서관*을 좋아했어요. 매주 그곳에 갔지요. 졸업장을 받은 살라 그란드 두스 악투스Sala Grande dos Actos: '행동이 진행된 큰 방'이란 뜻, 행사를 치르는 공간도 좋아해서, 나중에는 그 장소들을 보려고 계속 코임브라로 갔어요."

그레고리우스는 차에서 내릴 때 현기증을 느껴 차 지붕을 잡아야 했다. 마리아 주앙이 눈을 가늘게 뜨며 물었다.

"이런 일이 자주 있어요?"

그는 잠깐 망설이다가 아니라고 거짓말을 했다.

"그래도 가볍게 생각하면 안 돼요. 여기 아는 신경과 전문의가 있나요?"

그가 고개를 끄덕였다.

마리아 주앙은 다시 돌아가고 싶은 듯 천천히 차를 몰다가 사거리에 이르자 속도를 냈다. 주변이 빙빙 돌아 그레고리우스는 문을 열기 전에 손잡이를 움켜쥐고 있어야 했다. 그는 실베이라의 냉장고에서 우유를 꺼내 마시고, 한 계단씩 밟으며 천천히 위로 올라갔다.

40

"난 호텔이 싫어. 그런데 내가 왜 이 일을 계속하고 있을까? 줄

---

* 18세기에 세워진 바로크 도서관.

리에타, 혹시 그 이유를 알아?" 토요일 점심때 실베이라가 문을 여는 소리를 들은 그레고리우스는 가정부가 이야기했던 말을 떠올렸다. 가방과 외투를 털썩 떨어뜨리고 홀의 소파에 주저앉아 눈을 감는 실베이라의 모습은 이 말과 썩 잘 어울렸다. 계단을 내려오는 그레고리우스의 모습을 보자 그의 표정이 밝아졌다.

"하이문두, 이스파한에 가지 않았나?"

그가 웃으며 물었다.

실베이라는 감기에 걸려 숨을 가쁘게 쉬었다. 사업차 비아리츠에 갔던 일은 기대에 미치지 못했고, 식당차 종업원과 둔 체스에서 두 번 졌으며, 운전사인 필리프는 제시간에 맞춰 역에 나오지 못했다. 더구나 오늘은 줄리에타도 오지 않는 날이었다. 그의 얼굴에 피로가 역력하게 묻어났다. 처음 기차에서 봤던 것보다 더 크고 깊은 고단함이었다. "문제는……." 전에 기차가 바야돌리드에 멈췄을 때 실베이라가 말했다. "우리가 인생을 조망할 수 없다는 것이지요. 앞으로든 뒤로든. 뭔가 일이 잘 풀렸다면 그건 그냥 운이 좋았던 것이겠지요."

둘은 줄리에타가 어제 준비해놓은 음식을 먹고, 응접실에서 커피를 마셨다. 실베이라는 머리 위에 걸려 있는 화려한 파티 사진으로 향하는 그레고리우스의 시선을 따라갔다.

"젠장, 까맣게 잊어버리고 있었군. 빌어먹을 가족 파티!"

그는 가지 않겠다고, 그냥 무시하겠다고 말하며 포크로 식탁을 두드리다가 그레고리우스의 표정을 보고 주춤했다.

"자네도 간다면 가지."

실베이라가 말했다.

"귀족들의 지루한 가족 파티야. 끔찍하지! 하지만 자네가 가고 싶다면……."

8시 무렵 두 사람을 데리러 온 필리프는, 홀에 서서 굴러갈 듯 웃고 있는 두 사람을 놀라서 바라보았다. 한 시간 전, 그레고리우스는 입을 만한 옷이 없다고 말하고 실베이라의 옷을 입어보았다. 옷은 모두 꽉 끼었다. 옷과 어울리지 않는 조야한 구두 위로 주름을 잡으며 떨어지는 너무 긴 바지 자락, 단추를 여밀 수 없는 스모킹 재킷, 목을 조르는 셔츠가 커다란 거울에 비쳤다. 그는 자기 모습에 놀랐지만 폭소를 터뜨리는 실베이라의 기분에 곧 휩쓸렸고, 어릿광대짓을 즐기기 시작했다. 뭐라고 설명할 수는 없었지만, 이렇게 변장을 하고 보니 플로렌스에게 복수를 한다는 느낌이 들었다.

불투명하던 이 복수는 실베이라 고모의 대저택에 도착해서야 비로소 정식으로 시작됐다. 실베이라는 거만한 친척들에게 "스위스에서 온 친구인데, 셀 수 없을 만큼 다양한 언어를 완벽하게 구사하는 진짜 학자"라고 소개했다. 실베이라는 그를 소개하며 무척 즐거워했다. 그레고리우스는 "이루디투erudito: 박식한"라는 포르투갈어 단어가 들리자 곧 덜미가 잡힌 사기꾼처럼 화들짝 놀랐다. 그러나 식탁에 앉아서는 자신의 언어 능력을 증명하기 위해 마치 귀신에라도 홀린 듯 히브리어와 그리스어와 베른 사투리를 마구 섞어 이야기했다. 그는 시간이 지날수록 점점 더 혼란스러워지는 단어들의 난해한 조합에 심취했다. 그는 자기 안에 이렇게 많은 말장난이 숨어 있는지 미처 몰랐다. 대담하고 거대한 환상의 옷자락을 타고 점점 넓어지고 높아지는 텅 빈 공간으로 올라가다가 언젠가는 추락하게 될 듯한 기분이었다. 현기증이 났다. 혼란한 언어와 레드 와인, 담배, 귓전에서 들리는 음악이 뒤섞인 편안한 현기증이었다. 그는 이 현기증을 원했다. 그래서 현기증이 유지되게 온갖 노력을 기울였다. 그는 그날 파티의 스타였다. 실베이라의 친척들은 흥미로워하며 좋아했고 실베이라는 줄담배를 피우며 이 광대짓을 즐겼으며, 여자들은 그레고리우스가 지금까지 받아본 적이 없던 눈길을 보냈다. 그는 이 눈길이 자기가 짐작하는 의미가 담긴 것인지 확실히 알 수는 없었지만, 그런 건 별문제가 아니라고 생각했다. 중요한 것은 가장 거친 양피지로 만든 문두스, 사람들이 파피루스라고 부르던 그에게 지금 묘한 눈길이 쏟아진다는 사실이었다.

늦은 밤, 그는 부엌에 서서 설거지를 했다. 이곳은 실베이라의 친척 집에 있는 부엌이기도 했지만, '세상에나'로 불리던 에바 폰 무랄트의 부엌이기도 했고, 그녀는 지금 그릇을 닦는 그를 놀라서 바라보고 있었다. 그레고리우스는 시중을 들던 두 여자가 갈 때까지 기다렸다가 조금 전에 부엌으로 살짝 들어왔다. 그는 비틀거리며 개수대에 기대서서 윤이 나도록 그릇을 닦았다. 현기증을 두려워하지 말자고 마음먹었다. 40년 전의 학생 파티에서는 할 수 없었던 엉뚱한 행동을 이 저녁에는 즐기고 싶었다. 조금 전 후식을 먹으면서 그는 포르투갈에서 귀족 칭호를 돈으로 살 수 있는지 물었다. 그러나 그가 기대했던 어색한 분위기는 만들어지지 않았다. 실베이라만 미소를 지었을 뿐, 다른 사람들은 언어의 천재가 말을 조금 더듬거린 모양이라고 생각하는 듯했다.

뜨거운 설거지 물 때문에 안경에 김이 서렸다. 그레고리우스는 허공에 손을 젓다가 접시를 떨어뜨렸다. 그릇이 돌바닥에 부딪쳐 산산조각이 났다.

"이스페라, 에우 아주두 Espera, eu ajudo: 잠깐, 제가 도와드릴께요."

갑자기 나타난 실베이라의 조카 오로라가 말했다. 두 사람은 쪼그리고 앉아 도자기 파편을 주워 모았다. 여전히 앞이 보이지 않는 탓에 그레고리우스는 오로라와 부딪혔다. 그녀의 향수 냄새가 자신의 현기증과 잘 어울린다는 생각이 들었다.

"낭 파스 말 Náo faz mal: 괜찮아요."

그가 미안하다고 말하자 오로라는 이렇게 대답하고 느닷없이 그의 이마에 입을 맞추었다. 그녀는 웃으며 그가 두른 앞치마를 가리키면서 도대체 여기서 뭘 하는지 물었다. 설거지를 한다고? 손님인 그가? 온갖 언어를 구사하는 학자가?

"세상에나!"

두 사람은 일어나서 춤을 추었다. 오로라는 그의 앞치마를 벗겨주고 라디오를 튼 다음, 손과 어깨를 잡고 왈츠 가락에 맞추어 부엌을 이리저리 빙빙 돌아다녔다. 그레고리우스는 예전에 댄스학원을 한 시간 반 만에 도망치듯 빠져나왔다. 그랬던 그가 지금 곰처럼 서툴게 돌며 춤을 추고 있었다. 바지 자락에 발이 걸려 현기증이 났다. 금방이라도 쓰러질 것 같았다. 그는 오로라를 세게 붙잡으며 쓰러지지 않으려고 애를 썼다. 오로라는 아무것도 모르는 듯, 음악에 맞추어 휘파람을 불었다. 무릎이 풀렸다. 쓰러질 뻔한 그를 실베이라의 억센 손이 꽉 붙들어주었다.

그레고리우스는 실베이라가 오로라에게 하는 말을 알아듣지 못했지만, 톤으로 보건대 그건 질책에 가까웠다. 실베이라는 그를 앉히고 물을 한 잔 가져다주었다.

삼십 분 뒤 두 사람은 파티장을 떠났다. 차 안에서 실베이라는 지금껏 이런 일은 한 번도 없었다고, 그레고리우스가 지루하기 짝이 없는 모임에 활기를 불어넣었다고 말했다. "흠, 물론 오로라야 원래 그런 아이지." 하지만 다른 사람들 모두 다음에도 그를 꼭 데리고 오라고 누누이 당부하더라고 말했다!

집에 도착한 실베이라는 운전사를 돌려보내고, 직접 운전대를 잡고 중등학교로 향했다.

"왠지 모르게 지금 시간과 꼭 어울리는 느낌이군."

실베이라가 불쑥 말했다.

캠핑 전등에 비친 이스파한 사진들을 보던 그가 고개를 끄덕였다. 그러고 그레고리우스를 바라보더니 다시 한번 더 고개를 끄덕였다. 담요는 마리아 주앙이 접어놓은 모양 그대로 소파에 놓여 있었다. 실베이라가 그 위에 앉았다. 실베이라는 이곳에서 아무도 하지 않았던 질문, 마리아 주앙도 하지 않았던 질문을 했다. 왜 고전어를 배우게 되었는지, 왜 대학에서 가르치지 않는지? 그는 그레고리우스가 플로렌스에 대해 한 말들을 모두 기억하고 있었다. 그 뒤로 다른 여자를 만난 적은 없는지?

그레고리우스는 그에게 프라두에 관한 이야기를 들려주었다.

프라두를 모르는 사람에게 그에 대한 이야기를 하기는 이번이 처음이었다. 실베이라는 그레고리우스가 프라두의 모든 것을 알고 있고, 그에 대해 많은 생각을 하고 있다는 것에 놀라워했다. 그는 캠핑용 온열기구로 손을 덥히며, 한 번도 그레고리우스의 말에 끼어들지 않고 귀를 기울였다. 그레고리우스의 말이 끝났을 때에야 실베이라는 붉은 삼나무 책을 봐도 되냐고 물었다.

그는 사진을 오랫동안 들여다보았다. 수많은 경험이 담겨 있는 서문을 두 번 연거푸 읽고 나서야 책장을 넘겼다. 갑자기 웃음을 터뜨린 그가 그레고리우스에게 커다란 목소리로 자기가 읽은 글을 읽어주었다. "소심하게 사용하는 관대함, 이런 것도 있는 법이다." 그는 다시 책장을 넘기다가 손을 멈추고, 앞으로 돌아가 또 읽어주었다.

_유사流砂

일의 성공이나 실패가 노력과는 상관없는 운의 문제임을 알았더라면, 우리가 우리의 모든 행동과 경험에서 우리 스스로에게 덧없고 방해가 되는 유사란 것을 알았더라면, 자존심이나 회한이나 부끄러움과 같은 낯익고 훌륭한 미덕은 어떻게 되는 건가?

실베이라는 소파에서 일어나 책을 읽으며 열에 들뜬 듯 이리저리 움직였다. 그는 다시 소리 내어 글을 읽었다. "누군가에게서 얻을 수 있는 이익에만 관심이 있는 게 아니라, 정말 그 누군가에게 관심이 있는 사람도 있을까?" 그러다가 긴 글을 마주하게 되자, 코르테스의 책상 모서리에 걸터앉아 담배에 불을 붙였다.

_배신적인 언어

자기 자신이 다른 누군가에 대해 또는 단순히 어떤 일에 대해 말을 할 때 우리는 말을 통해 스스로를 열어 보이려 한다고 볼 수 있다. 우리가 어떤 생각을 하고 무엇을 느끼는지 타인에게 알리고, 타인에게 우리의 영혼을 잠깐 엿보도록 허용하는 것이다. (영국식으로 표현하자면, 우리 마음의 한 조각을 타인에게 준다는 뜻이다. 배 난간에 서 있을 때 어떤 영국인이 나에게 한 말이었는데, 새빨간 축구공을 가지고 있던 아일랜드 학생에 대한 추억을 제외하면 그 낯선 나라에서 가지고 온 것들 가운데 좋은 거라고는 그 말이 유일하다.)

이런 상황에서 우리는, 우리 스스로를 여는 문제에 관한 한 독자적인 감독이요 결정권을 지닌 극작가다. 하지만 어쩌면 이건 완벽하게 잘못된 생각, 자기기만이 아닐까? 우리는 말을 통해 자기를 드러낼 뿐 아니라 스스로를 배신하기도 한다. 표현하려던 것보다 훨씬 더 심하게 속내를 드러내어 원래 의도했던 바와는 정반대의 결과를 초래할 수도 있다. 타인은 우리의 말을 우리 자신도 미처 알지 못하는 무엇인가에 대한 증상으로 해석한다. 우리라는 질병에 대한 증상. 타인을 이렇게 관찰하는 일은 흥미로우며 또한 우리를 매우 관대해지게도 하지만, 우리의 손에 무기를 쥐여주기도 한다. 타인도 우리를 이런 방식으로 똑같이 본다는 사실에 생각이 미치면, 입을 열려던 순간 말이 목에 걸린다. 그 충격은 우리를 영원히 침묵하게 할 수도 있다.

돌아오는 길에 실베이라는 철과 유리가 잔뜩 쌓여 있는 건물 앞에서 차를 세웠다.

"여기가 내 회사라네. 프라두의 글을 복사하면 좋겠군."

엔진을 끄고 차문을 열던 실베이라가 그레고리우스의 표정을 보고 손을 멈추었다.

"아, 그래. 이 글과 복사기는 어울리지 않지."

그는 손으로 운전대를 쓸어내렸다.

"게다가 자넨 그 글을 혼자 소유하고 싶겠지? '책'뿐만 아니라 그의 '글'도."

그레고리우스는 밤에 침대에 누워서도 실베이라의 말을 생각했다. 실베이라처럼 빠르고 정확하게 자기를 이해하는 사람이 예전에는 왜 없었을까? 각자의 침실로 가기 전에 실베이라가 그를 안았다. 그레고리우스는 실베이라에게 현기증에 대해 털어놓고 싶었다. 현기증과 신경과 의사를 만날 걱정을⋯⋯.

41

일요일 오후, 그레고리우스는 요양원 방문 앞에 서 있는 주앙 에사의 표정에서 뭔가 심상치 않은 일이 생겼음을 알아챘다. 에사는 들어오라는 말도 없이 주춤거리기만 했다. 싸늘한 3월인데도 그의 방 유리창은 활짝 열려 있었다. 에사는 의자에 앉기 전에 바지를 꼼꼼하게 매만졌다. 떨리는 손으로 체스 판에 말을 나열하면서도 그는 뭔가 망설이고 있었다. 그레고리우스는 에사가 스스로의 감정과 싸운 것이 아니라 그에게 말을 해야 할지 말지 망설였다는 것을 나중에야 깨달았다.

에사가 폰을 옮겼다.

"오늘 새벽에 침대에 오줌을 쌌소. 그런데 아무것도 느끼질 못했어."

그는 체스 판에서 눈을 떼지 않은 채 퉁명스러운 목소리로 말했다. 그레고리우스가 말을 움직였다. 너무 오래 가만히 있으면 안 될 상황이었다. 그는 어제 남의 집 부엌에서 현기증이 일어나 비틀거렸고, 자기 의지와는 상관없이 어떤 여자 품에 안길 뻔했다고 말했다. 에사가 그건 좀 다른 문제라고, 신경질적으로 대꾸했다.

왜, 하반신에 관한 문제라서? 그레고리우스가 물었다. 두 경우 모두 자기 육체에 대한 일상적인 통제력을 잃은 게 아닌가?

에사가 그를 바라보더니 잠시 생각에 잠겼다.

그레고리우스가 차를 끓여 에사의 잔에 반을 채웠다. 에사는 덜덜 떨리는 자기 손을 바라보는 그레고리우스의 시선을 느꼈다.

"존엄성."

에사의 말에 그레고리우스도 똑같은 말을 반복했다.

"그게 원래 뭔지 모르겠군요. 하지만 육체가 의지대로 움직이지 않는다고 해서 그것을 잃어버린다고는 생각하지 않습니다."

에사가 첫 판을 잃었다.

"고문을 받으러 끌려갈 때마다 난 바지에 오줌을 쌌소. 그 사람들은 그걸 보고 웃었지. 끔찍한 굴욕이긴 했지만, 내가 존엄을 잃어버린다는 느낌은 없었소. 하지만 그게 아니라면 대체 무엇이 존엄을 잃는 일이겠소?"

그레고리우스는 만약 자백을 했다면 존엄을 잃었다고 느꼈겠냐고 물었다.

"난 말하지 않았소. 단 한 마디도. 말은 몽땅 내 안에…… 가두었지. 그래요, 내 안에 가두고 다시는 열지 못하게 문을 잠갔소. 그러니 내가 말을 한다는 건 불가능했지. 난 더는 교섭의 대상이 아니었소. 그건 아주 특이한 결과를 가져왔소. 그 후로 난 고문을 타인의 행위나 동작으로 인식하지 않게 되었소. 난 그저 내리치는 우박 때문에 고통스러운 육체로, 고깃덩어리로 그곳에 앉아 있었소. 고문기술자들을 존재하는 사람들로 인정하지 않았소. 그 사람들은 몰랐겠지만 난 그들의 존재를 격하시켰소. 행위 주체가 아니라 사건이 일어난 장소의 배경으로. 그렇게 나는 고문을 죽음의 투쟁으로 받아들일 수 있었소."

하지만 그 사람들이 마약을 주사해 혀를 풀리게 했더라면?

자신도 그 질문을 여러 번 해보았다고, 꿈도 꾸었을 정도라고 에사가 대답했다. 그러고는 그들이 마약으로 자기를 파괴할 수는 있었겠지만, 존엄을 앗아가지는 못했을 거라 결론 내렸다고 말했다. 누군가 존엄을 잃었다면, 그건 스스로 버린 거라고…….

"그렇게 생각하는 사람이 겨우 더러워진 침대 때문에 흥분하십니까?"

그레고리우스가 창문을 닫았다.

"날씨가 춥습니다. 냄새도 다 없어졌어요."

에사가 손으로 눈을 비볐다.

"몇 주 더 버티자고 관이나 펌프를 달고 있기는 싫소."

그 무엇을 주더라도 결코 행하거나 일어나게 내버려두지 않을 일이 있다고, 아마 존엄은 그런 것에서 찾을 수 있을 거라고 그레고리우스가 말했다. 그리고 그것이 굳이 도덕적인 한계를 의미하는 건 아니라고, 존엄은 다른 식으로도 버린다고 덧붙였다. 권위에 굴복하여 스스로를 바리에테 극장의 어릿광대로 만드는 교사, 경력을 위한 아첨, 한없는 낙관주의, 결혼생활을 지속하기 위해 충돌을 피하고 허위로 꾸미는 태도, 그런 일들…….

"걸인은? 존엄한 걸인이 있을까?"

에사가 물었다.

"그의 인생에서 진실로 불가피한 일, 그가 어쩔 수 없는 일이 있었다면 아마 가능할 듯싶군요. 그리고 그가 자기 자신의 편에서 있다면, 스스로를 옳다고 여긴다면 말입니다."

스스로의 편에 서는 것도 존엄에 속한다. 그래야 갈릴레오나 루터처럼 공개적인 혹평을 품위 있게 극복할 수 있다. 그들뿐만 아니라 자신의 죄를 부정하려는 유혹과 맞서는 사람들도 마찬가지다. 다시 말해 정치가에게는 기대할 수 없는 솔직함, 타인과 자

512

신 앞에서 솔직해지려는 용기…….

그레고리우스가 말을 멈추었다. 사람들은 자신이 무슨 생각을 하고 있는지 말로 표현하고 나서야 비로소 알게 된다.

"아주 지독한 역겨움도 있소."

에사가 입을 열었다.

"쉴 새 없이 거짓말을 하는 사람을 볼 때 느끼는 역겨움 말이오. 아마 존엄하지 않는 것에 대한 역겨움일지도 모르겠소. 학교 다닐 때 내 옆에 앉았던 아이는 끈적거리는 손을 계속 바지에 닦는 버릇이 있었소. 그런데 그 방식이 아주 독특했소. 아직도 눈앞에 선명하게 떠올라. 자기가 손을 닦는 게 사실이 아니라는 듯한 모습이었지. 그 아이는 나와 친구가 되고 싶어했지만, 난 도저히 그럴 수 없었소. 바지 때문만은 아니었소. 그 아이 자체의 문제지."

에사는 작별과 사과에도 존엄이라는 문제가 있다고 말했다. 아마데우가 가끔 그런 이야기를 했다고, 그는 특히 타인에게 존엄성을 남겨두는 용서와 그것을 박탈하는 용서의 차이를 골똘히 생각했다고 한다. "복종을 요구하는 용서는 용서가 아니야. 그러니까 성서에 나오듯이, 자신을 신과 예수의 노예로 생각해야 하는 건 용서받은 게 아니지. 노예야! 거기 그렇게 쓰여 있어!"

"아마데우는 분노로 거의 폭발할 지경일 때가 많았소."

에사가 말을 이어갔다.

"《신약성서》에서 말하는 죽음의 비존엄성에 대해서도 자주 이야기했소. '존엄하게 죽는 것이란 그게 종말임을 인정하는 거야. 불멸과 같은 온갖 유치함을 극복하는 것이지.' 그는 예수승천대

축일에도 병원 문을 열었고, 다른 날보다 더 많이 일했소."

그레고리우스는 테주 강을 건너 리스본으로 돌아왔다. 우리가 우리의 모든 행동과 경험에서 우리 스스로에게 덧없고 방해가 되는 유사란 것을 알았더라면⋯⋯. 그것은 존엄에 어떤 의미를 주는가?

42

월요일 아침, 그레고리우스는 기차를 타고 코임브라로 갔다. 의학을 선택한 게 혹시 엄청난 실수는 아닐까, 아버지의 소망을 따랐을 뿐 자신의 의지는 놓친 게 아닐까라는 의문 때문에 프라두가 번민하며 살았던 도시. 어느 날 그는 시내에서 가장 오래된 백화점에 가서 필요하지도 않은 물건을 훔쳤다. 완벽하게 구비된 약국을 친구 조르즈에게 선물할 능력이 있었던 그가⋯⋯. 그레고리우스는 프라두가 아버지에게 쓴 편지와 디아만티나 에스메랄다 에르멜린다라는 여자, 프라두의 상상 속에서 아버지에게 판결을 받은 여자 도둑을 위해 그 대신 복수하는 역할을 맡았던 아름다운 도둑을 생각했다.

그레고리우스는 코임브라로 떠나기 전에 마리아 주앙에게 전화를 걸어 프라두가 살던 거리 이름을 물었고, 현기증이 어떤지 걱정하는 그녀의 질문에 에둘러 대답했다. 오늘 아침은 어지럽지는 않았지만 평소와는 약간 달랐다. 사물과 접촉하기 위해 공기가 들어 있는 아주 얇은 쿠션을 살짝 밀어내야 하는 듯한 느낌이었다. 이 세상이 저편으로 걷잡을 수 없이 미끄러진다는 불안감만 없었더라면, 뚫어야 할 이 공기층은 보호막처럼 생각될 수도 있을 터였다. 그는 몸에 부딪히는 이 저항감이 정말 확실한 것인지 알아보려고 리스본의 플랫폼을 이리저리 거닐었다. 어느 정도 도움이 되었다. 기차의 빈칸에 올라 자리를 잡았을 때는 진정이 되었다.

프라두는 이 구간을 셀 수 없이 자주 오갔다. 마리아 주앙은 전화로 프라두가 기차를 얼마나 좋아했는지 이야기했다. 주앙 에사도 기차에 관한 프라두의 지식과 지독한 애착이 저항운동을 하던 사람들의 목숨을 구했다는 이야기를 하면서 비슷한 말을 했다. 특히 프라두의 관심을 끈 것은 차량을 다른 선로로 옮길 수 있게 하는 전철기였다고. 하지만 마리아 주앙은 약간 다른 면을 강조했다. 기차 여행은 그에게 상상력의 하천 바닥과 같았다고 말했다. 상상이 녹아 흐르는 움직임, 닫힌 영혼의 방 안에 놓인 그림을 찾아나서는 여정. 이날 아침 통화는 생각보다 길어졌고, 전날 그가 그녀에게 성서를 읽어주면서 생긴 특별하고 소중한 신뢰감도 그대로였다. 그레고리우스의 귀에 조르즈가 한숨을 내쉬며 하던 말소리가 다시 들려왔다. "그랬소. 그래, 마리아……." 그녀가 그레고리우스에게 문을 열어준 지 이제 겨우 24시간밖에 지나지 않았지만, 프라두가 왜 가장 위험하다고 여겼던 생각을 다른 어떤 곳이 아닌 그녀의 부엌에서 써내려갔는지 그는 똑똑히 이해할 수 있었다. 그런데 그게 무엇 때문이었을까? 그녀의 대담함? 프라두가 바라기만 했을 뿐 이루지 못한 것, 흐르는 세월과 더불어

내적인 경계와 자주성을 발견한 사람이라는 인상?

두 사람은 마치 아직도 중등학교에 있는 듯한—그는 코르테스의 책상에, 그녀는 다리에 담요를 덮고 소파에 앉아 있는—기분으로 통화를 했다.

"아마데우는 여행에 대해 아주 극단적인 태도를 보였어요. 언제나 멀리 떠나려고, 자신에게 상상을 열어주는 공간에 휩쓸려가고 싶은 열망에 몸을 떨었지요. 하지만 리스본을 떠나면 바로 향수병에 걸렸어요. 너무 끔찍한 향수병이라 사람들이 옆에서 지켜볼 수 없을 정도였어요. '리스본이 좋기야 하지. 하지만······.' 그는 이런 반응과 마주해야 했지요.

그 사람들은 리스본이 아니라 그가, 바로 아마데우 자신이 문제라는 것을 알지 못했어요. 그의 향수병은 신뢰하고 사랑하는 사람들을 향한 그리움이 아니었어요. 훨씬 더 깊은 그 무엇, 그의 중심에 관한 문제였어요. 자기 영혼의 위험한 파도와 밑바닥에 흐르는 분노로부터 자신을 지켜줄 내부의 견고한 댐 안으로 도망치는 것······. 아마데우는 리스본에 있을 때—부모님의 집에, 중등학교에, 그리고 특히 파란 병원에 있을 때—자기 내부의 보호벽이 가장 견고하다는 걸 알았어요. 그는 "파란색은 나에게 편안함을 주는 색이야"라고 말했지요.

스스로를 자기 자신으로부터 보호하려고 했기 때문에, 그의 향수병은 언제나 공황 상태나 재난의 빛깔을 띠고 있었지요. 향수병이 도지면 재빨리 움직여야 했어요. 갑자기 여행을 중단하고 도망치듯 집으로 돌아오는 거지요. 그런 일 때문에 파티마가 얼마나 자주 실의에 빠졌던지!"

마리아 주앙은 잠깐 망설이다가 덧붙였다.

"아마데우의 향수병이 무엇 때문이었는지 파티마가 몰랐던 게 오히려 다행이에요. 알았더라면 '난 스스로를 두려워하는 그의 불안감을 영영 덜어줄 수 없구나'라고 생각했을 테니까요."

그레고리우스는 프라두의 책을 펴고, 벌써 여러 번 읽은 글을 다시 읽었다. 그 글은 다른 모든 글의 열쇠처럼 보였다.

_움직이는 기차에서처럼, 내 안에 사는 나

내가 원해서 탄 기차가 아니었다. 선택의 여지가 없었고, 목적지조차 모른다. 먼 옛날 언젠가 이 기차 칸에서 잠이 깼고, 바퀴 소리를 들었다. 난 흥분했다. 덜컹거리는 바퀴 소리에 귀를 기울이다가 머리를 내밀어 바람을 맞으며 사물들이 나를 스치고 지나가는 속도감을 즐겼다. 기차가 절대 멎지 않기를 바랐다. 어디선가 영원히 멈추어버리지 말기를, 그런 일은 절대 없기를.

나는 코임브라의 딱딱한 강의실 의자에 앉아 있다가, 이 기차에서 절대로 내릴 수 없다는 사실을 불현듯 깨달았다. 내가 기차의 궤도와 방향을 바꿀 수 없다는 것, 속도도 정할 수 없다는 것. 나는 그 기차를 볼 수도 없고, 누가 기차를 운전하는지, 기관사가 신뢰할 만한 사람인지도 전혀 알 수 없다. 그가 신호를 제대로 읽는지, 전철기가 잘못되어 있으면 알아채는지도. 나 스스로의 힘으로는 절대로 객실 칸을 바꾸지 못한다. 복도를 지나다니는 사람들이 보인다. 그 사람들이 있는 칸은 내 칸과 아주 다를지도 모른다는 생각을 한다. 하지만 가서 볼 수 없다. 내가 한 번도 보지 못한, 그리고 앞으로도 못 볼 승무원은 내 칸의 문을 잠그고 막아버렸다. 창문을 열고 몸을 바깥으로 한껏 뻗고 보니 다른 사람들도 모두 똑같은 모습을 하고 있다. 기차가 부드럽게 철로를 달린다. 마지막 칸은 아직 터널에 있는데, 처음 칸이 또 다른 터널로 들어간다. 어쩌면 기차는 계속 원을 그리며 달리고 있는지도 모른다. 아무도, 운전사도 느끼지 못한 채. 난 이 기차가 얼마나 긴지도 알지 못한다. 다른 사람들이 뭔가 보기 위해, 뭔가 알기 위해 목을 길게 빼는 모습이 보인다. 나는 인사를 건네지만, 바람이 내 말을 흩어버린다.

내가 타고 있는 칸의 불빛이 바뀐다. 나의 의사와 상관없이. 해가 나고 구름이 끼고, 새벽이었다가 다시 황혼이다. 비가 오고 눈이 오고 폭풍이 몰아친다. 천장의 전등이 뿌옇다가 다시 밝아지고, 쏟아질 듯 번쩍이다가 깜박이기 시작하고, 꺼졌다가 다시 들어온다. 양초와 샹들리에와 화려하게 빛나는 네온사인이 모두 섞여 있다. 난방 장치가 제대로 작동하지 않는다. 더운 날 난방이 되고, 추운 날 되지 않을지도 모른다. 스위치를 돌려봐도 딸깍거리는 소리만 날 뿐 아무것도 달라지지 않는다. 이상하게 외투도 늘 똑같은 온기를 전해주지 않는다. 바깥세상은 모든 것이 일상적으로, 정상으로 움직이는 모양이다. 어쩌면 다른 사람들이 탄 칸도 그렇지 않을까? 하지만 어쨌든 내 칸은 생각과 많이 다르다. 그것도 아주 많이……. 이 칸을 만든 기술자가 술에 취해 있었을까? 정신 병자, 아니면 사악한 사기꾼은 아닐까?

기차 칸에는 시간표가 놓여 있다. 난 우리가 어디에서 정 차하는지 보려고 애쓴다. 그러나 종이는 텅 비어 있다. 정차 한 역에는 이정표가 없다. 바깥에 있는 사람들이 호기심에 찬 눈빛으로 기차를 바라본다. 비가 자주 와서 유리창이 흐 릿하다. 그들의 눈에는 기차 안이 일그러져 보일 것이라는 생각이 든다. 난 갑자기 그들이 보는 기차 내부의 인상을 바 로잡아야겠다는 욕구에 사로잡힌다. 그런데 유리창이 빽빽 하여 열리지 않는다. 난 목이 쉬도록 소리를 지른다. 다른 사 람들이 화가 나서 벽을 두드린다. 역을 지나자 터널이 나온 다. 터널은 호흡을 힘들게 한다. 터널에서 빠져나오면서 난 우리가 역에 정차했던 게 실제로 일어났던 일인지 의심한다.

기차를 타고 있는 동안 어떤 일을 할 수 있을까? 칸을 청 소할 수 있겠지. 물건들이 덜걱거리지 않게 고정해둔다. 그러 나 바람이 강해져 유리창이 깨지는 꿈을 꾼다. 내가 힘들여 정리해둔 물건들이 모두 날아간다. 끝없는 여행에서 난 너 무 많은 꿈을 꾼다. 놓친 기차, 기차표에 잘못 적혀 있는 정 보, 도착하면 갑자기 사라져버리는 역, 갑자기 텅 빈 장소에 붉은 모자를 쓰고 서 있는 철도 공무원과 승무원. 때때로 난 지독한 불쾌감 속에서 잠이 든다. 잠이 드는 것은 위험하다. 상쾌하게 잠에서 깨어나 변화를 기뻐하는 경우는 지극히 드물다. 깨어날 때의 상태는 내적으로든 외적으로든 보통 흐릿하다.

가끔 기차가 언제든지 탈선할 수도 있다는 생각에 깜짝 놀라기도 한다. 그렇다, 나를 놀라게 하는 생각은 대부분 이것이다. 그러나 가끔 작렬하는 어떤 순간에는 이 생각이 마치 복을 내리는 번갯불처럼 나를 뚫고 지나간다.

내 옆을 타인의 풍경이 스치고 지나간다. 그들의 기분과 흩뿌리는 무의미함을 거의 느끼지 못할 정도로 빠르게, 그러나 그들이 똑같은 말과 행동을 계속할 때면 고통스러울 만큼 느리게 지나기도 한다. 그들과 나 사이에 유리창이 있어 다행이다. 그 덕분에 그들의 손에 잡혀 고통을 당하지 않고도 그들의 소원과 계획을 눈치챌 수 있으니까. 기차가 전속력으로 달리기 시작하고, 그들이 사라지면 기쁘다. 타인의 소원. 우리에게 이런 일이 닥치면 대체 어떻게 해야 하는지?

유리창에 이마를 대고 밀며 온 힘을 다하여 정신을 집중한다. 한 번만, 단 한 번만이라도 바깥에서 무슨 일이 벌어지는지 알고 싶다. 나에게서 금방 다시 멀어지지 않도록 진정으로 이해하기. 그러나 이 시도는 성공하지 못한다. 설령 기차가 탁 트인 곳에 정차하더라도 모든 일이 너무 빠르게 이어진다. 뒤따르는 인상이 앞의 것을 지워버린다. 나는 기억을 일깨우며, 숨을 헐떡이며, 흩어지는 빠른 인상들을 모아 뭔가 이해할 만한 모습을 만들기 위해 애를 쓴다. 하지만 주의력의 빛이 사물의 뒤를 아무리 빨리 쫓아가도, 난 언제나 늦게 도착한다. 모든 것은 이미 지나갔다. 늘 속수무책이다. 아무 것도 경험하지 못한 채. 밤이 되어 기차 칸 안쪽 모습이 유리창에 비친다고 해도 마찬가지다.

난 터널을 좋아한다. 터널은 희망의 상징이다. 지금이 밤만 아니라면 이제 곧 터널 밖으로 나가 밝아지리라는 희망…….

내 칸에 가끔 손님이 오기도 한다. 문이 닫히고 잠겨 있는 데 이 일이 어떻게 가능한지 알 수 없지만, 어쨌든 방문객은 있다. 거의 언제나 나에게 맞지 않는 시간에 온다. 대부분 현재라는 시간의 손님들이지만, 과거에서 온 손님들도 많다. 이들은 자기 형편에 따라 마음대로 오가며 나를 방해한다. 그럼에도 나는 그들과 대화해야 한다. 모든 대화는 일시적이고 구속력이 없으며, 잊힐 운명이다. 그저 기차에서 하는 일상적인 대화들. 몇몇 방문객은 소리 없이 사라지지만, 끈끈하고 냄새나는 흔적을 남기는 사람들도 있다. 환기를 해도 소용이 없다. 그럴 때면 이 칸의 모든 것을 떼어내고 새것으로 바꾸고 싶다.

여행은 길다. 이 여행이 끝나지 않기를 바랄 때도 있다. 아주 드물게 존재하는, 소중한 날들이다. 다른 날에는 기차가 영원히 멈추어 설 마지막 터널이 있다는 사실에 안도한다.

그레고리우스는 느지막한 오후에 기차에서 내렸다. 알카소바 언덕의 구시가지가 보이는 몬데구 강 건너편 호텔을 잡았다. 주변을 압도할 만큼 위엄 있는 대학 건물을 늦은 오후의 햇살이 따뜻한 금빛으로 비추었다. 중세에 지어진, 프라두와 조르즈가 살던 '헤푸블리카República'라는 이름의 학생 기숙사는 경사가 급하고 좁은 골목 위쪽에 있었다.

"아마데우는 다른 학생들과 똑같이 살기를 원했지요."

마리아 주앙이 한 말이었다.

"옆방 소음 때문에 가끔 고통받을 때도 있었지만요. 그는 그런 환경에 익숙하지 않았지요. 하지만 대농장을 소유했던 조상들에게서 세습된 가문의 부는 그에게 큰 부담이었어요. 그의 얼굴을 가장 심하게 달아오르게 하는 단어는 콜로니아colónia: 소작인 마을와 라티푼디아리우latifundiário: 대농장였어요. 그 말을 들으면 당장 무기라도 들 것처럼 화난 표정을 지었지요.

내가 찾아갔을 때 아마데우는 무척 지저분한 옷을 입고 있었어요. 난 그에게 왜 다른 의과 학생처럼 의학부의 노란 띠를 매지 않는지 물었어요.

'내가 제복을 싫어하는 거 잘 알잖아. 중등학교 때도 모자가 싫었어.'

그가 대답했지요.

나를 배웅해주려고 함께 역으로 갔을 때였어요. 어두운 청색 띠를 맨 문학부 학생이 플랫폼에 서 있는 게 보였지요.

'문제는 띠가 아니지?'

내가 아마데우에게 말했어요.

'노란색이 문제야. 넌 청색 띠를 매고 싶은 거야.'

'다른 사람에게 마음을 들키는 걸 좋아하지 않는 거 잘 알지?

조만간 다시 와. 부탁이야.'

그가 말했지요.

아마데우는 '부탁이야por favor'를 아주 독특한 방식으로 말하곤 했어요. 그 말을 듣기 위해서라면 난 이 세상 끝까지라도 갔을 거예요."

프라두가 살던 골목은 찾기 쉬웠다. 그레고리우스는 기숙사 현관을 흘끗 둘러보고 몇 계단 위로 올라갔다. 조르즈는 "세상이 온통 우리 것 같던 코임브라 시절"이라고 표현했다. 여기 이 건물에서 조르즈와 프라두는 사람 사이에 신의가 생기게 하는 게 무엇인지 적어보았다. 사랑이 빠져 있던 그 목록. 욕망과 만족, 편안함. 이르든 늦든 언젠가는 무너지는 감정들. 프라두는 지속적인 것은 신의밖에 없다고, 신의는 '의지요 결정이며 영혼의 견해 표명'이라고, 우연한 만남과 감정을 필연으로 바꾸는 그 무엇이라고, '그저 낮은 숨결에 불과하지만, 그래도 어쨌든 영혼의 한 부분'이라고 말했다.

그레고리우스의 눈앞에 조르즈의 얼굴이 떠올랐다. "그는 잘못 생각한 거요. 우리 둘 다. 잘못 생각했지." 술에 취한 사람 특유의 느릿한 어투로 조르즈가 한 말이었다.

대학에 들어선 그레고리우스는 조아나 도서관과 살라 그란드 두스 악투스―프라두는 이 건물들이 보고 싶어 늘 코임브라로 왔다고 했다―로 곧장 가려고 했다. 그러나 이곳은 문을 여는 시간이 정해져 있었고, 오늘은 이미 그 시간이 지났다.

성 미겔 예배당은 아직 열려 있었다. 안에는 아무도 없었다. 그레고리우스는 압도적인 아름다움을 보여주는 바로크 오르간을 오랫동안 바라보았다. 행진곡의 새된 천박함에 대항할 물 흐르는 듯한 오르간의 울림이, 흘러넘치는 그 숭고한 음색이 듣고 싶다. 프라두가 연설문에 썼던 글귀였다. 그레고리우스는 자기가 언제 마지막으로 교회에 갔는지 생각해보았다. 견진성사를 위한 성서 강독, 부모님의 장례식. 하늘에 계신 우리 아버지여……. 그 기도문은 얼마나 무겁고 우울하고 완고하게 울렸던가! 지금 생각해보면 그 기도문은 그리스어와 히브리어의 광활한 시詩와는 아무런 관계도, 전혀 아무런 관계도 없었다!

그레고리우스는 자기도 모르게 주먹으로 의자를 내리치고는 깜짝 놀랐다. 주위를 둘러보았지만, 예배당에는 아직도 그 혼자뿐이었다. 프라두가 등이 굽은 아버지의 내면을 상상하기 위해 그랬던 것처럼, 프라두의 내면은 어땠을지 상상해보려고 무릎을 꿇었다. "저 자리를 헐어버려야 해요! 세상에 저런 굴욕이 어디 있어요?" 프라두가 고해성사실을 지날 때마다 바르톨로메우 신부에게 했던 말이었다.

그레고리우스가 몸을 일으켰을 때, 예배당이 빠른 속도로 빙빙 돌았다. 그는 의자를 꽉 붙잡고 서서 현기증이 사라질 때까지 기다렸다. 그러고 예배당에서 나와 복도를 급히 지나가는 학생들의 곁을 천천히 스치며 어느 강의실로 들어갔다. 마지막 줄에 앉아, 강사에게 자기 생각을 말하지 못했던 유리피데스 강의 시간을 생각했다. 학생일 때 들었던 강의들도 생각했다. 마지막으로 강의실에서 일어나 날카로운 질문을 퍼붓는 프라두를 상상해봤다. 바르톨로메우 신부는 이미 온갖 시험을 거치고 상도 많이 받은 교수들이 아마데우에게 시험을 보는 듯한 기분이 들었다고 말했다. 프라두는 건방지고 잘난 척하는 학생이 아니었다. 그는 뭔가 놓치고 있을지도 모른다는 불안 속에서 고통스럽게 살았다. 코임브라의 딱딱한 강의실 의자에 앉아 있다가, 이 기차에서 절대로 내릴 수 없다는 사실을 불현듯 깨달았다.

그레고리우스가 들어간 강의실에서는 법학부 강의가 진행되고 있었다. 그는 아무것도 이해하지 못한 채 강의실을 나왔다. 그러고는 늦은 밤까지 대학에 머물면서 계속 자기를 따라다니는 이 혼란스러운 감정이 무엇인지 알아내려고 애썼다. 왜 지금 갑자기 여기서, 포르투갈에서 가장 유명한 대학교에서, 자신의 폭넓은 문학적 지식을 강의실의 학생들과 함께 나눌 수도 있었다는 생각이 드는 걸까? 혹시 또 다른 삶, 그의 능력과 지식이라면 쉽게 성취했을 어떤 다른 삶의 가능성을 놓친 건 아닐까? 학창 시절 몇 학기 지나지 않아 더는 강의에 들어가지 않았지만, 지칠 줄 모르고 원문을 읽는 데 시간을 바친 것이 잘못이라고 생각한 적은 지금껏 단 한 번도 없었다. 왜 지금 갑자기 이렇게 기이한 비애를 느끼는 걸까? 이런 감정이 비애가 맞기는 한가?

그는 작은 선술집에 들어가 음식을 주문했지만, 정작 음식이 나오자 역겨움을 느꼈다. 시원한 밤공기를 쐬러 바깥으로 나왔다. 오늘 아침 일찍 그를 에워쌌던, 공기가 들어 있는 쿠션이 다시 나타났다. 쿠션은 더 두꺼워졌고 그에게 와서 부딪치는 저항감도 조금 더 커졌다. 그는 리스본의 플랫폼에서 그랬듯이 확실하게 발을 내디뎠다. 이 걸음걸이가 이번에도 도움이 되었다.

주앙 드 로자다 드 레데즈마, 《우 마르 테네브로주》. 헌책방에서 책장을 훑어보던 그의 눈에 두꺼운 책이 번쩍 들어왔다. 프라두의 책상에 있던 책, 그가 마지막으로 읽던 책이었다. 그레고리우스가 책장에서 책을 꺼냈다. 커다랗고 아름다운 서체, 동판화로 그린 해변, 수묵화로 그린 항해자들의 모습. "카보 피니스테레." 아드리아나의 목소리가 들려왔다. "갈리시아에 있지요. 그건 강박 같은 것이었어요. 그 말을 할 때마다 오빠는 무척 흥분하고 열에 들뜬 표정이 되었어요."

그레고리우스는 구석에 앉아 책장을 넘기다가, 12세기 이슬람 지리학자인 엘 이드리시의 글을 발견하고 읽기 시작했다. '우리는 산티아고를 출발하여 농부들이 피니스테레라고 부르는 곳, 이 세상의 끝으로 향했다. 하늘과 바닷물밖에는 보이지 않았다. 그곳 사람들은 바다가 너무 거칠어 아무도 항해할 수 없었다고, 그래서 저 건너편에 무엇이 있는지 모른다고, 그걸 알아보려고 배를 타고 나간 호기심 많던 사람들은 아무도 돌아오지 못했다고 말했다.'

그레고리우스의 머리에 떠오른 생각이 뚜렷한 형태가 되기까지는 시간이 조금 걸렸다. "세월이 한참 흐른 뒤 그녀가 살라망카에서 역사 강사로 일한다는 소식을 들었소." 에스테파니아 에스피노자에 대해 주앙 에사가 한 말이었다. 그녀는 저항운동에 참여하고 있을 때 우체국에서 일했고, 프라두와 도주한 뒤에는 그대로 에스파냐에 머무르면서 역사를 공부했다. 아드리아나는 프라두의 에스파냐 여행과 피니스테레에 대한 그의 갑작스럽고 끈질긴 관심 사이에서 연관성을 발견하지 못했다. 혹시 이 두 가지 사이에 뭔가 있다면? 에스테파니아 에스피노자가 거칠고 끝없는 바다에 대한 중세 사람들의 공포에 늘 관심이 있었기 때문에 프라두와 함께 피니스테레로 갔고, 그 관심 때문에 나중에 공부를 계속한 거라면? 프라두가 지독한 혼란에 빠져 집으로 돌아오는 일이 벌어졌던 그 여행이, 세상의 끝으로 향하는 여행이었다면?

하지만 이런 짐작은 지나치게 과장됐다. 너무 기이했다. 더구나 그 여자가 이 공포를 불러일으키는 바다에 대해 책을 썼으리라는 생각도 우스운 추측이었다. 이런 일로 책방 주인의 시간을 빼앗을 수는 없었다.

"어디 한번 볼까요?"

책방 주인이 말했다.

"서로 다른 책이 같은 제목으로 출간되기란 거의 불가능해요. 학술상의 관습을 어기는 일이니까요. 이름으로 한번 찾아보죠."

컴퓨터에서 에스테파니아 에스피노자가 쓴 책이 두 권 검색됐는데, 둘 다 초기 르네상스와 관련되어 있었다.

"별로 먼 주제는 아니지요? 하지만 더 상세한 정보를 얻을 수도 있답니다. 여길 보세요."

책방 주인은 살라망카 대학의 역사학부 사이트로 들어갔다.

에스테파니아 에스피노자의 홈페이지가 따로 있었고, 저술 목록의 첫 부분에 피니스테레에 관한 논문 두 개가 소개되어 있었다. 하나는 포르투갈어로, 하나는 에스파냐어로 쓴 논문이었다. 책방 주인이 미소를 지었다.

"컴퓨터를 좋아하지는 않지만, 가끔 이렇게……."

그는 그 분야를 취급하는 전문 책방에 전화를 걸었다. 두 권 가운데 한 권이 그곳에 있었다.

곧 가게가 문을 닫을 시간이었다. 그레고리우스는 암흑의 바다에 관한 두꺼운 책을 겨드랑이에 끼고 전문 책방으로 달려갔다. 표지에 저자의 사진이 있을까? 그는 책방 점원의 손에서 책을 빼앗다시피 넘겨받아 책장을 들춰보았다.

에스테파니아 에스피노자. 1948년 리스본에서 출생. 현재 살라망카 대학 역사학부 교수. 에스파냐와 이탈리아 근대사를 강의함. 그리고 사진이 있었다. 모든 것을 설명해주는 사진…….

그레고리우스는 책을 사서 호텔로 돌아오다가 몇 걸음마다 멈춰 서서 사진을 보았다. "그녀는 그가 대학에서 보았던 빨간 아일랜드 공 정도가 아니었어요." 마리아 주앙의 목소리가 들려왔다. "새빨간 아일랜드 공을 모두 모은 것보다 더 많은 의미가 있었지요. 아마데우는 그녀를 통해 자신이 완전해질 수 있다는 걸 느꼈을 거예요. 남자로서 완전해질 기회." 주앙 에사가 한 말도 그보다 더 적절한 표현을 찾을 수 없을 만큼 정확했다. "내 생각에 에스테파니아는 그가 드디어 법정 바깥으로, 자유롭고 활기찬 인생의 장소로 나갈 수 있는 기회였던 것 같소. 다른 사람들이야 어떻게 되든 간에 이번에는 오로지 그의 의지와 열정대로 살 기회……."

파란 병원 앞에서 그녀가 차에 올라타 운전대를 잡고, 스물여 덟 살이나 많은 프라두와 함께 국경을―조르즈에게서, 그리고 위험으로부터 탈출하여 새로운 세상으로―넘어간 시기는 스물 네 살 때였다.

그레고리우스는 호텔로 돌아오는 길에 정신과 병원을 지나면 서, 물건을 훔친 다음 신경쇠약으로 쓰러졌다던 프라두를 떠올렸 다. 마리아 주앙은 프라두가 병원에서 스스로에게 맹목적으로 몰 두하는 환자, 이리저리 오가며 혼잣말을 하는 환자들에게 특히 많은 관심을 보였다고 말했다. 나중에도 그는 그런 사람들을 계 속 주시했고, 상상 속의 적들에게 분노를 터뜨리는 사람이 거리 나 버스에, 테주 강에 무척 많다는 사실에 놀랐다.

"아마데우는 그런 사람들에게 다가가 말을 걸고, 그들의 이야 기를 들어줬어요. 한 번도 사람 대접을 받아보지 못하던 사람들 이었지요. 그 사람들은 아마데우가 주소를 주면 다음 날에 모두 병원으로 몰려와, 아드리아나가 쫓아내야 할 정도였어요."

호텔로 돌아온 그레고리우스는 프라두의 책에서 아직 읽지 않 은 부분을 읽었다. 그런 부분은 이제 얼마 남지 않았다.

_분노라는 들끓는 독

타인 때문에―그들의 뻔뻔함과 부당함, 타인을 배려하지 않는 태도―우리가 화를 낸다면 우리는 그들의 권력 아래에 놓인 것이다. 그들은 우리의 영혼을 갉아 먹고 자란다. 분노 는 들끓는 독과 같아서, 부드럽고 우아하며 평화로운 감정들을 파괴하고 우리에게서 잠을 빼앗아가기 때문이다. 우리는 잠을 이루지 못하고 일어나 불을 켜고, 우리를 빨아먹고 기운을 빼는 기생충처럼 우리 안에 자리를 잡은 분노에 분노를 터뜨린다. 우리가 입은 피해에만 분노하는 것이 아니라 분노가 오로지 우리 안에만 퍼져간다는 사실에도 분노한다. 우리가 지끈거리는 관자놀이를 감싸며 침대 끝에 걸터앉아 있는 동안, 우리를 희생자로 만든 원인 제공자는 분노의 파괴력에 전혀 영향을 받지 않고 멀찍이 떨어져 있으니까. 번쩍이는 조명이 무언의 분노에 쏟아지는 내부의 무대, 관객이 없는 그 무대에서 우리는 비현실적인 인물과 비현실적인 언어로 비현실적인 적들에게 효과라고는 전혀 없는 분노—우리가 내부에서 차갑게 들끓는 화염으로 인식하는—를 터뜨리며 자신을 위한 드라마를 홀로 상연한다. 이 모든 것이 상상 속의 드라마일 뿐, 타인에게 해를 입히고 번민의 균형을 만들어낼 실제 논쟁이 아니라는 인식을 우리가 확실하게 하면 할수록 유독한 그림자들은 더 사납게 춤추며 악몽의 가장 어두운 지하무덤까지 우리를 쫓아온다. (우리는 잔인하게 역습을 하리라고 생각하며, 상대방에게 소이탄과 같은 효력을 발휘할 말을 밤새도록 궁리한다. 그래서 화창한 평화로움 속에서 우리가 커피를 마실 동안, 분노의 불길이 이번에는 그에게서 타오르도록.)

분노를 올바르게 다스린다는 것은 무슨 의미인가? 우리는 우리가 무엇을 만나도 상관없는 무정한 존재, 차갑고 냉철한 판단만 내리는 존재, 진정으로 신경을 쓰는 것이 아무것도 없어서 그 무엇도 흔들어놓을 수 없는 존재가 되길 원하지 않는다. 그러니 우리가 분노라는 경험을 전혀 알지 못하고, 메마른 무감각과 구별할 수 없는 태연함에 언제까지나 머물러 있기를 진심으로 원할 리는 없다. 분노도 우리가 누구인가에 관해서 어느 정도 가르쳐준다. 그러므로 내가 알고 싶은 것은, 우리가 분노를 인식했을 때 그 독에 빠지지 않으며 분노가 우리에게 득이 되도록 하려면 우리 자신을 어떻게 교육하고 어떻게 만들어야 하는가이다.

이것이 임종 순간에 마지막 대차대조표의 한 부분으로 남으리라는 것은 확실하다. 우리가 분노에, 그리고 효과가 없는 상상 속의 드라마—쓰러질 정도로 번민하는 자기 자신만 알고 있는 드라마—에서 타인에게 복수하는 데 너무나 많은 것을, 너무 많은 힘과 시간을 낭비했다는 것을 알게 되는 이 대차대조표는 청산염처럼 쓴맛이 나리라. 이 표를 개량하려면 어떻게 해야 하나? 우리 부모님이나 선생님, 다른 교육자들은 왜 이 이야기를 전혀 하지 않았을까? 이 엄청난 의미에 대해 왜 아무도 말을 꺼내지 않았을까? 스스로를 파괴하는 분노 때문에 영혼을 낭비하지 않게 도와줄 나침반은 왜 주지 않은 걸까?

그레고리우스는 깨어 있는 채로 오랫동안 누워 있었다. 가끔 일어나서 창가로 가기도 했다. 자정이 넘은 시간, 대학과 종탑이 있는 윗동네는 메마르고 성스러우면서 약간 위협적으로 보였다. 그는 비밀스러운 구역으로 들어갈 허락을 헛되이 기다리는 측량 기사를 떠올렸다.

쿠션을 몇 개 쌓아 올리고 머리를 기댄 다음 그레고리우스는 프라두가 다른 그 어떤 글에서보다 스스로를 더 많이 열고 드러 낸 글을 다시 한번 읽었다. 가끔 기차가 언제든지 탈선할 수도 있다는 생각에 깜짝 놀라기도 한다. 그렇다, 나를 놀라게 하는 생각은 대부분 이것이다. 그러나 가끔 작렬하는 어떤 순간에는 이 생각이 마치 복을 내리는 번갯불처럼 나를 뚫고 간다.

왜 그런 생각을 하게 됐는지는 알 수 없지만, 그레고리우스는 갑자기 시적인 생각이 낙원이라고 꿈꾸었던 이 포르투갈 의사가 탈선한 사람들에게 말없는 피난처가 된 수도원의 회랑 기둥 사이에 앉아 있는 모습을 떠올렸다. 번민하며 들끓는 용암과 같은 프라두의 영혼은, 자기를 억누르는 모든 압제와 요구를 태우고 쓸어버렸다. 프라두의 탈선은 바로 이것이었다. 그는 자신을 향한 모든 기대를 실망시키고 금기를 깸으로써 구제됐고, 등이 굽은 채 판결을 내리는 아버지와 야심만만한 어머니의 부드러운 독재, 평생 숨이 막히도록 고마움을 표시하는 동생으로부터 해방되어 드디어 평화를 얻었다.

그는 또 스스로와도 화해했다. 향수병은 사라졌다. 이제 편안함을 주는 파란색과 리스본도 필요 없었다. 내부의 폭풍에 스스로를 완전히 내맡기고 그 폭풍과 하나가 된 지금, 대항하기 위해 보호벽을 설치해야 할 대상은 아무것도 없었다. 그는 스스로에게

서 방해를 받지 않고 세상의 반대편 끝까지 여행할 수 있었다. 눈 덮인 시베리아 초원을 지나 드디어 블라디보스토크까지 갈 수 있었다. 기차 바퀴가 덜컥거릴 때마다 습관처럼 파란 리스본을 떠올리지 않고서도······.

햇살이 수도원 뜰을 비추었다. 회랑 기둥이 점점 더 환해지다가 나중에는 완전히 빛이 바래더니 반짝이는 심연만 남았다. 그레고리우스는 그 속에서 길을 잃었다.

그는 깜짝 놀라 일어났다. 그러고 비틀거리며 욕실로 가서 세수를 한 다음 독시아데스에게 전화를 걸었다. 의사는 그레고리우스에게 현기증의 모든 증상을 하나하나 자세히 말해보라고 했다. 의사는 한동안 말이 없었다. 그레고리우스의 몸속에서 불안감이 스멀스멀 피어올랐다.

"가능성이야 무척 많지요."

잠시 후 독시아데스가 의사들 특유의 침착한 어투로 말했다.

"대부분은 별로 심각하지 않아요. 금방 잡을 수 있어요. 하지만 몇 가지 검사를 해야 합니다. 포르투갈에서도 여기서와 똑같이 잘할 수 있겠지요. 하지만 내 느낌으로는, 집에 돌아오시는 게 좋을 것 같군요. 의사와 모국어로 이야기하셔야 합니다. 불안과 외국어, 이 두 가지는 어울리지 않아요."

그레고리우스가 겨우 잠이 들었을 때 대학 건물 뒤로 여명의 첫 햇살이 막 비치기 시작했다.

43

"이곳에는 책이 삼십만 권 있습니다." 여행 가이드가 조아나나 도서관의 대리석 바닥에 또각거리는 구두 소리를 내며 말했다. 그레고리우스는 뒤로 물러나 주위를 살폈다. 이런 광경은 처음이었다. 금과 열대의 목재로 이루어진 도서관 내부는 개선문을 연상케 하는 아치들과 연결되어 있었고, 그 위에는 18세기에 이 도서관을 설립한 주앙 5세의 문장이 걸려 있었다. 바로크 책장과 아름다운 기둥 위에 얹은 위층 골마루, 주앙 5세의 초상화, 화려한 인상을 더욱 돋보이게 하는 붉은 비숍……. 마치 동화 속 풍경 같았다.

또 호메로스의《일리아스》와《오디세이아》가 다양한 판본으로 꽂혀 있었다. 웅장한 표지가 이 책들을 성스러운 보물로 보이게 했다. 그레고리우스의 시선이 책장을 따라갔다.

얼마 지나지 않아 그는 자기 시선이 책장을 아무 생각 없이 그저 훑고 있다는 것을 깨달았다. 그의 의식은 아직 호메로스에 머물러 있었다. 분명히 이 의식이 지금 그의 가슴을 두근거리게 하는데도, 무엇에 대한 의식인지는 확실치 않았다. 그는 한쪽 구석으로 가서 안경을 벗고 눈을 감았다. 다음 방에서 여행 가이드의 새된 목소리가 들려왔다. 그는 손바닥으로 귀를 막고, 둔중한 침묵 속으로 침잠하며 온 정신을 집중했다. 몇 초가 흘렀다. 맥박이 뛰는 소리가 들렸다.

그랬다. 그가 스스로 확실하게 의식하지도 못하면서 계속 찾던 것은, 호메로스에 단 한 번 나오는 어떤 단어였다. 마치 무엇인가 그의 등 뒤에서, 기억의 무대 뒤편에서, 그의 기억력이 여전한지 시험해보려는 듯했다. 그레고리우스의 호흡이 거칠어졌다. 그 단어는 떠오르지 않았다, 떠오르지 않았다.

가이드가 시끄럽게 떠드는 여행객들과 함께 그의 옆을 지나갔다. 그레고리우스는 그들을 스쳐 지나 도서관의 맨 뒤편으로 몸을 숨겼다. 도서관 현관문이 닫히고 열쇠 돌아가는 소리가 들려왔다.

그는 방망이질 치는 가슴으로 책장으로 달려가 《오디세이아》를 꺼냈다. 오래되어 뻣뻣해진 가죽 표지의 날카로운 가장자리에 손바닥을 베였다. 그는 급히 책장을 넘기며 먼지를 불어냈다. 그 단어는 그가 생각했던 자리에 없었다, 거기 없었다.

그레고리우스는 거친 숨을 가라앉히려고 무던히 애를 썼다. 베일 같은 구름이 몸을 뚫고 지나가는 듯 현기증이 몰려왔다가 갑자기 사라졌다. 머릿속으로 서사시 전체를 차례로 훑어보았다. 그 단어가 올 만한 다른 자리는 없었다. 그러나 이런 체계적인 과정은 그가 처음에 그 자리를 찾기 시작했을 때 지니고 있던 확신—잘못된 확신—마저 흔들어놓았다. 바닥이 흔들렸다. 이번에는 현기증 때문이 아니었다. 지독한 착각을 일으킨 게 아닐까? 혹시 그 단어는 《일리아스》에 나왔던 게 아닐까? 책장에서 책을 꺼내 아무 생각 없이 넘겼다. 책장을 넘기는 손이 기계적으로 움직였다. 시간이 지날수록 목표는 점점 더 기억에서 멀어졌다. 공기가 들어 있는 쿠션이 다시 그의 주위를 에워싸고 있었다. 그는 발을 구르며 손을 내저었다. 책이 손에서 미끄러지고, 무릎이 꺾였다. 그는 힘없이, 조용히 바닥으로 쓰러졌다.

잠시 후 깨어난 그레고리우스는 한 팔 정도 떨어져 있던 안경을 찾느라 애를 썼다. 시계를 보니 의식을 잃은 시간이 십오 분 이상은 되지 않은 듯했다. 그는 벽에 등을 기대고 몇 분 동안 앉아 있었다. 다치지 않고 안경도 깨지지 않은 게 다행이라 생각하며 숨을 내쉬었다.

그러다 갑자기 공포가 밀려왔다. 이 망각이 혹시 어떤 조짐이 아닐까? 망각의 아주 작은 첫 번째 섬이 아닐까? 이 섬이 자라면 다른 섬도 몰려올까? 우리는 작은 암석 조각들로 덮인 망각의 비탈길이다. 프라두가 어딘가에 썼던 말이다. 그런데 이제 산사태가 일어나 암석 조각들이 그를 뒤덮고, 소중한 언어를 휩쓸어간다면? 그레고리우스는 언어가 사라지는 것을 막으려는 듯 커다란 손으로 머리를 감싸 쥐었다. 그러고는 눈에 보이는 사물의 이름을 하나씩―우선 사투리로, 그다음에는 표준 독일어와 프랑스어와 영어로, 마지막에는 포르투갈어로―차례로 되뇌었다. 아직 잊어버린 단어는 없었다. 그는 점차 안정을 되찾았다.

다음 단체여행객을 위해 문이 다시 열렸다. 그는 구석에서 기다렸다가 사람들 사이에 끼어들어 다시 바깥으로 나왔다. 도시 위에 새파란 하늘이 아치처럼 걸려 있었다. 그는 카페 앞에 앉아 캐모마일 차를 천천히 조금씩 마셨다. 속이 편해지면서 음식도 조금 삼킬 수 있었다.

3월의 햇살 아래 학생들이 누워 있었다. 부둥켜안고 있던 남녀가 갑자기 큰 소리로 웃음을 터뜨렸다. 그러고는 담배를 던지고 물 흐르듯 부드러운 동작으로 몸을 일으키더니, 중력이 없는 것처럼 가볍고 편안하게 춤을 추기 시작했다. 그레고리우스는 밀려드는 기억의 소용돌이를 느끼고, 기억이 가까이 다가오게 그대로 두었다. 수십 년 동안 생각하지 않았던 광경이 갑자기 떠올랐다.

"틀린 건 없지만, 약간 무겁군." 그레고리우스가 오비디우스의 《변신 이야기》를 번역했을 때, 고대 라틴 문학 교수가 한 말이었다. 눈송이가 날리는 12월의 어느 오후, 강의실에는 전등이 켜져 있었다. 여학생들이 입을 비죽이며 웃었다. "조금 더 춤을 춰보게!" 나비넥타이를 매고, 재킷 위에 붉은 머플러를 한 교수가 덧붙여 말했다. 그레고리우스는 의자에 실리는 온몸의 체중을 느꼈다. 다른 학생들이 번역을 하던 그 시간 내내 그는 마취된 듯 멍한 느낌으로 앉아 있었다. 마취 상태는 성탄절 장식이 가득한 복도를 지날 때도 계속됐다.

성탄절 방학이 끝난 다음 그는 그 강의에 나가지 않았다. 붉은 머플러를 한 교수를 보면 피했다. 다른 교수들도 비켜갔다. 그때부터 그는 집에서 혼자 공부했다.

그레고리우스는 찻값을 계산하고, '시인의 강'이라고 불리는 몬데구 강을 건너 호텔로 돌아왔다. 당신 내가 지루한 사람이라고 생각해? "응? 문두스, 그런 건 묻는 게 아니야!" 왜 이런 모든 일이 지금까지도 이렇게 아플까? 왜 20년, 30년이 지나도 이 기억을 털어내지 못할까?

두 시간 뒤, 그가 호텔에서 잠이 깨었을 때는 해가 막 지고 있었다. 나탈리 루빈이 굽 높은 구두를 신고 베른 대학교의 복도를 또각거리며 지나갔다. 그는 텅 빈 강의실에서, 고대 그리스 문학에 단 한 번, 단 한 번만 등장하는 단어에 대해 강의했다. 그 단어를 쓰려고 했지만 칠판이 너무 미끄러워 분필이 떨어졌고, 발음하려고 하면 단어는 금세 사라졌다. 그의 얕은 꿈속에는 에스테파니아 에스피노자도 나타났다. 반짝이는 눈에 올리브색 목덜미와 어깨를 드러낸 그녀는, 처음에는 말이 없었지만 나중에는 도금이 된 거대한 아치 아래서 존재하지 않는 주제로 강의를 했다. 독시아데스가 그녀의 강의를 중단했다. "집으로 돌아오세요." 그가 말했다. "부벤베르크 광장에서 진찰을 해야겠어요."

그레고리우스는 침대 가장자리에 걸터앉았다. 호메로스의 단어는 아직도 떠오르지 않았다. 어느 자리에서 그 단어를 찾아야 할지 모른다는 사실이 다시 그를 괴롭히기 시작했다. 《일리아스》를 집어 들 필요조차 없었다. 그 단어는 분명히 《오디세이아》에 있었다, 거기 있었다. 그건 알고 있다. 하지만 어디에?

리스본으로 가는 다음 기차는 내일 이른 아침에나 있다고 안내 데스크에서 알려주었다. 그레고리우스는 암흑의 바다에 관한 두꺼운 책을 집어 들고, 이슬람 지리학자 엘 이드리시가 쓴 글을 계속 읽었다. '그 사람들은 이 바다에 무엇이 있는지 아무도 모른다고 말했다. 지독한 어둠, 높은 파도, 잦은 폭풍, 이곳에 사는 무수히 많은 괴물, 거친 바람 등 선원들을 가로막는 장애물이 너무나 많아 알아볼 수도 없다고 했다.' 그레고리우스는 아까 피니스테레에 관한 에스테파니아 에스피노자의 논문들을 복사하고 싶었지만, 도서관 직원에게 뭐라고 물어야 할지 몰라 그만두었다.

그는 잠깐 그대로 앉아 있었다. "몇 가지 검사를 해야 해요." 독시아데스가 한 말이었다. 마리아 주앙의 목소리도 들렸다. "가볍게 생각하면 안 돼요."

그레고리우스는 샤워를 하고, 안내 데스크의 여직원에게 택시를 불러달라고 했다. 역에 있는 렌터카 회사는 아직 열려 있었다. 남직원이 오늘 비용도 계산해야 한다고 말했다. 그레고리우스는 고개를 끄덕이고 이틀 동안 빌린다고 서명을 한 다음 주차장으로 향했다.

운전면허는 학생 때 수업을 해서 번 돈으로 땄다. 34년 전의 일이었는데, 그 뒤로 운전을 해본 적이 없었다. 반드시 안경을 써야 하며 밤에는 운전할 수 없다는 규정이 굵은 글씨로 적혀 있었다. 한 번도 사용된 적 없는, 젊은 시절의 사진이 붙어 있는 빛바랜 면허증은 여권과 함께 들어 있었다. 렌터카 회사 직원은 이마를 찡그리며 사진과 실제 얼굴을 번갈아 보았지만, 별다른 말은 하지 않았다.

커다란 차의 운전석에 앉은 그레고리우스는 호흡이 차분해지기를 기다렸다가 버튼과 스위치를 모두 천천히 눌러보았다. 떨리는 손으로 시동을 건 다음 후진 기어를 넣고 클러치를 떼자 시동이 꺼졌다. 차가 급하게 덜컹거려 깜짝 놀란 그는, 눈을 감고 다시 한번 호흡을 진정시켰다. 두 번째 시도에서도 차가 덜컹거렸지만 시동이 꺼지지는 않았다. 그는 후진해서 주차장에서 빠져나왔고, 주차장 출구까지 보행속도로 천천히 운전했다. 시내 진입로의 신호등에서 시동이 또 한 번 꺼졌지만, 점차 나아졌다.

그레고리우스는 비아나 두 카스텔루까지 연결된 고속도로를 두 시간 만에 달렸다. 운전석에 차분하게 앉은 그는 오른쪽 도로에 붙어 달리며 운전을 즐기기 시작했다. 호메로스의 단어는 기억 저편으로 한껏 밀려나, 거의 잊었다고 말할 수 있을 정도까지 되었다. 용기가 생긴 그는 가속페달을 밟으며 팔을 쭉 뻗쳐 운전대를 잡았다.

차 한 대가 맞은편에서 전조등을 비추며 달려왔다. 현기증이 일었다. 그레고리우스는 가속페달에서 발을 떼고 오른쪽 갓길로 방향을 틀었다. 바퀴가 잔디 흙에 파묻혔다. 차는 가드레일 바로 앞에서야 겨우 멈춰 섰다. 질주하는 불빛들이 그를 지나쳤다. 그는 휴게소에서 차를 세우고 내려, 밤공기를 조심스럽게 들이마셨다. "집에 돌아오시는 게 좋을 것 같군요. 의사와 모국어로 이야기하셔야 합니다."

한 시간이 지나자 발렌사 두 미뉴 너머의 에스파냐 국경이 나타났다. 기관총을 든 민간 경비대 두 명이 손을 흔들어 지나가라는 신호를 보냈다. 투이에서 고속도로를 타고, 비고와 폰테베드라를 거쳐 북쪽 산티아고 방향으로 계속 운전했다. 그러다가 자정 조금 전에 차를 세우고, 식사를 하면서 지도를 자세히 들여다보았다. 다른 방법은 없었다. 산타 에우헤니아를 지나는 엄청나게 긴 우회로를 타지 않으려면 파드론에서 산길을 타고 노이아로 넘어가야 했다. 그리고 나서는 계속 해안을 따라 달리면 됐다. 그는 한 번도 산길을 운전한 경험이 없었다. 우편 버스 운전사가 스위스의 좁고 험한 고갯길에서 운전대를 쉴 새 없이 한쪽으로 한 껏 틀었다가, 금방 다시 반대편으로 꺾는 장면이 떠올랐다.

주변 사람들이 갈리시아어로 이야기했다. 그는 한마디도 알아들을 수 없었다. 피곤했다. 그는 단어를 잊어버렸다. 문두스인 그가 호메로스에 나오는 단어 하나를 잊어버렸다. 공기가 들어 있는 쿠션을 밀어내기 위해 식탁 밑에서 발로 땅바닥을 세게 밟았다. 두려웠다. "불안과 외국어, 이 두 가지는 어울리지 않아요."

산길 운전은 생각보다 쉬웠다. 앞이 보이지 않는 모퉁이에서는 보행속도로 달리긴 했지만, 밤이 되자 전조등 덕분에 맞은편에서 차가 오는 걸 낮에보다 더 쉽게 알 수 있었다. 새벽 2시가 지나자 자동차 수는 점점 줄어들었다. 갑자기 현기증이 일면 이 좁은 도로에서 쉽게 피하지 못하리라는 사실에 공포가 밀려왔다. 하지만 노이아가 얼마 멀지 않다는 표지판이 보이자 용기를 내 모퉁이를 넘었다. "약간 무겁군." "문두스, 그런 건 묻는 게 아니야!" 플로렌스는 왜 그냥 거짓말을 하지 않았을까. "당신이 지루한 사람이냐고? 세상에, 절대로 아니야!"라고.

인간이 상처를 떨쳐낼 수 있기는 한 걸까? 우리는 과거로 깊숙이 들어간다. 프라두가 남긴 글이었다. 이런 일은 깊은 감각, 다시 말해 우리가 누구인지, 우리라는 느낌은 어떤 것인지 결정하는 감각이 있어야만 가능하다. 이 감각은 시간을 초월하고, 시간을 인정하지도 않는다.

노이아에서 피니스테레까지 족히 150킬로미터는 되었다. 바다가 보이지는 않았지만, 거기 있다는 건 알 수 있었다. 4시가 막 지났다. 그레고리우스는 가끔 차를 세우고 쉴 때마다 이건 현기증이 아니라고, 피곤해서 뇌가 머릿속에서 표류하고 있을 뿐이라고 자신을 속였다. 불 꺼진 주유소를 몇 개 지나치고 나서야 겨우 열려 있는 주유소를 발견했다. 잠이 덜 깬 직원에게 피니스테레가 어떤 곳인지 물었다.

"당연히 세상의 끝이죠!"

그가 웃으며 대답했다.

그레고리우스가 피니스테레로 들어섰을 때 구름이 드리운 하늘에서 동이 트기 시작했다. 그는 어느 선술집의 첫 손님이 되어 커피를 마셨다. 온전하게 깬 정신으로, 돌바닥에 발을 굳게 딛고 섰다. 단어는 전혀 예상하지 못한 때에 다시 생각날 것이다. 기억이란 원래 그런 거니까. 그는 이 정신 나간 여행을 감행했다는 것, 그래서 지금 여기 있다는 사실을 즐겼다. 주인이 주는 담배를 받아 두 모금을 빨자 가벼운 현기증이 일었다.

"현기증이 나네요."

그가 주인에게 말했다.

"난 현기증의 대가랍니다. 현기증의 종류는 아주 많은데, 난 그걸 모두 알고 있지요."

무슨 말인지 알아듣지 못한 주인은 열심히 판매대만 청소했다.

곶까지는 몇 킬로미터 남지 않았다. 그레고리우스는 차 유리창을 열고 운전했다. 소금기 섞인 바닷바람을 맞으며, 다가올 즐거움을 미리 맛보는 기분으로 천천히 달렸다. 도로는 어선들이 있는 항구에서 끝났다. 방금 바다에서 돌아온 어부들이 삼삼오오 모여 담배를 피우고 있었다. 어찌된 일인지 기억할 수는 없었지만, 어느 순간 그레고리우스는 어부들이 건네준 담배를 피우며 그들 사이에 서 있었다. 야외에 자리한 단골 술집과 같은 분위기였다.

그레고리우스는 그들에게 삶이 만족스러운지 물었다. 베른의 고전문헌학자인 문두스가 세상의 끝에서 갈리시아 어부들에게 삶에 대한 견해를 묻고 있었다……. 그는 이 상황을 즐겼다. 불합리함과 피로, 과장된 쾌감과 경계를 넘어서, 지금까지 모르던 해방감이 섞인 이 상황을 그는 한껏 즐겼다.

어부들이 질문을 잘 이해하지 못해서 그는 더듬거리는 에스파냐어로 두 번 더 물었다. 그러다가 마침내 한 명이 큰 소리로 대답했다.

"만족하냐고? 다른 삶은 모르는걸!"

어부들의 웃음소리가 점점 커지더니 나중에는 그칠 줄 모르는 웃음바다로 변했다. 그레고리우스도 얼마나 흥겹게 따라 웃었던지 눈물이 흐를 지경이었다.

그가 어느 어부의 어깨에 손을 얹어 바다 쪽으로 돌려세우고는, 돌풍에 대고 소리를 질러댔다.

"계속 직진! 오로지 직진! 아무것도 없어요!"

"아메리카!"

그 어부가 큰 소리로 외쳤다.

"아메리카!"

그가 웃옷 안주머니에서 청바지에 장화, 카우보이모자를 쓴 한 소녀의 사진을 꺼냈다.

"내 딸이라오!"

어부가 바다 쪽으로 손짓을 했다.

다른 어부들이 그의 손에서 사진을 빼앗아 들고는 정말 예쁘
다고 요란하게 소리쳤다.

그레고리우스도 웃으며 손짓을 하고, 또 웃었다. 어부들이 그
의 어깨를 두드렸다. 오른쪽과 왼쪽, 다시 오른쪽을 번갈아가며.
단단한 손이었다. 그는 비틀거렸다. 어부들이, 바다가 소용돌이
쳤다. 쏴아 하는 바람이 귀를 울리는 소리로 변하더니 점점 커졌
고, 어느 순간 갑자기 모든 것을 삼키는 정적 속으로 사라졌다.

다시 정신을 차렸을 때 그는 배의 긴 의자에 누워 있었다. 놀라
서 내려다보는 어부들의 얼굴이 눈에 들어왔다. 그는 몸을 일으
켰다. 머리가 몹시 아팠다. 어부들이 독주를 권했다. 그는 거절하
고, 이제 괜찮다고 말했다.

"정말 세상의 끝이네!"

그가 덧붙인 말에 어부들은 마음이 놓인다는 듯이 유쾌하게
웃었다. 어부들은 갈라진 커다란 손을 흔들며 작별 인사를 했다.
그는 천천히 균형을 잡으며 배에서 내려와 운전석에 앉았다. 바
로 시동이 걸려 다행이었다. 방수복 주머니에 손을 넣은 어부들
이 눈으로 그의 뒤를 좇았다.

마을에서 펜션의 방을 하나 빌려 오후까지 잤다. 그사이에 날
씨가 말끔하게 개이고 더 따뜻해졌다. 하지만 해질녘에 곶으로
향하는 그레고리우스는 몸이 떨렸다. 그는 바위에 자리를 잡고
앉아 서쪽 햇빛이 점점 어두워지다가 완전히 사라지는 모습을 지

켜보았다. 암흑의 바다. 검은 물결이 요란하게 부서지고 하얀 거품이 위협적인 소리를 내며 해변을 쓸고 갔다. 그 단어는 떠오르지 않았다, 떠오르지 않았다.

그 단어가 있기는 한 건가? 예리하게 틈이 벌어진 것은 기억이 아니라 이성이었나? 단 하나의 단어, 단 한 번 나오는 단어를 잊었다고 해서 어떻게 거의 이성을 잃을 수 있을까? 단어를 잊은 것이 강의실에서 시험지 앞에 앉아 있는 상황이라면 고통스러울 수도 있겠지만, 사납게 울부짖는 바다를 마주하고서도? 저기 앞에서 밤하늘로 스며드는 검은 바다는 이런 불안을 완전히 무의미한 것으로, 쓸데없는 것으로, 균형 감각을 모두 잃어버린 사람이나 신경 쓰는 것으로 쓸어가야 마땅하지 않은가?

집이 그리웠다. 그레고리우스는 눈을 감았다. 그는 8시 십오 분 전에 분데스테라세에서 키르헨펠트 다리로 들어섰다. 병원과 시장 골목, 소매점들이 늘어선 어두운 골목을 지나 베렌 골목까지 내려갔다. 대성당에서 성탄절 오라토리오가 들려왔다. 베른 역에서 내려 집으로 들어섰다. 포르투갈어 CD를 플레이어에서 꺼내 창고에 넣었다. 그러고는 침대에 누워 만족감을 느꼈다. 모든 것이 예전과 같았다.

프라두와 에스테파니아 에스피노자가 이곳에 왔을 가능성은 지극히 희박했다. 불가능 그 이상이었다. 그랬을 만한 징후는 전혀 없었다. 전혀…….

그레고리우스는 축축해진 재킷 때문에 몸을 떨며 자동차로 돌아왔다. 어둠 속에 서 있는 차는 무척 커 보였다. 아무도 코임브라로 무사히 몰고 갈 수 없는 괴물처럼. 하물며 그는 더욱더.

시간이 약간 지난 뒤에 그는 펜션 건너편에서 음식을 조금 먹어 보려고 했지만, 목에서 넘어가지 않았다. 펜션 접수처에서 종이를 몇 장 얻어 방으로 돌아온 그는 손바닥만 한 책상에 앉아 이슬람 지리학자가 쓴 글을 라틴어와 그리스어, 히브리어로 번역했다. 그리스어 철자를 쓰다 보면 잊었던 단어가 다시 생각나지 않을까 기대했다. 그래도 그 단어는 떠오르지 않았다. 기억의 방은 텅 빈 채 침묵하고 있었다.

아니었다. 쏴아 소리를 내는 드넓은 바다가 언어와 낱말의 기억이나 망각을 무의미하게 하는 게 아니었다. 그렇지 않았다. 전혀 그렇지 않았다. 여러 말 가운데, 여러 단어들 가운데 단 하나의 단어. 말과 단어는, 눈먼 채 침묵하는 바다가 손댈 수 없는 먼 곳에 있었다. 우주 전체가 하루아침에 끊임없는 홍수에 휩싸인다고 해도, 온 하늘에서 쉴 새 없이 물방울이 떨어진다 해도 말과 단어는 순수하게 머물러 있을 터였다. 온 우주에 단 하나의 단어, 오직 하나의 단어만 있다면―그렇다면 단어가 아닐 테지만, 그럼에도 단 하나만 있다고 가정하면―그 단어는 이 세상의 모든 수평선 저편에 있는 밀물보다도 더 강하고 더 투명하게 빛날 터였다.

그레고리우스의 마음이 점차 가라앉았다. 그는 잠자리에 들기 전 창가에 서서 주차된 차를 내려다보았다. 내일 날이 밝으면 아마 운전을 할 수 있겠지…….

그랬다. 그는 잠을 설쳐 불안하고 피곤에 지쳤지만, 자주 쉬면서 운전했다. 그러나 차를 멈추고 쉴 때마다 지난밤에 꾸었던 악몽 때문에 괴로웠다. 꿈에서 그는 해안에 건설된 이스파한에 가 있었다. 미너렛과 돔, 반짝이는 감청색과 빛나는 금색으로 가득한 이 도시는 밝은 지평선을 마주하고 우뚝 솟아 있었다. 이 사막의 도시 앞에서 검게 들끓는 바다를 보고 그는 소스라치게 놀랐다. 뜨겁고 건조한 바람에 실려 온 축축하고 무거운 공기가 얼굴에 닿았다. 처음으로 프라두 꿈을 꾸었다. 언어의 연금술사는 아무것도 하지 않았다. 넓디넓은 꿈의 무대에 그저 존재할 뿐이었다. 아무 말 없이, 우아한 모습으로. 그레고리우스는 아드리아나의 커다란 녹음기에 귀를 대고, 프라두의 목소리를 들으려고 애를 썼다.

포르투와 코임브라로 향하는 고속도로 바로 앞에 위치한 비아나 두 카스텔루에 닿았을 때, 그레고리우스는 비로소 《오디세이아》에 등장하는 잃어버린 단어가 혀끝까지 와 있음을 느꼈다. 그는 운전대를 잡은 채 무의식적으로 눈을 감고, 그 단어가 망각 속으로 다시 빠져들지 않도록 온 정신을 집중했다. 시끄러운 경적 소리에 놀라 눈을 뜬 그는 자기가 탄 차가 맞은편 도로로 들어간 것을 깨달았다. 마주 오던 차와 정면 충돌하는 것을 마지막 순간에 가까스로 피했다. 다음 휴게소에서 차를 세우고, 머릿속에서 아프도록 뛰는 맥박이 잦아들기를 기다렸다. 그런 다음 포르투까지 화물차 뒤를 따라 천천히 달렸다. 렌터카 회사의 여직원은 그레고리우스가 코임브라가 아닌 이곳에 차를 반납하겠다고 하자 달갑지 않은 표정을 지었지만, 그의 얼굴을 한참 쳐다보다가 결국 동의했다.

코임브라와 리스본 방향으로 가는 기차가 움직이기 시작했다. 그레고리우스는 등받이에 머리를 기대고, 리스본에서 해야 할 작별을 생각했다. 두 사람이 헤어지기 전에 서로 어떻게 생각했는지, 서로를 어떻게 경험했는지 알려주는 게 이 단어가 지닌 완벽하고 중요한 의미에 맞는 이별일 테니까요. 프라두가 어머니에게 쓴 편지에 적혀 있던 말이었다. 이별은 자기 자신과도 관계가 있어요. 다른 사람들 앞에서 스스로의 편에 서는 것이지요. 기차가 전속력으로 달렸다. 간발의 차이로 피한 대형사고에 대한 충격이 점차 가시기 시작했다. 리스본에 도착할 때까지는 아무런 생각도 하지 않기로 마음먹었다.

그런데 바로 그 순간, 단조롭게 울리는 기차 바퀴 소리의 도움을 받으며 모든 생각을 떨쳐버린 순간, 잃었던 단어가 갑자기 나타났다. 리스트론. 넓은 홀 바닥을 청소할 때 쓰는 쇠 밀개. 어디에 나온 단어인지도 생각났다. 《오디세이아》 22권의 거의 마지막에 나오는 단어였다.

그레고리우스가 탄 기차 칸의 문이 열리더니 젊은 남자가 들어와 자리에 앉았다. 그는 엄청나게 글씨가 큰 스포츠 신문을 펼쳐 들었다. 그레고리우스는 자리에서 일어나 짐을 들고 기차 끝까지 가서 비어 있는 칸을 찾아 들어갔다. 리스트론, 리스트론. 그가 혼잣말로 중얼거렸다.

기차가 코임브라 역에 섰을 때, 그는 대학이 있는 언덕과 상상 속의 측량기사를 떠올렸다. 구식 가방에 잿빛 작업복을 입고 다

리를 건너던, 마르고 등이 굽은 측량기사. 어떻게 해야 성 안에
사는 사람들이 자기를 들여보내줄지 곰곰이 생각하던 그를……

저녁때 그레고리우스는 퇴근하고 돌아오는 실베이라를 맞으
러 홀로 나갔다. 실베이라는 놀라서 그를 바라보다가 눈을 질끈
감았다.

"집으로 돌아가는군."

그레고리우스가 고개를 끄덕였다.

"자, 이야기해보게!"

44

"저에게 시간을 조금만 더 주셨더라면, 제가 선생님을 포르투
갈 사람으로 만들었을 텐데요."

세실리아가 말했다.

"거칠고 삭막한 선생님 나라로 돌아가시면 '마이스 도스, 마이
스 수아브' 잊지 마세요. 그럼 모음은 다 끝난 거예요."

그녀는 초록 스카프를 입술에 대고 말했다. 스카프가 파르르
떨렸다. 그녀가 그레고리우스를 바라보며 웃었다.

"스카프로 이렇게 하는 것, 좋아하시지요? 안 그래요?"

그러고는 스카프를 아주 세차게 불었다.

그녀가 손을 내밀었다.

"선생님의 그 엄청난 기억력, 그것 때문에라도 선생님을 잊지

못할 거예요."

그레고리우스는 그녀의 손을 마주 잡은 채 한동안 그대로 서서 망설이다가 용기를 내서 물었다.

"혹시 무슨 특별한 이유가 있어서……."

"늘 초록색 옷을 입느냐고요? 네, 있어요. 언제 다시 오시면 알려드릴게요."

그녀는 '만약 다시 오신다면se'이 아니라, '언제 다시 오시면 quando'이라고 말했다. 비토르 코티뉴에게 가면서 그레고리우스는 자기가 월요일 아침 어학원에 다시 나타난다면 그녀가 과연 어떤 표정을 지을까 상상해봤다. 늘 초록색 옷을 입는 이유를 말하는 그녀의 입술은 어떻게 움직일까.

"누구요?"

한 시간 뒤 코티뉴의 커다란 목소리가 울렸다.

문이 자동으로 열리는 소리가 들리고 노인이 파이프를 문 채 계단을 내려왔다. 잠깐 기억을 더듬던 그가 프랑스어로 말했다.

"아, 선생이로군."

그 집에서는 여전히 먹다 남은 음식과 먼지와 파이프 담배 냄새가 났고, 코티뉴도 여전히 많이 빨아서 색깔을 알 수 없는 셔츠를 입고 있었다.

프라두. 파란 병원. 노인은 그레고리우스가 그 남자를 찾았는지 물었다.

"이걸 왜 주는지 나도 알 수 없지만, 어쨌든 가져가시오." 지난번에 노인이 《신약성서》를 주면서 한 말이었다. 그레고리우스는 그 책을 가지고 왔지만, 주머니에 그대로 넣어둔 채 아무 말도 하지 않았다. 적당한 말을 찾을 수가 없었다. 친근함, 그것은 신기루처럼 헛되고 변하기 쉽다. 프라두가 쓴 말이었다.

그레고리우스는 시간이 별로 없다고 말하고 노인에게 악수를 청했다.

"하나만 물어봅시다!"

뜰로 내려간 그를 향해 노인이 소리쳤다.

"집으로 돌아가면 그 번호로 전화를 걸어볼 건가? 이마에 쓰여 있던 그 번호 말이오!"

그레고리우스는 어깨를 으쓱하고 손을 흔들었다.

그는 아랫동네 바이샤까지 차를 타고 가서 체스 판처럼 반듯한 거리를 거닐었다. 조르즈 약국의 건너편에 있는 카페에서 음식을 조금 먹은 뒤에 유리문 너머 담배를 문 약사의 모습이 나타나기를 기다렸다. 조르즈와 다시 한번 이야기를 하고 싶은 걸까? 정말 그러기를 원하는 건가?

그레고리우스는 오전 내내 자기가 제대로 작별하고 있지 않다는 생각을 했다. 뭔가 빠진 느낌이었는데, 이제 그게 뭐였는지 깨달았다. 그는 맞은편 사진 가게로 가서 망원렌즈가 달린 카메라를 산 다음 다시 카페로 돌아왔다. 조르즈가 문에 모습을 드러낼 때마다 렌즈로 끌어당겨 찍었지만, 대부분 너무 늦게 셔터를 누르는 바람에 필름 한 통을 다 써버리고 말았다.

나중에 코티뉴의 집이 있는 프라제르스 공동묘지 근처로 가서 온통 담쟁이 넝쿨로 뒤덮인, 무너질 듯한 그 집을 찍었다. 망원렌

즈로 창문을 몇 번이나 끌어당겼지만 노인은 나타나지 않았다. 결국 포기하고 공동묘지로 가서 프라두의 가족 무덤을 필름에 담았다. 묘지 근처에서 필름을 다시 산 뒤에, 낡은 전철을 타고 시내를 지나 마리아나 에사에게 갔다.

얼음설탕을 넣은, 금빛이 도는 붉은색 아삼 차. 크고 검은 눈동자. 붉은 머리카락. 그녀는 그렇다고, 의사와 모국어로 말하는 게 좋겠다고 했다. 그레고리우스는 코임브라 도서관에서 의식을 잃었다는 말은 하지 않았다. 둘은 주앙 에사에 대해서 이야기했다.

"방이 약간 좁더군요."

그레고리우스의 말에 그녀는 잠깐 짜증스런 표정을 지었지만, 곧 평정을 되찾았다.

"다른 요양원 몇 군데를 제안했어요. 더 편안한 곳으로요. 하지만 그곳에 있겠다고 하더군요. '빈약한 게 나아. 그 모든 일을 겪은 다음에는 빈약해야지.' 이게 삼촌의 대답이었어요."

그레고리우스는 찻주전자가 비기 전에 일어났다. 에사의 방 이야기는 꺼내지 말았어야 했다. 나흘 동안 오후 시간을 함께 보냈다고 해서 에사를 어릴 때부터 아는 그녀보다 자기가 그와 더 가깝다는 듯이 말한 것은 예의 없는 행동이었다. 마치 자기가 그를 더 잘 안다는 듯. 바보 같은 짓이었다. 설령 사실이라 해도……

멜로디의 집 앞에 왔을 때는 주위가 너무 어두워서 사진을 찍기가 힘들었다. 늦었다고 생각하면서도 셔터를 눌렀고, 플래시가 작동했다. 창문에는 불이 켜져 있었지만 그녀의 모습은 보이지 않았다. 땅바닥을 딛지 않고 걷는 것처럼 보이는 소녀. 판사는 차에서 내려 지팡이로 차들을 멈추게 하고, 구경꾼들 사이를 뚫고 나와 딸은 바라보지도 않은 채 바이올린 통에 동전을 한 움큼 던 져 넣었다. 그레고리우스는 아마데우가 목을 찌르기 직전에 아드 리아나의 눈에 핏빛으로 붉게 물들였던 삼나무를 쳐다보았다.

창문에 남자의 모습이 보였다. 초인종을 누를까 망설이던 그레 고리우스는 그 모습을 보고 뒤돌아섰다. 그는 전에 한 번 가보았 던 카페로 가서 커피를 마셨고, 그때처럼 담배도 피웠다. 그러고 성의 테라스로 올라가 리스본 야경을 눈에 담았다.

조르즈는 약국 문을 막 닫는 중이었다. 몇 분 뒤에 그레고리우 스는 거리로 나온 그의 뒤를 밟았다. 이번에는 그가 눈치채지 못 할 만큼 확실하게 거리를 유지하면서. 조르즈가 체스 클럽이 있 는 골목으로 들어가자 그레고리우스는 불이 켜져 있는 약국을 찍 기 위해 다시 발걸음을 돌렸다.

45

토요일 아침, 그레고리우스는 필리프와 함께 중등학교로 갔다. 두 사람은 캠핑 도구들을 챙겼다. 그레고리우스는 벽에 붙은 이 스파한 사진들을 떼어내고 나서 운전사를 돌려보냈다.

다음 주면 4월이 시작된다. 햇살이 비치는 따뜻한 날이 이어졌 다. 그레고리우스는 교문 앞 이끼 낀 계단에 걸터앉았다. 입구 계 단의 따뜻한 이끼 위에 앉아 내가 의사가 되기를 바라는 아버지의 강압적인 소원을 생각했다. 아버지와 같은 사람을 고통에서 구해줄 수 있는 의사. 나는 나에게 보내는 신뢰 때문에 아버지를 사랑했고, 절절한 소원으로 날 짓누르는 그 부담 때문에 증오했다.

갑자기 울음이 터졌다. 그레고리우스는 안경을 벗고 머리를 무릎에 묻었다. 눈물이 이끼에 뚝뚝 떨어졌다. 덧없음. 프라두가 좋아하던 단어 가운데 하나라고 마리아 주앙이 말해주었다. 그레고리우스는 이 단어를 몇 번이나 소리 내어 발음해보았다. 처음에는 천천히, 나중에는 단어들끼리 서로, 그리고 눈물과도 섞이게 점점 더 빠른 속도로.

잠시 후 그레고리우스는 프라두의 교실로 올라가 여학교가 바라보이는 전망을 찍었다. 여학교로 건너가서는 반대편을 찍었다. 마리아 주앙이 프라두의 오페라글라스 속에서 반짝이는 햇빛을 보았던 유리창이 나오도록.

점심때 마리아 주앙을 찾아간 그는 부엌에 앉아 사진을 찍은 일에 대해 이야기했다. 그러다가 불현듯 그녀에게 코임브라에서 쓰러졌던 일이며 잊어버린 호메로스의 단어, 끔찍할 만큼 불안한 신경과 진찰에 대한 이야기를 털어놓았다.

둘은 점심을 먹고 나서 그녀가 가지고 있는 의학 사전에서 현기증 항목을 찾아보았다. 대수롭지 않은 이유일 수도 있다고 했다. 마리아 주앙은 손가락으로 문장을 따라가며 그에게 번역을 해주었고, 중요한 단어는 반복해서 말해주었다.

암. 그레고리우스가 아무 말 없이 이 단어를 가리켰다. 마리아 주앙은 물론 그럴 수 있다고 대답했다. 하지만 그 아래 있는 말,

특히 현기증과 함께 체중도 많이 빠진다는 말도 놓치지 말아야한다며 그레고리우스에게는 그런 증상이 없지 않느냐고 말했다.

헤어지면서 마리아 주앙은 며칠 전 그가 과거로의 여행에 함께 데리고 가주어 기뻤다고, 그 여행에서 자기 마음속에 있던 거리두기와 친근함의 기이한 동거를 느낄 수 있었다고 말했다. 프라두에 관한 일이라면 늘 그랬던 감정……. 그녀는 상감으로 장식된 커다란 상자를 장에서 꺼내 왔다. 그리고 파티마에 대한 프라두의 글이 들어 있는 봉투를 뜯지 않은 채 건네주었다.

"전에도 말했듯이 난 읽지 않을 거예요. 당신이 잘 보관하리라는 생각이 들어요. 결국 어쩌면 당신이 우리 가운데 아마데우를 가장 잘 아는 사람이 될지도 모르겠지요. 당신이 그에 대해 말하던 방식에 감사드립니다."

나중에 그레고리우스는 배를 타고 테주 강을 건너면서, 조금 전 그가 시야에서 사라질 때까지 손을 흔들던 마리아 주앙의 모습을 떠올렸다. 그녀는 가장 늦게 만난 사람이었지만, 가장 그리워하게 될 사람이었다. 그녀는 헤어지면서, 진찰 결과가 어떻게 나왔는지 편지로 알려주겠냐고 물었다.

46

주앙 에사는 문 앞에 서 있는 그레고리우스를 보자마자 눈을 질끈 감았다. 그는 큰 고통에 맞서기 위해 무장한 군인처럼 굳은 얼굴로 말했다.

"오늘은 토요일이오."

두 사람은 늘 앉던 자리에 앉았다. 체스 판이 없는 탁자는 싸늘해 보였다.

그레고리우스는 현기증과 불안, 세상의 끝에서 만난 어부들을 이야기했다.

"이제 오지 않는다는 말이군."

에사가 말했다.

에사는 그레고리우스와 그의 걱정에 대해 말하는 대신 자기 이야기를 했다. 다른 사람이 그랬다면 낯설었겠지만, 고문을 당하고 자기 마음을 닫아버린 외로운 사람에게서는 낯선 느낌을 받을 수 없었다. 에사의 이야기는 그레고리우스가 지금까지 살면서 들었던 말 가운데 가장 소중한 것이 되었다.

그레고리우스는 현기증이 대수롭지 않다는 진찰 결과가 나오고 의사들이 치료할 수 있다면, 포르투갈어를 제대로 배우고 포르투갈 저항운동의 역사를 저술하기 위해 여기로 돌아오겠다고 말했다. 확고한 목소리로 힘주어 말했지만, 그렇게 될 가능성은 별로 없어 보였다. 그레고리우스는 에사의 귀에도 분명히 그렇게 들렸을 거라고 생각했다.

에사가 떨리는 손으로 책장에서 체스 판을 꺼내 와 말을 진열했다. 그는 한동안 눈을 감고 앉아 있었다. 그러더니 다시 일어나 체스 대회 모음집을 가지고 왔다.

"이건 알레힌과 카파블랑카의 대결이었소. 두 사람이 두었던 체스를 따라 하면 좋겠군."

"예술 대 학문이군요."

그레고리우스의 말에, 에사가 웃었다. 그레고리우스는 그의 웃음을 필름에 담으면 좋겠다고 생각했다.

체스를 두는 도중에 에사는 독약을 먹으면 마지막 순간은 어떨지 가끔 상상하곤 한다고 말했다. 이제 드디어 마지막이라고, 존엄성을 잃게 하는 오랜 질병에서 해방된다는 생각에 아마 처음에는 안도할 거라고 했다. 스스로의 용기에 약간 자랑스러움도 느끼면서, 좀 더 자주 이렇게 용감하지 못했던 삶을 후회하면서. 마지막 정리와 마지막 확신. 이게 옳았다는, 구급차를 부르는 건 잘못이라는 확신…… 마지막 순간까지도 느긋함을 지키고 싶다는 기대. 정신이 흐릿해지고 손끝과 입술이 마비되기를 기다리는 마음.

"그러다가 갑자기 공황 상태에 빠지겠지. 저항감, 이게 마지막이 아니기를 바라는 엄청난 욕망. 삶의 의지로 뜨겁게 들끓는 거대한 강물의 범람. 모든 것을 쓸어버리고 모든 사유와 결정을 인위적으로 보이게 하는, 무의미하고 가소롭게 만드는 거대한 강물. 그다음에는? 그러면 어떻게 되는 거요?"

그레고리우스는 모르겠다고 대답하고, 프라두의 책을 꺼내서 그에게 읽어주었다.

사람들이 지금 자신이 곧 죽을 것이라는 소리를 듣게 된다면, 경악의 원인은 간단명료하지 않을까? 나는 밤을 새운 얼

굴로 아침의 태양을 마주 보며 생각에 잠겼다. 이들은 인생
이 가볍든 힘들든 가난하든 부유하든 관계없이, 더 많은 삶
의 요소를 원한다. 끝나고 나면 모자란 인생을 더는 그리워
할 수도 없다는 사실을 잘 알면서도, 이들은 삶이 끝나는 것
을 원치 않는다.

에사가 책을 달라고 했다. 그는 처음에 그레고리우스가 낭독한
부분만, 그다음에는 프라두가 조르즈와 죽음에 대해 했던 이야기
를 모두 읽었다.

"조르즈는 죽을 정도로 담배를 피웠소."

다 읽고 나서 에사가 입을 열었다.

"사람들이 주의를 주면 '그게 뭐?'라고 말하곤 했소. '웃기지 마
쇼'라고 말하던 그의 모습이 지금도 눈앞에 선하게 떠오르는군.
그런 그가 언젠가 이렇게 불안에 휩싸였단 말이지. 파렴치하군."

알레힌이 이겼다. 체스 경기가 끝났을 때는 이미 해가 지기 시
작했다. 그레고리우스는 찻잔을 들고 마지막 남은 한 모금을 남
김없이 마셨다. 두 사람은 문 앞에서 마주 보고 섰다. 마음이 떨
렸다. 에사가 그레고리우스의 어깨를 잡고 머리를 그의 뺨에 가
져다 댔다. 마른침을 삼키는 에사의 울대뼈가 그의 뺨에 느껴졌
다. 그러다 에사는 그레고리우스가 몸의 균형을 잃을 정도로 세
차게 밀어내고는 시선을 떨어뜨린 채 문을 열어주었다. 그레고리
우스는 복도 모퉁이를 돌기 직전에 뒤를 돌아보았다. 에사가 복
도 가운데에 서서 그를 보고 있었다. 처음 있는 일이었다.

그레고리우스는 덤불 뒤에 몸을 숨기고 에사가 나오기를 기다렸다. 그가 발코니로 나와 담배에 불을 붙였다. 그레고리우스는 필름 한 통이 다하도록 그의 모습을 찍었다.

47

그레고리우스는 시간을 조금씩 계속 미루었다. 아드리아나와의 작별은 가장 힘들었다.

문을 연 아드리아나는 심상찮은 그의 안색을 금방 알아보았다. "뭔가 일이 생겼군요."

그는 베른에서 대수롭지 않은 진찰을 받아야 한다고, 아마 여기로 다시 돌아올지도 모른다고 말했다. 놀랍게도 그녀는 아주 차분했다. 약간 섭섭할 정도였다.

아드리아나의 호흡이 빨라진 건 아니지만, 조금 전과는 달라졌다. 그녀는 벌떡 일어나 메모지를 가지고 오더니 베른 전화번호를 불러달라고 했다.

그레고리우스가 눈썹을 치켜올리자 그녀는 맞은편 작은 탁자에 있는 전화를 가리켰다.

"어제 전화를 놓았어요."

그러고는 뭔가 보여줄 게 있다고 말했다. 그녀가 앞장서서 다락방으로 올라갔다.

바닥에 흩어져 있던 책 무더기는 이제 구석에 있는 책장에 꽂혀 있었다. 아드리아나는 기대에 찬 눈으로 그를 바라보았다. 그는 고개를 끄덕이고, 그녀의 옆으로 다가가 팔을 잡았다.

아드리아나는 아마데우의 책상 서랍을 열어 종이 상자 뚜껑을 대고 끈으로 묶은 종이 뭉치를 풀었다. 그러고 그중에 세 장을 꺼냈다.

"오빠가 그 뒤에 쓴 거예요. 그 여자와의 일이 있고 난 다음에."

그녀의 마른 가슴이 오르락내리락했다.

"글자가 갑자기 아주 작아졌어요. 그걸 처음 보았을 때 난 오빠가 스스로에게도 그 글을 숨기고 싶어한다고 느꼈지요."

아드리아나는 눈으로 글을 한번 훑었다.

"그 일이 모든 것을 파괴했어요. 모든 것을."

그녀가 종이를 봉투에 넣어 그레고리우스에게 주었다.

"그 뒤로 오빠는 더 이상 예전의 오빠가 아니었어요. 알아보지 못할 만큼 변했어요. 이 글…… 이걸 가져가세요. 멀리, 아주 멀리로요."

잠시 후 그레고리우스는 자신이 듣기에도 정말 한심한 말을 했다. 프라두가 멘드스의 목숨을 구한 곳, 뇌 지도가 걸려 있던 곳, 그가 조르즈의 체스 판을 묻은 곳을 다시 한번 보고 싶다고 말한 것이다.

"오빠는 이곳에서 정말 즐겁게 일했어요."

둘이 함께 병원으로 내려갔을 때 아드리아나가 말했다.

"나와, 나와 함께."

그녀는 손으로 진찰대를 쓰다듬었다.

"환자들 모두 오빠를 사랑했어요. 사랑하고 존경했지요."

그녀는 유령처럼 가볍게, 현실과 동떨어진 묘한 미소를 지었다.

"아프지 않아도 오는 사람들이 많았지요. 오로지 오빠를 보기 위해서 어딘가 아프다는 핑계를 대고 오는 사람들."

그레고리우스의 생각이 빠른 속도로 달렸다. 그는 오래된 주사기들이 있는 탁자로 가서 그 가운데 하나를 집어 들고 말했다.

"맞아요, 옛날 주사기는 이렇게 생겼군요. 지금과 정말 많이 다르네요!"

그러나 그 말은 아드리아나의 귀에 닿지 않았다. 그녀는 그 묘한 미소를 얼굴에 그대로 담은 채 진찰대 위의 페이퍼 타월을 뜯고 있었다.

그레고리우스가 뇌 지도는 어떻게 되었냐고 물었다. 요즘은 그런 걸 보기 힘들 것이라는 말과 함께.

"난 가끔 오빠에게 '그 지도는 왜 필요한 거야? 오빠에게 육체는 어차피 유리 같잖아'라고 말했어요. '그것도 그냥 지도니까.' 오빠의 대답이었지요. 오빠는 지도를 좋아했어요. 평범한 지도, 기차노선. 코임브라에서 공부할 때 오빠가 성스러운 해부학 지도를 비판했대요. 교수들은 오빠가 존경심이 없다고, 거만하다고 좋아하지 않았고요."

이제 해결 방법은 하나밖에 없었다. 그가 시계를 보고 말했다.

"늦었군요. 전화를 써도 될까요?"

그가 문을 열고 앞장서서 현관으로 나갔다.

병원 문을 잠그는 그녀의 얼굴에 당혹스런 표정이 어렸다. 세로로 고랑이 파인 미간은 그녀를 어둠과 혼란에 빠진 사람처럼 보이게 했다.

그레고리우스가 계단으로 갔다.

"안녕히."

아드리아나가 포르투갈어로 인사하고 대문을 열었다.

처음 그가 이곳에 왔을 때처럼 매정하게 거절하는 어두운 목소리였다. 그녀는 등을 꼿꼿하게 세우고, 온 세상과 싸우려는 듯 똑바로 섰다.

그레고리우스는 천천히 그녀에게 다가가 바로 앞에 서서 그녀의 눈을 들여다보았다. 그녀의 시선은 굳게 닫힌 채 그를 받아들이지 않았다. 그레고리우스는 악수를 청하지 않았다. 그녀가 마주 잡지 않을 것이었으므로.

"안녕히. 행복하시길."

그는 프랑스어로 인사하고 바깥으로 나왔다.

48

그레고리우스는 프라두 책의 복사본을 실베이라에게 건넸다. 그는 아까 한 시간이나 시내를 헤매고서야 아직 문을 닫지 않은, 복사할 수 있는 상점을 찾아냈다.

"이건⋯⋯."

실베이라가 목이 잠긴 목소리로 말했다.

"내가 이걸……."

그런 다음 두 사람은 현기증에 대해 이야기했다. 실베이라는 눈병이 있는 여동생이 수십 년 동안 현기증에 시달리는데 원인을 찾지 못했다고, 동생은 그냥 현기증에 익숙해졌다고 말했다.

"언젠가 동생과 함께 신경과에 간 적이 있다네. 병원에서 나오면서 어떤 느낌이었는지 아나? 석기시대라는 것. 우리가 뇌에 대해 아는 수준은 아직 석기시대라는 거였네. 몇 가지 분포도와 활동 표본, 자료 몇 가지밖에 없어. 그것 말고는 몰라. 난 의사들이 뭘 찾아야 하는지조차도 모른다고 확신했다네."

둘은 불확실함에서 생기는 공포에 대해 이야기했다. 그레고리우스는 갑자기 불안해졌다. 불안의 원인이 무엇인지 깨닫기까지는 시간이 걸렸다. 엊그제 돌아왔을 때 실베이라와 나눈 여행 이야기, 오늘 주앙 에사와의 이야기, 그리고 지금 다시 실베이라와 나누는 이야기. 두 사람에게 각각 느끼는 친근함이 서로를 봉쇄하고 방해하고 해칠 수도 있을까? 그레고리우스는 에사에게 코임브라 도서관에서 실신했던 일을 말하지 않은 것, 그래서 실베이라와만 나눌 수 있는 이야기가 있어서 다행이라고 생각했다.

잊어버렸던 호메로스의 단어가 무엇이냐고 실베이라가 물었다. 그레고리우스는 리스트론이라고, 홀 바닥을 청소할 때 쓰는 쇠 밀개라고 대답했다.

그 말에 실베이라가 웃음을 터뜨렸다. 그레고리우스도 따라 웃었다. 한번 터진 웃음은 걷잡을 수 없었다. 한순간이긴 해도, 두 사람은 모든 불안과 슬픔과 실망과 삶의 피로 위에 우뚝 설 수 있었다. 그 불안과 슬픔과 실망이 완벽하게 각자의 것이라서 오로지 각자에게만 해당하는 외로움을 만든다 해도, 두 사람은 웃음 속에서 긴밀하게 연결되어 있었다.

웃음이 멎고 세상의 무게가 다시 느껴지자 그레고리우스는 너무 푹 끓인 요양원의 점심 식사 때문에 에사와 함께 웃었던 일을 생각했다.

실베이라는 서재로 가서 야간열차의 식당차에서 그레고리우스가 히브리어를 써준 냅킨을 가지고 왔다. '하나님이 가라사대 빛이 있으라 하시매 빛이 있었고.' 실베이라는 다시 한번 소리내어 읽어달라고 말했다. 그러고는 성서에 나오는 그리스어를 아무거나 하나 써달라고 부탁했다.

그레고리우스는 기꺼이 쓰기 시작했다. '태초에 말씀이 계시니라. 이 말씀이 하나님과 함께 계셨으니, 이 말씀은 곧 하나님이시니라. 그가 태초에 하나님과 함께 계셨고 만물이 그로 말미암아 지은 바 되었으니, 지은 것이 하나도 그가 없이는 된 것이 없느니라. 그 안에 생명이 있었으니, 이 생명은 사람들의 빛이라.'

실베이라는 성서를 가지고 와서 〈요한복음〉의 첫 구절들을 읽었다.

"그러니까 언어가 사람들의 빛이로군. 사물은 말로 표현되고서야 비로소 존재하기 시작한 거군."

실베이라가 말했다.

"그리고 그 말에는 리듬이 있어야 하지. 여기 이 〈요한복음〉에서 볼 수 있듯이." 그레고리우스가 덧붙였다. "말은 시詩가 되고 나서야 진정으로 사물에 빛을 비출 수가 있어. 변화하는 말의 빛 속에서는 같은 사물도 아주 다르게 보이지."

실베이라가 그를 바라보았다.

"그래서 삼십만 권의 책 가운데 단 한 개의 단어를 잊어버려도 현기증을 느낀단 말이지?"

두 사람은 웃고 또 웃었다. 둘은 조금 전의 웃음 때문에도 지금 웃음이 난다는 것, 그리고 가장 중요한 일에 가장 즐겁게 웃을 수 있다는 것을 마주 보고 웃으면서 깨달았다.

나중에 실베이라는 그레고리우스에게, 이스파한 사진을 남겨 두고 가지 않겠냐고 물었다. 둘은 그의 서재에 함께 사진을 붙였 다. 실베이라는 책상 앞에 앉아 담배를 피워 물고 사진을 자세히 바라보았다.

"이혼한 아내와 아이들이 이 사진을 봤으면 좋겠네."

잠자리에 들기 전, 두 사람은 한참 동안 아무 말 없이 홀에 서 있었다.

"이제 이것도 지나가는군."

실베이라가 입을 열었다.

"자네가 여기 내 집에서 묵는 시간도."

그레고리우스는 잠을 이루지 못했다. 그는 내일 아침 타게 될 기차가 움직이는 모습을 상상했다. 기차의 부드러운 첫 덜컹거림 이 느껴졌다. 그는 현기증에, 그리고 독시아데스의 말이 옳다는 사실에 화가 났다.

불을 켜고, 프라두가 쓴 친근함에 관한 글을 읽었다.

_독재적인 친근함

우리는 친근함 속에서 서로 뒤엉켜 있다. 보이지 않는 끈들은 '자유롭게 하는 사슬'이다. 이 뒤엉킴은 독재적이라 독점을 요구한다. 나눔은 배반이다. 그러나 우리가 한 사람만 좋아하고 사랑하고 접촉하는 것은 아니다. 어떻게 해야 할까? 다양한 친근함을 연출하고, 주제와 말과 몸짓과 함께 나눈 지식과 비밀에 관해 옹졸하리만큼 꼼꼼한 장부를 써야 하는가? 이런 친근함은 소리 없이 떨어지는 독이다.

그레고리우스가 얕은 잠에 빠져 세상의 끝을 꿈꾸었을 때는 이미 날이 밝기 시작했다. 악기와 소리는 없어도 곡조가 아름다운 꿈, 햇빛과 바람과 언어로 이루어진 꿈이었다. 손이 거친 어부들이 떠들썩하게 소리쳤고, 소금기를 머금은 바람이 단어들을—그가 잊었던 단어도 함께—쓸어갔다. 그레고리우스는 물로 들어가 곧장 깊숙이 잠수했다. 온 힘을 다하여 점점 더 깊게 내려간 그는 냉기에 맞서는 근육에서 기쁨과 온기를 느꼈다. 어선을 떠나야 했다. 그는 어부들에게 시간이 없어서 간다고, 여러분 때문이 아니라고 말했다. 그러나 어부들은 그에게 뭔가 변명을 하며, 방수 배낭을 지고 햇빛과 바람과 언어와 함께 뭍으로 올라서는 그를 아주 낯선 표정으로 바라보았다.

귀
로

실베이라는 이미 오래전에 시야에서 사라졌지만, 그레고리우스는 계속 손을 흔들었다. "베른에 도자기를 만드는 회사가 있나?" 플랫폼에 서 있을 때 실베이라가 물었다. 그레고리우스는 기차 객실 안에서 유리창 너머 실베이라의 사진을 찍었다. 그는 담뱃불을 붙이려고 손으로 바람을 막고 있었다.

리스본의 마지막 집들이 스쳐 갔다. 그레고리우스는 어제 바이후 알투의 교회 책방에 갔었다. 파란 집의 초인종을 처음으로 누르기 전, 안개에 젖은 진열창에 이마를 기댔던 곳이었다. 그때 그는 공항으로 얼른 달려가 취리히행 비행기를 타고 싶은 충동과 싸워야 했다. 그런데 지금은 당장 다음 역에서 내리고 싶은 유혹을 억눌러야 했다.

기차가 지나는 거리만큼 기억이 지워지고 세상이 조금씩 다시 과거로 돌아간다면, 그가 베른 역에 도착해 모든 것이 예전과 똑같아진다면 여기에 머물렀던 시간도 사라지는 걸까?

아드리아나가 준 봉투를 꺼냈다. "그 일이 모든 것을 파괴했어요. 모든 것을." 그가 이제 곧 읽게 될 글은 프라두가 에스파냐 여행에서 돌아온 다음에 쓴 것이었다. "그 여자와의 일이 있고 난 다음에." 그레고리우스는 여행에서 돌아온 프라두를 묘사한 아드리아나의 말을 떠올렸다. 면도도 하지 않은, 볼이 움푹 들어간 모습으로 택시에서 내려 차려주는 음식을 엄청난 식욕으로 모두 먹어치운 다음, 수면제를 먹고 하루 밤낮을 꼬박 잤다던 프라두.

기차가 국경을 통과할 빌라르 포르모주로 들어가는 동안 그레고리우스는 프라두가 아주 작은 글씨로 쓴 글을 번역했다.

_덧없음의 재

조르즈가 한밤중에 전화를 걸어 죽음에 대한 공포에 빠졌다고 말한 건 이미 아주 오래전의 일이다. 아니, 그렇게 오래된 일은 아니다. 그건 '다른 시간'이었다. 완벽하게 다른 시간. 겨우 3년 전에 불과하다. 지극히 평범하고 대수롭지 않은 3년. 에스테파니아. 그때 조르즈는 에스테파니아에 대해 이야기했다. 그녀가 그를 위해 '골드베르크 변주곡'을 연주했다고, 그도 자기 스타인웨이 피아노에 앉아 그 곡을 연주하고 싶다고 했다. 에스테파니아 에스피노자. 얼마나 아름답고 유혹적인 이름인가! 그날 밤 나는 그렇게 생각했다. 그녀를 보고 싶지 않았다. 이 이름을 만족시킬 수 있는 여자는 없다, 실망할 게 틀림없다…… 정반대가 되리라고 내가 어찌 알았으랴. 이름이 그녀를 따라가지 못했다.

인생이 불완전한 상태로, 토르소로 머물 것이라는 공포. 원하던 모습이 되지 않으리라는 자각. 우리는 죽음에 대한 공포를 결국 이렇게 정의했다. 그러나 나는 그날 이렇게 물었다. 언젠가 돌이킬 수 없는 사실이 될 삶의 불완전함과 부조화를 우리는 경험할 수 없는데, 어떻게 그것을 두려워하겠냐고. 조르즈는 알아들은 듯했다. 그가 뭐라고 말했던가?

왜 나는 넘겨보지 않는가. 왜 찾지 않는가. 내가 그때 무슨 생각을 했는지, 어떤 글을 썼는지 왜 알려고 하지 않는가. 이 무관심은 어디에서 오는가. 이것은 과연 무관심인가 아니면 상실감이 더 크고 깊어서인가.

과거에 어떤 생각을 했는지, 그리고 그 생각이 어떻게 변했고 지금은 어떤 생각을 하는지 알려고 하는 것도 삶의 완전함—그런 게 만약 있다면—에 속한다. 그러니까 난 이제 죽음을 두렵게 하는 무엇인가를 상실한 건가? 조화로운 삶에 대한 믿음을? 싸울 만한 가치가 있어 죽음으로부터 지키려는 그 삶을?

신의. 난 조르즈에게 말했다. 우리의 조화는 신의에서 찾을 수 있다고. 에스테파니아. 우연의 파도는 그녀를 왜 다른 곳으로 밀어가지 않았을까? 왜 하필이면 우리에게? 그녀는 왜 우리를 시험대에 세워야 했나? 우리가 감당할 수 없는 시험대에? 우리가 통과하지 못한, 각자 자기 방식대로 실패한 시험대에?

'당신, 너무 허기졌어요. 당신과 함께 있어서 이루 말할 수 없이 행복하지만, 당신은 너무 허기졌어요. 그 여행은 할 수 없어요. 그건 당신의 여행, 오로지 당신 혼자만의 여행이에요. 우리의 여행이 될 수 없어요.' 그녀가 옳았다. 타인을 자기 삶의 건축용 석재로, 자기 구원의 경주를 위한 일벌로 만들어서는 안 된다.

피니스테레. 그곳에서처럼 정신이 또렷하게 깨어 있었던 적은, 그렇게 차분했던 적은 일찍이 없었다. 그때 이후로 나는 알고 있다. 나의 경주는 끝났다는 것을……. 내가 언제나 달리고 있었으면서도 알지 못했던 경주, 경쟁자도 목표도 상도 없는 경주. 완전함? 에스파냐 사람들은 '에스페히스모 Espejismo'라고 한다. 그때 읽은 신문에서 유일하게 아직 기억하는 단어. 신기루, 환영幻影.

우리 인생은 바람이 만들었다가 다음 바람이 쓸어갈 덧없는 모래알, 완전히 만들어지기도 전에 사라지는 헛된 형상이다.

"그 뒤로 오빠는 더 이상 예전의 오빠가 아니었어요. 알아보지 못할 만큼 변했어요." 아드리아나의 말이었다. 그녀는 서먹하게 낯설어진 오빠와 더는 관계를 유지하지 않으려 했다. "이걸 가져가세요. 멀리, 아주 멀리."

사람의 정체성은 언제 유지되는가. 늘 그래왔던 그 모습일 때? 스스로를 바라보았을 때처럼? 아니면 들끓는 생각과 감정의 용암이 온갖 거짓과 가면과 자기기만을 묻어버릴 때? 달라졌다고 불평을 하는 사람은 대부분 스스로가 아닌 다른 사람이다. 그렇다면 사실 이 말은, 어떤 사람이 이제 우리가 원하는 그 모습이 아니라는 뜻인가? 그러니까 타인의 안녕에 대한 걱정과 염려라는 가면을 썼을 뿐, 결국 익숙한 것이 흔들릴까 대항하는 투쟁 문구의 일종인가?

기차가 살라망카로 가는 동안 잠이 들었던 그레고리우스는 그때까지 경험하지 못했던 일을 겪었다. 잠이 깨면서 바로 현기증에 빠진 것이다. 잘못된 신경 흥분의 물결이 그를 훑고 지나갔다. 나락으로 떨어지는 느낌 때문에 있는 힘껏 팔걸이를 움켜쥐었다. 눈을 감아보았지만, 상황은 더욱 나빠졌다. 손으로 얼굴을 가렸다. 현기증이 지나갔다.

리스트론. 됐다, 정상이군.

왜 비행기를 타지 않았던가? 아침 일찍 출발하여 열여섯 시간 뒤에는 제네바에, 다시 세 시간이 지나야 집에 도착할 것이다. 점심 무렵이 되어야 독시아데스를 만나 앞으로 해야 할 검사들에 대해 이야기를 나눌 수 있을 테지.

기차가 속도를 줄였다. 살라망카. 두 번째 표지판이 보였다. 살라망카, 에스테파니아 에스피노자.

그레고리우스는 일어서서 선반에 있던 가방을 내리고는, 다시 몰려온 현기증이 지나갈 때까지 선반을 꽉 잡고 기다렸다. 그런 다음 그를 덮쳐오는 공기 쿠션을 짓밟기 위해 단단한 발걸음으로 플랫폼을 내디뎠다.

50

나중에 살라망카에서의 첫날 밤을 떠올렸을 때, 그레고리우스는 현기증과 싸우며 몇 시간이나 대성당과 예배소와 회랑을 비틀거리며 다닌 듯하다는 생각이 들었다. 그 아름다움에 취해, 어두운 위엄에 압도당한 채……. 그는 추억을 겹겹이 불러오는 제단과 돔과 성가대석을 구경했고, 미사 중인 성당의 문을 두 번이나 열었으며, 나중에는 오르간 연주회에 앉아 있었다. 난 대성당이 없는 세상에서는 살고 싶지 않다. 이 세상의 범속함에 맞설 대성당의 아름다움과 고상함이 필요하니까. 반짝이는 교회의 유리창을 올려다보며 그 천상의 색에 눈이 부시고 싶다. 더러운 제복의 단조로운 색깔에 맞설 광채가 필요하니까. 교회의 혹독한 냉기로 내 몸을 감싸고 싶다. 병영의 단조로운 고함 소리와 들러리 정치인의 재기 넘치는 수다에 맞설, 명령을 내리는 듯한 그 정적이 필요하니까. 행진곡의 새된 천박함에 대항할 물 흐르는 듯한 오르간의 울림이, 흘러넘치는 그 숭고한 음색이 듣고 싶다.

열일곱 살짜리 프라두가 쓴 글이었다. 이글거리던 소년. 그 얼마 뒤 조르즈와 함께 코임브라—세상이 온통 그들의 것인 듯하던—로 가서 교수들의 잘못을 지적하던 소년, 우연의 파도와 흩날리는 유사와 덧없음의 재를 아직 모르던 소년.

몇 년 뒤 프라두는 바르톨로메우 신부에게 편지를 썼다.

고통이나 외로움, 죽음처럼 사람이 견디기에 너무 힘든 일

들이 있습니다. 그러나 아름다움과 장엄함, 행복도 우리에게
는 너무 큰 개념입니다. 이런 모든 것을 위해 우리는 종교를
만들어냈습니다. 우리가 종교를 잃는다면 어떤 일이 벌어질
까요? 그렇더라도 앞서 언급한 것들은 여전히 우리가 감당
하기 힘들거나, 여전히 우리에 비해 너무나 위대합니다. 우리
에게 남는 것은 개인적 삶의 시詩입니다. 시가 우리를 지탱해
줄 만큼 강할까요?

그레고리우스의 호텔 방에서는 옛날에 지은 대성당과 현대식
대성당이 모두 내다보였다. 시간을 알리는 종이 울렸고 그는 창
가로 다가가 불이 켜진 대성당 전면을 건너다보았다. 옛날 이곳
에 산 후안 데 라 크루스가 살았다. 플로렌스는 그에 대한 글을
쓰는 동안, 다른 학생들과 함께 여러 번 이곳을 다녀갔다. 그래서
그레고리우스는 이곳에 오고 싶지 않았다. 플로렌스나 다른 학생
들이 이 위대한 시인의 신비한 시를 탐닉하는 게 싫었다.

그에게 시는 탐닉의 대상이 아니었다. 시는 읽는 것, 혀로 읽는
대상이며 더불어 사는 것이었다. 사람들은 시가 누군가를 어떻게
움직이고 변화시키는지, 자신의 삶에 어떤 형태와 색깔과 화음을
주는지 느낀다. 시에 대해서는 이야기하지 말아야 한다. 특히 학
술적 경력을 위한 먹이로는 더더욱……

그레고리우스는 얼마 전 코임브라에서, 혹시 교수로서의 삶을
놓친 것은 아닌지 스스로에게 질문했다. 결론은 아니라는 것이었
다. 그는 파리 라 쿠폴 레스토랑에서 플로렌스의 말 많은 동료들

을 베르식 억양과 지식으로 짓밟던 자신의 모습을 다시 한번 떠올렸다. 아니었다. 그런 삶을 놓친 게 아니었다.

나중에 그레고리우스는 실베이라의 부엌에서 오르간 음악에 맞추어 오로라와 춤을 추는 꿈을 꾸었다. 부엌이 점점 넓어지고, 그는 점점 더 깊게 헤엄쳐 내려가다가 거꾸로 흐르는 소용돌이에 빠져 정신을 잃었다가 눈을 떴다.

그는 손님이 없는 호텔 식당에서 혼자 아침을 먹은 뒤, 대학으로 가서 역사학부가 어디인지 물었다. 에스테파니아 에스피노자의 수업은 한 시간 뒤에 있었다. 이사벨 라 카톨리카*에 관한 수업이었다.

대학 뜰 아치 아래는 학생들로 붐볐다. 그들의 빠른 에스파냐어를 전혀 알아듣지 못한 그레고리우스는 수업 시간보다 일찍 강의실로 향했다. 강의실에는 책상이 갖추어져 있었고, 앞쪽 높은 곳에 교탁이 놓여 있었다. 수도원과 같은 소박한 우아함을 풍기는 그곳이 학생들로 가득 차기 시작했다. 큰 강의실이었지만 수업이 시작되기 전에 이미 마지막 줄까지 들어찼다. 통로 바닥에 앉아 있는 학생들도 있었다.

"난 길고 검은 머리카락에 흔들리는 걸음걸이, 짧은 치마를 입은 그 여자를 증오했어요." 아드리아나는 에스테파니아 에스피노자가 이십 대 중반일 때 보았다. 강의실로 들어온 여자는 오십

---

* Isabel la Catolica, 1451~1504. 카스티야 여왕. 남편과 함께 에스파냐를 통일한 이사벨 1세.

대 후반이었다. "그는 반짝이는 그녀의 눈, 동양인 같은 독특한 피부색, 옆에 있는 사람도 함께 웃게 하는 웃음, 흔들리는 걸음걸이를 보며 이 모든 게 사라지는 걸 원하지 않았던 거요. 원할 수 없었지." 주앙 에사가 프라두와 에스테파니아에 대해 한 말이었다.

그레고리우스는 당시 프라두가 아닌 그 어느 누구라도 그녀가 사라지는 걸 원할 수 없었겠다고 생각했다. 지금도……. 그녀가 입을 열자 이런 생각은 더욱 커졌다. 그녀의 목소리는 안개가 긴 듯한 어두운 알토 음역대였고, 딱딱한 에스파냐어 낱말들에서 포르투갈어의 부드러움이 묻어났다. 강의를 시작하면서 그녀는 마이크를 껐다. 대성당도 울릴 만한 목소리, 듣는 사람들이 강의가 절대 끝나지 않기를 바랄 만한 눈빛이었다.

그레고리우스는 강의를 거의 이해하지 못했다. 그는 눈을 감기도 하고 그녀의 동작에 집중하기도 하면서 음악 연주를 듣듯이 강의를 들었다. 그녀는 한 손으로 백발이 섞인 머리카락을 쓸어 올리고, 은빛 필기도구를 든 다른 손으로는 강조할 것이 있으면 허공에 선을 그었다. 또 팔꿈치를 교탁에 대고 팔을 쭉 뻗고, 주제가 바뀔 때마다 교탁을 감싸 쥐기도 했다. 예전에 우체국에서 일했던 여자, 저항운동의 모든 비밀을 외우고 있던 엄청난 기억력의 소유자, 거리에서 조르즈가 허리에 손을 얹자 불편해하던 여자, 파란 집 앞에서 운전석에 앉아 목숨을 걸고 이 세상의 끝으로 달렸던 여자, 프라두의 여행에 동행하지 않았던 여자, 그의 생에서 가장 크고 가장 아픈 진실을 일으킨 실망과 모욕이 된 여자,

구원을 향한 질주에서 이제 완전히 패배했다는 자각을 준 여자, 막 시작한 뜨거운 인생의 불이 꺼지고 재로 변했다는 느낌을 준 여자.

그레고리우스는 학생들이 일어나는 소리에 놀라 정신이 번쩍 들었다. 에스테파니아 에스피노자가 종이를 서류철에 넣고 강단 계단을 내려왔다. 학생들이 그녀에게 모여들자 그레고리우스는 나가서 기다렸다.

그는 멀리서도 그녀가 오는 모습이 보이게 자리를 잡고 섰다. 그렇게 보고 나서 그녀에게 말을 걸지 말지 결정하기로 했다. 그녀가 조교처럼 보이는 여자와 함께 이야기를 나누며 걸어왔다. 두 사람이 옆을 지나치자 그레고리우스의 심장이 목으로 넘어올 듯 두근거렸다. 그는 두 사람을 따라 계단을 올라가 긴 복도를 지났다. 에스테파니아 에스피노자가 조교와 인사를 나누고 어떤 문 안으로 사라졌다. 그레고리우스는 그 문을 지나며 그녀의 이름을 확인했다. 이름이 그녀를 따라가지 못했다.

그는 왔던 길을 천천히 돌아 나가 계단 난간을 붙잡았다. 그러고는 계단 아래에서 한참 서 있다가 다시 뛰어올라와 거친 호흡이 가라앉기를 기다렸다가 문을 두드렸다.

그녀는 외투를 입고 막 나가려던 참이었다. 그녀가 무슨 일이냐는 듯 그를 바라보았다.

"프랑스어로…… 잠깐 이야기할 수 있을까요?"

그의 물음에 그녀가 고개를 끄덕였다.

그레고리우스는 말을 더듬으며 자기소개를 하고는, 지금까지 몇 번이고 되풀이했듯이 프라두의 책을 꺼내 들었다.

그녀가 옅은 갈색 눈을 가늘게 떴다. 그녀는 책을 향해 손을 뻗지 않은 채 그저 뚫어지게 내려다보기만 했다. 몇 초가 그렇게 지나갔다.

"저는…… 왜……. 일단 들어오세요."

그녀는 전화기가 있는 쪽으로 걸어가 지금 갈 수 없다고 누군가에게 포르투갈어로 이야기하고 외투를 벗었다. 그녀는 앉으라고 권한 뒤 담배에 불을 붙였다.

"거기 제 이야기도 나오나요?"

그녀가 담배 연기를 내뿜었다.

그레고리우스가 고개를 저었다.

"그런데 저를 어떻게 아셨나요?"

그레고리우스는 아드리아나와 주앙 에사, 프라두가 마지막까지 읽었던 암흑의 바다에 관한 책, 헌책방 주인이 도와준 이야기, 그녀 저서의 표지에 대해 이야기했다. 조르즈와, 작은 글씨로 쓴 프라두의 글에 대해서는 말하지 않았다.

그녀가 책을 달라고 해서 그레고리우스가 건네주었다. 그녀는 새 담배에 불을 붙이고, 사진을 오랫동안 내려다보았다.

"젊었을 때는 이렇게 생겼군요. 이 시절 사진은 본 적이 없어요."

그레고리우스는 원래 여기서 내릴 생각은 아니었는데 참을 수 없었다고, 프라두의 사진조차 그녀 없이는…… 완전하지 않았다고, 하지만 이런 갑작스러운 방문이 예의에 어긋나는 행동이란 사실은 알고 있다고 말했다.

578

그녀가 창문으로 다가갔다. 전화기가 울렸지만 그냥 울리게 두었다.

"그 시절 이야기를 하고 싶은지 저도 잘 모르겠어요. 어쨌든 여기서는 하고 싶지 않군요. 제가 책을 가지고 가도 될까요? 읽고 생각하고 싶어요. 저녁에 저희 집으로 오세요. 그때 말씀드리지요."

그녀가 그에게 명함을 건넸다.

그레고리우스는 여행안내 책자를 사서 수도원을 하나씩 차례로 구경했다. 그는 명소를 찾아다니는 사람이 아니었다. 사람들이 뭔가에 몰리면 그는 고집스럽게 바깥에 머물러 있었다. 베스트셀러라는 책들을 몇 년이 지난 후에야 읽는 것도 이런 성격 때문이었다. 지금 그는 관광객의 호기심으로 명소를 찾아다니는 게 아니었다. 늦은 오후가 되어서야 그레고리우스는 그 이유를 알 수 있었다. 프라두의 흔적을 찾아다닌 그동안의 시간이 성당과 수도원에 대한 그의 느낌을 바꾸어놓았기 때문이었다. 시적 진지함보다 더한 진지함도 있을까? 루트 가우치와 다비트 레만에게 그는 이렇게 말했다. 이것이 프라두와 그를 묶어주는 고리, 아마 가장 강한 연결 고리였다. 그러나 신앙심 깊은 복사였다가 불경한 사제가 된 그 남자는, 지금 회랑을 거닐며 생각에 잠긴 그레고리우스보다 한 걸음 더 나아간 듯했다. 프라두는 시적 진지함을 성서적인 언어를 넘어, 이 언어로 만들어진 건물로 넓히는 데 성공했던 것이다. 그래, 바로 이것이었나?

그가 죽기 며칠 전, 멜로디는 성당에서 나오는 그를 보았다고 했다. 난 성서의 강력한 말씀을 읽고 싶다. 그 시詩가 지닌 비현실적인 힘이 필요하니까. 난 기도하는 사람들을 사랑한다. 천박함과 경솔함이라는 치명적인 독에 대항하기 위해 기도하는 사람들의 모습이 필요하니까. 이것은 그가 소년일 때의 감정이었다. 그렇다면 언제 터질지 모르는 시한폭탄이 뇌에 들어 있던, 세상의 끝으로 향했던 여행 뒤에 모든 것이 재로 변해버린 그는 어떤 느낌으로 성당에 들어섰던 것일까?

에스테파니아 에스피노자의 집으로 가려고 탄 택시가 신호등 앞에서 멈추었다. 여행사 진열창에 돔과 미너렛이 있는 포스터가 붙어 있었다. 금빛 돔이 있는 파란 아침의 나라에서 매일 아침 기도 시간을 알리는 무에진의 목소리를 들었더라면, 페르시아의 시가 삶의 멜로디를 결정했더라면 그는 어떻게 되었을까?

청바지에 군청색 스웨터를 입은 에스테파니아 에스피노자는 잿빛 머리카락에도 불구하고 40대 중반처럼 보였다. 샌드위치가 준비되어 있었다. 그녀가 그레고리우스에게 차를 따라주었다. 시간이 필요했다.

그녀는 책장으로 향하는 그레고리우스의 시선을 보고, 가까이 가서 봐도 좋다고 말했다. 그가 두꺼운 역사책을 꺼내 들고 이베리아 반도와 그 역사에 대해 아는 게 별로 없다고, 리스본의 지진과 흑사병을 다룬 책을 찾았다고 이야기했다.

그녀는 고전문헌학에 대해 이야기해달라며 여러 가지 질문을 계속했다. 프라두와 함께했던 여행담을 들려주기 전, 그레고리우스가 대체 어떤 사람인지 알고 싶어한다는 느낌이 들었다. 아니면 그저 더 오래 망설일 시간이 필요했던 것일까?

라틴어…… 어떤 의미에서는 라틴어가 시작이었다고 그녀가
말했다.

"우체국에서 아르바이트를 하던 젊은 학생이 있었어요. 수줍
음을 많이 타던 사람이었지요. 그는 저를 사랑했지만 제가 그런
눈치를 채지 못한다고 생각했어요. 그는 라틴어를 공부하는 학생
이었지요. 어느 날 그가 피니스테레로 가는 편지를 손에 들고는
'피니스테레'라고 말하더군요. 그러고는 세상의 끝에 대해 이야
기하는 긴 라틴어 시를 낭송했어요. 편지를 분류하는 손을 쉬지
않으면서 라틴어 시를 낭송하는 그 모습이 마음에 들었지요. 그
는 내가 좋아하는 걸 알고는, 오전 내내 시를 낭송했지요.

그가 혹시 오해할지 몰라서 저는 몰래 라틴어를 배우기 시작
했어요. 교육을 변변하게 받지 못하고 우체국에서 일하는 저 같
은 여자가 라틴어를 배운다는 것은 거의 불가능했지요. 정말 거
의 불가능했어요! 저를 끌어당긴 것이 이 언어였는지, 아니면 이
런 불가능성이었는지 지금도 잘 모르겠어요.

저는 기억력이 좋아서 빨리 배울 수 있었어요. 로마 역사에도
관심이 생기기 시작하더군요. 손에 집히는 대로 모두 읽었어요.
나중에는 포르투갈과 에스파냐와 이탈리아 역사에 관한 책들도
읽었어요. 어릴 때 어머니가 돌아가셔서 저는 철도 기술자인 아
버지와 둘이 살았어요. 전혀 책을 읽지 않던 아버지는 제가 책을
읽자 처음에는 낯설어했지만, 나중에는 자랑스러워하셨어요. 눈
물 나는 자랑거리였지요. 제가 스물세 살 때 아버지는 사보타주

581

를 했다는 죄목으로 비밀경찰에 잡혀 타하팔로 끌려가셨어요. 그 이야기는 할 수 없군요. 지금도 하지 못하겠어요.

몇 달 뒤 저항운동가들의 모임에서 조르즈 오켈리를 알게 됐어요. 아버지가 체포됐다는 소문이 우체국에 돌았는데, 놀랍게도 무척 많은 동료들이 저항운동에 참가하고 있더군요. 저는 아버지가 체포된 것 때문에 정치적으로, 그야말로 돌발적으로 각성하게 되었어요. 조르즈는 그 모임에서 중요한 위치에 있었어요. 그와 주앙 에사가 가장 중요한 인물이었지요. 조르즈는 저를 보자 바로 사랑에 빠졌는데, 저도 나쁜 감정은 아니었어요. 그는 저를 스타로 만들려고 했지요. 문맹자를 위한 학교는 제 생각이었어요. 의심받지 않고 사람들이 모일 수 있는 묘안이었으니까요.

그런데 거기서……. 어느 날 저녁 아마데우가 교실로 들어왔어요. 그때 모든 것이 달라졌어요. 온갖 사물이 새로운 빛을 발하더군요. 그도 마찬가지였어요. 이미 그날 저녁에 깨달았지요.

난 그를 원했어요. 잠을 잘 수도 없었어요. 그의 병원으로 갔지요. 그의 여동생이 분노에 찬 눈길을 보냈지만, 몇 번이고 계속 갔어요. 그도 저를 안고 싶어했어요. 언제 터질지 모르는 산사태가 그의 내부에서 꿈틀대고 있었어요. 하지만 끝내 저를 거부했어요. 조르즈, 조르즈라는 말만 되풀이하며……. 저는 조르즈를 증오하기 시작했어요.

그러다가 언젠가 자정에 아마데우를 찾아가 초인종을 눌렀어요. 그는 한참 거리를 걷다가, 저를 개선문 아래로 끌어당겼어요. 쏟아지는 산사태……. '우리 다시는 이러면 안 돼.' 나중에 그가 이렇게 말했지요. 더는 찾아오지 말라면서.

그해 겨울은 길고 고통스러웠어요. 아마데우는 모임에 나오지 않았고, 조르즈는 질투 때문에 병이 났어요.

제가 그때 이미 그런 일이 벌어지리라 예상했다면 그건 과장이겠지요. 그래요, 그런 말은 과장이에요. 하지만 그 사람들이 점점 더 많은 비밀을 제 기억력에만 의지하게 되자 점차 걱정이 되었어요. '나한테 무슨 일이 일어나면 어떻게 되는 거지?' 제가 그때 이런 말을 했으니까요."

에스테파니아가 방을 나갔다. 다시 돌아온 그녀는 모습이 달라져 있었다. 그레고리우스는 그녀가 지금 운동 경기에 나가기 직전의 기분일 거라고 생각했다. 머리카락을 뒤로 묶고, 세수도 한 모양이었다. 그녀는 창가로 다가가더니 말을 시작하는 대신 급하게 담배를 한 대 피웠다.

"……사고는 2월 말에 터졌어요. 교실 문이 소리 없이 천천히 열렸지요. 그 남자는 군화를 신고 있었어요. 군복은 입지 않았지만……. 문틈으로 제일 먼저 보인 것이 그의 군화였고, 남몰래 살피는 듯한 교활한 얼굴이 그다음에 나타났지요. 우린 그 남자를 이미 알고 있었어요. 멘드스의 부하였는데, 이름은 바다호스였어요. 저는 우리가 이미 여러 번 의논했던 대로 행동했어요. 문맹자들에게 '세 세질랴ç'를 설명하기 시작했지요. 나중에 꽤 오랫동안 세 세질랴를 볼 때마다 바다호스가 떠올랐어요. 그가 의자에 앉을 때 삐걱거리는 소리가 났어요. 주앙 에사가 경고하는 눈빛으로 저를 쏘아보았어요. '이제 모든 것은 당신에게 달렸소.' 이

583

렇게 말하는 눈빛이었지요.

저는 그때 언제나 그랬듯이 재킷 안에 속이 환히 비치는 블라우스를 입고 있었어요. 말하자면 작업복이지요. 저는 얼른 재킷을 벗었어요. 제 몸에 쏟아지는 바다호스의 시선이 우리를 구해야 했던 거예요. 바다호스가 역겹게 다리를 꼬았어요. 그렇게 수업이 끝났지요.

바다호스가 제 피아노 선생님인 아드리앙 교수님에게 다가서는 것을 보고 저는 모든 게 끝이라는 것을 직감했어요. 두 사람이 나누는 대화는 잘 들리지 않았지만, 교수님의 얼굴은 창백했고 바다호스는 교활하게 웃고 있었어요.

끌려간 교수님은 돌아오지 않았어요. 그 뒤로는 본 적이 없어요. 무슨 일이 일어났는지도 몰라요.

주앙은 제가 자기 친척 아주머니 댁에 가 있어야 한다고 했어요. 안전해야 한다는 거였지요. 제가 안전해야 한다고. 그 말이 맞았어요. 하지만 제가 아니라 제가 기억하는 것이 문제라는 걸 이미 첫날 밤에 확실하게 깨달았어요. 제가 잡히면 어떤 일이 벌어질지, 그게 문제였던 거지요. 이 기간에 조르즈와는 딱 한 번 만났어요. 우린 서로 손조차 잡지 않았어요. 유령이 나올 듯한 분위기였어요. 왜 그런지 그때는 몰랐어요. 나중에 아마데우가 제가 왜 외국으로 가야 하는지 이야기할 때 알게 되었지요."

에스테파니아는 창문에서 물러나와 자리에 앉았다. 그녀는 그레고리우스를 바라보았다.

"아마데우가 조르즈에 대해 한 말은 너무 끔찍한 데다 상상도 하지 못할 만큼 잔인해서 처음에는 그저 웃었어요. 아마데우가 병원에 제 잠자리를 만들어주었어요. 그다음 날 우린 떠났어요.

'믿지 못하겠어요. 날 죽인다니요.'

제가 그를 쳐다보며 말했지요.

'우린 지금 조르즈 이야기를 하는 거예요. 당신 친구 조르즈 말이에요.'

'알아.'

아마데우가 무미건조하게 대답했어요.

저는 조르즈가 무슨 말을 했는지 문자 그대로 알고 싶었지만, 아마데우는 그 말을 반복하려고 하지 않았어요.

나중에 혼자 병원에 누워 조르즈와 함께했던 일들을 하나씩 떠올려보았어요. 그가 정말 그런 생각을 할 수 있는 사람인가? 정말 진지하게 그런 생각을 할 수 있나? 저는 피곤했지만 너무 불안했어요. 조르즈의 질투를, 그리고 저한테 그랬던 것은 아니지만 그가 난폭하고 가차 없이 행동하던 순간들을 떠올렸어요. 어떻게 해야 할지 더는 모르겠더군요. 정말 알 수 없었어요.

아마데우의 장례식 때 우린 무덤에 나란히 서 있었어요. 조르즈와 제가……. 다른 사람들은 모두 돌아간 다음이었지요.

'당신 정말 그 말을 믿은 건 아니겠지?'

시간이 한참 지났을 때 조르즈가 물었어요.

'아마데우가 내 말을 오해한 거야. 그건 오해였어. 단순한 오해.'

'그건 이제 중요하지 않아요.'

우린 악수도 하지 않은 채 헤어졌어요. 그 뒤로는 그의 소식을 듣지 못했는데, 아직 살아 있나요?"

그레고리우스가 그렇다고 대답했다. 한동안 침묵이 흘렀다. 그
녀가 책장에서 《우 마르 테네브로주》를 꺼내 왔다. 프라두의 책
상에 놓여 있던 커다란 책이었다.

"아마데우가 끝까지 읽었나요?"

그녀는 자리에 앉아 책을 무릎에 올려놓았다.

"그때 제가 겪은 일은 스물다섯 살짜리 젊은 여자에게는 너무
힘들었어요. 바다호스, 안개 낀 밤에 주앙의 친척 아주머니에게
로 갔던 일, 조르즈에 대한 끔찍한 생각, 저를 불면증에 빠뜨린
한 남자 옆에서 한 운전. 그때 저는 지독한 혼란 상태였어요.

처음에는 아무 말 없이 차를 달리기만 했지요. 제가 운전을 할
줄 알아 다행이라고 생각하면서. 주앙은 우리에게 북쪽 갈리시아
로 가라고, 국경을 넘으라고 했어요.

'그런 다음 우리 피니스테레로 계속 가요.'

나는 이렇게 말하고, 라틴어를 공부하던 학생 이야기를 했어요.

아마데우는 차를 세우라고 하더니 저를 안았어요. 그 뒤로 계
속, 더 자주 차를 세우라고 부탁하더군요. 쏟아지는 산사태…….
그는 저를 찾았어요. 하지만 정확하게 말하면, 제가 아니라 자기
삶을 찾았던 거지요. 아마데우는 더 자주 그리고 점점 더 욕심을
내며 저를 찾았어요. 그가 거칠어지거나 난폭해진 건 아니었어
요. 오히려 반대였죠. 제가 아마데우를 만나기 전에는 그런 섬세
함이 이 세상에 있다는 걸 몰랐으니까. 하지만 그 섬세함 속에서
그는 저를 삼키며 자기 안으로 끌어들였어요. 자기 삶과 정열, 욕

망을 향한 갈망이 얼마나 컸던지……. 아마데우는 제 육체뿐 아니라 정신도 원했어요. 몇 시간 안에 제 삶 전체와 기억과 생각과 상상과 꿈을 알려고 했지요. 제 모든 것을. 그가 얼마나 빠른 속도로 정확하게 알아듣는지 처음에는 놀랍고 기뻤지만 나중에는 두려워지기 시작했지요. 놀라울 만큼 빠른 그의 이해력이 저의 보호막을 모조리 무너뜨렸으니까요.

그 뒤로 몇 년 동안 누군가 저를 이해하기 시작하면 저는 언제나 도망쳤어요. 지금은 그렇지 않지만, 한 가지는 그대로 남았지요. 저는 누군가가 저를 '완전히' 이해하는 걸 원하지 않아요. 사람들에게 알려지지 않은 채 살고 싶어요. 다른 사람들의 눈이 멀어야 저는 안전하고 자유로우니까요.

제 말이 아마데우가 정말 정열적으로 저를 좋아했다는 듯이 들릴 거 같아요. 하지만 사실은 그게 아니었어요. 그건 만남이 아니었으니까요. 그는 자신이 경험하는 모든 것을, 특히 그가 아무리 얻어도 물리지 않는 삶의 원형질을 빨아들였던 거예요. 다르게 말하자면 저는 그가 정말 원했던 어떤 사람이 아니라, 그가 잡으려고 했던 삶의 무대였지요. 죽음에 이르기 전에 한번 완벽한 삶을 살고 싶다는 듯, 지금까지 사람들이 마치 그를 속여왔다는 듯이 온 힘을 다해 잡으려던 완벽한 삶의 무대."

그레고리우스가 동맥류와 뇌 지도에 대해 이야기했다.

"그럴 수가……."

그녀가 낮은 목소리로 중얼거렸다.

두 사람이 피니스테레 해변에 앉아 있을 때 배 한 척이 지나갔다고 했다.

"아마데우가 배를 타자고 하더군요. '브라질 벨렝이나 마나우스로, 아마존으로 가는 게 제일 좋겠어. 덥고 습기가 많은 곳으로. 색깔과 냄새와 끈적거리는 식물과 열대우림, 동물 이야기를 쓰고 싶어. 난 지금까지 언제나 정신에 관한 글만 썼어.' 그가 이렇게 말했어요."

"우리 오빠가, 그렇게도 현실적이던 우리 오빠가······." 아드리아나의 말이 떠올랐다.

"사춘기 소년의 낭만이나 중년 남성의 유치함이 아니었어요. 그건 현실이었고, 진정이었어요. 하지만 그것 역시 저와는 상관이 없었지요. 그는 오로지 자신만의 여행, 자기 영혼의 억압된 분노를 향한 여행에 제가 동행하기를 원했던 거예요. 저는 아마데우에게 당신은 너무 허기졌다고, 그 여행에 동행할 수 없다고, 할 수 없다고 말했어요.

그가 개선문 아래로 끌어당기던 날 밤, 저는 이 세상 끝까지 그를 따라가겠다고 생각했어요. 그때는 그의 무서운 허기에 대해 알지 못했지요. 그래요, 어떤 의미에서는 삶을 향한 그의 허기가 무서웠어요. 삼키고 파괴하는, 두려움을 불러일으키는 끔찍한 허기······.

제 말에 그는 아주 심하게, 이루 말할 수 없이 상처를 받았던 모양이에요. 더는 한 방을 쓰지 않고, 1인용 방 두 개를 잡더군요. 나중에 만났을 때 그는 새 옷을 입고 있었어요. 냉정한 눈빛으로, 뻣뻣하고 아주 반듯하게 서 있더군요. 그때 저는 그가 제 말 때문에 존엄성을 잃은 느낌을 받은 거라고, 그리고 이 뻣뻣함과 올곧음은 자신이 존엄을 되찾았음을 보여주려는 헛된 시도라고 보았어요. 하지만 제 말은 그런 뜻이 아니었어요. 그의 정열이나 욕망에 천박함은 전혀 없었으니까요. 욕망 그 자체는 천박한 게 아니에요.

저는 무척 지쳐 있었지만 잠을 이룰 수가 없었어요.

다음 날 아침, 자기는 여기서 며칠 더 머물겠노라고 그가 짤막하게 말하더군요. 아마데우의 마음이 완전히 돌아섰다는 것을 이 짧은 말보다 더 명확하게 표현할 수 있는 말은 이 세상 어디에도 없었을 거예요.

헤어지면서 우린 악수를 했어요. 그의 마지막 시선은 안을 향해 잠겨 있었어요. 그러고는 한 번 돌아보지도 않고 호텔로 들어가더군요. 전 창문에서 그가 손을 흔들어주기 바라며, 차 안에서 시동을 걸지 않은 채 기다렸어요.

삼십 분 동안 고통스럽게 운전해 가다가 호텔로 돌아와 그의 방문을 두드렸지요. 그는 적대감은 물론 그 어떤 반응도 없이 차분하게 문간에 그냥 서 있었어요. 저를 자기 영혼에서 이미 몰아냈던 거지요. 저는 그가 언제 리스본으로 돌아갔는지도 몰랐어요."

그레고리우스는 일주일 뒤였다고 알려주었다.

에스테파니아가 그에게 책을 돌려주었다.

"오후 내내 책을 읽었어요. 처음에는 놀랐지요. 아마데우가 아니라 저 때문에. 그가 누구인지 전혀 몰랐다는 생각에 몹시 놀랐어요. 그가 스스로에게 얼마나 깨어 있던 사람인지, 자신에게 얼마나 무자비할 만큼 공정했는지, 거기에 문장력도……. 이런 사람에게 '당신, 너무 허기졌어요'라고 말했던 제가 부끄러웠어요. 하지만 시간이 지나자 그렇게 말했던 게 옳았다는 생각이 들더군요. 그의 글을 예전에 알았다고 해도 마찬가지였을 거예요."

자정이 가까워졌다. 그레고리우스는 일어나고 싶지 않았다. 베른, 기차, 현기증……. 이 모든 것은 지금 아주 멀리 있었다. 그는 라틴어를 배우던 우체국 직원이 어떻게 교수가 되었는지 물었다. 대답이 지극히 간결한 것으로 보아, 말하고 싶지 않은 모양이었다. 이런 일도 있는 법이다. 오래된 과거의 일에 대해서는 온 마음을 열지만, 그 뒤의 일과 현재에 대해서는 문을 닫는 것. 친근함에도 시대 구별이 있다.

두 사람은 문 앞에서 작별했다. 그레고리우스는 프라두의 마지막 글이 들어 있는 봉투를 꺼냈다.

"이 글의 주인은 아무래도 선생님인 듯합니다."

51

그레고리우스는 부동산 사무실 진열창 앞에 멈춰 섰다. 이룬과 파리로 향하는 기차는 세 시간 뒤에 떠날 예정이었고, 그의 짐은 역 보관함에 들어 있었다. 그는 힘을 주어 포장도로를 딛고 서서 부동산 가격을 읽어보고, 그동안 저축했던 돈이 얼마나 되는지 계산했다. 지금까지 플로렌스의 언어라고만 생각해왔던 에스파냐어를 배우는 것, 그녀가 존경해마지않던 영웅의 도시에서 사는 것, 에스테파니아 에스피노자의 강의를 듣는 것, 여러 수도원의 역사를 공부하는 것, 프라두의 글을 번역하는 것, 그의 글을 에스테파니아와 함께 한 문장씩 차례로 이야기하는 것.

부동산 사무실 직원은 그에게 두 시간 동안 세 곳을 볼 수 있게 해주었다. 그레고리우스는 목소리가 울리는 빈집에서 바깥 전망과 교통 소음을 살펴보고, 계단을 매일 오르내리는 자기 모습을 그려보았다. 두 집에서 언제든 이사를 와도 좋다고 구두로 허락했다. 집을 구경한 다음, 그는 택시를 타고 운전사에게 "계속 달리세요, 계속 오른쪽으로, 더!"라고 에스파냐어로 말하며 시내이곳저곳을 돌아다녔다.

역에 도착해서는 보관함을 착각하는 바람에 시간을 허비했다. 그는 기차를 놓치지 않으려고 헐레벌떡 뛰었다.

기차에 올라타자마자 깜박 잠이 들었던 그는, 바야돌리드에 닿을 때쯤 깨어났다. 젊은 여자가 그레고리우스의 칸으로 들어왔다. 그가 그녀의 가방을 선반에 얹어주었다. 그녀는 포르투갈어로 고맙다고 말하고, 문 옆 의자에 앉아 프랑스어 책을 읽기 시작했다. 그녀가 다리를 꼬느라고 움직일 때마다 비단을 마주 비비는 듯한 옷감 소리가 났다.

그레고리우스는 마리아 주앙이 열어보려고 하지 않았던 봉투를 내려다보았다. "내가 죽은 뒤에 읽어. 하지만 그때도 아드리아나의 손에 들어가면 안 돼." 프라두가 했던 말이었다. 그레고리우스는 봉인을 뜯고 종이를 꺼내 읽기 시작했다.

_많은 사람들 가운데 당신인 이유는?

어느 순간엔가 모든 사람이 하는 질문이다. 속으로만 내뱉어도 이 질문이 위험해 보이는 이유는 뭘까? 임의성이나 대체 가능성과 똑같지는 않지만 우연이라는 생각, 우연이라고 발음하는 생각이 그토록 소름 끼치는 이유는? 왜 우리는 이러한 우연을 인정하고 웃음으로 넘기지 못하는가? 왜 우리는 우연이 사랑의 의미를 축소한다고, 우연을 당연하다고 인정하는 것이 왜 사랑을 폐기하는 것이라고 생각하는가?

당신이 사람들과 샴페인 잔 사이를 지나 응접실을 가로지르는 걸 보았소. '우리 딸 파티마일세.' 당신 아버님이 그러시더군.

'당신이 저의 공간을 가로지르는 모습이 그려집니다.'

내가 정원에서 당신에게 말했소.

'내가 당신의 공간을 가로지르는 모습이 아직도 그려져?'

당신이 영국에서 나에게 물었지. 그리고 배에서는 이런 말도 했소.

'우리가 서로 운명적으로 정해진 사이라고 생각해?'

서로 운명적으로 정해진 사람은 없소. 그런 섭리도 없을뿐더러 서로의 운명이 맺어지게 해주는 그 누군가도 없으니까. 우연한 욕구와 습관의 엄청난 힘을 넘어서는 필연은 사람들 사이에 존재하지 않소. 난 당시 5년이나 종합병원에서 일했는데, 그 세월 동안 아무도 내 공간을 가로질러 가지 않았소. 난 완벽하게 우연히 이곳에, 당신은 완벽하게 우연히 그곳에 있었소. 그 사이에는 샴페인 잔들……. 그래요, 그랬던 거요. 필연은 없었소.

당신이 이 편지를 읽지 못해서 다행이오. 왜 당신은 어머니와 힘을 합쳐 내 불신앙에 맞서야 한다고 생각했소? 우연의 변호인이 사랑을 덜하는 것도 아니고 신의가 부족한 것도 아니라오. 오히려 더 많이 한다오.

책을 읽던 여자가 안경을 벗어 닦았다. 그녀의 얼굴은 키르헨펠트 다리에서 만난 이름 없는 포르투갈 여자와 별로 닮지 않았지만, 양쪽 눈썹과 코 뿌리 사이의 간격이 다르다는 점은 비슷했다. 한쪽 눈썹 길이가 다른 쪽보다 짧았다.

그레고리우스는 그녀에게 뭔가 질문을 해도 되는지, 포르투갈어 '글로리아gloria'가 '명예'와 더불어 종교적인 의미에서 '축복'이라는 뜻으로도 쓰이는지 물었다.

그녀는 잠깐 생각해보더니 고개를 끄덕였다.

그가 다시 물었다. 어떤 불신자가 종교적인 축복을 빼고 남는 그 어떤 것에 대해 말하려고 할 때도 이 단어를 사용할 수 있는지? 그녀가 웃으며 프랑스어로 대답했다.

"정말 재미있는 말이네요! 음……. 네, 할 수 있어요."

기차가 부르고스 역을 벗어나기 시작했다. 그레고리우스는 프라두의 글을 계속 읽어내려갔다.

_열린 미래의 모차르트

당신이 계단을 내려왔소. 수없이 많이 봤던 모습. 당신이 점점 더 많이 보였지만, 머리는 앞쪽 계단에 가려서 끝까지 보이지 않았소. 난 언제나 가려진 부분을 머릿속에서 그려보곤 했소. 늘 똑같은 모습. 누가 내려오는지는 언제나 자명했소.

그런데 그날 아침은 갑자기 달랐지. 그 전날 바깥에서 놀던 아이들이 채색 유리창에 공을 던져 유리가 깨져 계단을 비추는 빛이 여느 때와는 달랐던 거요. 성당의 불빛을 연상케 하는, 베일에 가린 듯한 금빛 대신 여과되지 않은 환한 햇빛이 물밀듯이 방으로 쏟아져 들어왔소. 이 새로운 빛은 일상적인 나의 예상에 틈을 냈고, 나에게서 새로운 생각을 요구하는 그 무엇인가를 불러일으키는 듯했소. 당신 얼굴이 어떻게 보일지 갑자기 궁금해졌소. 이 갑작스러운 궁금증은 나를 행복하게 했지만, 동시에 무척 놀라게도 했소. 상대방에 대한 사랑의 호기심과 우리들이 함께하는 인생의 문은 이미 몇 년 전에 닫혔으니까. 파티마, 왜 창문이 하나 깨져야만 내가 당신을 다시 열린 시선으로 보게 되었을까?

아드리아나, 난 너도 이런 시선으로 보려고 했다. 하지만 우리의 신뢰는 이미 납덩이처럼 무거웠다.

열린 시선이 이렇게도 어려운 이유는 도대체 무엇 때문인가? 우리는 믿을 수 있는 사람이 필요한 게으른 존재다. 일상적인 대지에서 호기심이란 희귀한 사치일 뿐……. 힘차게 발을 딛고 서서 매 순간 솔직하게 연주할 수 있다면 그런 삶은 예술일 것이다. 우리는 모차르트여야 한다. 열린 미래의 모차르트.

산 세바스티안. 그레고리우스가 지도를 들여다보았다. 이제 곧
이룬에서 파리행 기차로 갈아타야 한다. 옆에 있는 여자가 다리
를 바꿔서 꼬고 계속 책을 읽었다. 그는 봉인된 봉투에 남아 있던
마지막 글을 꺼냈다.

_내가 사랑하는 자기기만의 대가大家
우리는 우리 자신의 소망과 생각을 스스로도 모를 때가 많
고, 다른 사람이 우리보다 더 잘 알고 있을 때도 있소. 이와
다르게 생각한 사람이 있을까?

없소. 다른 사람과 함께 살며 숨 쉬고 있는 사람이라면 모
두 이렇게 생각하오. 우리는 서로 육체도, 말의 아주 미세한
떨림까지도 잘 알고 있소. 알고 있으면서도, 우리가 알고 있
는 것을 알려고 하지 않을 때가 많지. 특히 우리가 보는 것과
상대방이 생각하는 것의 간극이 견딜 수 없을 만큼 클 때 더
더욱 그렇소. 정말 솔직하게 살기 위해서는 엄청난 용기와
강인함이 필요하오. 우리 스스로에 대해서도 이 정도는 알고
있소. 이 말이 독선일 이유는 없소.

그러나 당신이 언제나 나보다 한 단계 앞서가는 자기기만
의 대가라면? 내가 당신 앞에 마주 서서 '아니, 당신 지금 날
속이고 있는 거야, 당신은 그렇지 않아'라고 말해야 했을까?
내가 당신에게 잘못이 있다면 바로 이것이오.

이런 의미에서 우리가 다른 사람에게 어떤 잘못을 하는지 어떻게 자각할 수 있겠소?

이룬. "이스투 아인다 낭 에 이룬." 아직 이룬이 아니에요. 오주 전, 기차에서 누군가에게 처음으로 말한 포르투갈어였다. 그가 옆에 있던 여자의 가방을 선반에서 내려주었다.

그레고리우스는 파리행 기차에 자리를 잡고 앉았다. 잠시 뒤 그 여자가 그가 탄 칸을 스쳐 지나갔다. 그녀는 거의 지나치다가 흠칫 멈추고 몸을 돌려 그를 보았다. 잠깐 망설이던 그녀가 그의 칸으로 들어왔다. 그레고리우스는 그녀의 가방을 한 번 더 선반에 올려주었다.

왜 완행열차를 선택했느냐는 그의 질문에, 그녀는 지금 들고 있는 책을 마저 읽으려고 탔다고 대답했다. 《말이 있기 전, 세상의 침묵Le silence du monde avant les mots》이라는 프랑스 책이었다. 그녀는 기차만큼 책 읽기에 좋은 장소는 없다고, 새로운 것을 향해 자기가 이렇게 마음을 활짝 여는 곳은 그 어디에도 없다고, 그래서 완행열차의 전문가가 되었다고 말했다. 자기는 로잔으로 가는데 내일 아침 일찍 제네바에 도착한다고, 둘이 아마 똑같은 기차를 고른 모양이라고 덧붙였다.

그레고리우스는 얼굴에 외투를 덮고 잠을 청했다. 그가 완행열차를 고른 이유는 그녀와 달랐다. 베른에 도착하고 싶지 않았다. 독시아데스가 수화기를 들고 병원에 예약하는 모습을 보고 싶지 않았다. 제네바까지는 아직 스물네 개의 역이 남아 있었다. 스스로 내릴 수 있는 기회도 스물네 번이었다.

그는 점점 더 깊이 아래로 잠수했다. 어부들이 에스테파니아 에스피노자와 실베이라의 부엌에서 춤을 추는 그를 보며 웃었다. 수도원들과 텅 비어 소리가 울리는 집들이 연결되어 있었다. 말소리가 울리는 빈 공간이 호메로스의 단어를 지워버렸다.

그레고리우스는 깜짝 놀라 잠에서 깨어났다. 리스트론. 화장실로 가서 얼굴을 씻었다.

그가 잠을 자는 동안 여자는 천장 조명을 끄고, 자기 자리에 있는 작은 독서용 전등을 켜고 있었다. 그녀는 읽고 또 읽었다. 그레고리우스가 화장실에서 돌아오자 그녀는 쳐다보며 미소를 지었지만, 마음은 다른 곳에 있는 듯했다.

그레고리우스는 외투를 다시 얼굴에 덮고, 책을 읽는 여자의 얼굴을 그려보았다. 난 완벽하게 우연히 이곳에, 당신은 완벽하게 우연히 그곳에 있었소. 그 사이에는 샴페인 잔들……. 그래요, 그랬던 거요. 필연은 없었소.

자정이 조금 지나 기차가 파리로 들어서자 옆자리의 여자가 리옹 역까지 같이 택시를 타고 가자고 말했다. 라 쿠폴 레스토랑. 여자의 향수 냄새가 코로 들어왔다. 그레고리우스는 병원에 가기 싫었다. 병원 냄새를 맡고 싶지 않았다. 부모님이 병원에 있을 때 난방을 지나치게 많이 해 숨이 막히던 3인용 병실에서 나던 그 냄새. 환기를 해도 여전히 남아 있던 소변 냄새.

그레고리우스는 새벽 4시쯤 잠에서 깨어 얼굴에서 외투를 내렸다. 옆자리의 여자는 무릎에 책을 펴놓은 채 잠이 들어 있었다.

여자 머리 위에 있는 독서용 전등을 끄자 그녀는 옆으로 몸을 돌리고 외투로 얼굴을 덮었다.

동이 터왔다. 그레고리우스는 날이 밝는 게 싫었다.

식당차 직원이 음료수를 실은 수레를 밀고 지나갔다. 그레고리우스는 옆자리 여자에게 커피 한 잔을 건넸다. 둘은 옅은 베일 같은 구름 너머 해가 떠오르는 모습을 아무 말 없이 지켜보았다.

그녀가 불쑥 '글로리아'가 외적이고 시끄러운 명예와 내적이고 조용한 축복이라는 전혀 다른 두 가지 뜻으로 쓰이는 게 참 독특하다고 말했다. 잠시 침묵이 흐른 뒤 그녀가 덧붙였다.

"축복이라, 그게 도대체 뭘까요?"

제네바 역에서 그레고리우스는 그녀의 무거운 가방을 들어주었다. 칸이 따로 없는 스위스 철도에서 승객들이 시끄럽게 웃고 떠들었다. 그녀는 짜증이 난 그의 얼굴을 보고, 자기가 읽던 책 제목을 가리키며 웃었다. 그레고리우스도 따라 웃었다. 확성기에서 로잔에 도착했다는 멘트가 흘러나왔다. 여자가 자리에서 일어나자 그레고리우스는 선반에서 그녀의 가방을 내렸다.

"감사합니다. 그럼……."

그녀가 차에서 내렸다.

프리부르였다. 그레고리우스는 목이 막히는 느낌이었다. 그는 밤에 성에 올라 리스본 야경을 내려다보았었다. 테주 강을 건너는 배를 탔었다. 마리아 주앙의 부엌에 앉아 있었다. 살라망카 수도원들을 구경하고, 에스테파니아 에스피노자의 강의를 들었다.

그리고 베른. 그레고리우스는 기차에서 내려 가방을 내려놓고 잠깐 멈춰 섰다. 다시 가방을 들고 걷기 시작했을 때 그의 몸은 납을 매단 듯 무거웠다.

52

그레고리우스는 차가운 방에 가방을 내려놓고 사진 현상소로 갔다. 그런 다음 다시 돌아와 거실에 앉았다. 두 시간쯤 뒤에나 사진을 찾을 수 있었다. 그때까지 뭘 해야 하나?

여전히 수화기는 거꾸로 놓여 있었다. 그날 밤 독시아데스와의 대화가 떠올랐다. 겨우 오 주 전의 일이었다. 그때는 눈이 내렸는데, 이제 사람들은 외투를 벗고 다녔다. 하지만 햇빛은 여전히 창백했다. 테주 강에 비치는 햇빛과는 비교할 수 없었다.

CD 플레이어에는 여전히 어학 CD가 들어 있었다. 그는 플레이어를 켜고, 거기서 나오는 목소리를 리스본의 오래된 전철에서 들었던 목소리들과 비교하며 들었다. 그는 상상 속에서 벨렝에서 알파마 구역으로 갔고, 지하철을 타고 중등학교까지 계속 갔다.

초인종이 울렸다. 루슬리 부인이었다. 그녀는 그가 돌아오면 언제나 문 앞의 발판으로 알아본다고 말했다. 그러고는 어제 학교에서 온 편지라며 봉투를 하나 내밀고, 다른 편지들은 지금쯤 실베이라의 집으로 가고 있을 거라고 했다. 얼굴이 창백해 보인다고, 어디 아픈 건 아니냐고 덧붙이면서.

그레고리우스는 학교에서 보낸 계산서를 읽었지만, 읽는 도중에 벌써 숫자를 잊어버렸다. 사진을 너무 일찍 찾으러 간 바람에 기다려야 했다. 사진을 받아들자 달리다시피 집으로 돌아왔다.

필름 한 통에는 불이 켜진 조르즈의 약국뿐이었다. 너무 늦게 셔터를 누른 탓에 담배를 피우는 조르즈의 모습이 나온 사진은 세 장밖에 없었다. 흐트러진 머리, 크고 살이 많은 코, 언제나 내려와 있는 넥타이. "저는 조르즈를 증오하기 시작했어요." 그레고리우스는 에스테파니아 에스피노자에게서 조르즈의 이야기를 듣고 난 뒤부터, 그의 시선이 교활하고 잔인하다고 생각했다. 그가 몇 분마다 콧물을 훌쩍이는 페드루 때문에 괴로워하는 그레고리우스를 바라볼 때처럼.

그레고리우스는 사진을 자세히 들여다보았다. 그가 예전에 보았던, 피곤하고 선한 시골풍 눈빛은 어디에 있는 것일까? 잃어버린 친구에 대한 슬픔의 눈빛은? "우린 형제와도 같았으니까. 아니, 형제 이상이었지. 그 친구와 내가 헤어지는 일은 결코 없을 거라고 맹세라도 했을 거요." 그레고리우스는 예전에 보았던 그의 눈빛을 찾을 수 없었다. "한계가 없는 솔직함이란 불가능한 거요. 그건 우리의 능력 밖이오. 침묵해야 하기 때문에 고독한 경우도 있는 법이오." 이제 그 눈빛이 되살아났다.

영혼은 사실이 있는 장소인가, 아니면 사실이라고 생각하는 것들은 우리 이야기의 거짓 그림자에 불과한가? 프라두가 했던 질문이었다. 그레고리우스는 이 물음이 눈빛에도 적용된다고 생각했다. 눈빛이란 없고, 읽힐 뿐이다. 눈빛은 언제나 '해석된 눈빛'이다. 해석된 눈빛만이 존재한다.

해질 무렵 요양원의 발코니에서 담배를 피우는 주앙 에사. "몇 주 더 버티자고 관이나 펌프를 달고 있기는 싫소." 에사의 차를 마셨을 때의 느낌, 그 끓는 듯한 뜨거움이 다시 느껴졌다.

멜로디의 집은 너무 어두워서 아무것도 보이지 않았다.

플랫폼에서 담배에 불을 붙이려고 손으로 바람을 막고 서 있는 실베이라. 오늘도 그는 다시 비아리츠에 가며, 왜 이 일을 계속하는지 스스로에게 물을 것이다. 지금껏 늘 그랬던 것처럼.

그레고리우스는 사진을 다시 훑어보고, 또 한 번 보았다. 과거가 그의 시선 아래에서 얼어붙기 시작했다. 기억은 과거를 선별하고, 배열하고, 수정하고, 조작할 것이다. 기억 말고는 다른 근거가 없으므로 누락과 왜곡, 거짓을 나중에 인식할 수 없다는 점이 소름 끼쳤다.

시내에서 보낸 평범한 수요일 오후. 그의 인생 한 조각. 대체 무엇을 해야 할까?

이슬람 지리학자 엘 이드리시가 세상의 끝에 대해 쓴 글. 그레고리우스는 엘 이드리시의 글을 라틴어와 그리스어와 히브리어로 번역했던 종이를 찾았다.

불현듯 무엇을 해야 할지 생각났다. 베른을 찍자. 평생 살아온 곳을 붙들어놓자. 단순한 인생의 무대 그 이상의 의미를 지녔던 건물과 골목과 광장을……

가게에서 필름을 산 그레고리우스는, 해가 질 때까지 어린 시절을 보냈고 지금도 살고 있는 렝가세 지역을 이리저리 돌아다녔다. 다양한 각도에서, 그리고 사진을 찍는 사람의 세심함으로 바라보자 거리가 아주 달라 보였다. 그는 꿈에서도 사진을 찍었다. 이따금 잠에서 깨면 지금 자기가 어디에 있는지 알지 못했다. 그러고는 침대 끝에 걸터앉아 세상에 동화하여 살기에는 사진을 찍는 사람의 계산되고 거리를 둔 시선이 더 적합하지 않았을까 생각했다.

목요일에도 계속 사진을 찍었다. 부벤베르크 광장을 피하기 위해 대학 테라스에서 시내로 내려가는 승강기를 타고, 역을 통과하는 길을 지났다. 필름을 한 통씩 차례로 찍었다. 대성당은 지금까지 한 번도 보지 못했던 모습으로 다가왔다. 오르간 연주자가 연습을 하고 있었다. 그는 베른에 온 뒤 처음으로 현기증을 느껴 성당 의자를 움켜쥐었다.

필름 현상을 맡겼다. 그레고리우스는 부벤베르크 광장으로 가면서 뭔가 힘들고 거대한 사건으로 향하는 듯한 기분이 들었다. 조각상 앞에서 멈추어 섰다. 햇빛 대신 잿빛 하늘이 도시 위에 드리웠다. 그는 광장에 다시 발을 딛는다는 느낌이 들기를 바랐으나 그런 느낌은 오지 않았다. 그가 받는 느낌은 예전과 같지 않았다. 얼마 전 이곳에 섰을 때와도 달랐다. 피곤을 느낀 그는 다시 천천히 걷기 시작했다.

"연금술사의 나라를 방문한 소감이 어떤가요?"

에스파냐 책방 주인이었다. 그는 그레고리우스에게 손을 내밀며 인사를 청했다.

"연금술사가 말한 그대로던가요?"

그레고리우스가 그렇다고, 물론 그렇다고 대답했다.

602

그의 대답은 굳어 있었다. 그가 별로 이야기하고 싶은 기분이 아니라는 것을 눈치챈 책방 주인은 서둘러 작별 인사를 했다.

부벤베르크 극장 프로그램이 바뀌어 있었다. 심농의 소설이 원작이었던 잔 모로 주연의 영화는 보이지 않았다.

그레고리우스는 초조하게 사진이 나오기를 기다렸다. 그때 케기가 골목길로 접어드는 모습이 눈에 들어왔다. 그레고리우스는 상점 입구로 몸을 숨겼다. '아내는 무너질 듯 힘들어 보일 때가 있습니다.' 케기의 아내는 이제 정신병원에 입원했다. 케기는 피곤해 보였다. 그는 주위에서 무슨 일이 일어나는지 전혀 알지 못하는 표정이었다. 그레고리우스는 잠깐 그와 말을 하고 싶은 충동을 느꼈지만, 곧 그런 마음도 지나갔다.

사진이 나왔다. 그는 벨뷰 호텔의 레스토랑에 앉아 봉투를 열었다. 사진은 모두 낯설었다. 그와 아무 관계가 없는 듯했다. 사진을 봉투에 다시 집어넣고 식사를 하는 동안 그는 자신이 무엇을 기대했는지 알아내려고 애썼다. 하지만 허사였다.

집으로 올라가는 계단에서 격렬한 현기증이 몰려왔다. 그는 양손으로 난간을 움켜쥐었다. 그러고는 저녁 내내 전화기 옆에 앉아 있었다. 독시아데스에게 전화를 걸면 필연적으로 일어날 여러 가지 일들을 떠올리면서.

잠들기 전, 그는 현기증과 무의식에 빠져 아무것도 기억하지 못한 채 깨어날까 두려웠다. 날이 밝아오기 시작할 무렵에는 온 힘을 다해 용기를 냈다. 그런 다음 아직 간호사가 출근하기도 전에 독시아데스의 병원 문 앞에 가서 기다렸다.

독시아데스는 제시간보다 몇 분 늦게 왔다. 그레고리우스는 의사가 자신의 새 안경 때문에 짜증 섞인 놀라움을 보이리라고 예상했다. 그러나 그는 아주 잠깐 눈만 한번 질끈 감은 뒤에 진찰실로 들어갔다. 그리고 새 안경과 현기증 증세를 다시 자세히 이야기해보라고 말했다.

그레고리우스의 이야기를 모두 듣고 난 그는 크게 걱정할 이유는 없지만 검사를 몇 가지 해야 하고 종합병원에서 당분간 지켜봐야 한다고 말했다. 그런 다음 손을 수화기에 올려놓은 채 그레고리우스를 바라보았다.

그레고리우스는 몇 번 심호흡을 하고 고개를 끄덕였다.

독시아데스가 전화를 끊었다. 그는 그레고리우스에게 일요일 저녁에 입원을 해야 한다고, 담당 의사는 다른 의사와는 비교할 수도 없이 훌륭하다고 말했다.

그레고리우스는 그에게 중요한 의미가 있었던 건물과 장소들을 지나며 천천히 시내를 걸었다. 이게 옳았다. 평소에 자주 가던 곳에서 식사를 했고, 이른 오후에는 학창 시절 처음으로 영화를 보았던 극장으로 갔다. 영화는 지루했지만, 그곳에서 옛날과 같은 냄새가 나서 끝까지 앉아 있었다.

집으로 오는 길에 우연히 나탈리 루빈을 만났다.

"새 안경이네요!"

그녀의 첫마디였다.

두 사람은 무슨 말을 해야 할지 몰랐다. 한참 전의 전화 통화는 지금 와서는 꿈속의 메아리 같았다.

그레고리우스는 아마 리스본으로 다시 가게 될 듯하다고 말했다. 진찰? 그리 심각한 게 아니라고, 대수롭지 않은 안과 진찰이라고 말했다.

나탈리는 아직도 페르시아어에 진전이 없다고 불평했다. 그는 고개를 끄덕였다.

헤어지기 전에 그가 새 선생님에게 적응했는지 물었다.

"끔찍하게 지루한 분이랍니다!"

나탈리가 웃으며 대답했다.

둘은 몇 걸음 걷다가 뒤돌아서서 손을 흔들었다.

토요일. 그레고리우스는 라틴어와 그리스어, 히브리어 책들을 보며 많은 시간을 보냈다. 책 가장자리에 쓰여 있는 메모, 세월의 흐름과 함께 변해온 자기 필체를 들여다보았다. 책상에 쌓인 책들을 병원에 가지고 갈 가방에 챙겨 넣고, 플로렌스에게 전화를 걸어 찾아가도 되는지 물었다.

플로렌스는 오래전에 사산을 했다고, 몇 년 전에는 암 때문에 수술을 받았는데 병이 재발하지는 않았다고, 지금 번역 일을 하고 있다고 말했다. 얼마 전 집으로 돌아오는 그녀의 모습을 보았을 때의 예상과는 달리, 플로렌스는 피로하거나 진이 빠진 듯이 느껴지지 않았다.

그레고리우스는 그녀에게 살라망카의 수도원들에 대해 이야기했다.

"당신 그때는 가기 싫어했잖아?"

그녀의 말에 그가 고개를 끄덕였고, 두 사람은 함께 웃었다. 병원에 다녀온 이야기는 하지 않았다. 나중에 키르헨펠트 다리로 가던 중에 말을 할 걸 그랬다고 후회했다.

그는 어두워진 학교를 한 바퀴 완전히 돌아보았다. 스웨터로 싸서 코르테스의 책상 서랍에 넣어둔 히브리어 성서가 생각났다.

일요일 오전에 주앙 에사에게 전화를 걸었다. 오늘 오후에 자기가 뭘 해야 할지 이야기 좀 해보라고 에사가 말했다.

그레고리우스는 오늘 저녁 입원한다고 말했다.

"별일 아닐 거요."

에사는 이렇게 말하고, 잠깐 쉬었다가 덧붙였다.

"설사 별일이 있다고 해도, 선생을 그곳에 묶어둘 사람은 아무도 없소."

점심때 독시아데스가 전화를 걸어 체스를 두러 오겠냐고 물었다. 체스가 끝나면 그를 병원으로 태워다 주겠다고 했다.

첫 판이 끝난 다음, 그레고리우스는 독시아데스에게 지금도 그만두고 싶은 마음이 드는지 물었다. 의사는 그렇다고, 그런 생각이 자주 든다고 대답했다. 하지만 어쩌면 지나가는 생각일지도 모른다고, 다음 달에 일단 테살로니키로 여행을 가려 한다고, 가본 지가 10년도 넘었다고 덧붙였다.

두 번째 판이 끝났다. 이제 병원으로 갈 시간이 됐다.

"좋지 않은 결과가 나오면 어쩌지요?"

그레고리우스가 물었다.

"나를 잃어버릴 병이라면?"

독시아데스가 그를 바라보았다. 차분하고 굳건한 눈길이었다.

"나한테 처방전이 있어요."

그가 대답했다.

어두워지는 길을 운전하여 병원으로 가는 동안 두 사람은 말이 없었다. 인생은 우리가 사는 그것이 아니라, 산다고 상상하는 그것이다. 프라두가 썼던 글이었다. 독시아데스가 손을 내밀며 말했다.

"아마 별일 아닐 겁니다. 그리고 이미 말했다시피 그 의사는 최고입니다."

그레고리우스는 병원 출입구에서 독시아데스를 돌아보고 손을 흔든 다음 안으로 들어갔다. 그의 등 뒤에서 문이 닫히고 비가 내리기 시작했다.

리스본행 야간열차

1판 1쇄 발행 2022년 12월 20일 **1판 5쇄 발행** 2024년 4월 1일

지은이 파스칼 메르시어 **옮긴이** 전은경
펴낸이 박강휘
편집 이승현 박규민 **디자인** 정윤수
마케팅 이헌영 **홍보** 반재서 이태린

발행처 김영사
주소 경기도 파주시 문발로 197(문발동) 우편번호10881
등록 1979년 5월 17일(제406-2003-036호)
구입 문의 전화 031)955-3100 **팩스** 031)955-3111
편집부 전화 02)3668-3270 **팩스** 02)745-4827 **전자우편** literature@gimmyoung.com
비채 블로그 blog.naver.com/viche_books
인스타그램 @drviche **트위터** @vichebook
ISBN 978-89-349-4071-5 03850 책값은 뒤표지에 있습니다.

비채는 김영사의 문학 브랜드입니다.